阅读之前 没有真相

午夜文库

空城计

呼延云 著

新星出版社 NEW STAR PRESS

目录

1	楔子
4	第一章 危城
86	第二章 攻城
165	第三章 迷城
246	第四章 倾城
352	第五章 夺城
415	第六章 空城
472	尾声

楔子

散场了，观众们三三两两地走出长安大戏院，金碧辉煌的门厅在一阵喧哗之后，重新陷入了沉寂。

良久，楼道里又响起了脚步声。

呼延云打着哈欠，揉着惺忪的睡眼，跟在林香茗的后面跌跌撞撞地下了楼。走到门口时，扑面而来的一股寒风吹得他一激灵。抬眼望去，不知什么时候，外面下起了大雪，纷纷扬扬的雪花随风飘舞，将京城织进一片雪白的苍茫之中。

林香茗凝视了片刻，只将米色围脖紧了紧就向外走去。呼延云把羽绒服的帽子戴上，拉锁拉到下巴颏儿，手揣在兜里，窝窝缩缩地继续跟着他走。

往东走不远就是建国门地铁站，林香茗却一路向西，既没有坐公交，也没有打车的意思。呼延云知道他就是想沿着长安街逛逛雪夜，只好陪着他。地上的雪已经积了老厚，走着走着，呼延云打了个趔趄，多亏林香茗一把扶住，才没有摔个屁蹲儿。

林香茗忍不住笑出了声。

"你还好意思笑！"呼延云气呼呼地说，"大晚上的干点儿什么不好，非要拉着我陪你看什么京剧，你又不是不知道，我从小就听不惯那慢条斯理的咿咿呀呀。"

"京剧的节奏是慢了一点儿，我也不是每一出都喜欢。"林香茗微笑道,"但我就是爱听《空城计》,听不够。"说着他竟哼了起来:"我正在城楼观山景,耳听得城外乱纷纷。旌旗招展空翻影,却原来是司马发来的兵……"

长安街上空荡荡的,没有一辆车驶过。林香茗的哼唱声很轻,只比落雪的沙沙声高那么一点点,听起来像那些随风旋舞的雪花一样婉转而空灵。

两个好朋友就这么慢慢悠悠地走着,一边走一边聊,聊着中学时一起救过的那个女孩现在已经是中国警官大学的校花,聊着系主任因为呼延云办杂志而跟他展开的一段对话,聊着林香茗大学毕业后的赴美留学计划,也聊到不久前的西郊连环凶杀案里那个奇怪的凶手……他们走过中纺大厦,走过东方新天地,走过王府井,走过北京饭店,大雪仿佛将这座巨大的城市洗了一遍,除了肩并肩的他们二人,几乎没有其他人的踪迹。

最后他们还是聊起了今晚的剧目。在呼延云眼中一向新潮的林香茗,说起《空城计》的掌故竟头头是道:"四大须生都扮演过诸葛亮,但唱腔有很大的区别。就说'我正在城楼观山景'这一段吧,谭富英嗓音清亮,高亢纯正;马连良华丽圆润,潇洒风流;杨宝森深沉古朴,含情于腔;奚啸伯委婉细腻,优美慑人……"

"那你最喜欢哪一派呢?"

"我吗,我比较喜欢杨宝森的唱法。"

"说到底我还是不懂,你说你又不是戏迷,为什么这么喜欢这出戏啊?"呼延云困惑不解地问。

林香茗一笑:"我喜欢《空城计》的主题。"

"主题?什么主题?"

"大军压境,敌众我寡,在千钧一发的危急关头,凭着超卓的勇气和非凡的智慧,以一己之力,力挽狂澜,逆转全局,反败为胜!"

呼延云打了个大大的哈欠:"不就是个人英雄主义嘛,等你当上了警察,有的是机会。"

林香茗一笑,笑容有些寂寥。

他慢慢地昂起头,极目遥望,飘落在头顶的雪花,将他的头发和两鬓染成了一片斑白——

远处,黑色天幕之下,矗立着被漫天风雪撕扯得不断裂解的正阳门城楼。

第一章　危城

我正在城楼观山景，耳听得城外乱纷纷。
旌旗招展空翻影，却原来是司马发来的兵。

1

"大夫您看，俺家孩子得的到底是什么病啊？药也没少吃，针也没少打，医院也来来回回跑了好几趟。俺们村里到市里那路可不好走了，公共汽车早晚各有一趟，早上她要喊疼，赶不上公共汽车就得搭车，您知道的，搭车总不能白搭；晚上她要喊疼只能自己个儿挨着，小女孩又不会忍个疼，哎哟哎哟的一整宿，搞得她弟弟也睡不好，第二天上不好课。今天中午她吃过饭又喊疼，一开始俺们想她自己个儿挨过去，结果挨不住了，在地上疼得直打滚儿，只好求施工队的拿车把她拉到市里，回头少不了得给人家送烟送酒的……大夫您看看有没有什么药给孩子吃了就能好的，完事儿俺们争取搭晚上那趟公共汽车回家去……"

说话的女人有着一张粗糙而红润的脸孔，哭丧的表情与其说是替女儿担心，不如说是厌倦和无奈。很多农村来的家长在带孩子看病时，话里话外总在推卸责任，仿佛这个孩子生下来就是跟自己讨债的——尤其当这孩子是个女孩的时候。

急诊科医生胡来顺低着头,用笔在病历本上沙沙沙地写着什么,从始至终也没有看患儿和家长一眼。

站在他身后的实习生大楠,手里拿着个小本本,认真地记录着患儿家长的主诉。她看着那个被絮絮叨叨的母亲抱在腿上的孩子:六岁的女孩,瘦瘦小小地裹在一件红色的棉袄里,有点长的裤子下面露出一双鞋带散开的黑色棉鞋,因为过于疼痛,她佝偻着身子,双手捂着肚子,脸色惨白,好像一片干瘪的小虾皮。

平州市儿童医院急诊科的诊室,是一个面积约四十平方米、南北向的大开间。北边有一扇通往急诊大厅的两开白色大门,南边是一排老式建筑特有的绿格玻璃大窗,窗台上堆放着打印纸、氧气袋、保温瓶、过期的《中华儿科杂志》,还有两盆早已枯死的海棠,一个塞满一次性餐具的长方形玻璃鱼缸,都落了厚厚一层灰土。窗台的下面,贴着暖气摆有一张铺着白色床单的诊疗床,床上放着一台婴儿体重秤。南墙的东头有一个掉了漆的灰色铁皮柜子,西头是一个挂白大褂的架子,仔细看能发现是用吊瓶架焊了几根铁棍改造成的。诊室的里面摆着四张白色诊台,每个诊台的前面都有一张供患者坐的黑面软包圆凳,只是凳子腿儿都用铁链子锁在旁边地板凸起的铁环上,这是为了防止医患发生纠纷时,患者顺手操起椅子当凶器。下午四点是患者相对较少的时候,因此算上胡来顺,现在整个诊室里只有两个诊台后面坐着医生。尽管如此,每个诊台的前面仍旧围了很多患儿和家长,任凭大楠怎样劝说他们到诊室外面等待叫号,也不肯挪动一步。

老半天,胡来顺才抬起头来,用鼠标在电脑上点击了几下,旁边的黑色打印机咝咝咝地吐出了几张检查单。他依旧没有看她们一眼,面无表情地说:"验血、验二便,做个腹部B超。"然后把那几张检查单夹在病历本里,往她们面前一推,仿佛是要将她们一起推出诊室似的。

"医生，俺们前几次去县医院，这些检查都做过了，B超也做过了……"患儿的母亲说，并将原本就抓在手里的几张旧检查单和一个装有胸片的扁平塑料袋向胡来顺递去。

"你昨天吃过饭了，今天是不是还要吃？"胡来顺不耐烦地说。

"可是——"患儿母亲的脸涨得通红，想说什么又没说出来。她还不死心，坐着没动，想再耽搁一会儿，看看医生有没有可能发发慈悲，哪怕减去一项检查，但身后传来其他患儿家长的催促声。她无奈地把诊台上的新检查单拿在手里，站起身，女儿从她的腿上滑了下来，蹲在地上急促地喘着气。

患儿母亲望着诊室里的其他家长，自言自语道："这么多检查，又要花钱，俺没有带那么多钱……"她的脸上浮现出古怪的讪笑，好像在向所有人解释。这样一步步地挪到门口，她才发现女儿还蹲在地上没有跟来，只好返回去拉她的胳膊，结果女儿不但没有被拉起来，反而小腿一软坐在了地上。

"干啥呢你？！"母亲生气了，抓住女儿纤细的手腕就往诊室外面拖。

"等一下！"身后突然有人喊。

母亲回过头，眼前是一位中等个头的女医生，身上的白大褂比其他医生的显得更干净一些。因为戴着口罩，看不出她的模样，但一双丹凤眼和两道柳叶眉显得秀美而干练，只是不知道是熬夜还是过于疲惫的缘故，眼睛里布满了鲜红的血丝，这也使得她投射过来的两道目光更显严厉，不知是在责备这位母亲，还是在责备坐在诊台后面的胡来顺。

母亲抓着女儿腕子的手，不禁松弛开来。

小女孩顺势向地上倒去，女医生一个箭步上前，弯下腰，伸出双手把住了她的两腋，将她一直抱到了诊疗床上，先将那台婴儿体重秤放到窗台上，再扶着她慢慢地躺下。

女孩虽然还在喘气，但也许是姿势改变的缘故，痛楚减轻了一些，神情平静了许多。

母亲预感到救星来了，赶紧跟上去，站在女医生的身边。女医生把她手中一摞检查单拿过来，挑出新的检查单扔在一旁，然后将旧检查单仔仔细细看了一遍，一边看一边问："孩子平时疼痛主要在哪个位置？"

"就肚子那一块儿。"

"腹部B超显示孩子的腹部脏器均无异常，县医院诊断为肠蛔虫病，医生开的药吃了吗？"

"吃了……"母亲吞吞吐吐地说。

女医生正在把胸片贴在LED观片灯上，回头看了她一眼："怎么回事？"

"吃的不是医院开的药，是俺们回村卫生所拿的山道年。"

山道年是一种已经淘汰多年的驱虫药，有些基层卫生所还有保存，给那些家庭贫困的村民免费使用，这是很多医生心知肚明而又无力改变的事情。女医生沉默了一会儿接着问："打下虫子来没？"

"打下来了，这么长一条蛔虫。"患儿母亲用手指头比画着，"可是孩子疼得更厉害了……"

"腹泻、呕吐、发热这些有没有？"

患儿母亲摇了摇头。

"饮食正常吗？有没有便血或便秘？"

"生病之后她吃得倒是比以前少了，便秘是有的，没有拉过血。"

这时，那个平躺在诊疗床上的孩子使劲用一只脚蹬另一只脚，蹬了几下以后，慢慢地试着往起坐，姿势的改变让她感到一阵剧烈的疼痛，不得不用肘部支撑着身体，硬生生地挺了起来，额头上沁出了一层汗珠儿。

"你怎么坐起来了？"女医生赶紧扶住她。

"鞋……"女孩指了指自己的棉鞋。

原来她是怕鞋把诊疗床的白色床单弄脏了，所以想脱鞋。

女医生看了看她："坐起来也好，阿姨给你听一听。"说着让患儿的母亲把孩子的衣服解开，然后将挂在脖子上的听诊器的听诊头攥在掌心里焐热——女孩看到她的这个动作，两只因为瘦削而显得格外大的眼睛，突然就泛起了泪花。

女医生望着她，目光温柔，用另一只手轻轻抚摩了几下她的肩膀，接着撩起她的背心，把听诊头压在她的心肺等处听了听，又让她随着自己手部的提按动作深呼吸了几次，然后收起听诊头，扶着她再一次躺下。

"大夫，这孩子得的到底是啥病啊？"患儿母亲说，"您给开点儿药吧！"

大部分人对医学存在的最大误解，就是认为诊断容易治疗难。事实上正确地诊断疾病远远比人们想象的要艰难，特别是儿科。由于孩子们无法正确和准确地讲述自己的症状，给诊断带来了更大的难度，所以儿科又被称为"哑科"。尽管随着医学科技的发展，越来越多的新设备和新技术运用于临床，但仍然有很多的病因，直到死者被从尸检台上抬下来的时候，依旧是一个谜。

女医生没有理睬患儿母亲的追问，开始慢慢地按压女孩的腹部，寻找痛点，最后发现女孩除了脐周和剑突下面有轻压痛，全腹都没有肌紧张和反跳痛，也没有扪及包块，肠鸣音也正常。

那么，女孩得的到底是什么病？

从旧化验单上可以得知，孩子的血常规、便常规和尿常规都正常，胸部 X 片和腹部 B 超也没有发现问题，唯一值得注意的是山道年驱虫。山道年驱虫机制为兴奋蛔虫神经节，使蛔虫肌肉发生痉挛性收缩，不能附于肠壁，随着肠蠕动排出体外。但是如果药品失效或药量不足时，虫体不但不会排出体外，反而会钻入胆道、胰管、阑尾，或虫体相互拥抱成团阻塞肠道，造成腹痛加重。

还有胃及十二指肠疾病。患儿反复持续上腹部疼痛，伴明显饮食减少和消瘦，都提示可能是胃和十二指肠发生了病变。

再有就是慢性胰腺炎。女孩的剑突下有压痛，符合胰腺区发生病变的特征。

究竟是哪一种？

女医生思索着……当然，通过细致的检查是可以排查上述疾病的，比如用虫卵漂浮试验可以明确诊断腹痛是否为驱虫不当所致，用胃镜可以排查胃及十二指肠病变，用腹部 CT 或 MRI[①]能够发现 B 超不能发现的细小钙化或结石，准确了解胰腺的病变情况——问题在于，眼前这位母亲固然希望给女儿治病，但对繁复的检查极端排斥，如果把这么一大堆检查单塞给她，估计她会像刚才一样扬长而去，任由女儿"挨"到实在挨不下去的时候……

这么想着，女医生看了一眼躺在诊疗床上的女孩，她的脸色还是那样惨白，干裂的嘴唇渗出了几条红线。

"给孩子弄点儿水喝。"女医生说。

[①] 核磁共振成像。作者注，下同。

患儿的母亲赶紧从粗布挎兜里掏出了一个黑色保温杯，拧开杯盖，想扶着女儿坐起来喝水。女孩还是用肘部支撑着抬起躯干，动作僵硬得好像平地竖起一块石碑，而且眉头又一次因为疼痛加剧而皱了起来，牙咬得咯吱咯吱响。

一般来说，腹部疼痛虽然会因体位不同而程度不同，但不会骤然加剧或减轻，为什么这个女孩两次由平卧位换成坐位，都会突然表现出如此剧烈的痛苦？

猛地，女医生想起了什么，立刻坐到电脑前开出检查单，交给患儿的母亲："你马上带孩子去拍一下胸片。"

"胸片我们不是拍过了吗？"

"这次不一样，上次只有正位片，这次加拍侧位片——必须排查一下胸椎结核。"

患儿的母亲还在犹豫，女医生的口吻严肃起来："拍胸片并不贵，你别再磨磨蹭蹭的，再拖延下去可能导致孩子瘫痪！"

患儿的母亲吓了一跳，抱起孩子往诊室外面跑去。

女医生揉了揉太阳穴。昨天她值完"小夜"[①]，正要下班，有个服毒自杀的孩子送了过来，她立刻投入到抢救中，等孩子救过来并用车送往新院区的 PICU[②] 以后，看看表已经是凌晨五点。她赶紧骑上自行车，冒着十二月凛冽刺骨的寒风回到家，给熟睡中的女儿做了早饭，等女儿睡醒又照顾其穿衣洗脸梳头，直到楼下传来几声"滴滴"的车喇叭响，她才拉着女儿的手下了楼，将她送上了那辆米黄色的校车。

看着女儿在靠窗的座位上坐下，她忍不住轻喊了一声："媛

[①] 儿科急诊将晚上五点到十点的值班称为"小夜门诊"，将十点到第二天早晨八点的值班称为"大夜门诊"，简称"小夜"和"大夜"。
[②] 儿科重症监护病房。

媛,晚上好好表演啊!"

媛媛把头侧向另一边,闭上了眼睛。

望着在晨光中渐渐远去的校车,她的心突然像被剜了似的一疼,因为在小升初报考学校的方向上意见不一,媛媛已经整整一个月没有跟自己说话了。她想起昨夜抢救的那个服毒自杀的孩子,也是跟妈妈闹矛盾,说喝药一仰脖儿就喝下去了……会不会也有一天,躺在自己的抢救台上的,会是自己的女儿呢?

她不敢再想下去,蹬上自行车朝医院骑去。

与新区相比明显狭窄坑洼的道路上,庞大的车流和人流都比往日迟滞了几分,在寒风中影影绰绰。就连鸣笛和车铃铛的响声都有气无力的,仿佛意识到自己已经被时代抛弃的结局,因而倍感老迈和无奈似的。今天晚上,平州市将在新区召开盛大的晚会,庆祝为期四年的城市整体搬迁工作正式告一段落。从此,这座古老城市的市中心将从大凌河的西岸转移到东岸。那里有市政府各个机关雄伟恢宏的办公大楼,有鳞次栉比且花团锦簇的高档居民社区,有更加整洁漂亮的幼儿园、学校、医院、电影院和商业中心——当然,也有着更加昂贵的生活成本。而遗留在西岸的,则是二十世纪五六十年代以煤矿为主要产业时的废弃矿厂、跟矿厂一样蒙着一层黑灰色的大量砖结构居民楼、挂着"某某百货公司"的招牌却长期出租给小商贩卖劣质箱包皮鞋的商场、有待改造但永远不会再改造的棚户区,以及一个可想而知的日趋破败的未来……

举一个最简单的例子,就说平州市儿童医院吧。按照市政府的命令,所有医疗和行政科室全部搬到位于新区的新院区去,老院区将被彻底拆除,据说是要改造成一个什么天晓得的怀旧主题文化创意园。为此她在市卫生局征询意见会上直言不讳地说:

"本市一共三百万人口，现在只有一百万迁到了新区，剩下两百万市民还在旧区生活，市人民医院已经迁到新区了，现在连儿童医院的一个急诊科都不给留下，万一孩子生急病，还要过大凌河大桥到新院区，路上至少要半个小时，耽搁了救治谁负责？！"

主持会议的副局长蔡衡扶了扶眼镜："旧区不是还有几所民办医院嘛，据我所知，其中几所设有儿科。"

她更加生气了："那几个民办医院的儿科力量都很薄弱，治治感冒咳嗽还可以，真遇到急重症，连个会给孩子插管的都没有，而且收费也高，很多诊疗没有纳入医保，让老百姓怎么看病？更何况，民办医院是以市场为导向的，可想而知他们必然会逐渐向新区转移，到那时候，这边的两百万市民怎么办？抛弃了？不管他们死活了？"

市电视台记者大傻杨正好在前面拍摄，吓得直朝她摆手，她装没看见。

"周芸同志！"蔡衡一瞬间声色俱厉，"说话前请注意你的身份！"

"我是市儿童医院急诊科主任。"她毫无畏惧地直视着蔡衡的眼睛，"我的身份要求我对本市几十万少年儿童的健康负责，请问我刚刚的发言有哪一点不妥？"

会议室的空气一下子凝固了，最后还是高副院长打破了僵局："小周，你出去冷静一下。"

她只好走出了会议室。

会议的最后结果是，医院整体搬迁的计划不变，但留下一部分急诊科医护人员"过渡"。虽然听起来是市里做了妥协，但在她看来，这种"过渡"不过是针对自己意见的一种缓兵之计。毕竟，作为荣获多年省"三八红旗手"、劳模和优秀共产党员等称号的她，在市政府的心目中还是有些分量的。当然，随着一向支持她工作的老市委书记的退休，这种分量也在肉眼可见地减轻……

那之后不久，就发生了护士李河清在医院被杀的案件，使她的处境更加艰难。

想到这里，她的头又疼了起来，揉压太阳穴的双指更加用力了。

正在这时，一阵吵闹声在诊室里响了起来。她睁眼一看，是另一位就诊的家长面红耳赤地跟胡来顺嚷嚷："你这个医生什么态度啊？有你那么说话的吗？"

"我该怎么说话？跟你说了，你们家孩子这病不算急诊，得去新院区的门诊看，不然在我们这儿出事儿了我们可不管，这话有错吗？"胡来顺扬着个脑袋，把身子斜靠在椅背上说，"你非得到肯德基点麦香鱼，我都给你指出来了：出门左转麦当劳，你还要我说啥？"

"孩子病成这样了，还不算急诊？你还把我们往外推？你还咒我们孩子出事儿——出了事儿就他妈找你！"那个家长气愤地说。

"当着孩子别说脏话，回头孩子学坏了，你也'他妈的'找我？"胡来顺一张胖脸嘟噜着，露出讽刺的笑容。

家长被激怒了，"腾"地站了起来，一副要动手的架势，靠在他身上的孩子差点摔倒，咳嗽得更加剧烈了。周芸正要出面干预，坐在门口的急诊科医生霍青已经跑了过来，拽着那个家长的胳膊往自己的诊台拉扯："这位家长你别激动，孩子生病，受不得惊吓，不然会加重病情。"然后她对那些本来在她的诊台前围拢的家长说："我先给这个孩子看一下，你们稍等。"她的口吻有一种不容置疑的力量，使得家长们虽然不满却又不好说什么，只好让出了一个豁口。

霍青在给孩子听诊前，也是用手焐热了听诊头。她一边询问孩子病情，一边翻看着检查单，一边跟家长说："这位家长，我得说您两句，急诊科看的是急病，一般而言，除了三十九度以上的高烧、急性腹痛、吐泻休克、中毒、不明原因的抽搐、气管异物、车祸溺水触电坠楼等意外伤害之外，其他的病都要去门诊就诊的。"

"这不是没办法吗，你们医院的门诊搬到新区去了，我一看孩子心肝肺都要咳出来了，怕路上耽搁太长时间出事。而且今晚庆祝新区落成，交通管制，出租车都不过大凌河大桥了，我就直接跑到这儿来了⋯⋯"那个家长满脸的无奈，"你说你们医院怎么能连锅端到新区去啊，难道我们旧区的孩子都是铁做的，不生病吗——就真是铁做的也有个生锈的时候吧！"

"就是就是！"围拢的家长们发出一片愤愤之声。

霍青没有说话，给孩子听完诊，把听诊器摘下往后一甩，直截了当地说："孩子没大事，已经是支原体肺炎的后期——"

"怎么会没大事呢？"那个家长焦急地说，"阿奇霉素的点滴打了三天，其他的药也吃了，可是这体温就是下不来，咳嗽也不见好⋯⋯"

"支原体肺炎的自然病程是从几天到一个月不等，大多数要一周左右才能退热，而且从孩子的体温单上看，这两天体温都在三十八度左右了，热峰下降了，发热间隔的时间也在延长，这说明孩子在好转，药物在起效。毕竟每个孩子的感染轻重不同，对药物的反应也不同，所以因人而异，不能着急。"

"可是我们都觉得孩子今天咳嗽得特别厉害，还咳出痰来了⋯⋯"

"支原体肺炎的初期多表现为干咳,而中后期的一大特点,就是咳嗽加剧,而且会咳出痰液,这其实是在帮助肺部清理分泌物,促进病情的好转……您放心吧,支原体肺炎的病程虽然长,但预后良好,最终可以完全康复,很少发生什么并发症。"

家长的神情舒缓了许多:"那么接下来我们该做什么?"

"继续吃药,少来医院,避免交叉感染,孩子本来身体就弱,再跑来跑去的,感染上别的病才真叫麻烦。"霍青说,"还有,多喝水,多吃蔬菜水果,少吃膨化食品。"

孩子瞪着一双天真的大眼睛问:"阿姨,您怎么知道我吃了膨化食品啊?"

霍青捏了捏他的鼻子,从他的袖子上摘下什么东西,举在他面前。尽管她戴着口罩,也掩不住眼角流露出的一丝笑意。

孩子一见也不好意思地笑了。

指尖上,是一枚小小的碎薯片。

2

堪称典范的一整套诊疗动作!

周芸看着一个劲儿道谢并走出诊室的家长和患儿,心中不由得感慨万千,假如整个急诊科都是霍青这样的大夫,自己要省多少心。

四十多岁的她,每每看着二十多岁的霍青,总觉得像是看着年轻时代的自己:热情、干练,充满对儿科医疗事业的激情,只是不知道前面会有那么多的激流险滩,或者即便知道,也毫无畏惧,一往直前……

正在这时,有个穿着蓝色护工服的女人走进了诊室,来到她的身边，脸上挂着淡淡的泪痕。

她站起身问："少玲，出什么事了？"

"小玲……有点儿不太好。"陈少玲说。

周芸马上走出诊室，绕到隔壁的留观一病房。这是一间长方形的病房，南北向相对一共摆了十二张病床，中间留有尚算宽敞的过道。每张病床的床头都挂着医用气体系统，床边立有医疗器材放置架，架子分三层：最上面一层摆着可同时监测心率、体温、血压和呼吸频率的多参数监护仪，不停地发出"滴－滴－滴－滴"的鸣声；中间一层是呼吸机，机身下面好像章鱼触手似的延伸出粗细不一的多条淡绿色软管，扎在一起，悬挂在旁边的集束扣上；最下面一层是摆放检查单、流程表的乳白色塑料板，上面还有一个可以放置奶瓶的圆形凹口。虽然现在天色还不甚暗，但天花板上的吸顶灯早已点亮。两排吸顶灯的中间，一根粗大的银灰色矩形管道贯通整个病房，这些管道在每张病床的正上方分出支管道，每根支管道里包含着氧气管、负压管和压缩空气管，向下直接连接到床头的医用气体系统，看上去好像把一条大船的龙骨倒吊在了上面。与四白落地的诊室相比，留观病房的墙壁是淡粉色的，还绘有米老鼠、白雪公主、熊大熊二、超级飞侠之类的卡通人物，目的当然是给病房里的孩子们减压，但一股不知从哪里散发出的、有点儿尖酸刺鼻的药品气味儿，足以让每一个走进这里的患儿和家长精神紧张。

虽然是在同一间病房里，但外面的八张病床与里面的四张病床，用一道蓝色布料的医用屏风隔开，仿佛是里外两间。现在，"外间"有三张病床上躺着小患者，分别是因为高烧惊厥、癫痫发作和急性腹痛留观的；里间也躺着四位小患者——陈少玲的女儿张小玲正是其中之一。

周芸来到张小玲的病床前,四岁的女孩面无血色,闭着眼昏睡,鼻翼和嘴唇的翕动都轻微得难以察觉,输着液的手里还抓着一个毛绒皮卡丘。保洁员老张正在将地上的一堆呕吐物打扫干净。护士长巩绒从小玲的腋下抽出体温计,仅仅从她沉重的面色就能知道,孩子正在发高烧。

"中午吃的全都吐了,然后突然就发起烧来,怎么都叫不醒她……"陈少玲说,肩膀在微微发抖。

周芸在孩子的身边蹲下,摸了摸她的额头,用手把她剃光的头皮上的一层汗珠擦拭干净,抬头看了看监护仪上显示的数据,站起身将输液器的调节泵向下旋了一点儿,使点滴的速度放慢了一些,然后对巩绒说:"先物理降温,如果还不退烧,就跟新院区的血液科黄主任联系一下,看看是否需要加药。"

巩绒一把拉住她,走出了留观一病房,来到一个偏僻的角落,低声对她说:"加药加药,你说得容易,你知不知道,他们再也拿不出钱了……"

"我是急诊科主任,我有大病申请救助的配额。"

"你那个配额早就超标多少倍了……那是个无底洞,你填不上的。"

"要是因为医疗技术没到那水平,救不了孩子,我认头;但要是纯粹因为经济原因,眼睁睁看着孩子就这么没了,我做不到!"

巩绒的眉头拧成了一个结:"我说你啊,你就不能抬头看看四周围——"

她欲言又止,周芸本来就发涨的头脑没听明白:"看什么?"

就在这时,身后响起了一个粗嗓门发出来的声音:"那啥……刚才给俺家孩子看病的是你吗?"

周芸回过头，看到发问的正是那位要重新拍胸片的患儿的母亲，因为自己戴着口罩，所以她有些不敢认。"是我，胸片拍完了？"

"拍啥完啊！"那个母亲有些生气，"拍片的大夫说X光机已经装车运走了，今天拍不了片子了。"

周芸一愣，风驰电掣地走到影像室，一把推开操作间的门，透过玻璃隔断望向拍摄间，见里面空空如也，马上问正站着发呆的影像室大夫李德洋："X光机呢？"

"刚刚采购科赵主任让人给拉走了。"

"你怎么没拦一下？"

"我拦不住。"李德洋怯生生地说。

周芸狠狠瞪了他一眼，走出影像室，往急诊大厅四下里张望，没有看到X光机。她想了想，冲出了医疗综合楼的大门口，扑面而来的寒风吹得她打了个寒战，抬眼望去，天空密布着没有一丝缝隙的铅灰色浓云，因为沉重而不停地下坠，仿佛一座巨大冰山的底部……天气预报说今天夜里会有暴风雪，看来是不会错了。

她惦记着自己的那台X光机，顾不得回去穿外套，就跑下了台阶。头顶上一阵噼里啪啦的声音吓了她一跳，回头一看，原来是悬挂了半年的"庆祝六一儿童节义诊活动"的红色条幅被风吹了下来，垮垮塌塌地瘫在地上。这让她的心情更加低落。因为搬迁的缘故，医院的景观设施早就无人维护，就连前院这张门脸也顾不上洗了：两侧科普宣传栏里的海报都已经发黄，正中心的圆形花坛里就剩下一堆骸骨似的枯枝，大门口竖立的那尊护士怀抱小患者的白色石雕，脏得像刚从泥里挖出来似的……但带着孩子来看病的家长们还是络绎不绝地从医院大门口进来，停车场的车位很快就要占满了——

停车场。

周芸来到停车场，依然没有看到X光机的踪影。就在这时，传达室的王酒糟颠儿颠儿地跑了过来："周主任，我看您一直在院子里踅摸，您找啥啊？"

王酒糟今年五十多岁，个子不高，圆圆的小脑袋上有一双眯眯眼，腰盆儿挺粗，腿却又细又短，看上去活像只鹌鹑。他其实既不能喝酒，也不会做酒糟，偏偏长了个硕大无比的酒糟鼻，因故得名。他是个热心人，手很巧，修车开锁、管道疏通、啥活儿都能干，所以不仅管着传达室，后勤遇到非医疗专业的维修，也喜欢叫他帮忙。医院搬迁后，他颇有些无所事事，所以看到谁有麻烦都恨不得上去帮衬一把，刷刷存在感。

"你看到一台X光机被人推走没有？"周芸直截了当地问。

王酒糟指了一下西配楼："采购科赵主任刚才带着几个人，拉着一辆平板车往楼后面去了，上面有一台X光机。"

平州市儿童医院的主体建筑，最初就是一座十层高的、面南背北的医疗综合楼，二十世纪九十年代在这座楼的东头和西头修建了两座平行相对的长条形楼宇，也是十层，东头的是行政楼，西头的是住院楼，与医疗综合楼相连相通，构成了一个"凹"字。后来又分别在行政楼的东侧和住院楼的西侧盖起了两座四层矮楼，因为都把着南头，所以分别与之形成两个L形，只是一个下横杠朝右，一个下横杠朝左，俗称东配楼和西配楼。东配楼是体检中心，西配楼的一层并排有警务室、图书室和宣教室，二层以上是食堂，不过现在都已经关闭了。在西配楼的西边，还有一座东西通透的六层宿舍楼，与住院楼平行，原本是给本院的医护人员及其家属住宿用的，但随着医院整体迁往新院区，这里只剩下三四家住户，四扇单元门平常都锁得严严实实的，有些玻璃窗被附近的顽童用石头打碎，每每起风时打着凄厉的呼哨，跟闹鬼似的。

周芸从西配楼和宿舍楼之间的消防通道穿过，风吹得她几乎睁不开眼睛，好不容易绕到西配楼后面的空场，刚刚抬起眼皮，就看见采购科主任赵跃利正夹着手包、腆着肚子，指挥着一群工人把已经放了气的"淘气堡"卷成一团，准备装上一辆运货的轻型卡车，在那辆轻卡的后厢上，自己一直寻找的X光机已经立在上面。

看到惨遭劫持的X光机，周芸一肚子火腾地点燃了，而那一大卷"淘气堡"更是让她想起了自己与赵跃利交恶的源头。

两年前，赵跃利刚刚当上采购科主任，就不知道从哪儿买了这么个PVC材料的大型充气玩具"淘气堡"，摆放在了西配楼后面的空场上，按照每人每小时一百元收费。因为这个"淘气堡"有滑梯、蹦床、攀岩、海洋球、障碍闯关之类的娱乐区，深受来看病的孩子们喜欢——毕竟大部分就医的孩子其实没什么大病，看完病都喜欢过来玩儿上一圈，家长也将这里作为孩子打针没哭、吃药没闹的奖励，所以虽然收费远比一些儿童娱乐场所昂贵，但还是收钱收到手软。

一开始，每天忙得四脚朝天的周芸根本不知道医院新添了这么个娱乐项目，直到五一劳动节放假，她值班时难得地到西配楼二层吃饭（绝大部分急诊科医生因为太忙，吃午饭都是叫外卖或者吃医院统一配发的盒饭），从北窗户往外望的时候，发现空场上多了个跟自己视线齐边儿高的大家伙，赶紧放下碗筷跑过去查看一番：充满气的淘气堡，基座几乎把整个空场占满了，就在西配楼绘满五颜六色粉笔画的北墙下面，一个蜗牛状的鼓风机正在呼呼地往里面充气，却盖不住正在淘气堡里蹦跳玩耍的孩子们的大喊大叫声。那些孩子只有少数几个是来医院看病的，大多数干脆就是专门来这里玩儿的健康儿童……

劳动节后的第一次早交班会议上，她当着所有科主任和院领导的面提出，立刻撤除这个玩具："表面上看，淘气堡很厚实，又有多条绳索锚连接着固定鼻固定在地上，似乎很安全，实际上不是这样。近年来，省内外经常发生大型充气游乐设施被风吹翻造成儿童死伤的案例，这是因为造型高大的充气玩具的质量并不大，且重心较高，在遇到大风时，由于迎风面积大，在风压的作用下容易产生漂移，如果锚固措施不到位，一旦玩具的底部离开地面，哪怕只有几毫米，迎风面积将急剧增大，很容易就会被彻底掀翻！"

坐在会议室后排的赵跃利脸色顿时阴沉下来。

"西配楼后面的空场，北边就是大凌河，河上风大，连带着空场上也一向多风，对淘气堡的安全构成一定的潜在风险。"周芸接着说，"更何况，来医院看病的孩子，有些固然症状比较轻微，但身上携带的病菌依然比健康的孩子多得多，都凑在淘气堡里连蹦带跳、你挨着我我撞着你的，不利于康复不说，还容易造成交叉感染。我实在不知道是谁弄进来这么个劣质玩具，是嫌咱们儿童医院还不够忙吗？"

会议室里响起了一片笑声。

赵跃利的脸上挂不住了："淘气堡是我引进的，目的是为了给医院创收——再说了，什么叫劣质玩具？那可是从正规渠道购买的合格品。"

"合格品？"周芸一声冷笑，"我都不说你们那连个开关都没有、纯靠插拔插头来接电和断电的鼓风机——按照国家相关标准，检验大型充气玩具的基础材质是否合格，重要的一条标准就是表面涂层应该无掉色现象,你自己去看看,这才一个月,你那淘气堡掉色都掉成啥样了!"

会后,赵跃利找院领导一通公关,最后淘气堡没有撤除,只是多加了几条绳索锚用于固定。周芸气不过,继续向上级反映,但鉴于赵跃利的"后台"很硬,大家也只能劝她息事宁人,好在淘气堡也一直没有发生被风掀翻的事故,时间一长,工作缠身的周芸也只好将它搁在脑后了……今天看着它终于被放气,周芸觉得颇为解气。

"赵跃利!"周芸摘下口罩,喊了一声走了过去。

赵跃利不紧不慢地转过身,肥囊囊的两个腮帮子上挂着没有刮净的胡须,看上去活像一条鲇鱼。他望着这个圆脸短发,柳眉凤目,虽然气质干练,但丰厚的嘴唇、挺拔的鼻梁和坚毅的下巴反而别具韵味的女医生,用一种戏谑的腔调问道:"哟,这不是咱们周大主任吗,啥事儿?我这儿忙着把您的'眼中钉'收起来呢。"

话里的刺儿,傻子都能听出来。周芸也不客气:"怎么,你还想把这东西带到新院区去?"

"怎么可能,新院区的儿童娱乐区那叫一个高端大气上档次,这东西怎么上得了台面,我把这个捐给新院区旁边的幼儿园去。"

说是"捐",其实百分之百是"卖"。买的时候是医院花钱,趁着搬家账目乱的时候卖掉,钱就装进了自己的口袋,等于又占了公家一次便宜。但眼下不是纠缠这件事的时候,周芸严肃地扳正了话题:"谁让你把急诊科的医疗器械随便拿走的?"

"你看你这话问的,整个急诊科都要转移到新院区去了,这些器械还留下来干啥,一起转移了呗。"

"'转移'?转移到哪儿去?你搞清楚,急诊科还要留下来一部分人员继续承担旧区的儿童医疗保障工作,你把 X 光机拿走了,遇到需要拍片子的时候,怎么办?"

"转移到新院区去啊,我这儿有高副院长批的单子,他同意了的。"赵跃利把一张物资调配单递给她,"你们这边不是还有一台 APR①吗,够用啦!"

周芸看了一下那张单子,在物资调配的项目上写有急诊科的这台 X 光机,落款也确实有高副院长的签名。"尽管如此,你也不能连招呼都不跟我打一声,就把我们科室的东西运走!"

"走那个形式干啥,反正也跟你没什么关系了。"

"笑话!我是急诊科主任,我们科的医疗器械跟我没关系?!"

赵跃利嘴角一咧:"你这消息也忒不灵通了——"他话还没说完就戛然而止,目光望向周芸的身后。

周芸回过头,看见年轻漂亮的科秘②孙菲儿走了过来,也许是鞋跟太高的缘故,每一步都踮着脚尖,好像跳舞一样。她不仅在白大褂外面裹上了厚厚的羽绒服,还用两只涂着指甲油的手指撑住羽绒服的帽檐,生怕压坏了自己新做的头发。

"什么事儿?"周芸问。

"高副院长打您的手机没人接,就让我来找您,让您马上去一趟三楼会议室。"

周芸看了看那台孤零零兀立在车上的 X 光机,知道自己今天无论如何也救不下它了,咬了咬牙,转身穿过消防通道,往医疗综合楼走去。

---

①数字化可移动式 X 光机。
②医院一般都会指派一位医务人员协助科主任完成日常工作,特别是杂务的处理,简称"科秘"。

望着她被狂风吹得一片凌乱的背影，赵跃利的脸上浮起一抹冷笑。

3

也许是被外面的冷风吹了一下的缘故，走进医疗综合楼的大门，周芸只觉得手背一阵奇痒，原来是起了一层风疹。

最近半年来，她的体质急剧下降，各种慢性病的症状像蚰蜒一样无声无息地袭上身来：头晕、目眩、耳鸣、颈椎疼痛、肠胃痉挛……但其中发作频率最高的还是各种过敏反应，特别是荨麻疹，莫名其妙地就会在身上散布起一片片无规则的红色斑团，好像皮肤下面蠕动着无数随时会分泌毒液的棘皮动物似的。关于这些动物吞噬她的脏腑并侵占她的躯壳的噩梦，总在深夜将她吓醒，这使得本来就精神高度紧张的她，感到躯体绷得越来越紧，一刻也不得放松。

她先到影像室，让李德洋把放在二楼药械间的可移动式X光机拿下来，给那个肚子疼的女孩拍照，然后来到电梯前，准备上三楼开会。她摁了一下向上的箭头，趁着等电梯的工夫，从白大褂的兜里抓出一把药片，从中找到盐酸西替利嗪①，抠出一片，扔到嘴里就这么干咽了下去。

电梯门打开，她走了进去，连身也懒得转，于是电梯门就在她的背后关上了。

直到电梯门再一次打开，她才想起自己忘了摁楼层，苦笑着转过身，摁了一下三楼的按键，当电梯门关上的一刻，她在缝隙

---

①一种抗过敏药物。

中好像看到陈少玲的丈夫张大山匆匆走进了急诊大厅，身上那件臃肿的灰色快递员服装，每道褶皱都仿佛是外面的狂风擦下的伤痕……

这是一个伤痕累累的人。她想。

电梯上行的时间很短，她的脑海里却像放电影一样回忆起了自己和陈少玲一家人交往的经过。

最初，陈少玲是应聘到医院做护工的。同时应聘的护工大都托关系分到了好一些的科室，她没有任何关系，就被分到了工作量异常繁重的急诊科，但她不怕苦不怕累，干起活儿来特别认真负责。尤其令周芸惊讶的是她居然还懂一些医学护理知识，赶上急诊高峰期护士们忙不过来的时候，陈少玲也能搭把手——打针输液插管灌肠样样来得，就连巩绒这样挑剔的护士长，也对她赞不绝口。后来周芸才了解到，陈少玲居然是省医学院"老年服务与管理"专业的大学生，毕业后曾经在家乡的县医院当过护士……

巩绒听说后，坚决要求周芸把陈少玲聘为护士："这一个可比我手下那几个强多了！"

周芸正有此意，只是因为医院搬迁的缘故，人事科暂时停止一切正式工的聘任工作，所以打算等搬迁结束后，再把她聘进来。

陈少玲个子不高，梳着一个马尾辫，有些瘦削的脸上总是挂着微笑，似乎对自己的工作和生活都心满意足，这在喜欢抱怨一切的护工群体中非常少见。平时她不怎么爱说话，跟同样不爱说话的保洁员老张、总是笑呵呵的保安王喜、实习生大楠的关系不错，毕竟他们在医院都属于"边缘人群"。至于那些总是找她帮忙的护士，偶尔送她一些不要的化妆品或丝巾什么的，她也从不觉得这里面有什么恩赐或轻辱之意,总是微笑着收下。

周芸搞不清陈少玲在急诊科这样由鲜血、分泌物、排泄物、呕吐物、孩子哭闹声和家长叱骂声组成的环境里,怎么能保持良好的心态,后来她见到陈少玲的丈夫张大山抱着女儿来医院看望她,见到一家人坐在后花园的凉椅上一起吃盒饭时满脸的笑意盈盈,似乎明白了陈少玲内心的充实和幸福从何而来①。她不禁想起了自己的丈夫,想起了自己那个已经破碎并无可挽回的家庭,心中一片凄恻。

不久,喜欢打听和传播小道消息的王酒糟神神秘秘地来向她报告,说别看陈少玲的丈夫现在当快递员送餐,其实以前坐过大牢。周芸一句话怼得他灰溜溜地走了:"你过去因为盗窃公物被拘留的事情,要不要也拿出来说一说?"

然而,天底下所有的幸福都是易碎品。

上个月有那么几天,陈少玲没来上班。周芸很少过问护工的事情,这回特意向巩绒打听了一下。巩绒说好像是她的女儿生病了,就在咱们医院看呢。周芸"哦"了一声就忙别的去了。直到有一天早晨,当她踩着院子里卷缩而干枯的落叶走进医疗综合楼时,看到张大山把裹得紧紧的女儿抱在肩上往楼外走,后面跟着神情木然的陈少玲。她赶紧上前问孩子怎么了,这一下陈少玲的泪水像开了闸一样倾泻出来。原来,小玲前一阵子经常流鼻血、乏力,上几级楼梯就喘得不行,还老喊腿疼,一开始两口子没当回事,想是四岁的小女孩成天一个人关在出租房憋屈的(他们交不起幼儿园的学费,每天就是把小玲锁在家里,然后再各自去工作),后来孩子突然反复低烧,体温总在三十八度左右,吃了退

---

①陈少玲和张大山的故事详见拙作《不可能幸存》。

烧药也没有用。到医院一验血，发现血色素及红细胞计数降低，血小板减少，白细胞增高，孩子立刻被转到血液科。行骨髓穿刺术并送检骨髓液涂片后，小玲被确诊为急性淋巴细胞白血病。

听说是"急淋"，周芸心头一沉，在儿童医院工作多年，虽然见过太多太多的疑难病症，但"急淋"依旧是凶险程度最高的儿童肿瘤之一，但她嘴上却安慰道："少玲你别着急，你学过医，应该知道，咱们国家的儿童白血病治疗技术在全世界是首屈一指的，'急淋'的五年无病生存率达到80%以上。咱们静下心来给孩子好好治病，小玲一定能够战胜病魔的。"

少玲还是哭个不停，旁边的张大山说话了，瓮声瓮气的："我们没有钱……"

周芸这才恍然大悟，明白了他们为什么要离开医院……儿童急性淋巴细胞白血病的治疗，目前主要是采用以化疗为主的综合疗法，特别强调的一点就是充分给药，不仅早期要连续强烈化疗，病情稳定后还要交替使用多种药物长期治疗，持续完全缓解两年半甚至三年以上方可停药。而能不能坚持得下去，除了患儿和家长的信心，更重要的就是一个"钱"字。小玲是农村户口，虽说平州市的医保政策针对儿童"急淋"患者的报销政策是：新农合基金支付定额标准的70%，医疗救助基金支付定额标准的20%，也就是说，个人只需要自付定额标准的10%，但实际上，这个定额标准本身就定得低（"急淋"的定额只有8到10万）——保守估计，一个"急淋"儿童一年的用药开销至少在20万元以上，三年就是60万元——加上在实际治疗过程中，大量昂贵的、进口的化疗药物根本没有纳入医保，医保外付出的金额远远"超标"，导致这个听起来很美好的医保政策，对于绝大多数"急淋"患儿来说真的是杯水车薪。

周芸看着趴在张大山肩膀上的小玲。小姑娘正闭着眼睡觉，瘦削的小脸因为发烧而泛着异样的红色，两瓣薄薄的鼻翼随着呼吸起伏得越来越沉重，仿佛随时会停止似的……

于是她说："这样，你们回急诊，先把小玲放到'蓝房子'去。"

陈少玲一愣："可是主任——"

"可是什么可是！"周芸打断她道，"向后转，到留观一病房去，该把小玲放到哪个床位，你知道的。"

陈少玲当然知道，就是因为知道，刚刚她才犹豫了一下。

在院领导的嘴里，急诊科总是"代表着医院形象"的门脸科室，但其实大家都心知肚明，这只是一句当不得真的米汤话。任何综合医院或专科医院，急诊科都是鸡肋，固然不可或缺，但因为风险大、成本高和纠纷多而让领导头疼，尤其医患矛盾，十有八九是发生在急诊科。而其他科室遇到床位不够、患儿难治，但家长要求医院必须接收施治的时候，一般都会让他们带着孩子"去急诊留观吧"，所以私下里大家都管急诊科叫"兜底儿科室"。也正因此，急诊科主任在任何医院，都是最难当的中层干部之一。偏偏周芸在这个岗位上一干就是八年，靠的不仅仅是卓越的急救技术，还有基于强烈的使命感、责任感和奉献精神而产生的爱心、耐心和诚心，哪怕是最胡搅蛮缠的家长，也会被她对孩子病情细致入微的分析和坦白真诚的沟通所感动，最后带着孩子离开留观病房——在周芸的眼中，从来就没有什么难缠的家长，他们只是一群因为孩子生病而一起生病的大孩子，同样需要别人的理解和安慰。

但是，有一种情况例外，那就是来留观的孩子纯粹是因为贫困而被其他科室"推出来"的。

周芸有一个执念：孩子得了绝症，当医生的无计可施，已经是憾事痛事，但如果孩子的病有的治，却因为没钱而眼睁睁看着他们死去，那简直就是不可饶恕的罪行。"医生的天职是救死扶伤"，这句话的前面可没说要先看患者的银行卡、支付宝或微信钱包里还有多少余额。所以，每每她遇到患了可以救治的疾病但家里掏不起治疗费的孩子被送来留观的时候，总会对巩绒说："让孩子到'蓝房子'住下吧！"——"蓝房子"指的是留观一病房用蓝色屏风隔开的那四个床位——当然还有一个重要的前提：这样的孩子患的不能是传染性疾病。

周芸"敢"这样做，靠的是医院给急诊科主任一条不成文的特权，俗称"绿通权"。

绿色通道人人皆知，是指为了抢救危重患者而开通的简化手续、方便快捷的救治通路；"绿通权"则是指对病情危重而又极端贫困的患者，急诊科主任可以先行救治，并跟医务处和主管医疗的副院长打报告，申请减免一部分医疗费用。问题在于，这样的"大病申请救助配额"是有一定限度的，公立医院靠财政拨款，如果每个患者都因为穷就可以看病不花钱，全国医疗系统欠的债恐怕把裤子当了也还不起，所以院领导对周芸的做法意见很大，旁敲侧击地给过她不少压力。从理性的角度，周芸当然知道应该适可而止，但让她见死不救，她又万万做不到。因此，当市电视台记者、外号叫"大傻杨"的杨兵乐呵呵地来找她，表示要把"蓝房子"的事情拍摄成新闻在本市健康频道播报时，被她直接轰出了办公室。

对这一切，陈少玲是心知肚明的，但现在主任给了她一个救治女儿的机会，她又岂能不抓住这根救命稻草？于是她赶紧带着丈夫和女儿来到了留观一病房，当张大山用坚强有力的臂膀平平稳稳地将小玲放在"蓝房子"最里面那张病床上的时候，陈少玲清楚地看见一向粗粝的丈夫眼中泛起了泪光。

随着长春新碱、柔红霉素、左旋门冬酰胺酶、泼尼松等化疗药物的使用，坚强的小玲熬过了恶心、呕吐、腹泻、口腔糜烂等一系列副反应，病情有了明显的稳定和好转，为什么今天又突然恶化起来了呢？难道要更换更为强烈的化疗方案？可是那个纤弱的小小躯体，能承受得住更多、更痛苦的副反应吗？

正想到这里，电梯的门打开了。

电梯门的斜对面就是会议室，直到这时，她才想道：究竟高副院长要找我做什么？

不知怎么的，刚才巩绒对自己说的那句意义不明的话突然浮上了脑海——

"我说你啊，你就不能抬头看看四周围。"

4

推开会议室的门，她看到乳白色长桌的对面坐了四个人，除了高副院长之外，还有人事科科长和纪检办主任，以及一个她没想到的人：市卫生局副局长蔡衡。这个规格足以显示今天会议的重要性，只是此前自己怎么一点儿风声也没听到？而且——平日里总吊着一张脸的纪检办主任就不必说了，一向和蔼可亲的高副院长和一口一个"周姐"的人事科科长，脸上的表情怎么也都分外严肃？

到底出什么事了？

"周芸，你坐。"高副院长伸了伸手，示意她在对面落座。

坐下后，望着对面的四个人，她突然有一种被审判的感觉，这让她很不舒服。

高副院长先看了一眼面无表情的蔡衡,然后对她说:"周芸同志,我今天是代表组织来跟你谈话的,主要想向你了解两件事。第一件事,急诊科护士李河清被杀的案件发生后,在社会上产生了很坏的影响。我想知道,在科室建设方面,你对医护人员的安全问题平时有没有进行过教育,对相关的规章制度有没有组织大家进行过学习?"

瞬时间,眼前铺开了一片暗红色。

五短身材的李河清,上半身趴在 PICU 门外的值班台上,半闭的眼皮里已经没有一丝光芒。她短粗的脖子上豁开了一个很大的口子,好像咧开了一张红通通的嘴巴,伴随着她身体的微微抽搐,血液汩汩地流出,在她紧贴台面的腮帮子下面聚起了一片黏稠得发亮的血泊……

"周芸,周芸!"高副院长叫了两声,才把她拉回了现实世界。

她定了定神,慢慢地说:"在安全教育和相关规章制度的学习方面,急诊科跟其他科室一样,是跟着医院走的。因为平时工作过于繁忙,特别是搬迁开始后,更显繁重,所以急诊科最近一段时间并没有组织专门的学习。另外我得承认,由于医院的安保工作由保卫科主抓,所以我确实对院内安全存在着思想麻痹和疏忽大意的问题。"

这番话说得很厉害,看似承认了自己的工作失职,实际上却指出:院内出了安全问题,不应该由我这个急诊科主任承担主要责任。

蔡衡的鼻子里轻轻一嗤:"保卫科主抓不假,可他们说,你们科唯一的保安王喜那段时间请假回家,是你批的假。"

周芸点点头："他的父亲去世了，他回家去奔丧。"

"我听说，出事那天，本来应该是另一位护士袁水茹在PICU门口值班，但是你中午临时做主，让袁水茹跟你一起陪杨兵吃饭，换李河清代班，这是怎么回事？"高副院长问。

周芸看了他一眼，平静地说："袁水茹是我的表妹，一把年纪了还没有对象，我一直想把他介绍给杨兵，那天杨兵来医院拍摄新闻，照习惯，本来中午也应该招待他吃顿饭，我就带着袁水茹一起去了。"

"也就是说，这起案件中，本来死的应该是你的表妹，而不是李河清？"蔡衡说。

"我想，每一个医护人员的遇害，都不适合用'应该'二字来描述吧。"周芸说。

蔡衡也意识到自己失言了，用圆珠笔在一个很大很厚的记录本上划拉了几下，继续说："我听说你和李河清的关系很不好？"

"我是科主任，对急诊科医护人员存在的任何工作不认真的现象，都是严肃批评的，我认为这不牵涉私人关系的好坏，何况人已经去世了，我不想再说更多。"

蔡衡一笑："好吧——那么杨兵呢，说说你和他是什么关系？"

周芸有些生气："蔡局长，你这话是什么意思？"

"没什么，只是传闻，咱们这位杨大记者好像一直对你有着超出工作关系之外的好感……然后你又把表妹介绍给他，这个似乎说不大通啊。"

"蔡局长，我认为你关注的重点，也超出了你应有的工作职责。"周芸毫不客气地说。

蔡衡又是一笑，对着一脸尴尬的高副院长点了点头，示意他继续发问。但高副院长显然为难起来，沉吟了片刻才慢慢地对周芸说："我要了解的第二件事情是：你对你们科的收支情况是否掌握？"

因为不清楚这个问题的来由，所以周芸犹豫了一下才说："我是科主任，科室的收支情况我大致是掌握的，但涉及具体数字，还要请财务处的同志帮忙核实——"

蔡衡截住她的话头说："最近半年来，你们急诊科的超支情况非常严重，这是怎么回事？"

周芸知道这位蔡副局长的工作履历，知道他在就任这一岗位前是与医疗工作毫不相关的市体育局训练处处长，所以上任后，对医疗口经常做出一些匪夷所思、纯属外行的发言和指示，比如让骨科医院在住院患者中推广八段锦，针对体检中检出宫颈糜烂病例增多的现象要求妇产科医生对患者加强德育，跟神经内科医生座谈时让他们关注精神病患者的居家疗养问题……一时间在业内传为笑谈。她只能给他耐心解释："儿科急诊主要应对的是危重症患儿，所以采取'抢救第一'的原则，在成本控制方面，有时是不计得失的。就说静脉输液这一项，简单地说成本有两项，一是输液器材，一是输液过程中的护理，但国家在医疗收费上规定的是打包收费，患者缴费，缴的只是耗材成本的钱，不算人力成本，这就导致输得越多，急诊赔得越多。再说耗材成本，其实也是入不敷出，比如用于治疗代谢性酸中毒的碳酸氢钠，在儿科急诊中属于常用的输液用药，十毫升一支的碳酸氢钠跟十毫升一支的蒸馏水配，家长缴费，给的就是这支碳酸氢钠和这支蒸馏水的钱，问题在于，配药必须选择无菌容器，怎么办？只能开一袋葡萄糖或生理盐水倒掉，用空袋子做容器，配好药后再装入输液袋——那袋葡萄糖或生理盐水的钱可没法跟家长要，像这种零零碎碎的'隐形花费',在急诊救治过程中多了去了,虽然单笔金额并不大,但凑在一起就容易导致急诊科严重超支。"

高副院长听她说得如此清晰明白,不禁轻轻地点了点头。

"你说的这些我当然知道——"蔡衡停顿了一下继续说,"我说的超支严重可不止这么简单!"说着,他把用票夹夹着的厚厚一摞打印单据隔着桌子朝周芸推了过来。

单据划过桌面,"嚓啦"的一声。

周芸接过来一看,一下子就明白了蔡衡说的"超支严重"是什么——所有的单据都是住在"蓝房子"里的小患者们的医药开支,而这些动辄就成百上千元的开支上都有她的签名。连她自己也没想到,不知不觉间竟积聚成了这么大的一笔钱!

"这还仅仅是今年十二月份的单据……医院不是慈善机构,这个道理我相信你是清楚的,你利用手中的'绿通权',造成了医院账面上的巨额开销,你自己当然是博得了一个扶危济困、治病救人的好名声,但医院怎么办?谁来报销这笔钱?这些你都考虑过没有?"蔡衡用两根手指头哐哐哐地点着桌子说。

周芸没有说话。

蔡衡乘胜追击:"还有小金库的问题——"

周芸一愣,抬起头来,满脸讶异。医院科室内部设立"小金库",属于近年来公立医疗机构自纠自查的重点,但急诊科是出了名的"穷科",既没有做手术的"红包",也没有召开学术会议的药械商赞助,哪里会有什么小金库?

"别那么吃惊。"蔡衡嘲讽地说着,将一张纸递给了她,"你看看这个。"

周芸一看,可真的是吃了一惊,这是存放在自己办公电脑里的一张 Excel 表,上面统计着一些获救患儿的家长为了表达感激之情，偷偷塞在她办公室门下面的感谢费，少的几百块钱，多的上千，因为找不到送款人是谁，她就把收到的时间、地点和金额详细登记在 Excel 表上，将钱用于救助"蓝房子"里的贫困患儿的医疗支出。

问题在于，这个 Excel 表是放在电脑的加密文件夹里的，除了自己和孙菲儿，没有人知道密码。

也就是说——

"我说你啊，你就不能抬头看看四周围。"

仿佛劈头泼来一盆冰水，周芸感到从头到脚都寒透了。她终于明白了巩绒的提醒是什么意思，当自己没日没夜地在前线冲锋陷阵的时候，有人却在背后无声无息地收集着置她于死地的弹药。一种无比愤怒的情绪使她昂起头来说："这笔钱，我跟财务处的同志打过招呼，又没有用于其他用途，怎么能算'小金库'呢？"

高副院长对蔡衡说："这笔钱的数额不大，又确实没有用于其他用途，蔡局长你看——"

"性质是一样的！按照规定：医院的部门、科室设立账外账，一律算作'小金库'。"蔡衡板着脸，指了指那厚厚一摞打印单据，"'小金库'的数额不算大，那么这笔费用呢？够大不够大？"

高副院长沉默了。

"多亏现在是年底，照规矩，医院一年的财务核算截至十一月底，所以十二月份的开销，可以计入明年的账面，到时候我们再想办法，看看怎么把这笔钱打散后分解到各个月份的开支里。"蔡衡换了一副通融的口吻，看着周芸说，"那么，随着新区的落成和新院区搬迁工作的完成，我想问问你，你对旧院区急诊科的工作有什么构想,特别是那个'蓝房子',你打算怎么处理?"

周芸刚要说话,就听见高副院长轻轻地咳嗽了一声。

这一声带有鲜明的提醒意味。

周芸明白高副院长的意思,对蔡衡这个问题怎样回答,将决定着下一步处理的轻重和她个人的命运。

"正确答案"她当然知道,但她认为那是不正确的。

于是她正视着蔡衡逼问的目光,一个字一个字清晰地说:"我还是坚持此前的意见和建议:第一,旧院区应该保留相当的医疗资源,以保证旧区孩子们的就医需求;第二,像'蓝房子'这样救助贫困重症患儿的场所,在公立医院不仅要存在,而且应该长期存在下去。"

蔡衡笑了,那笑容中包含着"早就知道你会这样回答"的得意:"那么钱呢?你有没有算过,不说全国,就说本市,每年假如有五十个这样的患儿,开销有多大,财政能不能承受得了?"说完他不容周芸分辩,偏过头对高副院长说,"你宣布一下吧。"

高副院长苦笑了一下,对周芸说:"周芸同志,鉴于你对急诊科收支情况没有综合掌握,造成严重超支,数额巨大,且在科室内设置小金库,造成社会不良影响;同时,你对急诊科的科室安全监管不力,对护士李河清遇害负有间接责任,经平州市儿童医院院领导集体研究决定,并报市卫生局批准,对你做出如下处理:免去你的急诊科主任一职,停止一切工作,听候组织下一步处理,由急诊科副主任陈光烈代行主任一职——你对这个处理决定有什么意见吗?"

尽管有了心理准备,但已经接近三十六个小时没有睡觉的她,还是感到视线里一片模糊。她望着坐在桌子对面的四个人,看不清他们的模样,只觉得他们的脸孔都很高,很高,像在井沿上俯视着自己,而自己仿佛是突然坠入了一口枯井,摔断了全身上下的每一节骨头,井底黑暗而冰冷,她想要呼救,却连发出一点儿声音的力气都没有。而且她知道,就算她呼救,井沿上的那些脸孔也会无动于衷,就这样漠然地看着她在井底变成一把枯骨,这才是最让她绝望的地方。

上一次坠入这样的枯井,仅仅是半年前的事情。

周芸想说什么,但一股凄恻的情绪袭上心头,让她感到此时此刻一切辩白都是荒诞和无力的,于是低声喃喃道:"行吧……"

高副院长长长地吁了一口气,他偏过头看了看监督处理是否符合组织程序的纪检办主任,纪检办主任摇了摇头,表示没有问题,于是他对人事科科长说:"那你一会儿就到急诊科,跟大家宣布一下这个处理决定吧。"

周芸慢慢地站起身,往会议室外面走去。

当她打开门,将要步出会议室的一瞬间,忽然转过头来对蔡衡说:"蔡局长,我来回答您刚才的那个问题:'蓝房子'最近收的一个患急性淋巴细胞白血病的小女孩,一年的医疗费用大约是二十万元——据我所知,今年平州市运动会的全部开销加在一起是两千万,这样的患儿,可以救一百个。"

5

楼道里,脚步声渐去渐远,终于随着电梯门的开关声而彻底恢复了安静。会议室里的人们知道,这是周芸回二层的科主任办公室收拾东西去了。

一番唇枪舌剑之后,总算把周芸这个素以强硬而闻名的急诊科主任"拿下",蔡衡紧绷的神情顿时舒缓了下来。他想扭转屋子里的压抑气氛，于是跟高副院长闲聊起来：旧院区的节能工作落实得咋样啦，新院区的大型医疗器械还有哪些没有到位啦……高副院长有一搭没一搭地跟他对付。大概是蔡衡自己也觉得没话找话是一件别扭的事儿吧，所以突然抛出了一个让大家精神一凛的话题："李河清那件案子，办得怎么样了？"

高副院长摇了摇头："上午市局刑侦支队来了一个同志，说到现在还是一点儿进展都没有。我说死者家属的意见很大，他还把我好一顿埋怨，说谁让咱们那么早就把监控都给关了的。"

关掉旧院区的监控设备，是一个多月前蔡衡直接下达的指示，说是随着旧院区搬迁工作的收尾，为了做好节能减排工作，一些没必要的电力供应，比如整个医院的监控设备就都关了吧，"反正也不会发生什么事了"。高副院长没办法，只能遵从，结果搞得李河清遇害后，警方想提取医院从门口到犯罪现场这一路上的监控视频，却落得个两手空空。

蔡衡听出高副院长是在抱怨自己，心中颇是不快："刑侦支队可真行，案子破不了，废话倒不少。随他们吧，反正今后他们跟医院一样，工作重点也要转移到新区去了，估计这件案子就这么挂起来了。"

"蔡局长，听您这意思，难不成今后旧区真的就要'废了'？"人事科科长忍不住问，"我们家好多亲戚可还在这边住啊！"

"什么叫'废了'？！市政府的精神你好好学习了没有？"蔡衡皱着眉头说，"旧区人口密集、交通不便、市政设施老化，生活环境难以整体改善，所以才建设新区，并有条不紊地带动旧区人民逐渐向新区迁移，这个过程完全是由群众自发、自愿和自主的，市政府绝不干涉。至于一些机关院校和服务机构搬迁并将工作重点转向新区，是对市政府精神的响应……再说了，我们在新区建设了那么多花园小区、宜居住宅楼，群众想通了自然就会搬过去嘛，这个可没有强迫谁的意思。"

"谁不想搬啊，可是……新区的房价比旧区这边贵太多了啊！"

"所以才要奋斗，通过奋斗改变生活，客观上这也是督促人努力和进步的一个方式，不说什么跨越阶层，至少实现从旧区跨越到新区嘛。"蔡衡说着想起了什么，叮嘱高副院长说，"老高，有个事情我提前给你打声招呼，新区搬迁后，市公安局主要得顾全那边，所以旧区的警力严重不足，市政府就把旧区的治安工作临时交由新成立的综合治安办公室——简称'综治办'负责，这个综治办名义上归市公安局管辖，新上任的主任姓雷，是一位从北京来到咱们市挂职的干部，很年轻，也很有才能，既然旧区这边留了个急诊，那么今后遇到事情先找综治办。"

"那，李河清的案子呢？"

"李河清的案子属于刑事犯罪，肯定还要由刑侦队侦办……不过，谁知道呢，看这个架势，保不齐综治办会把旧区所有跟治安相关的问题一把抓呢。总之，不管刑侦队还是综治办，咱们都积极配合人家工作就是了。"蔡衡说，"对了，李河清的遇害现场，是不是就在咱们脚底下？我想去看看。"

听了这句话，高副院长一怔。

"咋了老高？"蔡衡问。

高副院长摆了摆手："没事没事……蔡局，那个没啥好看的，咱们直接去新院区吧，晚上还要准备新区落成的庆典呢。"

"顺道的事儿，走，看看去！"蔡衡站起身，"案发之后，我忙着新区的工作，这还是第一次来你们这儿呢。"

他们走出会议室。整个医院，目前除了医疗综合楼这三层，其他均已人去楼空，所以异常安静，加上开展节能工作的缘故，楼道灯就只开了寥寥几盏，显得特别昏暗，走在里面，每个细小的动作都能引起回声似的，所以就算有四个人，他们心里依然有些瘆得慌。案件已经过去一个月了，可是李河清的冤魂仿佛依旧在这幽邃的楼道里飘荡……

一个月前的那一天，上午十点，蔡衡带着卫生局的几个干部来医院视察搬迁进度，还特地把杨兵从电视台叫来拍摄。十一点左右，一行人来到二层，拐过医疗综合楼与住院楼相联结的那个拐角时，看到前面不远处是两扇铁门紧紧关闭着的PICU，门口的值班台后面坐着一个个子挺高的护士。蔡衡走过去跟她握了握手，问了她的姓名，护士说自己叫袁水茹。蔡衡指了指PICU："里面还有患者？"袁水茹犹豫了一下，摇了摇头。蔡衡就带着随行人员全部离开了这里。

这以后发生的一系列事件，迄今都迷雾重重。警方在案发后对相关人员进行了详细的问询，依然无法还原事件的全貌，但是根据时间线，大致梳理出了这样一条脉络：

11点20分：蔡衡视察结束，让卫生局的几个干部先离开医院，自己跟高副院长到三层会议室谈搬迁工作收尾前的注意事项，采购科主任赵跃利作陪。周芸带着杨兵来到自己的办公室，把上午拍摄的片子剪辑后，用电脑传给电视台。

11点40分：护士长巩绒来到PICU门口，让袁水茹去医院附近的一家饭馆陪周芸和杨兵一起吃饭，并把李河清找来，让她帮忙代班到下午一点半。李河清很不高兴，跟巩绒一顿抱怨，话里话外对周芸各种不满，"每个字都跟刀尖儿见红似的"，最后袁水茹说了半天好话，她才勉强同意了，而且由于蔡衡视察时批评了同层的医生休息室脏乱，所以她答应帮袁水茹把那里收拾一下。

12点整：孙菲儿来PICU门口找袁水茹——据她自己说是约袁水茹中午去逛街，因为给袁水茹发微信一直没有收到回复，所以专门上来找她一趟，但后来警方在调查中发现，这条微信发出的时间是12点10分，孙菲儿说自己记错了——在值班台她见到了李河清。李河清跟她吵吵自己上个月工资绩效不对，"少算了我半天的值班费"，因为工资绩效的申报，每次都是孙菲儿统计制表后再交给周芸审核的，所以摆明了是指责孙菲儿工作失误，两个人就在值班台吵了起来。正在药械室（药械室也在二层，但位于医疗综合楼一侧，而PICU和医生休息室位于住院楼一侧）的急诊科副主任陈光烈听到了，过来一番劝阻，总算是把孙菲儿劝走了，而陈光烈则回一层急诊大厅去了。

12点20分：影像室大夫李德洋突然找不到儿童铅衣了，怀疑是哪个就诊的孩子拍完胸片糊里糊涂地给穿走了——有些好占小便宜的家长以为这是什么值钱的东西，索性也不还给医院了——就到药械室取一件新的儿童铅衣，顺便想找袁水茹"说点儿事"，在值班台看到了李河清。他记得当时李河清神情很古怪，"不像是在生气，反而两眼冒光，跟窥探到了什么绝世机密似的"。李德洋本来就不善言辞，更怕李河清这个八卦狂缠住自己没完没了地嚼舌头，便匆匆溜走了。

12点25分：胡来顺到医生休息室，拿自己下午参加

PSK[①]活动的器具包,看到李河清。因为这俩人平时经常在一起吐槽患者家长有多么讨厌,所以颇为聊得来。胡来顺也看出她憋着什么秘密,"憋得嘴唇都干裂了",就问她怎么了,"李河清很想跟我说什么,但居然忍住了没有说,也真是难得一见。"而他也成了李河清活在这个世界上的最后一位目击者和见证人。

  12点35分:正在医院附近的小饭馆里跟杨兵、袁水茹一起吃饭的周芸突然接到了李河清打来的电话,说自己发现了一个"白纸黑字的特大奸情",让她马上到PICU来。周芸莫名其妙,一边抱怨着李河清的神神道道,一边让杨兵和袁水茹继续吃饭,自己先回医院去了。谁知她刚进急诊大厅,就被巩绒拉去抢救一个被车撞伤的小患者去了,完全把李河清的事情抛在脑后。此后,霍青和大楠都到二楼的药械室拿过东西,但她们都说自己没有拐到PICU去,也就都不了解李河清的情况。

  13点15分:袁水茹跟杨兵吃完饭,杨兵去电视台上班,她独自回到医院,上二楼找李河清换班。拐过拐角,她看到李河清趴在值班台上——准确地说是把脑袋搁在值班台上,眼睛半睁半闭,两只胳膊耷拉在台子下面,好像是在睡午觉,但是姿势十分诡异。据袁水茹说,当时她站在昏暗的楼道里,心里陡然升起一种不祥的预感,往前探了几步,发现值班台台面上有一大摊从李河清脑袋下面流淌出的红色液体,顿时吓得魂飞魄散!她跌跌撞撞地从步行梯跑下楼,撞见刚刚从抢救室走出来的巩绒,声音颤抖

---

①野外生存训练。

地说:"李河清好像被人给杀了……"巩绒大吃一惊,甩下袁水茹,跑到二楼,具有丰富急救经验的她看向李河清的第一眼就知道:现在任凭什么急救也无力回天了。

13点35分:接到报警的属地派出所民警、刑侦支队刑警和法医相继赶到医院,对犯罪现场进行了勘查。从现场的血液形态,可以清楚地了解到李河清生命最后几秒钟的情形:她坐在值班台后面的椅子上,毫无防备,一把锋利的刀子突然伸到她的左脖子下面,深切开皮肤,然后狠狠向左上方一划!血立刻像从高压水龙头中发射一般喷了出来,在半空中划开一道弧线,然后洒落在值班台和地上,形成一条红色的血带!李河清连惨叫的声音都没来得及发出,就一头栽倒在了值班台上,她想抬起左手捂住伤口,但剧痛和失血,使她的手只在伤口上摸了一把,就跟右手一样软塌塌地耷拉在了台子下面……

警方对犯罪现场遗留的证据进行了提取,但收获甚微:凶手没有碰过楼道墙壁和值班台面,也没有和李河清有过直接接触,所以现场没有发现可疑的指纹;凶手戴了鞋套,因此地面上也没有提取到他的足迹;根据李河清伤口的切割痕迹,凶器应该是一把普通的手术刀,但在现场和附近都没有发现,估计是被凶手带走了;因为医院所有的监控设备均已关闭,所以没有提取到任何视频——总之,这就是刑警们常说的"光盘儿现场",而这种现场也是最让他们头疼的。

不过根据现场的情况,有刑警得出下面三点结论:首先是现场没有发现李河清逃走、闪避或者跟凶手搏斗的迹象,所以,凶手很有可能是李河清认识且不做防备的熟人;第二,从电梯或步行梯上到二楼，往西的第一间屋子是药械室，从那里可以很容易地拿到手术刀、鞋套，所以凶手应该对二楼的房间配置比较了解；第三，凶手的下刀位置精准且力道得当，一刀致命，证明他（她）具备一定的解剖学和手术刀的使用知识。综合这三点，凶手极有可能就是急诊科的医护人员之一。

也有刑警反对上述结论，因为假如凶手扮成普通患者，来二楼假装走错了路，向李河清打听消息，李河清也未必会做什么防备。此外，如果凶手刻意为了扰乱警方的侦查方向，从外面带一把手术刀来行凶，也是完全可能的。何况大街上杀人行凶一刀致命的多了，也没见哪个先去考个医师资格证什么的……

此路不通，只能另辟蹊径。

通过走访李河清的家庭和社会关系得知，遇害者如果生活在北京，大概就是所谓胡同串子那种人，平时热衷于打听和散布一切跟男女关系相关的小道消息，心里藏不住事儿，嘴巴恶毒得很，跟同事表面上十分热络，可是为了一分钱的利益就敢翻脸不认人。总之是个令人讨厌的家伙，可要说谁想杀她，倒也没人稀罕，"她就是那种你见了宁可躲着走，也不愿意踩一脚，怕脏了鞋底的人"，孙菲儿的评价代表了急诊科很多同事的心声。那么就只能往医患纠纷上想，可是李河清业务能力一般，服务态度很差，经常跟患者吵架，假如从这个角度切入，无疑将是一场遥遥无期的撒网捞针……

于是，在经过半个月的缜密侦查之后，没有任何突破的案子就这样被"挂"了起来。

整个旧院区除了急诊大厅，基本上人去楼空，本来就像个鬼楼似的，现在二楼又发生了凶杀案，导致急诊科的医护人员惶恐不安，除了工作必须，再也不愿登上那里半步。尤其是孙菲儿之类胆小的护士，在她们当中流传着李河清的阴魂在二楼飘来飘去的恐怖传说。

说来也巧，有细心的人发现：袁水茹几乎每天中午和晚上都会背着个帆布大背包到二楼去，胡来顺有一次凑近了问她背包里是什么东西，被她一把推开了，可胡来顺那鼻子比狗还灵，说背包里飘来一股饭香。他好奇地跟在袁水茹的后面，发现她上了二楼以后，拐到 PICU 门口，敲了敲门，那紧紧关闭的铁门居然被打开了，但看不见门后有人。袁水茹将背包递了进去，一会儿，空了的背包被一只雪白的手递了出来……全程没有一句对话。

因为 PICU 里根本没有患者，所以这件事被传开后，更加令急诊科的医护人员们毛骨悚然。胡来顺说这叫给鬼送饭，李河清活着的时候饭量就大，死了以后吃得更多了——吓得孙菲儿从此以后见了袁水茹都躲着走，生怕沾到这位"鬼使"的阴气。

此时此刻，蔡衡一群人下到二楼，拐过拐角，来到了 PICU 门口。已经被保洁员老张擦得干干净净的地面上看不到一丝血痕，但是不知为什么，站在这里的人们，依然隐隐看得到暗黑色的血污，甚至在极度的静谧中隐约能听到血液从腔子的裂口汨汨流出的声音。

也许是为了掩饰内心的不安，蔡衡咳嗽了一下，指着门口右边大声问："那个值班台到哪儿去了？"

"警方当作证物搬走了。"高副院长说，"不过上面都是血，就算擦干净了也没人敢用了。"

"新院区的治安保卫工作一定要加强，绝不能再出现类似事故。"蔡衡说，"你跟陈光烈特别强调一下，急诊科是医患纠纷的高发地，必要的话再增加几个保安。"

就在这时，突然传来了"咔啦啦"一声响！

响声是从PICU那紧锁的两扇铁门里发出来的，吓得所有人都一激灵，尤其蔡衡，倒退了几步，差点儿把身后的纪检办主任撞倒在地。

接着，铁门打开了，里面走出了一男一女两个年轻人。男的中等个头，一张白净的小圆脸上神情严肃，可是脸上两个不用笑也能露出来的小酒窝，让这严肃反而有些可爱；女的个子不高，身材略瘦，脸色蜡黄，像大病初愈似的，但如果细看，会发现她生得颇为俊俏，柳叶眉、细长眼，犹如工笔勾勒出一般标致，却也流露出一股子狠劲儿，微微翘起的樱唇更是让这俊俏带上了几分野性不驯的味道。

"你们……你们是什么人？"蔡衡被吓得不轻，所以缓过神来后口吻格外严厉。

男人看了他一眼："你是什么人？到这儿来干什么？"

蔡衡越发生气了："我是平州市卫生局副局长，这是我管辖的医院！"说完他对旁边的高副院长命令道："叫保安，马上！"

那男人冷冷地说了一句"不用"，然后从怀里掏出一张证件递给了蔡衡，女人也把自己的证件递给了他。

蔡衡接过证件，因为楼道光线太暗，他看了半天才看清楚：男人是北京市公安局的警察，名叫丰奇；女人来自本省渔阳县公安局，名叫田颖。

平州市属于三线城市，在这里官当得越大，对京城来人越是谨慎对待，所以蔡衡把证件还给他们时，只问田颖："你们在这儿做什么？"

田颖还没吱声，丰奇就说话了："我们在执行一项任务，请你马上离开！"

被人当着一班下属这样勒令，蔡衡觉得很没面子，正想着该怎么教训一下眼前这个年轻的警察，旁边高副院长在他耳畔低声说："蔡局，咱们走吧。"

蔡衡一下子就明白了，眼前这两个警察执行的任务，断断不是自己这个级别的官员该管、该问、该知道的。高副院长也许知道，但限于组织纪律，他不会跟自己吐露半个字。

蔡衡马上点点头，对两个警察说了一句"辛苦了"，转身便带着一行人离开了PICU的门口。

从步行梯往楼下走的时候，突然楼道里传来一阵悠扬的小提琴声，蔡衡站住脚步听了听，然后问："这是什么曲子啊，还挺好听的。"

"《渔光曲》，应该是周芸在办公室播放的。"高副院长说。

"怎么，舍不得那个主任的位置，还要给自己整个曲子欢送一下吗？"蔡衡冷笑着往楼下走去。

6

琴声悠悠，如泣如诉。

闭上疲倦的双眼，把头靠在椅背上，任凭内心的万千苦闷化成一缕哀也绵绵痛也绵绵的思绪，随着琴声在斗室里飘荡，并穿过一切壁与顶，飘向更高阔更辽远的地方……

琴声像针一样织起无数条线，琴声又像线一样织起勾连今日与往昔的时光，让往事在脑海中重新回放：漫天飞雪，朱爷爷拉着平板车在雪地里深一脚浅一脚的瘦削背影；打完针后排队领酸三色水果糖，嘴里尝到甜蜜的一刻，脸上还挂着泪痕；夜深人静的病房里，两位老人一边轻轻拍着孩子们哄睡，一边低声聊着沧桑的岁月和岁月的沧桑，没有睡着的她，直到好多年好多年以后,才听懂了他们那一番对话;就是在那之后不久吧,一个晚上,朱爷爷突然拉起了小提琴,穿着病号服的小朋友们,呆呆地望着在琴弦上滑动的琴弓,一曲《渔光曲》潮声浩浩、余音袅袅,竟从此在脑海里再也不能湮灭……四十年了,一切早已逝去,一切又那样清晰,那些人,那些事,那些梦想与信念,那些妥协与坚持,那些刻骨铭心的别离,那些万蚁噬心的伤痛,此时都化成两行清泪,无声无息地从眼角流了下来……

"不,我不能离开,我走了,这些孩子怎么办?"

可是现在,朱爷爷,我由不得自己了。

她慢慢地睁开眼,关掉手机的音乐播放,站起身向窗外望去,由于双眼被泪水模糊,她擦拭了半天才让视线重新变得清晰:已经是下午五点的光景,风小了一些,天上的乌云却板结得越发厚重,好像一块挂满了霜的巨大生铁,向大地又坠落了几分。虽然暴风雪还没有到来,但在这样寒光凛凛的乌云下面,整个旧区已经乱了阵脚,在晚高峰的时段迎来了一场不亚于灾难的大堵塞:机动车的车流像泄洪一样喷涌泛滥,侵占了非机动车道,黑压压的自行车被挤得骑上了人行道,而行人们则从机动车道上见缝插针地狼奔豕突。于是,人腿、轮胎、车身,彼此摩擦碰撞穿插,最终把每条街、每条巷、每个路口都像填鸭的食管一样堵得满满登登的。新区的建设不但没有纾解旧区的交通压力,反而像把原来随地唾吐的痰液用手纸包上一般更加黏稠。

就在医院正门对面的马路上,一位母亲骑着自行车,后座上带着个孩子,跟一辆出租车发生了剐蹭。自行车倒了,孩子也摔在了地上,司机下了车,看也不看孩子一眼就跟母亲吵了起来,虽然听不见他们在吵什么,但从他们剧烈摆动的双手,足以想见彼此的诟骂何等激烈。最后不知怎么了,那位母亲竟愤愤然走掉了,把那辆自行车和那个坐在地上大哭的孩子丢弃在马路中间……

周芸想去看看那个孩子伤到没有,可是当她意识到自己的处境时,顿时泄了气。她准备换上外套、挎上挎包,离开医院回家去。可是当她走到更衣架前面的时候,突然想起了刚刚看到的那位弃子而去的母亲,觉得不能像那位母亲一样不负责任地走开,而是应该勇敢地面对这场本来就不该由自己负责的事故,于是走出了办公室,向一楼走去。

在急诊大厅,她看到蔡衡、高副院长等人一起走出医疗综合楼,坐上了停在楼门口的一辆别克GL8,估计他们是要一起到新院区去。看来,对自己免职的命令已经在急诊科宣布完了。这种情况下,她还有必要跟同事们打招呼吗?是不是干脆就这样悄悄地离开比较好呢?

她正在犹豫,突然听见一声玻璃打碎的声音,然后从留观一病房传来了吼叫,虽然听不清吼的是什么,但急诊大厅里的好多患者都跑过去看热闹,多亏保安王喜在门口横着胳膊使劲阻拦,才没有让他们涌进病房。

周芸好不容易才挤进病房,看见地上打碎了一个玻璃奶瓶,满脸通红的张大山正抡着沾有牛奶的胳膊激动地跟陈光烈吼道:"你让我们把孩子带走?带到哪儿去?这么冷的天,孩子又病得这么重,你这不是把她往死路上推吗?"

"我要说多少遍你才能明白。"陈光烈保养得极好的白皙脸孔上毫无表情,"这里是急诊,你的孩子患的虽然是重症,但并非急诊的适应证,所以并不应该在急诊滞留,继续滞留只会造成医疗资源的占用。何况急诊的患儿有很多具有传染性,在留观的时候容易造成交叉感染,你的孩子身体已经非常虚弱,再感染上其他病菌，只会让病情雪上加霜……"

周芸知道，陈光烈的这番话是对的。当初她开辟"蓝房子"的时候，并不是没有考虑到交叉感染对那几个重症患儿的影响，但又有什么办法呢。作为急诊科主任，别看旧院区几乎整个腾空了，但她有权动用的病房依然非常有限。急诊大厅已经是一个萝卜一个坑地占满了，剩下的只有二楼的PICU和住院楼六层的备用病房可以供她调配。可是PICU被突然占用，而备用病房实在是一言难尽——其实备用病房的设施齐全，还配有一个存储了急救药械和冷链药品的综合药房，使用起来甚至比PICU还方便，但关键问题在于"交通不畅"：住院楼的电梯早就停了，如果想去备用病房，只能坐医疗综合楼的电梯上去。可是自从三层以上的搬迁完成后，医疗综合楼的电梯对患者和普通医护人员就只开到三层，再往上必须用中层以上干部才有的"通刷卡"。急诊科只有周芸手里有一张。重症患儿的病情随时会起变化，一旦把他们放到那里，需要急救的时候，医护人员必须得先从周芸这里拿卡才能刷电梯上去，还得刷卡才能进备用病房。一路上浪费时间不说，万一发现抢救力量不够，再想从楼下调"援兵"，因为没有第二张卡，"援兵"想上都上不来……所以一番权衡之后，周芸只能在留观一病房辟了四张最里面的病床，并拿个医用屏风象征性地隔断一下了。

就在这时，张大山又说话了："您说的我明白，我们家少玲是咱们医院的护工，孩子病了这么久，基本的知识我们不是不懂，更不是不讲道理，当初周主任说把小玲留下，也是看我们实在没办法了，才想出这么一招救救孩子。您就通融通融，再留孩子几天，哪怕就几天，容我再朝别的地方想想办法……"

"周主任是周主任，我是我。她有她的方式方法，我有我的一定之规。"陈光烈冷冷地说,"我执行的是上级领导的命令,你,还有你们几个(他指了指'蓝房子'里其他重症患儿的家长),马上带孩子离开这里。刚才我说的话是从你们的角度考虑,换个角度,你们的孩子得的都是重病,如果传染给留观的其他孩子怎么办?做人,不能光想到自己,还要考虑别人!"

这话一出,留观室里急诊患儿的家长们顿时炸了窝:"对啊!让他们赶紧走!""没事儿跑急诊来干什么?祸害人么不是?!""就是就是,真缺德!"就连在门口围观的人们也敲起了锣边:"赶紧走赶紧走,再不走就报警把他们都抓走!"

本来是一张张绵羊的面孔,瞬时间齐刷刷地露出了狼牙。

坐在病床边看护着小玲的陈少玲,不禁俯下身子抱住了孩子,仿佛他们马上就要扑过来把小玲撕碎似的。

"你——你他妈浑蛋!"张大山气得一张糙脸都扭曲了,指着陈光烈骂道,"我们这几个孩子患的病根本没有传染性,这个是周主任接收的前提!"

"好了好了。"陈光烈不耐烦地说,"我没空儿跟你浪费口舌,既然你把难听的话都说出来了,那么我也说一句不中听的话:下一步,急诊科除了在编的医护人员之外,所有的聘用人员都要解聘,经过考核重新决定是否上岗录用。"

虽然这话摆明了是针对陈少玲的,但门口的保安王喜和正在打扫地上碎玻璃的保洁员老张听了都是一愣,看了陈光烈一眼,低着头各干各的活儿去了。

就在这时,病房门口突然传来了一个声音:"陈主任刚刚上任就这么大刀阔斧,接下来是不是准备按照最初的规划,把旧院区这个'过渡'的急诊科也彻底'过渡'掉啊?"

病房里的所有人都向门口望去,却看见杨兵端着他那台佳能

XC10摄录一体机，乐呵呵地"采访"并拍摄着。

大傻杨的这个问题十分刁钻，回答不好，会把本来引向张大山的火力，瞬间集中到自己身上。陈光烈看了看他，又看了看站在他身前的周芸，分开众人，走出了病房。

围观的人们渐渐散去。周芸走到小玲的病床边，昏睡的孩子，额头上敷着一块白色的湿毛巾，她问站在一旁的巩绒："血液科黄主任你联系了吗？她怎么说？"

"黄主任那边忙得不行，说先给孩子物理降温，她明天看看有没有时间过来一趟，再决定是否调整用药和治疗方案。"

周芸知道血液科的工作有多忙，特别是新院区搬迁刚刚完成，所谓"明天看看有没有时间过来一趟"，八成是没有时间的……但重症孩子的病情瞬息万变，每一秒钟的拖延都可能造成重大延误，于是她对巩绒说："调一辆急救车，现在就把小玲送到新院区去！"

巩绒没有动。

周芸望着她，在巩绒闪烁的目光中，突然明白了过来：已经被撤职的自己再无权调动医院的任何资源了。

一种悲愤的情愫袭上心头，让她非常想像张大山那样大声嘶吼。

陈少玲伸出一双冰凉的手，拉住了她那双气到颤抖的手："主任，我们都知道了……谢谢您，我们自己再想办法吧。"

"有什么办法？咱们可还有什么办法？"张大山擤了一把大鼻子，又使劲咳嗽了两下，掩饰着声音里的绝望。

陈少玲悲戚的目光中带着一点平静，仿佛已经接受了命运的安排。她站起身，轻轻地握了一下丈夫的手腕，然后低下头，从病床下面拿出小玲住院用的塑料盆，又把挂在衣架上的几件小玲的换洗衣服叠起来装袋,当她从床头柜抽屉里收拢起一摞收费单时,想到这些单据如果周芸当主任或许还能报销,而现在恐怕就是一摞废纸,不禁神色怆然……

住在"蓝房子"里的其他几个患儿的家长,也都开始默默地收拾出院的东西,只有一个患神经母细胞瘤的男孩的妈妈,坐在病床边,呆呆地望着因为长期放化疗、皮肤变得黝黑粗糙好像个小老头的儿子,一动不动。四岁的小男孩昏睡不醒,呼吸浅慢得每分钟只有十到二十次,可是因为肿瘤发生颅骨转移的缘故,即便是睡着了,他的眼皮还是被凸出的眼球撑开着,看上去凄惨又可怖。

保洁员老张,那个少玲不在时经常帮忙照看小玲的老头儿,走了过来,蹲下身子,捡起不知什么时候掉在地上的毛绒皮卡丘,放在了小玲的枕头边。

望见这一幕,周芸忍不住泪水在眼眶里打转,喃喃地说:"对不起,真的对不起……"

护士长巩绒叹了口气,对周芸说:"真拿你没办法!一会儿我跟陈光烈他们几个要坐车到新院区去,这边他暂时没空管,让小玲继续在这儿住着吧,能拖一天是一天,我到了新院区催着黄主任点儿,怎么也得让她明天过来一趟……"然后她又对陈少玲说:"那些收费单你先别扔,收好了,我再想想办法看怎么能给你们报了。"

在医院,任何医疗工作的完成,主导者固然是医生,但护士才是实际的"执行人",所以护士长的权力比很多人想象得要大。巩绒这番话,让陈少玲再一次看到了希望,尽管希望只有火柴头那么一点儿亮,但在陷入黑暗的人的眼中,这亮光比太阳还强烈。她停住了收拾的动作,一边不停地谢着巩绒,一边把收费单给了张大山:"你先送餐去,晚上回家把这些单子放到柜子里,收好。"

张大山接过收费单，塞进外套上面那个带拉锁的兜里面，拉好拉锁，然后走到小玲身边，摸了摸女儿的小脸，把她的被子往上掖了掖，迈着沉重的脚步走出了病房。

周芸跟巩绒来到女更衣室，几个护士正在更换衣服，巩绒也把粉色的护士服脱了，一边换外出服一边问周芸："你下一步有什么打算？"

"我能有什么打算，回家等信儿呗，大不了把我开了，我到医学院当老师去。"

"少来。别人不知道你，我还不知道你？天天累得拿喘气儿当休息，可是让你离开这帮生病的孩子，你才舍不得呢！"巩绒见其他护士都换好衣服出去了，才低声对周芸说，"我们家那口子不是在市委宣传部工作吗，听说即将上任的市委书记对中央'坚持公立医院公益性'的精神贯彻落实得特别坚定，所以你的处理肯定还有转机，你先回家好好休息几天，放宽心，趁机也跟媛媛好好谈谈，她小升初不是想报那个招艺术特长的学校吗？你就听她的，别再跟孩子较劲了。你们娘儿俩现在相依为命，可不能再闹矛盾了……"

巩绒的絮絮叨叨，心乱如麻的周芸并没有全都听进去，她随口问道："你们还有多久出发？都谁过去啊？"

"一会儿就走，陈光烈带队，我、霍青、袁水茹……基本上急诊科剩下的医护人员都要过去，我就告诉你留下谁吧：胡来顺、李德洋和孙菲儿，除了这仨，挂号窗口、检验室和药房还各留有一个值班的。"

"小夜门诊和大夜门诊的换班呢？新院区那边急诊科派谁过来？"

"没谁了,今晚的小夜和大夜就他们三个,他们老大不情愿,还是陈光烈好说歹说才肯留下。"

周芸大吃一惊:胡来顺的医德一般,李德洋干活没有心劲儿,孙菲儿干脆就是个花瓶。现在是年底,天寒地冻,感冒发烧肠胃病,各种儿科疾病特别容易高发,急诊科平时"齐装满员"的时候都应诊乏力,就剩下这三个人,怎么应对五点以后即将如潮水般涌到医院的患儿和家长?

想到这里,周芸急得一把抓住巩绒的袖子:"你得想想办法,这么安排,他们三个吃不消,患儿和家长更受不了,会出大乱子的!"

"这是陈光烈的安排,我也没办法啊!"

"至少留下一个霍青!"

"怎么可能……"巩绒苦笑着摇了摇头。

周芸的脑袋里像拨拉算盘一样噼里啪啦地把科室人员计算了一遍,实在是找不出可以替补的人选了,突然像在辣子鸡里又挑到一块脆骨似的说:"把大楠留下总可以吧?虽然她还只是个实习生,没有行医资格证,但她此前卫校毕业时拿过护士资格证,多少也能帮上些忙。"

巩绒想了想说:"照规矩,实习生正点下班,从来不值小夜和大夜的,但现在也只能如此了。我还得跟她商量商量,看人家愿不愿意……原来定的是孙菲儿今晚做护士的工作,可是我看她那个新染了指甲连手都舍不得洗的样子,怕是指望不上了。"

望着靠墙那一排铅灰色的六门更衣柜,周芸仿佛看到一面巨大的铁板正在慢慢挤压过来,感到胸口一阵憋闷。她知道:未来几个小时,平州市儿童医院旧院区急诊科将迎来有史以来最严峻的考验,而现在唯一能做的,就是祈祷今晚的"高峰期"不要有太多的患儿来就诊了。

"巩绒，你看我能不能——"她刚刚说出这句话，巩绒就挥了挥手："打住！不行！你现在已经被停止一切工作了，就别想着今晚再留在这里帮忙了，陈光烈留下孙菲儿做什么你不知道？那就是盯着你的！你现在老老实实回家待着，'蓝房子'里的那几个孩子兴许还能多留几天，不然他们今晚肯定要被赶出医院的！"

周芸叹了口气，走出了更衣室。只见急诊大厅里已经开始"上人"了，原先空荡荡的几排蓝色候诊椅上，现在坐满了抱着孩子的家长，他们有的在给孩子试体温表，有的在给孩子换尿布，有的摇着不停哭泣的孩子使劲哄着，还有的斜侧着身子撩起上衣给孩子喂奶……根据以往的经验，周芸知道，要不了多久，整个大厅就将人满为患。到那时，疲惫的医生、劳累的护士、烦躁的家长、病痛的患儿，有如肩并着肩、脚踩着脚拥挤在一起的火药，一个眼神、一句粗话、一声哭闹，都将引爆足以炸掉整座大楼的争吵甚至殴斗，这样的场景她已经熟悉到不用闭上眼都历历在目的地步。不过，虽然每天开幕后上演的剧目相同，但最后一幕也是相同的：她总是能带领她的团队，靠着勇气和耐心，救火并最终灭火——

今晚，在这个控场者几乎全部退场的舞台上，又会发生些什么？

她不愿想，也不敢想，沿着步行梯慢慢向二楼走去。

7

回到科主任办公室，她本来准备把自己的东西打个包，能带走的今天都带回家去，可是电脑里存储的大量医学资料、写字台上摞成山的儿科学杂志,书柜里塞得满满的医学参考书,记载着各种荣誉的奖杯、奖牌和奖状,还有许许多多康复患儿送给她的、每一个都承载着美好回忆的毛绒玩具,从柜子顶一直堆到天花板上,又哪里是一次就能搬得走的?

直到这时她才意识到,因为反对把急诊科整体搬迁到新院区,她一直没有把办公用品打包,用这样的姿态表示自己会继续留在旧院区工作,现在可倒好,就算是打包了,也不用搬到新院区去了……她为自己的倔强苦笑了起来,轻轻地摇了摇头。

到头来,坚持的意义又何在呢?

突然,她看到书柜第三排正中央那两本深蓝色的、厚厚的《诸福棠实用儿科学》。她打开柜门,轻轻地抚摸着书脊,想把它们取下来,在这个身心俱疲的时刻看一看、翻一翻,找回失去的力量和初心,可是手指头用尽力气,也没法把它们搬动一点点。

她长叹一声,关上了柜门,两只手撑着柜子的两边,低着头,像干完了重活儿那样,很久很久。

不想再收拾了,等过几天心情好的时候再说吧。

这么想着,她换好外套,挎上挎包,正要往外走,突然传来一阵敲门声。她说了声"请进",只见大傻杨推开门:"我说,你没事儿吧?"

杨兵是市电视台新闻部的记者,十几年前,当周芸还是一名主治医生的时候,他们就认识了。那时的她很像现在的霍青,敬业而干练,大傻杨到医院拍摄"普通医生的一天",正好赶上这么一起病例:有个两岁半的女孩反复出现呼吸困难达一年半,拍胸片提示双肺有阴影,被县医院诊断为肺炎,用上抗生素就好转,停药就又发作,后来又做了胸部CT,被诊断为急性粟粒性肺结核,抗结核治疗很久,症状依旧时好时坏。这孩子家里很穷，长期生病搞得女孩面黄肌瘦，父母也丧失了信心，再一次发病时正好带着孩子在平州市打工，就带她到市儿童医院呼吸内科，准备开点儿药就走。刚好接诊的大夫是周芸，她仔仔细细地询问了孩子的病情，又认认真真地用听诊器听诊，还把孩子棉袄上的脏东西清了清，搞得孩子的父亲有些不耐烦，结果不但没有等到周芸开药，反而等来了一张"纤维支气管肺镜活检"的检查单。

孩子的父亲非常不满："这是啥？为啥给我闺女做这个？"

周芸告诉他：孩子的病有可能是过敏性肺泡炎。

这个诊断跟以前都不一样，孩子的父母将信将疑地带孩子做了检查，病理报告显示，细支气管和肺泡周围有淋巴细胞浸润，肺泡腔内巨噬细胞浸润，肺泡间隔增厚，肺泡Ⅱ细胞增生，与过敏性肺泡炎符合！

跟进拍摄的杨兵和患儿父母一样震惊，他问周芸是怎么靠着简单的问诊和听诊就做出如此精确的诊断的。周芸先驳了他一句"问诊和听诊可不简单"，然后说，自己其实是在给女孩看病时，注意到了她棉袄上挂着的几簇棉花。

"棉花？"杨兵瞪着眼睛想了半天，"我记得那孩子穿着一件破棉袄，有的地方破了窟窿，露出棉花来啊，你说的是那个吗？"

"不是。先前医生没诊断出来，可能跟你一样，以为孩子衣服上挂着的所有棉絮都是棉袄里的，所以没太关注。事实上，棉袄里的棉花是经过漂白的纯白色，而我发现的那几簇棉花是乳白色的，是生棉花。我又看孩子父母的衣服上也有几簇乳白色的棉花，所以随口问了一下他们的工作，原来他们是弹棉花的工人。棉花本身是一种过敏源，如果孩子长期生活在棉絮加工的环境里,非常容易引发过敏性肺泡炎,所以我才开了那张检查单。"

"你这不像个医生,倒像个福尔摩斯哩!"杨兵称赞道。

女孩应用激素治疗,并遵照周芸的嘱咐脱离了棉絮加工环境,两个月后症状消失,胸片显示肺部病变明显吸收,阴影消失,病彻底好了。

这件事在周芸看来,只是儿科医生日常工作中很普通很普通的一次,但在年轻的杨兵眼里,周芸从此笼罩上了一层光彩四溢、如梦如幻的光晕。很快他就对周芸展开了追求,而追求的方式很是奇葩。开春的时候,他从大凌山上摘了好多山花,编成一个花环,高高兴兴地送到急诊科(那时周芸已经调到那里),他的意思是周芸可以把花环戴在头顶,但事先也没量好尺寸,花环编的直径大了一点儿,怎么看都像个花圈,被急诊科主任直接扔出了窗户……这件事儿直到现在都是平州市儿童医院历史上最大的笑话之一,也使得"大傻杨"的绰号从此一炮打响。

接着,周芸把大傻杨约出来好好谈了一次。她告诉他,自己早就有恋人了,是在医学院读书时的同班同学,现在在市人民医院呼吸科当医生,两个人很快就要结婚了。大傻杨很难过,但是随后又抛出一句傻话:"没事儿,你结你的,我等我的。"然后甩着长长的胳膊走了。那以后他既没有恋爱、结婚,也从来没有打扰过周芸的生活,就这么一直默默地"等"着,直到周芸结了婚,有了媛媛,直到周芸的丈夫……

此时此刻,周芸看着站在门口的大傻杨,看着他鬓角不知什么时候挂上的几缕白霜,还有曾经红润方正而今却蒙上一层苍色的面庞,心中泛起一丝酸楚:啊,我们都老了。嘴上却只是招呼道:"进来坐会儿吧!"

大傻杨进了屋,将肩膀上挎着的相机包和装有三脚架的便携包放在了沙发边的茶几上,还有一个专门装SD卡和读卡器的小手包(摄像记者因为拍摄量大,外出采访经常要备用多张SD卡,且为了分类方便,有专用的多层小手包用于分装),随手放在了茶几下面一层格子里,然后一屁股在沙发上坐了下来:"这一天忙得我晕头转向,过一会儿还要坐你们医院的车到新院区去,今晚的庆祝晚会还不知道要拍到几点呢……对了,我听说你被撤职了,怎么搞的?还是因为你反对把儿童医院彻底搬到新区?"

大傻杨面傻心不傻,有些事儿一眼就能看到底。

周芸点了点头:"还有'蓝房子'。"

"'蓝房子'只是个借口。蔡衡从体育系统进到卫生系统,本来很多人就不服气,你反对他的方案,他必须把你搞掉,杀一儆百,给自己立威。"大傻杨气愤地说,"现在哪儿哪儿都一样,飞黄腾达的净是些玩弄权术的家伙,埋头做事的人永远不得烟儿抽!"

周芸知道,大傻杨最近几年因为反对电视台领导动不动就封杀负面新闻报道的做法,被整得很厉害,一把年纪了连个副高职称都没评上,所以也是一肚子怨气,不禁安慰他道:"咱们这样的人,求个问心无愧就好。"

大傻杨重重地叹了一口气:"前两天高副院长带我去给旧楼拍些视频留存,到住院楼六层的时候,有一个备用病房说是你们急诊科可以调用的,你怎么不把'蓝房子'里面的孩子挪到那里呢?"

"不大方便。"周芸觉得一句话两句话解释不清楚,干脆就不解释了,"对了,刚才在留观病房,谢谢你帮我解围。"

大傻杨摆了摆手,表示不值一提。他沉默了片刻,望着周芸,想说什么,嘴唇嚅动了半天却又没有说出来,最后双手在腿上使劲一撑,把个硕大的身体像从沙发中拔起来一样,丁零哐啷地拿起茶几上的相机包和三脚架包:"你走不?一起下楼呗!"

周芸跟他一起走出办公室,关上门。

他们肩并着肩,沿着步行梯往楼下走。周芸忽然问道:"上次我约你跟水茹一起吃饭,后来你又跟她联系没?"

大傻杨没吭声,闷着头走了两步说:"你还记不记得,十多年前,也是这么个冬天,你给一个患过敏性肺泡炎的小女孩正确诊断并治好了她的病?"

"记得啊,我怎么会忘呢?"周芸微笑道,"第二年开春你还给我送了个花圈呢……"

大傻杨一笑,鼓起全部勇气,把刚才在办公室没有说的话,说了出来:"那啥,明年开春,我带你跟媛媛一起去大凌山玩儿,好不好?我这回重新给你编个花环,比十几年前的更好看——花环,可不是花圈!"

望着大傻杨那双在黑暗中闪闪发亮的眼睛,周芸不忍心拒绝,可是眼下愁肠百结的她,又没心情想什么明年开春的事儿,只能"哦"了一声。

大傻杨当她答应了,咧开大嘴就乐了起来。

他们来到急诊大厅,看见陈光烈带领要去新院区的医护人员在大门口列队,准备出发,大傻杨也急急忙忙地跑了过去。看到队伍中的袁水茹,周芸想去跟她打个招呼,又迟疑了脚步:自己现在这个状态,跟她说什么都容易让陈光烈产生误会,回头再给她小鞋穿,还是算了吧!

这时她又想起一件事来,把正在分诊台附近整理垃圾箱的保洁员老张叫了过来,低声叮嘱道:"PICU那边,只要没有新的领导叫停,你还是每天按时去打扫卫生。"

老张点了点头。

PICU目前承担的秘密任务,是一个月前高副院长奉上级指示,亲自布置给她的,让她严格保密,并挑选几个可靠的人配合工作。她经过仔细思考,安排袁水茹全天候在门口值班,对外如果有人问起,就说里面有市领导的孩子住院,需要特别照护。另外,因为PICU里面的"住院病人"比较多,需要定时保洁,而老张来医院这两年一向沉默寡言,办事十分稳妥可靠,所以周芸让他进PICU打扫卫生。李河清死后,虽然看不出她的遇害跟PICU里面有任何关系,但上级领导高度重视,派了两位公安人员进驻值守,一开始袁水茹还负责送饭,后来改成另外派专人送饭。倒是老张的活儿不能省,还得每天进去忙活。现在袁水茹去了新院区,自己也被撤职,照顾PICU的工作就只能完全托付给老张了……

想到这里,周芸觉得应该给高副院长打个电话,汇报一下这个情况,刚刚拿出手机,身后有人叫她:"周芸!"回头一看,原来是运保科[①]负责总控室的老包。

老包是医院的老员工了,退伍军人转业来的,直到现在每天早晨还在后花园里踢正步。此人一天到晚黑着个脸,好像所有人都欠他钱似的,行为方式也很死板,特别是在执行领导命令上,永远是铁板一块,绝不打折和拐弯。上级当然喜欢这样的人,但同事们一提起他就头疼。

上午开旧院区留守人员协调会时,这个老包还叫自己"周主任",现在突然改口,直呼大名,很明显是得到了自己被撤职的

---

①运行保障科。

消息。

周芸又好气又好笑地问:"什么事?"

老包伸出手来:"你的办公室钥匙,什么时候交给我?"

"办公室里还有很多我自己的东西要收拾带回家,明天我整理完,再把钥匙给你吧。"

老包的手还是伸着:"'通刷卡'呢?"

周芸从裤兜里摸出通刷卡,递到他的手里,老包接过卡,头也不回地转身走了。

再一次拿起手机准备打给高副院长时,她忽然觉得,这个时候打出这个电话,虽然说的是PICU的事,但难免会让领导觉得她是在套近乎替自己鸣冤叫屈。她很厌恶别人产生这样的错觉,所以只给高副院长发了个短信,说明了自己和袁水茹都无法再照顾PICU的情况,就把手机塞回了挎包。

这时跑过来一个挺壮实的农村妇女,拦住周芸说:"哎,您是刚才急诊的那位大夫吧,摘了口罩都有点儿不敢认您了……您还记得俺不?就是闺女肚子疼,搞不清咋回事,您让俺带她重新拍个侧位胸片的那个,胸片出来了,俺到诊室找您您不在,有位姓霍的大夫帮我看了一下,跟您一样,她也说是胸椎结核!"

周芸从她的手里拿过胸片,就着分诊台旁边的灯光看了一下:第七、八胸椎有骨质破坏,椎体稍变窄,椎间隙轻度狭窄,基本可以确诊是胸椎结核。

她对那位农妇说:"这样,你今晚在附近找个旅馆住下,明天一早拿着片子,带孩子到新院区的骨科挂号,做一下血沉、结核菌素的检查,进一步确诊。"她看出农妇还有些犹豫,估计她还在琢磨"搭晚上那趟公共汽车回家"那档子事儿,便不客气地说:"从片子上看,孩子虽然长期受疾病折磨,但病情发展得并不快，抓紧实施抗结核治疗，应该很快就能痊愈，再拖下去，孩子有瘫痪的风险——你是觉得省几个钱重要，还是你闺女的终身幸福重要？！当妈的，这么简单的事儿拎不清？"

农妇一边千恩万谢的，一边抱起坐在候诊椅上的女儿，离开了医院。

望着她们的背影，周芸长长地吁了一口气，朝急诊大厅的外面走去。

出了医疗综合楼的大门，寒风一阵紧似一阵，雪还没有下，但风里却已经夹了雪意，有一股鲜冷的腥味儿。这时，只见一辆银白色的国产十二座商务车缓缓地开出停车场，向大门口驶去，隔着玻璃窗，她能看到那里面坐着陈光烈、巩绒、霍青、袁水茹……还有坐在最后一排不停地向她招手告别的大傻杨。

也许是风太狂烈的缘故，那辆车在她的视线中突然一晃，仿佛虚焦镜头般一片模糊……周芸揉了揉眼睛，再定睛望去，车已经不见了，可能是开走了，但不知道为什么，更像是穿越到另一个世界去了。

周芸的心口一疼，仿佛被当胸剜了一刀般难受。她靠着一根立柱，低着头，佝偻着背脊，把挎包抱在胸口用力按压着，很久很久才缓了过来。

她想自己可能是太累了，必须要回家休息了，于是慢慢地走到自行车棚，从挎包里拿出车钥匙，想要插进锁眼，可是手抖得不行，半天都没有插进去。她生起气来，拿着钥匙一阵乱捅，不知怎么的反而捅了进去，然后报仇似的狠狠一拧——

咔嚓！

钥匙也像报仇似的，断成了两截，半截在她的手里，半截在锁眼里。

周芸目瞪口呆,万万没想到这车钥匙竟能跟自己的工作一样,硬生生被人掰断,而且似乎全无办法。

正在手足无措的时候,王酒糟溜达了过来:"周主任,咋了?"

"车钥匙断在里面了……"

王酒糟一听,嘴巴咧得就像英雄可算有了用武之地一样,真难为他那鹌鹑步,竟扭着屁股飞快地跑到传达室,提溜个工具箱过来,鼓捣了两三下,不仅把断了的钥匙取了出来,还把车锁打开了。然后他站起身,拍拍车座,满脸得意之色:"好了!"

周芸连说了好几声"谢谢",才蹬上车往家骑去,一路上想起平日里对王酒糟的种种冷眼和不屑,心里油然升起一阵愧疚。

8

回到家,关上门。瞬间,那个嘈乱至极的世界被隔绝在外,她陷入了另一种极致的静谧之中。

丈夫离开后,很长一段时间她害怕这种静谧,就像折断了翅膀的鸟儿害怕幽邃的山林,所以她宁可成天在急诊科加班,也不愿意独自待在家里。可是现在,经过整整三十六小时的无眠无休和起伏跌宕之后,她突然觉得这种静谧好像盛夏的游泳池,从难耐的酷热与致命的暴晒中一下子沉入池底,闭眼是一股沁心的清凉,睁眼是一片透明的蔚蓝……

她感到肚子有些饿,走到厨房想做点儿饭吃,打开空空如也的冰箱,失望之余却又觉得没那么饿了,就从饼干桶里拿了两块不知什么时候买的、一股子哈喇味儿的饼干,一边嚼一边在屋子里游走,顺手把那些褶皱的餐布、歪扭的桌椅、零落的书籍和散乱的被褥收拾干净。

路过悬挂在门厅处的穿衣镜时,她站住了,端详着镜子里面那个脸色苍白、蓬头垢面的自己,想起很多老同学、老朋友聚会时总爱对自己说的那句话:"本来挺漂亮的一个女人——"她知道他们是好意,她也知道自己有着一副尚算秀美的姿容,但是从当上儿科医生的那一天开始,她就悄然淡化了作为女性的那一部分属性:再淡的妆容也会增加患儿家长对医生的不信任感;做美甲和留长指甲容易划伤小朋友稚嫩的皮肤,有造成交叉感染的风险;项链、戒指甚至耳环,都有可能给小患者带来意外伤害;为了在任何时间任何地点接到紧急任务时飞奔到医院,她早就告别了高跟鞋……难道说,从今天下午被免职的那一刻起,她要重新好好拾掇自己,做一个居家女人了?

家?

可是,这个家庭已经不再完整了。

一个没有了丈夫却又必须独立承担照顾女儿重任的女人,哪里还能是什么居家女人啊!

镜子里和镜子外的她,面对面地,惨惨一笑。

想起女儿,她走进了媛媛的房间,看到学习桌上的几份艺校的招生宣传折页,不禁蹙起了眉头。最近一段时间她跟女儿产生矛盾的起因就在于此:她认为即将小学毕业的女儿应该就读一所优秀的公立中学,继续在学业的"正途"上勤奋努力,女儿却希望凭借舞蹈上的才能考上市里一座享誉省城的艺术学校。她苦口婆心地跟女儿做了好多思想工作都无济于事,最后一次谈话时,她忍不住说:"你不是从小就想当医生吗?"

她永远不会忘记女儿的那一抹轻蔑的冷笑:"您和我爸当了一辈子医生,还没受够吗?我可不想再继续跳火坑了!"

什么时候，本来应该备受尊敬的医生这一职业，居然成了"火坑"？

那之后，母女二人陷入了冷战。周芸有几次试探着释放些温存和暖意，但女儿脸上的冰霜却没有一丝消融的迹象……

周芸拉开学习桌的抽屉。她知道，在抽屉的最里面放着一个相框，里面嵌着一张"全家福"：阳光明媚的春天，自己和媛媛爸坐在如茵的草坪上，媛媛弯着腰站在后面，一手搂着一个的肩膀，从他们俩的脑袋之间探出圆圆的脸蛋，三个人都笑得比阳光还要明媚。

如果媛媛爸还在，听见了她跟媛媛为了升学的事情争执不休，一定会走过来，一边吭哧吭哧啃着苹果一边劝她说："我看女儿有想法挺好的，她长大了嘛，就让她自己选择吧！"

媛媛会从后面扑上去，搂住爸爸的脖子大喊："我就知道，最懂我最疼我最支持我的，只有老爸！"

自己也许会装出生气的样子嗔怪道："对对对，最不懂你最不疼你最不支持你的，就是老妈！"

媛媛爸赶紧搂住她，高唱着老歌《牵挂你的人是我》表态，歌词可变了个样："最懂老妈的人是我，最疼老妈的人是我，支持老妈的，拥护老妈的，是我是我还是我！"

然后三个人一起开怀大笑起来。

往昔的欢声笑语再一次回荡在耳际，在这黑暗而静谧的屋子里反而更加清晰。她闭上眼，就这么任回忆像开闸的江水一般泛滥下去，泛滥下去，直到在梦与醒之间漫漶成一片无域的朦胧……

突然！

突然之间！

仿佛有人将一个高速旋转的钻头,猛地刺入她的耳道,在剧痛中把她的梦幻搅了个粉碎!她睁开眼,原来是放在餐桌上的手机响个不停,那个平常设置为"晨曲"的舒缓铃声,现在听起来竟像是一二〇急救车的鸣笛一般急促。她站起身,走到客厅,刚刚划开绿键,把手机放在耳边,就听见高副院长那火烧火燎的声音:"周芸,你在哪儿,为什么这么久才接电话?"

周芸还以为他是问PICU的事,心想我不是给您发了微信吗,便不紧不慢地说:"我刚刚回到家,听候组织下一步处理。"

高副院长完全没有理会她话语中的讥讽,直截了当地说:"你现在马上回到旧院区急诊科,以主任的身份全权处理那边的一切工作!"

挥之即去,招之即来,把我当什么啊?周芸没好气地说:"高副院长,您开什么玩笑,一个小时前刚刚把我撤职,这么快又让我官复原职,这也太儿戏了吧……"

"周芸。"高副院长这一声呼唤,格外沉痛,令她的心陡然提了起来。

"院长,出什么事了?"

"刚刚得到消息,那辆载着急诊科多位医护人员前往新院区的商务车,在通过大凌河大桥时,因为一辆水泥搅拌车突然强行变道,在紧急避让时撞破桥栏,掉进河里去了……"

周芸愣住了,她听清了高副院长的话,但又似乎完全没有听清。她想自己是不是还在梦里没有醒来,抑或是过于疲惫的大脑在对声音信息的处理上出现了故障,所以茫然地问道:"院长,您说什么?"

"我是说,刚刚从旧院区开往新院区的那辆载有多位医护人员的商务车,出了交通事故,掉进了大凌河,目前初步估判,车上的人可能已经全部遇难。"

银白色的国产十二座商务车缓缓地开出停车场,向大门口驶去,隔着玻璃窗,她能看到那里面坐着陈光烈、巩绒、霍青、袁水茹……还有坐在最后一排不停地向她招手告别的大傻杨。也许是风太狂烈的缘故,那辆车在她的视线中突然一晃,仿佛虚焦镜头般一片模糊,像是穿越到另一个世界去了……

就这么,告别了?

亲人,朋友,同事,曾经朝夕相处的我们,曾经吵吵闹闹的我们,曾经并肩战斗的我们,曾经相濡以沫的我们……

周芸慢慢地蹲在了地上,睁大了盈满泪水的双眼,想再看一次他们的身影,可是眼前只有模模糊糊的一片昏暗……不知从什么时候开始,她的呜咽声变成了一种近乎求救的呻吟,仿佛沉入大凌河底的还有一个自己。

手机听筒里传来高副院长的大声呼唤:"周芸!周芸!"

她用尽力气,才含混地回了一个"在"字。

"周芸,我知道你现在非常非常悲痛,我也一样。"高副院长声音低沉地说,"但眼下我们必须以空前的毅力,调整状态,投入到工作中来。新院区这边,因为领导团队都在,所以还好办一些,旧院区那边留下的都是些年轻的医护人员,听到消息已经乱成一团,据说接诊已经完全停止,患者和家长挤爆了急诊大厅,情绪已经处在失控的边缘。你知道,今晚的新区落成典礼是重中之重,绝对不能出一点儿差错,何况新任市委书记将在落成典礼前到任。市政府下了死命令:坚决杜绝一切负面情况的发生,已经发生的也暂时不做新闻报道,全力保证新区落成典礼的顺利举行。所以你必须马上回到急诊科,带领剩下的同事恢复接诊,等待新院区这边的支援团队赶到!"

高副院长知道，此时此刻的周芸心乱如麻，所以他把刚刚说的很长一段话又重复了一遍，然后问周芸："你听清楚了没有？"

"听清楚了。"周芸低声说。

高副院长这才挂断了电话。

周芸继续蹲在原地。她全身上下没有一点儿力气，何况她就想把自己包裹在这样一团愈来愈浓的昏暗中。现实太荒诞了，一年的时间里，这是她第二次承受生离死别的重创，上一次也是这样，噩耗传来的时候她坐在地板上哭得死去活来，如果不是媛媛回家，她宁肯永远这样坐下去，就像一个被打倒的孩子窝缩在床下不再站起，因为一旦站起就会再一次回到那个荒诞的世界。她累了，累极了，她不想再回去了……

最终，与生俱来的责任感还是战胜了想要彻底放弃的无力感。

她扒着餐桌的边缘坐在椅子上，又从椅子上艰难地站起。她拖曳着麻木的脚步走到洗手间洗了把脸，手掌所接触到的眼眶周围全都是肿的，她放大了水流，用冰冷的水狠狠拍击着面颊，不知过了多久，终于在刺痛中恢复了几分清醒，然后穿上外套，走出了家门。

再一次回到那个荒诞的世界。

摇摇晃晃地骑着车，在晚高峰的车流里穿梭，因为腿上没有力气，视线也经常因失焦而模糊一下，所以她好几次都差点摔倒或被车撞到，终于挨到了医院。王酒糟从传达室里看到她，像看到救兵一样冲上去说："周主任您可算来了——"周芸却毫无和他搭讪的心情，只把自行车交给他，就朝医疗综合楼走去。

一进急诊大厅，她被眼前的一幕惊呆了。从医二十年，她第一次看到如此可怕的场景：乌泱乌泱的患儿家长抱着孩子，好像炸了窝的蚂蚁一般，人挨人、人挤人，摩肩接踵、推天抢地，红着眼张着嘴拧着眉往诊室里面冲。他们的呼喊声、叱骂声、哀号声和孩子们的哭闹声，汇集成一浪高过一浪的怒潮，像马上将要展开一场血肉横飞的大厮杀似的！大楠喊叫着维持秩序，不但全无用处，自己还被揉了一把，摔倒在地。多亏王喜和老张死命顶住，加上诊室门口太窄，才没让这个硕大无朋、扭曲变形的人肉皮冻拥进去。

必须马上处理，否则溃坝将在顷刻之间。

混乱的局面反而将周芸纷乱的头脑刺激得彻底清醒了。

"接诊已经完全停止，患者和家长挤爆了急诊大厅，情绪已经处在失控的边缘"。

不，不对，问题不在接诊上！

她跑到分诊台，从边柜里拿出一个小型麦克风，挎在肩上，然后踩着椅子跳上台面——从高处可以看到诊室里面，胡来顺、李德洋和孙菲儿正惊恐万状地缩在墙角。她又气又急，打开麦克风大喊了起来："全体患者，全体患者，我是急诊科主任周芸，我是急诊科主任周芸，请你们马上看向我这边，请你们马上看向我这边！"

周芸到底是平州市大名鼎鼎的儿科医生，但凡曾经带孩子来看过急诊的，没有不知道她的。所以，人群瞬时间安静了下来，目光齐刷刷地望向分诊台，而她高高站立在分诊台上的身姿虽然不免有点儿可笑，但居高临下确实在心理上起到了一定的震慑作用。

"请大家听我说。"周芸换上了沉着的口吻，声音依旧响亮，"我刚才有事，没在医院，刚刚才回来，耽误了给孩子们看病，这里诚挚地跟大家说一声'对不起'。现在我想向大家说明几件事，请大家一定要认真听好：首先，现在是冬天，是感冒、咳嗽等呼吸道疾病的高发期，但这一类疾病很多属于自限性疾病，不予治疗也可以自行康复，像大家现在这样挤在一起，反而容易造成交叉感染，你不知道你前后左右的其他家长怀里的孩子得的是什么病吧？所以请大家从保护孩子的角度着想，尽快分散开来。"

"人肉皮冻"慢慢地溶解了。

"非常好，谢谢听话的家长们！"周芸的脸上露出了微笑，多年的一线工作早就让她有了丰富的经验，在给患儿看病时，如果把患儿的家长也当成孩子一样对待，那么将获得意想不到的良好效果，"接下来，我会在这个分诊台前，亲自给大家分诊。先来说明一下，我会按照就诊患儿的病情，把孩子分成四级。一级是那种有生命危险，需要立即进抢救室的；二级是病情较重但没有生命危险的，将尽快处理；三级是病情不重，明天早晨再去新区医院挂门诊号，也完全不会耽误的；如果是四级，那么恭喜您，您的孩子根本就不需要在医院治疗，赶紧带他回家休息，比在医院这样一个到处是病菌的环境里滞留，更有利于孩子的康复。"

周芸在步入急诊大厅的十秒钟里，已经发现了眼前乱局的症结之所在：不是没人接诊，而是没人分诊[①]。

急诊大厅是所有儿童医院患儿最密集的地方，患儿多，流量大，就诊时间集中，活动范围狭窄。急症和非急症的孩子混在一起，经常出现医护人员把时间浪费在小病上，反而贻误了大病救治的情况。因此，良好的分诊制度跟雨季的分洪一样重要——一般来说，分诊的工作是由护士完成的，现在周芸挺身而出，直接

[①] 分诊即分类挑选患者。儿科急诊一般将患儿分成四级：一级是处于垂危状态、需要立即抢救者，如呼吸骤停、大动脉出血、休克等；二级是应该迅速给予治疗者，如急腹症、哮喘、新生儿感染等；三级是指可以在急诊科处理，也可以在门诊处理的病例；四级是完全不需要来医院进行诊疗的患儿。

担当，恰恰说明情况已经到了非她出面不可的地步。

"接下来，我要说到重点了。"周芸清了清嗓子，神色和口吻都严肃起来，"大家看到了，今晚急诊科人手不足，大家生气，我理解，特别理解，但是如果再这么继续闹下去，一旦出了大乱子，或者医护人员因为受到干扰而无法集中精力救治，出现重大医疗事故，那么就连这所旧院区的急诊科也保不住了。所以，我在这里做一个决定，这个决定一旦做出，不可更改！"她陡然提高的声音，震得麦克风发出了刺耳的吱吱声。她等了等，等吱吱声消却后，竖起了左手的食指："这个决定就是：今晚凡是我分诊定为三级和四级的患儿，请家长一律带着孩子马上离开医院，不得滞留！有人也许会问，那万一我这个孩子定为三级，其实是个二级患者，被你耽误了怎么办？这里，大家可以拿出手机摄像，留作证据——"她的目光缓缓地环视了一圈急诊大厅，"如果今晚有任何一个患儿因为我的分级错误，贻误了病情，造成死亡或者不可逆转的严重后遗症，我愿意承担一切法律责任！请大家相信我十多年在急诊工作中积累下的专业经验！"

大厅里鸦雀无声。

"既然大家都没意见，那就按照我说的办，请在分诊台前排队。分诊后，三级和四级患儿连同家长马上退出大厅回家，其他患儿在候诊区安静候诊，如果有人破坏就医秩序，寻衅滋事，王喜——"她高喊了一声，保安王喜立刻大声说"主任，我在"，周芸点点头："马上就将他赶出急诊大厅，并报警处理！"

"是！"王喜响亮地回答。

周芸继续说："不过在分诊之前，请家长们在这里安静地等待十分钟。为了便于今晚更高效地给孩子们看病，我要给急诊科开一个紧急会。"然后她下令道："今晚在急诊大厅里留守工作的所有医护人员,马上到诊室集合!"

就在这时,她突然看到在候诊椅的最后一排,有个穿着军大衣的粗壮汉子正四仰八叉地坐在那里,嘴里叼着个笔帽,与她遥相对视,脸上一副不屑的神情。周芸觉得他很眼熟,但又想不起他是谁,内心感到一阵不安,但眼下的局面实在是容不得她多想,所以她从分诊台上跳下来,大步往诊室走去。

簇拥在诊室门口的人群,默默地自动让开了一条通路。

9

进了诊室,她反手把门关上了。

四十平方米的诊室里,安静得只能听见头顶节能灯轻微的"嗡嗡"声,站在屋子里的每个人脸色都是惨白的,就连他们映在地上和墙上的影子也白得发青。

只是再也看不到陈光烈、巩绒、霍青、袁水茹他们的身影了……

想到这里,周芸的双眼再次蒙上了一层水光。

不知道是谁,轻轻地抽泣起来。

周芸知道,眼下不是悲伤的时候,但她自己也触景生情,抑制不住内心的哀痛:"我知道,今晚除了哀悼我们遇难的同事,其实做什么都是不合适的……就在这里,在这座已经被放弃的大楼里,在这个也快被放弃的诊室里,几十年间,来了去了那么多儿科医生和护士,可是没有一次走得这么突然,这么决绝。我真的很想再看看霍青甩听诊器的那个帅气的样子,我真的很想再抱抱我的好护士长巩绒,我真的很想再跟我的同事兼表妹袁水茹一起值夜班,甚至——我真的很想再跟陈光烈吵一架,他在的时候我们经常因为观点不同而吵架，有时候我对，有时候他对，可是那不重要，真的，那不重要，重要的是：他，还有他们，能活生生地站在我的面前，站在我们的面前……"说到这里，她的热泪禁不住滚滚地流下面颊。

抽泣声更大了，所有的人都低下了头，悄悄擦拭着眼睛。

"可是外面那上百个患儿和家长，并不知道这里发生了什么事情，他们的诉求只是给他们的孩子看好病……都说儿科医生最苦，这个'苦'不仅仅是指工作强度大、压力大，还有就是要面对世界上最令人悲痛的苦难——孩子的夭折。许许多多患了绝症的患儿，那么勇敢地和病魔斗争，最后还是失败了，可他们走的时候，大多神情安详，甚至比大人还要坚强。我们没能救治得了他们，他们却教给我们怎样对待死亡，对待苦难，从这个意义上讲，每一个儿科人都应该是最勇于面对死亡、面对苦难的人。刚才，我往这间诊室走的路上一直在想，假如离去的不是陈光烈他们，而是幸存的我们，两拨人调了个个儿，面对外面那些患儿和家长，他们会怎么做？我想：他们一定会擦干泪水，打开这间诊室的大门，以更加严谨和认真的态度接诊每一个患儿，因为最好的悼念，就是把同事未竟的事业做完。"

说到这里，她注视着房间里的人们，除了胡来顺的神情依旧麻木，李德洋依然耷拉着脑袋，孙菲儿还是哭个不停，其他人都抬起头来，目光变得严肃而庄重。

"新院区那边很快将派团队来协助我们，但在接下来的一段时间里，我要和大家一起接诊外面的患者。我会亲自分诊，适当控制患者数量和就诊的节奏。"周芸说，"胡来顺，今晚患儿人数比较多，你一定要认真再认真，耐心再耐心，千万别再和家长发生冲突。"

胡来顺无精打采地说了一句"好吧"。

"李德洋，今晚你也坐回这个诊室里接诊，与此同时，你还要兼顾胸片、B超的拍摄工作，搞不定就来叫我。"

李德洋把耷拉的脑袋抬了一下，算是点头。

"孙菲儿，留观病房交给你——"

周芸的话还没说完，孙菲儿就有气无力地接了句"好的"。

听她答应得这么迅速，周芸觉得不对劲。留观病房一共有两个，交给一个护士照护，工作量相当大，以孙菲儿的个性，一向是见活儿就推的，可现在——周芸细细一想就明白了，一定是陈光烈私下里向她承诺了什么，孙菲儿才出卖了自己放在电脑加密文件夹的Excel表，成为陈光烈上位的垫脚石，可现在陈光烈一死，她的靠山倒了，自己又官复原职，所以就算是有一万个不愿意，她也只能低头……但抱着这样的态度，怎么能做好工作呢。

周芸想了想，让她把陈少玲找了来，对她们俩说："这样，少玲，有些事情想必你也知道了，今晚院区这边医护人员严重不足，在新院区那边的援军没有赶到之前，留观一病房由你承担护理工作；菲儿你去照护留观二病房即可，抽时间也来一病房给少玲帮把手。"

听说巩绒等人遇难后大哭一场的陈少玲，脸上犹挂泪痕："主任你放心，我一定把工作做好。"

留观二病房分成两个隔间，外间是感冒发烧或患了急性胃肠炎的孩子坐在输液椅上挂吊瓶；里间是咳嗽哮喘的患儿，在装有显示器的智能雾化机前一边看动画片一边做雾化治疗，护士的工作比一病房轻松得多。孙菲儿望着周芸，使劲点了点头。

周芸又叮嘱挂号窗口、检验室、药房的三位大夫坚守岗位，还特地给负责总控室的老包和传达室的王酒糟打了电话，让老包把通刷卡还给自己，同时要求他们履行职责，"遇到事情直接向我报告"。

各项工作都安排到了人头。周芸又强调："关于急诊科车辆掉进大凌河的事情，目前市里严密封锁消息，请大家不要外传，特别是不要对患儿家长说，以免引起恐慌，给我们的工作带来更大的困难。"

说完，她把一直站在诊室门口的大楠叫到身边说："大楠，你跟我一起到分诊台，学习怎样正确给患者分诊。"

大楠瞪圆了眼睛。她是省医学院来平州市儿童医院实习的实习生，照规矩，实习生来到医院后会分配给某个大夫，形成"师带徒"的关系，但急诊科的工作实在太繁重，像霍青那样的主力一天到晚忙得连喝水的时间都没有，哪儿有工夫再带学生？只好把她交给胡来顺，问题是胡来顺自己就是个吃饱了混天黑的主儿，大楠跟他"学习"了五个月，一点儿收获都没有。眼看转年到了除夕，半年实习期就要结束，她正在发愁该怎么办，周芸居然让她跟自己学习——大楠激动得圆脸盘都微微涨红了。

周芸带着大楠走到急诊大厅，来到分诊台。分诊台前已经密密麻麻地围拢了一大群抱着患儿的家长。周芸严肃地说："请大家自觉排成一队，不排好队，我这里就不分诊，耽误的是孩子的病情和大家的时间。还有，严禁加塞，别怪我把丑话说在前头：谁加塞今晚就不给谁看病！"

人群别别扭扭地蠕动了老半天，才排成了歪歪斜斜的一条长队。

周芸坐在电脑前，开始逐个给排队的患儿分诊：她一边向家长询问患儿的病情，一边观察着孩子的面色和神情，特别是目光是否恍惚和发散，并通过咳嗽、喘息、呻吟和哭泣等声音，判断孩子的痛苦程度、有无呼吸困难等。对于发烧的孩子，她会用手掌摸摸他们的额头——每个急诊医生都有几招"独门绝技"，周芸的绝技之一是通过手掌就能感知患儿的体温是在39℃以上还是以下[1]，比用体温计还准确，从而判断他们留下还是回家。对于跌撞伤、烧烫伤和气管异物的患儿，她让大楠从队伍中将他们遴选出来，直接去诊室找医生处置，之后再补号；对于那些没有带着孩子来、只想跟医生说说病情就开药的家长，她一律严词拒绝[2]；对于那些家长急得火烧火燎，但其实病情并不严重的患儿，她耐心地劝说他们离开医院。

在大楠的眼里，周芸好像一个有着透视能力的魔术师，在给第一个孩子分诊的时候，就已经对排在后面的两三个孩子的体况和病情，做出八九不离十的预判，所以一边把打印出的分诊条递给分诊完毕的患儿家长，让他们去挂号窗口挂号缴费，一边在电脑上提前敲击出下一个孩子的年龄、体重、身高、病种和分级，等得到患儿家长证实的时候，新一张分诊条已经吐出了打印机——而大楠不知道的是，周芸在做着这些的同时，还竖起耳朵听着急诊大厅的叫号，并用余光观察着检验室窗口的便样盒数量和排队取血的患儿人数，把控分诊的节奏，不至于给胡来顺和李德洋太大的压力……正是凭借这惊人的工作效率，她像洗牌的高手一样，以令人眼花缭乱的速度将等待分诊的队伍迅速而精准地推送给不同的渠道，让阻塞的流水重新畅快地流动起来。

急诊大厅很快就恢复了秩序。

随着等待分诊的队伍一点点缩短，周芸开始教给大楠一些知识："分诊护士最需要关注的有四点：一乖二烦，三凹四陷。知

---

[1] 儿科急诊，体温在三十九以上的需要医生处理，否则如无抽搐惊厥现象的可继续观察。
[2] 急诊的原则是"见人看病"，没有看到患者，医生一律不予应诊。

道分别代表什么意思吗？"

大楠摇了摇头。

"一乖，孩子生病，本来应该很难受，哭闹是正常现象，太乖往往是病重的表现，不管家长裹得多么严实，宝宝睡得多么踏实，也要让家长打开包裹，亲自观察孩子的面色、口唇、皮肤弹性和呼吸等生命体征；二烦，孩子本来还算安静，突然烦躁不安，尖厉哭叫，要马上判断病因实施救治，搞不好就是脑出血；三凹你都忘了？学怎么上的！三凹征①的意思；四陷是指小儿的囟门凹陷，证明脱水严重，要尽快处置——"

这时，她看到诊室门口聚集的患者越来越多，知道胡来顺和李德洋两个人有些看不过来了，于是对大楠说："我去诊室看一下，这边你来分诊。"

大楠一愣："我？"

"对。"周芸说，"怎么，嫌这个工作太简单？"

"不是不是！"这是大楠实习以来第一次"实战"，所以她十分激动，但一想到刚才目睹周芸分诊的技术，又胆怯起来，"我怕我做不好。"

周芸站起身，按着她在电脑前坐下，只说了"你行的"三个字，就出了分诊台，向诊室走去。

直到这时，她才感到腰酸背痛，刚才密如骤雨、高度集中的分诊，其实是一种体力和精力的双重透支……问题在于：对这个注定不同寻常的夜晚而言，这一切，恐怕才刚刚开始。

那个人，到哪儿去了？

她突然发现，原来坐在候诊椅最后一排的那个穿着军大衣

---

①吸气时胸骨上窝、锁骨上窝、肋间隙出现凹陷，是小儿呼吸极度困难的表现。

的粗壮汉子不见了,他既没有带着孩子来分诊,也没有找医生开药,那么他到底来急诊大厅做什么?又为什么突然消失了踪影?周芸心上的疑云越来越浓重,她带着一种不祥的预感,推开了诊室的门。

10

从这个角度看下去,可以想到的最恰当的比喻,也许是剃了一半的头发吧。

旧区大片低矮破旧的平房和楼房像是剃得参差不齐的部分,新区兀立如林的高楼广厦像是还没剃的部分,而被冻得发青的大凌河蜿蜿蜒蜒地横亘在中间,好像是推子用力过猛而剃得确青的一道头皮。

卓童蹲在旧区教育局大楼的楼顶,二十多层的高楼,低头是平州市渐次点亮的万家灯火,举头是铁板一样密布无边的黑色寒云,狂风呼呼地吹开他那嵌着无数闪亮铆钉的黑色皮衣,把他的头发撕扯得上下翻飞。他那张圆圆的、雪白的脸蛋上,一双眯起的月牙眼和秀气的红色小嘴,都流露出一抹笑意。他从地上站起,慢慢地登上楼顶的边沿,尽可能地探出身体,拉开裤子的拉链,掏出里面的东西,对准下面的都市,痛痛快快地撒了一泡尿。

尿液滋出的一刹那,立刻被风撕扯成一条深黄色的斜线,然后挥洒成无数的颗粒,坠入深深的凡尘,看着这宛如给大地播种一般的景象,他的脸上再一次绽开了羞赧而可爱的微笑。

尿完了,他打了个寒战,然后塞好东西,拉上拉链。他回过头,只见铺着黑色油毡的楼顶上,二三十个青少年正跟着音箱里播放的音乐跳舞。

他们的舞姿并不好看，肢体僵硬，缺乏整齐，一群本来十六七岁的年轻人，都不如跳广场舞的老太太们对节奏拿捏得准，活像一群僵尸在坟头蹦迪。但卓童还是激动起来，他跳下楼顶的边沿，跳到他们每个人都能看到的正前方，一边剧烈扭动着包裹在黑色皮裤里的屁股，一边跟着音箱里的音乐唱了起来：

陛下我叫达拉崩吧斑得贝迪卜多比鲁翁，
再说一次，
达拉崩吧斑得贝迪卜多比鲁翁。
是不是，
达拉崩吧斑得贝迪卜多比鲁翁。
啊对对，
达拉崩吧斑得贝迪卜多比鲁翁！

实话说，他跳得并不比其他人好看，只是动作更加狂野，伴随舞姿抛出的飞眼亮闪闪的特别娇媚，至于唱得就更不好听了，完全没有优秀歌手演绎这首《达拉崩吧》时的那种灵动，特别是在更换声线的部分，放在大马路上每一条车道都在压线，高音部像要被别人掐死，低音部像要掐死别人，不知是不是风吹得太猛的缘故，听起来竟还有些跑调。

但这丝毫不妨碍那些少男少女对他投以仰慕的目光，他们蹦跳着，尖叫着，打着呼哨，拍着巴掌，兴奋的表情好像集体达到了性高潮——毕竟，这个领舞者是他们共同的"卓总"啊！

卓童的父亲是平州市最大私营煤矿企业：卓氏能源发展有限公司的老板，因此他自幼就受到非常好的教育，从幼儿园、小学到中学，上的都是收费昂贵的私立学校。可他天生就不是学习的材料，语数英等专业课就不用说了，高中以后就没及过格。想走艺培的路，可是他美术没有天赋，唱歌天生一副"寡妇嗓"，乐器每样都浅尝辄止，只有舞蹈上点儿心，又嫌不可日辍的形体训练太苦太累太麻烦，也不了了之……不过，这些都没有妨碍他在他妈妈当校长的市艺专以第一名的成绩毕业。

在卓童的学生时代，有件事对他的成长产生了非常重要的影响：那是一个暑假，他去市艺专玩儿，看到舞蹈训练大厅里，他妈妈一边破口大骂"卖屄的小婊子臭骚货"，一边让面对面站成两排的几十个穿着舞蹈服的女生互相抽耳光，直抽得云鬟散乱、花容溅朱，正在发育中的几十对酥胸也都颤抖不已……目睹这一切的他，下体兴奋勃起，差点儿把裤子撑爆。从此他意识到了一个真理：凌虐他人，本身就可以获得媲美性行为的快感。于是他开始沉迷其中不能自拔：女人一样漂亮的脸蛋、挥金如土的雄厚身家、青春期旺盛得发泄不完的性欲和性能力、花样迭出的玩弄和侮辱他人的方式方法，使他很快就成了平州市最有名的恶少，身边也聚集了一大批和他臭味相投的未成年人。

就在这时，大难临头。

随着国家反腐工作的大力推进，他那一贯与贪官勾结盗取国有资产的父亲潜逃出国，母亲不知被谁下毒灭口，"暴病而亡"。那段时间，他过得提心吊胆，惶惶不可终日，投奔亲戚频频遭拒，狐朋狗友也作鸟兽散。为了填补精神上的空虚，他天天刷网络小说看，很快在霸道总裁文里找到了感觉——因为他"本来"应该是那里面的主角，应该一样的毒舌傲娇、疯狂炫富，壁咚每一个看上的女生，然后让她们为了他难产而死……家道中落使他这种幻想像幻肢一样不断放大，于是他的穿戴虽然不再是一身名牌，但言谈举止、行为做派反而比从前更像个公子哥儿。

偏偏这是一个幻象比事实更有说服力的时代，不知从什么时候开始，一个传说在平州市悄然流传开来，说卓童只是个表面上寒酸落魄，其实拥有"受迫害"的父母留给他亿万财产的"隐形富豪"。这种形象一旦确立便不容瓦解。从此，平州市一班辍学待业、混迹街头的不良少年，以及同样被霸道总裁文迷得七荤八素的少男少女，每天追随在卓童左右，眼皮都不敢眨一下，生怕错过乌鸦变回凤凰的那一幕……于是乎卓童东山再起，名气甚至比从前还响亮，特别是他在市儿童医院工作的表舅给他找了一个药品公司副总的闲差之后，他的粉圈开始尊称他为"卓总"。

然而"卓总"跟过去的卓童相比，还是有着一个幻象填补不了的真空，那就是缺钱。有时候维持幻象远比正视现实的开销要大，你不给粉丝喂饱了彩虹糖，他们就不会拍你的彩虹屁，道理就是这么简单。于是卓童不得不想方设法搞钱，他听了朋友的主意，在各大直播平台开通账号，通过直播赚钱。昔日的欺男霸女凌弱暴寡，曾经的走投无路颠沛流离，都使他加倍意识到，每个人都有虐待狂的倾向，只是大多数没有直接参与的胆量，更喜欢在自己安全的前提下看其他人受虐。于是他带领他的"团队"，专门做各种"虐人直播"：深更半夜穿上鬼怪服装恐吓路人、买来SM道具去婚礼上"闹新娘"、把掺了尿液和粪便的蛋糕装进写有"寿比南山不老松"的盒子送到养老院；以产前培训为名把孕妇骗进教室，突然播放人工流产的血腥视频……虽然"净网行动"一次次查封他的账号，但他总能迅速找到新的平台安家落户，并用更加下流腌臜的直播吸引大批观众疯狂打赏——事实证明，只要屎足够臭，是不用担心苍蝇会不会聚集的。

当然，卓童知道自己这样做势必招来民愤，但他自恃三点为护身符：一是为了不让他这种在反腐行动中落马者的孩子找借口说政府"搞株连",所以有关部门对他那些擦边球的行径总是睁一只眼闭一只眼;二是他的"团队"大都是些未成年人,出了天大的事有"免死金牌";三是他招揽了一个名叫吕威的人做保镖,此人曾经获得平州市散打大赛青少年组冠军,有他寸步不离地跟在身边,加上那个捅死人也无须偿命的团队,就算平州市最凶悍的地痞流氓,也对他敬而远之。

也许,还有第四道护身符,就是他那张人畜无害的脸蛋和永远羞赧的、仿佛在祈求原谅的微笑……凭着这张脸蛋和这缕微笑,他让很多受害者到死都以为他是清白的、无辜的——凌虐的极致也许就是让受虐者到了阴曹地府还在为施虐者辩护和感恩吧!

不过,过去的所有那些"游戏",收益可完全不能跟今晚相比哟!

音乐戛然而止的一刻,卓童用一个右臂扬起,左手捂裆的动作来了一个定格,顿时响起一片掌声和欢呼声。他满意地看着粉丝们那一张张红到发汗的脸孔和一双双痴到发狂的眼睛,想起今晚的行动,愈加深信这是一支听他指挥、所向披靡的队伍了。

就在这时,手机响了。他避开人群,又来到刚才站着撒尿的地方才接通。听完之后,他把手机重新揣进兜里,将视线投向远处的市儿童医院旧院区,嘴角再次浮上一抹歉意的微笑。

身后,吕威走了过来,递给他一件灰色的条绒厚外套。

卓童一边换下那件扎眼的缀钉皮衣,一边说:"万事俱备——"他看了看对面大楼的楼顶上被风吹得噼啪作响的一面旗帜,虽然辨不清风向,但还是得意扬扬道:"就连东风都到位了。"

"那还等啥,干吧!"膀大腰圆、满脸横肉的吕威拍了拍腰间别着的一个鼓鼓囊囊的东西。

卓童皱了皱眉头，他知道这个头脑简单四肢发达的家伙上个月花重金买了一把磨掉了枪号的六四式手枪，从此与人一言不合就拔出来顶着对方脑袋恐吓，还真吓倒了不少人，但在卓童看来，这到底还是一种 IQ 不高的表现。

"卓总你看！那是咋了？"吕威手指着大凌河大桥的方向，从这么远的地方依稀可见：堵得水泄不通的大桥上，往新区去的那条车道的一侧桥栏被撞开了一个大豁口，在桥栏的下面，大凌河的冰层洞穿了一个大窟窿，不停地往上翻滚着雪白的气泡。

卓童只看了一眼，就漠然地移开视线，望向不远处的冷却塔，有个长得很漂亮的女孩正躲在冷却塔的后面避风抽烟。

"让她把道具带上。"卓童吩咐道，"别忘了。"

吕威"嗯"了一声。

卓童仰起头，望着近在咫尺而又茫无边际的黑色云块，长长地吸了一口气，仿佛要把那其中包孕着的黑暗的邪恶的压抑的阴冷的力量一起吸进肺腑，然后闭上眼猛一甩头，无声地做了个"哇哦"的口型，接着睁开眼，绽开了笑容。

跟从前的笑容相比，这一次依然是那么妩媚可爱，只是如果仔细分辨，会发现多了一点残忍。

他跳下边沿，昂首挺胸地走到粉丝们中间，高高地扬起右手，打了个十分响亮的响指，然后对着所有人大喊一声——

"Let's go！好戏 open！"

第二章　攻城

> 我也曾差人去打听，打听得司马你领兵就往西行。
> 一来是马谡无谋少才能，二来是将帅不和失街亭。

1

运转起来了，但不是齿轮，而是陀螺。

齿轮的运转是有节奏的，在那种轻微得有些细腻的"咔嗒咔嗒"声里，蕴含着一种优美的舒缓，仿佛不上发条也会这样心平气和地走下去。陀螺则不然，它忽而疯狂旋转，忽而摇摇欲倒，如果不及时抽动，就会彻底停止，更加糟糕的是，就算它在转得最快的时候，只要碰到地面上的一丁点儿障碍：一枚硬币，一个桌角，甚至一片碎纸，都会瞬间混乱了节奏、疾停了身姿。这种神经质的运转方式逼着抽动它的人必须提心吊胆，目不转睛，克服所有的疲倦和眩晕，与之不断地周旋下去……

急诊就是一个陀螺。

急诊科主任就是那个手执鞭子的人，她必须眼观六路，耳听八方：那些号哭不止的患儿和愁眉苦脸的家长，那些穿梭不定的护士和焦头烂额的医生，那些低声细气的咨询和声色俱厉的质问，那些悄然掀起的门帘和猛烈撞击的门板，构成了陀螺、运转了陀螺，也威胁着陀螺……她得分辨并判断其中的每一层用意、每一点动机、每一个结果、每一项目的，好及时给陀螺以动力，让它一刻不停地旋转，同时要把控节奏，既不能因为频频抽动而透支了自己的体力，又不能让陀螺疾发疾停，出现癫痫样的病态。尤其重要的是，她得时刻注意到所有可能磕碰到陀螺的障碍物，及时将它们从陀螺旋转的界域里驱除。

将分诊工作交给大楠后，周芸来到诊室，帮助胡来顺和李德洋接诊患者。急诊工作并不像很多影视作品演绎的那样：打着红蓝双闪一路鸣叫的救护车送来插着各种管子的危重病人，一大群医生护士前呼后拥地推着诊疗床往抢救室跑……不是那样的，在绝大多数时间里，急诊所要接诊的主要是发烧、吐泻和各种急性腹痛的患者，儿科急诊可能还要多一个气管异物和一个意外坠落（及磕碰伤），所以并没有那么多戏剧性的场面，甚至有些枯燥乏味。但真正考验一个急诊医生的也正在于此，因为急诊的工作量巨大，等于是把这种枯燥乏味翻了几番，尤其出小夜和大夜的医生，要应对各种各样的患者，要承受不断接近极限的疲惫和困倦感，这种情况下，医生的耐性甚至比医术还要重要——

偏偏胡来顺不是一个有耐性的医生。

胡来顺本是平州市儿童医院内科的住院医师，今年三十多岁，平心而论，他的医术还是不错的，但他并不喜欢自己这份工作，对生病孩子的尖厉哭闹声极其厌恶，对家长更是没有耐心，出诊时很少拿正眼看对方，说话阴阳怪气，产生医患矛盾从来都是正面刚。这小子有股子浑劲儿，工作之外的业余时间都用在健身上，练得一身的腱子肉，而锻炼的目的既不是为了身材好，也不是为了少生病，竟是"万一哪天跟家长动手打起来时不吃亏"，所以全医院都知道这小子人如其名，就知道"胡来"。和他同时进医院的医生早就晋升主治医师了，他愣是熬到现在才轮上。

照规矩，临床医生不管哪一级，只要升职，必须先到急诊轮岗不少于两个月。考虑到胡来顺的工作态度确实成问题，院领导把他的轮岗期调整为半年，这可给他郁闷惨了，但又没办法，只好干熬。熬了五个月，脾气却是越熬越大了。

今晚的任务重，他有心理准备，就采取磨洋工的办法，慢条斯理地接诊每一个患儿，尽可能地拖延时间。反正急诊科当家的是周芸，她总不能眼睁睁看着患者都压在自己手里纾解不出去，肯定要出手帮忙，既然她有能耐，就让她扛去，反正别把自己累着就行。

尽管如此，连续几个匪夷所思的患儿，还是把他搞烦了。

第一个是个三岁的男孩，被他爸爸一路抱着冲进诊室，说是在给儿子把尿时发现他尿血了，说这话的时候挺大个老爷们浑身抖得像筛糠一样。胡来顺开了尿检，过一会儿结果出来了，完全正常。孩子他爸大吵大嚷说肯定是检查仪器坏了，自己亲眼看见孩子的尿是红色的，胡来顺也糊涂了，问来问去终于问明白，原来患儿家的小便池旁边放着一个用来涮墩布的红色塑料桶，小孩尿尿时，塑料桶的颜色透过尿液进入到大人视野，才造成了这场误会。

第二个孩子说是发高烧，分诊时大楠摸了摸他的额头，觉得顶了天是个低热，但孩子的妈妈非说在家用额温枪测的时候体温超过40℃，大楠只好安排就诊。胡来顺一看孩子虽然有些发蔫，但眼珠子滴溜乱转，脸上绝无高烧时异样的红色，用体温计一测只有36.8℃，便知道有假。他直接跟家长说，孩子烧得这么"不稳定"，只怕中枢神经系统感染，得行腰椎穿刺术取脊髓液检查。孩子好奇地问腰椎穿刺术是啥，胡来顺直接从抽屉的器械包里拿了个骨穿针出来,吓得孩子嗷嗷大哭说不想参加期末考试,才撒谎说自己发烧,其实每次在家测体温的时候,都偷偷用额温枪对准藏在怀里的热水袋测的。

第三个孩子更加奇特,才一岁多,说是从床上掉下来,磕了脑袋。胡来顺用瞳孔笔照着孩子的眼睛看瞳孔反射①,发现并无问题。孩子的爸爸不依不饶,扒拉着孩子的头发说:"怎么可能没事?大夫您看,这磕了仨包呢,连头发都磕没了。"胡来顺瞄了一眼,冷冷地说:"你是不是非盼着孩子出点儿事才踏实?有从床上掉下来磕仨包的吗?那是枕秃!"

看病的间隙,胡来顺忍不住跟周芸抱怨了一句:"今天晚上没碰上几个正经病人,净遇见奇葩了!"

儿童由于思想尚未成熟、行为方式幼稚,很多时候就是表现出各种"天上的谜题,喷饭的解答",徒给家长增添紧张和劳碌。不光急诊,整个儿科医生群体每天都要大量面对那些"没病看病"的患儿和家长,这种情况下,帮他们筛查出并没有患病,其实是一件皆大欢喜的事情。所以听了胡来顺的话,周芸只是笑了笑,没说什么,何况她正在为另外一件事情忧心,那就是李德洋的接诊速度越来越慢,搞得围在他诊台前的家长越来越多,意见也越来越大。周芸知道胡来顺"调节"接诊速度有着自己的小九九,但李德洋可不是那种人,他一定是真的遇到了问题,所以站起身向他走去。

和胡来顺这个"临时工"不同,李德洋的编制就在急诊科。周芸还记得,一年前他刚刚从省医学院分配过来时,还是一个文质彬彬的白面书生,对未来满眼的憧憬,对工作充满了热情,对

---

①孩子脑部摔伤,如果瞳孔一边大一边小,有可能是脑出血,如果两个瞳孔一样大且眼球运转正常,就无大碍。

来看病的小朋友特别温柔，从不急躁，脸上永远挂着微笑。周芸暗暗地把他列为科室重点培养对象，希望能再带出一个霍青来，所以平时出诊恨不得把手地教他。李德洋也很争气，虚心学习，工作认真，实习期考核成绩名列全院第一，只是性格腼腆了一点儿。参加院党委组织的学习活动时，他表示"我一定要向周主任学习，做一个她那样的好医生"，直到现在周芸还记得他说这句话时微微涨红的脸庞。

但是，现实很快就用一记耳光把李德洋打醒了——是真的一记耳光。

那是去年冬天的一次小夜门诊，他在留观室亲眼看见一个小护士给一个得急性胃肠炎的患儿输液时，第一次没有把针头成功扎进细小的血管，跟患儿的父亲说了一句"需要再扎一次"，话音未落，就听"啪"的一声，那个五大三粗的父亲抡圆了给护士一记耳光，打得护士仰面摔倒在地上，满嘴的鲜血，就连吐出的两颗牙齿都是红色的。那个护士爬起来，哭着捡自己的牙齿，患儿的父亲一脚把牙齿踢飞说："再扎一次，再扎不进去，还他妈抽你！"

从小在一个知识分子的家庭长大，很少见到暴力的李德洋被吓傻了。

更加令他震惊的是，报警后，警察过来时，处理的结果竟是罚款四千元了事。周芸愤怒地抗议，说一定要把打人者绳之以法，但得到的回答仅仅是"要理解家长的心情"，院领导也在一旁劝她"大事化小小事化了"。打人者用手指蘸着唾沫数出四千元钞票，甩给周芸时还来了一句"给那护士镶牙够了吧"，然后抱着输完液的儿子，在很多家长仰慕的目光里，像个英雄一样昂着头扬长而去。

第二天,《平州晚报》刊登了对这一事件的报道,题目是《输液技术不过关引发医患冲突》。

挨打的护士辞职,离开了医院。

大约也就是从那天开始,李德洋好像变了一个人,那个温柔、自信,对工作充满热情的年轻人不见了,取而代之的,是一个寡言少语、谨小慎微,接诊时低着头,仿佛总在跪地求饶的可怜的家伙。在他那张苍白的脸上,再也看不到一丝笑容。周芸找他谈过心,但在他语无伦次的言辞和飘忽无定的目光中,她只感受到了一个身陷重围、四面楚歌者的绝望。

有多少年轻的儿科医生,就是这样在惨淡的现实面前"幡然醒悟",毅然决然地离开了这个曾经发誓要坚守一生的工作岗位啊!

周芸不忍心看着这么一棵好苗子就这样沉沦下去,但李德洋的状态已经明显不适合继续在紧张的一线接诊,便把他调到了影像室负责 X 光片、B 超和 CT 的拍摄。谁知士气大挫后面往往跟着一溃千里。在给一个因跌伤后右肘部肿痛伴功能障碍的患儿拍 X 光片时,他将"右肱骨远端骨骺分离"误判成"右肱骨外踝骨折",导致外科医生在行手法复位时失败,患儿的右肘部肿得像刚刚出炉的面包,家长当然不干了,直接投诉到医患关系科,最终医院做出处理决定,给李德洋以行政记过处分。

让周芸格外心寒的是,拿到处分通知书的李德洋神情麻木,甚至流露出"只要没挨打就好"的一笑,那个笑容油腻而无赖——周芸从来没有想到过一个人会因为恐惧暴力而放纵自己卑贱到这样没有尊严的地步,更何况,就在一年前,这个青年的笑容还是那样的纯净而阳光……

周芸来到李德洋的身边,见他正在给一个躺在诊疗床上蜷着腿的小女孩摸肚子，那个女孩五六岁的样子，长得很漂亮。李德洋的手指在她的肚皮上忽左忽右、忽上忽下地按压着，从指尖在皮肤上形成凹陷的深浅程度不难看出，这一按压不仅次序混乱，力度也完全没有章法。

按理说，这种涉及孩子隐私的按压应该屏蔽除家长外的其他人，但急诊科的诊室本来就人多混乱，平州市这么一个三线城市，就诊的很多来自附近一些县、乡、村，所以就更加难以规矩。此时此刻围在诊疗床附近"观诊"的人多得像蚂蚁，周芸正要驱散他们，不知哪个促狭鬼说了一句"这医生摸得够细的啊"，女孩的妈妈脸上顿时挂不住了，瞪着眼睛问李德洋："我说你到底有完没完，耍流氓呢？！"

"家长，请注意你的措辞，医生这是给孩子做全面排查。"周芸毫不客气地对女孩的妈妈说，然后冲着围观的人们厉声道，"除了女孩的家长，其他人马上后退，不许围观。"

人群稍稍向后退去，但是依然有人在骂："这医生摸个没完，啥时候轮到给我们家孩子看病啊！"

接着响起了一片"是啊是啊"的附和声。

周芸看了一眼李德洋，虽然他戴着口罩，看不见他的脸色，但发青的印堂和不断抽搐的眼角，表明他有些乱了方寸。

她轻轻咳了一声，李德洋望向她，嗫嚅道："孩子肚子疼，我排查一下肠套叠……"

肠套叠是儿童急腹症中高发且非常凶险的一种，指一段肠管套入了与其相连的肠腔内，导致肠内容物通过障碍，抢救不及时可能导致肠坏死，甚至要了孩子的命。但是——周芸当着家长不好直接指出问题，便故意问孩子的妈妈："小姑娘几岁了？"

"六岁了。"孩子的妈妈焦急地说，"大冷天的非要吃什么黄桃罐头，然后就疼得嗷嗷的。"

李德洋一下子醒悟过来。肠套叠大多发生在两岁以下的患儿中，五岁以上的孩子极少出现此病，仅凭年龄就可以直接排除……

"你去给其他患者看病。"周芸低声对他说。

李德洋如释重负地吁了一口气，回到了自己的诊台上。

周芸走到诊疗床前，小女孩以为自己的病刚才那个医生治不了，吓得小脸刷白，快要哭了。周芸轻轻按了一下她的肚子，孩子高度紧张，肚皮硬得像石头一样。

于是她问："上学了没有？"

女孩点了点头。

"在哪个学校上学啊？"

"市二小。"

"哟，阿姨的女儿也在市二小上学呢，只是她六年级了，明年就要毕业啦。"周芸的脑海中闪现出了媛媛穿着舞蹈服准备演出的画面，轻轻摇了摇头，将这画面驱散。她跟小女孩搭搭话的目的是让她放松，可是小女孩的肚皮还是绷得紧紧的。

"来，我们家闺女的小学妹，你现在听阿姨的，把两只小手手的手指头并拢，然后勾起来，对，就这样勾着，勾紧点儿，真听话！"

百试不爽的一招，孩子的双手一勾，肚皮自然就放松了。

周芸立刻将手指轻轻地压在小女孩的左腹，好像用笔作画一样，由浅入深地画了一个横着的S形，"收笔"于右下腹的时候，使劲一按，女孩不由得"哼"了一声，但是看她的眉头一皱，随着自己的手指慢慢抬起，旋即松开，周芸就放心了。外科医生有句话说"有收有放不算疼，有收不放真要命"。她刚刚的手法是排查儿童急腹症的另外一个重要疾病：阑尾炎。孩子的眉头有收有放，说明是按压导致的反应，而不是阑尾本身存在疼痛，这就排除了阑尾炎。

"没啥大事，就是普通的急性胃肠炎。"周芸给小女孩穿好外衣，回到自己的诊台，一边看着各种检查单子，一边对她的妈妈说。

母女俩拿了开药的单子，去药房拿药了。周芸这才把李德洋叫了过来，低声问："你怎么搞的，六神无主的？今晚就咱们这几个人，你顶不住怎么行？"

"我一想起陈副主任他们就……"李德洋低着头，手撑在诊台和隔断板上，声音有气无力，"主任，我根本集中不了精力，我太累了，真的，我不想干了。"

就连这句话，他说得也是那么的怯懦无力，好像跪地求饶似的。周芸望着他那年轻的额头上早早地泛起的几丝纹路，怜悯、悲哀、气愤、感伤，各种情愫一齐涌上心头，不禁五味杂陈，最后化成一声长叹："就算走，你也得等今晚过去再说。"

李德洋跌跌撞撞地回到了自己的诊台上，一屁股坐在椅子上发呆。患儿家长们的眼睛都很"毒"，一看便知道诊室里谁才是医术最高的那个，渐渐地从他的诊台旁散开，围拢到了周芸的身边。

逮着空儿的胡来顺溜到了李德洋身边，笑不唧儿地说："咋了？又被主任熊了？"

这俩人过去关系不好，李德洋看不起胡来顺不敬业，胡来顺觉得李德洋对患者表现得太"尿"，但是经过急诊科大队人马在大凌河大桥的遇难，他们都有点儿劫后余生的庆幸，所以竟亲热起来了。李德洋叹了口气，小声说："老胡，你不知道，现在我每检查一个患者,开一个药,做一个治疗,都想着要是错了会不会挨骂甚至挨打,会不会受处分、吃官司,脖颈子后面压着三千六百把铡刀似的,这种滋味儿,太难受了。"

"患者像弹簧,你弱他就强。"胡来顺不屑地说,"想当年我刚刚干这行,跟你一样,甘洒热血写春秋的,后来我明白了,这就是个职业,跟扫大街的、卖楼盘的、做微商的、开滴滴的,没有任何区别。你给我多少钱,我就给你干多少活儿,岗位职责里写啥咱就干啥,多一样都跟我没关系,上面有写我挨了打挨了骂必须忍气吞声吗?没有,那就别怪我不客气!哪个爷们儿脖子上还没两斤肉啊。甭看朋友圈里一说医生就一堆点赞的,咱们挨打时给打手点赞的,还是这拨人——吹你是白衣天使,其实是恨你不死。"

李德洋目瞪口呆地看着他。

"你就是个傻单纯,你以为是你在给孩子看病,殊不知是抱孩子那大人在给你'看病'呢:有没有多开药,有没有重复检查,哪句话说得不中听,哪个治疗跟百度上搜的不一样,人家一笔一笔都给你记着呢!"胡来顺冷笑道,"就这一屋子家长,十个有九个腰里掖着录音笔,给孩子看好了病算你运气,一旦有个病情反复,人家凑齐了七大姑八大姨打着条幅到卫生局告你。"

"那你还这么嚣张,一天到晚怼天怼地怼空气的。"

"医院跟公司一样,你天天迟到,领导不罚你,有一天你按时到了他没准儿还奖励你,你天天不迟到,突然迟到一天,那就往死了罚你。你只要亮明了'我是个坏孩子',那好事找不着你,坏事儿也找不着你——咱们当医生的,没有坏事儿,可不就是天大的好事儿吗?"

正在这时,就听"哐当"一声巨响,两扇门板被撞开了,一个四十多岁的黑脸汉子抱着个小孩冲了进来,他没有看见被无数患者围着的周芸,而是直接跑到正在聊天的胡来顺和李德洋面前,跪在地上就砰砰砰地磕头,嘴里不停地喊着:"大夫,大夫,求你们救救俺的娃!"把其他患者吓得纷纷往后躲。

这样的情形,胡来顺见得多了,他一向认为,家长摆出这种过分夸张的姿态,只是一种"表演",目的八成是为了加塞看病,孩子未必真有什么大事,所以不但靠着李德洋的诊台纹丝不动,嘴角还流露出一丝讽刺的笑。李德洋却被唬得不轻,一边上前搀扶那个家长起来,一边说:"你别这样,孩子到底怎么了?"

黑脸汉子道:"娃半个月前跟同学上山,路过一片坟地时中了邪,好好地坐着呢,突然就打挺,往后这么抻,抻得都没个人模样了,俺带他去县医院瞧了好几趟,一会儿说是脑炎,一会儿说是癫痫,也没个定主意,吃了药也不见好,刚才又打挺了,要死要活的。俺家就这一个娃,您可得救救他啊!"

李德洋看了看窝缩在黑脸汉子怀里的小孩,脸色有点儿发锈,但精神状态还好,便拿起一摞检查单,越看越迷瞪:"脑电图、磁共振都正常,查体未见明显神经系统阳性体征……孩子没啥事儿啊。"

胡来顺脸上依旧挂着早已看穿一切的冷笑,径直问那个黑脸汉子:"你挂号了没有?"

"这不娃的病急吗,直接冲过来看医生了,还没挂号呢。"

胡来顺鼻子里喷了"果不其然"的一哂,正要回自己的诊台,只见那个小孩突然一声大叫,全身猛地一挺,双手后背、五指岔开,指尖抻出老长,头后仰着,整个身体扭曲而僵直,仿佛有个隐形人正把他的头和脚呈反方向对折,要把他拦腰折断似的。他的脸上浮现出十分痛苦的表情,眼珠子爆了似的往外凸起,嘴里不停地呜呜着一些含含糊糊、听不清是什么的言辞!

黑脸汉子喊了一声"又来了",然后就抱着孩子不停地嚎叫:"儿啊你醒醒啊,你回来啊!爸在这儿啊!咱们哪儿都不去啊!"

看着这个四肢抽搐、躯体变形,好像拉到不能再满的一张弓样的孩子,诊室里的家长们都惊恐万状地抱紧了自己的孩子,有的干脆退出了诊室。

"角弓反张。"冲过来的周芸望着孩子说,"这是破伤风的症状。"

"可是两周的病程也太长了,而且没有典型的苦笑面容……"李德洋嘀咕道。

"破伤风的潜伏期从受伤后数小时到数月不等。"周芸望着他说,"而且由于儿童体质特殊,诊断时就更要注意特异性,有单一症状符合疾病特征就应高度怀疑,不能强求甚至等待所有症状都满足才下结论——"

刹那间,周芸和李德洋都意识到,前者还是把后者当成培养的对象,而后者已经心不在场,于是同时闪避了目光。

李德洋问黑脸汉子,"你儿子两周前有没有受过什么外伤?"

黑脸汉子摇了摇头:"没有啊。"

这时,那个发病的孩子渐渐和缓了过来,僵直的身体重新恢复成了绵软的一团,但目光依然有些呆滞。周芸将他抱上诊疗床,脱了外衣、裤子,一点点地仔细检查。

孩子的身上确实没有发现什么外伤。周芸正要给他脱鞋检查,黑脸汉子做检讨似的嘟囔了一句:"大夫,娃半拉月没洗脚了,那脚可臭了。"

周芸毫不犹豫地把孩子的鞋脱下,一股恶臭即便是隔着口罩也刺鼻难闻，满屋子的人都一副作呕的表情，周芸却神色如常地扒下了脏到发黏的袜子，把两个小脚丫看了又看，最后在左脚掌上发现了一个早已愈合的微小创口。

"你不是说没有伤口吗？这是怎么回事？"周芸问那个黑脸汉子。

黑脸汉子看了看道："咳，这是他上山那天，路上给钉子扎了一下，回来到医务室洗了洗，擦了红药水，不几天就好了，俺们也就没当回事儿。"

"带他们到治疗室，叫孙菲儿给孩子做个皮试，如果阴性，马上注射破伤风抗毒素。"周芸一边把袜子套回孩子脚上，一边叮嘱李德洋。

黑脸汉子抱着儿子，跟在李德洋身后出了诊室。周芸来到洗手池，用消毒皂细细地洗着手。胡来顺又晃悠了过来，一脸坏笑地说："主任，你真行，我要是你就不洗那手了，直接抓馒头吃，那一股蘸了臭豆腐的味儿，比王致和的还纯正呢！"

周芸瞪了他一眼，正在这时，诊室的门突然被人推开了，一见进来的是大楠，周芸皱起了眉头，意思是你不好好分诊跑这儿来做什么。大楠火急火燎地说："主任，不好了，思乐培训长宁校区打来电话，说他们那里刚刚发生了学生集体中毒事故！"

2

思乐培训是平州市最有名的两个校外培训机构之一，培训对象主要是小学生，以帮助他们在小升初时被优秀中学点招，每个学区都是人满为患，每个教室里也都是桌挨桌椅碰椅，天天挤得像切糕一样。长宁校区在旧区，也不例外。这样的地方一旦出现集体中毒，可不是开玩笑的事情。周芸马上冲出诊室，来到分诊台前拿起值班电话，里面传来急促的声音："周主任吗，我是思乐培训长宁校区的李校长，我们一个班的四个学生刚刚吃完餐饮公司配送的学生餐，就出现中毒症状，现在这边家长孩子都是一团乱，我们该怎么办啊？"

话筒的背景音里，责骂声和哭泣声清晰可闻。

周芸沉着地问："中毒的孩子有哪些症状？"

"恶心、呕吐、头晕、肚子疼，有的孩子说喘不上气来……对了，他们的皮肤都有点儿发蓝，特别是嘴唇，紫黑紫黑的。"

周芸一听便知，这是亚硝酸盐中毒症状。亚硝酸盐是一种剧毒无机盐，进入体内能迅速使血红蛋白氧化成高铁血红蛋白从而失去携氧功能，引起机体严重缺氧而中毒，如果不及时救治，患者有生命危险。因为这东西"长得"和盐、糖十分相像，所以经常被误服。"你们马上打一二〇，让他们出车，把中毒的孩子接过来！"

"我们打了，可一二〇说为了保证今晚新区落成庆典的顺利进行，大部分急救车都被派到大凌河东岸待命去了，这边仅有的几辆急救车都离我们比较远，还不如你们那边直接派车过来快，要不我怎么给你们打电话呢。"

周芸蒙了，急诊科十停已经折了七停，剩下的几个人，一个萝卜一个坑，根本调不出去，而且就算调得出去，也没有一辆急救车可派："李校长，我们这边的医护人员人手也奇缺，我听你刚才讲述的症状，孩子中毒应该不是很重，还不至于马上要命，这样，你先用你们学校的车把中毒的孩子送过来！对了，他们吃剩的盒饭，还有呕吐物也一起带过来，便于我们确诊。"

放下电话，周芸马上把陈少玲和孙菲儿找了过来，让她们准备洗胃器材、亚甲蓝①药物和鼻导管吸氧的器械。好不容易布置停当了,她回到诊室,在自己的诊台坐了下来。她知道中毒学生们送来后,自己还有的忙,便闭上眼,把头靠在椅背上想休息片刻,哪怕只有一分钟也好。谁知眼皮刚刚合上,诊室外面突然传来十分嘈杂的声音,她一个激灵从椅子上坐直了身子,竖起耳朵一听,有哀乐,还有许多人在号啕大哭,不禁大吃一惊,赶紧冲出门去,一看之下顿时目瞪口呆:只见十几二十个人,男男女女老老少少,举着个用墨笔写有"草菅人命,还我孩子"字样的白色条幅,抬着一口小棺材,从医疗综合楼门口往急诊大厅里面涌,一个个顿足捶胸、哭天抹泪的,领头的正是刚才那个穿军大衣的粗壮汉子。他肩膀上扛着一个老式录音机,用磁带放着有些跑了调儿的哀乐,一边走一边招呼后面的人跟上,因为笔帽还叼在嘴里,所以声音含糊而粗野。他那鸡窝一样的乱发往上冒着热气,黑红色的脸庞浮现出因为驾轻就熟而轻松自得的表情,仿佛正在张罗婚礼、葬礼、开业庆典或其他什么活动似的。

在急诊大厅站定,粗壮汉子让众人放下棺材,开始指挥他们喊口号:"草菅人命,还我孩子!"声音稀稀拉拉的还不如哭声大,关键是队伍里有几个六七岁的娃娃稚声稚气地也在喊"还我孩子",听起来特别荒诞。其中哭声最大的一个妇女,粗糙的一张肥脸上一滴眼泪都没有,干打雷下不下雨,还偷偷地用眼睛瞟着粗壮汉子,那汉子每一扬下巴,她就把声量再调高一点儿,一边哭一边嘴里念念有词,听不清说的是什么,但那腔调有点儿像在唱《志忑》,以至于队伍中的几个年轻人忍不住偷偷笑了起来。

急诊大厅里的患儿和家长们齐刷刷地将目光投射在他们的身

---

①亚甲蓝是亚硝酸盐中毒的特效解毒剂。

上。一见成了众人的焦点，粗壮汉子更来劲了，高声喊了起来："我们村老冯家八个月大的小闺女，因为咳嗽、流鼻涕，大老远地跑到这里来就诊。医生一开始说是啥胃肠感冒，又吃药又打针的，治了一个礼拜，越治越重，医生又换了说法，一会儿说是支气管肺炎，一会儿说是哮喘，孩子的病还没好利落，就说床位紧张，给打发出了院，回到家不几天孩子就没了……大伙儿给评评理，这叫啥医院？杀人医院吗！"说完他捅了捅旁边一个把两只手揣在棉袄里面的瘦削男人："老冯，你说句话，是不是这样？"

老冯眨巴着眼睛，张了张嘴，还没有出声，他身后一个头发花白、满脸皱纹的老太太，拍着棺材放声大哭："我那苦命的小孙女啊！"

这一哭仿佛点燃了引信一般，抬棺的人们本来渐渐平息了的号啕声，再一次爆发出来，比刚开始更有排山倒海之势。

"这医院的人呢？别他妈装死！都给老子滚出来！"穿军大衣的粗壮汉子恶狠狠地叫嚷道。

这一刻，周芸想起了穿军大衣的粗壮汉子是谁，他是整个平州市赫赫有名的医闹，名叫黎炎。医闹这一"行"，向来的规矩是从医院那里讹到钱，患者家属和医闹对半分，而黎炎却要六成，只因他最是泼皮无赖，为了讹钱，吃屎都不嫌热乎儿，所以成功率奇高，提成自然也就要得多。他把"空口无凭，立字为据"当作口头禅，无论对患者家属还是对医院，无论是谈出个意向还是达成了结果，都马上让人家给他立字据，所以随身总带着纸笔，有时候一个上午能签好几"单"，笔帽叼在嘴里都不带套回去的，所以江湖上给他取了个诨号叫"笔帽黎"。他自己大概觉得叼着笔帽跟流氓叼根牙签似的都能彰显个性，便干脆走到哪里都这么叼着。

至于那个姓冯的，周芸也有印象，接诊他女儿的是霍青，小姑娘生下来的时候，宫内窘迫缺氧，导致脑瘫。前阵子因为咳嗽流涕来医院，初诊确实是胃肠型急性呼吸道感染，但八个月大的患儿，患有脑瘫，免疫力本来就差，由感冒发展成支气管肺炎十分常见，何况问诊过程中，霍青了解到姓冯的年幼时也有哮喘病史，其女患哮喘的概率肯定比健康孩子要高，所以准备收入呼吸专科病房治疗，谁知小姑娘的奶奶——就是正在拍着棺材哭的那个老太太，直眉瞪眼地坚持要把孩子接出院……望着他们匆匆离开急诊大厅的背影，霍青愤愤地说："这不摆明了就想让孩子死吗！"胡来顺还跟了一句："别孩子死了再找咱们讹钱就谢天谢地啦！"

没想到还真被那个乌鸦嘴给说中了。

正当周芸站在诊室门口，望着医闹们在急诊大厅里搭台子唱戏乱成一团的时候，胡来顺走到她身边，只往门外看了一眼，就嘲讽地一笑道："哟，敢情是报恩来了！"

一句话激怒了周芸，虽然在这么多年的急诊工作中看惯了农夫与蛇的把戏，但是想到霍青，想到曾经没日没夜地为患儿付出却经常遭到打骂、现如今已不在人世的同事们，周芸忍不住大步走上前去，怒喝了一声："黎炎，你要干什么？！"

黎炎一愣，作为职业医闹，每次"闹"之前了解战场和对手是必须要做的功课，所以他知道周芸是一个医术高明、性格刚强的女人，刚才坐在候诊椅上看她迅速摆平了急诊大厅的乱象，更加确信这个女人不好对付，而且从周芸逼视的目光中，有一股咬牙切齿的狠劲，好像压根儿不准备跟他谈判，而是能动手就绝不吵吵，这倒让他有点怵头。

不过事已至此，硬着头皮也得上，不然一朝崴泥，名声扫地，在医闹行也就别想再混了。黎炎把笔帽从嘴里拿出来，支棱着脖子说:"周主任,您可是咱们市出了名的妙手仁心、大慈大悲,最替患者着想,现如今,孩子在棺材里躺着,孩子她爹在您面前站着——您说老冯家这事儿该怎么办吧!"

"你少来先捧后摔这一套!"周芸毫不客气地说,"这孩子的情况我了解,医院的诊治过程正确、规范,无可挑剔,你刚才说孩子的病还没有好,我们就把她赶走,这是撒谎,明明是孩子的奶奶坚决要求把孩子接出院的,接诊的医生拦都拦不住!"

"那你把接诊的那位医生叫出来,咱们当面对质!"黎炎叉着腰说。

周芸的泪水差点从眼眶里涌出来,但她还是克制住了自己的感情,不愿意再让眼前这群无赖玷污遇难同事的尊严:"那位医生不在,孩子出院时,家长是在同意书上签过字的。"

"那你把同意书拿来!"黎炎的嘴角浮现出奸诈的一笑。

周芸知道这里面的套路,他们早在孩子出院时就起了坏心,签完同意书,趁着医生不注意偷出来扯了。她神色如常道:"好,那份同意书是我亲自锁在抽屉里的,我现在就去给你拿。"说完转身就走。

"站住!"黎炎急了,"拿什么拿?你想伪造一份!"

"怪事,你怎么知道我要伪造一份?难道你早就知道那份同意书不在了,被你们偷走了,撕烂扔了,对不对?"周芸冷笑道。

黎炎一不留神着了她的道儿,气急败坏。

"笔帽黎,我给你们指条明路。"周芸轻蔑地对黎炎说,"你知道程序,在规定的时间内,申请医疗事故责任鉴定,对孩子的尸体做解剖检查,如果发现我们确实在治疗上存在过失,最后法院裁决应该付多少赔偿金,医院照付,在这里闹,没用,尤其是今天,整个旧院区就这几个人,我算是最大的官,连个行政值班的领导都没有，有本事你就闹，看能闹出一分钱来不？"

"你想给我孙女开肠破肚啊！你这个女人好狠的心啊！"那个老太太扑上来就要撕打周芸，却被黎炎架开了。职业医闹之所以冠之以"职业"二字，是做事要从利益的角度考虑，不能动不动就张牙舞爪……他选择今天的日子闹，本来是发现急诊的医生少、患者多，局面本来就混乱，闹起来容易搞大，这种情况下，院领导一般都大事化小，宁可多出一点儿钱息事宁人。现在不仅上来就被周芸压制住了气焰，还听她说整个旧院区连个大点儿的官都没有，显然这里已经被新院区抛弃，棋盘都扔了，还计较弃子有什么意义？所以他犹豫起来，不知道这场闹剧该怎么收场了。

正在僵持不下的时候，周芸感到裤兜里的手机在震动，拿出来一看，见是正在二楼 PICU 的警官丰奇打来的，赶紧走到一旁接听。丰奇和田颖进驻 PICU 之后，她和他们见过一两面，但她知道他们执行的任务高度机密，所以除了派袁水茹和老张做好配合之外，并不多问，而他们也从未主动与她联系过。此时此刻丰奇突然打来电话，她已经绷得很紧的神经又袭过一丝不安。

没想到丰奇说的是："周主任，我听见楼下非常乱，有哭声，有吵闹声，还有哀乐的声音，是不是出了什么乱子，需要我帮忙吗？"

周芸心上便是一暖："丰警官，没事的，我能搞定。"

3

电话刚刚挂上，急诊大厅门口突然传来一阵急促的脚步声和一连串"让开让开"的喊叫声，只见许多人簇拥着四个孩子冲了过来，一个孩子是被抱着，一个是被背着，一个是被抬着，还有一个脚步踉踉跄跄地被大人拖曳着,愣是把横亘在大厅通道的医闹们撕开了一个豁口。

周芸一望即知,这是在思乐培训长宁校区食物中毒的学生。她立刻喊陈少玲和孙菲儿一起迎了上去,把四个学生带到留观一病房,让他们躺到病床上,一边让跟过来的李校长把孩子们的剩饭和呕吐物送到检验室化验,一边让孙菲儿将每个患儿的姓名、出生日期、家庭住址等信息写在输液签上,贴在患儿的左胸,以便在接下来的救治中不至于因为信息错乱发生误诊误治。

她发现这四个孩子虽然皮肤黏膜都有严重紫绀,但都神志清醒,便亲自拿了压舌板刺激一个胖孩子的咽弓和咽后壁——这里面有个经验,一来胖孩子往往吃得多,二来呕吐起来更有天崩地裂倾盆而出的即视感,容易引发其他人的条件反射——果不其然,这胖孩子叽里呱啦一顿吐,剩下三个孩子也吐了起来。吐完之后,早已准备就绪的陈少玲赶紧给他们温水洗胃,又自胃管注入10%的硫酸镁溶液……孩子们虽然依旧显得痛苦和不安,但多参数监护仪上显示他们的心率、体温、血压和呼吸频率等生命体征已经有了明显改善,特别让周芸庆幸和欣慰的是:四个孩子都没有出现心衰和呼衰等症状,不需要气管插管等更加紧急的抢救措施了。

很快,检验室的化验结果出来了,盐酸萘乙二胺法测试表明,在孩子的剩饭和呕吐物中均发现达到中毒剂量的亚硝酸盐。

周芸擦着额头上的汗,带着仓皇无措的李校长进了女更衣室,一边把刚才催吐那个胖孩子时,被喷溅出的呕吐物弄脏的白大褂脱下,换了一件新的,一边问她:"这个事情的前前后后到底是怎么回事,你给我讲一讲,我一会儿要上报市卫生局。"

李校长平日里在讲台上口若悬河的,现在却结结巴巴,讲了老半天，周芸才大致听明白。思乐培训长宁校区有不少孩子是固定在每天某个时间段上课，如果上课时间正好卡着饭点，他们就几个人或十几个人在某个饭店、快餐店订餐，一月一结算。这次中毒的几个孩子是在一家名叫"满口福"的餐饮公司订餐的，此前天天吃也没有吃出过啥问题。大约四十分钟前，即晚上六点半左右，"满口福"的餐送到，送餐员把饭放在前台，之后没有任何人动过这四盒饭。几个孩子下课后去领了饭拿到教室里吃，吃完没多久，就相继出现症状。校方跟"满口福"餐饮公司取得联系后，他们马上派人赶往校区，了解情况。经过查询，这一批次的其他盒饭均没有出问题，餐饮公司制餐是流水线作业，调取监控视频，也没有发现有人加入亚硝酸盐。

"这么说来，问题很有可能出在那个送餐员的身上。"周芸说，"你们报警了没有？"

李校长支支吾吾，表示还没有报警。个中原因，周芸是明白的：民办教育机构的日子本来就不好过，现在发生集体食物中毒事故，对他们无疑是个强烈的冲击，这种情况下，如果最终认定是一起偶发的公共卫生事件，跟思乐培训没有直接关系，那么大部分家长和孩子还能继续上课，一旦警方介入，变成刑事案件，传出去有人专门对思乐培训投毒，那么接下来肯定会迎来一波退课退费潮，"出走"的学生转投到作为竞争对手的另一家教育机构，这个冲击对于思乐培训才是致命的。

但事已至此，拖延瞒报都是没有意义的，周芸走出女更衣室，对跟在她身边的李校长说："现在国家对学生的安全健康高度重视，信息流通的渠道多、速度快，这个事情不可能就这么算了，你还是赶紧报警吧，争取主动，不然只会更加糟糕。"

"民办教育太难了。"李校长的眼泪掉了下来，"你不知道我吃了多少苦、挨了多少累、受了多少委屈，才把校区发展成现在这个样子……"

周芸轻轻拍了一下她的肩膀："报警的目的，更多是为了排查刑事案件的可能性，如果最终调查发现真的只是某个环节出了纰漏，并非人为造成的投毒事件，岂不是反而可以制止谣言，还你们一个清白？"

李校长叹了口气："也只能这么想了。"

周芸带她走进分诊台里面，看看暂时没有患者过来分诊，就拿起放在台面上的座机话筒，递给李校长。李校长接过来，咽了一口唾沫，摁下了"1-1-0"三个键，刚刚把话筒放到耳边，就听见里面传来"咔嚓"一声。

一只突然从旁边伸出的手，压下了电话的插簧。

周芸和李校长惊讶地发现，眼前站着一个身穿棕色皮夹克，脖子上围着一条白里透粉的围巾，高鼻梁、长眼睛、唇红齿白的漂亮青年。

"你们要报警吗？"他微笑着说，笑的时候，狭长的眼睛每眨一下，长长的睫毛都跟着忽扇一下，像个姑娘似的，竟让周芸和李校长这两个女人都有些不好意思看他了，甚至忽略掉了他刚刚压断电话的举动，侧过眼睛，点了点头。

"不必了。"漂亮青年摇了摇头，"我叫雷磊，是新成立的平州市综合治安办公室主任，接下来，将全面接管长宁校区集体中毒事故的调查工作。"

因为雷磊说要找个安静的地方了解情况，周芸便把他带到位于急诊大厅一侧的急诊科办公室。雷磊带的两个下属也跟了进来，这俩人都穿着便服，板着面孔，留着短发，站在那里昂首挺胸，把两只手交叉着捂在小肚子上，一副酷酷的样子，看样子不是退役的军人就是武警。按照相貌,周芸心里暗暗给他们各起了一个外号:长手长脚、嘴巴往外凸的那个叫猩猩;矮小粗壮,龇着一口糟牙的那个叫鬣狗。

雷磊和周芸、李校长落座后,雷磊一边向她们出示证件,一边把综治办的情况简要介绍了一下:新区搬迁后,市公安局的警力绝大部分布置在那边,所以旧区的警力严重不足,因此成立了综治办来分担。"我们不是警察,但在市公安局的领导下,承担一部分旧区的社会治安和管理工作,遇到特殊情况——比如今天晚上旧区的警力也大都被调到新区,保障落成庆典顺利进行,这边就暂时由我们接手了,只是这个任务的保质期比较短,到明天早晨就过期作废了。"

一句话把周芸和李校长都逗笑了。

"长宁校区出事后,'满口福'餐饮公司联系不上那个送餐员,说是电话能打通,但没人接听,就迅速报警了。"雷磊意味深长地看了李校长一眼,见李校长脸一下子涨得通红,又平静地说,"目前并不了解学生们中毒的原因,所以不能认定是人为投毒,我们也是先调查一下情况,不必过于紧张。"

李校长的神情顿时和缓了下来,向他投以感谢的目光,然后把刚才对周芸讲的事情经过,更加详细地陈述了一遍。雷磊听得很认真,一直用笔唰唰唰地在本子上记录着,并没打断她。等她讲完了,雷磊沉思了片刻问道:"你们校区最近是否与学生、家长或竞争对手发生过比较严重的纠纷或冲突?"

"没有啊,最近校区没有接到过学生家长投诉,跟我们是对手的那个培训机构虽然存在竞争,但其实彼此都守得住底线,不会做什么太出格的事情。"

"别着急。"雷磊说,"你再想想。"

李校长想了半天，还是摇了摇头。

雷磊把脸转向周芸："周主任，慎重起见，我多问一句。据我了解，亚硝酸盐在一些熟肉制品中是允许作为发色剂限量使用的，有些凉菜、腌菜和隔夜菜中的硝酸盐也都容易因为保存不当而转化成亚硝酸盐，如果赶上孩子的胃肠功能紊乱，吃了这些食物，同样会出现恶心、头晕和腹痛等症状。那么咱们医院接收的四个中毒的孩子，有没有可能是这些原因引起的中毒症状呢？"

周芸非常欣赏他说的"慎重起见"四个字，也惊讶于他对亚硝酸盐相关知识的掌握程度："雷主任，您说得很对，只是我们对剩饭和呕吐物的化验结果表明，导致孩子们产生中毒症状的，不是食物本身的亚硝酸盐含量过高或发生了变质，而是确实有人单独往食品中添加了过量的亚硝酸盐——无论这种添加是有意还是无意的。"

雷磊点了点头："孩子们在哪里，带我去看看吧！"

周芸带着他往办公室外面走："雷主任，听你的口音，不是本地人啊。"

"我原来在北京做警务工作，来平州挂职锻炼的。"

"怪不得这么年轻有为呢。"周芸笑着说。

来到留观一病房，只见那几个中毒的孩子正躺在病床上经鼻导管吸氧，同时也在接受加入了亚甲蓝和维生素 C 的葡萄糖注射液的静脉注射。雷磊怕打扰他们休息，没有问什么问题，倒是那个被周芸亲自用压舌板催吐的胖孩子拽着她的衣角说："阿姨，我啥时候能出院啊，我现在回去还能把剩下的课上完……"

"你这个样子，至少要留观到明天早上呢，所以给我踏踏实实地休息，别想东想西的了。"周芸胡噜了一下他的脑袋瓜儿，然后指着身后的李校长说，"你看，你们校长就在我旁边呢，她已经跟我说了，回头肯定安排老师给你们四个单独补课，李校长你说是不是？"

李校长赶紧说："那是一定，同学你好好休息哈！"

周芸望着一直在几张病床边护理患儿、忙碌个不停的陈少玲，忍不住道："少玲，辛苦你了，今天晚上多亏你在……小玲的情况咋样了？"

陈少玲愣了一下，因为忙着工作，竟把小玲忘在脑后了，便和周芸一起绕过医用屏风，来到小玲的病床前，雷磊也跟着进来了。

看到多参数监护仪显示的小玲的各项体征还是不大好，周芸的心情一下子变得非常沉重。本来巩绒答应她，到了新院区会催促血液科黄主任明天过来一趟看看小玲，现在……她用余光望向少玲的侧脸，只见一片凄惶之色，不由得叹了口气。

雷磊在旁边一头雾水的表情："这个小朋友也是中毒的患儿吗？"

"不是的。"周芸低声说，"她是我们这位护……护士的女儿，就在我们这里住院。"

雷磊回头看了看那面医用屏风："我知道了，这就是传说中的'蓝房子'吧，专门救助患了重病但没有钱医治的患儿的。"

周芸"嗯"了一声。

"我听说，市卫生局因为'蓝房子'的事情给了您很大的压力，是这样吗？"

周芸还没有说话，陈少玲忍不住道："可不是！他们就因为周主任好心收留我们这些贫困家庭的孩子，就把她的职位给撤了，还给出期限，逼我们带着孩子离开医院——都是重病患儿，出院没准儿就是个死啊！"

"只有留下周主任,才能继续把你的孩子留在医院,而留下周主任的最好方法,就是让她在某个突发的重大公共卫生事件中立功,恢复原职。所以,你和你的丈夫张大山策划并实施了这次在学生餐里下毒的犯罪——"雷磊微笑着望向陈少玲,"我说得对吗?"

4

晴天霹雳一般!周芸和陈少玲呆住了。

她们望着雷磊,望着他那张由狭长的眼睛、修长的鼻梁和尖细的下巴颏组合成的,宛如一只精雕细琢的狐狸样的漂亮脸蛋,仿佛是第一次发现他微笑时绽开的嘴唇里,有两排白得异样的牙齿。

"你……你是谁?你在说什么啊?"陈少玲一下子慌了神儿。

周芸向她介绍了一下雷磊的身份,然后对雷磊说:"雷主任,您刚才的话我们都不明白什么意思,麻烦您解释一下。"

"编号PZ31173,姓名张大山,性别男,年龄二十八岁,在平州市'满口福'餐饮公司担任送餐员。"雷磊用手机打开一张照片,举给陈少玲看,"这是长宁校区前台监控系统拍摄到的一张照片,就是这个送餐员送来了那四份有毒的学生餐,你看看是不是你丈夫。"

陈少玲一时间头昏目眩,眼前一片模糊,半天才聚焦到那张照片上:监控系统的截图并不十分清晰,送餐员戴着头盔,茶色防风镜片没有提起,所以看不清面目,但那个强壮的身板和粗壮的手臂,那件灰色的快递服以及服装上异常熟悉的褶皱和污渍,都无疑就是——

不!

刹那间陈少玲恢复了理智,尽管她内心认定照片上的送餐员十有八九就是张大山,但她深知这个"认定"绝不能从自己的口中吐出,不然就是亲手把丈夫推进了监狱。

"你不说话,就是默认了。"雷磊把手机放回了兜里,"没事的,我能理解家属此时此刻的心情——"

"那不是张大山!"陈少玲打断了他,口吻斩钉截铁。

雷磊愣住了。

"我说,那不是张大山。"陈少玲直视着他的眼睛,"戴着个头盔,盖着防风镜,根本看不清脸,谁知道那究竟是谁。身量差不多的送餐员多了去了,怎么能说就是我们家大山?"

雷磊的眼睛慢慢眯了起来,显得更加细狭,嘴角浮现出一丝嘲讽的笑意:"可是前台收餐时,送餐员扫码确认时所用的手机确实是张大山的啊。"

"那可不一定。"陈少玲说,"只能说那个人在扫码时,用张大山的账号登录了'满口福'的送餐系统,用的未必是他的手机。"

"我们已经向'满口福'餐饮公司确认过了,过去几个月,负责给长宁校区这四个孩子送学生餐的一直都是张大山。"

"一直?照你这么说,一直的事情就会一直下去?那你还一直在北京当警察呢,好端端跑到我们平州来做什么?!"

雷磊的目光一凛,显然是这句话戳中了他的痛处。"是不是需要我提醒你一下,张大山可是有前科的,年纪轻轻的没少在监狱进进出出,第一次是十八岁时寻衅滋事,故意损坏他人财物,第二次——"

"你少来!"陈少玲毫不客气地说,"看得出你调查过我们家大山的情况，那你摸着良心说，他那些个所谓前科，都是他的错吗？"

雷磊知道，这么说下去会越绕越远，赶紧把话题扯了回来："那好，那你倒说说张大山去哪儿了？"

"我不知道！"陈少玲说，"我这一晚上忙得跟车轱辘似的，没来得及跟他联系，一会儿我打他的手机问问，看他是不是跟人调班了。"

"我们打过他的手机，关机了。"雷磊伸出手说，"所以，现在请你交出手机，我们要检查一下你和他的通信记录。"

陈少玲把手往裤兜里一揣："休想！"

雷磊冷笑一声，看了那个被周芸取外号叫"鬣狗"的下属一眼，鬣狗上来就拽陈少玲的胳膊，要抢她的手机。旁边的周芸生气了，上前一步阻拦道："这像什么话，公开抢劫吗？！"她喊了两声"保安"，人高马大的王喜立刻冲了过来，可是他刚刚绕过医用屏风，就被雷磊的另外一个下属"猩猩"狠狠一肘怼在胸口上，哐哐哐倒退了好几步，正撞在扫地的老张身上，俩人像保龄球撞到球柱似的一起倒在地上，半天都没站起来。

留观一病房里的几个家长和孩子不约而同地惊叫出声。

雷磊轻蔑地一笑，凑近了周芸，用一种阴柔而又具有威胁的声音说："周主任，请不要妨碍我办公啊。"

"现在是你在妨碍我办公！"周芸怒不可遏，"你们严重破坏急诊大厅的医疗秩序，请你带着你的人马上离开这里！"

雷磊点了点头，把下巴一扬，对鬣狗说："把陈少玲带走。"

陈少玲扑到小玲的床边，抓着女儿瘦弱的小手，紧紧地抓着，仿佛要跟她诀别似的，满眼都是泪水。

周芸不知道哪里来的勇气，对着冲过来的鬣狗搡了一把，结果不但没有揉动他，自己的胳膊差点脱了臼。她捂着肩膀对雷磊说："今晚急诊科医护人员奇缺，陈少玲是我最重要的助手之一，你不能把她抓走！"

"陈少玲是一起重大投毒案的犯罪嫌疑人的家属，她有责任也有义务配合我们的调查，至于医院的事情，我也爱莫能助，请您原谅。"雷磊说。

鬣狗上前抓住了陈少玲的胳膊，像抓住母鸡的翅膀一样，使劲将她拽离了小鸡。

就在陈少玲跟跟跄跄地被鬣狗拖着走过眼前的一瞬间，周芸突然大声对她说："少玲你别怕，我跟你一起走！"

雷磊的眉头一皱。

周芸望着雷磊道："雷主任，只要你们敢把少玲抓走，我就跟你们一起走，我倒要看看你们能不能走出这急诊大厅！"

此时此刻，急诊大厅里的上百个患儿和家长正焦急地候诊，每个都是把灶头开到最大的火急火燎，如果他们看到周芸被带走，势必掀起轩然大波。雷磊犹豫起来，万一闹出群体性事件，不但达不到最初的目的，反而会惹祸上身……他对鬣狗使了个眼色，鬣狗马上松开了抓住陈少玲的手。

雷磊走到周芸身边说："周主任，能否借个地方说话？"

听他的口吻软了下来，周芸点了点头，带他回到了急诊科办公室。离开留观一病房前，周芸叮嘱陈少玲继续看护这里的患者，雷磊则用眼神示意鬣狗，盯住陈少玲，不要让她跑了。

"到底是怎么回事？"周芸关上办公室的门，问雷磊道。

雷磊把事情的经过原原本本给她讲述了一遍：接到"满口福"餐饮公司的报案后，综治办一边上报市公安局，一边派人展开调查，因为这是综治办接到的第一个案件，又涉及公共卫生和儿童安全，雷磊决定亲赴一线工作。他带了两个得力助手来到思乐培训长宁校区，调取了案发前后前台、教室、楼道的监控视频，详细询问了包括前台值班老师、学生家长在内的几位目击证人，又根据"满口福"提供的送餐服务记录和送餐员个人信息，很快就将犯罪嫌疑人锁定在了张大山的身上："整个案件的时间脉络相当清晰，张大山是六点整从'满口福'配餐点取了十一份盒饭，然后在六点半送到长宁校区，随即离开，之后学生们用餐，很快出现中毒症状。那些盒饭是'满口福'的配餐点统一制作的，今晚其他送餐员送出的餐都没有发生亚硝酸盐中毒的问题，所以，我们高度怀疑是张大山在送餐的中途下了毒。"

"他为什么要这样做呢？"周芸困惑不解地问，"张大山有过前科，我是知道的，但至少我认识他以后，他给我的印象是勤劳、质朴——"她停顿了一下，又加了一个词，"顾家。眼下他的女儿患有急性淋巴细胞白血病，他自顾尚且不暇，哪里还有什么闲心去给人下毒啊。"

"报复社会呗。自己的女儿活不成了，所以也不想让其他人的孩子活。底层的心态，可以理解。"雷磊笑笑说。

听他说得如此轻飘飘的，周芸摇了摇头："雷主任，你这个说法我不同意。你不知道有多少孩子纯粹因为经济困难而没钱治病，最终夭折，假如他们的父母都要因此而报复社会，那满街都是连环杀手了……我不清楚你当警察时接触过多少底层，至少我在行医过程中见过的底层，大多数只是想要卑微地活下去，甚至没有想过活得更好，他们对痛苦和折磨几近麻木，更不要提报复谁了。"

"如果不是这个原因，那就是我一开始说的那个原因了。"

周芸懂得雷磊的意思。他是说张大山知道，唯有自己回到科主任的岗位上,小玲才能继续留在医院里治病,所以才策划了这场犯罪——由于陈光烈带着急诊科主力人马去新区了,旧区发生涉及儿童健康风险的重大事故,肯定要把她召回,这样她就有了"立功"并回任的机会……这个思路相当奇葩,但在习惯用阴谋论来思考问题的人们眼中,不失为一招可以逻辑自洽的"妙计"。当然批驳起来也易如反掌,比如这样的突发事故在外人看来可能非常重大和可怕,一旦医生救治成功就要立功受奖,但事实上,急诊科医生每天要应对的类似情况数不胜数,好像一个网络写手每天要写一万字一样,根本就不算个事儿,所以周芸苦笑着嘟囔了一句:"如果真是这样,那他张大山要犯下的案子,可不能仅限于这一宗。"

没想到雷磊理解错了:"周主任,您跟我想到一块儿去了!我们也认为,张大山不可能就此收手,他一定还会继续作案,所以当务之急,是要用最快的速度将他缉拿归案。"

周芸哭笑不得:"那你们倒是去找他啊,抓他老婆做什么?难道你们怀疑陈少玲跟张大山合谋作案?不可能的。今晚五点到现在,患者一直爆满,医护人员的人手却严重不足,护士只剩下两个,少玲就是其中之一,她一直被我支使得团团转,尽管如此,各项护理工作都完成得井井有条,没有出一点岔子……她哪儿像个心里藏着什么阴谋诡计的人啊!"

"所谓阴谋诡计,写得出来,做得出来,看可看不出来。"雷磊慢慢地说,"张大山送餐后就失踪了,手机联系不上,我们派人去他家里,也没发现他有回过家的迹象,所以只能试试从他老婆嘴里撬开个口子了。"

"咱们平州市不是号称有全省最密集的天眼系统吗?每根电线杆子上恨不得安八个摄像头,用那个追踪张大山的行动轨迹,不就能找到他吗？"

"天眼系统没有传说的那么神。前几年全国各地一窝蜂地上马监控点位，事实上很多设备粗制滥造，用的还是积压的旧货，摄像头的像素低，拍摄到的视频清晰度一般，加上感光芯片的感光度很差，夜视条件下拍摄物体跟患了白内障似的，亟待升级。我来平州之后调查过了，因为忙着新区建设，对旧区的天眼系统连日常维护都没有。何况现在依法治国，调取监控需要层层审批，在眼下这起案子是人为投毒还是单纯的食物中毒还没有定性之前，各级公安系统不会那么痛快地放行。再说了，检索被监控目标的行动轨迹，首先要做特征锁定。张大山穿的是公司统一配发的服装，戴的是公司统一配发的头盔，骑的是公司统一配发的电动车，哪里还有什么'特征'可以锁定啊！"

周芸这才知道，原来新闻里天天吹嘘的天眼系统追查逃犯，并不比医院门口的红外体温监测仪更靠谱。不过同样让她惊讶的是，这个长着一张漂亮脸蛋的主任，对信息的收集和掌握竟如此周密详尽，就像刚才他谈到亚硝酸盐时一样，头头是道，井井有条。

突然她想起了什么："你刚才不是说，张大山从'满口福'配餐点领了十一份盒饭吗？其中四份送到了思乐培训长宁校区，还有七份是送到哪里的啊？"

"还有七份也是固定送给一个儿童游泳馆的，现在是冬天，下水的人少，游泳馆打折比较厉害，有些家庭就团购请教练来教，然后订餐直接在游泳馆里吃饭。"

"那赶紧派人到那个游泳馆去找找，看看张大山在不在那里呢？"

"我们打电话问过游泳馆了，值班老师说一直没见送餐的来，游泳班已经叫了其他的快餐吃。"

这一下算是把周芸的最后一条思路也掐断了。

"所以,周主任,还得请您帮忙,做做陈少玲的工作,让她如实地告诉我们,张大山到底去哪儿了,或者他还有什么其他的窝藏地点……"雷磊接下来一句话正中她的心坎,"我想,您也不希望接下来会有更多受害的儿童,源源不断地送到这里来吧!"

周芸望着雷磊,她不喜欢他漂亮的面皮,不喜欢他狭长的眼睛,不喜欢他阴柔的声调,不喜欢他像蝮蛇一样忽而柔顺忽而邪佞的人格变幻,但是她得承认,无论是从医院、患儿还是外面更多孩子的安全着想,她都必须配合雷磊,尽快找到张大山的下落——能够让张大山悬崖勒马,不要犯下更多的罪行,也是对他和陈少玲以及病床上昏睡不醒的小玲的最大帮助……

周芸下定了决心,对雷磊说:"可以,但我有个条件。"

"主任请讲。"

"我帮你劝劝少玲,但我可不保证她一定能说出些什么,万一她真的完全不知情呢……你得答应我,今晚不许再限制她的人身自由。"

雷磊微笑着伸出又白又软的一只手:"协议达成。"

周芸却没有伸手与他相握,而是站起身,到留观一病房把陈少玲带了过来,雷磊识趣地走了出去,她再一次把门关上了。

她望着陈少玲,陈少玲也望着她,很久都没有说话。办公室的外面人声鼎沸,办公室的里面却寂静如斯。不知过了多久,周芸长长地出了一口气,陈少玲仿佛被唤醒一般,打了个寒战。

"少玲……你们是不是有什么苦衷,如果有,一定要对我讲。"周芸说。

陈少玲露出一丝苦笑:"主任,躺在'蓝房子'里的小玲,就是我们全部的苦衷了。"

这句话倒把周芸点醒了几分。一个家庭,老人患了重病,家中成员的心往往是散的,都在考虑老人身后的利益分配;孩子患了绝症,家中成员的心却是齐的,除了筹钱治病,别无他念……这个时候,张大山怎么可能去投毒害人呢?难道是为了钱而被人指使?

陈少玲似乎看出了她在想什么:"主任,不瞒您说,大山确实进过两次监狱,第一次是坐满了三年,第二次因为情况特殊,加上北京一位女警官出面力保,所以他等于在里面兜了一圈就出来了——也许您会觉得我是护着他,但我可以肯定地说,大山绝不是坏人,他在监狱吃尽了苦头,绝不会因为任何原因再去做违法乱纪的事情。那个姓雷的出示的照片,根本看不见送餐员的脸,凭什么认准了就是大山?!"

"我知道,我知道……"周芸沉思了片刻说,"所以,我们就更需要尽快找到张大山了。"

陈少玲望着她,没明白她的意思。

"你还不懂吗?"周芸说,"假如那个送餐员是张大山,那他只是有罪;可假如那个送餐员不是张大山,却穿了他的衣服、戴了他的头盔、骑了他的电动车,还登录了他的账号确认了一份有毒的订单已经送达,那他可就是有生命危险了!"

陈少玲脸色顿时变得惨白,一下子坐到椅子上:"这……这可怎么办啊!"

周芸在她的对面坐下:"所以,目前咱们必须尽快找到大山,搞清楚到底发生了什么事,才是帮助甚至解救他的最好办法。"她见陈少玲还是一副手足无措、心乱如麻的样子,便像给患者问诊一样帮她排查起来："你先想想，大山今天有没有什么跟往常不一样的表现？"

"没有啊……最近我们俩每天都在发愁给小玲治病的事儿，很少说话。"

"小玲治病款项的筹集，你们有什么新的打算吗？"

"实话说，因为有您的帮助，我们最近一段时间倒还真的没有太着急筹钱的事情，直到今天陈副主任赶我们走，我们才意识到我们真的是一点儿钱都没有了。"

周芸点了点头："大山平时有没有结交什么……朋友？"

"您也知道，大山本来就闷闷的，不好走动。自从我们俩来到平州市，就想本本分分地过日子，跟外面就更没有什么交往了。"

"那么他除了家里，有没有其他什么喜欢去的地方呢？"

陈少玲还是摇了摇头。

"少玲。"周芸渐渐地步入主题，"从大山离开医院到现在，你们有没有电话、微信或者采用其他方式联系过呢？"

陈少玲把手机拿了出来，打开通话记录，又打开微信和短信给她看："我从傍晚到现在一直忙，刚才那个姓雷的找我谈完话，我打了大山的手机，关机了，又给他发了微信和短信，也没有回音……"

这样一来，等于从陈少玲这里得不到张大山的任何线索了。

轻轻几声叩门之后，雷磊走了进来："怎么样？"

周芸把情况向他说明，雷磊沉默了片刻说："既然这样，那么我也只能让陈少玲暂时留在这间屋子里，继续想想张大山的去处，直到想出来为止了。"

周芸一下子急了："雷主任，你和我有过协议的，无论我是否问出结果,你都不能限制少玲的人身自由!"

"协议?协议不就是用来撕毁的吗?"雷磊一笑,"张大山再怎么丧心病狂,作案之后就算是想逃亡,总要回来跟老婆孩子告个别吧,所以现在,我只能扣下陈少玲,这是唯一能让那条大鱼自动上钩的鱼饵了。"

简直就是个反复无常的小人!周芸气得脑仁疼,正要跟他吵架,突然,一股巨大的声浪像撞城锤一样猛地撞进了她的耳鼓!

发生什么事情了?她刚往门口走了一步,就听见门外传来胡来顺的吵嚷声:"你甭拦着我,我得进去找我们头儿,不然真的要出大乱子了!"

拉开门一看,只见胡来顺正在和看守在门口的鬣狗纠缠不清:"小胡,出什么事儿了?"

"主任你看那边,炸了窝了!"胡来顺把手一指。

周芸顺着他的指尖望去,只见急诊大厅再次呈现出自己分诊前的混乱景象,甚至比上一次还要糟糕。拥挤不堪的人潮不再向同一个方向汹涌,而是分成两股相对的潮流:一股往诊室里面涌,一股从诊室里面往外推,就在诊室门口,两个潮头迎面对撞,无数颗攒动的人头像漂在水面一样起伏着,爆发出山呼海啸般的怒吼!在不堪入耳的叫骂声中,两拨人潮你拉我搡,你拖我拽,挥舞着拳头、踢打着腿脚,绞缠在一起,凝结成了一个足以让人密集恐惧症发作的庞大蝇团!

"怎么会这样?!"周芸目瞪口呆。

"我和李德洋正在诊室里面看病呢,突然提号器提示,呼啦啦一下子挂了二三十个号。要说这二三十个病人都按照挂号次序来看病,我们也不能说什么,可他们一下子都涌到诊室里,把别的患儿和家长往外赶,两边一下子就吵了起来,接着就动上手,我好不容易才挤出来找你报信儿，也挨了好几拳呢！"

周芸这才注意到，他的眼角青了一块儿，白大褂上的扣子全都被拽掉了，鞋面上擦着清晰可见的几个鞋印。她正要出言安慰，突然觉得有些不对劲，从诊室里往外冲的那些人都是十六七岁的青少年：上身穿着各种怪异的衣衫，下身一俱黑色的皮裤，染着五颜六色的头发，指甲和牙齿因为吸烟太多的缘故都挂了一层黄垢，和对面的人打斗时，蒙着黑眼圈的黄脸上露出残忍而无耻的狞笑，怎么看都像是同一伙儿人。

这时，胡来顺又开了腔，说出的话和她恰是同一个观点："主任，从诊室里往外面冲的那一拨儿，就是后来突然挂上的二三十个号，你可看仔细了，这帮人哪里有个'病号'的样子，简直就是一伙儿小流氓！"

根据我国卫生部门的相关规定，凡是未成年人，所患疾病可以到儿童医院就诊，只是很多人一上高中就羞于再走进挂着"儿童"字样的大门，所以儿童医院平时很少接诊十六岁以上的患者。今天突然蜂拥而来这么多，是一种极端反常的现象。如果说他们是来闹事的，那么在分诊阶段就应该坚决阻止，因为在某种意义上，挂号行为等同于其他服务行业的签约，尤其儿科急诊，一旦负责分诊的医护人员开出分诊条，挂号窗口就必须给患者挂号，赋予患者就诊的权利并由医院承担诊治的责任。所以，眼下的乱象跟自己今晚刚刚来到急诊大厅时目睹的一样，根源都出在分诊上！

这个大楠，怎么搞的！

周芸急匆匆地冲到分诊台，只见大楠正脸色苍白地坐在椅子上，一双原本神采奕奕的大眼睛，现在黯然得仿佛失明一般，呆呆地望着正前方。

"大楠！"周芸严厉地说，"我不是提醒过你注意分诊的节奏吗，你怎么一下子放出了那么多个号？而且你看看那些人，哪有一点儿患病的样子？你倒是给我说说，他们都得了什么病！"

大楠张口结舌，半天吐不出一个字来。

望着乱成一团的急诊大厅，周芸顾不上再详细向大楠问个究竟，让她先去留观一病房代替陈少玲照顾那里的患者，自己则跑回急诊科办公室，对雷磊说："有一群不良少年正在急诊大厅里破坏医疗秩序，你这个综治办主任能不能出面管一管？"

雷磊一言不发，脸上挂着高深莫测的微笑。

周芸知道，这个人是绝不会帮自己的了。

她迈着沉重的步子走出了办公室，一直走到那个庞大的蝇团附近，扯着嗓子喊了一些她自己都听不清是什么的话，然而根本没用。上次她能平息混乱是因为那些患儿家长只是急于给孩子看上病，这一次则截然不同，那些十六七岁的青少年摆明了是来"砸场子"的，他们既不知道她是谁，也根本不在乎她喊些什么，他们的目的只是制造混乱，而且是越乱越好……

疲惫不堪的躯体、饥渴难耐的肚肠、缺乏睡眠的头脑，加上某种回天乏术的绝望情绪，一时间彻底侵袭了她的身心，令她站立不能，渐渐弯下腰，双手拄住膝盖，整个身体微微发抖。她昂着头，张着嘴，大口地喘息着，身之所置明明是人潮人海，她却仿佛站在深夜的荒原里，耳畔和眼前只有呼啸的风和随风摇摆的草……她曾经以为自己是风，其实也只是根草而已。

从大厅门口推进来一张移动病床，床上躺着一个八九岁的女孩，嘴巴里插着留置气管，闭着眼睛，蒙着一层死灰颜色的脸庞十分消瘦。周芸本能地觉得这是个必须抓紧救治的孩子，想上前过问一下，谁知只迈出半步，腿脚一软打了个趔趄，整个身子朝前扑倒，多亏旁边有个人扶了她一把，站稳了定睛一看，原来是胡来顺。

胡来顺跟她比比画画地说着什么，可是她耳鸣得厉害，塞了一万只蜜蜂似的嗡嗡嗡的，什么都听不见。胡来顺只好将她拉到墙角，等她稍微缓过些神儿来，才大声喊道："给高副院长打个电话，问问援军还有多久能到？"

周芸才想起来，还有援军这码子事呢！她振作起精神，一边让胡来顺去留观二病房把孙菲儿叫来，一边拿出手机拨通了高副院长的电话，刚刚问了一句"新院区派来的人还有多久能赶到"，就听见高副院长略显烦躁地说："今晚新院区不会派人过去了。"

"什么？！"周芸手里的电话差点儿掉到地上，"我们这边现在非常非常需要支援啊！"

"小周，你听我说。"高副院长声音低沉，"大凌河大桥出事后，由于桥栏被撞断，在修补前不能通行，所以旧区的车辆过不来，引发连锁性的交通大拥堵，新区如果再往旧区通车，只会更加混乱。市政府刚刚下了命令，彻底封闭大凌河大桥，新院区这边本来安排好了支援的同志和车辆，临时又都撤了下来……今晚，只能靠你们自己了。"

说完他就挂断了电话。

靠我们自己？

开什么玩笑！

望着不远处的黑色蝇团越来越大，周芸只觉得眼前天旋地转。她想不出从现在到明天早晨的每小时、每分钟、每一秒究竟该怎样挨过去：还在不断涌入急诊大厅的患儿和家长、搞不清动机与目的的一伙儿流氓、坐在办公室里的雷磊，还有失去行踪的那个张大山，他们像抓住毛巾一样抓住她的头脚，然后从不同方向使劲扭转,不把她的五脏六腑挤爆誓不罢休!她多么希望巩绒、霍青、袁水茹、陈光烈他们都还在,能帮自己分担一把,可他们就像那支遥遥无期的"援军"一样,带走了希望,留下了绝望……

她闭上了眼睛。

"主任,救命啊!"

一声惊呼,瞬间撑开了她的眼皮。不远处,孙菲儿正踩着那双鞋跟都断了的高跟鞋,一瘸一拐地向自己飞奔而来,在她的身后,一个面目狰狞的黑脸汉子正举着一把菜刀破口大骂着追赶她。急诊大厅里的人们吓得自动闪开一条路,而那个一向酷爱健身并永远摆出一副混不吝姿态的胡来顺,此时此刻正蜷缩在留观二病房的门口不敢动弹。

不知是出于勇敢、责任心或者干脆就是想从巨大压力中寻求解脱,周芸竟迎着孙菲儿冲了上去,一把将她拉在身后!那个黑脸汉子已经冲到她的面前,大吼一声,菜刀迎面就劈了下来,她的脑袋一偏,刀刃擦着她的右额头划了下去,生生削下来一块头皮,鲜血顿时像泉水一样涌出,瞬间将她的脸孔覆盖上了一层可怖的鲜红!

"铛啷啷"!

黑脸汉子这时才意识到自己闯下了大祸,手一颤,菜刀丢在了地上。

从他的身旁和身后,同时冲过来两个人,一下子将他按倒在地上,一个是保安王喜,另一个是不知什么时候从二楼下到急诊大厅来的丰奇。

丰奇从后腰掏出手铐,把黑脸汉子铐了起来,然后冲着穿护士服的孙菲儿大喊:"赶紧给周主任包扎伤口!"

但是，孙菲儿已经吓得脸色惨白，惊恐万状的目光好像一个精神分裂症患者，仿佛刚刚被菜刀砍中的不是周芸，而是她。

站在原地的周芸，被砍中的那一瞬间竟没有感到疼痛，只觉得右额头滚烫滚烫的，右眼皮被黏稠的鲜血压得抬不起来，使劲挣扎了好几下才睁开，目力所及，无处不是鲜红。她惊讶地发现，那个持刀砍伤她的黑脸汉子，居然就是刚才冲进诊室，跪在地上就砰砰砰磕头的那个男人，他的儿子左脚掌被钉子扎伤导致破伤风，如果不是自己忍着恶臭脱下袜子仔细检查，也许那孩子到死都会被认为是患上了脑炎、癫痫甚至中邪呢——

明明是自己救了他的儿子，他为什么要用砍杀来"回报"呢？

她没法更多地思考，因为伤口的疼痛越来越剧烈，并且随着不知哪根神经的抽搐，一跳一跳的，好像一个钻头往脑仁里钻，一直钻透了脊椎，于是痛感蔓延到了全身，特别是四肢，以至于手和脚都在微微颤抖。鲜血顺着她的面颊滴落到地上，一滴，两滴，三滴，四滴……虽然从医以来她也挨过患儿家长的打，但这一次伤得最重。

望着地面渐渐积起的小血洼，她本来以为自己很快就会坐倒或瘫倒，但当她突然发现，整个急诊大厅安静了许多，那个硕大无朋的嗡乱蝇团也好，那些目眦欲裂的疯狂面孔也罢，都被发生在她身上的惨烈一幕骇住时，她的神志反而清醒了许多。她想：自己被砍这一刀，对于刚才邪热过盛的急诊大厅而言，像极了为平和血气而采取的放血疗法，也许是一个化解危局的好时机，于是她用全部意志撑住腰板，一边接过从留观一病房赶来的老张递上的纱布，将它按在伤口上止血，一边口吻平静地命令从各个房间赶过来的医护人员马上回到岗位，继续工作——后来有人回忆起那一幕时说，比周芸满脸鲜血更让他们震撼的，是她超乎寻常的冷静和从容，有个患儿甚至拉着父母颤抖的双手悄悄说："那个阿姨好勇敢啊！"

丰奇也主动站了出来，因为不了解具体情况，他没有说太多，只严肃地要求所有患者必须遵守医疗秩序。从他拎出手铐那一刻起，所有人都知道了他的身份，所以包括那群小流氓和黎炎带队的医闹们都放老实了一些。

周芸见孙菲儿还呆若木鸡地站在自己身后，便轻轻地拍了拍她的肩膀："菲儿，你现在去分诊台，给新来的患者分诊，注意把控好放号的节奏。"

孙菲儿佝偻着背脊，慢慢向分诊台走去。

胡来顺走了过来，喘着粗气对周芸解释道："刚才我去留观二病房找孙菲儿，结果那个得了破伤风的孩子打了抗毒素针之后，突然全身出现了荨麻疹，而且呼吸急促，面色发绀——"

周芸一听很吃惊："打针之前，菲儿给他做皮试了吗？"

"孙菲儿说做过了，但那家长不信，说着说着就吵了起来，然后他突然从包里拔出把菜刀就要砍孙菲儿，冲到门口的时候，我拦了一下，没拦住……"

周芸相信孙菲儿是做过皮试的，因为这是打破伤风抗毒素针的基本规范，但由于患儿个体体质比较敏感，免疫系统不够稳定，所以有极少数患儿即便是皮试阴性，注射破伤风抗毒素之后依然有可能发生过敏反应。"孩子现在怎么样了？"

"我给他静脉注射了抗组胺药物，现在没事了。"胡来顺说，"对了，咱们的援军什么时候到？"

"没有援军了。"周芸望着目瞪口呆的胡来顺，把刚才高副院长的话向他重复了一遍——不知道是不是错觉，周芸发现走得很慢的孙菲儿身子晃了一下，希望她没有听到自己的话——然后对胡来顺说:"小胡,你现在马上回到诊室去,跟李德洋一起继续出诊,就算是那些小流氓挑事,你也千万沉住气、压住火,今天晚上,无论如何不能再出事了。"

胡来顺看着她捂着伤口的纱布,鲜血已经将那块纱布渗透出一个红色的不规则圆形。他摇了摇头,苦笑着说:"主任,您可真能忍!"说完向诊室走去。

周芸望着他的背影,余光一扫,看见急诊科办公室的门口,雷磊和他的两个手下站在那里,这么长的时间里,身为承担治安任务的工作人员,面对急诊大厅里如此严重而血腥的情势,他们没有伸出丝毫的援手,就那么面带微笑地观望着,好像在看一出好戏似的。

从打开的大门还可以看到,陈少玲站在办公室里面,担心地望着自己,却又不能走出一步。

周芸目不斜视地从他们中间穿过,走进办公室,对着泪眼蒙眬的陈少玲说:"你能帮我包扎一下伤口吗?"

5

丰奇接到赶赴平州市执行一项绝密任务的命令,是在一个月前。

那天下午天色阴沉,北风呼啸,把最后一批枯叶从树上扯下,在望月园派出所铺了一层踩起来咔嚓作响的地毯。他配合街道处理了两起居民不认真执行垃圾分类,反而辱骂追打保洁人员的案子,刚刚骑着自行车回到所里,就被叫到所长办公室。他以为所长马笑中只是找他问问街道的事儿处理得咋样了,等进了屋才看到,屋里还坐着原任市政法委副书记,退休后被返聘为专门协同市公安局督办大案要案的市综治委顾问的李三多。

他知道一定是出了什么严重的事情。

一向像只老猴子般活蹦乱跳的李三多,此时此刻屁股在椅子上却坐得极稳,严肃的神情让他几乎变了个模样。他盯住丰奇,从头到脚把他看了又看,看得丰奇浑身发毛,然后他突然问:"丰奇,用最简单的话告诉我,做一个合格的人民警察,标准是什么?"

"忠诚!"

"忠于谁?"

"忠于党,忠于祖国,忠于人民!"

李三多满意地点了点头,然后看了一眼坐在旁边的马笑中。

望月园派出所所长马笑中是个嘴巴有点儿歪的矮胖子,不知道是不是刚刚娶了个漂亮媳妇的缘故,高兴得天天咧着大嘴,结果嘴巴歪得更厉害了,他指了指沙发对丰奇说:"甭跟那儿杵着,坐!"

丰奇不知道他们俩葫芦里卖的什么药,只得在沙发上坐了半个沿儿。

"扫鼠岭案件,你知道的,具体情况不用我多介绍了吧。"马笑中说。

岂止是知道,轰动全国的扫鼠岭案件发生后,全市公安干警都怒不可遏,但是毕竟警服在身,不能执法犯法,否则按照一位老刑警的说法,早就"开着压路机把那帮人渣碾成真渣"了——令所有人都没想到的,反倒是表现得最为冷静的刑事技术处处长刘思缈推动了"压路机"的启动。

那是结案一周后,市公安局召开的总结大会上,参与办案的相关领导和警员纷纷发言,通过这一案件分析我国民营慈善机构中存在的治安漏洞和司法盲点，并针对办案工作中的得失和教训进行总结，每个人都是长篇大论，义愤填膺。轮到刘思缈时，她只淡淡地说了一句："每个孩子都是祖国的未来，所以我认为：任何残害少年儿童的行径，都应视为危害国家安全。"

按照公安工作的相关规定，重特大案件的总结大会上，所有人的发言都要原文照录，打印出来跟结案报告一起，汇辑成卷宗提交公安部领导审阅，因为中央领导对儿童健康和安全的格外关注，所以卷宗还要提交更高层批示。批示后，批示件原件收档，复印件下发回原部门和单位，督办落实。

扫鼠岭案件也不例外。但比以往特殊的是，批示件刚刚下发回来，市公安局局长许瑞龙就被叫到部里，部领导把批示件给他看的时候，脸色都变了。许瑞龙一看也是大吃一惊，因为整个批示件上除了在第一页顶头有几个不同粗细的圈阅记号外，并无其他字迹，但总结大会的发言那里，在刘思缈那句"任何残害少年儿童的行径，都应视为危害国家安全"下面，画了又粗又重的两道！

消息传开，警界欢声雷动！他们好像热血沸腾的拳击手听到了开场的钟声，一个个摩拳擦掌，急不可待，兴奋得直从鼻孔往外喷气儿。全国政法系统和公安系统电视电话联合工作会议迅速召开，布置对全国各地各级的公益慈善组织、机构和单位进行一次大清查，以期彻底铲除对残障孤儿的侵害行为。而针对扫鼠岭案件的始作俑者——A省的爱心慈善基金会，更是开始了全面侦查工作。警方很快发现，爱心慈善基金会不仅内部对其所属福利机构的残障孤儿存在侵害行为，还将一部分相貌清秀漂亮的孩子挑选出来，给省内个别高官和富商提供性服务，个中污秽惨毒，不可言喻，但爱心慈善基金会行事狡诈周密，在得到风声后，销毁了大量证据，本来还要将那些孩子一并"处理掉"，多亏上层那一批示，警方得以雷厉风行，很快将受荼毒最深的六个女孩转移到外省某地，以避免被杀人灭口。

一听马笑中提到此案，丰奇精神一振："所长，是有任务交给我吗？"

马笑中点了点头："你大概也听说了，A省的官场本来就是反腐的重点，巡视组每次去都跟啃羊蝎子似的，看着剔得干干净净了，总还能嚼下点儿筋头巴脑来，这说明啥？说明没煮熟，没刮透，坏根儿还没起出来。这回爱心慈善基金会事发，种种迹象表明，若顺藤摸瓜，很可能揪出后面的大老虎，所以，那六个孩子是特别重要的人证，绝不能出一点儿纰漏。"马笑中停了停，接着说，"近几年的反腐工作成就巨大，虽然看着就是新闻联播上那几分钟，但每一点成绩的后面，都是跟腐败分子刺刀见红的殊死斗争。尤其地方上，各种黑恶势力盘根错节，为了对抗法律的严惩，那帮混账王八蛋什么事儿都干得出来！所以上面经过仔细考虑，决定派一位政治可靠、业务过硬的同志去保护她们——当然，首选肯定是我，但是我刚刚结婚，要抓紧为祖国培养下一代，而你连个女朋友都没有，所以我就推荐你啦！"

"说着说着就没正形！"李三多皱着眉头给了马笑中一句，然后对丰奇说："这是组织上给的一个非常好的考验和锻炼的机会，老马特意推荐的你。"

丰奇一向白净的脸上激动得泛起红光，他腾地站起来，立正敬礼："感谢书记，感谢所长，我绝不辜负组织上的信任！"

第二天，丰奇就赶到那六个孩子的秘密藏匿地：平州市儿童医院旧院区二层的PICU，之所以选择把孩子们放在这里，一来这里是北方省份，距离A省很远，官场上基本没有什么交集；

二来恰好处于新区即将落成并投入使用的时期，旧区好像一个作废的鸟巢，而儿童医院旧院区则是遗失在里面孵化不了的鸟蛋，丝毫不会引起人们的注意；还有一点是因为身处儿童医院，万一遭到袭击，有孩子受了伤，也可以就地实施救治。

丰奇到达后，见到了他的搭档田颖，上面给丰奇看过她的材料，这姑娘毕业于西南政法大学，毕业后回到家乡——本省的渔阳县，在公安局刑警队工作。她的推荐人是北京市公安局刑侦处副处长林凤冲，此前他们在破获一起案件时曾经共事过，田颖过硬的业务能力给林凤冲留下了非常好的印象[1]。

接手这一工作之前，丰奇就了解到，那六个孩子刚刚被送到这里时，考虑到要最大程度隐蔽其身份，连值守的警察都没有派一个，完全交由儿童医院的急诊科主任周芸代为照管。但不知怎么，有位在PICU门口值班的护士某天中午突然被杀害，虽然犯罪现场勘查表明，凶手的犯罪目标只是那个护士，根本没有涉足PICU的意思，但还是引起了有关方面的高度警惕。他们本来想把孩子全部转移，可一时间找不到合适的安置地点，又怕路上反而遭到袭击，思来想去，觉得一动不如一静，所以才把丰奇和田颖派来值守。他们两人都配发了手枪和子弹，接到的命令是，遇到任何试图攻击和威胁孩子们的生命安全的凶徒，可以直接击毙！

两个人甫一接触，关系便搞得非常别扭。田颖是个聪慧过人的姑娘，但自尊心极强，她发现丰奇从见面那一刻起，就没拿正眼看过自己，哪怕是面对面说事儿，也总是把目光往斜上方侧开，于是认定这个来自京城的警察是看不起自己，心里非常生

---

[1] 详见拙作《鸟盆记》。

气。她本来就不是个表面上热络的人，从此对待丰奇更加冷淡，而丰奇始终是板着脸，一副公事公办的模样。好在他们都是对工作特别认真的人，制定好了值班时间，分配好了工作职责以后，就各守各摊，倒也相安无事。田颖很快就和那些女孩子混熟了，当她们的大姐姐，给她们讲故事、唱歌，甚至一起做游戏。相比之下，丰奇则显得有些百无聊赖，经常搬把凳子背靠着门，正襟危坐，一坐就是一整天，谁也不知道他心里在想啥。

这六个女孩子之中，年龄最大的一个叫韩霜降，今年十四岁。她相貌端庄，人也比较沉稳，帮助田颖把女孩子们管理得井井有条；最小的一个叫苗小芹，今年才六岁，是个孤儿，白皙的圆脸蛋上有一双水汪汪的大眼睛，她从小就在福利院里长大，虽然没少吃苦头，但性格开朗，爱说爱笑的，即便有时跟小伙伴拌了嘴，别人还噘着嘴唇呢，她已经哼上歌儿了，仿佛这世界上就没有值得生气五分钟的事情。她特别喜欢写字和画画，走到哪儿都带着支记号笔，看见白色的东西就恨不得添上几笔，搞得PICU的墙壁上，低于一米二的地方好像被小猫舔过似的，到处都是莫名其妙的涂鸦。在这个小团体里，除了韩霜降，谁也镇不住她，这倒不是因为韩霜降多么厉害，而是她是这群孩子中唯一有手机的一个，如果苗小芹表现不好，韩霜降就不给她放《小猪佩奇》看，所以别人说她什么她都"喊喊喊"，韩霜降一皱眉头她就赶紧认错："小韩姐姐这回又怪我……"

那个"又"字总是能逗得韩霜降绷不住嘴角，绽开微笑。

一开始，田颖以为苗小芹年纪小，也许记不得或者说记不清昔日曾经遭受过的虐待和侮辱，所以比起其他孩子不会有做噩梦、说胡话、惊跳反应、癫痫样抽搐等创伤后应激综合征的突然和反复发作，事实证明，她也确实没有像其他人那样表现出明显的症状——这些受过性侵的女孩子最难熬的不是白天，而是夜晚。虽然她们大多能迅速入梦，但总是被各种各样的噩梦吓醒，严重的一夜能醒来四五次，醒后坐在床上，把身边一切能摸到的衣物和被褥都紧紧地裹在身上，大小便失禁都不肯动弹和说话；还有的虽然没醒，但一直在说各种乞求和告饶的梦话，稚嫩的声音最后无不是以乞求和告饶失败后一连串的惨叫告终。整个PICU的深夜好像是在绞肉机里绞过一样，支离破碎、阴森可怖——苗小芹没有这些表现，她总是把被子往头上一盖就睡着了，一夜都不会动一下……直到有一天，田颖查夜时，发现苗小芹的被子似乎在抖动，便慢慢地将被子掀开，眼前的一幕让她大吃一惊：这个白天永远活泼快乐的小胖丫，此时此刻在被子里蜷缩成一团，把牙关咬得紧紧的，眼睛瞪得大大的，身子瑟瑟发抖，好像趴在砧板上待宰的一只小羊羔。

田颖问她怎么了？

老半天，她才小声地问："田阿姨，他们到底什么时候来啊？"

那天夜里，甚至以后的很多个夜里，田颖干脆就把苗小芹抱在怀里哄睡，一抱就是一夜……抱着这个小姑娘，田颖想起了自己的过去，那些不堪回首的往日和往事，有多少个夜晚，她也是这样把眼睛瞪得大大的，在战栗中等待着那些除了糟蹋和侮辱就是侮辱和糟蹋的日子早一点到来好早一点结束，如果它们永远这样循环往复没个尽头，那就早一点结束自己……

每天夜里，丰奇都是把一张病床拖到PICU的楼道里，顶着那两扇铁门睡，这样不仅能休息，还可以起到值守的作用。有一天晚上他上厕所，经过病房门口的时候，无意间发现背靠墙壁抱着苗小芹的田颖泪流满面。

第二天，他趁着孩子们不在身边时，低声问正在叠被褥的田颖："昨天夜里，你怎么了？"

"没怎么啊？"

"我好像看见你哭了。"

田颖嫌他多管闲事，本来不想搭理他，但话赶话就来了一句："我是觉得苗苗太可怜了，等事情过去，我想收养她。"

"你自己还没结婚，就收养个孩子，将来不嫁人了？"

"那又怎么样，反正我也不打算结婚，就准备一个人过一辈子了。"

说完田颖接着叠她的被褥。

丰奇呆立在一旁沉默良久，突然来了一句："实在不行，我跟你一起收养苗苗吧。"

"实在不行"四个字，来得实在莫名其妙。田颖有些糊涂，转身瞪了他一眼："我收养孩子，你跟着裹什么乱？"

却在这一眼之间，丰奇飞快地闪避开了与她相视的目光，继续像平常那样望向别处。

田颖是个天性聪灵至极的姑娘，猛地悟到了"实在不行"四个字的含义，顿时满脸绯红，好在丰奇匆匆走出了屋子，才结束了这尴尬的一幕。

青年警察，男女一起执勤或出任务，因而暗生情愫，本是最寻常不过的事情，但往往随着任务结束各奔东西而情随缘尽。田颖长得漂亮，以往追求她的人也不在少数，但大多在知道她往昔的经历后顿生退意，所以她对"情"字早已心灰意冷，现在知道丰奇暗恋自己，也心如止水，但与他相处时至少不再那么剑拔弩张了，有时聊起共同认识的朋友：林凤冲、楚天瑛和呼延云等，反倒拉近了不少距离。

也许是并肩坚守着这些受伤的孩子产生的特殊情谊，抑或是出于一种想要用伤害来阻止追求的奇怪心理，再熟一些之后，田颖便跟丰奇聊起了自己种种的不堪过往，她想，丰奇也许会就此止步，或者像一些人那样，一边说着花言巧语安慰她，一边萌生了把她玩儿一把再走的玩物之心。但她猜错了，丰奇两者都不是，他听完了只是沉默，铁一样，一下子沉默了好几天，从他紧锁的眉头、晦暗的脸色以及闷着头替自己做越来越多的活计，田颖看得出他是实打实地心疼她，结果反倒于心不忍地宽慰他道："事情过去这么久了，我都能心平气和地说出来了，你还在那里瞎较个啥劲儿啊！"

"我终于明白你那天晚上为什么抱着苗苗哭了……"丰奇低声说，"那你是怎么走出那段可怕的日子的啊？"

"一来，伤害我的那个人死了；二来，因为一个奇怪的人说了一句奇怪的话。"

"什么话？"

"他说：'真正能够让一个在乌盆中苦苦挣扎的人，获得解脱和新生的，不是杀戮，而是推理。'"

丰奇目瞪口呆，半响才喃喃道："这话……也未免太中二了吧，不过听上去很像是呼延云说出来的话。"

"就是他说的啊！"田颖说，"我一开始听的时候，特别感动，可是后来又觉得搞笑，什么跟什么嘛，推理就算再了不起，也不能拯救世界啊。可是过了好久好久，这句话总浮现在我的脑海里，跟刻上去似的磨都磨不掉，我渐渐地明白了，这句话也许还有另外一层意思。"

"什么意思啊？"

"推理并不等于真理，而是探索真理的一种方式和手段，好像在伸手不见五指的地方点燃了一盏灯，它本身并不是光明，但有它照着，就算光芒再微弱，黑暗也不再完整。"田颖说，"我想呼延云的意思，是让我坚信：每个人的一生都会遭逢失败、痛苦、挫折和磨难，哪怕在最最绝望的时刻，也要在心中点燃那样一盏灯……"

"我倒觉得，呼延云有时候二二乎乎的，很多话就是顺嘴一秃噜就出来了，倒也不用寻找什么特殊的意义。"

田颖哑然失笑，过了片刻又说："也许是吧……一句话就是一句话，不可能带来什么，带走什么，也不可能改变什么，但是这句话让我——怎么说呢，彻底放松了下来。不再去顾及旁人的眼光，也不再去纠结过去的伤痛和得失，反正每个人都是伤痕累累的，犯不着总是自怨自艾的。所以我就开始好好地工作，认真地生活，慢慢地，不知哪一天，好像是去渔阳水库边钓鱼的时候，望着头顶的蓝天白云，心里一片蔚蓝色的豁亮，我就觉得过去了，都过去了，然后就特别开心，当然也不是咧着嘴傻笑，就是想哼歌，想跳舞，像小时候什么都没有经历过那样……当然我知道，经历过的永生都不能磨灭，可是经历过并能走出来，难道不是更值得骄傲和自豪吗？"

丰奇点了点头："就像我们马所长说的，一个人要想过得高兴，就是甭管多复杂的事儿，都要往简单里想。"

田颖望着他说："我觉得，你就是个特别简单的人。"

丰奇搔搔头发："是不是不好？"

"不。"田颖微笑着说，"我觉得特别特别好。"

这话一说，两个人的脸都是一热，坐在一起良久无言，冬日的暖阳从窗外洒在病房里的一片斑驳，竟让他们不约而同地觉得美好而惆怅。

这之后,他们的关系掉了个个儿:丰奇敢于直视田颖的眼睛了,反倒是田颖因为心锁难解,往往转移了目光。因为工作的原因,他们天天要照看这六个孩子,也根本不可能有什么亲近的行为和语言,但苗小芹人小鬼大,还是看出了端倪,有一天吃饭的时候突然大声问了一句:"丰叔叔,田阿姨,你们俩是不是好上了?"

"苗苗!"韩霜降瞪了她一眼,"又胡乱说话!"

也难怪韩霜降生气,苗小芹的话确实有些多,有时会把其他女孩子的秘密到处乱讲——这些女孩子因为受过摧残和伤害的缘故,在情感上反而比同龄人更加敏感,一旦被揭了私或暴了丑,就会羞愤交加,甚至歇斯底里地大哭大闹,搞得丰奇和田颖手忙脚乱,老半天才能安抚停当……谁知今天苗苗居然把见血一针戳到了他们俩的身上,搞得两个人面红耳赤,哭笑不得。

不过,有一件事,苗小芹似乎知道些什么,却讳莫如深。

那就是李河清遇害一事。

关于这件案子,尽管它是造成丰奇和田颖被调来担任安保工作的起源,但安保工作的重要原则之一,就是不旁生枝节,所以他们俩对这起旧案并没有刻意去了解和打探。但那些女孩子聚集在一起,偶尔还是会提起,似乎在案发前的一段时间,在PICU门外值班的袁水茹偶尔"脱岗",所以有的女孩子溜了出去,并看到了一些什么事情。

田颖小心翼翼地问过韩霜降,韩霜降也一头雾水:"袁护士说是在门口值班,但我们都知道,其实她经常因为什么事情就忙去了,我们就趁机溜到门外去放风,但也知道轻重,不敢走远,就在楼道里玩儿,都不拐过住院楼与医疗综合楼相联结的那个拐角的,具体谁看到了什么,我也不清楚……"

一片叽叽喳喳中，唯独最爱说话的苗小芹沉默不语，而且只要说起这个话题，她就躲到一边，看似摆弄玩具，实则竖起耳朵听得特别认真。

田颖注意到了这一点，有一天晚上抱着她哄睡时，悄悄地问："苗苗，有个护士阿姨在PICU门口出事了，你知不知道？"

苗小芹的眼睛一下子瞪得老大，点了点头。

"那么，你是不是看见了什么？"

这回，苗小芹毫不犹豫地摇了摇头。

田颖有些糊涂，但从苗小芹的眼睛里，能看出她的摇头绝非断然否定那样简单，想了想又问："是没看见，还是不能说。"

苗小芹把食指放到嘴唇边，做了一个"嘘"的动作："不能说。"

田颖正不知道接下来该怎么办好，突然看到她口袋里的记号笔，想起这姑娘不仅会画画，而且还会写不少字，便说："那阿姨给你张纸，你写下来好不好？"

谁知苗小芹的神情突然变得十分恐惧，用特别低的声音说："更不能写。"

"不能写"的前面何以加上一个"更"字？田颖的内心油然升起一股十分诡异的感觉，但发现苗小芹真的在害怕之后，便没有再问下去了。

被苗小芹当众"捅破"了两个人之间的窗户纸之后，丰奇和田颖很长一段时间刻意疏远了距离，但爱情本来就是天下至拗之事，拒迎全由不得人，再说就在PICU那么大的地方，再疏远又能疏远到哪儿去，一颦一笑，俱在咫尺，心反倒贴得更近，只是表达的方式变得更加隐晦罢了。

今天晚上吃过晚饭，田颖拿出《一园青菜成了精》的绘本，准备给孩子们读完,就哄她们睡下,谁知楼下急诊大厅里传来的哭闹声和哀乐声沸反盈天——儿科急诊的混乱与嘈杂,本不是什么稀罕事,可响起哀乐却是闻所未闻。他们俩不知道出了什么事,不免面面相觑,丰奇给周芸打了个电话,之后神情反倒更加茫然了。

"周主任怎么说?"田颖问。

"周主任说没事,她能搞得定……我听电话里那背景的声音,可是越来越乱了。"

田颖看他有些坐立不安,便道:"咱们的职责就在这里,守好这里就行了,其他的事情不要多管。"

丰奇点了点头,又说:"大水漫灌,真要是把一层给淹了,咱们这二层也是迟早的事儿。"

后来,急诊大厅里渐渐鼎沸,几乎都要把楼板顶破,除了哭闹、争吵和叫骂之外,还依稀传来撕打的声音。其实按照安保工作的要求,讲究的是一个"敌军围困万千重,我自岿然不动"的境界,但也许是在这 PICU 里坐牢似的待了一个月,丰奇静极思动,便站起身对田颖说:"我下去看看。"田颖想拦他,可他已经拨开那两道铁门的门闩,走了出去。

他这一走,田颖的心里顿时空落落的,觉得身上有些发冷,苗小芹似乎从她的神情中读懂了什么,像小猫一样依偎在她的怀里。韩霜降和另外几个女孩也围了过来,田颖看到她们,猛地意识到自己现在是她们唯一的依靠,断断不能表现出丝毫的柔弱,于是微笑道:"那么,我们就把这个绘本重新讲一遍好了:出了城门往正东,一园青菜绿葱葱……"

过了不知多久,丰奇回来了,眉头紧锁。

"怎么样?"田颖问。

"周主任被人用刀砍伤了，多亏我及时下去，把砍她的那个人制服了，不然还不定闹出多大乱子呢！"

田颖大吃一惊，从椅子上站了起来："怎么会这样……你没受伤吧？"

"我没事。周主任流了很多血，但没有生命危险，包扎了一下，她还要继续出诊。急诊大厅里聚集了特别多的人，有看病的，还有不知道来做什么的，我帮着维持了一下秩序，现在消停多了。"

"那个砍伤周主任的家伙呢？"

"关进警务室了。"丰奇说。其实这件事还颇费了一番周折。一开始他准备把黑脸汉子先找个地方关起来，打听了一下，得知警务室的钥匙在王酒糟的手里，便把他找了来。王酒糟起初不大配合，等丰奇一亮警官证，又吓得毕恭毕敬，把他们带到警务室。随着医院搬迁工作的完成，警务室早已派不上用场，所以门平时并没有锁。等丰奇进去，方知王酒糟不配合的原因何在：这间警务室分成里外两间，里间是一个拘押室，装着铁门，门框和门板上装有加厚的贴合式锁扣，锁扣上挂着一把不锈钢大号挂锁；外间则是安保人员的休息室，现在空空荡荡，但在墙角堆了几个用黑油毡蒙着的纸箱子——原来医院的搬迁工作开始后，警务室人去屋空，王酒糟便把钥匙搞了来，将这里变成了自己的小仓库，什么锅碗瓢盆、劳保用品、废旧报纸、自行车配件，甚至还有趁着搬迁混乱"捡"的一些医疗器械和医用耗材，都藏在了这里，准备将来变卖，所以他当然不愿意让外人窥见这个秘密了。

丰奇懒得管他这些破事，把黑脸汉子往外间的地上一扔，从外面锁上防盗门，径直回到急诊大厅，王酒糟却一直像盯梢似的跟在他后面，等丰奇找周芸说明情况时，还没等他说话，王酒糟抢先开了口,说警务室里堆的那些东西只是为了疏通管道、修车开锁啥的更方便,而且并不都是自己的,还有其他护工的,并把正在扫地的老张拉过来证明。周芸听了这一番此地无银三百两的分辩,委实哭笑不得,但既然他送上门来,不施以小惩,怕他"手滑"的老毛病越发严重,便板着脸教训了他几句,让他回传达室去了。

"这么说,警务室的钥匙被你给'没收'了?"田颖问道。

丰奇点了点头,从口袋里把那两把钥匙拿了出来:"一把开防盗门的,一把开拘押室挂锁的,只此一套。我把钥匙揣兜里的时候,你没看见那个王酒糟的嘴脸,跟买P2P爆了仓似的。"他停了停,接着说,"事情总算平定下来了,只是今晚我觉得心里乱乱的,这一个月来从没有过的乱,总感觉要出什么事似的……"

PICU的窗户是朝东的,面对着后花园,因为在二层,装有结实的防盗窗。虽然从搬迁工作启动以来,后花园就花木凋零、人迹罕至,但安全起见,这一个月来,PICU还是拉着厚厚的窗帘,不让任何外人有一窥室内的可能,到了晚上,哪怕是给孩子们念书,也只开一盏光线昏浅的小夜灯,以最大限度地掩饰这间病房里有人活动的迹象。此时此刻,身处影影绰绰的病房之内,心情本就惶悚不安,再听了丰奇的话,田颖不禁说:"丰奇,你可不要吓我。"

真情流露间,还有一句"你可不要离开我",更在言语之外。

丰奇笑了一笑:"别怕,也许是我多虑了,只是我看到了一个人,这个人让我不能不多心。"

"什么人啊?"

"一个叫雷磊的,他不认识我,我却认识他。"丰奇慢慢地说,"那个人原来是市局的明星,中国警官大学毕业的高才生,一入行起点就高,无论业务技能还是人际关系,样样都搞得来,在局里举办的各项竞赛中经常拿奖,侦办重特大案件经常立功,所以很快就飞黄腾达,在人事信息管理中心做了个很高的职位,连全国警务网络系统的人事档案都有权调配和修订……但是我也听很多同事说起过,他并没有什么真本事,就是会抢功劳和炒作自己——咱们当警察的,跟犯罪分子斗心眼儿,个顶个都特别厉害,但跟自己人在一起时就很简单,天天出生入死的人,都把名利看得很淡。雷磊可不一样,他总瞄着那些有立功机会且风险小的任务加入,工作的时候生怕争先,报功的时候唯恐落后,日子久了,不知不觉地,反倒在大家都不好意思抢的地方拔了头筹,官升得像火箭一样嗖嗖的,别看跟我差不多的年纪,按照警衔来说的话,我连人家脚面都够不上。"

"死看不上这种人。"田颖轻蔑地说,"他怎么跑到平州来了。"

"这两年上面狠抓警纪警风,反对花拳绣腿的工作方式,重用那些踏踏实实的干警,所以雷磊的日子不像从前那么好过了,而且——"丰奇看了一下孩子们,她们正围拢在小夜灯旁边,听韩霜降继续念绘本,于是压低了声音说,"扫鼠岭案件发生后,爱心慈善基金会驻京办事处被彻底清查,凡是给他们提供过包庇掩护的关系户一个也没跑了,都按照牵涉程度的深浅追究法律责任。据说雷磊也收过爱心慈善基金会的黑钱,但内部调查科没有找到足够的证据,雷磊知道自己虽然侥幸逃过一劫,但在警界前途渺茫,就主动提出挂职锻炼,离开了北京,没想到他竟来了平州。"

田颖一悚:"这也未免太巧合了吧。"

"确实不能掉以轻心。"丰奇说,"而且我看到他还带了两个人过来,那俩人一看就不是省油的灯。"

"需不需要向上级请求支援?"

"现在就算求援,恐怕也是远水解不了近渴……我侧面打听了一下,今晚平州市的警力大都调到新区去了,旧区的治安由综治办暂时接管,而雷磊就是这个综治办的主任。"

"也就是说,今晚只能靠咱们自己了?"

"对!只能靠咱们自己了。"丰奇走到窗边,掀开厚重的窗帘的一角向外面望去:阴沉沉的天空上坠着铁板一样的黑云,在黑云的底部,狂烈的西风撕扯出了一些棉絮样的痕迹,丝丝缕缕闪烁出诡异的白色。"要下大雪了。"

田颖走到他的身边,也把目光投向窗外,却在玻璃的反光中看到了两张年轻而忐忑不安的面容。

"在这里坐困愁城不是办法,我还是得下到急诊大厅去。"丰奇放下窗帘说,"这样可以对今晚有任何不良企图的人,起到一定的震慑作用。"

田颖摇了摇头:"局势越乱,越要有定力才行啊,不能轻举妄动。"

"刚才我一出手,想必雷磊就看出我是警察了,而我现在如果再一次下到急诊大厅,会给他们一种错觉,就是值守在PICU的警力非常充沛,多我一个不多,少我一个不少。"

"就算是你想唱空城计,前提得是对方搞不清你的实际兵力,假如对方已经通过某种渠道知道了这里只有咱们两个人,你这一分兵,岂不是更加有利于各个击破吗?"田颖还是不同意,"何况,并没有证据证明,雷磊他们今天晚上来到这家医院,目的是要谋害这些孩子,所以我觉得,咱们还是按兵不动、静观其变的好。"

他们争论了半天,谁也不能说服谁,最后丰奇依然坚持要下到急诊大厅去,田颖也只能苦笑:"那你可千万要注意安全啊。"

丰奇点了点头,走出病房,来到楼道里,从腰间的枪套里拔出手枪,检查了一下弹匣和枪膛状态,然后把手枪插回了枪套。

跟在他身边的田颖默默地看完了他这一系列动作,不知什么时候,双眼浮起了一层水光。

丰奇伸出手,握住了她冰凉的手:"不要担心,我一定会平安回来的。"说完转过身,再一次走出了PICU的大门。

两扇铁门关上了。

田颖销好门闩,也拔出了自己的手枪检查了一番,似乎是预感到今天晚上这支武器可能要派上用场,她的手禁不住轻轻地发抖——尽管手背上还残存着丰奇手掌的余温。

6

生理盐水冲洗,酒精消毒,止血,尼龙缝合线缝合……因为伤口较深,导致深部组织受损,所以陈少玲给周芸清创和包扎的全过程,周芸疼得差点儿把牙关咬碎。可她还是控制住了自己,一声不吭,只是椅子的塑料扶手被她用手指抠出了一个小坑。

门开了,李德洋走了进来,看见周芸的样子,尤其是医用托盘里几张被血浸透了的纱布,顿时脸色惨白,仿佛失血过多的不是周芸,而是他。

他就这么怔怔地望着周芸,周芸知道他被医患纠纷严重刺激过,怕自己的伤势导致他再有什么不良反应,便心平气和地说:"小李,赶紧忙你的去。"

李德洋转身出门的一刹那,周芸看到他的眼睛里闪过一道光,那道光非常的异样,好像是被打碎在地的玻璃溅起的反光,闪烁着令人不寒而栗的锋芒……她有些担心起来,可就在这个时候,陈少玲在她耳边说的一句话,让她瞬间就忘了李德洋的事情。

"主任,我得走。"陈少玲的声音低得不能再低。

周芸看了一眼门口,刚才以查看血有没有浸湿内衣为借口,陈少玲把雷磊和他的两个手下都赶到门外去了:"去哪儿?"

"我刚才接到大山的一条微信,他给我发来一张照片。"

"照片?拍的是什么?"

陈少玲犹豫了一下,但她还是选择相信周芸:"就是他下一个送餐的地点:海马儿童游泳馆。虽然他没有说别的话,但我知道,他的意思一定是让我去那里找他。"

周芸曾经建议雷磊沿着张大山的送餐路线展开追踪,但被雷磊否掉了,没想到他还真去那里了。她想了想说:"会不会有什么危险?"

陈少玲苦笑道:"孩子她爸,对我能有什么危险?"

"可万一发微信给你的不是张大山呢?"

"那我就更要去了解一下是怎么回事了。"

"用不用——"周芸抬手指了指门口。

陈少玲坚定地摇了摇头:"主任你怎么还不明白,那些都不是好人。"

周芸知道,眼下只有自己能帮助陈少玲离开,但一旦少玲真的走脱了,雷磊他们绝不会轻饶了自己。眼下医院的乱局她就已经应对乏力,如果再从其他方向来上几个压力,非把她彻底压垮不可。但也许是对陈少玲一家人的同情占据了上风,也许是存心报复雷磊一伙人在自己受袭时的袖手旁观,抑或干脆就是重压之下死猪不怕开水烫的情愫在作怪,她竟然点点头同意了。

于是,包扎完毕后,她打开门对雷磊说:"这里是急诊科办公室,你把少玲关在这里,医生和护士无论办公还是休息,进进出出的很不方便。"

"行啊,那就让她去警务室。"

"不行!"周芸的口吻斩钉截铁,"那个拿刀砍我的关在警务室里呢,我看那人精神不大稳定,少玲也进去,出了事儿你负得起责任吗?这样,把她带到女更衣室去吧!"

雷磊想了想,同意了。

鬣狗带着陈少玲走出房间,与周芸擦肩而过的一瞬间,两个女人的眼神看似不经意地碰撞了一下,彼此都心领神会。

陈少玲明明知道自己此一去前途叵测,但丈夫现在生死未卜,也真容不得她踟蹰,所以脚下生风一般,直往女更衣室去,但经过留观一病房的时候,她还是忍不住停下脚步,往"蓝房子"的方向张望。因为隔着医用屏风的缘故,她看不见躺在病床上的小玲,想到万一丈夫和自己出了什么事,本来就重病在身的女儿便成了孤儿,顿时心如刀绞。

"快点儿走!"身后的鬣狗不耐烦地催促道。

这时,恰好保洁员老张拿着笤帚和簸箕从里面走了出来,陈少玲叫了他一声,老张站定了望着她,陈少玲说:"老张,我想拜托你个事儿,我不在小玲身边的时候,你一定帮我多多照顾她……"说到这里,她不禁泪眼婆娑。

老张点了点头。

望着陈少玲进了女更衣室,周芸轻轻叹了一口气,回到诊室,在诊台后面坐下。她本想替胡来顺和李德洋接诊一些患者,却见那些"患者"恰好都是刚才被大楠分诊过来的那一批不良少年，一个个歪着肩膀、扭着屁股，排成两溜歪里歪斜的长队，在医生面前诉说着一些杜撰出来的症状：你是鼻子痒，他是嗓子疼，这个胃不适，那个肛门肿，而且为了显示另类，每个人给自己找的"病"都跟前面的人不一样。渐渐地，排在后面的人实在想不出自己得了什么病，便开始往下三路招呼，什么手淫过度、阴部疱疹、白带增多、刮宫不净……让周芸没想到的是，一向混不吝的胡来顺面对这伙儿流氓，态度却显得十分平和，明知道他们是装病，却按部就班、慢条斯理地给他们"诊治"，摆明了不想跟他们置气，希望早点儿把他们打发走了了事；反倒是懦弱的李德洋，神色阴沉，目光阴冷，双颊浮动着可怕的青色，好像一只被激怒并随时准备爆发的公羊。老实人发起狠来，往往比平常人更显狰厉，所以排在他那队看病的不良少年竟比胡来顺那队要老实些……

今晚，这群家伙突然来到急诊大厅，占用医疗资源，寻衅制造混乱，很明显是有组织、有预谋的，但他们的目的究竟何在？周芸怎么想也想不明白。她已经精疲力竭，实在不想横生枝节，便拿起保温杯往洗手间的方向走去，那里设有一个公共饮水池，她从傍晚忙到现在，连口水都没喝，又因为失血的缘故，嗓子里干得火辣辣的疼。

她刚刚打了一杯水，转身差点儿与一个从男厕所出来的人撞上，那人鬼鬼祟祟地贴着墙走，胳肢窝里夹着个包，手还在裆部拉着裤子拉链，一见周芸吃了一惊："周主任……你还在啊？"

周芸一看原来是赵跃利，想起下午临别时他的那句"反正也跟你没什么关系了"，大概那时他就已经得到自己将被罢官的风声，所以才有此一问，不禁冷笑一声："看样子，你这是劫走了我们科的 X 光机，然后凯旋了？"

赵跃利尴尬地笑了笑："哪里哪里，把 X 光机放到新院区，我就回来了……我还有事，先走一步了。"说完慌慌张张地溜掉了。

周芸一面用保温杯焐着双手，一面啜着杯子里的水，慢慢地走到医疗综合楼的门口向外望去，远处的停车场上，下午"劫"走 X 光机的那辆轻型卡车上，现在已经不见 X 光机孤零零兀立的身影……

不对。

一种异样的感觉，好像胸片上一缕烟雾状的阴影，笼上了她的心头。就在刚刚，一个行为，一句话，一个景象，让她突生疑窦。她凝神静气地思索着，就在即将捕捉到那股在思绪中飘来荡去、若隐若现的线头时，脖子后面骤然袭来的一股寒气，让她中断了思考。

她扭过头，看到了雷磊那张在无比的愤怒之下强作镇定，因而僵硬得好像用刮皮器擦过的脸孔。

周芸知道他所为何事，因此静静地等着他说话。等了很久，等来了雷磊这么一句："周主任，您好像忘了告诉我们一件事。"

"什么事？"

"那个女更衣室，其实还有一个后门。"

周芸故作轻松地说："哦，为了防止医护人员下班后把病毒带回家，所以更衣室都有一个后门，让他们更换好衣服后可以直接离开诊区——怎么了？"

雷磊把脸凑近她，嘴角抽搐出一抹狞笑："正如您说的那样，陈少玲从那个后门离开了诊区，我相信这是出于您的安排，不过没关系，她跑不了，就像张大山也跑不了一样，毕竟他们的女儿还在，只要鱼饵还挂在鱼钩上，我就不愁钓不上大鱼来。不过，如果我是您,从现在这一刻起,就要开始担心自己的命运了,因为您用您的实际行动向我证明了一件事,那就是您已经下定决心与我为敌。"

说完,他转身回急诊大厅去了。

从雷磊的口吻中,周芸听出了气急败坏和无奈,也知道他绝不会善罢甘休,但这一切,早在她答应帮陈少玲离开时就预计到了,所以心中并没有掀起什么波澜。作为一位儿科急诊医生,几十年来日日夜夜承受来自四面八方的高强度压力,她早已经习惯了惊涛骇浪,并做好了随时随地落水翻船的准备。至于落水翻船的原因到底是风浪太大还是同船操戈,那就由不得她了——世上但凡"不由人"的事情,都不必怕,说周芸此时此刻的心境"无所畏惧"固然过分,但"泰然自若"却很接近。

她默默祈祷着陈少玲成功脱逃后,接下来的行动能一切顺利。就在这时,她发现越来越多的家长带着患儿涌进了急诊大厅,而大厅里面传来一阵令人不安的嗡嗡声,她知道就在自己喝口水的工夫,新一波就诊高峰转瞬即至,而那些不良少年刚才占了太多的号,使得本来应该就诊的患儿都没有"消化"掉,现在呼啦啦又新来了这么多,好像两个排山倒海的潮头接踵打来,势必使孙菲儿、胡来顺和李德洋的压力倍增,搞不好患儿家长们会与那些不良少年爆发更加严重的冲突。

她怀着不祥的预感快步往回折返,迎面撞上神色匆匆的大楠:"主任,我正找您呢,有个重病的女孩刚才被送到咱们这儿来,情况不是特别好,您赶紧去看看吧!"

周芸看了她一眼,想着要不是你刚才胡乱分诊,何至于让那些不良少年鸠占鹊巢,但现在不是深究这件事的时候,赶紧跟着她往留观一病房冲去。

途经分诊台的时候,她看见密密麻麻的患儿家长像冲稠了的黑芝麻糊一样堵在那里,声嘶力竭地催问到底什么时候能挂上号看上病,而站在台子后面的孙菲儿脸色惨白、双目无神,嘴里念念叨叨地不知在说些什么,或者她根本就没有发出声音,只是机械地张着嘴而已……

这样子下去可不行!周芸心想,孙菲儿这根弦眼看就要绷断了。她看了一眼大楠,想让她代替孙菲儿分诊,可是一来还没有搞清楚她刚才为什么"失手"放了那么多不良少年的号,二来不知她说的那个"重病的女孩"到底是什么情况,如果真的需要急救,必须有护士在身边协助自己——相比孙菲儿,大楠可要靠谱多了。

于是周芸打消了这个念头。

走进留观一病房,周芸看到了大楠说的女孩,正是刚才在急诊大厅见过的那个躺在移动病床上、嘴巴里插着留置气管的患儿,看到这个女孩第一眼的时候,她就觉得必须抓紧展开救治,可是当时打了个趔趄的工夫,竟忘在脑后了。

女孩的父母,一看就是老实巴交的乡下人,因为长期看护孩子缺眠少休,乱蓬蓬的头发脏得打了绺,见到周芸,他们不停地哀求着:"大夫您行行好,救救俺家的娃儿吧!"

周芸知道孩子是从别的医院转诊过来的,径直问:"转诊大夫呢?"

旁边一个身穿白大褂,外套着红色羽绒背心的短发女子赶紧自我介绍,说自己名叫蔡文欣,是县医院的护士,患儿名叫王竹,今年九岁,因持续高热、频繁抽搐,意识障碍进行性加重,入院前十八天行气管插管机械通气,在县医院予以抗感染、止惊和降颅压等对症治疗,因效果不佳,所以气管插管下转院——本来他们是预备去新院区的,但大凌河大桥封闭了,只好来这里了。

王竹闭着眼睛,消瘦的黄脸没有表情,好像一颗被抽干了水分的鸭梨,只有鼻翼一下一下扇动得很重。周芸轻轻拍了拍她的面颊,叫着她的名字,但她毫无反应。周芸摘下别在白大褂口袋里的瞳孔笔,扒开她的眼皮照了照,双瞳孔虽然等圆等大,但光反射迟钝。周芸抬起头,看了看连接在孩子身上的多参数监护仪显示的数据:体温37.9℃,心率117/分,血压108/76mmHg,然后解开她的衣服仔细检查,发现她全身略微浮肿,出现了令人担忧的三凹征,又摘下听诊器,顾不得焐热听诊头,就压在女孩的身上听诊:心音律齐有力,但双肺呼吸音很粗,可以闻见清晰的痰鸣音。

"胸片、彩超、CT和其他检查单。"周芸朝蔡文欣一伸手,蔡文欣立刻将一摞片单递了过去。

周芸"啪"的一声摁亮了旁边墙上悬挂着的LED观片灯的开关,然后一张一张地查看片单,长方形的、透视出骨骼图案的光斑投射在女孩盖着白布单的身上,仿佛正在将她切割透视一般。

两肺实质性病变,双侧少量肺腔积液,心包少量积液……从血常规、痰培养、生化、脑电图和脑脊液的检查结果来看,孩子中枢神经系统感染,持续癫痫状态,并有肺炎的症状。

"是否调整过抗癫痫用药?"

"加服过咪达唑仑,但效果不佳。"

"对肺部感染,除了用药,做过其他处理吗?"

"做过纤维支气管镜冲洗。"

"气管插管的情况怎样?"

"最近几次鼻饲后,从气管插管内反流出了很多胃内容物。"

这说明胃管内气体较多,为什么会出现这种不正常的情况?

周芸沉思了片刻,看着留置气管插管前头的那个球囊——这样的气管插管在前端和后端各有一个球囊,张力应该是一样的,医护人员可以通过外面指示球囊的特征来推断插入体内的球囊的情况。现在外面的球囊是瘪的,那么体内的球囊也应该是瘪的,可是观察患儿的颈部,有着一个明显的不规则隆起……

难道是?

她猛地想起在医学院读书时老师讲过的一句话:"越是复杂的诊断,越要先排除最低级的错误。"

眼前这个病例,最低级的错误是——

外面的那个指示球囊坏了。

她弯下腰,仔细看了一下指示球囊,并用手捏了两下。

果不其然!

"指示球囊坏了!"她站起身,对蔡文欣说,"外面的是瘪的,里面的那个一直在胀气,压迫气管黏膜,压久了造成气管出血,漏了,跟食管相通,形成了食管气管瘘。需要立刻拔管,重新插管。"

蔡文欣一听,不禁"啊"了一声,满脸通红,刚刚说了一句"我们是县医院——"想到当着患儿家长不好承认自己医疗水平低导致错误,赶紧咽了回去。她刚要上前拔管,又站住了,因为按照医疗责任的归属,转院后出现任何新的医疗事故都是被转医院的,自己动手的话,万一出现问题就分不清责任了。

这时周芸已经将原来的插管拔了出来,拔的时候用了很大力气,正如她所预料的那样,位于插管前端的那个球囊胀得老大,上面混合着红色的血液和黄色的痰液。她一边用医用纸巾擦拭孩子嘴角流出的唾液,一边对大楠说:"喉镜、6.0 号管,快!"

大楠赶紧从旁边装有各种药械的移动急救车里拿出了这两样

东西，递给周芸。

周芸接过导管，双手只轻轻一弯，便将其塑形成曲棍球杆状，然后一手探入王竹的头颈下面将其抬高，一手将一个小枕头垫在底下，形成所谓嗅花位，接着把喉镜插入她的口中，往左侧轻轻拨开她的舌头，继续探入喉镜，直到将喉镜片放入会厌之下，用其挑起和暴露出声门，获得理想的视野后，才从右口角插入气管导管，考虑到胸片提示原管段在T1水平，她一直将导管插入二十厘米左右才停下，并加入五毫升的空气使气管球囊充盈起来，以堵住那个食管气管瘘。

做完这一切，她缓缓地将喉镜片移出口腔，为了防止喉镜片碰伤牙齿和嘴唇，她目不斜视，却仿佛长了后眼一般，伸手将医疗器材放置架最下层的一个比色法监测仪拿了过来，连接至气管导管末端，看着监测仪上的颜色从紫色变成黄色，并在小屏幕上出现了二氧化碳波形图，才长长地吁了一口气，这说明插管成功了。

抬起头，她看到蔡文欣惊奇而敬佩的眼神。

"周主任，真没想到你插管这么流畅，喉镜片探入探出的，连牙齿和嘴唇都没有磕碰一下，我们县医院好多当到你这个级别的，技术都生疏了。"

要是巩绒还在，何至于我亲自上手。想起老友，周芸内心泛起一丝苦涩，她用听诊器听了一下王竹的双肺呼吸音，没有听到上腹部有气过水声（有则提示可能插入食管），才彻底放心，把被子给王竹盖好，对蔡文欣说："今晚我们这里人手不够，你能不能留下来帮帮忙？"蔡文欣犹豫了一下，周芸连忙解释说"只是做一些简单的护理工作"，她才点了点头。

虽然只增加了一个人手，虽然完全不知道蔡文欣的护理技术究竟怎样,但对于周芸而言,这已经是今晚工作以来最大的一个意外之喜了。她感到沉甸甸的肩头轻松了一些,旋即解决那个她早就准备解决的问题:"大楠,你去把孙菲儿换下来。"

大楠一愣,接着流露出羞愧的神情。

周芸叮嘱道:"分诊不是小事,你要把好关,别再出错了——"

话音未落,一声尖利的嘶叫,像长矛一般,穿透了病房那扇关闭着的房门,猛地刺入她的耳鼓!

然后是溃坝般的号啕大哭,伴随着哭声还有含混的话语:"我受不了啦!我再也受不了啦!今天晚上就我们这几个医生,没有更多的人了,我们急诊科其他的医生都出车祸死了,总院不会再派人过来了,你们不要逼我啦!你们不要再逼我啦!!"

周芸脑袋"嗡"的一下子,知道大事不妙,听这哭声和话语,分明是分诊的孙菲儿情绪崩溃后发出来的,没想到千叮咛万嘱咐要保守秘密,这个脆弱的女孩还是没有扛住压力,把最不该外泄的事情吐露了出去!

她拉开房门走了出去,没走出几步,却发现整个急诊大厅里一片死寂,连一声咳嗽、一声啼哭都没有,拥挤在分诊台前的人群宛如定格般一动不动,仿佛是悬停在头顶即将雷霆大作的一片积雨云。孙菲儿也被这死寂唬得停止了呜咽,变成了一只噤口的寒蝉。

不知是谁首先看到了周芸,一声呐喊,分诊台前的人潮猛地倒灌向她,刹那间将她包围在了中间,人们戳点她推搡她撞击她撕扯她,臭烘烘的口水像雨点一般唾在她的脸上,她想擦一下却被挤得抽不出手来。人们指责她不该只给急诊留下这么几个人,还隐瞒凶讯打肿脸充胖子,谩骂她和整个急诊科都是置旧区孩子们的生命健康于不顾，一心只想到新区大发横财的"白狼"，嘲笑她的同事们的惨死是恶有恶报，威胁要向有关部门投诉撤掉她的主任一职，还有人怂恿着"狠狠揍她一顿"，全不管她额头上那块纱布显示她刚刚受过伤……混乱中，不知是谁狠狠捣了她的鼻子一下，鼻腔里顿时涌出血来。

就在这时，丰奇和王喜两个人冲了过来，将人潮撕开了一个豁口，簇拥着她往留观一病房里撤。

终于撤进了病房，丰奇和王喜关上门，人潮涌不进来，只能在门外骂骂咧咧。

周芸惊魂未定，听到身后传来脚步声，转身一看，却看见蔡文欣那张比她还要惊慌失措的脸孔。

"周主任，王竹不知咋了，频繁抽搐！"

周芸三步并作两步，跨到王竹的病床边，只见女孩插着气管的嘴巴里发出痛苦的呜呜声，整张面孔以及面部皮肤下绽开的每一条血管，一下一下，狠狠地向左边抽搐着，仿佛有一只无形的大手抠住了面皮拼命撕扯着，非要将它们一把撕离了头骨才肯罢休！起伏并挣扎的躯体带动整张病床中邪一样哐啷哐啷地响着，这诡异的景象把病房里其他留观的孩子和家长都吓得目瞪口呆。

周芸集中精力思考对策，却不知道为什么，视线里总有一片异样的红色干扰她，直到站在对面的大楠提示了她一句"主任你的口罩"，她才意识到是刚才流出的鼻血把口罩染红了，而双眼因为过于疲惫放慢了扫视速度，垂直视野反而关注到了这一盲区。

她气愤地扯下了口罩，顺手在鼻子下面擦了一把，顿时抹得满嘴一片血红，好像个疯婆子一样。她顾不上这许多，从白大褂的口袋里掏出个新口罩戴上，然后对着目瞪口呆的大楠和蔡文欣说："还愣着干什么，马上准备气管切开术！"

7

当急诊大厅里的滚滚声浪传入诊室的时候,李德洋站了起来,走到门口,望着周芸犹如洪水中一片落叶的身影,静静地望了一会儿,又回到自己的诊台,继续给那些嬉皮笑脸的不良少年"看病"。

然而有个站在门口看热闹的年轻人却显得特别兴奋,不停地用手抓搔着被牛仔裤裹得紧紧的、高高隆起的下体。他膀大腰圆,长满了痤疮的脸上绽开一块块横肉,一直看到周芸撤进了留观一病房,才转过身,咧开的大嘴发出一种好像鸭子般"嘎嘎嘎"的笑声,吸引得诊室里的其他不良少年都把目光投向了他。

"真他妈带劲儿嘿!"他说,"那个女医生被那么多男的夹在中间蹭来蹭去的,估计爽死了!"

"哥你咋没上去摸一把啊?"有个看上去只有十二三岁、梳着中分头的小流氓笑嘻嘻地问。

"我不喜欢打群炮,就喜欢一对一!"满脸横肉的家伙扬起手做了几下电臀动作,"看那娘儿们老了点儿,可老货败火,等会儿完了事,医院外边堵她去!"他的余光发现,坐在诊台里面的李德洋正用憎恶的目光望着自己,立刻转过脸去,对着李德洋破口骂道:"看你妈逼看,好好看你的病,再他妈照眼就把你那俩眼珠子抠出来!"

坐在另一张诊台后面的胡来顺刚才给满脸横肉的家伙看过"病",认出此人就是获得过平州市散打大赛青少年组冠军的吕威,忍不住轻轻叫了一声"德洋",意思是让他稍稍忍耐,千万不要跟那流氓发生正面冲突,但李德洋目不转睛地仍旧瞪着吕威,完全不似平日里的懦弱模样。

吕威大怒，正要上前教训李德洋，谁知裤兜里的手机响了，他接听后，皱着眉头"嗯嗯"了几声，挂了电话，见李德洋正在给一个抱着孩子的女孩看病，便走了过去，站在不远处观望。

那个女孩长得很漂亮，看模样应该只有十七八岁，但不知生活不规律还是抽烟喝酒太多的缘故，皮肤老化得厉害，晦暗的脸上竟乍着一层白色的皮屑。她的神情麻木，被黑眼圈包围的眼睛里放射出漠然的光芒。她佝偻着背脊，怀里那个估摸还没满月的新生儿不停地啼哭着，哭得口唇发绀，直吐白沫，她却视若无睹，只在孩子的音量陡然增大时皱了皱眉头，额头上居然泛出几道她这个年纪无论如何都出现过早的抬头纹。

"孩子怎么了？"李德洋问。

"没怎么……就是抱来看看。"

李德洋一愣，哪儿有没事抱着孩子往医院跑的，但孩子的种种表现又不像她说的那么简单，便决定仔细问一问："你是孩子的什么人？"

"我是他妈。"

"你的年龄？这个孩子是几胎几产？"

"我十七岁，以前怀过两胎，都流掉了，这个是不久前生下来的。"

她的口吻轻飘飘的，李德洋却又吃了一惊，看了女孩一眼，不忍地垂下了头："顺产还是剖宫产？"

"早产，剖的。"

"我看看孩子。"李德洋说着，掀开裹在婴儿身上的那个污渍斑斑的被子，发现孩子一脸病容，瘦小的身体像笋干一样散发出病恹恹的黄色，也许是因为哭得累了，闭着眼睛睡着了。李德洋用听诊器听了听，发现他的心率明显增快，而且呼吸出现不易察觉的暂停症状，特别是在吸气的时候，胸骨上窝、锁骨上窝和肋间隙都出现了凹陷——这是典型的"三凹征"症状！李德洋立刻把左手五指岔开，轻轻压在孩子的肺部，用右手的中指做叩锤，叩击左手中指的第二指节前端，并未听到干湿性啰音。

不知是不是叩诊的缘故，孩子猛地醒了过来，身体像受惊似的抽搐了几下，然后立刻大哭起来。他的哭声不像健康的婴儿没睡够时含混而略带嘟囔的啼哭，而是突然爆发的、无比尖利的大哭，令人奇怪的是，他的哭泣被连续几个哈欠突然打断了，然后立刻表现出极其委顿的神情……

李德洋困惑不已，早产儿出现心率增快、呼吸暂停和吸气性三凹征，很可能是患上了肺透明膜病，这种病不及时治疗可能导致患儿死于呼吸衰竭，可是没有其他明显的肺部体征，并不支持这一诊断，那么，这个孩子得的到底是什么病呢？

这时，女孩抱着孩子起身要走，李德洋一把拉住了她的胳膊："你去哪儿？"

"你不是看完了吗？"女孩不耐烦地说。

"什么看完了，孩子得验血、拍个胸片，做进一步的检查。"

"我不是跟你说了，我这孩子没什么病，就是抱来看看。"

"孩子有没有病，不是你说了算，而是我说了算，不然还要我们当医生的做什么？！"

女孩生气了："孩子有没有病你说了算，这病治还是不治总归我说了算吧？"

李德洋觉得跟她讲不明白："这样，孩子的爸爸跟来没有，我和他谈。"

他的话在诊室里引爆了一片哄笑之声，那些小流氓个个脸上挂着无耻的笑容，争先恐后地说，"我当过她孩子的爸爸""我也当过她孩子的爸爸""这个孩子的爸爸到底是谁可说不准""算算日子搞不好是我的""拉鸡巴倒吧,你敢肯定那天她就跟你一个人搞了"……

面对这些污言秽语,李德洋听着都觉得害臊,抱孩子的女孩脸上却没有一丝羞愤,她骂了一句"我操你们的妈",然后也笑了起来,咧开的嘴巴张开老大,半天合不拢,最后就势打了几个更大的哈欠,然后眼泪鼻涕一起流了出来,眼皮耷拉着好像马上要睡着似的。

李德洋望着她,突然醒悟过来,一把抓住她的手,把她的袖子往上一撸,露出了布满针孔的胳膊!

原来这女孩吸毒!

有药瘾史的女性在妊娠期间如果继续滥用成瘾药物,药物就会通过胎盘进入胎儿体内,导致新生儿出现神经、消化、呼吸、循环及自主神经等多系统的症状和体征,看起来好像毒瘾发作一样,因此又被称为"撤药综合征"。

那女孩被揭了隐私,勃然大怒,瞪着李德洋骂道:"你他妈想要干吗?"

当医生的,照理不该因为患者所患的任何疾病而加以道德上的抨击,但这个女孩是自己吸毒牵累了孩子,李德洋忍不住叱责道:"你还好意思问我想要干吗,你把毒瘾都传给孩子了你知不知道?!"

"谁他妈有毒瘾?我这是输液留下的!"女孩一边狡辩,一边把袖子放了下来。

李德洋懒得陪她胡搅蛮缠,低下头开检查单:"还是给孩子验血、验尿,拍个胸片——"

话音未落,他的脖子一紧,整个人被从椅子上提溜了起来,抓住他衣领的手像钢钳一样，瞬间勒断了他的呼吸，冒着金花的眼前出现了一张异常狰狞的粗犷大脸，正是刚才那个说要把他眼珠子抠出来的流氓："我跟你说过没有，好好看你的病，少他妈逼的多管闲事，你拿我的话当放屁呢?！"

李德洋憋得面红耳赤，两只手在吕威的手背上挠抓着，对吕威而言却像搔痒一般无济于事。

胡来顺扑过来想要救他，却被身边几个流氓一把摁倒在诊台上，紧贴台面的脸被压得咯吱作响，然而他还是拗着脖颈子，朝向李德洋的方向，嘴里发出嘶哑的叫声："德洋，快跑！"

李德洋胡乱摆动的手，一下子摸到了诊台上用来插作废挂号单的传票叉，他抓住底座、钢尖朝上，猛地刺向吕威！

吕威一下子闪开，烙铁一样的巴掌抡圆了狠狠扇了李德洋一记耳光，"啪"的一声，竟把瘦弱的李德洋扇倒在地打了几个滚，鼻子和嘴巴顿时涌出了血水！

李德洋只觉得整张左脸疼得几乎失去知觉，凭着求生的本能，他一点点地往诊室外面爬去，口鼻流出的鲜血落到地上，被衣服和袖子摩擦拖拉，留下了一道粗粝的红色长痕。然而吕威还是不肯放过他，一边破口大骂着，一边用皮靴的靴尖在他的腿和脊背上又踢又踹。

保安王喜过来拦阻，脸上吃了一拳，小腹挨了一脚，倒在垃圾箱边爬不起来，但这多少为李德洋争取了一点儿时间，由于左脸肿胀麻木，他根本无法思考逃生的路径，潜意识中觉得哪里人多，哪里就有活命的机会，所以往一个小腿林立、挤满人群的门口爬去。那些人看见他的样子，看见像红色尾巴一样拖曳在他身后的血痕，又见人高马大的吕威咬牙切齿、气势汹汹地扑了过来，吓得纷纷散开。

李德洋奋力爬了两下，用尽全部力气站起身，撞开了那扇门——竟是留观一病房！

周芸带着大楠和蔡文欣，刚刚给王竹做了气管切开术，并用鼻纤维镜调整了气切导管的位置，使充盈的气囊重新堵住了食管气管瘘的瘘管，汗都没来得及擦，就听见病房的门"哐"的一声被撞开，满脸是血的李德洋跌跌撞撞地走了进来。

大楠惊叫了一声"李老师"，想要上前扶住他，然而李德洋惯性地继续往前，居然哗啦啦推倒了将病房隔成里外两间的医用屏风，露出了"蓝房子"里面的四个患儿。

奉了雷磊的命令，搬了把椅子坐在张小玲的病床边看守"人质"的鬣狗，不知道出了什么事，吓了一大跳，从椅子上跳了起来。

就在这时，门口闪过一道怪兽样的黑影，吕威冲了进来。

丰奇把周芸"抢"回了病房之后，因为担心接下来还会出什么情况，便留在这里没有走，一见吕威那副杀气腾腾的架势，立刻迎了上去："站住！"

吕威咧开嘴笑了，笑容异常残忍。

丰奇指着病房门口，用无比严肃的口吻勒令道："你马上退出——"

"去"字还没有说出口，就听见"砰"的一声！

声音震耳欲聋，所有人直到这时才看见，吕威的手里攥着一把手枪，枪口冒着白烟。

"蓝房子"里其他孩子的家长都吓呆了，只有那个患神经母细胞瘤的男孩的妈妈尖叫一声，扑在病床上，用身体护住了儿子。

丰奇捂住被子弹洞穿的大腿，创口汩汩冒出的鲜血，从他的指缝间渗出，染红了裤子，他弯着腰，踉跄了两步，最终却挨不住剧痛，低低地呻吟了一声，身子一歪坐倒在地，后背正撞在张小玲的病床上。

吕威这时才认出，倒在枪口下的是刚才用手铐铐住黑脸汉子的那个警察，他知道自己闯了大祸，但兽性的大脑面对自己犯下的错误只会更加丧失理性，于是他双眼红得像被激怒的斗牛，上前几步，把枪口对准丰奇的头，再一次扣动了扳机。

望着黑洞洞的枪口，最后一瞬间，丰奇的眼前浮现出田颖那姣好的面容。

8

"轰"！

留观一病房的地面，不，整个急诊大厅的地面，都像八级强震般猛地震动了一下：医用器材放置架、架子上的多功能参数仪和呼吸机、移动急救车、病床，甚至躺在病床上的每一个患儿，都随着这无比剧烈的强震，弹跳了起来，再一次落下时，无不偏离了原先的位置。

也许只有半秒钟——甚至连半秒钟都不到，吕威感到自己那一向引以为豪的狗熊一样健壮的身体，突然飞了起来！

怎么飞起来的？他根本搞不清，只觉得自己像草团一样被轻松挑起，撩到半空，视线与倒吊在天花板上的那根银灰色矩形管道一擦而过，然后狠狠砸到了地上！

几乎引起八级地震的这一砸，砸断了他的每一个关节、砸裂了他的每一根骨头，他从头到脚、从内到外都剧痛无比，五脏六腑被粉碎机搅过似的一团稀烂，从尿道和肛门挤出了腥臊恶臭的液体和半固体，嘴里像引爆了一颗手雷，满口的牙齿不知道被撞断了多少颗,被咬断的舌头涌出血来,喷薄而出的腥气几乎要把他的天灵盖顶裂开!

昏死过去之前,吕威看见的最后一幕景象,是一个穿着保洁服的老头慢慢地弯下腰,从地上捡起那把掉落的手枪,走过来,蹲在他的面前,沉思了片刻,轻轻地叹了口气。

第三章　迷城

你连得我三城多侥幸，贪而无厌又夺我西城。
诸葛亮在敌楼把驾等，等候你到此谈呢、谈谈心。

1

没有——整个留观一病房里的所有人：医生、护士、患儿、患儿家长，看守张小玲的那个鼍狗，以及腿部受伤坐在地上的丰奇，没有一个看清楚到底发生了什么事。

当吕威再一次把枪口对准丰奇并扣动扳机的一瞬，他们不约而同地闭上了眼睛，然后就听到轰隆隆一声巨响，病房里像山倒了一样，地板狠狠一震，每个人都觉得脚下站立不稳，几乎要弹跳起来似的。当他们睁开眼时，吕威那公牛般强壮的身躯已经像一摊烂泥似的趴在地上，不能动弹的手脚微微抽搐着，嗓子眼儿里发出痛苦的呻吟，一张一合的嘴巴，一下一下地往外喷着鲜红的血沫子。

保洁员老张走上前去，弯腰捡起了那把掉在地上的手枪，然后蹲在吕威的面前，有人听到了他轻轻的叹气声。

这时周芸已经冲到丰奇的跟前，蹲下身，用剪刀剪开裤腿，看了看他大腿上汩汩冒血的伤口，发现是子弹射穿了股动脉导致的，马上喊大楠:"纱布和弹力带!"

大楠赶紧把移动抢救车拉了过来，从右侧的挂筐里拿出白色方形纱布和嵌着红蓝两线的弹力带，撕开包装袋递给周芸。按照程序，纱布按压止血应该一层一层来，如果一层止不住再压一层，但看丰奇的伤口出血情况实在严重，周芸直接压了三层纱布，然后把弹力带一圈一圈缠绕在上面，但喷涌的血水很快就把纱布浸透了，丰奇的脸色也从煞白变成了惨白，仿佛生命的色泽正在一点点褪去，撑在地上的两条胳膊哆嗦着，越来越没有气力。

周芸急了，又喊大楠:"止血带，止血带!"

大楠疯了一样一层一层拉开移动抢救车寻找止血带：一层的地塞米松、阿托品、地西泮、盐酸利卡多因注射液、注射器，二层的手电筒、人工鼻、血压计、血氧探头，三层的气管插管、鼻氧管和各种型号的喉镜，最下面一层的气囊和氧气袋……她把移动抢救车哗啦哗啦翻得乱七八糟，那些被翻出而没有收回去的东西卡住了入口，导致一层一层犬牙交错着，好像一张张再也无法闭合的嘴巴。

见大楠怎么都找不到止血带，周芸急了，跳起来把移动急救车乒铃乓啷又翻了一遍。股动脉是身体的大动脉，血流猛急，一旦出血量超过全身的三分之一，人就会有生命危险，这是分秒必争的时刻！该死的止血带在哪儿？在哪儿？哪怕是测血压时勒紧胳膊的橡胶管也行啊！怎么就找不到呢？！不知不觉间，她的眼角溢出了泪水，跟从额头流下的汗水掺在一起，辣得脸上一阵刺痛，可是她顾不得擦一把，还在绝望地翻腾着。

这时老张走到丰奇面前，蹲下身子，伸手在他的后腰一探，把束缚在皮带上的黑色警用急救包解了下来，拉开拉链，从最大的一个格子里掏出了蓝色橡胶止血带，左手拇指、食指、中指夹住止血带的头端，另一只手拉紧止血带，压在伤口上方动脉压迫点的表面一层一层地裹缠了起来，到止血带末端露出来的时候，他先将末端塞在左手食指和中指之间，与头端拉紧打结，然后问周芸："有笔没有？"

周芸的白大褂的衣兜里总是别着一根碳素笔，但一摸索才发现，慌乱中不知丢到哪里去了。

一旁的大楠赶紧说："我去找。"

老张右手一伸，径直从移动抢救车的三层拿出新生儿喉镜。周芸大惑不解地望着他，不知道股动脉止血用喉镜做什么，却见他把新生儿喉镜纤细的圆柱形金属防滑手柄拆了下来，穿进止血带打结的下面，旋转、绞紧、固定——周芸这才恍然大悟，原来他是用喉镜手柄代替碳素笔做了绞棒，以彻底束紧止血带，阻断动脉的血流。

做完这些，大楠找到了碳素笔，以为用不上了，谁知老张把笔要了过来，打开笔帽，望了望对面墙上的圆形挂钟，在止血带上写下时间，对丰奇说："每四十分钟松解一次，松解前用力按压伤口防止出血，每次一分钟，然后再绞紧固定。"

这是为了使受束缚的远侧组织暂时恢复血液供应，避免因长期缺血而坏死，也不至于因为松解时间太长而失血过多。

丰奇点了点头。

"把警务室的钥匙给我。"老张说。

"在我裤兜里。"丰奇有气无力地说。

老张从他的裤兜里掏出警务室的钥匙，然后站起身，走到吕威的身边，一拎他的脖领子，像拖着装满落叶的编织袋一样，轻轻松松地将这个壮硕如牛的家伙拖出了病房，急诊大厅外面围观的人们自动让出了一条通路，就连那些从诊室跑出来的不良少年,也没有一个人敢上前半步。平时他们追随着吕威打打杀杀,无恶不作,现在却都呆立原地,塌着胸、缩着脖,眼巴巴地看着他们团伙最野蛮、最凶悍的打手就这么被拖出了急诊大厅。

只有丰奇一个人注意到,老张离开病房前,顺手从手推式清洁车最下面一层的抽屉里拿走了一张砂纸。

站在病房的角落里呆若木鸡的鼍狗打了个冷战,急匆匆地冲了出去。

结了冻似的病房里,很长一段时间鸦雀无声,最后是蔡文欣打破了寂静,她捂着心口走到周芸的身边:"我的天啊,你们医院做保洁的,都是这个水平吗?"

周芸望着她,满眼都是茫然。

2

大约两年前吧,早春的一个下午,周芸正坐在二层自己的办公室里,望着窗外返了青的杨树枝丫出神,办公桌上的电话响了,拿起来一听,是高副院长打过来的:"小周,前一阵子你跟人事科说急诊大厅要添个做保洁的,我给你找了一个,一会儿就到你那儿报到去啊。"

整个儿童医院,要说卫生条件最差的大概就是急诊科了。儿童生病多半是因为管不住嘴,所以到急诊大厅就诊的孩子们,不是吐就是泻再不就是上吐下泻,甭管买多少垃圾桶,要不了多久就被卫生纸、消毒巾、尿不湿和各种医疗垃圾塞得满满的,骚臭熏天,不及时清理溢得都要冒出来;还有就是急诊的人流量大,地板的磨损情况远比其他科室严重,看上去就跟用黑砂纸打了一层磨砂似的;再加上那些散发营养品小广告的不容易进门诊区,但出入设在一楼的急诊大厅却相对便利,所以地上墙上到处都是他们张贴的"牛皮癣"。从整体上看,急诊大厅哪儿哪儿都显得黑黢黢、脏兮兮的,保洁人员勤快还是偷懒,对这种情况都没有太大改变,于是很多人就选择偷懒了,反正再怎么努力,工资还是那一千来块钱。可周芸从预防院感的角度,对急诊大厅的卫生条件又要求得相当高,这就导致保洁工换了一茬又一茬,每次她去找人事科要人的时候,人事科长都半开玩笑地说:"别的医院急诊都耗材,你这儿可好,不光耗材还耗人啊!"

最近一次她又因为保洁工辞职,在早交班会上请人事科想办法,科长叹着气说:"我给你找找吧……不过你也适当把卫生要求放宽松点儿,不然就算给你搬座石狮子过去,也待不长的。"

周芸一瞪眼:"那可不行,万一因为保洁不到位发生院感,算你的还是算我的?"

主持会议的高副院长打圆场:"这样吧,小周,我有个亲戚,退休后一直想找点儿活儿干,就让他到你们那儿去吧。"

周芸心想,高副院长八成是搪塞自己,哪个当领导的会让亲戚做这种又脏又累还挣钱少的活儿,所以也没放在心上,没想到今天他还真把人给派来了。

撂下电话没多久,响起了敲门声。周芸说了声"请进",门开了,走进来一位老人。周芸看他的第一眼,有点儿拿不准他的年岁:中等个子,身材不胖不瘦,上穿一件翻领上起了毛边的灰色旧夹克,夹克的下摆长得过了膝盖,下套一条布满褶皱的军绿色裤子,脚蹬一双发黄的白球鞋。他的面目清癯,白净的脸上并没有几道皱纹,两道剑眉收敛地耷拉着,一双眼睛里放射出柔和而安详的光芒,紧闭的嘴唇红润而饱满,一圈短促的胡茬子显得十分沧桑。单单从面貌上看,说他五十岁或四十岁都可以,唯一能证明他的苍老的，只是两鬓斑斑点点的白发，仿佛落了雪一直没有化似的。

"年轻时或许是个很端正的人呢。"周芸想。

既然是高副院长介绍的人，周芸就不好直接把他打发到巩绒那里去报到和分配工作，请他在沙发上坐，他却没有坐，还是那么站着，窗外的阳光洒进来，照在他身上，一半明亮一半昏暗的。周芸给他讲了讲工作要求和薪资待遇，他不停地点着头。等周芸问起他的个人情况时，他只说自己姓张，以前是当教师的，单身一人，无儿无女，无牵无挂，退休后闲不住，想找点儿活干，就投奔了高副院长。他一口标准的普通话，吐字清晰，但声音很低。周芸觉得这是个心地善良的老人，就让他去一层找巩绒了。

第二天，老张穿上保洁员的衣服，开始了工作。

说来奇怪，对于在急诊大厅里工作的每一个人，不管是医生、护士、护工还是保安，周芸都熟悉他们的性格，了解他们的悲喜忧欢，知道他们背后有着或有过怎样的经历——每一个人，无论看起来多么平凡和普通，都有可以下酒的故事，区别只在于一盅酒还是一瓶酒可以讲完，但两年的时间里，对于老张，她不但完全不了解这个人，甚至经常把他彻底忘在脑后，仿佛他根本不存在一样。硬要说起来，他打扫卫生还行，不算勤快，但也绝不偷懒，重要的是在钱上不怎么计较，所以才待得住。他的手脚干净，从来不偷东西，也不捡快递盒、易拉罐、矿泉水瓶什么的卖废品，所以那些爱占小便宜的护工特别喜欢他。就像其他保洁人员一样，他跟保安、护工和传达室这个阶层的人关系不错，但也没有走得多么近，至多也就是跟王酒糟下下棋什么的，还是输多赢少，所以王酒糟没事儿就找他下棋，花园里经常见到又赢了一盘的王酒糟眉飞色舞，而输了的他嘴角挂着淡淡的微笑。他不抽烟也不喝酒，平常话很少，走路很慢，喜欢贴着边儿，偶尔遇上家长因为孩子的病迁延难愈心情不好，不小心撞上他，大发雷霆甚至挥以老拳的，他也从来不跟人家争执，只是默默地走开。

有两点，大概是老张跟其他保洁人员不大一样的地方，第一是他的个人卫生总是做得很好，每天脸洗得特别干净，指甲里从来不见星点儿泥垢，只是不知道为什么，似乎不大喜欢刮胡子，也许有一次巩绒的玩笑话是对的，"老张一刮胡子，没准儿是咱们医院最帅的"；第二是他没有住在医院给服务人员安排的集体宿舍里，而是单独在院外租了个房子，谁也没到他家去过，谁也不知道那房子究竟在哪里。

对了，有件事，是两年之中，唯一发生在老张身上并给周芸留下了深刻印象的。

大约就在老张参加工作后不久，北京市公安局的首席女法医蕾蓉来到平州市公安局做报告，因为在急诊工作中，经常遇到家庭暴力导致的儿童伤害，所以周芸想了解一下怎样区分和鉴定伤情，在司法程序上如何正确处置这类事情，便托关系也进到报告厅里面，听了蕾蓉的讲座，并在会后跟她请教了几个问题。对蕾蓉的业务能力和专业素养，周芸感到无比钦佩。但那天晚上下班后，当她来到平州市最好的一家饭店参加同学聚会时，惊讶地看到蕾蓉正坐在一个角落里跟人吃饭，与她对面而坐的正是老张。虽然只看了他们一眼，但周芸却觉得留着齐耳短发的蕾蓉，神情全不似上午讲座时那么洒脱干练，凝望着老张的目光凄恻而哀伤，反倒是老张神色平和而欣悦，坐在人声鼎沸、交杯换盏的饭厅里，仿佛在一叶扁舟上遇见了他乡故知。

回家的路上，周芸一直在想，这两个社会地位悬殊的人，到底是什么关系：远亲？老同学？旧同事？看年龄差距总不能是恋人或夫妻吧……想了半天也没想明白，索性不想了。

儿童医院有一条不为外人所知的规则，就是严防极个别工作人员趁着孩子生病，以治疗和看护的借口猥亵，这样的案件在过去虽然极少发生，可一旦发生社会影响就特别坏。老张刚来那会儿，周芸特地叮嘱巩绒注意他点儿，后来发现，此人在这方面无可挑剔，他只做好自己的工作，无论对哪个患儿，无论他们病情轻重，只要家长不主动要求，他从来不会多伸一个小手指帮忙。周芸觉得大概是他天性冷漠或胆小，不愿多管闲事，但有一次，一个双眼被继母用改锥戳瞎的孩子，做了眼球摘除手术后醒了过来，双手抓住正在旁边扫地的老张的衣服大声喊疼，老张就那么站着一动不动，直到护士们赶来给孩子注射了一针镇静剂，他松开手昏昏睡去，老张才慢慢地走开。看到这一幕的周芸确认了自己最初的判断：这是个心地善良的老人，这也正是后来高副院长要她挑选几个可靠的人协助看护PICU里的那些孩子的时候，她主动推荐了老张的原因。她记得当时高副院长犹豫了一下，但还是同意了。

可是现在，在目睹了吕威被瞬间制服，丰奇被迅速救治之后，面对蔡文欣的提问，她完全不知道该怎样回答了。她第一次感到，对一个一起工作了两年的人，竟是如此的陌生。他是好是坏？是善是恶？是吉是凶？是人是鬼？一切都像笼罩在弥漫的大雾里，连轮廓都辨别不清，这令她浑身发冷，毛骨悚然。

3

听到枪声的一刻，坐在急诊科办公室里的雷磊身子像弹簧似的一挺。猩猩正要拉开门出去查看发生了什么事，他尖叫了一声"不要开门"，大概是他从自己颤抖的声音里听出了惊慌失措，赶紧掩饰地对猩猩说："不要贸然涉险。"

猩猩点了点头，就在门口站定。

直到一切嘈杂的声音都平静了下来，雷磊才缓缓地拉开了门，看见急诊大厅里的好多人聚集在留观一病房的门口，议论着什么，那些原本在"看病"的不良少年也都从诊室里出来了，三三两两地分散站立，目光茫然，不知所措。有个梳着中分头的小流氓正在哭哭啼啼。忽然，所有人都像被劈开的竹子一样自动分成两列，雷磊定睛一看，竟是那个不知道叫什么名字的保洁老头走了回来，从他们让出的道路中走进了留观一病房，在他身后不远处，跟着神情仓皇的鬣狗。

雷磊招呼鬣狗过来，问他到底出了什么事，鬣狗用嘶哑的声音把经过一说，雷磊也目瞪口呆。

"你是说，你都没看清保洁老头怎么出的手，那个流氓就已经被干趴下了？"猩猩吃惊地问。

鬣狗"嗯"了一声，他和猩猩都是退伍军人，擒拿格斗样样在行，雷磊也正是看中了他们的好身手，才把他们提拔到了自己的身边。

"你他妈的不会是武侠小说看多了吧？"猩猩完全不能相信。

"不是武侠小说，他用的应该是非常专业的近身搏击术——最关键的是，人家办完了事儿，大气儿都没有多喘一口。"

行动之后是否剧烈喘息，是衡量一个人体能的重要标志。猩猩瞪圆了眼睛，有些不服气："等会儿我逮个机会跟他试吧试吧！"

"你拉倒吧！"鬣狗龇着脏黄的牙齿说，"如果我没猜错，那老头以前不是特警就是特种兵，咱们俩绑在一起都未必是他的对手。"

猩猩一下子变成了哑巴。

"有点儿意思。"雷磊搓着尖尖的下巴冷笑道，"没想到这么个地界儿还能卧虎藏龙，今晚这出戏越来越好看了。"

他沉思了片刻，问鬣狗："然后你跟着他出去了？"

鬣狗点了点头："我实在是对那老头太好奇了，想看看他到底怎么处理那流氓，不瞒你说，我都担心他直接拿把刀三下五除二给那流氓片成羊肉片，结果他只是把那流氓扔进警务室里，没待多会儿，就锁上门出来了。"

雷磊追了一句："你确认门锁好了吗？"

"确认，警务室的门是不锈钢防盗门，非常结实，何况现在那个流氓被摔得骨头架子都散了，给他个拐杖他都挪不出去。"

"涉枪案件是重大刑事案件，既然罪犯被抓住了，绝不能让他跑了。"雷磊说，"至于那个保洁老头——"

"干脆，直接把那老头叫过来，手铐一铐锁在暖气上，问问他到底什么来头！"猩猩揉着有点儿歪的大鼻头说，这是他当兵时跟战友打架的结果，鼻骨骨折并且没有矫正成功，从此就总是这么歪歪着，看上去平添了几分凶悍之气。

"不要轻举妄动。"雷磊把头转向鬣狗，"你去，把周主任请过来。"

那个"请"字他特意说得很重。

鬣狗来到留观一病房，只见周芸正在指挥大家收拾被搞得乱七八糟、遍地狼藉的屋子：蔡文欣检查每个患儿的状态是否良好；大楠帮李德洋止住了鼻血，又给他被吕威打伤的几个地方涂了药膏，周芸问李德洋要不要休息一会儿，他摇摇头，一瘸一拐地回诊室继续工作去了,神色比之前更多了几分怆然;老张和王喜扶起倒在地上的输液架,把撞歪了的病床复位,但人们看老张的目光明显跟此前不同,有些好奇,又有些战战兢兢的样子;周芸把丰奇扶在一张椅子上坐好,看他的血已经被止住了,脸上露出欣慰的笑容。

鬣狗走到周芸的身边,十分客气地说:"周主任,雷主任请您过去急诊科办公室一趟。"

周芸冷冷地说:"没看见我在忙吗?"

鬣狗一时之间不知该怎么办才好了。

就在这时,丰奇在周芸的耳边低语了几句,令她神情一凛,接着她平静地对鬣狗说:"走吧。"

出了门才发现,也许是枪击事件造成的惊吓,急诊大厅里那些原本簇拥着给孩子挂号、不达目的誓不罢休的家长走了不少,而那二三十个不良少年能溜的都溜了,只剩下黎炎带着那群医闹像光拔高不吐穗的玉米,傻呆呆站在原地不知所措,所以现在的急诊大厅比刚才空了许多。因为一句话惹下大祸的孙菲儿,已经能够神色平静、条理清晰地给新来的患儿分诊了。这让周芸心安了许多。

一进急诊科办公室,雷磊笑容可掬地迎上前来道:"周主任,抱歉,因为职责所限,刚才发生了很多事,我都不好贸然相助,还请您见谅。"

刚才发生的很多事,桩桩件件都与治安有关,倘若说到职责,恐怕雷磊这个综治办主任哪一个也躲不过去,偏偏他成功地躲开了每一件事,现在居然还大言不惭地说什么"职责所限"。周芸又好气又好笑:"雷主任,接触时间虽然不长,但彼此是什么人,咱们心里都有数,我是医生,不是政客,不喜欢搞那些虚头八脑的东西，有什么事你尽管说，能帮上忙的我一定会帮，帮不上忙的你也别怨我，只希望雷主任不要总认为我是刻意与你为敌就好。"

最后这句，是回应不久前雷磊在医疗综合楼门口对她发出的威胁的。雷磊尴尬地笑了笑："周主任，请不要误会，我今天来到这里，纯粹是为了调查思乐培训长宁校区集体中毒事件的，不管您出于什么理由放走陈少玲，如果换位思考一下，相信您一定能够理解我的感受——这个先放在一边吧。现在医院里出了枪击案，想必您也知道，涉枪犯罪在我国属于重大刑事案件，虽然凶徒已经被捕，但我必须调查清楚前后经过，不然明天早晨给上面的报告都不知道该怎样落笔。"

周芸看了他一眼，在椅子上坐下，把自己看到的事情经过原原本本地讲了一遍。

"那么，包括那个流氓在内，今天晚上这么大一群不良少年涌入医院来'看病'，您知道是什么原因吗？"

"完全不清楚。"周芸说，"情况确实反常，大部分人不知道儿童医院就诊年龄的上限是十八岁，所以平常连上初中的患者都很少见，更别说呼啦啦一下子来这么多半大小子了。不过，你也看到了，今晚的事情一件连着一件，按下葫芦起了瓢的，我应对都吃力，根本没空儿细琢磨。"

雷磊想了想，对鬣狗说："你去把外面正在哭的那个梳中分的小流氓带进来。"

小流氓一进屋子，就自觉地在墙边蹲下了，雷磊一笑："年纪不大，路数挺熟嘛，看来没少在派出所进进出出，那我就直说了，你们这帮人今天晚上跑到医院来做什么？"

"来医院还能干啥，看病啊！"小流氓脸上还挂着泪痕，嘴巴却已经硬上了。

"二三十个人一起看病？"

"那没办法，赶巧了，二三十个人一起生病。"小流氓支棱着眼皮，用吊起的眼梢瞥着他说。

雷磊朝猩猩使了个眼色，猩猩上前，伸出铁钳子一样的大手，一把抓住小流氓的头发，将他从地上拔了起来，喊了声"操你妈的"，抡圆了一记大耳光！"啪"的一声打在小流氓的左脸上，又回手在他的右脸上狠狠抽了一下。小流氓的脸顿时烙上两个鲜红的巴掌印，口里吐出了一口血，然后哇哇大哭起来。

周芸上前要拦，雷磊把胳膊一横，挡住了她，然后轻轻说了一句："哭就再打。"

仿佛被剪了一刀似的，小流氓顿时不哭了，只是眼泪像断了线的珠子一样滚落面颊，因为强忍着的哭声还在嘴里含着，所以发出一种好像咳嗽的呜咽声。

"说吧，今天晚上你们这群人跑到医院里面来做什么？"

不知道是因为脸被打肿了，还是舌头被打僵了，小流氓呜噜了半天才说："我们在做直播……"

雷磊吓了一跳，从椅子上跳了起来，刚刚打这小流氓的情形若是被直播了出去，非捅出大娄子不可，他紧张地问："直播的摄像头在哪儿？"

"有个叫'拉菲'的，负责用手机拍摄，刚才我哥一开枪，拉菲就溜了，不知道跑哪儿去了。"

雷磊这才松了一口气，重新坐回到椅子上："你说刚才那一枪是你哥开的？亲哥吗？"

"对，我亲哥，叫吕威。"

"枪打哪儿来的？"

"我也不知道他从哪儿搞来的，好像是上个月在黑市上买的，他经常拿那把枪吓唬别人，但从来没有真的开过。"

"那刚才怎么开了？"

"我也不知道啊，这根本不在计划里……"

"计划？什么计划？"

"就是做直播的计划啊。"小流氓说，"卓总说只要给医生泼脏水的，最容易吸粉，增加点击率和打赏量，所以今晚让我们趁着急诊最忙的时候过来捣乱，先假装生病，把真有病的孩子挤走，把医生们搞烦，最好能跟我们动手打起来，才有看点。如果他们都忍了，老老实实给我们看病开药，我们最后就集合到急诊大厅跳'达拉崩吧'，证明我们屁事儿没有，医生纯粹是为了挣钱才胡看病乱开药，把他们彻底搞臭。"

"卓总是谁？"雷磊刚刚发问，鬣狗就伏到他的耳边低语了几句。雷磊听完，对那小流氓说："本来是下三烂的勾当，怎么最后差点儿闹出人命来？"

"所以才说根本不在计划里。"小流氓说，"本来让'床破姐'抱着她的孩子当道具，来给医生看看，没想到有个医生真的看出病来了，还说'床破姐'吸毒，然后我哥就急了，追着那医生打，后来不知怎么的就开了枪……"

雷磊又听糊涂了："'床破姐'又是谁？"

"她是我们一伙儿的，除了磕粉就是上床，搞出孩子来都不知道孩子他爸是谁，据说有一次她跟好几个人一起玩儿，搞得太猛，把床搞破烂了，所以有人就给她起了个外号叫'床破姐'。"

雷磊一副吃了鸡屎的表情，吩咐两个手下道："你们带他出去，把那个什么卓总、'床破姐'之类的，都带进来！"

出去转了一圈，回来的时候，小流氓哭丧着脸说："他们都跑了，不知跑到哪儿去了……"

鬣狗朝雷磊轻轻把头一点，意思是小流氓没说假话，雷磊只好对他说："那好吧，你可以走了。"

小流氓眨巴着眼睛："那我哥咋办啊？我带他一起走吧。"

"想什么呢你？"雷磊说，"他非法持有枪支，又开枪袭警，哪一条都够判的了！"

"不可能。"小流氓急了眼，"我哥不到十八岁，我们都是未成年人，国家保护我们的！"

雷磊终于知道吕威为什么敢开枪了。确实，按照我国刑法，对未成年人涉枪犯罪的惩处要轻得多，他摆了摆手，把那小流氓轰了出去。

一直沉默的周芸这才开了腔："雷主任，我觉得事情不会这么简单，为了直播吸睛，一群不良少年来医院急诊胡闹一通，且不说这个'噱头'有多少人爱看，有多少人打赏，单说他们采用这种方式让医生出洋相，难道你不觉得太儿戏了吗？听起来像是那个姓卓的编出来哄骗这班无知少年的蹩脚借口，绝不是其真实目的。何况后来的开枪伤人，不仅不在那伙人的计划之列，而且使事态严重升级，这里面恐怕有着其他什么不可告人的东西吧！"

雷磊想了想说："不管这伙人的真实目的是什么，其中最严重的肇事者已经被捕，回头再慢慢审吧，眼下有件事，倒是更需要抓紧办——周主任，你们那位保洁员，到底是什么来头？"

这个问题，周芸到现在也一头雾水，因为她还没顾得上找老张详细了解，只好从高副院长以亲戚之名把此人介绍来医院工作讲起，把这两年多来的情况大致说了一遍。

雷磊听完更加惊讶了："你的意思是说，两年的时间里，他从来就没有表现出会一点儿搏击技术和急救技术？"

"是的。"周芸说，"除了打扫卫生，他从来没有表现出他学习过任何其他的职业技能。"

"奇了，奇了……"雷磊的嘴角向一侧咧了一下，"也不知道是敌是友。"

"是敌是友"这四个字，让周芸的心里一沉，因为就在刚才，丰奇也说到了这四个字，只是含义更为复杂。

"主任，现在这里的情况非常复杂，也不知道是敌是友。"当鬣狗来到留观一病房叫她去急诊科办公室时，丰奇在她的耳边低语道。

"你是说——"

"那伙流氓、老张——还有雷磊。"丰奇说。

周芸吃惊地看着丰奇。虽然她并不清楚丰奇和田颖这一个月来执行的任务具体内容是什么，但大致知道是保护PICU里面的那群孩子，从这个意义上说，任何突如其来并存在暴力威胁的外来者，都有可能是潜在的敌人。吕威那一伙儿就不用说了，而雷磊——她这才意识到：不管雷磊的官职是什么，对于丰奇执行的任务而言，他同样是一个身份叵测的对象，更让她惊诧的是，老张刚刚救过丰奇的命，可是丰奇同样在第一时间将他锁定为需要高度警惕和提防的目标。当然，丰奇这样做是理性的，也是正确的，可周芸的心中难免五味杂陈。

丰奇把声音压得更低："那把枪，现在在老张那儿，不能落到雷磊的手里，拖延时间，我来想办法。"

周芸明白了，丰奇的意思是说，无论枪在老张手里还是在雷磊手里，都是不安全的。从法理上讲，雷磊跟老张要枪，老张必须交出，否则可以凭借人数上的优势加以胁迫，所以丰奇必须提前一步把枪拿到手。可他眼下伤势严重，直接跟老张要，老张如果不给，"来硬的"是万万不行的——别说此刻，就是他没受伤的时候也未必是对手……周芸知道，自己眼下唯一能配合丰奇的，就是"拖延时间"四个字了，这才跟着鬣狗来到急诊科办公室。

现在，雷磊终于把话题转到老张身上了，而且早晚会提到那把枪，也不知过了这么久，丰奇想出什么"办法"了没有。

果然，雷磊接下来一句就是："不管是敌是友，那把枪不能搁在他的手里。周主任，麻烦您把他叫到这里来一下。"

周芸无奈地站起身，往门外走，鬣狗跟在她的后面。

走进留观一病房，她看了一眼丰奇，丰奇的脸色十分晦暗，她不知道出了什么事，只好对着正在扫地的老张说："你跟我来一下。"

4

在大楠注射了一针止痛针以后，丰奇腿上的伤口没那么疼了，他开始思考应该怎样把那支枪从老张的手里要回来……一个月来，每天老张都要进到 PICU 里面打扫卫生，因为这个老人实在沉默寡言，所以他和田颖并没有跟他说过几句话，甚至都没有正眼看过他的相貌，唯一一次留下点儿印象的，是老张正在旁边拖地时，田颖说起了扫鼠岭的案子，老张抬起头，看了看正围在桌子边认真画画的孩子们，就又闷着头做自己的活计了。

如果老张真的是一个潜在的"杀手"，那么在这么长的时间里，他有的是机会对孩子们下手，不必非要等到今天，这么一想，丰奇稍微宽心了一些，但安保工作的要则是"怀疑一切"，所以对老张还不能解除戒备，尤其是在知道他怀有可怖的身手之后，因此那把枪，是一定要拿回来的，问题是用什么办法……想来想去，他觉得只能冒险用一下田颖了。

他看了看留观一病房，老张不知什么时候出去了，于是拿出手机拨打田颖的电话，打了半天也打不通（医院的重症监护室为了防止手机电磁波干扰医疗设备的工作，在建设和装修中都会使用屏蔽材料），正不知道该怎么办才好，田颖用PICU的座机给他打过来了。

一接通，是急得快要哭出来的口吻："丰奇，你那边到底出了什么事？"

丰奇把经过大致讲了一遍，为了不让她担心，特地把伤势往轻了说，饶是如此，田颖还是执意要下楼看他。

"不行！"丰奇严厉地说，"你忘了咱们执行的是什么任务？怎么能把孩子们独自留在PICU！"

田颖沉默了，电话里渐渐响起了抽泣声，还有苗小芹轻轻的呼唤"田阿姨你怎么哭了"。

丰奇的心里顿时充满愧疚，可眼下不是儿女情长的时候，他说："田颖你别哭，我有非常重要的话要对你说。"

田颖慢慢停止了抽泣："你说吧。"

"我刚才跟你讲了，那把手枪被老张捡走了，这个人一出手就知道警用急救包在哪儿，证明他很可能从事过警务或相关工作，但他现在的面目和根底是什么，我们完全不了解，所以枪在他的手里是非常危险的。而雷磊，我估计也惦记上了那把枪，如果他跟老张要，老张不能不给，这不行！我们得抢先一步把枪拿回来！"

"可是——"

"你别打断我，先听我说。"丰奇说，"而且，我想来想去，我不方便直接跟老张要枪,一来他如果不给我,我毫无办法,二来我受了伤,身上带着两支枪,万一有个闪失,等于给敌人送军火,所以,还是你保管那支枪比较方便。"

"可是——"

"我说了你别打断我!"丰奇一下子火了,声音猛地拔高了八度,病房里正在忙碌的人们齐刷刷地把视线投向了他,他赶紧压低了声音说,"对不起,我有些着急了,这是一件非常危险的事情,半点儿差错都不能出。这样,你先把孩子们集合到一个安全的房间,然后给老张打个电话,就说苗小芹晚饭吃多了,消化不良,刚才吐了一地,让他马上上楼收拾一下。等他进到PICU里面,就让他立刻把手枪放在门口的那张桌子上,然后离开。全程你要选择在一个有掩护的地方,并把手枪保险打开,枪口对准他,如果他有任何异常的举动,马上开枪,不要有丝毫的犹豫!"

电话那边,田颖没有出声,丰奇有些焦急:"听见了没有?你倒是给个话啊!"

"听见啦!"田颖拖了长音,"可是——老张已经把那支枪给我了啊。"

"啊?"丰奇大吃一惊,"你怎么不早说。"

"我一直想跟你说,你一直不让我打断你啊。"田颖说,"一把六四式手枪,没错吧?枪号被磨掉了,从弹匣情况看,击发过一枚子弹,其他子弹还在。"

"他什么时候送上去的?"

"就在我给你打电话之前啊,他还说是你让他交给我的。"

丰奇放下手机,一时间眼前竟有些恍惚。这时,老张回到了留观一病房,继续打扫卫生,一举一动都那么平常和自然。丰奇望着他,想起田颖那句"他还说是你让他交给我的",越发觉得此人好像一台CT机,早就把自己大脑里的所思所想照了个透亮,所以才先行一步,将手枪送了上去。这种被人窥破心机的感觉实在是太糟糕了,以至于他呼吸的每一口空气都带着丝丝寒意。

周芸进了病房,叫老张跟她来一下,老张放下扫帚,与她一起走进急诊科办公室。他刚刚在雷磊面前站定,猩猩和鬣狗就从左边和后面围拢了过来,但老张却神色如常,仿佛根本就没有看到这两个人似的。

雷磊坐在一张椅子上,凝视着老张。他的后背靠着椅背,摆出一副闲逸而舒适的姿态,虽然是从下往上看的,却刻意让目光含有一丝嘲讽和不屑,形成居高临下的蔑视感;而老张望着他的目光则平静得好像深不可测的古潭,能无声无息地把一切激射而来的箭镞吸收并沉入潭底……半分钟以后,这场无声的交手分出了胜负,雷磊转动了一下僵硬得发疼的脖子,颈椎上传来的咯吱声是那样的晦涩。

雷磊掩饰地笑了一笑,突然抛出一句:"以前当过警察?"

屋子里的人都以为老张会断然否认或含混其词,没想到他点了点头。

雷磊的面部抽搐了一下:"应聘保洁的时候,你为什么隐瞒这段工作经历?"

"我没有隐瞒,我说了我以前是做老师的,只是我做的是警校的老师。"

"为什么离开警校?"

"正常退休。"

"谁能证明你是正常退休?"

"我有退休证。"

"证件越多，说明一个人身份越假。"雷磊冷笑一声，"报上你的警员编号。"

警员编号相当于一个警察的"身份证"，会伴随其终身，就像配枪枪号一样，只要在全国警务网络系统中输入编号，立刻可以查出一个人在警队的全部履历：个人情况、工作单位、家庭住址、升降职时间、奖励或处罚，等等。

见老张沉默不语，雷磊加重了口吻："报上你的警员编号！"

老张望着他，慢慢地说："你又不是我的领导——就算你是我的领导，我已经退休了，你也管不到我吧。"

雷磊狞笑道："你搞清楚，我问你的警员编号，不是老干部处给退休人员发放慰问品，而是怀疑你涉嫌非法持有枪支，正在审问你，你必须回答！"

"你凭什么审问我？"

"我是平州市综合治安办公室主任，今晚代管旧区的警务工作，所以问你什么你就老老实实回答什么！"

"我怎么非法持有枪支了？"

"还嘴硬！那个袭警的吕威，他的手枪是不是在你手里？"

"你说那把手枪啊，我已经交给警方了。"

雷磊一愣："你交给谁了？"然后突然醒悟过来，以为他是交给丰奇了，不由得勃然大怒，把桌子狠狠一拍："谁让你把枪交给他的？！"

老张淡淡一笑："我不交，岂不是就涉嫌非法持有枪支了吗？"

雷磊这才醒悟，自己一不留神，被他一路拐带着跳进了自己亲手挖的坑里，不由得气急败坏。鬣狗和猩猩见他脸孔扭曲的样子,掏出手铐,要把老张铐起来——

然而就在这时,周芸的手机响了,虽然铃声并没有比往常急促,但不知道为什么,屋子里的每个人都产生了一种异样的感觉。

周芸接听后,不由自主地看了雷磊一眼,然后把头偏到一边。一开始她只是听,并没有说什么,突然"啊"了一声,本来就惨白的脸色变得更加难看。

"出什么事了?"雷磊问。

"陈少玲打来的,她说在海马儿童游泳馆发现了大量氯气中毒、奄奄一息的孩子……"

"什么?!"除了老张,其他几个人都迅速围到了周芸的身边。

周芸知道这个时候不仅不能再对雷磊等人隐瞒陈少玲的去向,而且必须寻求他们的帮助,便说了陈少玲接到张大山发来的微信,微信上只有一张海马儿童游泳馆照片的事情。雷磊让周芸打开免提,然后对着手机说:"陈少玲,你找到张大山没有?"

手机里传来陈少玲嘶哑的声音:"我没有看到他。"

"你马上打他的电话,给他发短信、微信,让他立刻向警方自首!"

周芸急了:"雷主任,其他的先放一放吧,当务之急是救孩子!"说完对着手机喊道:"少玲,你现在具体在什么位置?"

"我在泳池边,这里有六个孩子和一个教练,那个教练吐了一地,浑身瘫软站不起来,有四个孩子咳嗽胸痛、恶心呕吐,另外两个孩子昏迷了,一个身体轻微抽搐,另一个我已经探查不到呼吸了!"陈少玲哭喊着,电话里传来其他人痛苦的呕吐声、咳嗽声和哭声,在游泳馆静谧的背景下,被衬托和放大得格外凄厉。

不知什么时候，老张也走了过来，眯起眼睛，似乎在认真辨析着电话里的声音。

危急状态下，作为一位富有经验的急诊医生，周芸反倒冷静了下来，她放低了声音，用一种坚定的口吻说："少玲你不要高声喊叫，控制情绪，避免吸入更多的有毒气体。你告诉我周围环境是怎样的？"

"这个游泳池是在一个童玩馆的半地下一层，四周没有窗户，现在氯气的味道还是很重，十分呛人。"说着她猛烈咳嗽了几声，"我准备给那个没有呼吸的孩子做心肺复苏。"

"不要！"周芸断然阻止，"氯气中毒造成的通气障碍，多半是因为刺激了上呼吸道黏膜引发的充血和水肿，你做心肺复苏反而可能加重症状，先观察那个孩子到底是真的没有呼吸，还是仅仅因为惊吓而休克，如果疑似后者，可以尝试拍打他的肩膀来唤醒。当务之急，是马上把所有人都带出游泳池，走不动的就拖走，出去后记得把游泳池的门关上，离开和隔绝氯气环境比什么都重要！"

手机被咯噔一声放在了什么地方，接着，里面传来脚步声、磕撞声、关门声、肉体在湿地板上拖拽时的摩擦声，拍打肩膀声，还有少玲大口大口的喘息声和更加剧烈的、宛如干呕一般的咳嗽声，这说明她在拖拽中毒者的过程中，自己也吸入了不少氯气。

随着一声低低的呻吟，陈少玲又喊了起来："主任，那孩子醒了！"

"太好了，少玲，他们都只穿了游泳衣吧，那么你最好拖他们到淋浴间，用莲蓬头反复冲洗他们的身体，注意一定要用温水，这样不仅能冲掉皮肤上的有毒物质，还可以起到保暖的作用！"

想起了什么,压了一下胡来顺的手腕:"找到以后,先打我的手机。"

回到办公室,恰好陈少玲正在电话里呼唤她:"主任……我把他们都拖到淋浴间,用温水冲洗过身体了,然后扶进更衣室,用浴巾给每个人擦干并包严实了,目前看,他们的情况都没有进一步恶化,就连那两个昏迷的孩子也醒过来了,只是都在喊头晕、恶心、胸闷、咽痛什么的,接下来……我该做什么?"

周芸听出她呼吸沉重而吃力,说话也有些断断续续的,知道她也出现了中毒症状,是强忍着痛苦对其他患者展开救治的,不由得又难过又感动:"少玲,你用水洗一下脸和鼻子,漱漱口,然后找个地方坐下休息,我派胡来顺尽快过去支援你,你不需要做更多的事情,只注意那个发生过抽搐的孩子,因为这可能只是简单的精神紧张引起,但也有可能说明他的呼吸道黏膜充血和水肿比其他患者严重,要特别提防呼吸道梗阻。"

就在这时,手机显示胡来顺的电话打过来了,周芸保持少玲手机的连通状态,同时接听:"小胡,找到车了吗?"

电话里传来呼呼的风声和胡来顺的抱怨声:"找到了,不知赵跃利搞的什么鬼,把车藏在了西配楼和宿舍楼之间的那条消防通道里,黑咕隆咚的,找了半天才发现,这儿风大得简直能把人吹飞了!"

周芸马上对站在一旁的雷磊说:"雷主任,你是不是应该派个人跟胡大夫一起去游泳馆?"

雷磊一愣:"这个,有必要吗?"

"我不懂你们综治办的工作职责,但既然出了这么大的事情,不管是人为的还是事故性泄漏,你们总应该去看看吧。"周芸盯着他说,"何况,假如是人为的,那么肇事者很可能还在附近,少玲有危险就不用说了,将要派出的胡大夫也面临危险,我这是去救人可不是填人,你得派人保护他们的安全——最起码,那么多中毒者,往车上抬的时候,多个人能多把手吧。"

"可我这两个手下都不是警察啊,他们过去都只是辅警。"

周芸盯住他,尖锐的目光里透出再明确不过的意思:那你就应该亲自去。

雷磊装成没看见,对猩猩说:"你跟那个大夫去跑一趟吧。"

猩猩走后,雷磊轻轻吁了一口气,余光发现周芸望着他的目光里充满了轻蔑,不禁有些气愤,对着保持通话状态的手机喊陈少玲。片刻,陈少玲有气无力地回应了一声,雷磊厉声问道:"张大山有没有跟你再联系?"

陈少玲说没有。

"你最好想清楚再说话,现在张大山已经是两起重大刑事案件的犯罪嫌疑人了,包庇他,没你的好果子吃!"

"我说没有就没有,对不起,我很累,我要休息一会儿……"

雷磊正要继续催逼,旁边传来了一个声音:"少玲,等一下。"

雷磊望着那个截断他话的人,不由得瞪圆了眼睛。

陈少玲听那声音非常熟悉,又有些陌生:"你是谁?"

"我是老张。"

"啊!老张!"少玲颓废的精神一下子振作起来,"小玲还好吗?"

"小玲没事。"老张温和地说,"但是你还不能休息,我看了一下交通状况,胡大夫他们赶到你那里需要二三十分钟,在这段时间,你得抓紧做一件非常非常重要的事情。"

"什么事情?"

"勘查犯罪现场。"

5

  在这之前，陈少玲从来没有到过海马儿童游泳馆。
  她倒是听丈夫说起过那个地方，说是在一家童玩馆的下面，童玩馆的一层是个综合游乐设施，有室内滑梯、绳网攀爬、沙滩乐园、弹簧蹦床什么的，由于设备老化，已经很少有孩子问津，反倒是地下一层的游泳馆——虽然也破旧不堪：地面瓷砖开裂、墙根长了绿毛，淋浴间的毛巾一股子霉味儿，泳池里的水很长时间都不更换，洁水的唯一方式就是反复往水里加"消毒剂"，所以水面上竟漂浮着一层皮屑样的白色粉末——但价格便宜，颇受旧区市民的欢迎，尤其秋冬淡季，在原来的收费基础上打五折，晚上七点到九点的游泳班更是折上折，便成了一些家长给孩子报名学游泳的首选目标。为了招徕顾客，游泳馆干脆开设托管项目，家长把孩子往这儿一送就可以离开，九点再来接，晚饭都由游泳馆订，当然就是由张大山送的那些廉价盒饭。
  "我今天送餐，听见一个家长嫌海马儿童游泳馆太破，硬件啥的连新区一个幼儿园的游泳馆都不如，我就想，咱们家小玲连幼儿园都上不起呢。"有一次在医院后花园的凉椅上跟陈少玲一起吃饭时，张大山苦笑着说。
  "咱们不跟人家比，咱们过好自己的小日子，就比啥都强。"陈少玲说。
  她还记得丈夫听完这句话以后，佝偻着背脊，沉默不语，眼神充满了无奈和哀伤……在骑着电动车去往海马儿童游泳馆的路上，她一想到那不甘于命运安排的眼神，心就又痛又不安。她不相信雷磊所说的，丈夫是为了报复社会而对思乐培训长宁校区的那些孩子下毒，她知道丈夫是一个心地多么善良的人，从初中时代他们同班同学的时候她就知道——但假如是为了别的缘由呢？要知道这些年，她见过多少为生活所迫而变得面目全非的人啊！就说丈夫吧，当年那个虎背熊腰、高兴的时候嘿嘿嘿傻乐，不高兴了就呼呼地挥舞着铁锤似的大拳头，仿佛什么烦恼都能砸到地底下的张大山，早已无迹可寻，不到三十的年纪，在命运的重压之下弯腰驼背，刨花儿一样的头发竟有了丝丝缕缕的白色，烦恼还是烦恼，不但没有砸到地下，反而不知什么时候，在他的额头上刻上了一道道抬头纹。

那么，是什么缘由让他选择了一条不归的岔路呢？

不！她狠狠地一甩头！大山子绝不会做出那样的选择的，不管出于什么缘由！作为妻子，我必须无条件地相信他！就像结婚时，从北京远道而来的证婚人刘思缈说的那样："祝愿你们在未来的岁月里永远相爱与信任，无论黑夜还是白天……"

电动车"嘎吱"一声刹住了车，她才发现自己走错了路。眼前是旧区堵得严丝合缝、水泄不通的一条主干道，望不见头尾的车灯像明晃晃的铆钉一样将长龙似的车队铆合在一起，滴滴呜响的车喇叭声此起彼伏，把整个旧区吵翻了天，很多司机从车上下来，踮着脚张望前面的情况，嘴里面不停地骂骂咧咧，可半天过去，车流还是纹丝不动。更糟糕的是，拥堵的还不止这一条道路。在更远的几条街上，大量的机动车也把道路堵得犹如半个月没有排泄的肠道，不要说电动车了，就连更"瘦"一些的自行车都很难穿行过去。穿得花枝招展的情侣和晚下班的人们只能步行前往目的地，他们的穿梭无定让堵塞更加严重。

已经快到晚上八点了，就说今天是周末兼跨年夜，这拥堵也大大反常。陈少玲想了想，也许一切都是大凌河大桥上的车祸造成的连锁反应吧……

想起急诊科那些遇难的医护人员,她的心一沉。虽然她和他们的社会地位悬殊,虽然他们当中也有陈光烈那样想把小玲赶出"蓝房子"的,但说到底,他们每一个的离去,都是对这座城市本来就稀缺的儿医资源的巨大折损,何况是急诊科十分之七的精锐……

啊,眼下不是感伤的时候!

她把电动车一个掉头,赶紧向海马儿童游泳馆驶去。

游泳馆位于一条偏僻的街道上,这条小街的路边原本开了很多店铺,随着城市的商业向新区转移,店铺纷纷关停或搬迁,现在一片萧瑟。陈少玲骑着电动车,拐进了一个铁栅栏门半开着的院子。眼前是一座外表装修成动画片《熊出没》中光头强住的小木屋的童玩馆,里面一片漆黑。

她停好车,走到门口,轻轻一推,门开了。

从黑暗的深处,一股寒气扑面而来,可是比寒气更让她骨悚毛竖的,是死一样的寂静,仿佛她打开的不是一扇门,而是一根刚刚咽气的喉管。

"张大山,张大山!"她低低地叫了两声。

传回来的,只有她自己的回声。

她咬了咬牙,冲进了童玩馆,先差点被门厅的泡沫爬行垫绊了个跟头,小腿又在坐墩上磕了一下,直到腰撞在实木柜台上,她才意识到自己实在太莽撞了,赶紧打开手机电筒照明,一番探查之后,终于在一个拐角找到了通往地下一层的楼梯口。她来到那里,向下又喊了两声张大山,还是无人回应,于是侧着身子,一步一步沿着台阶,慢慢往下面走去。

手电筒投射出的椭圆形光斑,在洋灰台阶上一层一层地摩擦着,发出剥皮样的咝咝声……这瘆人的声音让陈少玲不由得停下脚步，竖起耳朵寻找来由，却一无所获。

突然，后背感觉好像有什么东西在逼近，猛一回头，手电筒的光柱无声地甩到了身后，照射出的只是她走过的那些空荡荡的台阶。

虚惊一场。

她长吁了一口气，正准备重新将身体和手中紧攥着的手机转回向下的台阶，脑海中突然浮现出恐怖片中的套路：如果在惊悚的场景中，回头没有任何发现，那么当头颅扳正时，一定会面对一张血盆大口……

这种预感让她的心陡然提到了嗓子眼儿！

她缓慢而僵硬地扭转了身体，微微眯缝的眼睛，做好了看这世界最后一眼的准备——

然而，手机电筒光芒照射出的，还是一片寒碜碜的虚无。

也许是掌心出了太多汗的缘故，手机差一点儿滑落在地上。

她生起气来："大山生死不明，我还在这里自己吓唬自己，难道真要等他出了事，我变成了寡妇才天不怕地不怕么？！"于是蹬蹬蹬地一直跑下了台阶，来到了游泳馆的门厅。

往左是男更衣室，往右是女更衣室，都能通往游泳池，但想来是冬天学游泳的很少有女生，所以把女更衣室锁了，只左边一道门的门缝里露出昏黄的光芒。

陈少玲推开门走进去，这里有一溜漆皮都掉光了的更衣柜，正中摆着一条长凳，天花板上的灯泡像要瞎了似的一闪一闪的，湿漉漉的地面散发出一股脚臭味儿。再往前是一条狭长的通道，通道左手是洗浴间，右手有张布帘，掀开往里走是一个长方形的休息区。休息区里面黑黢黢的，她用手机电筒照着亮，看到斜对面的墙上，正中有两扇对开的铁门，打开应该就是游泳池——现在，铁门不仅关得紧紧的，门缝里也是一片漆黑。

她上去推拉了几下铁门，打不开，便用拳头"哐哐哐"地砸着门大喊："张大山，大山子，你在里面不在？你在里面不在？！"

没人回应。

她才发现，两扇铁门的一左一右两个门把手上被人用粗粗的铁丝缠上了好几圈，还在末端打了个结儿，是无论如何也推拉不开的。她用手使劲掰那个铁丝，可是一来她得用一只手拿着手机照明，单手使不上力气，二来铁丝实在太硬，结果折腾了半天都掰不开，反而越使劲缠得越紧，一不留神右手食指的指尖还被扎出了血！

她急得都快要哭了，紧促的呼吸从门缝里闻到了一股刺鼻的气味儿，内心笼罩的不祥预感顿时加重了几分。

这是生死须臾的时刻，急躁和盲动只会把事情搞得更糟！陈少玲定了定神，用手机电筒四下里一照，找到了位于大门左侧墙上的一组电源开关，其中只有最右边一个是打开的，其他都是关闭的，她索性一下子全都摁开，就听见噼里啪啦一阵响，休息区、游泳池里面的灯都相继点亮。这时她才发现，门把手上的铁丝缠绕得其实并不复杂，只是自己刚才着急，没理清楚头绪而已，于是双手齐上，很快就拧开了那个结儿，又一圈一圈解开了铁丝，然后把门猛地拉开——

"啪嗒"一声！

先是两只手，然后是一颗头颅，接着是半个身子扑在了她的腿上，险些将她"推"倒在地。

她吓得尖叫了一声，低头一看，原来是个穿着游泳衣的教练模样的小伙子，在他的后面，还有好几个孩子，和他前胸贴后背地摞在一起,都闭着眼睛,而呛人的氯气味儿,则说明了他们是被什么击倒的——可能是在危急关头,他们一起涌到门口,想合力把门推开,但缠绕在门把手上的铁丝彻底断绝了他们求生的希望,直到吸入大量毒气后倒下,也没有推这两道铁门。

陈少玲看了一下,这些人当中没有张大山,又往泳池里面望了望:这个面积只有大约三百平方米的房间,除了门以外,就是四面一灰到底的墙壁,在最里面的一处天花板上开着四块很小的悬窗,现在也是关闭的。浮着一层泡沫的水池上面,正笼罩着一团可怖的黄绿色雾气。她瞪圆了眼睛,分辨了半天,才确定水池里和整个密闭空间的其他地方没有张大山的身影——

等一下!

她突然发现,那团黄绿色的雾气是从右手不远处的一个地方涌出来的,那里位于自己视觉的死角。

仗着上大学时在校游泳馆当义务管理员的经验,她把外套一脱,蒙在脑袋上就往那里冲,直到冲进去,才发现那是池水循环设备间,除了循环泵、过滤石英砂缸和加药泵等游泳池水循环过滤加药设备,并没有张大山的身影。氯气是从摆在门口的一个白色酸性中和剂桶里冒出来的,尽管她为了避免吸入毒气,一直掩住口鼻、屏住呼吸,但几秒钟的滞留,还是让她觉得鼻腔和嗓子眼一阵烧灼感。她赶紧退出来,把设备间的门关严实,往游泳池的门口跑去。

也许是大门打开之后,新鲜空气涌入的缘故,那个教练和四个孩子醒了过来,又是呕吐又是咳嗽的,还有两个孩子依然昏迷不醒,一个探查不到呼吸,另一个躺在铺着马赛克瓷砖的地面上,惨白的身体像通电一样微微抽搐着。

眼前一群中毒的孩子随时有生命危险,而造成这一切的罪魁祸首，是否又与无迹可寻的丈夫有关……陈少玲蹲在地上，扎进头发里面的十根手指死死地抠住头皮，仿佛要把内心的痛苦和焦虑像挤脓血一样挤出来。她使劲呻吟了几声，然后拿出手机，打通了周芸的电话……

6

在周芸的指导下，她对中毒者实施了救治，眼见他们转危为安，她却疲惫得站都站不住了，后背贴着墙慢慢地坐在地上，把手机夹在肩膀和右颌之间向周芸汇报情况——

谁知老张突然说，让她"勘查犯罪现场"。

她一下子就蒙了，那种感觉，甚至比童年时在故乡的原野上第一次看到银蛇样的闪电击中大树引燃熊熊烈火，还要让她震惊！

"你……你说什么？"

"我说，你得马上勘查犯罪现场。"老张的口吻平静而坚定，"游泳馆里的氯气中毒事件，假如是人为而非事故，极有可能和思乐培训长宁校区投毒案是同一人所为，那么就构成了一起针对儿童的连环犯罪。在没有证据证明犯罪嫌疑人会收手之前，我们必须假定他还会制造第三起甚至更多的犯罪，所以得抓紧采取措施，查找能够锁定他行踪的证据，在最短的时间内将他缉捕，遏止更严重犯罪的发生。而目前唯一能着手的调查行动，就是对游泳馆进行犯罪现场勘查。刚才你对中毒者展开的救治，想必在无意中已经消抹和毁坏了一些犯罪者遗留的痕迹和证据，这是没办法的事情，而胡大夫他们赶到后，把中毒者抬上车的过程中，势必还会毁坏更多的痕迹和证据。看旧区的警力情况，指望他们勘查游泳池恐怕得是明天早晨的事情了，到那时，急诊大厅里盖白布的孩子没准儿比盖被子的还要多了。"

陈少玲听得头皮发麻："可是，我在电话里不是听说，雷主任派了一位警员过来吗？"

"那个人不是警察，只是辅警，我确信他没有接受过任何犯罪现场勘查的训练。"

"我也不是警察，只是护工。"

"在同样都是外行的前提下，犯罪现场的第一发现人，更有责任配合警方展开初勘，何况——我可以给你提供指导。"

"你？你是谁？"

"我是老张，你的朋友。"

陈少玲已经听傻了。没错，电话里的声音确实是老张的，尽管比以往显得年轻了许多，但是老张，不就是个敛眉低眼、寡语孤言的保洁员吗？一起工作这么久了，他从来没有讲过自己的过去，也没有表现出任何特异的禀赋和才具，就是那么一个不招灾不惹事的老好人，相比之下，他对自己这一家人，特别是对住院的小玲，偶尔确实多一些照顾和帮忙，除此之外也就没什么了……但是刚才他那一番关于犯罪现场勘查的言论，字字句句都是那么专业，完全有违他一贯的"人设"啊！

不，对一个在这么久的时间里深藏不露的家伙，我凭什么要相信你？！

陈少玲正要开口拒绝，老张却似乎看穿了她的心事："少玲，现在我要你做的事，不仅仅是帮助已经受害和即将受害的孩子们，更是帮助你自己，不要忘了：找到真凶，才能找到张大山。"

一句话把她浑身的盔甲都卸了个干净："那……我该做些什么？是要开始'走格子'吗？"

这回轮到老张吃惊了："你怎么知道'走格子'？"

"走格子"是犯罪现场勘查模式中"网格搜索法"的简称，这种方法是指勘查人员从现场的一端开始，沿直线向另一端搜索，搜索宽度不超过五十厘米，到达另一端后掉头，沿着第一次搜索的平行线再次向另一端搜索，这样搜索完一个朝向的平面之后（如东西平面），在搜索的终结点开始进行另一个朝向（南北平面）的同等模式搜索，很像是推着割草机割草。这种方法耗时长，显得笨拙粗朴，但扎实实用，相比其他几种勘查模式更加彻底和系统，可以覆盖到现场的每一处位置。

"好几年前，我跟张大山卷入了一起案件，办案的那位女警官后来成了我们俩的好朋友，她是一位非常优秀的犯罪现场勘查专家，不爱说话，跟我单独相处的时候，唯一聊得比较多的就是她的本职业务，一来二去我就知道了一些名词。"

"这样啊……"老张停顿了片刻，继续说道，"'走格子'是专业人员在时间相对充裕的情况下才能实施的勘查手段，你现在的情况，更适宜采取'跟拍勘查'的方式。"

"'跟拍勘查'是什么？"

"就是根据犯罪嫌疑人进入犯罪现场后，在实施犯罪行为的过程中走过的路线、操作的器械、采取的行动，有重点地进行勘查的一种手段，因为勘查人员的视角是紧紧跟随犯罪嫌疑人展开的，因而得名。你不用着急，按照我说的慢慢来。首先，你给我讲一下游泳馆的大致结构，然后回顾一下自己从室外一直走到游泳池的全过程，接下来回答我：你认为犯罪嫌疑人进入游泳池，是否跟你走的是同样的路径？"

犯罪现场勘查的理论基础是大名鼎鼎的"洛卡德物质交换法则"，即无论何时，只要两个物体发生接触，就必然会发生物质交换和转移。但是几乎所有的犯罪现场——包括室内犯罪现场,从广义上来说都是由户外、室内等多层面、大范围的多个区域关联而成,所以,犯罪现场勘查的首要工作,是要划定勘查范围和确认嫌疑人在犯罪现场的出入路径。对于"跟拍勘查"这一方式而言,后者尤其重要,一旦出入路径确认,可以大大简化勘查难度,等于根据嫌疑人的行走路线,将勘验范围划在了一条痕迹和物证比较集中的带状区域内。

陈少玲倚着墙壁站起身,一边给老张介绍游泳馆的大致结构,一边走到女更衣室开向休息区的门前,看看这边这道门也锁上了,便对着手机说:"我确认,要想进入游泳池,只有穿过男更衣室这一条路。"

"那么,你在干燥的地面,比如台阶上,找一找犯罪嫌疑人的成趟足迹,如果走运,这些足迹可能还有极个别是潮湿的,鞋尖一律朝上。"

陈少玲来到台阶那里,用手机电筒的光线拾级查找,很快发出一声轻呼:"呀!你怎么知道的?"

"他下来的时候鞋底是干的,不好分辨,但出去的时候,鞋底难免会沾到游泳池或更衣室里的水渍。"老张说,"赶紧开闪光灯,把那些足迹拍下来。"

陈少玲拍了几张后,突然停下了动作,目光发直。

老张在手机的另一端问:"怎么,发现足迹是张大山的?"

又是一针入髓!陈少玲吃了一惊:"嗯……鞋印前半端有一道裂缝。我本来要拿给酒糟叔帮着修修的,但大山早出晚归,又没有别的鞋,就一直没顾得上。可是——"

"先不用着急解释。"老张打断她说,"现在你上楼,回到整个院子的铁栅栏门那里,然后看看能不能找到犯罪嫌疑人所使用的交通工具的印迹。"

陈少玲上了楼,一直走到半开的铁栅栏门处。一阵刺骨的寒风掠过,掀起地上的一片落叶,发出"嗤嗤"的声响:"这边的落叶好久没人扫了,在地上铺了一层,都干得像薯片似的,一脚下去碎成一片渣儿,不管什么车,就算在上面轧出了痕迹,被风一吹也都飞散到不知什么地方去了。"

"没关系,你进来吧,然后把你进入童玩馆一直到给周主任打电话求援的全部经过给我讲一遍。"

陈少玲走进童玩馆,站在入口处,细细地讲了起来,刚讲没几句,就被雷磊打断了:"你是说,你进童玩馆的时候,里面关着灯,前台那个地方没有任何人?"

"嗯。"

"我之前给那里打过电话,有个前台值班的接的,说一直没见张大山送餐来,他们就另外叫了其他的快餐吃。"雷磊盼咐鬣狗说,"你去核实一下怎么回事。"

陈少玲继续讲,这之后一直到讲完,没有人再打断她。

鬣狗找到童玩馆那个值班人员的手机号码,并核实清楚:"他说他接完雷主任的电话就下班了,只把一层的灯闭了,大门关上了,但没有锁,游泳馆教练有童玩馆的钥匙,一般都是下课后由那个教练锁门。另外他还说明,为了省电,他每天下班后,都把童玩馆和游泳馆的监控设备关掉。"

"这么说,张大山是在那之后以送餐为名混进童玩馆的。"雷磊说。

电话另一端的陈少玲沉默不语。

"少玲,由于犯罪嫌疑人身份不明,为了便于沟通,我们姑且简称他为'投毒者',你看好吗?"老张说。

陈少玲知道他这是巧妙地否定了雷磊一而再再而三地把张大山说成是嫌疑人,感激地说了声"好的"。

"那么,根据你刚才的回顾,我们可以依据一般犯罪嫌疑人的心理特征,推测一下投毒者的行为轨迹。首先,在长宁校区投毒后,他应该立刻到游泳馆实施犯罪,这样就算警方在长宁校区调查完,按照'张大山'的送餐次序,追踪到游泳馆时,他也早已扬长而去。可是不知道什么原因他耽搁了,那么在迟一些到达童玩馆后,他必然会对一片漆黑的室内环境保持警惕,担心会不会有警员在这里设伏。当然,今晚旧区警力不足是众所皆知的事情,加之对长宁校区的事件短时间内还无法确认是否人为投毒,警方通常采取的措施是让嫌疑人配合调查而不是强制拘捕。所以一旦发现有警员在,投毒者还是可以凭借体力优势顺利脱逃的。因此他在进入童玩馆时,很可能故意像正常送餐员那样推门而入,粗声大气地喊人取餐,实则细心观察,一旦发现不对劲,随时逃跑。"

老张继续说道:"发现童玩馆一层确实空无一人以后,他向地下一层的游泳馆走去,为了防止警方在那里守株待兔,他应该是拎着快餐下去的,这样万一遇到警察,他好有的解释,给逃跑创造时间……童玩馆在活动区的入口处一般都会给孩子和家长准备鞋套,少玲你看看能不能找到。"

陈少玲在活动区入口处的一个小栅栏边找到了两个很大的竹筐,里面分别装着大小两个尺码的蓝色塑料鞋套。

"好的,接下来,需要提取证物时,你将证物装进大鞋套里面,然后封住束口,这个简易的证物袋虽然不怎么样,但总比没有强。对了,你翻翻前台的抽屉,看看有没有什么坚硬的工具:刀、剪子、螺丝刀、圆珠笔都行,最好是改锥。"

"嗯……我找到了一把改锥，干吗用啊？"少玲的声音有些紧张。

"不用担心，投毒者应该已经离开了。在犯罪现场勘查中，遇到需要整体提取的证物时，改锥是简单粗暴但也最有效的工具。"老张说，"现在你可以重新下到游泳馆去了，这一回，你要想象：那个投毒者就走在你的前面，你要看清楚他接下来的每一个动作，他拿走了什么，放下了什么，触碰了什么。"

视角紧紧跟随犯罪嫌疑人展开。

一步一步，向台阶下面走去，脑海中想象的画面在眼前勾勒成恍惚的虚像：宽大的背影、佝偻的背脊，每下一层台阶，身体就沉重地颠簸一下，像一只受伤的老熊似的……这是丈夫的背影，让她心疼而又辛酸。这么多年来，为了她，为了小玲，为了这个家，他肩负了多少重担，却从来没有发出过一声抱怨……

下到最下面一层时，他站住了，慢慢地回过头来——

一张看不清眉目的脸孔，仿佛从水底望向她似的，被波光扭曲成一片模糊的狰狞！

他不是张大山！

而是那个投毒者！

陈少玲猛地从幻觉中惊醒，不由得轻轻地发出一声呻吟。

"少玲，你还好吧？"

她定了定神："还好，我现在穿过更衣室了，我想投毒者不需要在这里做太多停留，也不需要左拐进淋浴间，所以直接右拐到了休息区。在这里，他听到了游泳馆里面传来教练带着学员们练习游泳的声音，他从门缝往里面望去，没有问题，这里没有警察，一切都安全，于是他准备实施犯罪……这时他总不能再拎着那一袋盒饭了，所以把它扔进了角落里的那个垃圾桶里——"

"不会的。"

老张的话音刚落，陈少玲已经踩着脚踏板，掀开了垃圾桶的桶盖，但里面只有一兜吃光了的米粉空盒，发出浓烈的咸辣汤味儿。

"怎么没在这里？"陈少玲嘟囔了一句。

"因为他还需要那袋盒饭。"老张说，"如果两手空空地直接闯进游泳馆，必然会引起教练和学员们的注意，而拿着盒饭的话，他可以顺理成章地以把盒饭找个地方放为借口，进入大门不远处的池水循环设备间。"

陈少玲恍然大悟："也就是说，他接下来的行动，是直接拉开门把手，走进游泳馆了。"

"你刚才说门把手上缠绕过铁丝？"

"是的。"

"铁丝呢？"

"被我扔在地上了。"

"捡起来装进一个证物袋里，然后试试看能不能把门把手卸下来。"

陈少玲蹲下身查看了一下那两个门把手："可以卸下来，而且固定用的是一字螺丝，用改锥就可以拆卸……只是我刚才连拉带拽的，可能已经把上面的指纹抹掉了啊。"

"没关系，我要找的不是指纹……拆下来之后，都装在一个证物袋里，包括螺丝。"

"好了，我拆卸完成，也装进袋子里了。"

"接下来，投毒者会做些什么？"

陈少玲的脑海中呈现出了画面：穿着送餐员服装的投毒者走进大门，跟正在泳池里的教练和孩子们打着招呼，问餐到了放在哪里，然后伺机进入池水循环设备间，将装有盒饭的塑料袋放在地上，从兜里掏出了可以生成氯气的毒剂，倒进白色酸性中和剂桶里。当第一缕毒气像黄绿色的魔鬼一般从桶里升腾起来的时候，他迅速退出游泳池，并用事先准备好的粗铁丝紧紧绑住了两个门把手……

"所以，接下来你得冲进游泳池的池水循环设备间，把投毒者可能放在那里的盒饭和投毒所用的工具拿出来。"听完陈少玲的描述，老张说。

"什么？"一直在旁边静听的周芸吃了一惊，马上阻止道，"这可不行，游泳池里的氯气浓度太大，少玲现在冲进去，是有生命危险的。"

"我们没的选择。"老张看了看她说，"里面有最重要的证物，必须让少玲冒一下险，不然我没法对凶嫌下一步的动向进行分析。"

"够了！"周芸生气地挥了挥手臂，"你以为你是谁？你不过是急诊大厅的一个保洁员！也许你以前做过警察，但这不代表你现在依然有权力拿少玲的生命当赌注，强迫她进毒气室！"然后她对着手机喊道："少玲，你不许再进游泳池，听见了没有，半步都不许跨进去！"

陈少玲说："主任，刚才我进去的时候，把池水循环设备间的门关上了，所以游泳池里的毒气现在应该没有那么浓了，我冲到池水循环设备间里面，顶多几秒钟的时间，拿了东西就出来。"

"那也不行！既然池水循环设备间一直关着门，那么现在里面的氯气浓度恐怕瞬间就能把你熏倒，到那时你爬都爬不出来了！"

老张沉默了，他抬头看了看墙上的挂钟，秒针在一格一格地跳跃着。

令人没想到的是，雷磊突然开口说话了："我支持老张的意见，让陈少玲进池水循环设备间一趟，不然再这么耽搁下去，真的有什么重要证物遗失甚至消失，那对案件的进一步侦查可是极端不利的。"

周芸望望雷磊，又望望老张，无奈地叹了口气："少玲，你听我说，你先找到一块毛巾，用肥皂水打湿，掩住口鼻，然后迅速冲进去，拿了东西就出来，全程屏住呼吸，尽可能眯上眼睛，听清楚没有？"

"不行。"老张断然否定道，"为了留存证据，在带那两样东西出来的时候，她要尽可能抓投毒者的手没有触碰的部分，比如装盒饭的塑料袋，千万不能攥住或钩住提手，而是要抓袋子偏下的地方；至于投毒工具，虽然我还不清楚是什么，但抓取方法是一样的——因此，她不可能一只手拿湿毛巾掩盖口鼻，另一只手同时拿两样东西，她得把两只手都空出来。"

"简直是疯了！"周芸瞪圆了眼睛，"你想让少玲无保护地进入一个毒气弥漫的现场吗？"

"怎么可能。"老张平静地说，"进入犯罪现场的前提，是要确保勘查人员自身的安全。少玲，你去更衣室的柜子里找找，教练的提包里有没有潜水面罩，戴上那个可比湿毛巾的保护作用大多了——当然，别忘了用湿毛巾绑住呼吸管的呼吸口。"

7

破开黄绿色的毒雾，冲出池水循环设备间，一直跑到游泳馆外面以后，陈少玲用后背顶住两扇关闭的门板，将那些让自己艰于喘息的氯气重新隔绝，然后把装有盒饭的塑料袋和一个写着

"次氯酸钠消毒液"的空瓶子往地上一扔,摘掉潜水面罩,大口大口地呼吸了起来。

不过十几秒钟的时间,她的头发竟像洗过一样被汗水湿透,怦怦狂跳的心脏将一种极度紧张后的濒死感传递给大脑,在意识的最深处搅起一片眩晕的波澜,她闭上眼,昂起头,好一会儿才恢复了正常。

地板上的手机里传来周芸急切的呼唤:"少玲,你怎么样了?少玲!"

陈少玲赶紧回答道:"主任,我没事,该拿的都拿出来了。"

"你找到那瓶可以生成氯气的毒气了吗?是什么成分?"老张问道。

"是一瓶次氯酸钠消毒液,瓶子空了,投毒者似乎是把里面的消毒液倒进白色酸性中和剂桶里了。"

"这么说,投毒者是利用池水循环设备间里本身的药物制造的毒气。"

陈少玲不大懂:"本身的药物?"

"对,一般来说,游泳池的池水循环设备间里都会置备这两种药物,用于泳池消毒。操作程序是:先把次氯酸钠通过加药泵加入循环管道,随着池水循环注入泳池,提高池水中的游离性余氯浓度,以抑制杀灭游泳池水中的微生物,这之后,再通过加药泵将一定量的酸性中和剂通过循环管道注入泳池,以降低池水中的碱性成分。"

"那么,把它们掺在一起的话——"

"两者发生化学反应,次氯酸钠迅速分解,产生致命性氯气和氯化氢。"

沉默了片刻,陈少玲问道:"接下来我要做什么?"

老张说:"你把塑料袋里的盒饭都拿出来,单独放进一个证物袋里,然后将塑料袋反转,注意尽可能不要碰到提手部分,把它放在另一个证物袋里。装次氯酸钠的空瓶子也放入证物袋。"

陈少玲做这些的时候,周芸突然问老张:"你怎么对用化学药剂制造氯气这么熟悉?"

"我是保洁员嘛。"老张笑了笑说,"上岗培训的时候就教过我们哪些消毒药品不能混用。"

周芸一声冷笑。

这时陈少玲在电话里告诉他们,自己已经将证物装袋完毕。周芸听见她不停地咳嗽,知道虽然做了防护,她的呼吸道还是难免损伤:"胡来顺他们应该快到了,你赶紧找个地方休息一下吧!"

少玲听到这话如释重负,疲惫不堪的身体像散了架一样,差点儿瘫倒在地。

她扶着墙在休息区的一张椅子上坐下,剧烈地咳嗽了一阵子,觉得呼吸越来越困难,每喘息一口气,胸口都疼得像要裂开,不由得把背脊弯成个虾米的形状,看着自己投射在地上的那个蜷缩成一团的身影,忽然苦笑了起来……她不仅是在笑自己的孱弱无力,更是笑自己发了疯一样地在这里拼命救护和搜索,但对躺在"蓝房子"里的女儿和迄今不见踪迹的丈夫,依然毫无裨益。这就是她的人生,这就是他们的人生,穷尽所能,却只能活成个虾米。

有声音。

从更衣室那边发出来的,有人在哭泣,有人在高喊,还有人在哐哐哐地砸着地板!

她一跃而起,顾不得胸口在猛跳时撕裂样的剧痛,往更衣室跑去。

隔壁，为了提高室温而一直打开的淋浴间莲蓬头，哗啦啦地淋漓着热水的同时，在更衣室里蒸腾起一片水汽。透过湿热的迷雾，陈少玲看到，包括教练在内，裹着浴巾的人们围着躺在地上的一个孩子，不成话语地哭喊着！

就是此前周芸让她"多注意"的那个昏迷后发生抽搐的孩子，此时此刻他昂起头颅使劲向上拗着，青筋暴露的脖子几乎要被生生折断，脸涨成了紫色，眼球凸得将要炸裂一般！他一只手抓住自己不断发出"咔咔"声的喉咙，一只手攥成拳头在地上使劲砸着，仿佛要把地面砸出个可以畅快呼吸的窟窿！

一直保持着免提状态的手机里传来周芸的喊声："少玲，出什么事了？"

"那个昏迷后发生抽搐的孩子，好像喘不上气来了！"

"是氯气造成的呼吸道肿胀严重了，可能形成了气道梗阻，得赶紧抢救！"

"胡大夫他们多久能到？！"

"来不及了！孩子的气管本来就比成人的狭窄，再等下去，肿胀加剧，气道粘连，就算胡来顺他们到了也插不进气管导管了——少玲，你上学时学过环甲膜切开术没有？"

"忘得差不多了。"

"管不了那么多了！你去找把刀，刀片越薄越锋利越好，还有打火机、干净的纸巾、含酒精的湿巾、胶条、一根细一些的钩子、一根吸管——就儿童软包装饮料外面附的那种就行，快快快！"

陈少玲冲出更衣室，三步并作两步地跨上台阶，来到一层童玩馆的前台，在抽屉里面哗啦哗啦一顿翻找：纸巾、含酒精湿巾、胶条、裁纸刀、打火机都找到了，在角落里又摸到了一盒软包装的旺旺牛奶，外面粘着个还没开封的塑料吸管……但是细一些的钩子无迹可寻，情急之下，她突然看到一盒曲别针，抓在手里就往楼下跑，一直冲进更衣室。

围拢着的人们还在惊慌失措地喊叫着，特别是那个教练，挡在最前面，一边哭一边说："这可怎么办啊？这可怎么办啊？"

陈少玲一把将他搡开，"扑通"一声跪在地上，把一根曲别针掰弯，又用其他的曲别针串联起来，一个软钩子就做成了。

"主任，东西齐了！"她对着手机喊。

"好，检查上衣口袋是否有硬塑料、磁珠，以防术中或术后掉入患者气管，你身边没有辐条和铁磁吸取金属杆，无法取出此类特殊异物，反而会加剧环甲膜切开术的复杂性和难度！"

"检查完毕，没有上述物体！"

"好，你先用酒精湿巾双手消毒，然后把纸巾铺在地上，等会儿手术器材消毒后，就放在纸巾上面。"周芸说，"用打火机消毒刀片和钩子，然后用酒精湿巾擦拭。"

火焰在刀片和钩子上烧起一层黑色的氧化物，用酒精擦拭后，变成了有些发铜的颜色。

"主任，消毒完毕。"

"那孩子的情况怎么样？"

"还是很痛苦，两手抓着喉咙，不停地在地上翻腾。"

"找人固定住他，准备行环甲膜切开术！"

陈少玲一抬头，对教练和几个孩子说："按住他的手脚，别让他动弹！"

人们拥上来，七手八脚地按住了地上的那个孩子。

陈少玲握住裁纸刀的刀柄："主任，手术准备完毕。"

"触诊甲状腺峡部、环甲膜和舌骨，定位切口，用食指和拇指固定。"

"定位完毕,固定完毕。"

"孩子年龄?"周芸问。

教练在一旁赶紧说:"十岁了。"

"在环甲膜的皮肤处做一个一点五厘米左右的垂直切口。"

陈少玲自从大学毕业后,就没有做过环甲膜切开术,这时握着刀的手在不住地颤抖。偏巧那孩子猛一踢腿,按住他腿脚的人力气又不够大,竟被他整个身子像鲤鱼一样打了个挺,吓得陈少玲一屁股坐在地上,其他人也都惊叫了起来。

"我跟你们说过:按住他的手脚,不许他动弹!"陈少玲气得大吼道,"刀子偏一毫米就会要命的!"

大家一起用力,重新按住了那孩子的腿脚,把他固定得像用铁箍箍住了一样。

陈少玲狠狠一咬牙,一刀下去就在环甲膜上切开了一个口子,鲜血顿时涌了出来,那孩子疼得身体一阵抽搐,这一下反倒刺激得她想起了上学时学过的手术流程,又一刀在环甲膜的下方做了一个水平切口。

"垂直切口完毕——水平切口我也做了!"

"把气管钩深入切口,向上拉起,为气管置入打开路径,并实施插管!"

陈少玲把曲别针做成的软钩一头钩住切口,突然意识到自己的两只手都已经被占用了,而接下来的操作还需要空出双手,一时间不知所措。

她使劲甩了甩头,像驱散雾气一样,把软钩的另一头衔在嘴里咬紧,向孩子头部四十五度角的方向用力拉起。因为没有扩张器,就用两根手指扒开切口,为气管置入打开路径,另一只手捏住那根早已拆开包装的塑料吸管,径直插了进去!

吸管里顿时发出"呋呋呋"的出气声,那声音畅快得有些贪婪,表明新的呼吸通路已经打开了!

陈少玲捏住软钩的头向下一弯又一拽,成功地把它摘出了切口,然后撕下几根胶条,将吸管固定住。

虽然切口依然很疼,但呼吸的顺畅极大地缓解了痛楚,那孩子紫色的脸膛很快就恢复成了正常的颜色。

"不要碰这个吸管,记住没有?"陈少玲盯着他的眼睛说。

孩子不方便点头,就眨了眨眼睛。

其他的孩子,还有那个教练,原本紧绷的神情都放松了下来。

"少玲,少玲,你那边的情况怎么样了?"周芸在问。

"主任,插管非常成功,孩子没事了。"说完这句话,陈少玲笑了起来,不知怎么的,她觉得脸上有些湿漉漉的,以为是汗水,一擦才发现,除了汗水,还有泪水。她使劲擦了几下,谁知越擦眼泪越多,像泉水一样不停地涌出眼眶,最后竟忍不住呜呜呜地哭出了声儿。

电话的那一头,周芸的眼睛也湿润了,她知道对于陈少玲而言,就在刚刚过去的几分钟里,身心承受了何等沉重的压力。她想说些什么,又觉得此时此刻,一切语言都是空洞和虚伪的。正当她为自己的沉默感到羞愧的时候,电话那一端清晰地传来了胡来顺大嗓门的呼唤——

"陈少玲,你在哪儿呢?"

8

胡来顺根据教练和孩子们中毒的轻重和症状,有的给予低流量吸氧，有的喂服了气管解痉镇咳药物，有的静脉注射地塞米松，至于那个做了环甲膜切开术的孩子，也更换了气管插管。然后给他们都穿上铝箔保暖衣，带他们坐到已经放下车棚的后车厢里，至于那些用鞋套装着的证物，则都放在驾驶室的副驾位置。

陈少玲想起离开之前应该把所有的莲蓬头都关掉，便走到淋浴间，一个一个地关上水龙头。

人去楼空，水声又歇，地下一层顿时安静下来，仅有的一些从莲蓬头里滴落的水滴声，滴答滴答，反而将静谧衬托得更加深邃。

陈少玲正要拔步离开，开着免提的手机里，突然传来老张的声音："少玲，那是什么声音？"

"我把莲蓬头都关上了，还有些在滴水。"

"不是水滴声……好像是一种咝咝咝的声音，你刚刚给周主任打通电话的时候，我就注意到了。后来一直乱糟糟的，那声音被掩盖住了，现在又清晰起来了。"

陈少玲竖起耳朵，仔细辨析，确实有一阵咝咝咝的声音传入耳际，不能说是轻微，但不知道为什么，在这个环境里似乎显得十分正常，正常得完全被忽略了。

她一直走到休息区，才终于醒悟过来："是泳池里的换气扇在响。"

"哦。"老张说，"你来了之后开的啊。"

陈少玲先是"嗯"了一声，想了想又说："好像不是，我刚刚进到童玩馆里面，下台阶的时候，就听见这个声响了，咝咝咝跟剥皮似的，可瘆人了。"

老张立刻说："你能否确认，换气扇不是你打开的，而是在你到来之前，就一直保持打开状态的？"

这一问,把陈少玲搞得有点儿蒙,她仔细回忆了片刻,肯定地说:"没错,是一直保持打开状态的。我到休息区后,因为一片漆黑,用手机电筒照了半天,才找到墙上的电源开关,我记得其中只有一个是打开的,其他都是关闭的——那个打开的应该就是换气扇开关。"

电话另一边,老张的声音更加诧异:"少玲,你说'一片漆黑'和'其他都是关闭的',是什么意思?"

"就是休息区和游泳馆里面都关着灯啊,黑咕隆咚的,我找电源时,发现这两处的电灯开关都是关着的。"

电话那边一片死寂,陈少玲有些紧张:"怎么了?有什么不对吗?"

"两个都是不对的。"

"啊?"

"换气扇不应该开,电灯不应该关。"

"你说什么,我怎么完全听不懂啊?"

"换气扇那个我先不说它。你想想,不管用微信给你发一张海马儿童游泳馆照片的那个人是谁,他的目的都很明确,要收到信息的人尽快赶到游泳馆,看到这里所发生的一切,那么他关灯的目的是什么?黑暗不是反而会推迟到来者发现和进入犯罪现场的时间吗?"

这时周芸说话了:"难道是为了吓唬少玲,给犯罪增加恐怖气氛?"

"这又不是演电影,增加什么恐怖气氛。"老张说,"更何况,你说的这种情况的前提,是必须知道少玲是独自前往海马儿童游泳馆的,否则少玲带了一大群人过去,他吓唬谁去?"

"或者就是习惯性地临走前把灯关上呢?"雷磊问。

"如果换气扇也是关着的，这个习惯性就成立了，问题是本来不该打开的换气扇却打开了……"老张想了想，口吻变得有些严峻，"少玲，我怀疑投毒者是把什么重要的物证遗失在池水循环设备间了，而且就是在将次氯酸钠消毒液倒进酸性中和剂桶里之后的事情。等撤出了游泳池，把门用铁丝拴上后，他才意识到这一点，但已经没法回去把那物证销毁了，所以才关上灯。由于人眼从暗处到明处有一个适应过程，一段时间内对那些不显眼的物体会选择性忽略，投毒者就是想通过这个方法，让勘查人员在毒气弥漫的池水循环设备间里匆忙进出时，忽视那个物证。"

"你的意思是——"

"回到池水循环设备间，找到那个物证并带出来！"

电话里传来周芸一声无奈的叹息。

陈少玲愣住了，刚才她冲进池水循环设备间时，虽然戴着潜水面罩，但实在被浓重的黄绿色毒雾吓得不轻，那种宛如千万条蚰蜒缠绕在身上蠕动的幻觉足够包揽她后半生的噩梦了，现在让她回去，她不能不犹豫："我都不知道那物证是什么，怎么找？"

"你打开微信视频通话，进去后用摄像头扫视池水循环设备间，我会告诉你需要提取什么。"

微信视频通话打开了，在屏幕右上角出现了老张的面容，看上去跟往常有些不一样，具体哪里不一样，陈少玲也说不出，毕竟她此前从来没有好好端详过这个做保洁的老人，也许只是他一向低垂的目光变成了直视，竟平添了几分不容置疑的威严。

陈少玲重新戴上潜水面罩，拉开游泳池的铁门冲了进去，由于她刚才跑出来的时候没有关上池水循环设备间的门，导致毒气再一次在整个游泳池弥漫开来，但至少设备间里面的毒气没有刚才那么浓重得吓人了。

手机摄像头对着循环泵、加药泵、过滤石英砂缸、白色酸性中和剂桶一点点地照过去，心里祈祷着老张能快一点儿找到那个该死的物证，这样自己就能快一点儿离开这个该死的地方……

她觉得从鼻腔到嗓子眼儿火辣辣地疼，想着可能是第一次进来时被毒气灼伤的呼吸道"过敏"了，就在这时，老张说话了："少玲，你把酸性中和剂桶拿开一下，它好像挡住了什么东西。"

陈少玲用鞋底顶住还在冒着毒气的酸性中和剂桶，将它推到旁边。

一截墩布露了出来。

是那种老式的灰色棉线墩布。

其实墩布的杆一直撑在墙上，只是它的颜色和墙壁的颜色很贴近，又毒雾笼罩的缘故，所以一直到现在才被发现。

难道，这就是那个"重要的物证"？

怎么看都觉得它只是个普通得不能再普通的墩布啊！

陈少玲正在纳闷，手机里传来老张的声音："少玲，你马上用鞋套小心地把墩布头包起来，尽量不要让墩布上的东西掉落在外面，然后将整个墩布带出来。"

陈少玲只好把手机放在地上，从衣兜里掏出一个鞋套，正要往墩布头上套，突然传来周芸的一声惊呼，吓得她一哆嗦。

"少玲，你的潜水面罩的呼吸管上怎么没有缠湿毛巾？！"

陈少玲这才从手机屏幕上看见，本来应该堵在潜水面罩呼吸管顶端的那块湿毛巾不见了！大概是上一次从游泳池冲出去以后，把潜水面罩摘下随便一扔时，甩脱在什么地方了，而刚才因为摄像头角度的缘故，竟完全没有发现这一点。

天啊！我等于是在无保护的条件下在毒气环境里滞留了至少两分钟，而且由于潜水面罩的遮挡作用，毒气从呼吸管顶端的呼吸口进入，却无法及时排出，简直比进纳粹的毒气室还要糟糕！

所以从鼻腔到嗓子眼儿才感到那种火辣辣的疼痛！

她头一昏，腿一软，几乎要坐倒在地上！

"少玲你马上出来！快！"周芸大喊道。

可是陈少玲连一步都迈不动，每呼吸一口就像钢锉在咽喉里摩擦一般剧痛，她的喉部突然一阵痉挛，整个呼吸道顿时闭塞，强烈的窒息感痛苦得她只想摘掉潜水面罩，但两只手怎么都摸不到镜带的卡扣，只能在脸上拼命抓挠着！意识却像溺入水底的人一样越来越模糊。

视野中，一片黄澄澄的光线渐渐变成了散碎的颗粒，每一粒都如霉斑似的黯然，发黑……

致命的一瞬间，只听见老张喊道："少玲，不要半途而废，赶紧把墩布头包好，把整个墩布带出来！"

然后响起周芸的怒吼："你疯了，你想要少玲的命吗？"

"她得把该办的事情办完。"

"还有什么事情比一个人的生命更重要？！"

"更多人的生命。"

一句话提醒了陈少玲，她使劲吞咽了几口，在剧痛的刺激下，几乎陷入昏迷的意识猛地恢复了清醒，她用鞋套把墩布头上一裹，拿起手机，扛着墩布就往外面冲！

但就在距离门口不到两步远的地方，绵软的腿脚还是撑不住沉重的肉身，她一个踉跄倒了下去，伸出的手指在潮湿的地面投射出倒影，恍惚中，她以为那是女儿的指尖与自己的指尖相碰……

9

"少玲,少玲!"周芸对着手机大喊着,然而屏幕上一片漆黑,没有人回答。

完了,少玲完了……周芸用手捂住眼睛,泪水渗出指缝,无声无息。不知为什么,这一刻,她竟然比听到同事们遇难的消息还要悲伤,也许是因为同事们的死是无可挽回的意外,而陈少玲的死是本该避免的事故;也许是因为医生就算救死扶伤而以身殉职也是本分,而陈少玲今晚不辞辛苦地帮她护理患儿,刚刚还冒着生命危险救了那么多人,到了却连个护士的名分都没有。她又想起了不知所终的张大山,想起了躺在留观一病房的小玲……完了的不仅是陈少玲,还有曾经坐在医院后花园的凉椅上一起吃盒饭时笑意盈盈的一家人——她突然明白自己为什么这样难过了,其实她既是在哭陈少玲,更是在哭自己,一个好端端的家庭,居然破碎得那么容易,那么突然,毫无征兆,永难挽回……

突然,手机里响起了胡来顺气喘吁吁的声音:"主任,少玲没事儿啦!"

她一下子睁开了泪光莹莹的双眼!

"我看她老不出来,下到游泳池一看,赶紧给她背出来了。"胡来顺说,"她是中毒挺重的,但没有生命危险,我给她放上车,这就回去啊!"

"太好了,太好了!"一向是无神论者的周芸,居然对着天空双手合十拜了两拜,回过头狠狠瞪了老张一眼,分明是在说"多亏少玲得救,不然我绝不饶你"!

老张却仿佛根本没有看到一样,对着手机叮嘱胡来顺,让他临离开前,把墙上那组电源开关面板给拆下来,单独装好带回来。

周芸往外走去："一会儿小胡和少玲他们就回来了,我得给中毒的孩子们安排一下床位。"

"也好,我正要跟老张单独谈谈。"雷磊说。

一听这话,鬣狗跟周芸一起走出了办公室,并把门掩上了。

雷磊坐在椅子上,看了看老张,嘴角翘起一缕微笑："没想到啊,平州市儿童医院还真藏着个扫地僧。"

老张重新低敛下了眉眼,跟刚才指导陈少玲做犯罪现场勘查时的敏锐果决,判若两人。

"这样的身手,这样的刑侦素养,一看就是久经沙场的老警员,搁在北京市公安局也算是第一流的人物,我越发好奇了,你到底是什么来头。"看老张不作答,雷磊把手一扬,身子往椅背上一靠道,"也好,也好,英雄不问出处。不过你得搞清楚一件事,我不管你过去获过一等功还是拿过金盾奖章,现在整个平州市旧区的治安是我说了算。按照条令,退休警员遇到人民生命财产面临威胁或警力吃紧时,必须听从组织调遣,及时返岗和参战,所以今天晚上,你得服从我的指挥,配合我开展工作——你听到了没有?"

老张没有说话。

雷磊提高了声音："我问你听到了没有?"

老张向前迈了一步,站在雷磊面前,轻轻地弯下腰,注视着他的眼睛。

两道凛凛的目光宛如两把新发于硎的利剑,竟逼得雷磊从椅子上站了起来："你……你要干什么?"

"雷主任,我想你搞错了一件事。"老张慢慢地说,口吻里带着一丝毫不掩饰的嘲讽,"今天晚上,不是我有求于你,而是你有求于我。"

"你说什么？！"

"我说，今天晚上，不是我有求于你，而是你有求于我。"老张清晰地重复了一遍，"如果我的信息无误，你来平州市说是挂职锻炼，其实已经在北京市公安局办理离职手续了，因为再不离开北京，内部调查科三天一大审，两天一小问，没事儿也得查出事儿来，何况只要档案上有了接受内部调查的记录，一定会极大地影响升职，你在警界原本如花似锦的前程，已经挂上了'两侧变窄'的交通标识——我说得对吗？"

雷磊听得目瞪口呆。

"因此，你只有两条路可以走：一条是彻底离开警界，离开京城，比如，就坐在这个你自己才知道冷热的凳子上，踏踏实实地当那个与其说是备胎其实更像是夜壶的综治办主任；第二条就是一举破获今天晚上的这起连环大案，建立奇勋，公安工作从来都是'认案不认人'，任凭你犯了多大的过错，只要能破了大案，多少可以功过相抵。那样，你就还有机会调回北京，肩膀上的杠星一点儿都不会少。"老张说，"但你长期在人事信息管理中心担任文职官员，对一线的刑侦工作并不了解，不客气地说，假如刚才在海马儿童游泳馆的是你，未必能比陈少玲做得更出色，所以你要是想破获此案，非得有人在旁边指导不可——那么问题来了，你说，在咱们两个人之间，到底是谁服从谁的指挥？谁配合谁开展工作？"

雷磊的脸涨得血红。出生于警界世家，从名牌小学毕业，一路重点初中高中直到被保送中国警官大学的他，从来走路都不看脚面，自视极高，认为自己就是天之骄子、人上之人，纵使后来被内部调查科调查，也因为家庭的庇护而不了了之。虽然心灰意冷了一阵子，但来到平州以后却无一日不渴望翻盘，今晚接到"满口福"餐饮公司的报案后,他敏锐地觉察到机会来了。看上去这只是一桩很普通的案子,但事涉儿童健康和安全,只要破了,加上他擅长炒作的能力,总能把马吹成骆驼,一定会引起北京方面的重视,那样一来他就能咸鱼翻身……这一番想法他深藏于心,没想到竟被这个打扫卫生的老头儿看了个底儿掉。而且老张言谈之间显示早已把他的底细调查得清清楚楚,一句一刀都捅在他的肺管子上。他心里的恨意简直要从胸口爆裂开来!

他恶狠狠地瞪着老张,老张却目光沉静地回望着他。

好久好久,雷磊咕噜一声,咽了一口唾沫。

"这间屋子里没有别人,我也不用你服软和表态,我只想说清楚,如果你希望我帮你破案,那么你和你那两个手下,就必须完完全全服从我的指挥和调度,因为刑侦就跟打仗一样,每一个决策都事关受害者的生死存亡,必须执行坚定,绝不允许任何外行的干涉、掣肘和扯皮。当然,在别人面前,我会给你留足面子……"老张说,"我说完了,接下来轮到你选择了。"

他脸上露出的微笑,分明是在说——你别无选择。

你错了!雷磊想:因为你并不知道,今晚我在这座儿童医院,其实还有第三条路可以走。

但雷磊的脸上却挤出尽可能显得真诚的假笑,并伸出了手:"协议达成。"

老张也伸出手,跟他握了握。

"请相信我的诚意。"雷磊说,"不过,我有个条件:今天晚上,你一步也不能离开这座医院。"

言外之意,是你的一举一动都要在我的视线之内。

老张点了点头,然后一指门口:"显示你诚意的时候到了。"

雷磊这才听到,门外传来一阵骚乱的声音。他推开门一看,只见黎炎带着那群医闹正把周芸和李德洋围在一个圈子里,一边戳戳点点一边谩骂不休,加上那个死去女孩的奶奶坐在地上,拍着大腿鬼哭狼嚎,声音乱得像溜起一阵邪风逆雨,根本搞不清发生了什么事情。

其实,这场突如其来的乱子是李德洋搞出来的。

由于周芸一直在急诊科办公室里指导陈少玲对氯气中毒的孩子们展开急救,之后胡来顺也被派到海马儿童游泳馆去增援,导致诊室里就剩下了李德洋一个人看病,虽然患儿没有刚才那么多,但他的压力还是越来越大。正在忙得焦头烂额的时候,蔡文欣赶了过来,说留观一病房里出事了,让他过去看看。

李德洋没办法,只好过去。原来刚才吕威闹事时,李德洋为了躲避追打,不小心碰倒了将"蓝房子"隔开的那道医用屏风,后来大家收拾病房时,发现屏风不知被谁在混乱中踩破了一大块,竖起来还不如不竖,就靠着墙搁到一边去了。这样一来,"蓝房子"等于跟其他病床打通了。

本来这也没什么,后来那个患神经母细胞瘤的男孩的妈妈,突然拿出手机给儿子拍了几张照片,还把自己的头搁在枕头上,和他那个因为肿瘤发生了严重的骨骼转移,以至于脑袋上长了数十个包块的儿子合影。由于拍照时没有关闪光灯,有那么几下,强光晃到了旁边病床上的一个因为高烧惊厥留观的女孩,那女孩敏感地抽搐了两下,守护在旁边的孩子妈立刻不干了,张口就骂。男孩的妈妈嘟囔了两句,女孩的妈妈生就一张利口,骂得更凶了,一句"瞧你儿子长得那丑八怪的样子,还拍什么拍"。把男孩的妈妈惹急了,跟她吵了起来,只是笨嘴拙舌的,根本吵不过,最后变成了坐在床边默默地流泪。

这个患神经母细胞瘤的男孩,是在"蓝房子"住得最久的一个患儿，大家都叫他"老病号"。他患病后行手术切除，又进行了多次放化疗，但各项指标还是越来越差，最后住院部只好动员他出院。孩子的妈妈听说急诊有个"蓝房子"，就找到周芸，只说了一句"孩子还想活"便失声痛哭。周芸把"老病号"留了下来，继续给他用药和治疗，但孩子的病情实在太重，只是在拖时间而已，尤其最近几天，"老病号"一直处于嗜睡状态，心率不整，呼吸浅慢，胸廓塌陷得越来越厉害……

李德洋来了之后，不问三七二十一，先把"老病号"的妈妈批评了一顿："你们刚刚来医院的时候，护士没跟你强调过吗？病房内不准拍照，更不准开闪光灯拍照，你们能住进'蓝房子'，本来就捡了便宜，还不安分守己一点儿！"男孩的妈妈也不辩解，只是捂住脸无声地哭泣，肩膀一颤一颤的。

李德洋让蔡文欣把屏风重新隔上，又说了她几句，然后气哼哼地出去了。

刚一出门，黎炎过来了，跟刚进急诊大厅那会儿不一样，点头哈腰，显得很恭顺的样子："大夫，我想跟您打听点儿事儿，您方便不？"

"不方便！"李德洋毫不客气地说。

"就一句话，就一句话。"黎炎把军大衣往身上裹了裹，赔着笑脸道，"刚才我听说，咱们急诊科的医生怎么着，都出了车祸了，我这心里还真挺不是滋味儿的……那啥，有位姓霍的女医生，不知道是不是也——唉，我这还真不知道怎么开口问了。"

李德洋以为他真的是替医生们的死感到难过，便接了一句："霍大夫也在那辆车上……"

话音未落，他就后悔了，因为在黎炎的脸上，突然滑出了一抹奸笑。

"大家都过来一下，大家都过来一下！"黎炎挺直了腰，大声吆喝着。

那伙子医闹呼啦啦围了过来，死者的奶奶别看腿短脚小，步子倒是捯腾得比谁都快。黎炎得意扬扬地说："这位大夫说了，把咱家闺女治死的那个女医生也出车祸死了，现在把官司打到天上去，咱们也是个'赢'字了！"

李德洋一下子知道自己闯大祸了：这是因为，按照我国法律的相关规定，司法机关在处理因医疗纠纷引起的诉讼时，遵循的是"举证倒置"原则。

一般来说，在绝大部分民事诉讼中，采取的是"谁主张谁举证"的原则，说白了就是由原告提供被告负有民事责任的证据，而"举证倒置"则相反，是在原告提起诉讼后，由被告一方拿出证据来，证明自己不存在过错。之所以在医疗纠纷的处理中采取"举证倒置"的原则，主要是考虑到医患双方在对信息、技术和证据的掌握上存在着严重的不对等：我国绝大部分患者不具备基本的医学知识，在诊疗过程中又完全处于被动地位，他们的检查、化验、病程记录虽然自己和医疗机构都有留存，但一来普通患者连化验单都看不懂，二来医疗机构收集和掌握得要系统和全面得多，所以"举证倒置"相对更加公正和合理。

问题在于，现在霍青死了。

诊疗工作，虽说有各种检化验设备的协助，但说到底还是由具体的医生来操作和执行，所以一旦发生医疗纠纷，"被告"固然是医疗机构，但在举证过程中，主治医师的证词也至关重要。霍青一死，等于"死无对证"。医院哪怕浑身是嘴，也不可能说清楚当时她具体口述了哪些医嘱，这样一旦打起官司，法院习惯上倾向于弱势的患者一方，医院几乎是必输无疑。倘若按照周芸的应对方案，一切都冷处理，拖到明天，跟院办和医务处商量之后再决定怎么应对，黎炎一伙未必能占到什么便宜，但现在，他们可是胜券在握了！

惊惶之中，李德洋想脚底抹油——开溜，可是为时已晚，转瞬间医闹们已经将他裹在中间，七嘴八舌地问他打算怎么赔偿。这时周芸正好从办公室走出来，看到这一幕，连忙上前帮他解围，结果也被这伙人围住。等周芸了解清楚是怎么回事，心里暗暗叫苦，表面上只能打官腔，说明天再解决。

黎炎岂是好糊弄的："你就说赔我们多少钱，然后写个字据，签字画押，就算完事儿，不然指定是不能放你走！"

李德洋也是怒火中烧，指着他骂道："张口闭口钱钱钱，你们就是群医闹！"

黎炎一听这话，一把拽过死者的奶奶："她的孙女被你们活活给治死了，一条人命啊，你居然敢说她是医闹？！"

那老太太嗷嗷干号了两声，李德洋怒不可遏，瞪着眼睛斥责她道："你少跟这儿装哭卖惨的！当初我们不让你孙女出院，是你哭着喊着把孩子带走的！反正孩子患有脑瘫，女孩的命又不值钱，正好死了给你们家减负，你还能从医院讹一笔钱——你以为我们不知道你的把戏？！"

这个"底"一拆，等于当众活剥老太太的面皮。她气急败坏，疯了一样破口大骂："你们这群杂种操的白狼！"接下来是一串更加污秽不堪的谩骂，每个字都是打码都遮不住的脏，直骂得嘴角起了一堆白沫，还不停口。她一边骂一边跳着脚，四肢机械地挣拧着，活像在尬舞一般。李德洋有生以来第一次遇到这么大年纪的无赖，不禁瞠目结舌。老太太骂得起劲，突然一头朝他撞了过来，李德洋一闪，老太太从他腰间擦过，撞到了他后面的一个医闹的身上,被反弹得一屁股坐倒在地,瞬间切换成了号哭模式:"医生打人啊!医生打人啊!害死我孙女又要打死我,一尸两命啊!"

"一尸两命"这个词用得甚是不妥,以至于有些医闹偷偷笑了起来。

黎炎却不想再胡闹下去,逼着周芸写字据,周芸不写,他就跟其他医闹一起往她身上拥,甚至做出一些下流的动作,气得周芸面红耳赤。

就在这时,雷磊朝鬣狗使了个眼色,鬣狗会意,上前照着黎炎的肚子就是一脚!

这一脚力道极大,竟把黎炎倒着踹飞了三四米远,趴在地上,捂着肚子,哎哟哎哟惨叫个不停,其他医闹吓坏了,都闪到一旁,就连那个坐地号哭的老太太也连滚带爬地逃到一边,不敢再发出一点儿声音。

雷磊走到黎炎身边,蹲下身,用手背拍了拍他黑红色的脸蛋:"知道我是干吗的吗?"

"知道……"黎炎疼得五脏六腑像要裂开一样。

"知道你该干吗了?"

"知道知道!"

医闹这一行,在各类有组织犯罪中地位最为卑下,都不如号贩子,所以警方向来对他们睁一只眼闭一只眼。黎炎是职业医闹,眼睛极毒,早就看出雷磊等人有着警方的背景,但发现他们对自己这伙人的闹事采取爱答不理的态度,才敢放开手脚折腾。现在见他们真的出手了,哪里还敢造次?慢慢地从地上撑起身子。眼见其他医闹抬着棺材溜出了急诊大厅,他心有不甘,缩在一个角落里,继续朝这边窥视,重新叼起的笔帽像跷跷板一样在嘴唇间一上一下的。

雷磊回到办公室，不无得意地对老张说："搞定！"

老张看了看他："你带家里的电脑了没有？"

"家里"是警员对警队的昵称，"家里的电脑"就是警队给一定层级的警官配发的华为笔记本电脑，里面自带全国警务网络系统。

"带了。"

"用你的警员编号登录全国警务网络系统，下载一份平州市区警用地图，然后用打印机打印出来，拼接后张贴在那里。"老张指了指墙上的一块磁性玻璃白板。

"干吗用啊？"

"我要看看张大山下一个袭击的目标会选在哪里。"

雷磊大吃一惊，刚才这个人明明当着众人的面，用一个"投毒者"的名字反驳了自己对嫌疑人身份的认定，现在却又毫无忌讳地直接叫犯罪嫌疑人为"张大山"，这是为什么？

望着老张，雷磊感到一阵寒意袭上心头，他越来越觉得这个人的心机深不可测。

10

一场哄闹结束后，李德洋身上的白大褂变得千褶百皱，他不再像过去那样将它摩挲平整，只闷着头往诊室走。

好几个刚才远远地看热闹的家长带着患儿迎了过来，为首的一个抱怨道："大夫，我们都等了好久了，你到底啥时候给我们看病啊？"李德洋凶巴巴地瞪了他一眼："催什么催！你看病还是我看病？我看病就按我的时间来，你要看病你到里面坐着去！"那家长一下子蔫儿了，其他家长也不敢再言语，乖乖地跟在他后面走进了诊室。

望着这一幕情景,周芸叹了口气,想起要抓紧在胡来顺和陈少玲他们回来前给氯气中毒的患儿布置好床位,就匆匆地往留观一病房走去。

留观一病房原本有十二张病床,其中"蓝房子"占了四张,剩下的八张中,思乐培训长宁校区食物中毒的四个孩子占了四张,还有四张原本也有小患者留观,但发生了枪击事件后,有两位家长不顾医护人员劝阻,给孩子办了手续离开了,就剩下王竹和那个高烧惊厥的女孩。这样一来空出了两张病床,但马上就要有六位氯气中毒的患儿过来——虽然还不知道他们每个人具体的中毒程度,但按照儿科急诊要求,就像亚硝酸盐中毒一样,至少要卧床留观二十四个小时,所以床位还差四张。大楠提出,不行就把多出的孩子放到留观二病房外间,周芸不同意,因为留观二病房的里间有大量正在做雾化治疗的呼吸道疾病患儿,不能让呼吸道已经受损的氯气中毒患儿跟他们同处一室,以防止交叉感染,加重病情。

商量了半天的结果是,让多出的孩子住到有四张病床的抢救室去。

大楠赶紧去抢救室布置。这时蔡文欣突然跟周芸提出,自己想要回县医院去。

"为什么啊?"周芸很是惊讶,"你看我这儿正缺人手呢!"

蔡文欣支吾了片刻,才把自己刚才被李德洋骂了一顿的事儿说了出来:"他就是个年轻大夫,我再不济也是个老护士了,被他这么劈头盖脸地一说,脸上实在挂不住,我在你这儿纯粹就是帮忙,也不图个啥,何苦来的成了他的撒气筒呢……"

周芸听完,十分生气,一气李德洋毫无大局意识,在人力如此紧张的情况下，对外来帮忙的护士横加指责；二来"老病号"来自偏远山区，父亲死得早，就剩下妈妈跟他相依为命，家里实在太穷太苦，又得了这么个要命的病，所以周芸才将他收进"蓝房子"，"老病号"的妈妈很要强，一边陪着孩子治病，一边抽空做各种零活儿挣钱：扫大街、扫厕所、收废品……那个手机还是大夫借给她揽活儿用的，最近几天孩子每况愈下，医院也没有什么更好的治疗方法，只是在拖时间而已，"老病号"妈妈的心情可想而知，李德洋居然对她说那么难听的话，实在是太过分了！

周芸强压住怒火，好言劝慰了蔡文欣一番，总算将她留下，然后拔步就往诊室走去，打算好好批评一下那个不知怎么突然头上长角的李德洋！

突然想起，"老病号"刚来医院那会儿，还没有经历护士被打事件的李德洋，对这个可怜的孩子多么关心和爱护：当他病情好转心情开朗时，就陪他聊天，让他树立与疾病斗争的信心；当他烦躁不安拒绝用药时，就默默地坐在他身边，为他搓揉因为注射太多而板结的手背；当他手术或放化疗后不得不长期卧床时，就帮他翻身、擦洗后背，防止他长褥疮……

周芸神情黯然地推开诊室的门，一阵激烈的争吵声扑入她的耳鼓。

"真他妈臭不要脸，这种话都说得出口！还当医生呢，毯！就应该把你抓起来！"一个从小腿、大腿、躯干到脸蛋胖得像好几面鼓摞在一起的女人，横眉瞪眼，指着李德洋的鼻子破口大骂。她的身边站着个女孩子，个子很高，大约上初中了，不知道为什么还戴着红领巾，神情漠然，鼻子里面塞着棉花团，蓝白条校服的胸口处有一长溜血渍。

"你不要出言不逊！"李德洋从座位上站了起来，"我给孩子检查了，不是简单的流鼻血，而是性早熟！我告诉你不要再给她乱吃那些补药了，这话有什么错！"

"什么他妈逼的性早熟，我们家黄花大闺女，早什么熟？跟谁熟？哪儿熟了？！我告诉你，你再造谣污蔑我到法院告你去！"

"你把嘴巴放干净点儿，你自己看看这孩子，个头儿、乳房发育情况、来月经，还有这一脸的青春痘，她才九岁啊！不是性早熟是啥？你到法院告我什么？！"

周芸一听女孩才九岁，不禁吃了一惊，又仔细看了看那个女孩……确实是不用做基础性激素测定，任何儿科医生用眼睛一看就能确诊的性早熟。

大概那个女人也意识到从性早熟的角度是无法驳倒李德洋的，但圆滚滚的肚子里的一团恶气不能不发泄，嘴角抽搐了几下，突然找到了由头："我告你污蔑祖国传统文化！"

李德洋蒙了，眨巴着眼睛不知道她说的是什么意思。

"我给我们家孩子补脑吃的方子，是专门找省级名医蒋悬壶开的，人家家里是祖传御医，开的也是家传秘方，里面全都是人参黄芪蜂王浆，你说我们家孩子的病是吃这个秘方得上的，这不是污蔑祖国传统文化又是啥？！"

李德洋气坏了："我管他什么祖传秘方不家传秘方，没有'国药准字'的就是假药——"

"李德洋！"周芸这一声喊，像踩了急刹车一样，把李德洋后面的话生生刹了回去。她走上前，将那个骂骂咧咧的胖女人和她的孩子劝出了诊室，看看候诊的患者这时候不是很多，也都没有很急的病，就跟孙菲儿打了个招呼，让她放慢分诊速度，并让那个鬣狗守在诊室门口，给自己几分钟的停诊时间，她要跟李德洋好好谈谈。

关上门，拧上了门闩，尽管门外依然嘈杂声不断，但偌大的诊室在这个跌宕起伏的夜晚，第一次迎来了片刻的宁静。

李德洋颓唐地坐在椅子上，胳膊肘撑着膝盖，双手不停地搓着脸孔，很久很久才停了下来，抬起头，瞪着一双布满红丝的眼睛，对静静地站在他面前的周芸说："主任，我真的不想干了……我不是怕苦怕累，您知道的。刚来医院那会儿，我恨不得把一腔子热血都洒给这间诊室，那一年多，我没有一次因为生病请过假，没有一次跟小患者们急过恼过。都说生了病的孩子可怜，但只有咱们当医生的知道，他们因为年龄太小，缺乏自控能力，稍有不适就大哭大闹、狂躁不安，出现各种预料不到的情况，再加上家长在旁边目不转睛地盯着，那个压力大的呀……可我总对自己说，只要能把孩子的病给治了，只要能把孩子的命给救了，怎么的都值！真有治不了的、救不活的，我心里流的泪、对自己的责备，不比那些哭天抹泪的家长少。尽管这样，他们一点儿都不能理解我们，动不动就打、骂，甚至跟医闹合起伙来折腾和讹诈。可是没人替我们做主，只会息事宁人，劝我们'忍忍算了'，任凭那些暴力伤医的人扬长而去，还有社会上的各种舆论，只要出了医患纠纷，不问青红皂白，有错的一定是我们，刚才那个医闹的老太太一口一个'白狼'，凭什么？我没有名字吗？凭什么这样骂我？凭什么侮辱人！"

说着说着，他的眼睛里泛起了泪花。

周芸望着他，沉默不语。

"我受不了这种天罗地网式的挫败感，您一定懂得我说的'天罗地网'是什么意思……医生和患者，本来应该是在同一个战壕里联手对抗疾病的战友，结果呢，他们却莫名其妙地总是枪口冲里。这一阵子我睡不好,在诊室累得跟条狗似的,可是回家躺在床上,瞪着俩眼睛就是睡不着,我想不通啊主任,我真的想不通。一开始我站在自己的角度想,可能是因为我医术不精,不能治好所有的病,难怪家长们发火发怒,可是难道他们在自己的工作岗位上就能确保无所不能、万无一失?医学有局限,还远远达不到治愈所有疾病的程度,这个道理他们不懂吗?我又站在他们的角度想,孩子生病了,哪个当家长的不着急?发火发脾气是难免的,可是我又一想,他们在生活中不顺心不如意的事情多了:迟到挨罚、开车剐蹭、买到假货、快递延时,怎么就没有张口就骂挥拳就打呢?为什么唯独对着医生就可以尽情撒野呢?"李德洋下意识地把面前那个患者坐的凳子搬动了一下,连在凳子腿上的铁链子哗啦啦一声响,"后来我想明白了,终于想明白了——因为我们是医生,我们有知识、有文化、有底线,他们知道无论怎样我们都不会还击,所以他们就尽可以作践我们,他们从来只敢作践两种人:一种是比他们弱小的,一种是比他们文明的——是不是这样?主任你说是不是这样?!"

周芸依然沉默着。

"我看过一组数据,我国有二点六亿儿童,儿科医生只有十万,现在却以每三年一点五万人的速度流失。那些医护人员为什么离开?不光是因为月薪只有三四千元,不光是因为年复一年平均每天工作十六个小时的超负荷运转,很多人就是因为没有得到最起码的尊重。"李德洋喘了几口粗气,放低了高亢的声音,慢慢地说,"我不知道这么多年,您在这间诊室里是怎么熬过来的。别看我们嘴上不说,心里都明白,其实除了我刚才说的那些以外,您当主任的还有一重压力,就是某些根本不懂医疗的人,动辄瞎指挥、胡折腾,天天满嘴的让患者不再看病难看病贵,让医生不再流汗又流泪,可他们到底做了些啥?他们唯一做到的就是把一切搞得更糟,他们从来没有真正急患者之所急,想医生之所想,不管儿科医生的缺口有多大,他们只要发现谁忤了他们的意,不称他们的心,就可以想方设法把一个最优秀的人才逐出队伍……要我说这根本就不是一个正常的生态,可是又能怎么样?就像宋主任说的:他们总是不断胜利——"

猛地,李德洋意识到自己提到了不该提到的人,他闭上嘴巴,望着对面的周芸,满眼的歉意。

诊室里静悄悄的,地面上的那些影子,无论最初是怎样的形状,现在都变得长了一些,仿佛是在无声的等待中蔓延开来。

不知过了多久,李德洋听见周芸冰冷的声音:"我还是那句话——就算走,你也得干完今晚再说。"

11

"他们总是不断胜利……"

出了诊室,往抢救室走的路上,周芸的脑海里不停地循环着这句话。

她清晰地记得,那是今年二月份的一个晚上,永远是那么乐观和坚强,无论脸盘还是气色都像个红太阳的媛媛爸——也就是李德洋口中的"宋主任",坐在阳台的一张马扎上,望着楼下冷清而静寂的街道,眉头紧锁,神情严峻。

她刚刚下了小夜门诊,回到家中,虽然满身的疲惫,看到老宋这个样子还是十分吃惊,走到他的身边,问他怎么了。

事情是这样的,由于某种急性呼吸道传染病的迅速扩散,市属各大医院人满为患,那些出现一点点类似症状就担心自己染病的人，在极度的惊慌失措中，不但没有居家隔离，反而蜂拥到医院里要求检验，医院像被疯狂挤兑的银行一般，根本应付不过来，很多人坐在楼道冰冷的地板上号啕大哭，仿佛世界末日就在眼前。作为市人民医院呼吸与危重症医学科主任的老宋，耐心地劝说每一个完全没有染病症状的患者离开，以避免交叉感染，并临时开辟了一个专用病房，把那些真正的疑似患者留观。当疑似患者们满眼惊恐地拉着他的手问自己还有没有救的时候，他用沉着和坚定的口吻告诉他们要相信政府、相信医院……他表面上沉着镇定，但心里知道疫情的严重性，所以督促科室的医护人员都做好个人防护，把稀缺的口罩和防护服发给他们，并勒令他们戴好和穿严，自己却只是捏紧了平时挂得有些松散的一次性外科口罩的鼻夹。

正在忙得不可开交的时候，突然接到医务处电话，让他放下一切，马上到市里某位领导的家里去一趟，他问出了什么事，医务处那边也说不清楚。

等他火急火燎地赶到领导家里时，才知道等待他的，仅仅是领导那位养尊处优的美丽夫人犯了过敏性鼻炎。按照习惯，他本来应该装腔作势细细检查一番再开药，以佐证贵人绝非小题大做，但他心中挂念着医院里的那些患者，所以只说了一句"把猫寄存到宠物医院一段时间就行了"，便匆匆回到医院。就在门诊楼的大门口，他又接到市里的电话，说是有个医患关系的研讨会，要他必须参加，不得缺席，他万般无奈，只好坐车来到平州大厦的二楼会议室。

铺着绣有金色牡丹的加厚地毯的会议室里暖意融融，市里的大小领导围坐在一起，在市电视台的几架摄像机前，一面喝着故意用破烂套子包起来的进口保温杯里的养生茶饮，一面轮流畅想着在未来的某个时刻终于和谐的医患关系："构建良性的医患关系，关键在于建立畅通无阻的医患沟通机制，构建医患纠纷的化解机制，加强医生职业道德建设，完善医德医风制约机制，为患者营造良好的就医环境……"

那些坐在医院楼道冰冷的地板上号啕大哭的人……

轮到老宋发言时，他说："我认为，医患关系要想搞好，最起码的，要保证医疗资源公平、合理地分配。"

"宋主任，请你具体说说。"那位夫人刚刚由老宋诊治过的领导说，他的嘴角挂着一丝讥讽的微笑。

老宋本来不想多说，但实在厌恶他那一缕微笑，便直截了当地说："僧多粥少，这是我国目前发生各种医患矛盾的根本原因，这种情况下，要尽可能地减少那些'不需要去医院就诊患者'的比重，使医护人员能全身心地投入为广大人民群众的健康保驾护航的工作中去。"

说完这些，他恶作剧似的来了一句："抱歉抱歉，我刚刚从医院过来，那里的患者实在太多，大家可能都知道了，某种急性呼吸道传染病正在流行，我自己也没有做好防护，为了避免把病毒传给大家，我先撤一步。"说完他抬起屁股就走了。

听完老宋的讲述，周芸不禁笑了起来，她也拖了个马扎坐在丈夫身边。开着落地长窗的阳台有些冷，她先是把一双手伸进老宋的袖子里，接着又把脑袋靠在他的胸前，最后干脆整个人懒懒地扎在他的怀里，就像大学时代他们在夜深人静的校园里最偏僻的那张长椅上一样。

"别郁闷啦。"她用手指慢慢地搓着他额头上的那道深深的川字纹，"过去回到家，都是我跟你吐槽，从来没听见过你的任何抱怨，今天怎么反过来了。"

"我只是气愤,现在急性呼吸道传染病的流行趋势那么严峻,中央三令五申要重视起来,他们却还有闲心聚在一起吹那些毫无养分的泡泡……"老宋心情沉重地说,"不错,导致医患矛盾的原因有很多,病根儿到底在哪儿,他们心里都知道,但也都在装不知道。比如你经常抱怨的一些患者愚昧无知、偏执冲动,这确实造成了他们对医疗工作的种种误解,甚至干出辱医伤医这样的混账事儿。可是到底是什么造成了他们的愚昧无知?难道不正是各种虚假的、错误的、吹嘘自己无所不能的养生保健信息在广播、电视、报纸和社交媒体上铺天盖地、张牙舞爪造成的吗?而有关部门为此到底做了什么?不但没有阻止,反而是乐见其成吧!为了收取巨额的广告费,他们表面上义正词严、跟那些骗子不共戴天,私下里却沆瀣一气、交杯换盏;还有辱医伤医,我作为医生,当然坚决反对,但前些年开高价药、收红包、重复检查,不正是我们队伍中极少数害群之马的所作所为吗?医生为什么要穿白衣?就是为了向患者证明:医疗工作是一尘不染的,假如我们自己都玷污这样的神圣和无暇,又有什么勇气反驳患者的指责和批评呢?

"你总说我面对多么难缠的患者,都能面带微笑,不急不躁,其实是因为我经常换位思考:医生苦、医生难、医生累,这个谁都知道,可是患者呢?他们不苦?不难?不累?特别是那些来自穷困地区的患者,他们带着节衣缩食攒下来的一点钱,拖着痛苦不堪的病躯来到城里,这么冷的天儿住不起旅馆,只能露宿街头,从家里带来的棉被在身上盖一夜冻得跟铁板似的,第二天一早在挂号窗口排队时,那头发上都挂着霜。他们走进医院,就希望我们能把他们的病治好,但是由于医学的局限性,有时候不能达到他们所希望的治愈,于是抱怨几句甚至骂上几句,我哪里还忍心责备呢——医学有局限，医生对患者的同情心应该是无限的。

"医改喊了二十年，有些人寄希望于市场化，试图通过市场化，逐渐实现医疗资源的合理配置，这种改革的设想固然有一定的道理，可改来改去，总不能把老祖宗'医者仁心'这四个字给改没了吧，到最后，公立医院想着怎么挣钱，民营医院也只想着怎么挣钱，那么谁还想着给患者看病呢？何况现在就连挣这笔钱，还要划分出三六九等来！就拿这次新区落成来说吧，把旧区的医院都迁过去，买得起新区那些富丽堂皇的高档楼盘的人，自然是有充足的医疗保障了，可是旧区的患者怎么办？轻飘飘一句'谁让他们跟不上时代的列车'，就把他们放弃了，问题是时代的列车可曾给他们出售过哪怕是一张站台票？有一句话，大学毕业后我怕别人笑我幼稚，再也没有讲过——在生命面前，难道不是人人平等吗？凭什么一些人生命垂危可以置之不管，另一些人的过敏性鼻炎反倒刻不容缓，难道世界上最大的不平等，不就是在救死扶伤上的不平等吗？"老宋越说，口吻越发沉痛，"我听说有些领导把你的'蓝房子'当成眼中钉肉中刺，可是在我看来，偏偏就是那个只有四张床位的'蓝房子'，才体现了我们社会主义医疗工作的核心精神——不问贵贱，救死扶伤，全心全意为人民服务！我想，要是'朱爷爷'还在，看到你的'蓝房子'，一定会露出欣慰的笑容的。"

一道月光洒在阳台的地板上，宛如寒光粼粼的水波，周芸和老宋紧紧依偎在一起，他们的影子也在水波上浮动，仿佛是飘摇在船上的两个旅人。

"对了，我今天向上级请战了。到南方支援急性呼吸道传染病的防治工作，明天就走，看样子没有两三个月回不了家，你和媛媛要照顾好自己。"老宋低声说，"我估计，要不了多久，他们就会以调你去新区工作为借口，把'蓝房子'给叫停了，对这个，你得有思想准备。"

"南方你该去就去，家里你放心吧！"周芸说，"至于新区医院，我不会去，我就在旧区，这边的患儿更多，更需要我，我也不会放弃'蓝房子'。"

"不要小看了他们……他们总是不断胜利，而我们——"

"我们怎样？"

老宋没有说，绷得紧紧的脸上，线条硬得像铸铁一般，浮动着一层不可明辨的青色。

这从此成了周芸永远的回忆。

老宋赶赴南方支援急性呼吸道传染病防治工作的三个月里，周芸也忙于平州市的防疫工作，夫妻俩只微信视频过那么几次，每次都是以"你又瘦了"开场，以一句"你好好的"结束……当医生的，见惯了世间的生死，反而不把别离看得那么重，只要"还在"，哪怕关山万重也是好的。直到四月底接到通知，说平州市医疗队快要回来了，周芸才抽空儿跟一直放假在家的媛媛把屋子好好收拾了一番。尽管知道老宋从来不喜欢仪式感，母女俩还是从花卉市场买了好几盆鲜花，把家里布置得漂漂亮亮的，准备像从前一样，一家三口继续窝在这座旧楼的两室一厅里过着与世无争、其乐融融的日子……

然而她们等来的，却是老宋一盒冰冷的骨灰。

事后周芸才知道，老宋接到住在平州乡下的老母亲病危的消息，怕她担心，没有告诉她，跟医疗队请了假，提前一周搭了个便车往家里赶，半路上遇到一起三车追尾的交通事故，他让司机把车停在高速公路的紧急停车带上，自己赶上去救人，正当他从破碎的车窗里把一个伤员往外拉的时候，一辆私自改装后载重五十吨的渣土车沿着雨后湿滑的快车道,像发了狂的野象一般疾驶过来……

　　那些以泪洗面的日子,那些形容枯槁的日子,那些肝肠寸断的日子,那些生不如死的日子……她不想不愿也不敢再回忆,事实上她也根本回忆不出什么,真正的悲痛在心里留下的不是永难磨灭的伤痕,而是永难寻觅的空白,就像截肢一样,那么完美地、整齐地凭空缺失了一块,根本说不清人生的那个阶段到底发生了什么:哭泣、呜咽、嘶吼、嚎叫,痉挛的手指、披散的头发、喑哑的咽喉、溢血的双眼……然后突然在某一天的某个时刻,伸手不见五指的日子像放在铡草机里一样,齐刷刷地斩断了,埋起来了,就像从来没有存在过一样。生活一切如常,只是没有昨天。直到某个瞬间,比如遇上她以为陈少玲牺牲那样的情状,才会触发心底最深沉的怆痛:一个好端端的家庭,居然破碎得那么容易,那么突然,毫无征兆,永难挽回……

　　可是,比这些更加令她心碎的,是在平州市支援南方急性呼吸道传染病防治工作总结大会上,无论是颁奖还是表彰的名单上,都没有老宋的名字。表面上,有关部门给出的说法是:老宋属于提前离队,没有"圆满"完成任务,又不是牺牲在抗疫前线,所以只能深表遗憾……但或许坊间的传闻才是真实的原因:决定那份颁奖和表彰名单上的名字的,就是被老宋顶撞过的、夫人患有过敏性鼻炎的那位领导。

　　他们总是不断胜利。

　　之后的一天,她没有告诉任何人,买了一张前往北京的火车票,去北京儿童医院找"朱爷爷"了……

　　老宋在世的时候,经常陪着老婆参加急诊科的团建活动。他虽然是市人民医院的大专家,却毫无架子:穿着把小肚子勒出三道褶的安全衣在丛林绳桥上一边穿行一边吱哇乱叫,抬着不锈钢炭烤架子在大凌山上烧烤熏得满脸黢黑,打真人CS时替"战友"挡枪和各种耍赖不下场……对这位医术精湛而又平易近人的兄长,科里的同事们都抱之以极大的尊重。李德洋目睹了护士挨打之后,变得惊恐而颓唐,尤其想不通为什么全社会对伤医者都采取纵容态度,反而不辨是非地动辄将一切归罪于医生,经常跟老宋诉说内心的痛苦和委屈。绝大多数时间,老宋总是静静地做一个倾听者,只偶尔安慰他几句,鼓励他要开阔心胸、不问荣辱,"没事儿多背背'希波克拉底誓言'[①]"。

有一次,李德洋说起市劳动局打着廉洁的名义,不但要取消医生的夜班费,还要以"违规发放津贴"的名义将过去发放的夜班费收缴,而在舆论的一片叫好声中,医院只能执行这一政策,有几个医生不同意,还受到了处分。

老宋脱口而出:"他们总是不断胜利……"

周芸在旁边听见了,立刻拦阻道:"你别给我的医生灌输负能量啊!"

"鸡汤要喝,醒酒汤也要喝。"老宋大笑着说,"真金不是一开始就不怕火炼,而是认识到实在没辙。"

老宋去世后,李德洋再没有个可以说知心话的人了,刚才在诊室里的那一番诉说,算是把半年多来积蓄在心中的苦水倾倒了个干净。然而周芸却没有再规劝他什么,因为她深知"哀莫大于心死"。从李德洋的话中,她听出他的心已经死透了,没有再挽回的可能了,那就随他去好了,就像很多随他去的事和随他去的人一样……

[①] 由"医学之父"希波克拉底提出、全世界的医护工作者从业前必须宣誓的一段誓词,被视为医学行业的职业道德规范。

12

来到抢救室，周芸看到大楠和蔡文欣已经把这里布置好了，她盘算着，等胡来顺和陈少玲他们回来，就把其中四个患儿安置在这里。她知道这样做是冒险的，因为一旦有坠楼、车祸的危重症患儿送过来，还得现挪床位，耽误抢救时间，可是事已至此，只能走一步看一步了。

走出抢救室，她一眼就看见：丰奇拄着拐杖，站在留观一病房的门口，跟雷磊正在说着什么，两个人的脸色都很难看。

丰奇负伤后，一直在留观一病房的一张椅子上坐着。他的心里十分惦念PICU里面的孩子们，也知道此时此刻，田颖一定心急如焚地牵挂着自己的伤情，所以很想尽快上楼去与她们会合，然而腿上的伤是无论如何也走不动路的，看大楠和蔡文欣忙个不停，也没好意思打扰，直到她们得了空，才提出借拐杖的要求。大楠赶紧给他找了副拐杖，他撑在腋下，一步一步地往外面走去，刚刚出了病房，就迎面遇上了雷磊。

这是他们俩今天晚上第一次正面相对。

雷磊和丰奇，过去一个在市局，一个在基层派出所，从来没有在一起共事过，且地位悬殊，所以丰奇认得雷磊，雷磊却不认得丰奇。不过，凭借丰奇今晚在急诊大厅里几次出没时明显不同于平州警员的职业素养、一口略带京腔的普通话、后腰上携带着急救包这几项特征，不难猜出他在此地执行一项秘密任务。在没有摸清此人公干的具体内容之前，雷磊没有贸然与他接触。但经过一段时间的观察和思考之后，雷磊觉得"是时候了"。

"自我介绍一下，我是平州市综合治安办公室主任雷磊，今晚临时接管旧区的警务工作。"雷磊望着丰奇，用温和的口吻问道,"怎么样,伤势好些了吗?"

因为失血过多,丰奇本来白净的一张脸,现在竟泛着浅浅的惨绿色。他知道雷磊早晚会来找自己,只是没想到这么突然,一时间没反应过来,呆立了片刻才点了点头。

"你是从北京来的吧,出的什么任务?"

警员跨省办公,如果遇到同行问起任务的具体内容和性质,当视任务的保密要求、盘问者的级别、所处环境是否需要兄弟单位配合等因素来决定是否如实陈述。如果保持缄默,就说明任务的密级很高,盘问者若打破砂锅纠缠不休,事后是要被追究责任的。

问题在于,公安系统是个准军事组织,跟所有的军事系统一样,内部等级极其森严,特别是在同一区域从警,那真的是官大一级压死人,甚至对上级形成了某种类似于条件反射的敬畏心理。俗话说"先数杠,再数花,一枝橄榄全干趴"①,可不是说说玩儿的。当然,比如碰上办差事的是马笑中那种滚刀肉,就算是公安部部长问他,不该说的他照样嬉皮笑脸搪塞过去,但丰奇不一样,他是个太"正"、太"规矩"的警察,所以当雷磊问起任务的内容时,他竟不自觉地挺了一下胸,等他意识到自己暴露了身份和级别时,已经太迟了。

他追悔莫及地闭紧了嘴巴,不再说话。

瞬间,雷磊就探到了他的底,换了一副冷冰冰的口吻:"不管任务是什么,你都犯了错误,知道吗?"

雷磊这话说得很高明,一来警员执行任务,难免会出各种各样的错误,二来在执行任务的过程中,没有保护好自己也是失

---

①指根据警衔上的标志来确认级别。

职。但在丰奇听来，想的却是不该不听田颖的话，冒冒失失地下楼，自己负伤不说，更糟糕的是削弱了PICU的保护力量，安保工作最重要的原则就是不旁生枝节，自己偏偏在这个问题上捅了娄子，雷磊批评他"犯了错误"，倒也一点儿都不过分。

他不禁慢慢地低下头来。

抓住这个机会，雷磊伸出一只手："好了，其他的事情回头再说，你先把枪交出来吧。"

丰奇想到自己辜负了上级领导的信任，任务出了岔子，很可能还会连累到田颖，顿时心乱如麻，右手慢慢摸向腰间，准备把手枪交给雷磊，但指尖碰及枪身的一瞬间，突然听见不远处有人喊了他一声："丰警官！"

丰奇一怔，抬眼看去，竟是老张。虽然不知道他叫自己什么事，但猛地清醒了几分！

"也不知道是敌是友"——明明自己刚才还这样提醒过周芸，谁知在雷磊的压势之下，竟神昏意乱，差一点儿着了他的道儿！

好险！

丰奇把右手从腰间抽回，严肃地对雷磊说："你有什么权力缴我的枪？！请你马上后退，不要妨碍我执行任务！"

雷磊的腮帮子一个抽搐，知道时机已经失去，他回过头，压着眼皮看了老张一眼，转脸又对丰奇恶狠狠地说："按照条令，警员在单独执行任务时负伤，为了防止武器被犯罪分子夺取，应该交给增援或随后赶到的同志保管。"

警务条令中确实有这么一条，但丰奇抗辩道："我又不是单独执行任务，还有一个同事在楼上配合我呢！"

说完他就后悔了，情急之下的一句话，不仅暴露了安保的人数，竟然连位置也秃噜出去了！

他恨不得找个地缝钻进去，才明白眼前这个雷磊不只是级别，心机也远远超过自己，然后就想起马笑中经常跟他说的那句话："老弟，甭管干啥工作，可以实在，但千万不能傻实在啊！"

可是现在，想这些又有什么用呢？他已经把PICU的大门向雷磊敞开了……

吱呀——

就在这时，医疗综合楼的外面传来一声尖利的急刹车声，接着是开关车门的呼呼声和一串急促的脚步声，只见满头大汗的胡来顺跑了进来，一边跑一边喊："护士！护士！赶紧来帮忙抬病人！"

还没等其他人反应过来，周芸已经拖着一张移动病床，带着风向医疗综合楼的门口冲去！病床的四个胶皮轮子好像被朝不同方向抽动的四个陀螺，在地面剧烈地转动着、摇摆着、弹跳着、滑行着，各怀鬼胎地一路丁零哐啷……

第四章　倾城

西城的街道打扫净，预备着司马好屯兵。
诸葛亮无有别的敬，早预备了羊羔美酒犒赏你的三军。

1

争分夺秒！

周芸用最快的速度把氯气中毒的孩子们分别安顿在抢救室和留观一病房，全员加压面罩吸氧之后，根据他们每个人的具体症状，安排了静滴大剂量维生素 C 解毒、用生理盐水反复冲洗眼部后点红霉素眼药膏以防治结膜炎等持续治疗措施，与此同时验血、做心电图、拍摄 X 光胸片，看看有无其他特殊病理发现。她一刻不停地在病房里穿梭着，指挥、疏导、纠正甚至亲自上手，时而像变魔术一般将数个雾化吸入器的药瓶里配好药，时而在病床床头挂着的记录本上写下抢救措施和时间以备稍后补记病历，时而声色俱厉地提醒大楠根据多参数监护仪上的数据调节静滴速度，时而弯下腰跟某个哭鼻子的小患者开玩笑说"喂喂喂你可是个纯爷们儿啊"。由于抢救及时，孩子们的整体情况尚好。周芸又从游泳教练那里要来了六个孩子的家长电话，让孙菲儿通知他们赶紧到医院来，"不要把情况说得太严重，省得家长路上着急开车出事故"。

既在意料之中又在意料之外的是，陈少玲呼吸困难、反复吞咽，看上去情况比那个游泳教练还要严重，为了防止她出现中毒性肺水肿，周芸把10%的硅酮加入氧化湿气瓶中，让她随氧吸入——吸氧的椅子特地设置在张小玲的病床边，这个暖心的举动让陈少玲十分感动。她轻轻地抚摸着女儿那盖在白色被单下的羸弱身体，为白色雾气所笼罩的一双眼睛泪光莹莹。

忙活得差不多了，胡来顺问周芸接下来自己还需要做什么。也许是成功地救出了陈少玲，并把孩子们平安带回来的缘故，这小子反而比小夜门诊刚开始那会儿显得劲头十足。周芸表扬了他一句"关键时刻还得靠咱们小胡"，让他先回诊室给患儿看病，给李德洋减轻些压力，胡来顺兴冲冲地答应了。

周芸这才双手叉腰喘了几口气，想起刚才雷磊、丰奇和老张在留观一病房外面对峙的情形，才注意到好久没有看到这三个人了，心里不由得忐忑起来。四下寻找，终于在推开急诊科办公室房门的时候看到了他们。

眼前的情形让她吃了一惊：丰奇正坐在椅子上，一边向坐在他对面的那个游泳教练盘问着，一边在笔记本上唰唰唰地记录；老张蹲在地上，用戴着乳胶手套的手铺开了一块块白色无菌纱布，将陈少玲带回的一袋袋证物分别倒在上面；而雷磊则将刚刚打印出的数张A4纸拼接起来，贴在墙上那块平时用于提示科室事宜的磁性玻璃白板上，拼成一张平州市警用地图。一张被清理出来的办公桌上，摆放着酒精灯、显微镜、搪瓷盘、压舌板、镊子，这些物品无论是用于检验、盛放医疗器械还是做手术，周芸当然是熟悉的，但现在看上去却那么陌生。还有一盒五件套的化妆刷、万能胶以及原本放在诊室窗台上的那个长方形的玻璃鱼缸，完全不知道做什么用——办公室仿佛在很短的时间变成了作战室，充斥着一股紧张和忙碌的气氛。

原来，他们正在开展着另外一场在某种意义上同样可以称之为"急救"的工作。

刚才老张喊了丰奇一声，是让他先不要上楼，而是留下来协助自己工作，然后又具体分了一下工：丰奇负责对所有知情人和目击者（包括其他氯气中毒的孩子）的访问与记录；雷磊负责资料的检索、准备和勘验记录；而自己则负责检验物证，并用最短的时间将检验所需的工具找了来。

"你是否确认，进入游泳池的投毒者只有一个人？"丰奇问道。

游泳教练全身裹了好几层毛巾被，还套了一件不知是哪个护士的粉红色羽绒服，一边喝着热水一边点着头。

"他的穿着是什么样的？"

"就一件灰色的快递员衣服，咱们市里送餐员都穿的那种。"

"你看见他的相貌了吗？"

"没有，他戴着头盔和防风镜，根本看不清长相。"

"从他进入游泳池到离开的前后经过，你详细给我叙述一下，不要放过任何一个细节。"

教练抱着水杯想了想才说，当时他正在泳池里教孩子们学游泳，那个送餐员提着一塑料袋盒饭就进来了，因为此前嫌他送晚了，教练已经另外叫了一家米粉并吃完了，所以就喊了一声"先放外边吧"。但送餐员还是往池水循环设备间走去，因为教学正在进行，教练也没管他，甚至都没看清他是什么时候出去的，但没过多久，有孩子就说闻到一股怪味儿，他们发现从池水循环设备间里飘出了黄烟，往外面跑的时候，大门却怎么推也推不开了……

"这个送餐员跟以前每天给你们送餐的是同一个人吗？"

"差不多吧……我也没看清楚。"

问了半天，教练的回答基本上就是一堆囫囵话，丰奇只好让他离开。快要出门时，老张突然问了一句："游泳池里的换气扇是你开的吗？"

"对啊，每天晚上上课前，我都要把游泳池的灯和换气扇打开。"教练说。

等他走后，老张把空饭盒、两个门把手、写着"次氯酸钠消毒液"的空瓶子和胡来顺拆下来的那组电源开关面板放进了倒扣着的玻璃鱼缸里，让丰奇和雷磊戴上口罩，又将点燃的酒精灯、三脚架和放在石棉网上的蒸发皿也推进了玻璃鱼缸内，蒸发皿里面放着稀释后的万能胶，在酒精灯的燃烧下，立刻蒸发出了水蒸气。

对于可能留有犯罪嫌疑人潜在指纹的证物，提取指纹的方法有很多，比如多波段光源、荧光粉、碘熏染、茚三酮熏染等，但一九七八年开发出的万能胶熏显法以其操作简便、效果显著和成本低，很快成为"主流"：绝大部分万能胶的主要成分都是氰基丙烯酸盐，一旦受热蒸发后就会与水、油脂、脂肪酸、氨基酸和蛋白质等残留物发生反应，沿着表面纹线生成稳定的氰基丙烯酸盐聚合物，五到十分钟左右，就会在证物上勾勒出比工笔画还要精致的清晰指纹。

刑事侦查学属于警校的"通识"课程，每个学生必修，但参加工作以后，警种和警种的工作内容差别很大，作为片儿警，丰奇在绝大部分时间里所要面对的是比朝阳群众、西城大妈更加琐碎的家长里短，所以当亲眼看到老张操作娴熟的指纹鉴定技术时，他仿佛看魔术一般激动。

对于刑侦工作而言，物证的价值就在于能够建立起它与犯罪嫌疑人、受害者和犯罪行为之间的关联，但是这一回，在那几样证物上，除了教练、陈少玲等人的指纹外，同时发现了几枚明显是戴着加绒骑行手套留下的指印，应该系投毒者所留。这种指印跟戴着乳胶手套留下的指印一样，被物证鉴定人员称为"白指纹"，没有关联的可能。但老张似乎毫不介意，他把装盒饭的那个塑料袋翻正，套在一个深蓝色的四十二升医用储氧袋上，以使塑料袋表面撑起，然后同样放在倒扣的玻璃鱼缸里，用万能胶蒸气熏显，结果依然只发现了几枚"白指纹"。老张用尺子仔细量过所有"白指纹"的宽度，又根据其边沿的几处相同的不规则特征，确认它们是同一副手套所留。

"记录检验结果。"老张对雷磊说。

雷磊手拿一支碳素笔，站在磁性玻璃白板旁边，那张白板一半贴了平州市警用地图，另一半则用来做物证勘验记录。

"记录什么？不是只有'白指纹'吗？"

"那也要记录。"

丰奇也有些不解："'白指纹'既不能做指纹比对，又不能做法庭证据，有什么用呢？"

"物证勘验中，'有用之物'有指向作用，'无用之物'也有指向作用，特别是在戳穿罪犯制造的假象时。"老张看了他一眼，"比如这个'白指纹'，能说明什么？"

"说明犯罪嫌疑人想隐瞒自己的身份呗。"

"那么，他为什么不戴上鞋套呢？他鞋底的痕迹可是很明显在暴露自己是'张大山'的身份啊。"

"我明白了，恰恰是这个戴手套的行为，反而证明了他不是张大山，因为即便是他能穿上张大山的衣服和鞋，戴上他的头盔和护目镜,但指纹是没法作假的,必须加以掩饰。"

"当然,还要考虑到,有可能投毒者是故意采用这种方式混淆自己的身份,让我们做出'他不是张大山'的判定,还有更简单的,大部分快递员在开门、按电源开关、拧开瓶盖倒入液体时,本来也不需要摘手套。"老张说,"所以才要把每一个物证检验结果详细记录,给接下来的工作留下比对、质疑和核实的依据。"

雷磊点了点头,在磁性玻璃白板上记录下了"白指纹"的情况。

老张拿起那根用来绑住门把手的粗铁丝,看了又看,正好周芸走进办公室,就麻烦她把陈少玲叫来。

"少玲正在吸氧……"周芸话吐半句,看老张的目光里有着不容分说的坚定,知道这间屋子正在进行的工作和刚才自己在病房里的工作一样刻不容缓,只好把陈少玲叫了过来。

陈少玲的呼吸比刚回到医院那会儿和缓了许多,只是依然不时咳嗽两声,偶尔吞咽一下时,两道眉毛就像被喉咙里的钩子牵拉似的皱起。

"少玲,有个问题,请你一定好好回忆清楚,再回答我。"老张用手捋着粗铁丝的两头说,"从铁丝的折痕上看,中间段似乎并没有太复杂的缠绕,反倒是两端显得凌乱,更接近于一种不辨方向的撕扯……我猜,也许这个铁丝最初绑住那两个门把手的时候,仅仅做了简单的缠绕,虽然在末端打了个结儿,也只是确保门从里面推不开就行了,后来你因为急于把门打开,曾经乱扯一气,反而搞得越来越紧,当你冷静下来,终于将它解开时,才发现其实并没有那么难解——我说得对吗?"

陈少玲望着老张……回到医院以后,她还是第一次见到他,实话说她是在故意躲着他,当一个人突然暴露出跟日常面目完全不同的另一面时,难免会让熟悉他的人感到陌生和恐惧,何况是一个在那么长的时间里朝夕相处的、普通得不能再普通的保洁员,突然展现出了跟犯罪相关的高超技能……

"少玲。"老张见她怔怔地出神,一言不发,便又叫了她一声。

陈少玲这才回过神来:"是,你说得没错。"

老张低下头思索着什么。

"没我的事了吧?那我先出去了。"陈少玲刚要往外走,却被雷磊叫住了:"张大山又给你发微信、短信或打电话了没有?"

"没有。"陈少玲冷冷地说。

"他还会再发的。"雷磊说,"虽然我们刚才向'满口福'餐饮公司了解到,今晚张大山再没有其他的送餐任务,但到目前为止,还看不到他收手的迹象。所以从现在开始,你得把手机交出来,以便在他告诉你下一个犯罪地点时,我们能第一时间掌握。"

"我再说一遍,张大山不可能给孩子们下毒和投毒,一定是有人故意陷害他!"陈少玲拒绝道。

雷磊向她逼近了一步:"别太嚣张,我还没跟你算逃出医院那笔账呢!"

周芸马上挡在了陈少玲的身前:"雷主任,少玲刚刚豁出命去救了那么多人回来,我相信如果她再次收到由张大山手机发来的信息,一定会马上告诉我们的,你能不能稍微讲一点人情味儿?"然后推了陈少玲一把:"你,继续吸氧去!"

雷磊望着陈少玲走出办公室的背影,神情阴郁。

这时,老张把那个用鞋套包着头的墩布拿在手中,慢慢地褪下鞋套,墩布头上的无数缕灰色棉线条顿时颓委在了铺好的白色无菌纱布上,并扑簌簌地掉下了很多渣土样的东西。他用镊子将几个颗粒夹到一块载玻片上，然后放在显微镜下面，一边转动旋钮以调整放大倍数和焦距，一边仔细观察。

接目镜里呈现出沙砾、泥土、纤维、毛发、植物碎屑等各种各样的微量证物，它们好像色泽、形状、大小都完全不同的虫子，暴露在圆形的视野里……微量证物就像交感神经一样，是不受人的意志控制的零碎颗粒，即便最狡猾的凶手，也无法利用微量证物作假或完全消灭微量证物，所以在刑事鉴识科学家的眼中，在证据的可靠程度上：口述证据＜印痕证据＜生物证据＜微量证据，这是一条百试不爽的鄙视链。

因此，陈少玲冒着生命危险"抢出来"的这个墩布头，一定有着不同寻常的价值。

老张站起身，拿来一个搪瓷盘子，放在白色无菌纱布上，用压舌板细细地将还挂在墩布条上的一些渣土刮进盘子里，发出一阵噼里啪啦的声音，又将最初展开墩布头时掉落在纱布上的所有东西都倒进盘子，然后端着它走到周芸身边问："二层科学实验室的钥匙，你有吗？"

周芸点了点头，老张便请她带自己去一趟。

雷磊朝站在门口的鬣狗使了个眼色，鬣狗赶紧跟了上去。

"刚才雷磊逼少玲交出手机的时候，你怎么不拦一拦？"沿着步行梯往楼上走的时候，周芸问老张。

"雷磊的要求又没有错，少玲确实应该把手机交出来，以利于我们更及时地对投毒者发来的信息进行反应。"

"那你也没帮雷磊说话啊。"周芸的口吻中暗含讥讽。

"因为那样就太晚了。"

"太晚了？什么意思？"

"海马儿童游泳馆里的事情已经过去了太长时间，投毒者很可能已经到达了下一个目标地,并做好了实施犯罪的准备。我们不能等着他来告诉我们那个目标地在哪儿,那样就太被动了,就算最快时间赶到,也未必能像在海马儿童游泳馆里抢救得那么及时,所以,要争取在他动手前就锁定他的位置。"

黑暗的楼道里,周芸看不清楚老张的表情,但他冷峻的话语却令她不寒而栗,不禁加快了步伐。

位于二层的科学实验室,原本是急诊科和营养科合用的,里面堆放了各种实验器械,但都比较老旧,所以医院搬迁工作开始后,两个科室都在新院区重新购置了相关器械,因为不知道这些旧器械应该怎样处理,索性就这么搁着。是以周芸开门的时候,一股呛人的尘灰气味扑面而来。

老张不管这些,打开灯,径直走到墙角那台灰色安捷伦气相色谱分析仪前,将搪瓷盘子里的物质倒了一多半在样品瓶里,又把样品瓶放在圆形样品盘中,然后打开机器。随着转盘咔啦咔啦地转动到指定位置,取样针将样品瓶里的复合物取走燃烧,对产生的烟气加以识别和分析,在连接的电脑屏幕上呈现出宛如心电图一般波峰波谷上下起伏的图表,并列上了样品中所含的元素成分。

"你会用气相色谱分析仪?!"周芸惊诧得瞪圆了眼睛。

气相色谱分析仪是一种分解复杂混合物并鉴定其组成成分的科学仪器,通常由两部分组成:首先是气相分析机将混合物分离为单纯的元素成分,而色谱仪则用光线照射样本,测定出每一种元素是什么以及其在样本中的含量或比例。医院往往用它做微量元素分析,以诊断患者体内的维生素或某种小分子营养物质是否缺乏。

"嗯。"老张含混地回答了一句,然后就专心致志地盯着电脑屏幕,"PH值6.45,有机质含量2.78%,氮含量0.129%,磷含量1.118%,可溶盐总含量0.075%,代换量16.89毫克当量……从理化性状上看这是典型的草甸土。"他用脚在地上一划拉,带转轮的椅子滑到旁边一台放有复合显微镜的桌子前。他把搪瓷盘子里剩下的物质倒了一小撮在复合显微镜的载玻片上,继续在显微镜下验看,当他抬起头来的时候,眼眶下方竟被接目镜压出了一道好像浣熊似的青色印痕。

"主任,据您所知,大凌河西岸有没有什么泡子或涝洼地?"他望着周芸问。

老宋在世的时候,每到周末,一家三口人经常拿着钓竿和塑料桶去大凌河畔钓鱼,所以周芸对两岸的环境比较熟悉。她想了想说:"我记得有块湿地,长了好多芦苇,附近的人们都管那里叫'大水坑'……"

话还没说完,老张猛地站起身,一边说着"跟我下楼",一边大步走出门去,差点儿把站在实验室门口的鬣狗撞个跟头!

回到急诊科办公室,老张指着平州市警用地图对周芸说:"您来指一下'大水坑'的位置。"

周芸看了片刻,指着河西岸一块接近大凌河大桥的地方说:"大约就在这里。"

"还有其他的地方符合我刚才说的地质特征吗?"

"没有了。"周芸肯定地说。

"怎么回事啊?"雷磊和丰奇都凑了过来问道。

"少玲带回来的墩布用于游泳池内部的日常卫生维护,总是在湿润的环境下,泳道附近又很干净,不太可能沾上太多渣土之类的成分。所以我用压舌板刮下来的复合物,应该是投毒者在投毒时鞋底踩到了墩布蹭下来的——鞋底沟纹、车辆轮胎的沟槽往往储存有大量的物证,甚至因为层级鲜明而能勾勒出犯罪嫌疑人完整的行动轨迹——我分析了里面的成分,主要是分布于河岸边的草甸土,但还掺杂了一些蓝色土粒,这是三价氧化铁还原为二甲氧化铁造成的沼泽土,大多分布在涝洼地上。平州市只有一条大凌河,我就请周主任回想大凌河西岸有没有泡子或涝洼地,结果就找到了这个名叫'大水坑'的地方。"

"你的意思是说,投毒者到海马儿童游泳馆投毒前,曾经到过'大水坑'?"周芸有些困惑,她指着地图说,"问题是,从思乐培训长宁校区到海马儿童游泳馆,有好几条路可以走,但'大水坑'偏偏是最不可取的一条。一来那里特别的坑洼泥泞,如果骑着电动车,有几段必须下来推着车走,我估计他脚底的渣土就是那时候踩上的;二来就算通过了,也是绕了大远,有什么必要放着近道不走,非要折腾这么一大圈呢?"

"就像您说的,在很多条道路中,他偏偏选择了最不可取的一条,那么就一定有着非同寻常的理由,何况他后来还用关灯的方式,试图让刑侦人员忽略这个物证,那就更值得我们重视了。"

"难道是怕被监控拍到?"丰奇说。

老张摇摇头:"那个时段,旧区少说也有几百个送餐员穿行在大街小巷,穿着同样的衣服、戴着同样的头盔、骑着同样的电动车。"

"或者他把什么犯罪用的凶器或道具藏在那一带了,得去取一趟?"雷磊说。

老张还是摇头:"单就海马儿童游泳馆的投毒来说,他制造毒气用的是每个池水循环设备间日常必备的消毒品,要说他自备的犯罪道具,大概也就只有那一根粗铁丝了。"

雷磊和丰奇又提出了几个设想,都被老张否掉了。

周芸看得出，老张虽然神色如常，但凝聚在警用地图上的目光越来越焦灼，仿佛每一刻的延迟都是某个重大灾难的倒计时又跳了一下秒似的。她很想帮他的忙，于是也望着地图上"大水坑"那个地方，想要找寻答案，脑海中浮现出的却是去年初秋，一家人坐在芦苇丛边的一块大石头上野餐时的快乐情景……

啊！她突然想起，这一天忙忙碌碌到现在，居然还没有跟女儿联系，今晚她要参加新区落成的庆祝演出，现在快要从舞蹈学校出发了吧！

她走到办公室外面，拿出手机，给媛媛的舞蹈老师打电话，想问问孩子的情况，但是对方的手机一直在忙线中，"请稍后再拨"那一句，说得仿佛遥遥无期……

2

手机响到地老天荒，终于有人接听了。

"喂，是冯主任吗？"虽然被对方这么久才接电话气得一肚子火，但赫赫老师还是要硬挤出一副和缓的腔调说，"孩子们都穿好表演服、化好妆了，接我们的车还要多久才来啊？"

赫赫老师是小天鹅舞蹈学校的首席舞蹈教师。她的教学严谨扎实，一丝不苟，深受家长和学生们的推崇。虽然因为营养好的缘故，有些才上六年级的孩子个头儿都快超过她了，但是站在她面前无不毕恭毕敬，只要她敲起那面小鼓，伴随着"咚咚咚"的鼓声喊起节奏时，舞蹈教室里总是飞扬起认真而优美的舞姿。坦白说，也正是因为有赫赫老师在，在旧区租了老年活动中心四层开办的小天鹅舞蹈学校尽管设备简陋，却能闻名遐迩，甚至争取到了今晚在平州市新区落成庆典上表演舞蹈的名额。

正式表演的时间是十一点半。本来说好了，晚上八点，电视台综艺演出中心会派车来接孩子们去新区的"平州大剧院"，那里是今晚庆典活动的主会场。但八点多的时候，车左等不来、右等不来，赫赫老师十分焦急，给综艺演出中心的冯主任打电话，总也没人接听。她非常担心这个演出机会被作为B组[①]的白孔雀舞蹈学校给"顶了"，毕竟"白孔雀"的校长是冯主任的小姨子，在平州这样一个地级市，所有的才华和能力最终都要让位于裙带关系，但是"小天鹅"也没少给姓冯的送礼，他总不能一点儿面子也不给吧。

赫赫老师打听了一圈，才知道也许是因为大凌河大桥出了车祸，桥面被封锁，至于什么时候恢复交通，市政府给出的说法是"待定"，所以综艺演出中心那边才毫无动静的吧。但是赫赫老师还不死心，她宁可今晚无法参加演出，也绝不能让"白孔雀"逮到空子把机会抢走，所以不停地给冯主任打电话，非要盯出个结果不可。

不知道是不是被自己搞烦了，最终，冯主任还是接电话了："赫赫，百年不遇啊，居然主动给哥打电话来了。"

隔着手机，赫赫老师也能看到那个谢了顶的、两个眼袋活像挂了两个猪尿泡的油腻男人就站在面前，用毫不掩饰的猥亵眼神在自己的身上撩来撩去，并在话里话外暗示自己，只要能让他尝到甜头，就会给她的事业开更多的绿灯。但赫赫老师在底线面前绝不让步，这使得那个男人像想偷腥却永远偷不着的猫一样，不但用更下流的言行来骚扰自己，还经常在工作中故意制造障碍，以证明他欲望的出口才是赫赫老师的活路。

[①] 重大演出中的替补队。

"嗐，你问车啊！你没听说吗，大凌河大桥出了重大事故，新旧区的交通被中断，这是谁也没有料到的事情，咱们只能等。交管委只要发出通知，接你们的中巴车会第一时间开到楼下的——要不，哥单独派个车去接你一趟？"

赫赫老师装成没听见最后那一句："可是，现在已经快九点半了，距离演出还有两个小时，来不来得及啊？"

"你急，我也急啊，这不是没办法嘛，你安慰一下孩子们，等回头抽出空儿来，哥再好好安慰安慰你啊。"说完冯主任就把电话挂上了。

赫赫老师把手机放回挎包里，虽然刚才通话时，提示有其他电话打进来，但她无心再接听，背靠着墙想了一想，实在是想不出眼下还有什么更好的办法，心情变得格外沮丧。她沮丧倒不单单是因为"小天鹅"不能在市领导面前和电视屏幕上亮相，更多是为了训练大厅里那些年复一年苦练的女孩子，当她们得知失去了这次在舞台上一展才艺的机会，该有多么难过啊……

因此，自己更要打起精神，给她们打气和鼓励，告诉她们这只是永远都猜不到下一秒的人生中一次不值一提的挫折。

这么想着，她把手握在了更衣室的门把手上，却又没有拧开。

别的孩子听到这个消息，也许伤心一会儿，甚至哭一场，也就过去了——媛媛呢？她会怎么想？

媛媛的爸爸姓宋，是市人民医院呼吸与危重症医学科主任，医德和医术的口碑都非常好。赫赫老师见过他很多次，因为每次媛媛从舞蹈学校放学，都是他来接，望着父女俩挽着胳膊回家的背影，好像大熊牵着小熊似的，赫赫老师觉得特别温馨。媛媛的身材微胖、关节发硬，练舞蹈的先天条件并不好，在班里也始终属于中等水平，可她的乐观、努力和脸上永远洋溢着的自信表情却让赫赫老师非常欣赏——毕竟没有大长腿的赫赫老师当年也是凭着永不服输的劲头，才在舞蹈事业上跳出了自己一番天地的。

很不幸，在今年抗击急性呼吸道传染病的战役中，媛媛的爸爸牺牲了。那以后，媛媛消沉了很长一段时间，由于缺乏练习，舞蹈技能越来越生疏，到最后连最基本的后下腰动作都做不到位了。赫赫老师恨铁不成钢，严厉地批评过她好几次，但媛媛一脸漠然，无动于衷……为此，赫赫老师专门去了一趟儿童医院急诊中心，找到媛媛的妈妈，想跟她说说孩子的情况，寻求她的帮助，但在那位身穿白大褂的母亲的脸上，赫赫老师却看到了比女儿更多的绝望。

悄悄地，也是无奈和难过地，赫赫老师把媛媛的名字从平州市新区落成庆典的演出名单上划掉了……

有一天晚上下班后，男朋友来找她，俩人吃完饭，商量着要去看场电影，但刚刚上映的大片都没有票了，找来找去，发现有一家电影院在放映《熊出没》的第五部剧场版"变形记"，童心未泯的两个人便买了票去看。故事讲的是光头强的爸爸来到狗熊岭探望儿子，由此展开的一段父子之间的亲情故事：年轻时参加祖国建设、因而疏于照顾家人的强爸，老了以后面对儿子的种种指责，从不辩解和反驳，只是默默地用自己无私的爱，渐渐地获得儿子的理解和谅解……

没那么多微笑，也没那么多拥抱，
跌倒要自己爬起来，玩具要自己找。
有那么多工作，有那么多烦恼，
还是觉得这世界上，只有妈妈好……

电影结尾的主题歌《世上只有爸爸好》响起时,赫赫老师和男朋友穿好外套往放映厅外面走,目光一错,突然发现观众席的最后一排竟坐着媛媛。小姑娘一动不动地瞪着银幕,两只眼睛睁得大大的,伴随着歌声,泪水汩汩地涌出面颊,打湿了衣襟。

  世上只有爸爸好,长大了才知道,
  教我什么是尊严,什么是渺小。
  时光你慢些跑,不要让他变老,
  等我长得比他高,再给他拥抱。

走出电影院,赫赫老师抬起头,望着深蓝色的夜空,静静地想了一会儿,对男朋友说:"你先走吧,我要回学校一趟。"

几天后的一次舞蹈排练中,媛媛还是无精打采,屡屡出错,赫赫老师没有说什么,只是在排练结束后把她单独留下。

铺着实木地板的排练大厅亮如白昼,在整整一面墙的镜子里,只映出了师生两个人的身影。

"媛媛,你跟我学了好几年的舞蹈了,你觉得舞蹈是什么?"

媛媛愣了一会儿才说:"舞蹈是一种形体语言和表演艺术——"

"行啦!"赫赫老师不客气地打断了她,"又不是考试,整那些文绉绉的词儿做什么?说你自己想说的话——舞蹈到底是什么?"

跳了这么多年的舞,媛媛竟从来没有认真地想过这个问题,她想了很久很久,还是困惑地摇了摇头。

"那么好,我来告诉你答案:舞蹈就是自由!"赫赫老师盯着她的眼睛,一个字一个字地说,"很多人认为,舞蹈必须是优雅的、艺术的、美好的、高贵的,不对!舞蹈不过是一种任何人都可以用来放松和展示自己的娱乐方式,没有什么高与低、对与错、好与坏、雅与俗之分,任何人都可以跳舞,跳得好看不好看是另外一回事,但就舞蹈本身而言,是以绝对的自由为前提的。"

听到一向对每个动作都有极高要求的赫赫老师说出这样"大逆不道"的话,媛媛目瞪口呆。

"最好的舞蹈不一定是最美的,但一定是最自由的,因为只有自由,才能实现所有艺术的核心精神:用最真挚的情感表达灵魂深处的爱与痛。"赫赫老师说,"舞蹈老师教给你们的,一定是经过反复研究和精心设计的、符合大多数人审美的动作,这是打基础,必须高标准严要求,但也正是因此,在那些舞蹈中,留下了太多人工打磨的痕迹,以至于很多时候,你们精确地掌握了细节和要点,却忽视了自由本身,所以无论在舞台上怎样全力表现,脸上的表情却永远是堆砌的、虚假的,因为你们只有动作,没有情感,没有表达出灵魂深处的爱与痛。"

媛媛听得清赫赫老师的话,但却听不懂她的意思。

"说到爱与痛,前几天我编了一段舞蹈——一条不成文的规定,在针对小学生的舞蹈教学中,只允许教阳光的、欢快的、喜气洋洋的曲目,不许教压抑的、哀婉的、痛苦悲伤的曲目,而在我看来,后者比前者才更接近人生的真相。其他同学虽然跟你同龄,但她们领悟不到这一点,而你遭遇了一些事情,虽然这些事情很不幸,却可以帮你早一些看清人生的真相、领悟人生的真谛——我知道,我刚才说的那些话,有些你还听不懂,但我编的这段舞蹈,你一定能看得懂。"赫赫老师望着满眼困惑的媛媛,按动了连接音箱的手机音乐播放键。

缓慢的琴键声,仿佛敲打窗棂的落雨,猝然在空旷的排练大厅里响起。

一段前奏,一段回忆,从牙牙学语到蹒跚学步,挡风的帽,遮雨的伞,还有那双强壮的臂膀,扶助和守护着她慢慢长大。阳光下的奔跑,草坪上的跳跃,流转的白云遮挡住了少年不羁的身影,背靠着大树,嘴角挂着微笑甜甜睡去……突然,大树被拦腰砍断,于是摔倒在地,无靠无依,向空中伸出求助的双手,却因为无可攀缘而茫然失措,昂起头颅,凄惶地四下里寻觅,疾速旋转的身体仿佛在上天入地追问他的去向、寻找他的踪迹,却遍寻不着昔日的爱,只有永难挽回的生离死别,匍匐在地,跪倒哭泣,枯槁瘦弱的手臂向前探伸,乞求着,呼唤着,十根挣扎的手指终于牵到时光的丝丝缕缕:多想让他扶着自己再走一段路,多想让他看到自己长大的模样,多想亲手为他摘去鬓角的白丝,多想长得比他高,再给他一个拥抱……

媛媛扑在赫赫老师的怀里放声大哭起来:"我想我爸爸,我真的很想很想他,我有好多好多话想跟他说,我好想好想回到从前他在的日子……"

赫赫老师轻轻抚摩着她的头发,不知不觉也泪流满面。

音乐停了,排练大厅里静悄悄的,实木地板上,师生相拥而坐的影子一动不动。

不知过了多久,媛媛停止了抽泣,轻声跟赫赫老师讲起了从前一家人其乐融融的日子。"可是现在呢,妈妈一天忙到晚,脸上不见个笑模样,爸爸回家之前,我和她一起买的那好几盆鲜花还放在阳台上,因为没人浇水,早就枯死了……"

"你要理解妈妈。长大了你就明白了,其实她现在比你还孤独和害怕。"

"她怕什么啊?"

"你还有妈妈的保护,可她呢,在这个世界上,她连个保护她的人都没有了。"

媛媛一下子就沉默了。

过了好一会儿,她说:"赫赫老师,谢谢您,您能把您编的这段舞蹈教给我吗?我想学。"

赫赫老师点了点头:"没问题,但是你要打起精神来好好跳舞,你爸爸过去每次来接你放学,都要提前一点儿到,隔着窗户看你跳舞,我想,他一定还想看你继续跳下去的……"

从那以后,媛媛一双黯淡无神的眼睛里重新焕发出了光彩。练习舞蹈时,虽然没有过去那样欢快和自信,却更加沉着和努力,这让赫赫老师倍感欣慰,重新把她加入表演名单之列……

可是现在,假如告诉她和其他小演员们,今晚的演出有可能要泡汤,她们会多么失望啊!

有些事情,迟早要面对,躲是躲不开的。

这么想着,赫赫老师推开门,走出更衣室,来到排练大厅的正中央,拍了拍巴掌,早已经化好妆并穿上演出服的八个小演员立刻从四面八方跑了过来,站成整齐的两排,原定今晚她们演出的曲目是民族舞《闹花灯》,所以每个人身上都穿着东北风情的红配绿描金线的大花棉袄,一派喜气洋洋乡村乐的范儿。

"老师看我们打扮得好看不?"一个叫"杜噜嘟嘟"的女孩问。这孩子姓杜,小时候患有心脏病,一难受就把嘴嘟噜着,所以得了这么个外号。后来她到小天鹅舞蹈学校学习,一开始也是愁眉苦脸的样子,但包括媛媛在内的很多同学都关心她、爱护她,使她渐渐开朗起来,只要来上课就喜滋滋的,通过练习跳舞,身体也越来越好了,有时大家说起她过去的模样,她还故意做出嘟噜嘴的模样逗大家开心。

"好看好看，特别好看！"赫赫老师把她头上快散开的红头绳解下，又重新绑好，用不忍的目光看了一眼孩子们，慢慢地说，"有件事，是突然发生的，今天傍晚，大凌河大桥发生了一起车祸，具体情况我也不大了解，但可能比较严重，把桥都给封了，所以咱们今晚有可能过不去新区那边了……"

一开始，孩子们还有些糊涂，等过了片刻，明白了她话里的意思时，脸上不约而同地浮现出了非常难过的神情。

反倒是最为赫赫老师所担心的媛媛鼓励大家说："大凌河大桥的封闭是暂时的，现在才九点半，距离演出开始还有两个小时，咱们还有机会，一定赶得上的！"

赫赫老师一下子醒悟过来，自己小看媛媛了，一个经历过失去亲人的至痛，并从中走出来的人，面对类似演出泡汤这样的小挫折，根本不会放在心上。她对媛媛点了点头，然后跟同学们说："大家打起精神来，继续休息或热身，做好随时出发和随时上台演出的准备。"

孩子们散开以后，杜噜嘟嘟跟着媛媛走到窗边，从贴墙放置的一排保温杯里，找到自己的杯子喝水。突然，媛媛发现窗外的天空中飘下了大片大片柳絮样的东西，再低头看看地面，竟覆盖上了一层白乎乎的颜色，不由得一声惊呼："呀，下雪啦！"

"就你大惊小怪的。"杜噜嘟嘟说，"都下了好一阵子了，刚才我们还一起聚在窗户边看来着，喊你过来，你一直练压腿，"

"我练得太认真了，没听见。"

"你说，咱们今晚的演出真的还能照常进行吗？"杜噜嘟嘟小声说，"我妈还等着在电视上看我呢。"

"不知道，反正我妈估计又在加班，她也看不了我的节目。"媛媛故作平静。

"你妈还没同意你小升初报艺校啊？"

媛媛不知道该怎么回答，别看她还小，但小孩子对不公正往往有着超过成人的敏感。其实按照本心，她确实想长大后穿上那身圣洁的白大褂，但自从知道爸爸在南方为抗击急性呼吸道传染病奋战数月，又在归途中救人牺牲，却没有得到任何奖励和荣誉之后，她就恨透了医生这个职业。不过考艺校那个事儿多半是跟妈妈赌气，小升初到底该怎样选择，她还没有下定决心。

杜噜嘟嘟却误会了，以为她是跟自己"保密"，把保温杯的盖子一盖："得得得，你不想说就不说吧，我水喝多了，上个厕所去。"

媛媛也不解释，重新把目光投向窗外，保温杯里蒸腾起的水蒸气，在窗户上覆了一层雾。她用袖子抹了抹，尽可能把脸贴近窗子，虽然鼻尖儿被玻璃冰得凉凉的，但总算看清了雪景：雪花纷纷扬扬，有些是薄薄的一片，有些是厚厚的一沓，都像舀在一个透明的勺子里似的，在半空中摇啊摇的，很久才慢慢坠落……

突然，身后有人拍了一下她的肩膀。

很轻，轻得好像没有骨头的手掌摸了一下似的。

她吓了一跳，回过头去，看到杜噜嘟嘟惨白的脸庞。

"你怎么了？"媛媛惊讶地问，"这么快就回来啦？"

"我没去成……"杜噜嘟嘟的眼睛里充满了恐惧，"楼梯间的门那儿有声响，我就没敢进厕所。"

小天鹅舞蹈学校租用的这栋楼，原本是老年活动中心，一共五层，因为是二十世纪九十年代建造的，所以无论格局还是设备都略显老旧。每层楼道均为东西向，正中间的南边开着一扇门，通向楼梯间，门的左边是男厕所，右边是女厕所。楼梯间有电梯也有步行梯，一般情况下，人们都从这里上下楼，此外，每层楼道的西头有一扇消防门,打开是外挂的舷梯,基本上无人使用。老年活动中心正常的下班时间是下午五点,因为小天鹅舞蹈学校的教学大都是在晚上,才留了几把一层大门的钥匙给老师们,但由于这里最值钱的陈设也不过是几张台球案子和一套破旧的KTV设备,所以老师们上课时很少锁上一层大门。

今晚为了集中精力准备庆典表演,小天鹅舞蹈学校的其他课程一律暂停,整栋楼里应该只有赫赫老师和参加演出的学生们才对啊。

"你是不是听错了,自己吓唬自己呢。"想起楼道那年久失修、昏暗得像鬼火一样的灯光,媛媛也有些害怕。

"不是,楼梯间的门那儿绝对有人。"杜噜嘟嘟说,"对了,我还闻见一股怪怪的气味儿。"

"什么气味儿?"

"好像是……对了,是汽油的气味儿!"

媛媛瞪圆了眼睛:"走,带我去看看。"

"不告诉老师吗?"

"看看再说。"

然而把排练大厅的门拉开的一瞬间,媛媛就知道容不得什么"看看再说"了:整个楼道里白烟滚滚,汽油剧烈燃烧时的炽灼气味儿伴随着热浪,不容分说地呛入嗓子和鼻腔,楼道门像野兽张开了血盆大口一般,完全被火红的烈焰笼罩,火舌翻卷着,在地上、墙上和天花板上舞动着憧憧魔影,呼啸着向排练大厅这边扑来!

媛媛回头就喊:"赫赫老师,着火啦!"

排练大厅顿时炸了窝!赫赫老师带着同学们冲到楼道里,一看这幕景象,被火光照耀的每一张脸都惊呆了。

还是赫赫老师最先反应了过来:"大家跟着我,往消防门跑!"

孩子们尖叫着、号哭着跟在赫赫老师的后面向楼道西头跑去!

只有媛媛没有动。

假如想烧死我们,为什么不直接引燃排练大厅的门呢?她想。

这样点燃楼道门,也未必能马上烧到我们,唯一的目的,难道不正是——

她看了一眼消防门,赫赫老师正在拼命将它拉开,穿着红棉袄的同学们簇拥在她身后,犹如已经身陷火海一般……

来不及了!

3

消防门被喀啦啦扯开的一瞬,寒风卷着雪花扑在了赫赫老师的脸上,冻得她一哆嗦,但逃出生天的庆幸感足以克服一切寒冷,她用腰顶住门,大喊着让孩子们顺着消防梯下楼,同时又控制住出口,不让她们一涌而出,而是一个一个地往外放,因为宽度只能容纳一人上下的狭小消防梯,在拥挤中难免会发生踩踏甚至把人挤下楼梯的事故,直到最后一个杜噜嘟嘟跑出门的时候,赫赫老师才准备撤离。

等一下,怎么没有看见媛媛出来?

赫赫老师往楼道深处望去,只见媛媛正在从学校给学员用积分换奖品的柜子里拿着什么,从这个角度看上去,奔涌的火焰已经快要燎到她的头发了!

"媛媛,快过来!快快快!"赫赫老师喊得声音都劈了!

媛媛飞奔过来,就在她从赫赫老师身前一步跨出消防门的一瞬，师生二人突然听到头顶上传来一阵奇怪的声音——

铛啷啷啷，铛啷啷啷，铛啷啷啷，铛啷啷啷……

她们抬起头，看到了终生难忘的恐怖一幕：

那是一个身穿肥大的灰色快递员衣服、戴着头盔和防风镜的人，正顺着顶层的消防梯往下走，脚底踏下的每一步都如铁蹄般沉重，哐，哐，哐，哐，一边走，一边用手里的铁棍顺序拨弄着楼梯扶手的栏杆，铛啷啷啷，铛啷啷啷，整个身躯在大雪纷飞的夜空背景下，妖异得宛如来自地狱的恶鬼！

"不！"媛媛刚刚对赫赫老师说了一个字——

却为时已晚，没有拦住赫赫老师的声嘶力竭的一喊："孩子们，快跑！"

这时，本来正在有序下楼的孩子们抬起头，也看到了那个正在走下消防梯的恶鬼，顿时吓得魂飞魄散！她们吱哇乱叫着你拥我挤、争先恐后地往楼下逃，缠着胳膊，绕着大腿，你踩在我的腰上，我跨在她的背上，乱得好像一团放进油锅里的麻花，瞬间竟在两节楼梯的拐角处挤成了只有伊藤润二才能画出的、宛如肠绞一般的人团，随着一声惨叫，有个女孩被生生挤出了围栏，向楼下摔去！

赫赫老师的眼泪一下子涌了出来，她知道一切都完了，从这么高的地方摔下去，那个女孩不死也得摔残——今天晚上的演出完了，小天鹅舞蹈学校完了，自己作为舞蹈老师的职业生涯也完了。舷梯上面那个恶鬼之所以在楼道放火，目的就是把孩子们逼到这条消防梯上，再用恐吓的方式造成她们的踩踏摔伤，但是现在领悟到这一切又能怎么样呢，一切都太晚了……

就在这时，媛媛使劲拉了她一把大喊道："赫赫老师你赶紧去把她们解开啊！"

对！眼下不是伤痛的时候，得赶紧行动起来，避免更严重的灾难发生！

赫赫老师几步跳到消防梯的拐角处，用吃奶的力气，把那些绞缠得不可开交的孩子硬生生地掰开，然后扒拉着她们的脑袋帮她认清下楼的正确方向，催促着她们尽快脱离危险的区域。

"快快快！慢一点儿，别着急！"她语无伦次地发出截然相反的指令。耳畔，那个恶鬼的沉重脚步声一步步逼近，还有也许是因为恐惧而放大了的铁棍拨弄栏杆的声音——

铛啷啷啷，铛啷啷啷，铛啷啷啷……

突然，声音停住了。

怎么回事？

赫赫老师抬起头来，惊诧地发现，是媛媛！她站在消防门门口，原地未动，微微地弯着腰，昂起头，恶狠狠地瞪着距离她只有七八个台阶高的恶鬼，因为紧张和害怕，小姑娘的脸色白到发青，但龇开的嘴唇露出咬得雪白的牙齿，像一只小斗鸡似的。

恶鬼居高临下，饶有兴致地看着这个螳臂当车的小东西。

你想死吗？那我就成全你。

他把铁棍在栏杆上狠狠拨弄了一下！

这回是比先前猛烈和高亢得多的一串"铛啷啷啷啷啷"，仿佛是为砸烂肺腑和敲碎颅骨而鸣响的前奏，接着，他朝她猛扑了下来！

就在这时，媛媛突然扬起了手中的东西——

一道明晃晃的白光，像闪光雷一样在眼前乍亮，封住了恶鬼的眼睛！随即耳畔响起了一个非常动漫的声音："巴啦啦小魔仙，能量无限，红白闪耀！"

开他妈什么玩笑！

恶鬼才醒悟过来媛媛袭击自己的武器究竟是什么：那是电视剧《巴啦啦小魔仙》的周边玩具，大约就是个能从顶端放出各种颜色光线的塑料棒子，只是周围的环境实在太暗了，所以他才冷不丁被突然亮起的刺眼光芒吓了一跳——

可是，现在的小学生都这么幼稚吗？在面对现实中的袭击时，竟用动画片里魔法少女的战斗道具来应对？

既然你活得这么二次元，我也就让你死在二次元里才会发生的超血腥场景中吧！

正当恶鬼为对手的幼稚和愚蠢，忍不住笑出声来的时候，耳畔突然响起了"呼"的一声，被光线晃得还没有恢复正常的视觉中，有个什么东西迎面飞了过来。他本能地把头一歪，但那东西还是狠狠地砸中了他的头盔，发出了力道极大的一声巨响，疼得他半个脑袋像要裂开一样，差点儿昏过去，一只手猛地抓住栏杆的扶手，才没有坐倒在地！

他把头狠狠甩了好几下，渐渐恢复了知觉，才看清那个滚落在脚边的东西，是一个铜质的奖杯，如果不是躲闪及时加上头盔保护，这玩意儿真能把自己开了瓢！他气急败坏，歪歪斜斜地往下面走去，谁知没几步，又踩到了什么，脚一滑险些摔下消防梯，他定睛一看：踩到的原来是横放在台阶上的那根巴啦啦小魔仙的塑料棒——不用问，这也一定是小斗鸡逃走时布置的"陷阱"。

我一定要逮到你！把你的脑壳砸裂！

恶鬼定了定神，握紧了铁棍，继续往下面走，这一回他不敢再走得太快，每一步都要把脚下看清楚，这样无疑放慢了速度，等他走下消防梯的时候，早已经不见了孩子们的身影。

但是，在已经积了薄薄一层雪的地面上，清晰地留下了一串串表明她们去向的脚印。

4

赫赫老师撞开大门,低声而急促地呼唤孩子们快点儿进来,等大伙儿像小老鼠一样窸窸窣窣地涌进来以后,她才把门关好并反锁上,然后把背着的那个从消防梯上摔下来的孩子慢慢放在地上。

"你还好吗?"赫赫老师问。

黑暗中,那个名叫王雨馨的孩子点了点头,虽然脸上露出痛楚的表情,但她还是坚强地说:"没事,只是把脚给崴了一下。"

说来真是万幸,小天鹅舞蹈学校前一阵子淘汰了一批旧的练功垫,因为暂时没有地方扔,就堆在了消防梯一层的下面,也许是捡破烂的老人翻找拖曳过的缘故,有些给拉到了消防梯的边上,那些垫子本来就是加厚的海绵制成,又摞在一起。王雨馨掉下来的时候正好落在上面,除了右脚给崴了一下,并无大碍,反倒是其他孩子在狂奔下楼梯的时候,多有跌倒和碰撞引起的摔伤和擦伤,但因为身上穿着大花棉袄的缘故,伤势也都不重,再加上媛媛设法拖延了时间,她们才成功地撤退进了老年活动中心的一层。

撤到这里是赫赫老师的决定,她认为自己背着王雨馨,又带着这些女孩子,肯定跑不快,一旦被那个恶鬼追上,恐怕一个都活不成,必须得撤退到一个安全的地方,暂时隐藏起来。而她目前能找到的藏身地点,也只有一个老年活动中心,至少一层大门是开着的,只要进去之后锁上大门,再把楼梯间的门锁上,就成了一个相对密闭的场所。

老年活动中心的一层楼门是两扇对开的木质大门，比较结实，在两扇门各自的正中分别开了竖长玻璃花窗。赫赫老师蹲着身子，透过花窗往外望，空荡荡的街道上只有雪花在飞舞，这时身后传来了一阵阵抽泣声，那是受到惊吓的孩子们发出的。赫赫老师知道，眼下还不能说是安全，得赶紧报警，可是在身上摸了半天都没找到手机，大概是刚才逃离火场时，丢在排练大厅了。

她想了想，回忆起阅览室门口的借阅台下面好像有个座机，正要往那边走，突然听见一声惊呼："杜噜嘟嘟，杜噜嘟嘟，你怎么了？你怎么了？！"

只见杜噜嘟嘟躺在地上，紧紧闭着眼睛，手脚微微颤抖。她对大家的呼叫毫无反应，偶尔从喉咙里发出打嗝似的一声巨响，脖子和头颅都痉挛似的猛一抬，又重重地落下。

孩子们都吓得散到一旁，赫赫老师也慌了，不知道杜噜嘟嘟这中邪似的模样到底是怎么回事。就在这时，一道人影飞扑了过来，半蹲在杜噜嘟嘟的身边，双手拍打她的肩膀，轻轻呼唤道："杜噜嘟嘟，你还好吗？你还好吗？"

是媛媛。

她见杜噜嘟嘟毫无反应，抬起头对赫赫老师说："她的心脏病发作了，我记得二层健身房门口的墙上有AED，您马上拿来给我！"

"AED？"赫赫老师不知道她说的是什么。

"自动体外除颤器。墙上挂着个灰色盒子，盒子左上角有把用塑料片盖着的钥匙，卸下塑料片，取出钥匙，打开盒子，拿出一个包包，AED就装在里面！"

赫赫老师冲向楼梯间，往二楼奔去！

媛媛定了定神，解开杜噜嘟嘟的大花棉袄的扣子，掀开衣服，又依次掀起秋衣和背心，敞露胸口，然后跪好，右腿顶住杜噜嘟嘟的肩膀，左腿顶住她的腰眼，右手的掌根压在她的胸部正中央，左手叠在右手的上面，左手五指插入右手五指的指缝并紧紧锁住指根，接着挺直了上身，双臂在杜噜嘟嘟的胸部上方，一下一下垂直向下有节律地按压，好像一台农村的老式压水机，起起伏伏，一边按压，嘴里一边低声计数："1001，1002，1003，1004，1005，1006……"掌根在胸骨上的着力，发出一种奇怪的、好像是吞咽骨头的喀喀声。

念到"1030"的时候，媛媛双膝一滑，挪到了杜噜嘟嘟的脑袋边，一只手下压她的前额，另一只手提起她的下颌，使头部后仰以打开气道，然后用拇指和食指捏住她的鼻子，深呼吸一口气，用自己的嘴包住她微微张开的嘴，使劲吹了两口气，余光看到她的胸部有所隆起，才又恢复到最初的位置，继续做胸外按压并计数："1001，1002，1003，1004，1005，1006……"

蹬蹬蹬蹬！

一阵脚步声从楼梯间传来，紧接着，手里拿着一个方形包的赫赫老师冲到了面前。媛媛一把抢过方形包，扯开拉链，按下自动体外除颤器的电源，将两片与除颤器相连的电极片从内兜里取出，看清了上面的提示图，然后"刺啦"一声剥掉电极片的背衬，按照指定位置一片贴在杜噜嘟嘟的右肩，一片贴在左边腰眼。就在除颤器发出"不要接触患者，正在分析患者心律"语音提示时，媛媛平伸双臂，手掌竖起，大声说："所有人离开！"她的声音是那样的坚定和清晰，赫赫老师不禁倒退了几步，看着这个在急救程序上一丝不苟的孩子，突然明白了，也许此时此刻，这座老年活动中心一层的冰凉地板，才是她真正的舞台！

除颤器发出"嘀"的一声鸣叫，电击开始——杜噜嘟嘟的上身猛地向上弹跳了一下，但她的脸上依然毫无表情。

哐！

哐哐！

哐哐哐！

有人在狠狠地用脚踹着楼门！

孩子们吓得尖叫了起来，有些人摸着黑往楼里面跑，兵零乓啷地撞倒了不知什么东西，就连王雨馨也惊恐万状地向远处爬去，赫赫老师又想拦孩子，又想逃命，跑出去几步又不知所措地站在原地。

唯独媛媛一个人，丝毫不为逼近的危险所动。她见除颤器没有起到作用，立刻重复胸外按压和人工呼吸的程序，"1001，1002，1003，1004，1005，1006……"每三十下胸外按压，口对口呼吸两次。

所有的人都已经跑开了，一片漆黑的门厅地板上空空荡荡，只有她自己和躺在地上一动不动的杜噜嘟嘟，"1001，1002，1003，1004，1105，1006……"

啪啦啦啦！

玻璃花窗被铁棍打碎，一只戴着手套的手，从破洞中伸进了门里，"咔吧"一声转开了锁住门的旋钮。

不行了！

赫赫老师鼓足勇气冲上前来要拉起媛媛逃命，但到了近处，却发现媛媛的额头和脸上全都是汗水，持续不断的胸外按压极耗体力，一个六年级的小学生能撑这久已经是奇迹。不！不光是汗水，在面颊上流淌着的还有大颗大颗的泪珠，媛媛已经没有计数了，一边按压一边泣不成声："杜噜嘟嘟你给我醒过来！这是我爸爸教我的心肺复苏术，不会错的，一定不会错的！"

一声呛咳！

又一声呛咳！

杜噜嘟嘟连续几下呛咳，后背像安了弹簧似的随着咳声向上蹿了几下，抚摸着自己的胸口，睁开了眼睛："好疼……"

就在这时，两扇楼门被哗啦啦一声推开——

挟带着飞雪和寒气，一个人冲了进来！

赫赫老师喊了一声"媛媛你们快走"，然后迎着来人扑了上去！她脑海中闪出了也许是生命中最后一个念头："哪怕争取到一秒！"

哪怕争取到一秒。

5

在连续否定了丰奇和雷磊的几个关于投毒者为什么要走"大水坑"那条道路的推测以后，老张让雷磊打开全国警务网络系统，"我想看一下平州市的即时交通状况"。

全国警务网络系统可以同步国内任何与治安相关的信息平台。很快，详细显示了平州市即时交通状况的城区图出现在电脑屏幕上，旧区一条条细密的路线上大都是显示存在拥堵但并不严重的黄色，只有大凌河大桥是禁行的黑色，而新区的平州大剧院周边已经是严重拥堵的红色。在屏幕的左边，滚动着平州市交通局的调度信息，屏幕的右边则从上到下罗列着几个主要交通路口的监控器拍摄的实时图像，一旦智能交管系统发现哪里发生了交通事故，就会即时将画面切换过去，但现在，这些图像上的车辆都像湍急的河水一样沿着机动车道顺畅地流向四面八方。

雷磊和丰奇瞪了屏幕好一会儿，没看出什么异样来，老张想了想说:"把时间回溯到海马儿童游泳馆投毒案发生前三十分钟。"

雷磊用鼠标点击了几下,屏幕上再次出现的,是投毒案发生前三十分钟的城区交通状况:整个旧区堵得像发生了粥样硬化的血管,特别是通往海马儿童游泳馆的几条道路,颜色红得几欲发黑,并且在右边的信息栏上出现了需要立刻调度的闪烁提示。

老张只看了一眼,立刻把陈少玲叫了过来:"你去海马儿童游泳馆时,路上拥堵很严重?"

"对,实在太堵了,我骑着电动车都找不到缝隙可钻,绕来绕去走错了路,好一阵子才到了游泳馆。"

老张俯下身子,盯住电脑屏幕,像猎豹透过低密的叶隙窥视猎物一般眯起眼睛,然后猛地将光芒一攥,声音清晰地命令道:"少玲,你和胡大夫带好急救设备和药品,马上出发,去上河区。我估计半路上你们就会收到投毒者发来的下一处作案地址的提示,这个地址应该就位于上河区,你们早点儿到那边,可以在第一时间赶到犯罪现场。因为不知道接下来他会用什么样的方式行凶,所以无法预估受害者的数量,保险起见,你们最好再带一名护士,以保证救护力量的充足。还有,雷磊,你那位个子高的手下,也一并出发,保护这些医护人员的安全。"

平州市的旧区,由北往南划分成上河区、中河区和下河区,其中市儿童医院和思乐培训长宁校区位于下河区,海马儿童游泳馆位于中河区,而上河区曾经是这座城市的工业主产区,分布着大量的老旧厂矿,现在的居民也多以退休工人或他们的子女为主,是三个区中最破落、最没有活力的一个,周芸一时间竟想不出那里有什么可供袭击的目标。

陈少玲原地未动。

"有什么问题吗?"老张看了她一眼。

"你怎么知道下一处作案地址在上河区?"陈少玲问,"我们总不能不清不楚地就大老远跑一趟,万一到了那边,收到微信说是在下河区,不是又浪费时间又耽误事情吗?"

旁边的雷磊也说:"我觉得陈少玲问得不是没有道理。"

老张望了望屋子里的另外两个人,周芸和丰奇也都神情困惑,便知道虽然时间紧迫,但如果不说明白,他们是不会执行自己的命令的,只好耐心地解释道:"少玲,你认为投毒者今晚把思乐培训长宁校区和海马儿童游泳馆选为作案地址,是一时兴起还是精心准备的?"

陈少玲不假思索地说:"当然是精心准备的。"

"为什么?"

"不说他用戴头盔和防风镜的方法躲避监控的拍摄,就拿海马儿童游泳馆来说吧,一般人不可能知道把次氯酸钠消毒液倒进酸性中和剂里能产生氯气这一招,就算知道,也不确定池水循环设备间里一定'备齐'了这两种药剂,而他不仅对这一切了如指掌,还能用送餐当幌子,直接进入池水循环设备间,并事先准备好了绑住门把手的粗铁丝,这些都说明他对游泳馆内部的情况是摸得十分清楚的。"

"那么,我们可不可以做一个大胆的推论,今晚无论投毒者会实施多少犯罪,他在作案地址的选择上都不是随机的,而是提前按照距离的远近、时间的分配等因素,依序安排好了A、B、C、D甚至E、F、G。"

陈少玲点点头。

"就今晚已经发生的案件来看,思乐培训长宁校区无疑是A,之后你接到投毒者发来海马儿童游泳馆的照片,可以肯定海马儿童游泳馆一定是他计划中的B。"老张说，"那么下一个问题是，假如你是投毒者，你在地点A作案完毕，在去地点B的路上，突然遭遇城区的大堵车，怎么都过不去的时候，你会怎么办？"

屋子里的所有人都是一愣，丰奇先一步醒悟过来："如果是我，我先去地点C就是了！"

周芸也点点头："我明白了，所以他才不顾坑洼泥泞走'大水坑'那条路，是想从大凌河大桥的下面绕到上河区去，毕竟上河区那边没有什么商业街，就算是跨年夜也不会有交通拥堵之类的事情……然而也许是'大水坑'一带实在是太难走了，他半路上又不得不翻回头来，还是去了地点B——海马儿童游泳馆。"

"可是，他在地点B作案之后，也有可能去往D、E、F甚至G啊，为什么一定会去C呢？"陈少玲问。

"三个原因。"老张说，"第一，犯罪心理学将连环犯罪者大致分成两种类型：一种行事莽撞，缺乏起码的自控力，这种人叫'无组织力罪犯'；另一种则刚好相反，称之为'有组织力罪犯'。他们头脑冷静、做事有条理，对罪行实施有着详细的规划，甚至到刻板的地步，因为这个规划中的犯罪次序或者具有某种仪式感，或者存在特殊的'意义'，或者可以起到迷惑警方的作用，所以这个次序轻易不做更改，就算更改，最后也一定会回到既定规划上来——投毒者很明显属于后者，所以他在'大水坑'遭遇泥泞后，很快就放弃了先C后B的更改，还是回到先B后C的次序上，那么在地点B的犯罪实施完毕后，他接下来继续去往地点C的可能性更大。

"第二，从时间上分析，投毒者应该是在去往B的半路上就把海马儿童游泳馆的照片微信发你了，谁知接下来遭遇堵车，更改次序，又改回来……虽然最后投毒成功，但从他留在台阶上的湿鞋印还很清晰这一点来看，恐怕差点儿被你撞上，所以在 C 的犯罪，他一定会吸取教训，等到罪行实施的最后关头才告知你。尽管如此，海马儿童游泳馆的犯罪已经过去了这么久，你没有收到新的微信，我们也没有接到哪里发生了新的案件的报警，是不是本身就说明，无论投毒者在 CDEF 的次序上是否有更改，他的下一个作案地址可能在距离这里比较远的上河区——如果是在中河区或下河区，恐怕我们早就得到消息了吧！

"第三，也是最重要的。此前我分析过，投毒者离开游泳馆前关上灯是一个反常的行为，最合理的解释，就是他把什么重要的物证遗失在了池水循环设备间，因为来不及销毁，就希望警方忽视掉这个物证，但你冒着生命危险找到了沾有他鞋底渣土的墩布。通过对鞋底渣土的分析，证明他走过'大水坑'，而这样走的目的，只有两种可能：一种是绕很远的路去海马儿童游泳馆，这一点刚才被周主任否定掉了，从投毒案发生前 30 分钟的旧区交通状况来看，当时的拥堵非常严重，中河区的每一条路都堵死了，从外围绕也绕不进去；第二种就是去上河区，毕竟从'大水坑'再往前就直接通往那里。所以投毒者真正希望警方忽视的，就是他曾经想去上河区这样一个'意识'。一个罪犯，实施犯罪之后急于掩盖的是什么？如果犯罪完成，那么掩盖的必然是他的真实身份；如果犯罪未完成，那么除了真实身份之外，还有就是避免警方通过分析物证，破解他的'意识'，提前锁定他的'下一步'——所以投毒者急于掩盖的，一定是他接下来马上要实施的'下一步'，而不可能是 D、E、F 或 G——"

话音未落，陈少玲拔步就往办公室外面跑去！周芸紧紧跟在她的后面。

老张注视着雷磊。

雷磊把猩猩叫了进来:"一会儿你跟着陈少玲和胡大夫他们出发,去上河区,保护他们的安全。"

"能不能给我搞支枪?"猩猩有些不满,"我就这么空着手去,万一碰上凶嫌,不是找死吗?"

雷磊下意识地看了一眼丰奇。

丰奇装成没看见,脸绷得紧紧的。

老张对猩猩说:"从已经发生的两起案件来看,犯罪者的袭击目标是未成年人,并没有跟救援人员冲突的迹象。何况在连环犯罪中,具体实施的手段和凶器更倾向于遵循某个固定的模式,除非受到严重刺激,否则不会更改。投毒属于非接触型犯罪,这类犯罪者往往倾向于和受害人保持距离,不会用凶器直接加害,遇到警察,十有八九是撒腿就跑,所以你不必担心。"

"说得轻松,那你去!"猩猩一提下巴。

"这可是你说的。"老张拔腿就往外走。

吓得雷磊赶紧冲上前来,一边对老张赔着笑脸说"他开玩笑呢",一边恶狠狠地对猩猩说:"让你去你就去,哪儿那么多废话!"

猩猩垂头丧气地出去以后,老张对雷磊说:"你检索一下上河区所有还未下课和散场的中小学、课外补习班、青少年艺术和体育培训机构、早培早教机构、整托的幼儿园以及儿童游乐场所,一个都不要落下。丰奇你逐个打电话核实情况,提醒他们注意安全,凡是联系不上的都做好记录,并在警用地图上标示出来。"

正在这时,随着一阵急促的脚步声,携带着急救药品和器械的陈少玲和胡来顺冲了进来,准备出发。陈少玲心情沉重,愁眉不展;胡来顺反倒有些兴奋,不停地喷着鼻子。周芸按照老张提议的,又给他们这个"特别救援小组"增加了一个大楠,猩猩则负责开车,开的还是那辆搭了篷的轻卡。

"少玲,你们先往上河区去,等我们找出几个疑似的袭击地点,你们再到附近巡弋,如果在这之前,你收到投毒者发来的提示作案地址的信息,就一个字——冲!用最快速度冲到那里展开急救。"老张说。

"如果我们撞上那个投毒者呢?"胡来顺问,他对这个两年来寡言少语的保洁员突然摇身一变成了"专案组组长",感到无比新奇。

"追,但不要追得太紧,追不上就算。"老张说。

胡来顺有点儿不太明白他的意思,还没来得及问清楚,老张已经对猩猩说:"马上出发,车开得越快越好!"

他们刚走,雷磊就主动对老张说:"要不要我把综治办下属的那些辅警都撒到上河区去?人虽然不多,武器也就是些甩棍、辣椒喷雾剂什么的,但往那儿一杵也都是一米八的大个儿,吓吓人还是够的,等咱们找出疑似的袭击地点,就让他们分成几组,丁对丁卯对卯地蹲点防守。"

"让他们现在去上河区,恐怕比陈少玲他们到得还要晚,那时候很可能已经案发了……"老张想了想又说,"不过也好,万一投毒者计划的作案地址D还在上河区,就可以起到预防的作用。"

丰奇插了一句:"雷主任,虽说今晚旧区的主要警力都调到新区去了,但旧区也不会一个警员都没留下吧,为什么不能让他们参与到这个案件的侦办工作中呢?现在情况这么紧急,有他们的加入,难道不是比你手下那些辅警要强百倍吗?"

雷磊不自然地笑了笑:"今天晚上,按照市里面的布置,旧区的警员有任务，负责维护跨年夜的治安，以配合新区落成庆典的顺利举行，所以他们都驻守在几条主要的商业街上，不能调动。"

"可是眼下，针对未成年人的凶案一起接着一起，从某种意义上讲，跨年夜的治安已经被破坏了，当务之急难道不是重新分配警力，避免更严重的犯罪发生吗？"

"我刚才已经打电话，向市领导汇报过这边的情况了，市领导非常重视，但也有明确的意见，那就是今晚全市的各项工作都要紧密围绕确保新区落成庆典的顺利举办而展开，其他的事情都力求稳定，压事而不是生事。所以，原来布置的警力能不动尽量不动，案情发生任何新的变化，一律由综治办应对。"

雷磊说完，用余光扫了老张一眼，老张似乎没有听见他俩的对话，站在磁性玻璃白板前，目不转睛地盯着平州市警用地图。

雷磊坐在椅子上，继续用电脑检索，每检索出一个，丰奇就按照网络上登录的联系电话打过去，或者直接找到单位法人进行联系。

上河区因为老旧，学校和各类儿童机构都不是很多，大约过了十五分钟，雷磊站起身来，把一张纸递给了老张："能联系上的都说没有发生任何情况，但有五家怎么都联系不上，这是名单。"

老张只看了一眼，目光一凛，立刻拨通了陈少玲的手机："少玲，上河区敬老路有家老年活动中心，你们马上把车开到那里！"

"啊？怎么——"

"那家老年活动中心的四层，有家小天鹅舞蹈学校，现在我们联系不上，周主任的女儿媛媛就在那里学舞蹈。无论投毒者是不是张大山,他在选择作案地址时,一定是故意寻找那些和张大山存在某种关联的地方的,所以你们得赶紧去小天鹅舞蹈学校看看!"

陈少玲一听,声音都变了:"我的天啊……我们马上过去,老张,你先对主任保密啊,我担心她受不了这个惊吓。"

老张正要答应,却发现周芸已经站在门口,双手扶着门框,发着抖的双腿几乎要站不住了,脸白得像全身的血被抽干了一样。

老张赶紧挂断电话,走了上去。

"你是说,他的下一个目标……是媛媛?"周芸用气息,而不是用声音,艰难地吐出了这几个字。

"目前还只是怀疑,没有确认。"

周芸撑不住了,整整一个晚上,在这个急诊大厅里,焦头烂额地应诊、孤立无援地苦撑千夫所指的唾骂、头破血流的砍杀,她都挺过来了,可那是工作,那是她穿着白大褂就必须履行的使命和职责,但现在不一样,现在说的是她的女儿,是媛媛,是她和死去的丈夫唯一的骨血……

她一下子抓住了老张的胳膊,用悲苦的目光望着他哀求道:"你救救媛媛,救救我的女儿,你救救她,我知道你一定有办法,你一定能救她……"说着说着眼泪就流了下来。

老张扶着她,轻轻地点了点头。

就在这时,蔡文欣突然跑了过来,慌里慌张地对周芸说:"周主任,王竹的情况有点儿不对劲——"她一看周芸的样子,登时愣住了。

周芸撑直了两条腿,在脸上抹了一把,拉着蔡文欣就往外走:"怎么回事?"

"我也说不好,您去看看就知道了。"

推开留观一病房的房门，只见因塞了太多的患儿和家长而显得拥挤不堪的病房里，居然以王竹的病床为中心，地中海脱发一样空出了椭圆形的一片。顺着人们惊恐的目光望去，周芸看到病床上的王竹好像翻了个儿的螃蟹似的，腿脚和手臂拼命挥打着挣扎着，如果不是她的父母使劲按压，她早就滚落到地上了——

但这还不是最令人震惊的，真正把所有人吓得退避三舍的，是她那张本来消瘦的脸孔，突然肿胀得好像注了水的猪头，又紫又亮，不仅将一双眼球挤得凸出了眼眶，就连嘴巴都撑得闭不上了，还有她的胸口和肚皮，仿佛有人在旁边打气一样，肉眼可见地不断膨大起来！！！

从医近二十年，周芸还从来没有见过如此离奇的景象，她似乎已经看到在接下来的半分钟甚至一秒钟以后，这个九岁女孩将会"砰"的一声爆炸开来，将混有肉皮、脂肪和骨渣的红色血水喷溅到病房里的每一个人脸上！

不知是谁，因为恐惧而发出了呜咽，又因为过分恐惧而压抑着呜咽，使得病房里除了王竹的病床丁零哐啷响个不停之外，还隐约飘来一阵尖锐得犹如死神在狞笑的凄厉声音……

周芸冲到王竹的病床边，仔细一看就全都明白了：是刚才重新插入的气管导管脱落了——估计早在吕威冲进来追打李德洋那会儿，就在冲撞中造成了气管导管的移位，但后来蔡文欣检查时，因为经验不足没有发现，导致本来堵住的那个食管气管瘘又一次出现了漏洞，气顺着皮下组织的缝隙跑了出来，造成大量皮下积气，变成了现在这个不断膨胀的局面！

多参数监护仪"滴滴滴滴"地报起警来！

屏幕上显示：皮氧饱和度瞬间由 96% 降至 65%，而心率更是降至 46 次／分！

按照急救医生的话说,"这跟坠崖没什么区别了"!

患者命悬一线!

"主任,要不要把她推到抢救室去?"蔡文欣的手已经抓在了病床侧面的扶手上。

"来不及了!"周芸迅速戴上医用橡胶手套,从王竹的嘴里,拔掉那个沾满血的气管导管,扔在医疗垃圾桶里,一把拖过移动抢救车,拉开一层,抓出一把装有注射针头的包装袋,撕开一袋,捏住针头,像容嬷嬷扎小燕子一样朝着王竹身上不停地扎!

转眼间扎出了无数个密密麻麻的小孔,一边扎一边推挤以促进皮下排气,随着一阵阵轻微到不可辨析的"咝咝"声,王竹那顶着口锅样的肚皮渐渐瘪了下去,周芸又喊蔡文欣直接下了个针扎进王竹的胸腔里,一边抽气一边挤压胸廓,以恢复心跳。

但是——

"心率还在往下掉!"蔡文欣快要哭了出来!

单单皮下排气,只能缓解肿胀,现在的关键是要打开气道,恢复供氧,不然孩子的生命还是危在顷刻!

短短几十秒,病房里已经在惊叫和哭喊声中乱成了一锅粥,有些家长挡在孩子身前,尽可能地把病床往后面顶,有的家长扯过"蓝房子"的那道医用屏风用来隔离,还有的家长抱起孩子连输液针头都没摘就往门外跑,把输液架哗啦啦拽倒在地……

混乱中,周芸竭尽全力让自己冷静下来,集中精神思考每一个抢救方案的可行性,这些选项不能有丝毫错误,否则眼前这个九岁女孩的生命就将彻底画上休止符!

最好的办法是做一个气囊,但困难在于,由于孩子存在食管气管瘘,她的食管和气管是通的,气囊下去,气就打到食道里去了,根本没有用……

滴滴滴滴，滴滴滴滴，多参数监护仪的报警声愈加高亢！

仿佛是代替已经不能发声的女孩在嘶喊呼救。

怎么办，到底该怎么办？！

额头上沁出的汗珠不仅刺痛了她被砍伤的伤口，还滑下眼皮，蒙住了她的双眸。她生气地狠狠甩了一下头，想把汗珠甩落，视线挥舞间，看到了医疗垃圾桶里那个刚刚被拔掉的气管插管……

还是沿用老办法，建立气管插管，恢复通气供氧！

她从移动抢救车的三层抽出一根新的6.0号管，在紧急情况下来不及再用喉镜片获得理想视野了，只能凭着经验从声门直接插入，"所幸"王竹的面部肿胀并未缓解，她还是那么大张着嘴巴——

但等周芸低下头，将要把6.0号管插进王竹嘴巴的一刹那，却傻了眼。

万万没想到，气切术的伤口因为患儿痛苦的挣扎而撕裂扩张，随着脖颈子一下一下往上抽搐，鲜红的血液不停地上涌，溢满了口腔，简直就是在嘴巴里积成了一泡浓稠的血洼，让人根本看不见声门在哪儿！

旁边的蔡文欣也才注意到了这一点，一把年纪，竟"哇"的一声哭了出来，又死死地捂住嘴，不让哭声从指缝里溢出。

王竹的妈妈明白，女儿要走了……

她瞪着手脚已经渐渐不再挣扎的女儿，泪如泉涌，扑通一声在周芸身边跪了下来，把又脏又乱的脑袋压在地上砰砰砰地磕着："大夫，我给你磕头了，你救救我的女儿吧，她才九岁啊，你救救她，我知道你一定有办法，你一定能救她……"

你救救媛媛，救救我的女儿，你救救她，我知道你一定有办法，你一定能救她……

如出一辙的母亲，如出一辙的哀求。

周芸的视线也一片模糊。

她咬了咬牙，用袖口狠狠地在被泪水蒙住的眼睛上擦了一把。

投毒者，死神，还有一切想要从母亲的面前夺走她们的孩子的魔鬼——统统滚开！

周芸握住6.0号管，朝王竹的嘴里插了下去！

导管倾斜的前端像捕鱼的鲣鸟一般，一头扎进了血泊之中，顺着周芸戴着乳胶手套的指尖，流畅地向下游走。

依然记得胸片提示原管段在T1水平，所以插入二十厘米左右停下，加入五毫升的空气使气管球囊充盈，然后连接呼吸机。

刚刚还人喧马嘶的病房里，没有一点儿声音，所有人都凝神屏气地望着周芸，更准确地说，是望着她那双行云流水般的生命之手。

"滴滴滴滴，滴滴滴滴，滴滴——"

直到报警声戛然中止，人们才像醒了似的发现，多参数监护仪屏幕上的所有数据都已经或正在恢复正常。

周芸用听诊器压在王竹轻轻起伏的胸口，听了听她的肺部呼吸音和心跳，然后叮嘱呆立在一旁的蔡文欣："快速静推一针利卡多因，减轻支气管痉挛反应！"接着把跪在地上的那个母亲扶了起来，平静地说："孩子没事了。"然后向病房外面走去。

直到走近门口，她才看到老张也站在那里，嘴角泛起一缕微笑。

我的孩子……也没事了。

周芸的腿一软，如果不是老张一把扶住，她几乎就要坐倒在地。

6

哪怕争取到一秒!

赫赫老师迎着那个挟带飞雪和寒气的黑色人影冲了上去,她已经做好了头颅被敲得粉碎的准备!

然而,没有铁棍抡砸过来的风声,只有媛媛一声惊呼从身后传来——

"少玲阿姨,怎么是你?!"

赫赫老师跟陈少玲撞了个满怀,俩人都发出"哎哟"一声,然后各自倒退了几步。陈少玲看见媛媛蹲在地上,地上还躺着个女孩,不禁吓了一跳:"媛媛,你还好吗?受伤了没有?"

"没有,我们都没事。"媛媛指了指地上的女孩,"她刚才心脏病发作,我给她做心肺复苏来着,少玲阿姨你怎么在这儿?"她一看从门口又跑进来一个人,也认识:"大楠阿姨,你也来了?"

陈少玲说:"一句话解释不清楚,总之是有人发现歹徒可能要袭击你们,让我们赶过来,还好到得及时。"她看了一下门厅这里的情况,虽然大门被撞开,外面的雪光投射进来,稍微照亮了一点儿,但总的来说依然是黑咕隆咚的,看不见其他的孩子。

赫赫老师走到她面前:"我是媛媛的舞蹈老师……现在我们都安全了吗?"她的声音依然在发颤。

陈少玲点点头:"安全了,我们把车开过来时,看到有个人拿着什么东西在砸门上的玻璃,跟车过来的两个男的跳下车就追他去了……你自己怎么样?如果没大碍,就把灯打开,集合所有的孩子们,带她们到医院去检查一下伤情。"

赫赫老师在墙上找到开关,把门厅的灯打开了,并喊大伙儿过来集合。孩子们从藏身的地方纷纷钻了出来，一个个惊魂未定，脸色惨白，得知彻底安全了的时候，都忍不住围拢在赫赫老师的身边哭了起来。赫赫老师一边点着她们的人数，一边抚摸着她们的小脑瓜，也悄悄地擦拭着泪水。

最后，点到媛媛的时候，她紧紧地搂了媛媛一下，紧紧地。

这时，胡来顺和猩猩跑了进来，媛媛认识胡来顺，大声地跟他打着招呼。胡来顺见她没事，抱着她摇了又摇，高兴得居然从鼻孔里喷出一个泡泡来。

"那个坏人呢？你们追上了没有？"陈少玲问。

"追不上，那家伙跑得贼快！"胡来顺说，"而且他还把外套脱了，挂在街角的一棵树上，吸引我们追了过去，他自己应该是顺着反方向的一个正在拆迁的棚户区溜走了，等我们发现时已经找不到他的踪影，而且那里一片碎砖烂瓦的，也没留下脚印。"

陈少玲看见猩猩拿着一件灰色的快递员衣服，抢过来一看，发现一只袖子上沾有一片牛奶的污渍，神情顿时变得颓丧而绝望。

大楠想起，这是张大山在和陈光烈吵架时，不小心打碎了一个奶瓶沾上的。

陈少玲还不甘心，问胡来顺："胡大夫，你追那个人时，从他的背影看——"

话虽然没有说下去，但胡来顺知道她要问什么，蹙了蹙鼻头说："我没看清楚……"

从他闪烁的目光，陈少玲能够想见真实的答案，呆呆地不知所措。

大楠走过来，轻轻地抓了抓她的胳膊，陈少玲望着她，苦笑了一下，对胡来顺说："胡大夫，你和大楠赶紧带着孩子们回医院吧，我还得留下来，跟主任连线说明情况，估计老张还是得让我进行现场勘查。"

"你一个人怎么行？"胡来顺摇摇头，"让大楠照顾孩子们，坐车回去，我留下来陪你。"

"胡大夫，等这批孩子送回去，主任肯定要给她们仔细检查和治疗，还要安排床位，到时候又是李大夫一个人在诊室里接诊，我看他状态很差，所以你还是回去帮衬他一把吧！"

"你一个人留在这里太不安全了，万一……那个谁杀个回马枪，你可怎么办？"

赫赫老师插了一嘴："要不要我留下来陪她？反正我也没受伤。"

"不行，只要脱离了灾难现场的人，必须接受详细的身体检查，这是院前急救的基本原则之一，有些隐性创伤就算当事人自己也觉察不出来。"陈少玲指了指孩子们说，"再说，她们刚刚受过严重的惊吓，这个时候也不能离开你。"

陈少玲和胡来顺又争执了几句，还是各不让步。这时老张把电话打了过来，通过赫赫老师了解了一下案件发生的大致经过，听说媛媛和孩子们都没事，仿佛在意料之中似的，没有说什么，倒是胡来顺捡到张大山那件外套令他很重视，让他们赶紧带回来。

至于陈少玲和胡来顺关于接下来怎么安排的争执，老张说："还是胡大夫跟车一起回来，路上照顾孩子们，让大楠留下来陪你吧。"

大楠一愣："我？"

"有什么问题吗？"

"没问题。"大楠说。

陈少玲却不同意："留下大楠做什么，医院那边缺医生更缺护士,而且万一那个坏人杀回来,不等于多赔上一个。"

"不会,他不会回来的。"老张说,"但留你一个人在那里勘查,也确实不合适,大楠在旁边就算多个照应吧——好了,没时间争执了,就这么定了。抓紧让胡大夫和孩子们跟车回来。你跟大楠上楼去起火的地方,抓紧勘查现场。"

"要不要赶紧报火警,让消防队先过来灭火?"

"不用,我想火大概已经灭了。"

火烧到哪儿,烧多大面积,难道还要听你的不成?陈少玲暗想。她帮着胡来顺把赫赫老师和孩子们带上后车厢,看着车灯先是在飞雪中挖出一个黄澄澄的甬道,车身又从甬道中穿向白茫茫的远方,才跟大楠一起回到老年活动中心。

她们打开反锁的楼梯间的门,因为着火的缘故,不敢坐电梯,而是从步行梯往上走,一边走一边听着上面的动静,并仰起头查看有无火光,发现上面一片漆黑,死一样的寂静中偶尔传来一两声噼啪响,扑鼻一股汽油燃烧时发出的烟尘气味儿,并且随着拾级而上越来越重,呛得本来呼吸道就有伤的陈少玲咳得好一阵子腰都直不起来。

等来到四楼时,陈少玲惊讶地发现火真的灭了,被烧得黑黢黢的两扇门板像被斧头劈过似的裂开好几个大口子,从里面依旧往外汩汩地冒着白烟,那几下噼啪声只是最后一点火星在熄灭前几下绝望的挣扎。

又被他说中了。

此时此刻,那位老张的身份甚至比张大山的去向和"投毒者"的真实身份,在她心里画出的问号还要大。

她拿出手机,正要打给老张,请他指导勘查现场,突然屏幕上显示收到了一条新微信。

见是老张发过来的,她赶紧点开,一看内容,不由得一愣——

就在这时,周芸的电话打过来了,她马上接通,并调成了免提,这样身边的大楠也能听到。

"少玲!谢谢你,谢谢你救了媛媛!"周芸激动得有些语无伦次。

陈少玲赶紧说:"主任,要谢您就谢老张吧,多亏了他,那个投毒者刚刚给我发了条微信图片,提示犯罪目标是这座老年活动中心,我们就赶到了。媛媛一点儿事都没有,其他的孩子也只受了轻伤,您就放心吧。"

"都要谢,都要谢!"周芸说,"那接下来还是老张跟你说犯罪现场勘查的事儿,还是要继续辛苦你了!"

这时手机里传来了老张的声音:"少玲,你现在在哪儿?"

"我已经来到四楼的起火地点了,正如你所说,火已经灭了。"

"你查看一下火场的情况,一般来说,如果火势迅速熄灭,没有蔓延,说明起火中心点附近没有其他助燃物,过火范围一开始就被'划定'了,而且基本上可以和燃烧剂的泼洒范围画等号,这有助于我们鉴别投毒者纵火的真实目的。"

陈少玲戴上了橡胶手套,轻轻推了一下楼梯间的门板,谁知那两扇门板好像炸过头的两片排叉,居然喊里咔嚓地坍塌了一地,金属门锁掉在地上一声闷响,把楼梯间震得嗡嗡的,吓了她和大楠一大跳。

"怎么了?"老张问。

"我一推门,门就塌了。"

"塌就塌了吧,不要再人为造成现场证据的损坏了。"

她们俩小心翼翼地跨过了门板的残骸，走进那条东西向的楼道，用手电筒照了一照，虽然火已经灭了，但眼前的景象还是触目惊心：虽然门板倒了，但歪歪扭扭、参差不齐的门框像烟熏妆似的勾勒了整整一圈，附近的墙面和天花板上黑乎乎一大片，能清晰地想见火魔的红舌舔舐时的样子。

"烧得非常厉害，不光楼梯间的门和墙面，看样子连天花板上都洒了汽油……"陈少玲说。

"没人会往天花板上泼汽油的，那样汽油可能掉落到自己身上，纵火时很容易被波及。由于热气流上升的缘故，一般处于起火点顶部的物体都会形成浓密的圆形烟熏痕迹，你看看天花板上的烟痕是不是这样。"

陈少玲把手电筒朝头顶一指，白色光圈照耀出的，果然是一片圆形的黑色，于是"嗯"了一声。

"不用管它。"老张说，"你仔细看看门附近的墙体，分辨出燃烧和烟熏的范围，前者才是河道，后者只是河滩。"

"怎么分辨啊？"

"汽油燃烧形成的烟熏痕迹，主要是含碳原子较多的脂肪酸、芳香烃和烷烃类物质，相对黏稠，容易被抹除。临走时我不是让你带了湿巾吗？你把湿巾套在指尖上，由周围向中心，以中等力量擦拭黑色的墙皮，擦几下发现墙面是黑色、黑红色或深黄色的，就是燃烧痕迹；发现是白色、灰色或乳白色的，说明只是被气流附带的游离碳吸附于固体表面造成的烟熏痕迹。"

按照老张教的，陈少玲沿着黑色区域的边缘向中心擦拭，很快就发现，其实燃烧的范围就被限制在门框及附近一圈墙沿，由此可见，投毒者泼洒燃烧剂也就在这个范围以内，准确地说他只是把汽油泼洒在了门板上，所以当火舌缭绕到墙面没有燃烧剂的地方——由于老年活动场所的墙面多采用硅藻泥做涂料，本身具有一定的阻燃作用——就停止了蔓延，至于墙面和天花板上那一大片黑乎乎的地方，确实如老张所言，不过是烟熏造成的涂鸦。至于当时赫赫老师看到奔涌的火焰快要烧到装着积分换奖品的柜子，纯粹是不断升腾的火焰造成的错觉。

而且，她们还在门板坍塌形成的废墟里，发现了一团被烧成黑疙瘩的东西，应该是个装汽油的塑料瓶。

陈少玲把这一结果告诉了老张："不过，在楼梯间门的西侧墙皮上，烟熏痕迹延伸得比东侧墙皮多，看上去好像一个人在扒着墙使劲抻拉身体似的，这是怎么回事啊？"

大楠不禁一哆嗦。

"那些痕迹是不是都是些斜坡形状或者像小于号似的？"

"对。"

"起火的楼道本来是密闭的，但火灾发生后，楼道西侧的消防门被打开过，由于室内外存在热压差，就导致空气流动，你所看到的不过是热烟气向外辐射热能的表现。"老张说，"既然那个装汽油的容器已经熔化，就失去提取的意义了，你们现在到消防门那里去，沿着消防梯向下搜索，看看能不能找到什么物证。"

消防门还开着，陈少玲和大楠走出去，站在平台上往下望：狭窄的消防梯、低矮的扶栏，加上飘舞的雪花在上面铺就的一层薄玻璃似的银色，让人产生了一种强烈的不安全感。

大楠的腿肚子登时有些发软："这么窄的梯子，单独走都有掉下去的风险，不要说一大群孩子一起下去了，没出大事真的算万幸。"

虽然一直在下雪，但毕竟下得还不大，所以消防梯上的足迹没有被完全覆盖。从四层平台往下的足迹就不用说了，乱得泥泞不堪，而往上，通向顶层的鞋印清晰到能看见上下交错的四列，显然是投毒者留下的，有几个鞋印又能看见前半端有一道明显的裂缝。只是这时陈少玲连在心里替张大山分辩一句的力气都没有了，只把看到的情形直述了一下："我认为投毒者这回采取的作案方式，是先纵火，然后通过消防门走到消防梯的五层，在那里等待，等到舞蹈老师带着孩子们出了消防门，再现身恐吓她们，以造成她们从狭窄的消防梯往下逃命时发生踩踏或跌落的局面。"

大楠有些困惑："如果是这样，他为什么不直接在舞蹈教室门口纵火呢？那样的话孩子们更不容易逃掉啊，就算有窗户，从四楼翻出去也得摔个半死吧？"

电话里无人作答。

陈少玲和大楠只好继续勘查：在一根根栏杆上，她们找到了投毒者的铁棍捋过时留下的擦痕；在消防梯的台阶上，她们找到了媛媛掷出的铜质奖杯和巴啦啦小魔仙的塑料棒子；在两节消防梯的拐角处，她们甚至看到了王雨馨被挤落处的那根快要断裂的横栏……

她们将这些证物或者拍照，或者用塑封袋包起装好，预备带回去交给老张。

等她们来到最下面一层时，不约而同地长吁了一口气，陈少玲对着手机说："老张，我们下到一层了，这边勘查完毕了。"

"还没。"

"还有什么？"

"王雨馨掉下去时，接住她的那张垫子。"

这时，手机里传来了老张对周芸说话的声音，他让周芸打开微信，与陈少玲的微信做视频通话，要亲自看一下那些垫子。

就在陈少玲依照他的指挥，把手机的前置摄像头对准消防梯一层的下面时,她自己也定睛望去:在侧边和拐角零零散散地摞着几张粉色的旧练功垫,那些垫子本来就是加厚的海绵制成,又摞得很高,才在王雨馨跌落的时刻起到了救命的作用。

可是,这个有什么可看的?她看了半天也没看出个所以然,却被老张支使得将手机转来转去的。

"老张,你到底要看什么啊?"她忍不住问。

"少玲,你把接住王雨馨的那摞垫子一张张搬开,搬到最下面的一张时,翻过来,摘下橡胶手套,细细地摸一遍,看看是干的还是湿的。"

陈少玲将手机交给大楠,一张张地搬动那摞垫子,并且把最下面一张的底部摸了个仔细,连边边沿沿都不放过,然后说:"是湿的。"

"好,其他几摞垫子,也都照这样摸一下最下面一张的底部,然后告诉我结果。"

片刻,结果出来了:"都是湿的。"

手机里非常安静,四周也非常安静,能听见雪花落在消防梯上的沙沙声。

片刻,老张说:"少玲,你和大楠到老年活动中心的大门口,我想看一下被投毒者砸坏的大门。"

"我们刚才把车开过来时,亲眼看到他砸门上的玻璃花窗……这个没有什么勘查的必要了吧。"陈少玲一边用大楠递过来的湿巾擦手,一边说。

"第一次是速算,第二次是验算,这不一样。既然咱们进行的是'跟拍勘查',那么就必须沿着犯罪嫌疑人实施犯罪行为的全过程勘查一遍,不能丢下一星半点。"

大楠知道,眼下对老张的话最好是言听计从,见陈少玲还呆呆地望着那一摞垫子,不由得拉了她一把:"走啊,想什么呢?"

"没什么,我想起小玲没生病的时候,特别喜欢跟着电视里的少儿节目学跳舞,我们租的那房子是地下室,没有装修的洋灰地,地面特别硬,摔倒了磕得她青一块紫一块的,把孩子她爹心疼得不行,总念叨说要是有这么张垫子就好了……"

陈少玲和大楠绕到老年活动中心的大门口,用手机摄像头对准两扇对开大门上早已被敲得稀碎、只剩下空荡荡两个大豁口的竖长玻璃花窗。地面踩上去咯吱作响,陈少玲有些赌气地说:"用不用我把这一地玻璃碴子打包回去带给你?"

"那倒不用。少玲,击打玻璃窗导致的破碎,有些是击打本身造成的,有些则是结构性破碎,换句话说就是因为某些局部的破碎而导致无法承重,于是周边或上层的玻璃也随之脱落或坠落……摄像头里我看不大清楚,我怎么感觉这两扇花窗上面部分的破碎并非结构性破碎,也是击打造成的?"

陈少玲踮起脚,看了看玻璃花窗上面的豁口,依然嵌在窗框上的玻璃碴有些片状还很大,犬牙交错地龇了一圈,确实不是什么结构性破碎。

她"嗯"了一声。

"你再看看,从玻璃花窗下面打碎的豁口往里望,能看见锁住门的插销或旋钮吗?"

"能,很清楚。"

"把手伸进去开锁,需要小心翼翼防止划伤吗?"

"怎么可能,这么大的豁口,何况那个歹徒还戴了手套。"少玲说着,还把手伸进去试了试,吓得旁边的大楠提醒了一句:"你小心点儿。"

接下来,老张又让她们俩沿着胡来顺和猩猩追踪的足迹,一直到投毒者脱身的那片棚户区看了看,没有新的发现,他才说:"少玲,可以了,现在你和大楠一起回来吧。"

陈少玲把手机放进裤兜,和大楠肩并肩往大路上走,已近十点,空荡荡的街道上一片清谧,只有漫天的雪花在飘洒,地上、树上和平房的屋顶上闪烁着亮晶晶的银白色,仿佛给这入了睡的夜挂上入了幻的霜。

也许是觉得太过清冷的缘故,不知什么时候,大楠挽住了陈少玲的胳膊:"少玲姐,你觉得今晚还会有案子发生吗?"

陈少玲怔怔地想了半晌,才慢慢地摇了摇头:"我不知道……"

"太可怕了,真的,刚才我站在那个消防梯的台子上一直在想:媛媛真是太勇敢了,换成我,有人从上面突然冲下来拿根铁棍子砸我,别说抵挡和反击了,没准儿吓得直接就跳楼了。"

"是啊,别看媛媛年纪小,但遗传了她爸妈的基因,面对坏人,比很多大人都有勇气。"

大楠沉默了。

"对了大楠。"陈少玲突然想起了什么,"有件事,我一直想问你——"

但她欲言又止。

"你问啊。"大楠说。

陈少玲等了等才说:"今天周主任带你到分诊台学习分诊的时候,本来你做得挺好的,怎么后来突然就放了那么一大堆小流氓进来啊,搞得急诊大厅乱成一团糟,差点儿出大事……"

大楠低下头,默默地走了一会儿,嘴角露出了一丝苦笑:"我没有媛媛那样的勇气。"

"嗯?"

"我是说,面对坏人,我没有媛媛那样的勇气。"大楠说,"上中学的时候,我特别喜欢唱歌跳舞,想将来考艺术生,在同学的介绍下,认识了一个姓卓的花花公子。他妈妈是市艺专的校长,家里有钱有势。为了走捷径,我就傍上了他,他很疯,特别变态,又不喜欢采取措施,每次我只能吃药,有一次还是怀孕了,只好做人流,因为未成年,我不敢去正规医院,就去了一家小诊所,手术做坏了,伤到子宫,医生说我这辈子都不能再怀孕了,而姓卓的另寻新欢,把我甩了……当一个人永远失去了什么的时候,心里反而会不停地惦念,我变得越来越喜欢孩子,走在街上,看见那些胖嘟嘟的小脸蛋,就想去捏一捏、亲一亲,高考我就报考了医学院,学习儿科,我想既然我一辈子都不会再有孩子了,那么就帮那些有孩子的人不再遭受失去孩子的痛苦……"

说到这里,大楠忍不住哭了起来。

陈少玲没想到她还有这样一段往事,一时间不知道该说什么好,只能紧紧地抓住她的手。

"后来我听说,在反腐风暴中,姓卓的一家人遭到查处,从此销声匿迹……我挺高兴的,我想,自己过去无论有过多少污点、做过多少错事,都像车窗外的景物,过去了就过去了,不会再回来了。谁知就在今晚,那个名叫卓童的浑蛋突然出现在了急诊大厅,出现在了我的面前,油头粉面的模样比以前更加令人作呕!你不知道我有多恨他,多讨厌他,可是其实我也特别怕他,就像被毒蛇咬伤过一样畏惧他。"大楠停了停,接着说,"我问他来做什么,他让我帮帮忙,给跟在他后面的那些小流氓开出分诊条,我不同意,他就威胁我,说要把我过去的事儿都告诉医院里的医生、护士,还给我看了一段好多年前他胁迫我拍下的不雅视频,我毫无办法,只能答应了……"

"原来是这样。"陈少玲喃喃道。

"我根本就搞不清姓卓的让我那样做的目的是什么，我当时就跟自己说，可能那些小流氓真的就是有病，就是来看病的……我不停地骗自己，因为我特别害怕，害怕极了，其实认真一想，就算他把我过去的事情都抖搂出来，就算他把我当年拍的那些不雅视频给每一个人看，又能怎么样？又能对我造成多大的伤害？可我就是怕他，所以才一下子放了那么多号，放号的时候我头脑一片空白，就想让姓卓的快点儿走，不要再站在我的面前……"

"是啊，黑暗中未必真的有什么，但我们还是害怕。"陈少玲想起往事，不由得长叹一声，"其实，人真正怕的，未必是黑暗本身，而是关于黑暗的记忆。"

"那我该怎么办呢？"大楠擦拭着眼角的泪水，"时间过了这么久，我还是摆脱不了他……我真怕他再来找我，又胁迫我帮他做什么坏事，你别看我现在跟你说得清清楚楚明明白白，头脑很清醒似的，可是姓卓的一出现，我还是会像耗子见了猫，任凭他支使和摆布……我想，这大概就是命吧，命里就要遇到这么个人，就要遇到这些事，就要遇到这些怎么都走不出的黑暗，就要遇到这些怎么都醒不了的噩梦……"

陈少玲没有回答。刚才从医院出来时匆忙，加上考虑到急救工作中着装应该轻便，大楠只在白大褂上套了一件医院统一配发的浅蓝色羽绒坎肩，此时此刻，雪花在她的头发和肩膀上积了薄薄一层白色，以至于看上去她仿佛是被埋在雪里，不知是身上冷还是心里冷，她的身体在微微发抖，陈少玲更加用力地攥紧她的手。

"大楠，我记得我以前给你讲过，我和张大山也曾经有过一段伸手不见五指的日子？"说到这里她突然苦笑了一下，"当然，现在的我们也未必比那时看到更多的光亮。"

大楠点了点头。

"后来我认识了一位女警官。她是一位了不起的犯罪现场勘查人员，曾经在美国留学多年，认识那里很多这个领域的专家，其中有一位叫林肯什么的，跟她说过，在犯罪调查工作中，由于罪犯的潜逃、证据的缺失、同行的辗轧、上级的打压，甚至纯粹是司法的不公，经常会陷入黑暗和绝境，这个时候只有一个办法，英语叫'turning face only towards the sun'——朝着唯一有光的方向。"陈少玲仰起头，望着在深沉的夜空下飘扬得几近明媚的雪花，嘴角挂上了一丝微笑，"那位女警官一向冷冰冰的，从来不给人灌什么鸡汤，但因为一些原因，她对我非常好，知道我那阵子特别痛苦和茫然，就把这句话告诉我，当然，她绝对不会给我讲解话里面蕴藏着什么道理，但是我能懂。你，也一定能懂。"

"Turning face only towards the sun."大楠慢慢地重复了一遍，"朝着唯一有光的方向——"

突如其来的车轮声打断了她们的对话。

一辆车子刹在了她们的面前，从车上跳下来几个人，往老年活动中心跑，他们稀里哗啦推开大门，像一群野牛似的冲了进去。陈少玲上前问那个叼着根儿烟、一头短发上有几处斑秃的司机："你们是什么人啊？"

斑秃看了她一眼："综治办的，接到命令，过来蹲点防守。"

看着从雪地上一路蹿上台阶并进到老年活动中心的一大片脚印，陈少玲突然明白了老张几次提醒她抓紧勘查现场的原因。"我们是平州市儿童医院的，这里很偏僻，我们等了半天也等不到出租车，你带我们回医院吧。"

"不行，我这又不是顺风车。"斑秃说。

陈少玲说："你给你们雷主任打个电话，看他同不同意我们搭车。"

斑秃没办法，打通了雷磊的电话，只讲了几句就挂断电话，对陈少玲和大楠说："上车！"

车子开动了，大楠呆呆地望着窗外，就像所有刚刚对人倾吐了埋藏在心底多年的秘密的女人一样，只觉得心里空落落的，好像搬走了什么，又好像剜掉了什么。

突然，她的手被人紧紧地攥住了。

她一惊，偏过头一看，看到的却是陈少玲饱含歉意的一双眼睛。

"大楠，对不起，有件事，请你一定要原谅我……"

7

得知媛媛平安脱险，一阵虚脱感袭来，周芸竟陷入某种精神恍惚的状态。被老张搀扶到急诊科办公室后，她卧在沙发里眼神迷离，说不出一个字。

蔡文欣和孙菲儿都赶过来看她，又把李德洋叫了过来，替她量了血压，做了其他检查，看了看确实没有大事，才放下心来。孙菲儿从自己的抽屉里找到一包姜茶，沏好了，用小汤勺一点儿一点儿地喂给周芸喝，看周芸惨白的脸颊渐渐有了血色，大家不约而同地长吁了一口气。

李德洋对另外两位护士说："咱们出去，让主任在这儿好好休息，应该很快就没事了。"

他们正要往外走，周芸突然说："德洋，你等一下。"

李德洋赶紧来到她的身边："主任，我听说了媛媛的事，万幸她没事,我马上去准备一下,等孩子们送到了,立刻给她们进行详细的检查。"

周芸撑着沙发的扶手慢慢坐了起来:"我想起件事来。虽然我还不知道那些孩子有多少人,也不了解她们的伤势,但按照急诊工作的规范,从灾难事故现场脱险的患者都要卧床留观二十四小时以上,而我们现在的留观床位已经满了,连抢救室都被占用了。你想办法协调一下,看看哪些留观的小患者能够回家观察,把床位空出来——注意跟家长好好沟通,不要耍态度。"

就在周芸打电话向陈少玲表示感谢的时候,李德洋跑到留观一、二病房和抢救室了解了一下,排除充斥着正在进行输液或雾化治疗患儿的留观二病房外,所有的病床几乎被先前两起案件的受害患儿占满了。李德洋站在楼道里正琢磨该怎么办,突然听见留观一病房里有人吵闹:"都是氯气中毒,凭啥别人家的孩子能到这屋留观,就我们三家的孩子住抢救室?是不是得给你塞红包?想要多少?开个价出来!"

李德洋赶紧走了进去。原来,那个高烧惊厥留观的女孩的妈妈,目睹了王竹被抢救的全过程之后,吓得魂飞魄散,抱着女儿出了院,于是空出了一张病床,蔡文欣就把原本在抢救室留观的一个氯气中毒的患儿安置了过来,引起了剩下三个在抢救室留观的患儿家长的不满,他们一起过来,冲蔡文欣大发脾气,蔡文欣只是个临时帮忙的,很怕跟家长起冲突,嘴里不停地念叨着"请你们多多体谅"。

"体谅个狗屁!谁体谅我们了?!你们他妈为了挣钱,把病床都搬到新区去了,这儿就留几张床位,纸马店里扎绣楼糊弄我们旧区的,欺负我们没钱是不是?我可把话说在头里,光脚的不怕穿鞋的,耽误了孩子的病,我把你们这儿拆个稀巴烂你信不信?"

李德洋使劲咽了几口唾沫，走上前说："这位家长，你们的孩子中毒送到医院，我们及时进行了救治，也没有发生更大的危险，在哪个病房留观都是一样的，治疗也好，用药也罢，根本就没有区别，作为医生，我能理解您替孩子担心，但还是希望您能理性对待，配合医护人员，做好孩子的护理工作。"

"少来这一套！明天是元旦，开年不吉利，倒霉一整年，我就不想让我儿子今晚在抢救室过！在你们这儿看病，你们收不收费？收费你们就是做服务的；我们是不是花钱？花钱了就是消费者！消费者不满意，你们就得给我们做满意了——甭废话，赶紧的调床位，换到这个房间里面来！"

李德洋气得胸口疼，但对面的家长是个身高在一米八五往上的大胖子，块头就压他不止一头，没办法，他只能用尽量温和的口吻说："这里真的没有病床了，寒冬腊月本来就是儿童急诊的高峰期，可是为了收留中毒的孩子，我们已经把其他的患儿都劝回家了，您倒是找找，这屋子哪里还有能空得出的病床，您找到了，我就安排您家孩子住过来。"

谁知那大胖子把手一指："那儿就有！"

顺着他的指尖，李德洋看到了那道隔断出"蓝房子"的医用屏风。

"早就在新闻里看到过你们医院干的这事儿，我不管你们是真仁义还是假慈悲，反正看病这码事儿，说到底就是谁钱多谁优先，新区的我们比不过，但我们至少比里边那些没钱的强，新区的挤对我们，我们就只好挤对他们——你让他们赶紧腾地方！"

李德洋一想，眼下，也只能把"蓝房子"的患儿和抢救室的患儿对调一下，反正"蓝房子"里的孩子基本上都是拖时间的绝症患儿,也不在乎什么吉利不吉利,何况收留他们本来就是医院的恩惠,谅他们的家长也不敢不同意,如果真的闹起来,就一句"再闹就把你们赶出去",看谁还敢吭一声!

这么想着,他绕过医用屏风,来到"蓝房子"里面,正要安排挪位的事宜,却突然发现有一张病床是空的,床头柜和床底下也空无一物,收拾得干干净净,不像从前那样堆着满满的东西。他有点儿犯蒙,把蔡文欣叫了过来:"那张病床上的患儿呢?"

"走了。"

"走了?"李德洋皱着眉头想了想,那张病床上一直住着的是"老病号",就是那个因为神经母细胞瘤发生了严重的骨骼转移,脑袋上长了数十个包块的男孩……不久前,他妈妈用手机自拍惊吓到邻床的女孩,还被自己狠狠教训了几句。

"在'蓝房子'泡了这么久,怎么,禁不住我两句话,就带着孩子走了?"李德洋问。

蔡文欣看了他一眼,低声说:"不是……那个孩子死了,她妈妈把他的遗体捐了,就办了出院手续,回山区老家了。"

李德洋大吃一惊:"怎么会……不是他妈妈刚刚还跟他头靠头拍照来着吗?"

"是啊,她当时拍照,就是想留个念想。"蔡文欣难过地说,"办出院的时候,她跟周主任说,其实傍晚孩子就不行了,可她不愿意让他再遭罪,也不愿意再给医生添麻烦,就没有告诉咱们,让孩子安安静静地走了,一晚上咱们这儿人手不足,又都忙得不行,就没注意到……"说到这里,她从兜里掏出一个手机递给李德洋,"这个手机,她让我还给你,里面的照片已经转到我的手机上了,我答应洗出来,给她寄到家去,她让我一定代她向你说一声谢谢,刚来医院那会儿,你给他们母子太多的照顾,如果不是你主动借给她这个手机,她没法揽活儿,就没法挣钱给孩子治病,也没法给孩子留下最后几张照片……"

李德洋接过手机,揣进裤兜,又看了一眼那张空空如也的病床,洁白的床单、蓬松的枕头,叠得整整齐齐的被子,好像从来没有人在上面躺过一样。

他木然地向病房外面走去,大胖子家长迎面问"啥时候给我们挪床",他却没有听见似的径直从旁边走了过去,大约是看他神情不对劲,那家长气哼哼地也没有再追问。

李德洋就这么往前走着,穿过或来或往的患儿家长,脑子里一片空白,一直走过急诊大厅,走出楼门口,走下台阶,仰起头,望着不知什么时候在空中织起层层叠叠白色纱幔一般的漫天飞雪。他的视线和思绪更加迷茫,整个人虽然兀立在雪中,瘦弱的身体却仿佛冰河岸边一根干枯的芦苇,随着风雪飘摇不定。

手指尖,有点儿凉。

怎么搞的?

他觉得裤兜里好像有个什么冰凉的东西,拿出来一看,是个手机,想了想,才想起是自己好久前用过的一台旧智能手机,坏倒没有坏,就是用的时间太长了,信号差,耗电快,拍照像素又低,就淘汰了。

好端端地我带着这个旧手机做什么?

他想。

脑子里混混沌沌的,想了老半天,才想起这个手机是"老病号"的妈妈委托蔡文欣还给自己的。

"她让我一定代她向你说一声谢谢,刚来医院那会儿,你给他们母子太多的照顾,如果不是你主动借给她这个手机,她没法揽活儿,就没法挣钱给孩子治病,也没法给孩子留下最后的几张照片……"

"老病号"死了——那个被病魔摧残了形貌,却一直顽强地向生命讨活的小朋友。

当妈的搂着儿子冰冷的遗体,用这个手机拍了母子最后的合影,却被自己狠狠教训了一顿,当时她也不辩解,只是捂住脸无声地哭泣,肩膀一颤一颤的……

他往前跑了几步,似乎是想找到那个刚刚永远地失去了孩子的母亲,可是哪里还看得见她的踪影,只有越来越浓的雪,将世界遮蔽在无边无际的茫茫之中。

我居然还主动借给过她一个手机,这个手机居然是我主动借给她的。

没想到对患儿、对家长、对儿科医疗工作已经彻底厌倦、厌烦、厌弃的我,还曾经做过这么一件事。

他低下头,望着掌心里的手机,自嘲地咧开嘴笑了笑,可是不知怎么的,两行热泪沿着面颊滚落下来,他用手擦了一把,可这一擦,更多的泪水流了下来。为了向那些走进医院的患儿和家长掩饰(其实根本就没有人经过他的身边),他还一边笑着,一边扬起眉毛发出"嘿嘿"的声音。渐渐地,翻涌的胸口终于再发不出一点儿声响,他站在原地,用白大褂的袖子掩住哭到不能自已的双眼,攥着旧手机的手随着抽噎而不停地颤抖……

不知过了多久,他慢慢放下袖子,泪水将他的双眼浸得红肿,却也洗得明亮了一些,望着被雪花模糊成一片斑驳的城市,脑海中却清晰地浮现出了那些久已淡忘的往事:见习期间整整半个月没回家,夜以继日地扎在急诊大厅跟医生们刻苦学习;给一个孩子做B超时发现严重血性腹水,抱起就往抢救室冲,肩胛骨撞在门框上,贴了两个月的膏药也没消肿;救治幼儿园集体食物中毒而呈喷溅型呕吐的孩子,一个晚上换了四件白大褂;小夜门诊和大夜门诊连轴转时没时间上厕所,憋尿愣是憋出膀胱炎来;多少次下班后又饿又困,不知道是该先吃点儿东西,还是该先回家睡觉,最后常常是坐在办公室,嘴里叼着面包歪坐在椅子上呼呼大睡,可是只要听见外面孩子撕心裂肺的哭叫声,就会弹跳起来,一边咽着面包一边冲向急诊大厅……

还有,学生时代曾经和同学们无数次庄严背诵过的希波克拉底誓言——

"作为一名医疗工作者,我正式宣誓:把我的一生奉献给人类,我将首先考虑病人的健康和幸福,我将尊重病人的自主权和尊严,我要保持对人类生命的最大尊重,我不会考虑病人的年龄、疾病、民族、性别、国籍、信仰、社会地位或任何其他因素,我将尽我的努力,为病人谋幸福。"

他伫立在风雪中,一遍遍地默诵着这段话,每默诵一遍,心上那些板结的冰块就又融化了一点儿。

多久了,已经冻僵在血管中的血,被曾经的理想和激情唤醒,重新又滚烫了起来,奔涌了起来。

就在这时,一辆搭了篷的轻卡呼啸着开进了院子里,恰好停在他的面前,从车篷里钻出来一个脸蛋圆圆的女孩,"砰"地跳下车,冲着李德洋喊了起来:"李叔叔!"

李德洋定睛一看是媛媛,赶紧冲了上去:"媛媛!你还好吗?"

"她没事!"坐在后车厢里照顾孩子们的胡来顺把车篷掀开,放下后车板,"德洋,这儿有个脚崴得挺严重的孩子,你在下面搭把手,我把她放下去,你搀着她进急诊大厅行不?"

"脚崴了要减少走动。"李德洋转过身,伏下背脊,"直接让她趴在我背上,我把她背进去!"

望着李德洋一步一步、稳稳地背着王雨馨往急诊大厅走去的背影,胡来顺搓了搓鼻子,嘟囔道:"这小子这是咋了?"

8

当女儿扑进怀里的时候,周芸紧紧地搂住她,指尖简直就是抠住她的衣服,怕一不留神再让她跑掉了似的,嘴里嘀嘀咕咕,像是说给她听,又像是说给自己听:"没事儿啦,没事儿啦,没事儿就好啦……"说着说着眼圈就红了。

这时赫赫老师走了过来,胡噜了两下媛媛的头发:"哟,刚才那么勇敢的小姑娘,这会儿怎么哭了?"

周芸向她轻轻地点了点头。

赫赫老师笑着说:"今天多亏了媛媛,如果没有她,我们就全完了。"说着她把媛媛在消防梯上智斗歹徒,后来又在杜噜嘟嘟心脏病发作时用心肺复苏术救了她一命的事说了一遍。"周主任,过去媛媛还犹豫不决,中学是考艺校还是上中学,要我说,还是让她好好学习功课吧,她将来要不当医生,那就太可惜。"

周芸没想到女儿的经历竟如此凶险,表面上故作平静,心里可是翻江倒海,搂着女儿的胳膊更紧了一些:"你这孩子,多亏少玲阿姨和大楠阿姨及时赶到,万一冲进去的是那个歹徒,可怎么得了!那个时候你怎么还能沉得住气给同学做心肺复苏呢?"

"爸爸当年告诉过我,开始急救工作之前,必须先确认周围环境安全,一旦开始实施心肺复苏术了,天塌下来都不能停。"

周芸一时间说不出话来,过了好一会儿,才对赫赫老师说:"谢谢你啊,赫赫老师,尽管发生了这么多事情,可是我看孩子们还好，都没有大的问题。"

赫赫老师苦笑道："说是没有问题，但出了这么大的事，小天鹅舞蹈学校还能不能办下去，可就不知道了……我现在就去跟家长们联系一下，省得他们担心。"

她正要走，却被雷磊叫到急诊科办公室，除了请她重新讲述一下受袭的全过程以外，还问了她几个问题：关于袭击者的身份和动机，赫赫老师不清楚；关于小天鹅舞蹈学校最近有没有得罪什么人，赫赫老师也想不到……就在雷磊和丰奇的脸上笼罩了一层失望的神色之时，一直在翻捡着歹徒丢弃的那件快递员服的老张突然问："赫赫老师，消防梯一层下面的那几张旧练功垫，你还记不记得距离出事最近一次是什么时候看到它们的？"

赫赫老师想了想说："昨天下午学校开会，准备把五层也租下来，扩大办学规模，但为了节省开支，准备把一些原本淘汰的旧器材拿来接着用，我就去查看了一下堆在舷梯下面的旧练功垫，虽然破旧了一些，但质量并不坏……"

"那么，是你把它们摊开以后，摆成今晚那个样子的？"

赫赫老师摇了摇头："没有，我昨天下午去看的时候，它们是整整齐齐地靠墙码成一摞，并没有摊开。"

老张没再问其他的问题。

赫赫老师离开办公室以后，丰奇有些沮丧："搞了半天，这回比海马儿童游泳馆的案子能找到的证据还要少……"

"你放心，张大山就算一时逮不到，也掀不起更大的风浪了。"雷磊说。

丰奇有些好奇："你这是哪儿来的自信？"

"一来他刚才差一点儿被抓住，估计吓得不轻，现在不定躲在哪个耗子洞里喘气呢；二来，综治办的所有人马都动起来了，上河区凡是刚才咱们开列出的还未下课或散场的学校、各类儿童机构，每家至少有两个人以上驻守。我还打算进一步检索中河区和下河区，凡是存在风险的地方，也都派驻上人马，明里站岗、暗中伏击，看张大山还有胆量再犯案，只要冒头就抓，这就叫改防护为出击，变被动为主动。"说完，他不无得意地看了老张一眼。

老张却似乎并没有听到他的话，只把那件快递员服的所有兜袋打开，翻了又翻，找了又找，却什么都没有发现。

"你在找什么啊，我看你翻了好几遍了，不是什么都没有找到吗？"丰奇忍不住问。

"在刑侦工作中，寻找证据固然重要，但有些时候，寻找那些本该存在却没有存在的证据，更加重要。"

丰奇一愣："这不是呼延云的话吗？老张你认识他？"

老张似乎意识到自己失言了，笑了笑说："丰警官，雷主任刚才说进一步检索中河区和下河区存在风险的地方，并派驻人马，这招儿或许能够起到敲山震虎的作用，还是抓紧实施吧——不过在此之前，雷主任，麻烦你登录一下全国警务网络系统，我想查一个人的案底。"

雷磊看了他一眼，指了指笔记本电脑："我刚才登录后就没有退出，你自己查吧。"

老张坐在电脑前，调出相关资料，细细地阅看着。雷磊则和丰奇检索中河区与下河区所有还在上课的青少年教育机构、还未散场的儿童活动场所，逐个打电话核实情况，提醒他们注意安全。凡是联系不上的同样在警用地图上标示出来，并让综治办的人员尽快赶到，查明情况后，在第一时间反馈过来。

正忙碌着，门"哐"的一声被撞开了。

门口站着刚刚回到医院的大楠,只见她满眼羞愤地瞪着老张,这个一向老实得几近木讷的女孩,此时此刻玉面溅朱,显然是愤怒到了极点。

旁边的陈少玲连拉带哄,总算把她劝走了,接着又回来,把在犯罪现场提取的那些物证都放在了办公室的地上,转身正要离开,却被老张叫住了:"你跟大楠说了?"

"说了。"

"也好。"

"什么叫'也好'?!"也许是过于劳累的缘故,陈少玲突然发了火,"你让我那样做,心里难道就没有一点儿歉意吗?"

雷磊和丰奇惊讶地望着她。

就在老年活动中心的四层,陈少玲正要请老张指导她勘查犯罪现场的时候,突然接到了他发来的一条微信,上面只有简简单单一句话:"勘查结束后,问一下大楠,为什么分诊时,她突然给那么一大堆流氓放号?手机保持通话状态,不要让她发现。"

陈少玲没办法,只好按照他要求的执行了,但在大楠向她倾倒了内心的苦水之后,她突然意识到,如果周芸的手机还一直开着免提,那么等于把大楠的隐私暴露给了当时坐在办公室里的所有人。她心里十分愧疚,就在车上向大楠坦白了,大楠气得不行,又不能埋怨她,只能气呼呼地一回来就找老张算账。

这时周芸走了进来:"少玲,你别怨老张,刚才大楠跟你讲那些话的时候,我的手机确实处于免提状态,但大楠刚刚说到她认识了个花花公子,老张就把免提关掉了,只让我一个人听。所以,其实丰警官和雷主任并不知道大楠说了些什么。"

陈少玲为了掩饰尴尬而游移的目光,不知怎么瞟到了那件快递员服,先是一怔,然后问老张:"找到什么了吗?"

老张摇了摇头。

陈少玲紧闭着嘴巴，使劲吞咽着什么，两腮显得更加瘦削。

周芸走到她身边，轻轻揽着她的肩膀："走，先去看看小玲吧。"

看陈少玲在小玲的病床前木然坐下，周芸神情凝重地退出了留观一病房，正好遇上胡来顺和李德洋。他们俩向她汇报说，刚刚给小天鹅舞蹈学校的孩子们做完了初步检查，从整体上看，除了王雨馨和杜噜嘟嘟的伤情和病况不能掉以轻心外，其他孩子或多或少都有一些擦伤、挫伤或磕碰伤，虽然看上去都不严重，可是由于留在旧院区的急诊科检查设备和器材不是简单就是老旧，所以不排除有一些隐性的伤害没有被检查出来，"必须全员留观"。

因为儿童的关节大多活动性好而稳定性差，各个器官的发育又不像成人那么成熟，所以特别容易受到外伤的侵害，且表现出两个特点，一是表面并不明显，二是容易存在严重的后遗症。周芸经常给科里的同事们讲她多年前遇到的一起病例，有个六岁女孩从高处跳下，然后走路的姿势有点儿奇怪，问她怎么了，她只说腿麻、腰疼，到县医院检查，医生说没大事，让她回家了，接下来几天小姑娘怎么都排不出尿来，家里人觉得不对劲，赶紧送到市儿童医院，周芸接诊后立刻给孩子做了包括脊髓磁共振在内的详细检查，最终确诊为"无骨折脱位型脊髓损伤"，抓紧给予大剂量激素冲击治疗，并辅以营养神经治疗，还联系支具室制作胸背部支具加以制动，两个月后孩子总算能恢复独立行走，但由于受伤后最初的治疗不够及时和到位，她这一生都无法再奔跑和跳跃了……

考虑到小天鹅舞蹈学校的孩子们受袭时场面一片混乱，黑暗中虽然只看到掉下去了王雨馨一个，但其他孩子是怎么从四层到了一层的，谁也说不准，十有八九在台阶上都有连滚带爬的行为，且或多或少都经历过踩踏，所以，周芸完全赞同"必须全员留观"的判断。

可问题接踵而来：这么多孩子，在哪儿留观？

"留观二病房不能用，留观一病房和抢救室各空出一个床位……"李德洋停了停接着说，"其他的房间我也看过了，要么没有地儿，要么没有床，总不能让孩子们在急诊大厅搭地铺吧，而且再过一会儿，家长们就要来了，如果看到孩子们还没有床位，恐怕又会大闹起来。"

胡来顺点点头帮腔道："一共八个孩子，怎么都得一个专用的留观病房才能装得下，而且，这个事儿宜早不宜迟，不然——"

话到嘴边没有说下去，周芸却明白他的意思，万一投毒者再对哪里的孩子下毒手，导致更多受伤或中毒的孩子被运来，留观病房的床位问题必将成为压倒已经超负荷承重的急诊科的最后一根稻草，必须未雨绸缪。

办法不是没有，但她还没有下定决心——何况，这个决心不是她一个人就能下得了的。

她走到急诊大厅的角落，拿出手机，给高副院长打了个电话，很久很久都无人接听。

她想了想，觉得来不及请示领导了，便走进办公室对丰奇说："丰警官，你能不能跟我出来一下？"丰奇抬起头，从她的目光中看出了迫切，立刻扶着拐杖站了起来，跟着她往外面走。

雷磊问他们去哪儿，丰奇依然有些下级面对上级问询时的紧张，周芸却神色如常："商量一些工作上的事儿。"

雷磊点点头："尽快让丰警官回来，我这边一个人忙不过来。"

周芸和丰奇上了电梯,到达二楼,穿过昏暗而寂静的楼道,他们一直来到PICU门口,拍了拍那两扇紧紧关闭的铁门。

"谁?"

"是我。"丰奇说。

铁门打开了,田颖一看丰奇那张失血后依然苍白的脸孔,心里的惦念一下子湿润了眼眶,当着周芸又不好表达得那么明显,揽着他的胳膊,将他扶进了PICU,并把门关上锁好。

田颖扶着丰奇在一张椅子上坐下,蹲下身子,看了看他绑着止血带的腿:"还疼吗?"

"没事儿。"

"孩子们都还好吗?"周芸问。她所指的,当然是藏匿在这里的六个孩子。

"我已经哄她们都睡下了。"田颖低声说,然后望着丰奇的眼睛问:"到底怎么搞的?一直没有你的消息,我都要急死了。"

"丰警官一直在协助我们应对一起案件。"周芸把今晚投毒者对儿童教育机构和活动场所发起的连环袭击大致讲了一遍。

自从跟丰奇一起进驻到这里以后,田颖和周芸见面不多。每次见面,周芸都很客气地表示,有什么需求尽管跟自己讲,她会全力配合他们的工作,而田颖也只是简单地应酬几句。此时此刻,听周芸讲完了楼下和楼外所发生的林林总总,田颖竟产生了一种如坐船舱、满耳风浪的惊骇感。

"我把你们两个叫到一起,是有件事,必须要跟你们商量。"周芸把小天鹅舞蹈学校受伤的孩子们没有留观床位的事情说了一遍,又提及接下来保不齐还会有新的案件发生,到时候再送过来的孩子们无法安置的问题。

丰奇说:"今晚我在楼下待了一段时间发现:涉及孩子的伤病,再小的事儿,家长也会认为是大事,更何况遭受恐怖暴力的袭击,如果不把留观床位安排出来,家长们闹起来,真敢把天捅个窟窿。从我们的层面,会尽最大努力尽快抓住那个投毒者,最次也要争取遏制他实施更加严重的犯罪,但眼下这个趋势,不做好各项准备也是不成的。周主任,你有什么具体的打算,不妨说出来。我们全力配合你。"

"丰警官,太感谢你对我们工作的理解和支持了。"周芸欣慰地说,"你也知道,目前整个医疗综合楼除了一层急诊大厅和二层、三层几间属于急诊科的房间,其余已经人去楼空。各个诊室和病房不是关门上锁,就是空空如也,没有任何医疗器械,唯一的例外,是住院楼六层有间备用病房可以供我调配——"

"你的意思是把小天鹅舞蹈学校的孩子们送到那里去?"丰奇打断她说,"我觉得没问题啊。"

"我的意思是,能不能把你们保护的孩子转移到那里,而把这间PICU辟成留观病房,让小天鹅舞蹈学校的孩子住进这里。"周芸说,"原因很简单,你们保护的孩子,除了性侵带来的生理和心理上的创伤之外,目前来看,并没有什么急病重症,而小天鹅舞蹈学校的孩子还需要进一步密切观察,一旦有什么突发状况,不仅急诊大厅里的医护人员可以马上赶到,而且这间PICU里面的医疗设施十分完备,随时可以展开抢救。另一方面,随着中毒和遇袭的孩子们被不断送来,急诊大厅里越来越乱,现在已过十点,小夜门诊换成大夜门诊,估计很快又会新上一拨患儿和家长,而那群被放水进来的小流氓和黎炎带的医闹,有个别人还滞留不去,他们到底怀有什么目的,一时半会儿根本无法搞清,不客气地说,他们对你们的安保工作也是潜在威胁。而六层的备用病房就不同了，首先，这座大楼的步行梯，三层以上全部上锁，想到更高的楼层，只能坐电梯，但电梯对患者和普通医护人员也只开到三层，再往上必须刷中层以上干部才有的'通刷卡'，急诊科只有我手里有一张，而且备用病房自带门禁，也只能用我这张卡才能开门，所以你们一旦带着孩子住进去以后，没有任何人能从外面进入备用病房，那里反而是整个医院最清净也最安全的地方。"

丰奇和田颖听了她这番话，面面相觑。

片刻，丰奇撑了一下膝盖说："周主任，这个，我们得和上级领导汇报一下。"

"嗯，我本来也要跟我的直管领导汇报，只是实在联系不上。"

田颖用PICU里面的座机打了个电话，回来后说："上级领导让我们听您的，他们会尽快派人过来，安排我们转移到其他地方。"

周芸正要具体布置，田颖拦了一句道："有个问题。接下来，丰奇是继续到急诊大厅里帮忙办案，还是跟我一起到备用病房执行安保任务？"

周芸想起雷磊刚才那句话："恐怕，还是得麻烦丰警官跟我一起回急诊大厅。"

"如果是这样，我希望能选派一位医生或护士，跟我一起去备用病房。当初把这些孩子安置在PICU，就是考虑到离急诊大厅方便，万一出事能随时麻烦咱们急诊的医护人员过来急救。现在让我们换到六层的备用病房，安全固然安全，但等于成了远离海岸的孤岛。一旦孩子们发生什么事情叫医生上来，坐个电梯还得麻烦您跟着一路刷卡，太折腾了，与其这样，还不如直接给我们配备一个医护人员呢。"

田颖这番话，说得毫不客气，但是周芸却佩服她比丰奇想得周到和缜密："这个没问题。"

"要保证派的是一个绝对可靠的人，最好是女的。"

"嗯，我心里已经有合适的人选了。"

丰奇却有些好奇："谁啊？"

"大楠。"

说起来，大楠这个人选，还是老张"推荐"给她的。

那是她用手机听完了大楠对陈少玲倾吐的往事之后。挂断电话，老张请她到办公室外面，问大楠到底说了些什么。涉及一个女孩的隐私，周芸不能轻易向他透露，反过来问他为什么要采取这种方式了解大楠在分诊时"放水"的原因："那件事儿我都不想追究了，你还了解那么清楚干吗啊？"

老张说："我只想确认她是不是一个可以让我放心的人。"

"这话说得，她怎么让你不放心了？"

"确切地说，是其他人我都不能放心。"

"嗯？"

"主任您想想，今天晚上，在这座急诊大厅里的所有人——您、丰警官和PICU里那位田警官可以除外——是不是都是'主动'留在这里的人？"

"什么意思？"

"就是说，他们留在这里，都是主动的而不是被动的。他们或者因为排班而留下，或者因为就诊而留下，或者因为生病而留下，或者因为闹事而留下，或者因为遇袭而留下，或者因为办案而留下……留下的借口自然是五花八门，有的是真的，有的是假的，但统统可以通过'动手脚'来实现，而深究每一个人留下的真正原因是做不到的，但正是因为无法深究，所以我必须想到，他们留在这里，可能怀有别的目的。"

周芸听得一悚："你是担心——"她指了指二楼。

"犹如下棋，不能只顾一步，也不能只顾一路。"老张平静地说，"而大楠算是唯一的例外，我记得她本来就要下班了，是被你突然强行留下的，对吗？"

确实，大楠只是实习生，照规矩，实习生是不值小夜和大夜门诊的，今晚她会留在这里，完全是因为自己担心急诊科主力走后，留下来的人手不足，找巩绒商量一番后才把她临时"扣押"的结果。

"所以，她本来是急诊大厅里我能够信任的人，也正因此，当她在分诊时给小流氓'放水'后，让我感到不安——如果您学过素描就知道，要想使脏乱的画面重新变得色差鲜明、层次清晰，调整灰色的深浅还在其次，最重要的是：黑白必须分明。"老张说，"这也正是我让她加入前往上河区的救援队，并让她留下陪少玲勘查现场的原因，除了看她是否痛快地接受离开医院的任务之外，还想制造一个让她吐实的机会，毕竟她和少玲的关系一直很好，紧张的勘查结束后，随着心情放松下来，人们可能会对亲近的人讲出一些绷紧时不会说出的话。"老张说。

周芸只好一五一十地把陈少玲和大楠的对话讲述给他听，老张听完，点了点头："这样我就可以放心了，而且我查阅了那个卓童及其家人的案底，各方面的资料都显示，大楠确实只是他玷污过的无数女性之一，在离开他以后，就没有再与他有过什么接触。"

"好吧，就算搞清楚了，大楠是可以让你放心的人，然后呢，又有什么用？"

"也许很快就能用得上了。"老张一笑。

周芸把这个情况对丰奇和田颖一讲,他们两个人都非常吃惊。

"这个老张到底是什么来路?"田颖说,"我这一个月天天见他,没看出他有什么显山露水的地方啊!"

"别说你了,连我都越来越琢磨不透他。"丰奇突然想起了什么,把刚才老张一不留神说出了呼延云的话,讲了一遍,"他说完那句话,我突然觉得他有些眼熟,似乎很多年前在什么地方见过似的,我一直在回忆此前办案或者参加全国英模表彰会议时见过的那些同行,却怎么都想不起这么个人来。"

田颖苦笑道:"今晚我唯一祈祷的,就是这个人是友非敌,不然咱们的麻烦就大了。"

"老张一定是友!"周芸脱口而出,当她发现丰奇和田颖诧异的目光,有些不好意思,"我是觉得,整个晚上到现在,他已经帮咱们救出了那么多的孩子,怎么可能是敌人呢?"

"还是不能掉以轻心……"田颖说,"就听周主任的,咱们兵分两路吧,你们专心致志对付那个投毒者,我这就把孩子们叫醒,带着她们上六楼,扛过了今晚再说。"

"我去找大楠,带她来找你,然后送你们上去。"周芸走出了PICU。

丰奇拄着拐杖撑起身子,正要往PICU外面走,突然转过身,慢慢地挪进病房,看了看在病床上睡得正香的女孩子们:苗小芹嘟囔了一句梦话,翻了个身,又睡着了。

在这里驻守了一个月,虽然过着几近牢狱般的封闭生活,但他们对这些孩子、对彼此,甚至对这间PICU都产生了一份说不出的情愫,现在要离开这里,要相互分别,虽然隔着厚厚的窗帘看不见窗外漫天的飞雪,但他们心中对前路同样是万感苍茫。

"苗苗现在很少做噩梦了，其他的孩子也是，越来越好。也许等她们长大了，会忘记那些痛苦的创伤和难过的日子。"田颖说，"也会忘记这座儿童医院，忘记这间PICU，忘记曾经照顾过她们的叔叔和阿姨……"这句话刚刚说出口，她就不禁哽咽了。

丰奇伸出一只手臂，把她紧紧搂在怀里："但是——我永远不会忘记你。"

田颖把脸埋在他的胸口，泪仍在流。

9

跟田颖和大楠一起，把孩子们连哄带抱地带到六层备用病房，摸着黑（为了安保起见没有开灯）将她们安置好以后，周芸总算喘了口气。这里的结构和设备跟留观一病房高度相似，只是装修得没那么花哨，床位也少一些，但病床是前两年引进的，不仅两侧护板加高加厚，而且可以通过挂在旁边的遥控器，将床头和床尾放平或抬起，相当先进。从安全的角度讲，这里也比二层那间PICU强得多：门有两道，外间门是钢质的，必须刷"通刷卡"才能从外面打开，里面的人想出去，要先按右侧墙上的门禁；里间门是两扇对开的木门，可以从里面上锁，两道门之间有很短一条通道，通道的西边有一间存储了急救药械和冷链药品的综合药房，门关得紧紧的。病房里面，为了防止那些被疾病折磨得痛不欲生的孩子自伤，很多地方都做了特殊的处理：固定器具的边角都是圆头；墙上贴了一层夹海绵的壁纸；至于朝西的一排窗户，除了把头一扇可以向外推开一半，其他都是锁死且在外面装了一道护栏的，所有的窗户都被厚厚的窗帘遮蔽，从外面根本看不见里面的情况。

医院整体搬迁之后,这里几乎从未打开,所以枕头和被套上落了一层灰尘,把孩子们放上去的时候,有的还被呛得咳嗽起来。苗小芹被吵醒了,揉眼一看是新环境,眼睛立刻睁得老大,显得格外紧张,韩霜降赶紧从自己的床上跳下来,抱住她哄了好一会儿,她才重新打起了小呼噜。

周芸以为这样的环境足以令田颖满意了,谁知她还是挑出了毛病:"洗手间在哪儿?"

"出外间门的右手边就是。"

田颖皱起了眉头:"这么说,要是有人出去上厕所,回来没有'通刷卡'的话,必须得里面的人给她开门。"

"是的……就一个晚上,只能克服一下。"

"能不能把你那张'通刷卡'留给我呢?这样我们出来进去都比较方便。"

"这不行,'通刷卡'我必须随身保存,不能外借。"

田颖拿出手机看了看,发现这里的信号比二楼那间PICU还要差,PICU有时还能有一两格信号,这里干脆显示"无服务"。于是她问:"周主任,假如有事,我该怎么跟你们联系呢?"

"备用病房为了防止手机电磁波干扰医疗设备的工作,在建设和装修中也使用了屏蔽材料,所以,你们有事找我,只能用门口那张护士工作台上的值班座机,对了,要是我找你们,也只能打那个座机,好久没来这里,我都忘了座机的电话号码了。"她打开手机电筒,照着座机上写的本机号码,念了几遍,记在心里。为了确保座机是畅通的,她又拿座机拨打了一下急诊大厅分诊台的值班座机,是孙菲儿接听的,周芸没说什么,就挂上了电话。

"没什么事,我就先回急诊大厅了。"周芸又叮咛了大楠两句,让她一定要全力配合田颖,照顾好孩子们,便匆匆下楼去了。

路上,她把抽空用手机写好的一份介绍今晚急诊科所发生的种种情况的简报,用微信分别发给了高副院长和蔡衡。到了急诊大厅,又安排小天鹅舞蹈学校的孩子们上二楼,进PICU里留观,并让蔡文欣进去照看——周芸盘算过:一层有陈少玲和孙菲儿两个护士,加上胡来顺和李德洋已经在各自的诊台就位,"兵力"暂时充足。

谁知还是发生了一件她没想到的事情:找不到媛媛了。

想起老张刚刚那一番急诊大厅内人心叵测的警示,周芸的心一下子又提到了嗓子眼,她匆匆游走着,打开每间房门寻找着女儿,却一无所获。她的视线茫然地扫过急诊大厅,希望能在人群中发现媛媛的身影,却被那些攒动的脑袋和杂乱的脚步撩动得一阵眩晕。

终于,在女更衣室的柜子后面,她找到了媛媛。

媛媛抱着腿,蜷坐在木头长椅上,脸上还挂着未干的泪痕。

"你这孩子,怎么躲到这儿来了!"周芸又气又急,想狠狠批评她两句,又忍住了,"你怎么哭了?"

"我刚刚听孙菲儿阿姨说:小袁姨、巩阿姨、霍阿姨还有陈叔叔、杨叔叔他们出了车祸……"

周芸坐到媛媛的身边,轻轻搂住她的肩膀,更衣室那并不明亮的灯光,将母女二人的身影拢成模模糊糊的一团,投射在她们脚下。

"妈妈,其实,我没有说真话。"媛媛突然说。

"嗯?"

"你问我歹徒都要冲进来了,我怎么还能沉得住气给同学做心肺复苏，我说那是爸爸教给我的，做急救就要坚持到底，不能放弃，其实那是我想了一路的假话。我知道赫赫老师会跟你说起这件事，你也肯定会问我，才编了这样的话，我就是想向你们证明，爸爸没有走，他依然陪伴着我，保护着我，甚至能够借我的手，救更多的人……"

"嗯。"

"而真正的原因，是我那时太害怕了，站不起来，也跑不动，除了机械地持续做那个按压的动作，我也不知道自己还能做什么。"媛媛凄恻地一笑，"爸爸走了以后，我一直不相信那是真的，一直在想尽办法地找他，跳舞、跟你赌气，其实都是在找他，都是要证明他压根儿就没有离开……直到孙菲儿阿姨说起车祸的事情，我才发现，原来一个人的离开就是这么突然，这么简单，这么荒唐……以前你和爸爸下了班，在家里说起病人去世总会说'人生无常'，我那时不懂，现在懂了。"

周芸的眼睛里泛起了泪光。

媛媛紧紧抓住她的手："妈妈，你不要伤心，也不要难过，我说这些话，并不是想让你伤心和难过，我只是想告诉你，当我承认爸爸真的走了，再也不会回来的时候，我反而发现了那些他真正留给我的东西。刚才我坐在这里，把自己抢救杜噜嘟嘟的全过程回想了好几遍，我发现自己全程做得标准极了，每个步骤、每个细节、每个动作，规范得好像用尺子比着一格一格画出来似的，没有一点儿的遗漏和错误，哪怕是在我最紧张、最害怕的时候。但你肯定不知道，这些其实爸爸只教给过我一遍，我就全都记住了，这说明我是有当医生的天分的，这天分，就是爸爸留给我的最宝贵的东西。"

"嗯！"

"也就是说，比起跳舞的那个舞台，也许抢救台才是更适合我的舞台。"媛媛停了停，把心里面最重要的话说了出来，"所以我下了个决心，不考舞蹈学校了，当然我依然会跟着赫赫老师好好学跳舞，但中学我还是报考咱们市一中，将来像你和爸爸一样，当一名医生。"

周芸脸上绽开了久已未见的笑容。

把媛媛送进PICU，交给蔡文欣以后，周芸的心潮依然久久地不能平静，她回到二层的科主任办公室，望着窗外：雪落如织，已经将楼宇和大地覆上一层薄被似的洁白。坐了一会儿，她想起自己刚刚给高副院长和蔡衡发了简报，他们两个人或者其他医疗口的领导很可能会打电话问询具体情况——这类工作电话，照规矩必须有录音，以便发生问题时追责，所以他们不会打自己的手机，又可能猜她在急诊大厅忙，所以一定是直接拨打开设了录音功能的值班座机找她——便打电话给楼下分诊台的值班座机，叮嘱孙菲儿做好电话记录，又让她去看看老张在忙什么，如果有时间，就让他来自己的办公室一趟。

没过多久，有人轻轻叩了两下打开的房门，一见是老张，周芸连忙喊他进来。

老张以为她找自己了解案件的进展，便站着向她汇报：陈少玲拿回的物证中，没有发现什么可以指明投毒者身份或他下一步行动方向的东西；陈少玲的手机拨打张大山的电话依然无人接听，发微信也没有回复；雷磊和丰奇已经把旧区所有存在风险的儿童教育机构和活动场所全部检索出来，一一电话警示，并派综治办的辅警过去值守……

周芸一边用咖啡机调制一杯咖啡，一边把为了辟出留观室，将原本在PICU的孩子们转移到六层备用病房的事情说了一下，回头一看老张还站在原地,连忙招呼他在沙发上坐下,把那杯热气氤氲的咖啡递给他,然后坐在他的对面:"据你看,那个投毒者今晚还会作案吗?"

老张想了想说:"从他的作案目标来看,基本都是涉及儿童的场所和教育机构,如果他不改变这个目标,那么我们目前采取的策略,应该能起到一定的防控作用,最低限度也能够在他作案的第一时间得到反馈,及时应对。"

"也就是说,如果他不继续作案,这个案子有可能就这么结束了?"

"所谓结束,一定有一个开头相对应。对于任何一起案件而言,犯罪动机是开头,犯罪目的的达成或失败,算是收尾。现在,我们既没有搞清楚他的动机和目的,也没有将他捉拿归案,等于既没有搞清开头,也没有成功收尾,无论对于犯罪者还是我们,都远远谈不上结束。"

周芸沉默了片刻,抬起头来说:"无论开头是什么,无论会怎样结尾,这个惊心动魄的晚上都令我终生难忘……老张,你来医院两年了,这是第二次来我的办公室吧?"

老张点了点头。

"我没有别的事,请你来,只是想当面说一声'谢谢'。"周芸真诚地说,"如果没有你,小天鹅舞蹈学校的孩子们不可能及时获救;如果没有你,我可能就再也见不到媛媛了。你知道,我们家老宋去世后,我只剩这个女儿相依为命了……"

"媛媛是个好孩子,很懂事,也很有礼貌。"

"她毕竟还小,要经事,才能懂事。"周芸说,"你救了她,就是救了我,我不知道该怎样感谢你……事实上,我甚至连你真正是谁都不清楚。"

老张呷了一口咖啡,没有说话。

"请你不要误解,我没有盘根问底打探你身份的意思,纯粹是出于好奇。以你的身手和才能,应该跟那位雷主任一样,在某个跟警务相关的重要岗位上担任要职,怎么会流落到我们这么个地级市的儿童医院里当保洁工呢?"

老张还是没有说话。

"对不起……"周芸有些不好意思。

"没事的。"老张微笑道。

"不说这个话题了,难得这个乱糟糟的晚上还能偷点儿闲,聊点儿其他的吧。"周芸想了想说,"我真的很佩服你,隔着手机屏幕,就能找到那个歹徒想要隐瞒的物证,凭借鞋底的几粒泥沙,就能准确推断出歹徒的行踪,让我想起了上学时看过的《福尔摩斯探案集》。"

"做我们这行的,多少要具备一些推理能力。"

"推理?"

"通过已知的几项条件,去伪存真,寻找、发现和建立它们内在的逻辑关系,并借助科学的思维方法,推断出新的结果——跟医生凭借患者的自述、症状和检查结果来下诊断一样。"

"是吗?不瞒你说,你的很多思路,直到现在我还没彻底捋清楚呢。"

"隔行如隔山。其实,主任您的很多诊断和治疗,我在旁边也看不出个门道。比如,今天下午那个肚子疼的女孩,您是怎么发现她是得了胸椎结核的呢?"

虽然说的是今天下午,但由于接连发生了太多波谲云诡的事情,周芸想了半天才想起那个疼得捂着肚子、蹲在地上站不起来的女孩,因为胡来顺开出太多检查单,她的妈妈差点儿把她拉走，多亏自己拦了一把，起先怀疑是山道年驱虫引起的副作用，后来又怀疑是胃及十二指肠疾病和慢性胰腺炎，最后通过加拍侧位胸片才发现是胸椎结核。

"她躺在诊疗床上检查的时候，有两次起身，一次因为脱鞋，一次因为喝水，都显得特别疼痛。一般来说，腹部疼痛虽然会因体位不同而程度不同，但不会骤然加剧或减轻，为什么她两次由平卧位换成坐位，都突然表现出如此剧烈的痛苦？我仔细观察，发现她每次都要用肘部支撑躯干才能转成坐位，这说明她不愿转动躯干，为什么不愿意转动躯干呢？这就提示脊柱或胸椎可能存在病变。"

"原来是这样。"老张点了点头，"还有一个病例，在我看来就更加不可思议了，就是刚才您给那个满口是血的孩子插管时，是怎么一下子就找到声门的呢？"

"那个啊！"周芸不禁笑了起来，"魔术一旦破解了手法，就真的没什么了，只是因为我看到了气泡。"

"气泡？"

"她嘴里的血洼中，有个地方在不停地往上冒气泡，下面一定就是呼吸道啊，我只要把管子对准那个地方插下去就是了。"

老张恍然大悟，不禁笑了起来："家长们都称您为神医，却不知道您也是位'福尔摩斯'。"

"什么神医啊，治病这件事，并不是说医生的医术好，就一定能救得了患者，很大程度上纯粹是命，尤其急诊：一个危重症患者能被救过来，有太多偶然的因素：恰好家长在第一时间处理得当，恰好急救车没遇上堵车，恰好急救医生熟悉这种病的治疗方法……少了一样，人都活不成。套一句俗话——那人若不该死，他怎么都死不了；那人要是被阎王爷盯上，你就是把扁鹊华佗都搬来也没有用。"周芸深深地叹了口气,"大家都觉得,孩子一旦生病,必须得治好,其实潜意识就是认为孩子的生命刚刚开始,'命'不该绝,不该死这么早,但其实,孩子和成人又有什么不同呢,在命运面前,都是脆弱不堪的。"

"虽然您这样说,但真遇到生命垂危的患儿时,您还是一副不把死神从孩子身边赶走誓不罢休的样子。"

周芸把视线投到窗外,不知什么时候,雪下大了,纷纷扬扬,恍惚间竟分不清是从天空落下,还是从大地升起,只在天地间浮沉起一片漫无边际的苍茫。

她怔怔地望了很久,才喃喃道:"也许,是因为朱爷爷的缘故吧……"

"朱爷爷……我听大家闲聊时说起过他,但不是很清楚,只知道他是您的救命恩人。"

周芸点了点头:"四十多年过去了……每到这样飘雪的日子,我就会想起他,想起那位老爷爷,仿佛他就在眼前,又看到他高大而瘦削的背影,他戴着那种用绳子连接、挂在脖子上的棉布手套,用小车拉着我们这群在门诊楼做完检查的孩子,踩着厚厚的雪回住院楼去,雪在他那件灰绿色棉衣的衣领和后背上积了厚厚一层白色,脚底下咯吱咯吱的,一步一步都那么艰难,可是他从来就没有停过……"

10

那一年,周芸才五岁,是个梳着两只羊角辫的小姑娘,因为严重的风湿性心脏病,她脸色苍白、嘴唇发紫,连走路都费劲,在平州和省会城市辗转求医,却不见起色,被爸妈带到北京儿童医院求医。"我爸爸妈妈带我上北京，其实跟现在很多绝症患儿的父母的想法一样，去北京看病，就算治不好，也不留遗憾了。"

来到北京儿童医院，她很快被收治住院，这倒不是因为一向人满为患的医院突然大幅扩充了床位，而是时势混乱导致医院运转失常，就医者大量减少，很多床位空了出来。但与此同时，医护力量严重不足，有那么几天，她待在病房里根本无人问津，只好跟许多住院的小伙伴一起，扒着窗户看楼下那一地用墨汁写满大字的花花绿绿的纸张随风飞扬。严冬将至，她频频发烧，身体日益虚弱，就连呼吸都越来越沉重，望着窗外光秃秃的一排树木，她幼小的心灵竟第一次感受到了行将凋零的悲凉。

终于，有医生来给她看病了：经过检查，再次确诊为风湿性心脏病，由于她有心力衰竭、肺部湿啰音、肝脏肿大和缺氧等症状和体征，病情十分严重，经过内科专家会诊，给她应用了洋地黄制剂、吸氧、利尿剂、抗生素等药物和治疗方法，在她发烧时也不规则地应用过肾上腺皮质激素，但她还是病恹恹的没有好转。

有一天，病房里突然来了一位住院大夫。

住院大夫也叫"住院医"，是医生职称中最低的一档，主要工作包括收治病人、记录病程、在主治医师及其他上级医师的指导下开医嘱、进行某些临床操作等，一般由医学院刚刚毕业参加工作的青年医生担任。

但这位"住院医"却是一位年过七旬、白发苍苍，瘦削的脸上架着一副黑框眼镜的老人。他来到病房的那天，跟在他身后的一个胳膊上套着红箍的男人气势汹汹地对他教训了一番才离开，老人就那么静静地听着，等男人走后，老人转过身望着病房里的小朋友们，脸上绽开了无比慈祥的笑容。

"那个笑容我永远不会忘记，后来想起，觉得那个笑容特别开心，而且有点儿童真，仿佛是在说：喂，小朋友们，我总算回到你们中间啦！"

他就是朱爷爷，这个"朱"字是一个住院的小朋友给他画像时，写在画纸旁边，周芸看到后记住的。

病房里的小朋友们都可喜欢朱爷爷了，别看他七十多岁了，可是每天都第一个来到病房，最后一个离开。他那张布满皱纹的脸上永远是笑眯眯的，从来不会因为小朋友们哭闹而露出一点儿厌烦或冷漠的表情，他会耐心地给小患者们喂药、给他们把屎把尿从来不嫌脏、做叩诊或触摸孩子的身体前都先在温水里或暖气上温手，遇到有人因为难受或想家哭鼻子，他就讲故事、做手工、变小魔术哄他们开心。他还拉得一手特别好的小提琴，有时，吃过晚饭，当一缕暮色挂上窗棂的时候，小病友们就聚在一起，有的倚在病床上，有的搬来白色的木头小板凳坐成一排，听朱爷爷拉小提琴，有《我爱北京天安门》《我们的祖国是花园》，还有《劳动最光荣》《小松树》什么的，偶尔他关好病房的门窗，还会拉一些国外的儿歌，都特别好听。为了让不便下楼运动的小患者们加强锻炼，朱爷爷还发明了"拉火车""拖板凳""小青蛙过马路"等很多好玩的游戏，病房里经常伴随着模仿火车汽笛的呜呜声，响起一片嫩藕般清脆的笑声，那里面就有一个笑逐颜开的小周芸。

"有时我觉得，其实朱爷爷不是医生，只是跟我们一起住院、一起生活、一起玩耍的'大朋友'。"

不过，细心的周芸发现，朱爷爷的身体不是很好，每天中午只能吃一些水煮白菜，他有严重的肠胃病，尤其到了寒冷的日子，经常难受得直不起腰来。即便如此，那个胳膊上套红箍的男人还是命令他每天负责带病房里的孩子们去门诊楼做检查,然后再把他们带回病房。

"医院的门诊楼和住院楼过去是通着的,但那年月怕有人从门诊楼冲击住院楼,威胁住院患儿的安全,就把两个楼之间的通道用一堵砖墙封上了,这样一来,住院患儿需要用到大型医疗器械做检查时,就必须下楼,绕过住院楼南边的小桃园去门诊楼。那段路说起来并不算远,但有的孩子病得很重,走路都困难,再赶上刮风下雪,稍微着凉就会加重病情。朱爷爷不知道从哪儿搞来了一辆小拉车,在车后斗的两边安上两排小木板,再用钢条支起拱形的骨架子,外面包上透明的塑料布,让需要检查的孩子坐在里面,然后拉着到门诊楼做检查。一次又一次,那么大的风,那么大的雪,他犯着肠胃病,两只手紧紧地抓住两根车杆,把高大的身躯佝偻得像虾米一样,深一脚浅一脚地跋涉在风雪里,从来没有抱怨过什么,也从来没有摔过我们一次……"

对周芸而言,朱爷爷最大的恩情是通过仔细观察她的病情,怀疑她得的并不是风湿性心脏病,而是系统性红斑狼疮。"四十年前,医学界对系统性红斑狼疮这个病远没有现在认识得这样清楚,加上风湿性心脏病与系统性红斑狼疮在体征上有很多相似之处,尤其是当时采用的针对风湿性心脏病的治疗方法对红斑狼疮也有一定疗效,因此造成了长时间的误诊。多亏朱爷爷经验丰富,发现我只要发烧,双侧面颊就会出现典型的蝶状红斑,因此提示上级医生从这一角度重新诊断,最终确诊我患的确实是系统性红斑狼疮,通过足量的激素治疗,我的病情迅速有了好转。"

就在出院前不久的一个晚上,朱爷爷一边哄小病友们睡觉,一边跟一位专程前来拜望他的老朋友轻声细语地交谈起来。由于那位朋友穿着那时很少见的西服,所以给躺在附近病床上假寐的周芸留下了深刻的印象，可是更令她永志不忘的，是两位老人在那盏绿色灯罩的老式台灯的照耀下，一番推心置腹的促膝长谈，时隔多年，她已经不可能清晰回忆起他们说的每一句话、每一个字，但也许是四十年来时常品嚼那一番话中况味的缘故，她依然能记得其中的大部分言辞。

"听说你也挨过打？"穿西服的老人问。

"那倒没有，但'飞机'是坐过几回的。"

"他们怎么能这样对待一个老人？！"穿西服的老人气愤得咳了好几下，才低声说，"波士顿儿童医院的老朋友们让我问候你，他们说，欢迎你去那边工作。"

"不，我不能离开。我走了，这些孩子怎么办？"朱爷爷摇摇头说，"如果我要留在美国工作，四十年前我就留下了。"

"你留在这里又能做些什么呢？继续当你的住院医吗？"

"当住院医有什么不好的，我都多少年没有像现在这样和一群最需要我的小患者整天待在一起了。"

"可是你应该在更优秀的平台上做出更大的贡献，而不是待在这个曾经把你关在传染病房楼的地窖子里、让你睡在紧挨阴凉潮湿地面的木板上、给一把笤帚让你打扫厕所、恢复自由后又继续通过各种方式把你踩在脚下的地方——你已经七十多岁了，我的老同学！"

病房里陷入沉寂。

周芸透过床栏，偷偷地望向他们：穿西服的老爷爷流露出无比痛楚的神情，反倒是朱爷爷，一双眼睛里，目光是那样的安详，仿佛刚刚听到的一切不过是从肩膀抖落的雪花。

过了很久很久，朱爷爷轻轻地搬动椅子，往穿西服的老人身边挪了挪，低声说道："老刘，我们快四十年没见了吧，还记得当年我们决心选定儿科作为一生事业的原因吗？'观一国之强弱，首推少儿，少儿弱则国弱，少儿强则国强'。出洋留学后，你对中国的局势日益绝望，最终留在了美国，而我还是选择了回国，医者不以国别为念，可我就是放不下祖国，放不下这片生我养我的土地。站在'欧罗巴'号客轮的甲板上，望着你在码头挥手向我告别的情景，好像就发生在昨天……

"一九三三年，我离开美国，东渡大西洋，先后去了法国的巴斯德研究院、丹麦的血清学研究所和英国的伯明翰儿童医院，又在伦敦参加了第三届国际儿科会议，然后从马赛坐船回国。航行在太平洋上的那段日子，每天望着蔚蓝色的波涛，我的心中很不平静。我想，回国以后，我要把最先进的儿科医学技术和器械引进到国内，我要建立一所亚洲乃至世界顶级的儿童医院，我要攻克更多的医学难题，为国争光……

"船在上海靠岸，我一上岸就被上海的同仁找去，他们希望我能够把我在国外所学加以推介，我想这是责无旁贷的事情，可是与其坐而论道，不如在实践中教学，于是我到当地一家儿科诊所参加义诊活动。然而整整一周，我应诊的那些孩子大多患的都是些什么病呢？因为高烧后没钱买药或误服土方而造成的脑瘫，因为卫生条件太差而患上的寄生虫病，因为小伤口没有及时消毒而感染导致的截肢，因为营养不良造成的嘴角糜烂、坏血病，还有缺乏维生素 A 导致的失明……他们的'病根'与其说是疾病，还不如说是愚昧和贫穷……在黄浦江畔，望着波光粼粼的江水，我突然有所醒悟，你知道，入海口处的黄色江水和蔚蓝色海水有时显得泾渭分明，我想，一个医生能够攻克疑难杂症，固然是无上的荣耀，可是既然身在入海口的这一边，心中就还应该有另一种关怀，那就是如何把医疗工作服务于普罗大众，让每个穷人都能看得起病。

"回到北京以后，我和两个朋友一起创办了一家儿科诊所，从六张病床、十三个员工为起点，一点点地把事业做大。从一开始我们就下定决心，一定要不分贵贱，一视同仁。我们私下里给全院医生约定：只要看见患儿骨瘦如柴，家长衣衫褴褛，就在处方笺上写一个'Free'，病家就可以免费取药及接受输液注射、抢救治疗。有些同行嘲笑我们做赔本的生意，可是从学医那天开始，我就坚定不移地认为，行医不是生意，永远不是，谁把治病救人当成一桩生意，那他根本就不配穿上白大褂！

"可那个国难当头的岁月，再有理想和抱负，也只能被卢沟桥上的炮火炸成一地瓦砾。七七事变后，北平沦陷，你绝想不到我们那八年经常面对的疾病是什么，是饥饿引起的浮肿！有一次我给一个几天拉不出屎来、憋得痛苦不堪的孩子治病，泻药、灌肠都不起作用，最后万不得已，我只能用手将堵住孩子肛门的硬物抠了出来，竟是一些杂粮壳、花生皮之类凝聚成沙石一般的硬物……抗战胜利了，我以为这个已经被贫穷和战乱折磨得体无完肤的国家总算有盼头了，但国民政府并没有把多少精力用在儿童保健和疾病防治上，我亲眼看到越来越多的孩子被天花、白喉、痢疾、斑疹伤寒等夺去生命，那些在欧美已经根本不会要命的疾病，在我的祖国却横行肆虐。有一段时间恰好是传染病流行季，我去向市政府申请低价从上海采购一批国产疫苗，给风险地区的孩子们接种，结果被告知，全市的此类疫苗只允许打美国货，每针五美元，概不讲价。你知道我素来是个多么温和的人，可那一刻，我气得浑身发抖，孩子，每一个孩子，那可都是国家的未来啊，可他们呢？他们只想着捞钱，想方设法填满自己的口袋，唯独没有谁在乎这个国家的未来！"

穿西服的老人轻轻地咳了两声,掩饰着喉咙里的水音。

朱爷爷静了一静,继续说:"一九四九年北平解放以后,市政府的一位领导同志找到我,非常礼貌和客气地跟我商量一件事,就是给全市的孩子注射传染病疫苗,并进一步推广到全国。我很高兴,具体的宣传、组织和实施办法商量妥当以后,我突然想起价格的事,便委婉地提出,能否由政府出资报销疫苗的一半价格,我想新政府面临着百废俱兴的局面,需要用钱的地方很多,能报销一半就很不错了,可那个同志对我说:'市政府已经决定,所有儿童传染病的疫苗一律免费注射'——你知道我听到这句话时的心情吗?!我到现在都想不起来那天我是怎么走回家去的,一路上我跌跌撞撞的,看见每个蹦蹦跳跳的孩子,我都在想,好了,好了,这个国家终于拿自己的未来当回事儿了,这个国家终于有希望了……

"接下来,市政府一下子拿出六万元加强儿童保健工作,又出资在复兴门外建起了这座建筑面积三万五千平方米、在全国首屈一指的儿童医院,你知道这座医院有多少张病床?七百五十张,比波士顿儿童医院还多三百五十张!在很短的时间里,我们把计划内传染病疫苗的免费接种推广到全国,我们控制住了曾经在旧中国为患极深的麻疹大流行,我们彻底消灭了天花、回归热,我们把流行性腮病毒肺炎的病死率由20%下降到10%,把儿童中毒性痢疾的死亡率从30%降到5%,把中毒性消化不良的病死率由20%下降到1%!我们采用中西医结合的方法,大幅提升了病毒性脑炎的治愈率,与此同时,我们在儿童白血病防治、遗传免疫研究方面获得了一项项领先国际的辉煌成就,无论是太平洋上的豪情还是黄浦江畔的理想,在新中国,我们一点点地将它们变成了现实——"

"可是现在呢?"穿西服的老人打断了朱爷爷的话,望了望窗外。

窗外黑漆漆的,朱爷爷站起身,走到窗边,望着夜色,静静地伫立了很久很久,才慢慢地说:"就像小儿高烧一样,一切症状都像,惊厥、抽搐、谵妄……但这些都是暂时的,会过去的,一定会过去的,退烧后的孩子会比以前更加健康、更加茁壮,更加具备对病毒的免疫力。"

"我不否定你对秩序和理性终有一天会恢复正常的信心——但是你自己呢?"穿西服的老人说,"你有没有想过,你自己的命运,过去或许只是载沉载浮,可在这场浩劫中,就像他们说的,将'永世不得翻身'?"

"泻水置平地,各自东西南北流。人生亦有命,安能行叹复坐愁?"朱爷爷低声念完这两句诗,转过身,望着穿西服的老人,平静地说:"老刘,我们这一代人,国破家亡、妻离子散,什么没经过,什么没见过?一把年纪,不说参透悟透了什么吧,我也终于到了可以从容地面对命运加诸一切苦难的岁数,这两年,越是艰难困苦,我就越想起小时候在蓉阳学堂里一遍遍朗读过的《论语》,两千年前,孔夫子好像早已经预见到了后世知识分子的一切苦难,才留下了那么傲然挺拔、荡气回肠的一句话。"

"哪一句?"

"士不可不弘毅,任重而道远。"

是不是就在那次谈话的第二天傍晚,朱爷爷再一次把小提琴放在左肩上,拉起了一首非常优美动人的乐曲。那不是儿歌,而是一首周芸从未听过的曲子,哀伤、婉转,却又悲愤、无奈,最终在激昂和高亢中化为一片波光粼粼的浩渺……

周芸出院后，几十年间，她的耳畔总回响着那首曲子的旋律，她想找到它，想再一次听到它，却再也没有找到过和听到过。直到后来张艺谋的电影《归来》上映，她跟同事一起去看，陆焉识为唤醒妻子弹起钢琴，琴声一响，周芸就哭了，这就是朱爷爷演奏过的那首曲子，她等不到电影结束就冲出放映厅用手机查询，原来是二十世纪三十年代上海一部老电影的主题歌——《渔光曲》。

云儿飘在海空，
鱼儿藏在水中。
早晨太阳里晒渔网，
迎面吹过来大海风……

不知道朱爷爷用小提琴拉起这首曲子时，是不是依稀看到了站在黄浦江畔遥望入海口的那个青年顾长的背影。

周芸痊愈后，上学，参加工作，平平淡淡地生活着，她不止一次地想到北京去看看朱爷爷，想让朱爷爷看见她健康成长的样子，可是一忙起来就耽搁了。她安慰自己，朱爷爷一定救治过许许多多生病的孩子，他肯定早已忘了那个曾经在苦难的岁月里，坐在病床上听他拉小提琴的小姑娘，那又有什么要紧呢，等她也成了一名儿科医生后就明白了，一个医生，最大的期盼，也许正是不要跟自己昔日救治好的患者"再见"……

可她从来没有忘记过朱爷爷，朱爷爷对待小患者那种全心全意的付出和爱，一直深深影响着她，使她在艰苦绝伦的急诊工作中，永远充满热情，哪怕是累到不行的时候，也从来没有对小患者发过脾气，说过重话，永远是那么温柔，那么体贴。

直到媛媛爸去南方支援急性呼吸道传染病的防治工作，在归途为了救人遇难，从庆功会的颁奖和表彰的名单上消失，她才对曾经坚定不移的理想和信念产生了怀疑和动摇——假如胜利的永远是他们，那么我们奋斗的目的又是什么？精神上的巨大痛苦使她饱受煎熬，在极度的苦闷和彷徨中，她悄悄买了一张前往北京的火车票，去北京儿童医院找朱爷爷了。

不用算时间也可以知道，朱爷爷恐怕早已去世，但她想知道他到底是谁，他有没有挺过那场浩劫……

来到北京儿童医院，她找到院办，讲述自己四十年前曾经在这里治病的经历，打听医院历史上可曾有一位这样的老医生。工作人员经过查询，告诉她，姓朱的医生是有的，但和她说的都对不上，"而且，不可能有七十多岁的住院医生。"

"那么，有没有可能是行政人员，或者其他非业务科室的工作人员，被调来临时照顾住院的孩子们呢？麻烦您再给查查。"

查完，依然没有。

她失望极了，无奈地在医院里游走着，像一棵松了根的草随风飘拂。这座亚洲最大的儿童医院，现在已经成为国家儿童医学中心，无论急救中心还是门诊楼，都是十几层的高楼大厦，医院的软硬件设施先进得令人咋舌，看上去可以应对任何复杂的状况。尽管如此，站在门诊一层大厅的分诊台前，前来就诊的患儿依然多到让周芸目瞪口呆，她原以为平州市儿童医院的就诊量已经够大的了，但这里才真算得上万头攒动。望着那些在诊室和病房里忙碌不停的同行，她在心里默默地向他们致敬。

她专门去了一趟住院楼，那里还保存着过去的样子，微微翘起的飞檐、纹饰古朴的栏板，站在昔日那条从这里通往门诊楼的小路上，想起大雪纷飞中那位拉车老人的背影，她不禁热泪盈眶。

朱爷爷，你到底是谁？你到底在哪里？

直到天上升起一轮明月，她才明白，自己此行注定无功而返，双腿酸软得像在水里煮过一样。她想在附近找个旅馆睡一觉，明天一早再回平州，但找来找去，所有的旅馆都是客满，里面住满了带孩子前来就医的外地家长，就连医院南边的南礼士路公园里也都睡满了患儿家属，他们捡块儿平地，铺上铺盖就能席地而眠，周芸踮着脚尖都走不进去。无奈之下，她从西门又回到医院，找了个可以靠的大理石，闭上眼睛眯了一宿。

夜里下起了小雨，她把外套在脑袋上一遮，迷迷糊糊地接着睡，第二天一早，她被挂号的家长纷至沓来的脚步声吵醒，揉着依然发酸的腿和膝盖站了起来，披上湿漉漉的外套，打算离去，无意中回头看了一眼——

她惊呆了！

找了整整一天——不，找了整整四十年的朱爷爷就站在她的面前！

还是颀长的身影，还是瘦削的面容，交叉的双手拿着一本书，凝视着她的目光那样慈祥，仿佛认出了她就是四十年前的那个梳着两只羊角辫的小姑娘，那个坐在自己拉着的小车里一起风里来雪里去的小朋友……

安放着朱爷爷半身铜像的大理石基座上，写着一行字：

中国现代儿科学奠基人——诸福棠[①]

[①]诸福棠（1899-1994），中国现代儿科学之父，中国科学院院士，毕生致力于我国儿童保健、儿童营养和儿科医疗工作，为中国儿科医学事业做出了卓越的贡献。

周芸扑倒在朱爷爷的铜像前,放声大哭。

那一刻,她又变成了那个小小的、病弱的,依偎在他怀里哭泣的孩子……

11

周芸擦拭了一下眼角的泪水,不好意思地笑着说:"一把年纪了,说起朱爷爷的故事,还是会动感情。"她站起身,打开书柜,从里面拿出厚厚一本深蓝色的《诸福棠实用儿科学》,递给老张说,"你看,这本所有中国儿科医生必备的教材和参考书,我从学医那天就开始看,竟没有发现是朱爷爷的作品。"

老张将咖啡放在旁边的茶几上,双手接过书,一边翻阅,一边感慨道:"真是一位令人肃然起敬的老人。"

"是啊,任何事业,最伟大的传承不是技艺,而是激励。"周芸说,"作为一位儿科医生,诸老是我们这个行业的祖师爷,我的生命又是他亲手救回来的,只要想到他,再翻翻这本书,什么困难我都不怕,我都能克服,哪怕这个——"她指了指额头上包扎的那块纱布,神情突然变得有些阴郁,"可是,不瞒你说,今天下午,当我听说被撤职的时候,就像听说我们家老宋没有被追授任何荣誉时一样,还是产生了动摇和放弃的念头,我不是贪恋这个职位,真的不是,我只是不能接受这样的不公正……"

老张点了点头。

"你呢,你是怎么做到的?"周芸突然问。

老张抬起头,望着周芸:"嗯?"

"我是说,你是怎么做到,在命运的困境中泰然自若,不以为意的?"周芸重新在他的对面坐下,"虽然我不是警察,就像你说的,隔行如隔山,可是我也看得出,你的才能远远超过那位雷磊主任,但是你却甘心在我们这所地级市的儿童医院里隐姓埋名,不求闻达,一直是那么沉静和安详,我不知道你是怎么做到的。"

老张想了想说:"您听说过南朝诗人鲍照的《拟行路难》吗?"

周芸摇了摇头。

"不,您肯定听说过,只是不知道这首诗的名字罢了。"老张微笑道,然后缓缓地背诵了起来——

> 泻水置平地,各自东西南北流。
> 人生亦有命,安能行叹复坐愁?
> 酌酒以自宽,举杯断绝歌路难。
> 心非木石岂无感?吞声踯躅不敢言。

周芸吃了一惊:"啊,这不就是——"

"对,就是朱爷爷背过的那首诗。"老张说,"我很喜欢第二句——'人生亦有命,安能行叹复坐愁?'"

周芸想了想道:"我明白了……可是,这首诗的结尾还是非常的伤感和无奈啊。"

老张笑道:"您只要把最后一句颠倒过来念,就完全是另外一番意境了。"

"吞声踯躅不敢言,心非木石岂无感?"周芸低声吟诵了两遍,心中突然一亮,有大彻大悟之感,嘴角顿时漾起欣喜的笑容:"我明白了!我明白了!老张,太感谢你了!太感谢你了!"

周芸激动不已,一时间竟不知该如何表达谢意,便伸手去拿老张放在茶几上的咖啡杯:"我再给你冲一杯吧!"突然发现,茶几下面的格子里好像放着个什么东西。

她将那东西拿出来,竟是大傻杨的那个专门装 SD 卡和读卡器的小手包,想来是他下午听说自己被撤职之后,前来探望时,将肩膀上挎着的相机包和装有三脚架的便携包放在了茶几上,小手包没地方放了,才塞到了下面的格子里,临走时却忘了拿。

想起大傻杨鬓角的几缕白霜、蒙了一层苍色的面庞,周芸的心里难过极了,她下意识地拉开小手包的拉链,发现里面装着一张 SD 卡,卡上用碳素笔标注着拍摄的时间。

嗯?这个时间⋯⋯

怎么好像是李河清遇害那天拍摄的。

那天上午十点,蔡衡带着卫生局的几个干部来医院视察搬迁进度,特地把大傻杨从电视台叫来拍摄。视察结束后,蔡衡跟高副院长、赵跃利等人到三层会议室开会,她则带着大傻杨到自己的办公室,把上午拍摄的片子拷贝到电脑,剪辑后传给电视台——也就是说,这张 SD 卡里面的应该是未经剪辑的母带。

不知为什么,周芸的心中突然升起一种诡异的预感,这张黑色的 SD 卡里面可能藏着李河清遇害的真相,倘若老张不坐在面前,她也许不会想到什么,但既然他在,她就想让他看看,能不能从中有所发现。

她把自己的想法一说,老张马上将 SD 卡装进读卡器,又连接电脑,考虑到与案情的关联性,他们只看了十一点左右的一段视频。当时蔡衡一行人来到二层,拐过医疗综合楼与住院楼相联结的拐角,经过医生休息室,走到 PICU 门口,与坐在值班台后面的袁水茹打了招呼。蔡衡指了指 PICU,问里面是否有患者,袁水茹犹豫了一下,摇了摇头,然后蔡衡就带着随行人员全部离开了这里。

看完视频，周芸没有发现任何异样，不禁有些失望，看来刚才那种诡异的预感毫不灵验。

老张却没有就此放弃，而是打电话给丰奇，让他通过全国警务网络系统，调取了案发那天下午平州市刑侦支队的刑警勘查李河清遇害现场的视频资料，传给自己，播放了一遍。

一个月过去了，再一次在屏幕里看见那摊浓稠的鲜血，那因鲜血浸染而红得发黑的台面，那耷拉着两条胳膊、死不瞑目的尸体，周芸还是感到心惊肉跳。

看完之后，老张将视频拖回了某个一晃而过的画面，定格后指着电脑屏幕上的一处地方，用指尖轻轻地叩了叩。

周芸瞪圆了眼睛，看到那是透过医生休息室的玻璃隔断窗露出的移动写字板。

医生休息室名为休息室，其实比较窄小，连张床也放不下，加上在与楼道相隔的墙上开了一扇可推拉的玻璃隔断窗，根本没有隐私可言，所以医护人员将它变成了堆放杂物的地方，比如胡来顺，就经常把下班后参加体育活动的器具放在那里。至于那块移动写字板，是好几年前周芸买的，两面都是白色的，用来写一些提示医护人员的注意事项，后来有了微信群，有事还不如在群里招呼一声，这个写字板就作废了，推进休息室里面，贴着玻璃隔断窗放置。

老张定格的那张画面，是几个刑警正站在医生休息室门口讨论案情，玻璃隔断窗里的移动写字板清晰可见。

"这……"周芸没看出什么问题来。

老张打开了大傻杨上午拍的那段视频，也拖到一处画面，并定格：是蔡衡和高副院长一起途经医生休息室，向袁水茹走去的背影，那块移动写字板就从他们身体右侧的玻璃隔断窗里露了出来："看出这两块写字板有什么不同了吗？"

周芸把这两幅定格的画面对比着"找不同"，突然看出了门道："呀！上午的这块写字板，右上角有一块裂纹，到了下午，右上角的这块裂纹怎么没有了？"

"走，去医生休息室看看。"说着，老张径直往办公室外面走，周芸跟在他后面。

一出门，周芸吓了一跳，只见鬣狗和猩猩两个人，一左一右，像门神似的把着门，不知道他们俩什么时候来的，就悄无声息地在这儿戳着。

周芸生气地问："你们俩干吗鬼鬼祟祟的？！"

鬣狗和猩猩的脸上都露出尴尬的笑容，周芸突然明白过来，他们一定是雷磊派来监视老张的，心下不由得一片黯然。

老张却像根本没有看到这俩人似的，沿着昏暗的楼道走到尽头，右拐，正前方顶头是已经安排小天鹅舞蹈学校的孩子们入住的PICU，门关得紧紧的。右手第二间就是医生休息室，他开了灯走进去，里面堆了很多杂物：药品冷藏柜、多功能医疗柱、医用空气消毒机什么的，贴着东边窗户码了一排，使本来就窄小的屋子更显得逼仄，至于移动写字板，还在玻璃隔断窗里侧放着。

老张仔细地查看着那块写字板：写字板高九十厘米、长一百八十厘米，是固定在支架上的，不能翻转，底端距离地面有大约一百一十厘米的高度，也就是说，放在距地面一百三十厘米高度开辟的玻璃隔断窗内侧时，写字板从底端往上二十厘米的高度是被墙体遮住的——由于写字板的支架下面有支脚的缘故，所以板面与墙壁和玻璃隔断窗之间有大约五厘米的间距，尽管如此，如果高度和角度不合适，除非贴着玻璃隔断窗走过，否则那被遮蔽的二十厘米就是视觉盲区。

现在，从玻璃隔断窗露出的写字板正面，右上角还是一片雪白。至于那块神秘消失的裂纹——

终于找到了：在写字板背面的右上角。

周芸恍然大悟："我明白了，有人在那天中午将整块写字板翻了个个儿。"

"更准确地说，是凶手在杀害李河清后，专门过来调转过这块写字板。"老张指着写字板铝合金边沿上一处黑色的半月形痕迹，"这应该是凶手杀死李河清之后，用沾了血的手拖动写字板时留下的，由于医生休息室与PICU有一定的距离，所以刑警没有将其视为犯罪现场的一部分，勘查时就忽视了这个物证。"

"这么久了，还能不能提取到指纹呢？"周芸焦急地问。

老张摇摇头："一看凶手就戴了乳胶手套，不可能找到什么指纹了。"

"那怎么办？"

"刑侦科学中，专门有一项学科叫'犯罪轨迹学'，狭义的犯罪轨迹指犯罪现场提取到的物证的运动轨迹，包括子弹射击的弹道、血迹喷射的角度等，而广义的犯罪轨迹，则涵盖凶手在犯罪现场的一切行为过程，只要搞清楚其中的内在逻辑，就有助于破案。比如——"老张指了指那块写字板说，"凶手杀死李河清之后，为什么没有马上逃离现场，而是特地过来翻转了这块写字板。"

说着，他想把写字板在医生休息室里调转个个儿，仔细勘验，奈何写字板过长，而屋子里又堆了太多杂物，挤占了有限的空间，转了半天也转不过来，只好将写字板往门口拖。周芸问他要干吗，他说打算将写字板先推到楼道里再调转，周芸笑了，把门关上说你再试试,老张再一试,果然就调转过来了。原来医生休息室的门是往里开的,因为有门吸和门把手的缘故,占了十几厘米的空间,但就这十几厘米,使写字板无法在室内调转,而一旦把门关上,反而可以调转成功了。

"急诊科的人都知道这个办法,就你和王喜上来得少,不知道。"周芸笑道。

老张也不好意思地笑了。

接着,他蹲下身,一寸一寸地观察着写字板的正面和背面,仿佛是用目光在板面上"走格子"。

正面,即右上角没有裂纹、在案发后正对玻璃隔断窗的一面,非常干净,没有什么发现。

反面,即右上角上有裂纹、案发后被调转到背对玻璃隔断窗的一面,就不一样了,在最下面有一大块泼洒强酸造成的黑色烧痕。

"这就是凶手调转写字板的原因。"老张指着黑色烧痕说,"这地方原本应该是写了或画了什么,对凶手十分不利,正对着玻璃隔断窗的时候,容易被经过楼道的人看见,凶手杀了李河清后,急于将其擦掉,但可能是用油性记号笔写的,干了以后非常不好擦,只好将写字板掉转过来,将有字迹的一面朝向室内。"

"难道字是李河清写的?"周芸回忆起了什么,"我记得那天中午,我正在小饭馆和老杨、袁水茹一起吃饭,她突然打电话来,告诉我说她发现了一个'白纸黑字的特大奸情'。"

"以李河清的性格,她要是发现了什么不正常的男女关系,才不会写在这块板子上,必定是满世界吵吵,唯恐天下不知。而且,从她对您说的那句话就可以知道,恐怕是她看到了这块板子上的字迹,才给您打电话的。"老张敲了敲写字板,"这可不就是'白纸黑字'嘛。"

"不正常的男女关系——急诊科能有什么'不正常的男女关系'？除了陈光烈和巩绒结了婚，剩下的医护人员大多连对象都没有，就算在一起了也很正常啊，再说，现在的社会多开放啊，别说男女关系了，男男、女女都没人嚼舌头了。"周芸说着，突然想起了什么，把已经调转过来的写字板推回到玻璃隔断窗下面，然后走到楼道里，隔着玻璃隔断窗看那块黑色烧痕，"老张你看，假如像你说的，黑色烧痕是为了毁灭字迹，那么从烧痕的分布情况来看，那些字迹应该是写在写字板底端往上十厘米左右的区域，而这个区域是被墙体遮住的，以李河清的身高，就算经过玻璃隔断窗也不一定能注意到啊。"然而她又自己找到了这个问题的答案，"我想起来了，那天上午蔡衡来视察时，经过医生休息室，因为门开着，他往里撩了一眼，随口问了一句里面怎么这么乱，后来高副院长给我打电话说这个事儿，我就让在PICU门口值班的袁水茹收拾一下，后来袁水茹被我叫去陪老杨吃饭，她就把这活儿安排给李河清了，一定是李河清收拾医生休息室的时候，挪动了写字板，发现了上面那行字。"

老张点了点头："也许她给你打电话的时候，那个与'特大奸情'有涉的凶手就藏在楼道的某个角落，为了灭口，才将她杀掉。"

周芸听得头皮一阵发麻，余光一瞥，竟见到墙角的地上吊出一道黑影，吓得往老张身上靠去，搞得老张一愣，她才意识到那可能是躲在墙后面监听的鬣狗或猩猩的影子，又好气又好笑，赶紧往后退了一步，歉意地朝老张一笑，接着问："那么，强酸是什么时候泼上去的呢？"

"当然是案发后的事情，因为如果凶手杀害李河清的当时，就有可以清除字迹的办法，他就犯不着将写字板调个儿了，更何况强酸那东西，谁也不可能随身带着。"

"你怎么知道这强酸一定是凶手泼的？也有可能是案发前或案发后，有一个和凶杀案毫无关联的人干的啊，只是我们一直没发现罢了。"

老张指着烧痕上方几处水滴状的痕迹说："凶手泼强酸时，有几处泼到了较高的位置——如果您仔细看一下那天上午杨记者拍的视频就会发现，写字板没有调转前，这个高度是露出玻璃隔断窗的，当时板面上没有任何强酸腐蚀的痕迹，所以不可能是案发前的事；至于您说是案发后与本案无关的人所为，可能性就更小了。您想想，就算上面的字迹不好擦，大部分人会用酒精或白板清洁剂消除，而泼强酸表达的是一种什么样的心理：恼羞成怒，深恶痛绝，一丝一毫也不能留下——是不是非常暴戾和极端？此外，虽然我不清楚泼强酸的具体时间是在案发后多久，但从处理手段上看，想来凶手不会等太久，因为那些字迹对他真的很不利，不然他就不会杀人灭口了。可是不要忘记，案发后相当长一段时间，这一带作为犯罪现场，一直有刑警值守，所以来消除字迹是冒着很大风险的——除了凶手，谁还会这样做？"

周芸若有所悟，突然脸色一变："能够在刑警的眼皮底下进入医生休息室里泼强酸，除非是——"

"除非是可以正常进入这一区域而不会引起警方怀疑的人。"

这句话虽然没有明说，但周芸知道其中的意思，老张画了一个囊括所有潜在嫌疑人在内的圆圈，而圈子里的每一个人，都曾经与她朝夕相处……会是谁？会是谁？是已经坠落到大凌桥下面的死者，还是正在楼下急诊大厅里忙碌的同事？她倒宁愿是前者，毕竟死亡会消除一切罪愆。

正在周芸心中交织着痛苦和不安的时候，她突然看到，老张半蹲在写字板的侧面,仔细地看着铝合金边沿,便走过去问:"什么啊?"

老张没有回答,凝视着边沿下面一个凹陷变形了的直角,从来豁朗的眉宇皱成了个"川"字。他转过身,在与角等高的位置寻找着什么,直到在门板上发现一处碰撞并向外豁开长长一道的划痕。

他站了起来,走到楼道里,隔着玻璃隔断窗,望着写字板上那块黑色烧痕,往前几步,往后几步,踮了踮脚,又放下,向侧面挪了一步,又挪回来——

宛如在时空的迷雾中穿梭与徘徊。

最后,终于停了下来。

周芸走到他的身边,轻轻地问:"你怎么了?"

重新豁然开朗的眉宇下,一双眼睛里放射出清澈得仿佛在泉水中洗过的目光:"主任,李河清被杀以后,考虑到各种因素,我尽可能远离这起案件,并没有刻意打听过它的情况,现在,您能不能把您了解到的这一案件的全过程,仔仔细细给我讲述一遍?"

12

电话铃突然响了起来。

响声急促,是科主任办公室桌面上的座机。

周芸一路小跑着回到办公室,一把拿起话筒放在了耳边。

话筒里传来了大楠带着哭腔的声音:"主任,不好了,备用病房出事了,您快点儿带着人上来一趟吧!"

第五章　夺城

既到此就该把城进，为什么犹疑不定进退两难，为的是何情？

我只有琴童人两个，我是又无有埋伏又无有兵。

1

周芸离开六层备用病房以后，田颖和大楠一时无话。田颖照顾了孩子们一个月，清楚此时此刻该做些什么，便摸着黑一个一个地检查床两侧的护板是否立起，孩子们有没有盖好被子；大楠知道自己的作用只是"以防万一"，所以搬了张凳子坐在窗前，又不能掀开窗帘，只好想象着外面雪落的样子，脸上浮现出寂寞的神情。

好久，她觉得有些口渴，就站起身来到护士站，拿起台面上的暖壶，摇了两摇，暖壶里发出空空如也的"沙沙"声。她往门口走，田颖低声问她去哪儿，大楠说打算去楼道里的饮水机那里打些水来喝，田颖让她站住，走到她面前，两道冰冷的目光扎得她浑身上下不自在。

很久，田颖才说你忍一忍吧，今晚最好不要出备用病房的大门。

大楠没办法，回到自己的座位上，继续那么呆坐着，一会儿就不免有些困倦，连续打了好几个哈欠。田颖走过来问她需要不需要到护士站那儿趴一会儿，大楠赶紧摇摇手说不用。田颖正要走，永远把自己放在从属地位、最怕被人冷落的大楠，觉得这是今晚能和这个"领导"搭搭话的唯一机会，就问了一句"这些孩子都得了什么病啊？"田颖看了看她，用低得不能再低的声音，问她知道不知道扫鼠岭的案子，大楠说知道，田颖说这些都是相关的小证人。

大楠起初还不太懂，等她明白过来时，一下子呆住了，惊诧得瞪圆了眼睛："难道她们都被——"

田颖赶紧竖起右手食指，做了个"嘘"的手势，然后慢慢地点了点头。

大楠望着睡在病床上的六个小姑娘，特别是畏缩在韩霜降怀里的苗小芹，本来已经适应了黑暗的眼睛，被突然泛起的泪花重新模糊，以至于她不再看得清她们熟睡的身形和姿势，只觉得那是一只只已经被剥去了羊皮的小羊……

田颖的手轻轻地压在了她的肩膀上，又用力按了按。

"她们还这么小，就要一辈子带着伤痛活下去……"大楠擦拭了一下眼角的泪水。

"哪个女人不是要一辈子带着伤痛活下去？只是伤害来得早和晚的问题。"田颖说，"不用太难过，她们会好起来的，会忘掉的。"

"如果忘不掉呢？"

"那就记住，永远不要忘掉！"

刹那间，在田颖电光石火般闪烁了一下的坚定目光中，大楠一下子就明白了，这是个跟自己一样有过惨痛过往的女人，只是靠着顽强的意志和不懈的努力，已经摆脱了那些日夜交缠的噩梦，甚至把它们变成了练习劈刺的道具。大楠十分羡慕她，不知不觉间竟对她产生了一丝亲近的感情，轻轻地叹了一口气。

"你叹什么气啊？"

"我觉得自己很没出息，不能忘掉过去受的伤害，也始终拿不出正视那些伤害的勇气。"

"别沮丧，也别着急，还没到时机，或者说，还没被逼到那个份儿上。"田颖安慰她说，"有时候，就是那么一刹那，一瞬间，千钧一发、生死关头，必须当机立断，没得选择，然后咬咬牙、跺跺脚，把眼一闭，冲过去了，然后你就会发现，所有纠缠你的、困扰你的都不值一提，从那以后，蝴蝶对蜕掉的皮是什么态度，就是你对往事的态度。"

她们在黑暗而静谧的备用病房里窃窃私语，像所有同病相怜的女孩子一样，从陌生到熟悉，从小心翼翼到敞开心扉，从互诉愁肠到破涕为笑，正在她们感到心灵贴得越来越近的时候，突然听到了一丝窸窣的声音。

田颖十分警觉地把目光朝声音的方向投去，只见和韩霜降躺在一张床上睡觉的苗小芹爬了起来。

田颖马上走了过去："苗苗，你不好好睡觉，又要干什么啊？"

苗小芹低着头不说话，旁边的韩霜降说："苗苗想上厕所，又不好意思跟你讲。"

这确实是个麻烦事。从安全的角度讲，今晚最好是寸步不离备用病房，但从古到今，样样事都能管得，唯独大小二便是管不得的。所幸洗手间就在出外间门的右手位置，不算太远，田颖故意装出一副为难的样子对苗小芹说："没办法，总不能让你尿到床上吧,赶紧下床,我带你去洗手间吧。"

苗小芹下了床,田颖拉着她往门口走,让大楠也跟着她们一起去。韩霜降跟在后面,田颖回头问她干吗,韩霜降苦着个脸说被苗小芹"传染的"也想上厕所了,田颖不禁笑了起来:"那就一起吧!"

出了里间门,走过短通道,田颖没有开灯,而是凭着记忆摁动了右侧墙上的门禁,然后示意苗小芹和韩霜降退后,从腰间把手枪拔了出来,检查了一下子弹上膛的情况和保险是否打开,然后双手持枪,枪口与肩平行,一脚在前,一脚在后,双膝微屈,用肩膀顶开了外间门。

门是钢质的,十分沉重,所以打开得很慢,生了锈的门轴发出尖酸的吱吱声。但这也有助于她像打开一把黑色的折扇,一寸寸地观察外面的情况,枪口的准星犹如扫描一般随之缓缓移动。

因为一直处于黑暗之中,双眼不需要暗适应,尽管如此,当外间门彻底打开的时候,当黑黢黢的楼道完全暴露在视野中的时候,一股迥别于备用病房的扑面寒气还是让她心头一凛。她在警队受过严格的特战训练,知道温差会影响一个人对环境的正确判断,便运用偏离中心的注视技巧①,在黑暗中搜寻每一个起伏或凹凸有着什么异状,屏住呼吸从死寂中缕析着每一丝空气颤动的声音,直到确认空荡荡的楼道里不存在任何危险,回头招呼大楠替自己顶住门,自己先走到洗手间里面,仔细检查了一番,将每个隔间的门都推开看了看,也没发现任何问题,才让苗小芹和韩霜降如厕,自己则端着枪,微蜷着身子,保持预备射击的姿势,

---

①受眼睛感光细胞分布特点的影响,在暗环境下眼睛焦点处的敏感程度要比焦点周围部分低,因此在黑暗中观察和搜索可疑目标时,应该将视线焦点适当偏离观察点,用余光注意观察点的情况,会获得比直视时更加清晰的效果。

在门口守候。

其实从安全的角度讲，门口的位置缺乏掩护，但考虑到这里也能看到备用病房门口的情况，所以她只好冒冒险，因而也就更加提高了警惕，好像一只目不转睛地盯着田野的猫头鹰。她的注意力是那样的警觉和集中，以至于厕所里突然传来"嚓啦啦"的冲水声时，竟把她吓了一大跳。

从洗手间到备用病房的路很短，短到几秒钟就可以跑过去，田颖端着枪，枪口依然对准阒寂无声的楼道，将苗小芹和韩霜降挡在身后，掩护她们撤回了备用病房，将钢质门重新关上，才放下心来，插好枪，手心里竟湿漉漉的全都是汗水。

田颖插好里间门的插销，让苗小芹和韩霜降回到床上赶紧睡觉，又逼着哈欠连天的大楠到护士站的桌子上趴一会儿，自己则搬了把椅子到门边守护。

没多会儿，病房里就响起了苗小芹那小猫爪子挠门似的呼噜声，这声音将四周衬托得更加寂静，尽管黑暗会让各种感知更加敏锐，但很长时间过去了，田颖的五官六感还是没有捕捉到任何令她不安的窸动，于是她放松了许多，把后背靠在墙上，昂起头，望着高高的天花板，想象着窗外飞雪飘零的样子，不知不觉，头脑变得昏昏沉沉……

"丁零零零！丁零零零！"

猝然响起的铃声好像在耳鼓里打了几记电钻，疼得田颖一个激灵从椅子上跳了起来。大楠也被惊醒了，鼠鼬似的把上身挺成直板，茫然的脸上还挂着睡着时流下的口水。

有些熟睡的孩子，已经在床上翻动起了身子。

田颖扑到护士站的桌子旁，拿起了值班电话："喂？"

大楠望着田颖，看她接电话时一言不发，但神情变得越来越紧张和严肃,等放下电话时,她的两道目光已经阴冷得像用毒药煨过一般。

"怎么了?"大楠问道。

"没事,打错了。"田颖嘴上这么说,却把食指放在嘴唇上,示意她安静,然后指了一下里侧门。

陡然间,大楠的身上寒毛直竖,她知道田颖的意思——门外有危险!

这怎么可能呢?想从外面进入备用病房的外间门,必须用通刷卡,况且门轴生了锈,推开时会发出吱呀声,可是从带着孩子们进来到现在,除了苗小芹和韩霜降上厕所那一次,并没有其他人进入过外间门,也没有听到过那种尖酸的吱呀声响起啊!

也许,自己领会错了田颖手势的意思,危险并不在里间门的外面,而在外间门的外面……

这么一想,大楠的心里稍微踏实了一些,但她一看田颖已经把手枪拔了出来,用极轻的动作无声地拔下里间门的插销,小心翼翼地推开门,枪口始终平举对外的样子,心里又不由得一沉,因为田颖的这个姿态,分明是在警惕着推开里间门就会扑面袭来的猛兽!

然而并没有。

里间门外面,到外间门之间短短的通道里,一望可知,什么都没有。

这么说,危险还是在外间门的外面。

可是看田颖的枪口,并没有对着外间门,而是冲着墙壁……

这到底是怎么回事?大楠越来越糊涂了。

就在这一刻,田颖突然飞起一脚,"哐"地踹开了通道西边那间综合药房的房门!

只听呼啦啦一声响,有个黑色的怪影从病房里冲出,扬着两只青光闪闪的爪子,蝙蝠一般扑向了田颖!

"砰!"

田颖手中的枪口闪出一道凌厉的火光,枪声震耳欲聋!那只蝙蝠的身体好像被绳索猛地向后勒了一把,仰面坠落在地。

大楠冲了过去,看见有个人倒在药房的地上,"哎哟哎哟"地惨叫着……药房只有一扇朝西的窗户,虽然垂了一半的拉帘,但漫天的大雪还是投射进了淡淡的银色光芒,借着这光线,大楠摸索着找到墙内侧的开关,打开了灯。

惨白的灯光下,虽然那个人疼得面孔扭曲,几近狰狞,但大楠还是一眼就把他认了出来——

"卓童?怎么是你?!"

因为此前周芸向田颖介绍过大楠的情况,所以听到这个名字,田颖不禁一愣,但她旋即装出毫不知情的模样问大楠:"你认识他?"

大楠慌乱地点了点头。

从备用病房的方向传来了哭嚷声,这是被枪声吓醒了的孩子因为看不到田颖而惊恐不安。

田颖一边让大楠打电话给周芸汇报这里发生了情况,并安抚受到惊吓的孩子们,一边查看卓童的枪伤,发现子弹只射穿了他的左臂,并无生命危险。她从后腰摘下警用急救包,取出止血带,给卓童包扎伤口,并讯问他为什么藏在综合药房里。

卓童用戴着乳胶手套的手捂着受伤的肩膀,牙关咬得紧紧的,半个字也不肯说。

田颖在狭小的药房里细细搜索了一圈,并没有发现其他人,也没有找到任何可疑的危险品。唯一比较古怪的,是窗户下面的暖气片前面摆着几个装有医用乙醚和医用乙醇的塑料桶，旁边有好几个开着盖的大纸箱子，里面放着一盒一盒的药物，但从药品的种类和包装的规格来看，显然不是纸箱子里"原装"的，而是从其他药柜上取下来以后，胡乱堆到里面的。

这时，药房外面传来"滴"的一声刷卡音，接着是钢质门开启时的"吱呀"声……

尽管知道这很可能是周芸来了，但田颖还是一个箭步来到药房门口，抬起枪口问："谁？！"

"是我，田颖，接到大楠的电话，我跟老张一起上来了。"周芸口吻有些紧张，"到底出了什么事？"

田颖依然举着枪，用略微颤抖的声音说："你们进来，把外间门关上。"

周芸和老张走了进来，关上钢质门，来到药房门口。

借着应急电筒的光芒，田颖确认了他们的面庞，才慢慢地放下枪，双臂一阵酸痛。

一看药房的地上坐着一个胳膊包扎着止血带的男子，周芸十分吃惊："这人是谁啊？"

"卓童。"

周芸瞪圆了眼睛。

田颖说："刚才我接到住在对面宿舍楼的医院家属打来的电话，说看见这边的综合药房里面隐隐约约有闪亮，怕是混进了小偷……我放下电话冲进来，这个家伙就张着两只青晃晃的爪子朝我扑了过来，我开了一枪，打在胳膊上，放心吧，他死不了。"

"他什么时候进来的？怎么进来的？跑到这儿来干什么？"周芸忍不住问了一串儿问题，田颖摇了摇头："我问了他半天，他就搁这儿要死狗，一句话也不说。"

周芸走到卓童面前，站定。

卓童抬起那张失血后显得更加苍白的圆脸蛋，望着周芸，眯起的月牙眼放射出妩媚的光芒，一排银牙轻轻咬着红色嘴唇，仿佛在向她倾诉自己很疼。

周芸厌恶地望着他："卓童，你把怎么来这里、为什么来这里，一五一十地讲清楚。"

多年以来，卓童只要做出这副娇羞的神情，几乎能让一切比他年长的女性心生爱怜，但此时此刻，在周芸的眼里，卓童却只看到了极度的蔑视，这令他感到十分气愤，于是起了戏耍一下她的心思："我啊，我就是想做一期'废弃医院幽灵大搜索'的直播探险节目，所以来踩踩点儿，怎么，不可以吗？"

"少来这套！"周芸叱责道，"这间备用病房必须要刷卡才能进入，今晚整个医院里只有我一个人有门禁卡，你是怎么进来的？！"

"你猜？"卓童笑嘻嘻地说。

"我知道！"不知什么时候，大楠突然出现在了药房门口，"他有个表舅，好像是你们医院的什么领导，一定是他把自己的卡给了卓童。"

刹那间，卓童的神情变得十分凶恶，一只胳膊撑在地上，要跳将起来的样子，瞪着大楠骂道："你他妈的给我闭嘴，看老子——"脏话还没说完，就被田颖照耳根子狠狠扇了一巴掌，倒下的时候恰好磕到伤口，疼得嗷儿一嗓子，然而接下来他把牙关咬得更紧，一副顽抗到底的样子。

老张看到窗户下面那几个大纸箱子，走过去蹲下身子，翻检了一通，站起来，走到卓童面前，平静地说："卓童，我已经明白今晚你带着你那伙儿人在医院里演出这一场场闹剧是为什么了……不过，既然你自己不愿意讲，我也懒得说，不是我不想揭穿你的罪行，而是我不想让你只在监狱里待上十几年就被放出来继续为害社会。"

卓童蒙了："你……你啥意思？"

"啥意思？"老张轻轻俯下身子，注视着他的眼睛，"我也不知道你是真傻还是假傻，你仔细想想，就你犯的这事儿，就算是有人报警，堵你的难道不应该是医院保安——顶了天是拿着警棍的民警吗，怎么会突然跳出个刑警，用一把子弹上膛的手枪，直接向你开枪呢？"

卓童的身子突然就软塌塌地往下一坠，脸上再无一丝挑衅的神情，颓然得仿佛是中元节街角的一堆纸灰。

"什么叫往枪口上撞？你已经给出了标准答案。警方在这里守株待兔，结果你这只老鼠自己跑过来撞进网里，没办法，也只能把你列为共犯了。"老张说完，起身对周芸道，"既然他不肯坦白，那就随他好了，咱们把他带下去吧，等着法院判刑的时候给他个大大的惊喜。"

周芸点了点头，拔步就要往药房外面走，卓童一下子醒悟过来，猛地扑上来，抱住她的腿苦苦哀求道："姐，亲姐，你不能走，我不让你走，你给我个机会，我坦白，我啥都告诉你，一切都是我表舅出的主意，他说医院搬迁基本完工了，值钱的玩意儿都倒腾走了，就剩下六层的综合病房里还有好多贵重的药，让我今晚来偷药，他还给我开了张单子（说着他从怀里掏出了一张纸递给了周芸），把他的通刷卡给了我。我问他为什么不自己动手，他说自己在医院的名声太臭了，如果今晚频频出现在急诊大厅，一旦丢药，警方调查时肯定会怀疑到他，所以只能让我来，把单子上的药装进纸箱子里丢下楼，他会接应，把药带走，卖的钱跟我对半儿劈。但到六层只能坐电梯，可是电梯位于急诊大厅最显眼的位置，万一哪个医生或护士瞧见有个陌生人坐上去，楼显上的数字一直蹦到六层，那就全都泡汤了，我想来想去，就让我那个直播团队借着挂号看病的名义，在急诊大厅里制造各种乱子，趁着所有人的注意力都被吸引到乱子那儿的时候，我就坐上电梯……"

周芸打开那张纸一看，立刻认出了上面的字迹："原来你那个表舅是赵跃利啊，这就难怪了。不过他说得没错，以他在医院的名声，要是发生盗窃案，他又在附近出现，还真的会第一个被怀疑到。我来看看我们这位采购科主任都让你偷些什么药：艾曲泊帕乙醇胺片、克唑替尼胶囊、替莫唑胺胶囊，这都是儿童肿瘤用药，单盒价格都在几千甚至几万，还有注射用伏立康唑、注射用美罗培南，这些都是治疗感染类疾病的特效药，价格也都不便宜……看来赵主任虽然不学无术，但在盗窃国家资产方面还是颇有眼力的。"她想了想又问，"不过，你那个直播团队制造乱子已经是好久之前的事儿了啊，你怎么还没把药丢下楼然后离开啊？"

"甭提了！我表舅跟我约好了，等我搞定后给他打手机，他在下面布置妥当了，我再往下扔药。我坐电梯上来以后，摸着黑找了半天才找到这间药房，然后对照着单子找药，这些药品名儿都怪怪的，我又不敢开灯，只能用手机的灯照着亮儿，一层一层药柜地找，眼睛都花了才找齐全，想给我表舅打电话，一看手机就傻了眼，根本没有信号，开了窗户都没用，别说打电话了，连短信、微信都发不出去。我急得不行，正想出去找个座机呢，听见外面呼啦啦来了一大堆人，就没敢再动弹，别偷药不成再把自己崴里面。本来我想躲一阵子，等安静了再溜出去，谁知这位女警突然冲进来就给了我一枪……"

"都怪我太粗心了。"田颖自责道,"因为没想到备用病房里会有人,所以咱们带着孩子上来之后,我只大致检查了一下病房里面的情况,没有查看药房,否则早就把他给揪出来了。"

看着卓童一脸沮丧的样子,周芸有些想笑,她抬起那面垂了一半、正好遮住窗户把手的挂帘,打开窗户,看看楼下,积雪已经在地面铺了羊毛毯子似的一片,别说赵跃利了,连个脚印都没有。关好窗户,她一边把大纸箱子里需要冷藏保存的药品重新放回冷藏柜,一边说:"啊,我说晚上在急诊大厅撞上赵跃利感觉不对劲呢,现在想起来了,他说他把 X 光机放到新院区就回来了,这是不可能的!因为当时大凌河大桥早已经被封了,他如果到了新院区,那个时间不可能回得来,他肯定是把 X 光机放在旧区什么地方后就把车开回来了,因为看 X 光机不在后车厢上,我们就都以为他真的去了新区,这样事后警方调查他晚上为什么会连人带车出现在医院,他就可以拿运送 X 光机后回来当借口,而事实上他今晚的目的,从一开始就是准备用轻卡运偷走的药品的。"

她想了想又说:"还有,就是后来为了把在海马儿童游泳馆氯气中毒的孩子运回来,找不到急救车,我逼着赵跃利把轻卡的车钥匙交出来,却半天找不到轻卡在哪儿,最后胡来顺发现车停在了西配楼和宿舍楼之间的消防通道里,准是他为了接到药以后方便装进后备厢直接拉走,才趁人不备,偷偷将本来停在停车场上的车开到那里的。"

"可能也正是因为轻卡被我们'征用',失去了运输工具,赵跃利才临时撤销了偷药的计划。"周芸走到卓童面前,对他说,"估计他也想通知你逃走,可是又打不通你的手机,所以就自己溜之大吉了。"

卓童面无表情地瘫坐在地上，那张人畜无害的娃娃脸突然苍老了许多，像慢慢泄气的气球一般横生了许多褶皱，但是当他被老张从地上拉起往药房外面拽，经过大楠身边的时候，他突然又发起狠来，咬牙切齿地瞪着大楠，吓得大楠直往后缩，老张搡了他一把，将他推出了外间门。

周芸到备用病房里看了看孩子们，虽然刚才受到惊吓，但在大楠的耐心照护下，她们大多已经重新入眠。周芸这才放下心来，关上药房的灯准备离开，田颖一直把她送到门口，想说什么又没有说出来。

周芸问她怎么了，田颖苦笑了一下说："本来以为这里非常安全，谁知竟发生了这种事……说真的，直到现在才觉得，跟大楠就两个人在这空荡荡的六层楼上，心里还真有点儿没着没落的，我刚才在想，要不然还是带着孩子们回二层PICU算了，可是又觉得瞎折腾，还给你添麻烦……"

周芸拍了拍她的肩膀："没事的，换成我遇到刚刚发生的事，没准儿还不如你坚强呢，待会儿我到楼下看看有没有可能挤一挤，把二层的PICU空出来，重新接你们下去。"

2

押着卓童回到急诊大厅后，因为涉及被秘密保护的孩子们，周芸不愿让雷磊知道，就将丰奇单独叫出了急诊科办公室，把备用病房里刚刚发生的事情跟他详细讲了一遍。丰奇听完大吃一惊，得知田颖和孩子们一切平安，才稍稍安心。为了防止卓童和吕威串供，就没有将他关到警务室，而是扔进了急诊大厅的储物室里面，并安排保安王喜在门口守着，回头再把他交给警方。

不过，对于重新把田颖她们调回二层PICU的想法，丰奇并不同意："发生了事故以后，田颖一定对备用病房进行过更加细致的搜索，以排除一切潜在的险情，而且也提高了警惕性，所以备用病房现在反而是最安全的地方——老张你说呢？"

老张正在思索着什么，被他突然一问，愣了一下，才点点头说："我也觉得眼下一动不如一静。"

"两个大女孩，带着六个小女孩，孤悬在六层楼上，那个提心吊胆不是你们这些老爷们儿能体会的。"周芸感慨了一句，又问丰奇，"刚才我们一直在楼上，案情有什么新的进展或动向吗？"

丰奇摇了摇头："也许是雷磊那个全面布防的计划奏了效，旧区所有的中小学校和儿童机构都派了综治办的人驻守，投毒者知道自己'出手必被捉'，所以就销声匿迹了。"

说完这句话，丰奇望着老张，想看出他对自己这番话是赞同还是否定，然而老张的神情十分平静，没有任何表示。

周芸望着虽然依旧人来人往，但已经不再拥挤不堪的急诊大厅，喘了口气说："已经很晚了，就诊高峰已过，这样吧，我去留观二病房看看还有几个留观和做雾化的孩子，如果剩得不多或者已经没有患儿了，就把小天鹅舞蹈学校受伤的孩子们转移进去，毕竟她们都没有呼吸道受损，就算那里的病毒空气浓度比较大，戴上口罩也不至于被传染，这样PICU就能重新空出来了。"

说完，她径自往留观二病房去了。

望着她的背影，丰奇叹息道："周主任对前景太乐观了，万一那个投毒者再犯案，又有新的受害儿童运过来可怎么办？"

"雷磊那边一直在忙些什么？"老张突然问。

"他？安排完了派驻人马的事情以后，就打了几个电话，但每次打电话的时候都走出办公室，好像是故意躲着我似的。"丰奇望着老张说。

老张回望了他一眼，笑了笑。

就在这时，周芸从留观二病房出来了，老张迎了上去，丰奇拄着拐跟在他后面。就在分诊台那里，他们碰到一起。周芸特地又往前走了几步，低声对他们俩说："年底真的是呼吸道疾病高发期，都这个点儿了，做雾化的孩子还是特别多。不过他们大多集中在里间，外间的留观病区空出来了，可以容纳一部分患儿，虽然都是座椅，没有病床，但小天鹅舞蹈学校的那些孩子，除了突发心脏病的那个，其他并不需要卧床，所以转移过来没有问题。这样PICU就能重新空出，把田颖她们接回来——我想征求一下你们俩的意见，是否有必要这样做？"

丰奇不假思索地说："我还是坚持刚才的意见：没必要！"

老张点点头，表示赞同。

周芸拿出手机，拨打了备用病房的座机，把大家的意见告诉了田颖，田颖说自己冷静下来一琢磨，也觉得"按兵不动"确实是最理性和最妥当的方案。

挂上电话以后，周芸长出了一口气，一边嘀咕着"这样好，这样好，其实我也不愿意再折腾了"，一边打开微信看了看，眉头又皱了起来。丰奇问她怎么了，她苦笑着说，可能是新区落成庆典那边的事情太多太忙，自己此前把今晚急诊所发生的种种情况做了个简报，用微信给高副院长和蔡衡发了过去，可是到现在为止，他们一个回信也没有……

说到这里，她突然想起了什么，后退几步，问正在分诊台后面给小票打印机换纸的孙菲儿："菲儿，从我叮嘱你注意接听高副院长和蔡副局长的电话到现在，你有没有接到过他们打来的电话？"

"没有啊。"孙菲儿说，"别说他们打过来了，从那时到现在，除了你打过一个电话，这值班座机就没响过一声。"

一瞬间！

就在一瞬间，丰奇的余光注意到了一件事，这件事发生得也许比一瞬间本身还要短暂，但丰奇还是捕捉到了它，而且永生难忘！

多年以后，丰奇依然记忆清晰，那是在这个跌宕起伏且惊心动魄的夜，唯一的一次——

老张那双永远沉静如古潭般的眼睛里，起了风波！

旋即，他神色恢复如常，往分诊台前跨了一步，声调温和地问："菲儿，主任是什么时候叮嘱你注意接听两位领导的电话的？"

孙菲儿一向看不起这个保洁员，就像她一向看不起医院里其他杂工杂役一样。不过，今晚周芸对此人的倚重就是个傻瓜都能看得出来，已经失去陈光烈那座靠山的她，此时绝不能再得罪周芸，于是认真地想了一想回答道："就是主任让我叫你去她办公室的时候。"

"那之后到现在，真的一个电话也没有打进来过？"

孙菲儿指着座机说："值班座机有录音功能，打进来的电话都会录音，你自己查查看不就知道了。"

她只是这么一说，没想到老张居然真的摁动了座机上的回放功能键。果然，座机上播出的最新一条来电，正是周芸叮嘱孙菲儿接听并做好领导的来电记录，以及叫老张来自己的办公室一趟的……

老张想了想，问周芸："这个座机的录音是存储在电话内置SD卡里的，还是存储在总机硬盘里的？"

"我记得是存储在总机硬盘里的。"

老张拿起电话就打到总控室："老包，我是保洁老张，我想问一下，刚刚总控室删掉的那条急诊大厅值班座机的电话录音，还能恢复吗？"

"什么电话录音？今晚总控室没有删过电话录音啊！"

老张放下电话，大步向急诊科办公室走去，留下另外三个人站在分诊台前，面面相觑。

3

周芸和丰奇走进急诊科办公室的时候，只见老张正拿着三张刚刚打印出来的A4纸，翻来覆去地看着，那上面是此前雷磊和丰奇检索出的旧区所有存在风险的儿童教育机构和活动场所的名称、地址和联系电话。

"这上面的所有单位，你们都联系过了？"老张问雷磊，虽然他的声音平静，但依然能从其中觉察出一丝焦虑。

雷磊点了点头："都联系过，有联系不上的也派人过去了，总之现在这名单上只要还营业的，现在全都派驻了两个以上综治办的工作人员。"

老张在他的话里找到了漏洞："没有营业的呢？"

"没有营业的？"雷磊一愣，"没有营业的管它干吗？"

"我是说，那些表面上按照教育部门规定的正常时间授课，但其实一直在延时加开各种小班、一对一辅导之类的中小学培训机构。"

"也都查过了,没有遗漏。"

周芸走到他面前:"老张,到底发生了什么事?"

老张低声说:"案子还没有结束,投毒者一定还会继续犯案的。"

雷磊忍不住嚷了起来:"这怎么可能呢?大凌河大桥被封了,他到不了新区,而旧区所有有风险的机构和活动场所,我都派了人,带了武器驻守,并且下了死命令:陌生人不许靠近,快递员不许进入,排查附近一切环境危险因素,连无人机都要用干扰器打下来,他还能怎么犯案?!"看到丰奇诧异的目光,他意识到自己有些失态,稍微平复了一些情绪后,摊开手说,"好吧,就算他想动手,我们也可以第一时间得到消息,实施抓捕和救援,我就不信他还能掀起什么大风大浪来!"

"我觉得雷主任说得对。"丰奇望着老张说,"我们的预防策略是完备的,应该能及时遏止住任何手段发起的袭击。另外,你怎么知道投毒者一定还会继续犯案的呢?"

老张没有回答。

本来以为——或者说本来抱着侥幸心理,以为投毒者在老年活动中心差一点儿被生擒活捉,没准儿胆战心惊之下,就此匆匆结束这场连环犯罪。不管他的真名是张大山还是李大山,哪怕他从此销声匿迹,至少今晚,能够让为了应对他的挑战而疲于奔命的人们稍获喘息。谁知惊魂甫定,又听到了发令枪的响声……错以为自己站在终点的周芸,真的有泰山压顶却肩颈如泥的感觉。她用此前从未有过的沙哑声音说:"今晚大家都已经太累太累了,无论从医生、护士、急诊科还是我们每一个人的角度讲,都承担不了更大的负荷,都不能面对再有新的孩子遇害……"

她望向老张的目光充满悲苦,仿佛在祈求他告诉自己:其实，也有万分之一的可能，投毒者不会继续犯案……

但老张没有理会她，走到挂着平州市警用地图的磁性玻璃白板前，压低了眉宇，对照着A4纸上开列出的名称和地址，一个一个地在地图上寻找着它们的准确位置，两道专注的目光像两根骨穿针一般，仿佛要将那些位置穿透，寻找隐藏在最深处的那个狡猾的"病魔"……

突然，安静的办公室里响起了《四小天鹅》的乐曲声，把所有人都吓了一跳。

周芸循声望去，原来是赫赫老师放在办公桌上充电的手机在响，她赶紧出门把赫赫老师叫了进来。赫赫老师一边跟屋子里的几个人说着对不起，一边接通了手机，但还没有走出门，就站住了："你说什么？没有啊，他大约几点过来的？可是我完全没有看到他，他也没有和我联系啊，而且小天鹅舞蹈学校失火，现在我和所有参加演出的孩子都在医院，还好，没出人命，但演出肯定是参加不成了……这样，你把他的手机号发我，我试着跟他联系一下。"

挂断手机，赫赫老师看了一眼微信，然后点开一串电话号码，拨打了几遍，似乎一直无人接听。

"怎么了？"周芸忍不住问道。

"电视台综艺演出中心的冯主任打来的，他说此前得到消息，大凌河大桥十一点整会放行参加今晚庆典演出的车辆，所以派了一个姓赵的司机开着一辆中巴车到小天鹅舞蹈中心接我们，准备带我们提前到大凌河大桥的桥头等着，一解封就赶紧开到新区参加庆典演出。从时间上推算，他应该是我们受袭之后不久到达敬老路的，可是他一直没有跟我联系，冯主任和我打他的电话都无人接听。而且，刚才少玲跟我闲聊的时候还提到，她跟大楠勘查完现场，在敬老路上一辆车也没有看到，后来还是搭综治办的车才回来的……"

丰奇和雷磊不约而同地瞪圆了眼睛，周芸也明白了过来："一定是投毒者劫走了那辆车！"

"那辆中巴车的车牌号是多少？"老张问赫赫老师。

赫赫老师摇摇头，表示不清楚。

"你马上打电话问那个冯主任。"老张走到雷磊的笔记本电脑前，打开全国警务网络系统中的平州市即时交通状况的城区图，"我输入车牌号，看看智能交管系统能不能用监控器搜索到那辆车现在在哪里。"

赫赫老师打了几遍冯主任的手机："估计他在忙庆典的事儿，没空接我的手机。"

"那就找综艺演出中心其他领导，再不行直接找电视台车队，一定要尽快问出那辆车的车牌号！"老张发现赫赫老师站在原地没有动弹，不禁有些生气，"赶紧去啊，还等什么呢？"

"可是我跟综艺演出中心的其他领导和部门都不熟啊……这样，我再想想其他办法。"赫赫老师攥着手机，哭丧着脸退出了办公室。

不知怎么了，周芸现在不但自己的承受力严重下降，甚至连看到别人遭受压力也感到痛苦难耐，于是劝老张道："别逼赫赫老师太紧——"

"不是我逼她紧，而是情况发生了新的变化。"老张打断了她的话，"少玲和大楠搜索现场附近时，并没有发现投毒者骑的那辆电动车，也就是说，他在到达敬老路之前就把电动车藏起来了。假如他把电动车丢弃在现场附近，还可以理解为劫持中巴车只是临时更换交通工具，便于逃跑；但是将电动车提前藏起，说明这一行为早就在他的规划之中……鉴于他此前一直是骑电动车穿行三个城区前往作案地点的,并无因距离的远近更换交通工具的必要,因此,我担心他劫持中巴车不是为了用作交通工具,而是用作犯罪工具!"

周芸的脸一下子变得惨白,眼前闪现出了中巴车像发了疯的犀牛一样撞向一群孩子,顿时肢碎骨裂、血肉横飞的惨烈场景……

"还有,此前我说过,'有组织力罪犯'在连环犯罪过程中,具体实施的手段和凶器更倾向于遵循某个固定的模式,除非受到严重刺激,否则不会更改。问题在于,在小天鹅舞蹈学校的纵火和恐吓过程中,他遭受了明显有别于此前两起犯罪的'意外'。"

"你是说,媛媛用那个奖杯砸了他一下?"周芸问。

"还有,他差一点儿就被胡来顺他们抓住。"老张说,"犯罪行为被强行中断,比犯罪行为失败,对罪犯形成的刺激还要强烈——如果没有这些因素,也许他还不那么危险,但现在,只要他实施新的犯罪,一定会在手段上变得更加残忍、疯狂和无节制。"

老张把手里的A4纸塞给丰奇和雷磊一人一张:"咱们仨现在把上面的电话重新打一遍,提醒所有单位,核查附近有没有可疑的中巴车,在确保安全之前,不要放孩子们外出!"

办公室里响起了错落交叠、间不容发的电话声,一个个提醒,一句句叮嘱,一番番布置,一声声追问,好像炮火连天的前线作战室一样此起彼伏。

周芸觉得胸口异常憋闷,重重地喘了好几口气,依然觉得仿佛大团大团的棉絮堵塞似的不畅。她抬起头,望着窗外越来越大的飞雪,那些雪花不再像最初那样缓缓飘落,而是降落得越来越急促,在呼啸的寒风中斜刺刺扑簌簌,片片相缀、片片相追,终于在天地间织起了一面密不见缝的白色巨帐。望着这掩杀了一切的暴雪,周芸只觉得无力极了,也绝望极了,好像在数小时急救的最后一刻终于明白:患儿的生命已经到达终点,一切注定,回天无术……

她垂下沉重的头颅,额头上包着纱布的伤口隐隐作痛,仿佛在提醒她,整整一夜和投毒者反复无停的苦斗,即将迎来真正的终点,而站在终点线上,自己收获的只有患儿家长赐予的一道创伤。害人的人逍遥法外,救人的人遍体鳞伤,他们总是不断胜利,我们总是不断失败,一切都是如此的荒诞和没有意义,这就是宿命,一切注定,回天无术……

望着布满划痕的地面上依稀反射出的自己的影子,只能看出一个穿着白大褂的轮廓,这个身影在以往二十多年的时间里都是立体的、清晰的、坚定不移的、傲然挺拔的,但现在却恍恍惚惚,仿佛被硝镪水一遍遍地洗刷过,连最后的棱角都漠不可视。也许医院里流行的传说是真的:当一个人孱弱和衰颓时,她的影子也会变得黯淡和模糊……

痛苦而茫然的目光慢慢前移,她看到了地面上的另一个影子:那是一个穿着灰色保洁服的影子,正在一边打着电话、一边用笔在纸上记录着什么。她嗡嗡鸣叫的耳朵听不清他的声音,但看得清他干裂出血的嘴唇、鬓角的白发、洗脱色的劳动鞋,还有缀在上衣胸口处的那个开了线的保洁工编码"070327"……也许他本来应该戴着帅气的警帽、穿着笔挺的警服、胸前挂满奖章、肩膀上缀着闪闪发亮的星花……但现在,他是如此的普通、平凡。她不知道,也想不出,他是经历了怎样的磨难,才将自己本来应该远比雷磊光芒四射的影子打磨成现在这样朴素无华,但她知道，就在今晚，就在现在，就在她已经准备彻底放弃的此时此刻，这个临危不惧、挺身而出的身影还在鏖战不休！

　　泻水置平地，各自东西南北流。
　　人生亦有命，安能行叹复坐愁？

　　命……
　　急诊医生，干的不就是跟命争的工作吗？！
　　不到最后一刻——
　　就算最后一刻——
　　去他的最后一刻！
　　她咬紧牙关，从椅子上站了起来，准备到外面去调配人力，做好出发去新的案发现场的准备。她甚至想到，现在急诊人流量有所减缓，而车祸现场往往极其复杂，实施急救的难度非常大，所以这一回，自己要亲自前往……
　　就在这时，办公室里突然安静了下来。
　　老张、雷磊和丰奇三个人，几乎在同一时间打完了电话。
　　"妥了。"雷磊出了一口气，脸上露出了放松的微笑，"全面布控完毕，这是一张密不透风的大网！"
　　老张的神情却依旧严峻："只要是网，不管再密，也有无数个可以透风的网口。所以咱们还是不能掉以轻心，再仔细想想，看看还有什么可能疏漏的地方。这么长的时间没有他的消息，多半是因为他在前往事先拟定好的几个犯罪目标时，都发现有人防守，所以他如果再犯案，一定是某个我们都无意中忽视了的软肋……"说着他走到磁性玻璃白板前，继续凝视着平州市警用地图。
　　这时，门开了，露出了赫赫老师的半个身子，她的脸上写满了歉意:"对不起,我还是没有找到那辆中巴车的车牌号,所有的电话都没人接听……"

周芸走上前安慰她说:"没事的,赫赫老师——"话说了一半,从赫赫老师的旁边突然钻出了一个圆圆的小脑瓜,吓了周芸一跳。她定睛一看,原来是思乐培训长宁校区的那个小胖子,他和其他中毒的同学一起被送来时,自己拿了压舌板刺激他的咽弓和咽后壁催吐来着,之后他的症状迅速缓解,一直吵吵着要回学校,把剩下的课上完。

周芸板起面孔问他:"你不好好卧床休息,乱跑什么?"

"还要休息啊?"小胖子拖着长腔,扶着门框,伸了个大大的懒腰,"我都休息累了……阿姨,您放我走吧,我还有事儿呢!"

"你还能有啥事儿?你现在最重要的事儿就是好好休息。"

"不是,我的书包还在教室里呢,我得去拿回来啊。"

"学校?你也不看看现在几点了。"周芸指了指墙上的挂钟,"你们小学早就放学了。"

"不是,我说的不是我们小学,而是培训学校。"

"这个点儿,培训学校也应该——"周芸突然明白过来,其实思乐培训也在教育部门规定的正常授课时间之外开了延时课。

站在磁性玻璃白板前的老张,突然问小胖子:"你们长宁校区最晚的放学时间是几点?"

小胖子看了一眼挂钟,有些沮丧:"哎呀,应该就是现在。"

老张的眉宇一蹙:"主任,长宁校区那个李校长呢?"

"她说要处理中毒事件的后续事宜,早就回学校——"

还没等她说完,老张已经冲到了周芸的身边:"打她的手机,快!"

周芸、丰奇和雷磊猛醒过来！他们自以为织就起的那张密不透风的大网，存在着一个重大的疏漏：在检索、排查旧区所有存在风险的儿童教育机构和活动场所，并布置人力进行驻守的过程中，他们锁定的都是"还没有出过事的地方"，而对已经出过事的地方则是完全忽视了，海马儿童游泳馆和小天鹅舞蹈学校早已空无一人，可思乐培训长宁校区还有大量补习的学生——现在，那里就像是准备做腹腔手术的小腹，平坦坦地完全亮开，没有任何防护！

周芸从兜里掏出手机，因为过于紧张，汗湿的手指没有抓住，一下子滑落在地上，她蹲下身子捡起，手指在屏幕上一通滑动，终于找到了李校长的手机号。电话刚刚接通，老张就一把抢过来："李校长，我是平州市公安局的！你在哪里？在学校？现在已经放学了吗？"

"啊？我们早就放学了啊，我们是按照规定时间晚上八点前放学的！"

"不要跟我扯这些没用的！"老张的双眼几乎要喷出火来，"你不说实话，马上会有比中毒事件更加严重的事情发生！"

"啊？"李校长显然被吓到了，"我们……刚刚才放学。"

"把所有孩子都叫回来，马上！"

"可是，他们正在走出校门……"李校长几乎要哭出来。

"也就是说，你现在站立的位置能看见校门口的情况对吗？那么你看一眼，附近有没有一辆中巴车？"

"没有……啊！我看到了，确实有一辆，就在正对校门口的一条街上，车灯还亮着呢。"

喷涌而出的学生，磨牙吮血的中巴车，接下来，也许半分钟，也许十五秒，甚至更短的时间，那辆中巴车就会像发了狂的怪兽一般猛冲过来……

来不及了，一切都为时已晚。

该怎么办？到底该怎么办？！

拿着话筒的手杵在了桌面上，任凭里面传来李校长带着哭腔的"喂喂"声，却再不能举起。整个晚上，老张第一次产生了一种无能为力的挫败感，这种挫败感让他一向冷静的头脑变得混沌，像溃散一空的兵营一般凌乱和空虚……

不知道是不是窗外箭镞似的雪花射入余光的缘故，他突然想起了呼延云，想起了多年以前他们走出长安大戏院，看到漫天风雪将京城织进一片雪白的苍茫之中的那个夜晚。

"说到底我还是不懂，你说你又不是戏迷，为什么这么喜欢这出戏啊？"

"我喜欢《空城计》的主题。"

"主题？什么主题？"

"大军压境，敌众我寡，在千钧一发的危急关头，凭着超卓的勇气和非凡的智慧，以一己之力，力挽狂澜，逆转全局，反败为胜！"

他把头轻轻甩了两甩，甩掉脑海中的杂念，重新把话筒拿起来放在耳边："李校长，你们学校各个教室的灯光是人工开关的还是自动开关的？"

"校区为了节能，设置了灯光自动控制系统，通过对教室光线强度、声音强弱和人数识别来决定室内灯光的开关——当然，也可以切换成手动控制模式。"

"主控室现在有值班人员没有？"

"有。"

"你打电话给主控室,让值班人员将灯光自动控制切换成手动控制,然后——把整个校区的所有灯都打开!"

"啊?"

"快!"

李校长赶紧拿起座机,打电话给主控室,把老张的命令一字不改地传达给值班人员。打电话的时候,她的视线透过窗口,一直紧紧盯着正对着校门口那条街上的中巴车,虽然她不清楚那辆中巴车意欲何为,但她知道,这辆车一定跟即将发生的"比中毒事件更加严重的事情"密切相关。她看到上百个上完补习课的孩子背着沉重的书包、迈着疲惫的步履涌出了校门,同样对应的,是早就守候着的上百个望子成龙望女成凤的家长涌了上来,接他们回家,两股河流交汇在一起,仿佛凝滞在校门口一般,缓缓地蠕动着。在此之前,李校长早已看惯了这幕场景,从来没有觉得有什么稀奇,但现在,看到这些留守在旧区里苦苦挣扎着、渴望用学习改变命运的大人和孩子,她的鼻子居然一阵发酸。

她盯着那辆中巴车,心里默默祈祷着它千万不要开动,千万不要……

然而,天不遂人愿——

中巴车还是开动了,虽然没有看到发动机的旋转,也没有听到车轮在水泥地面剧烈摩擦的声音,但她还是感受到了它的一触即发,仿佛双眼血红、用蹄子在地面磕打出火星的公牛——

一头哪怕竖起刀林火海也阻挡不住的公牛!

李校长绝望地闭上了眼睛,不忍看到即将生生爆发在眼前的惨剧……

刹那间!

耳畔传来"砰"的一声，闭紧的眼皮像被突然揭掉了一层，变得异常透薄，甚至看得清眼皮上丝丝缕缕的红色血管！

她睁开了眼睛。

长宁校区的灯全都打开了，将整个街区映照得恍如白昼。明晃晃的灯光透过教学楼的一扇扇长窗，在地面上铺起了一排排白色集装箱似的影子。正要散开的学生和家长们齐刷刷地回过头，望着宛如巨大宫灯一般通体透彻、无比耀眼的教学楼，目瞪口呆。

不知过了多久。

李校长举起一直保持通话状态的手机，放在耳边，说话时嘴唇都在哆嗦："那个……您还在吗？"

"我在。"

"那辆中巴车……熄了火，司机跳下车，跑了，他跑了，终于跑了！"李校长激动得喊了起来，连眼角淌下的泪水都顾不得擦拭。

老张的嘴角绽开了微笑。

他擦了一把前额沁出的汗珠，轻轻吁了一口气，嘱咐李校长赶紧布置学校的老师和保安，尽快疏散逗留在校门口的家长和孩子，然后把手机还给周芸，对丰奇和雷磊说："没事了，危险已经解除。"

丰奇高兴得狠狠将双拳一攥！

周芸双手合十，不停地喃喃着"谢天谢地"。

雷磊一边不自然地笑着，一边问老张："你怎么知道一开灯他就会跑？"

"因为他此前差点儿被我们抓住，加上他一定发现其他几个事先拟定的作案目标都加大了警卫的力度，所以必然会认为警方已经追查到了他的行踪，正在步步紧逼，稍有不慎自己就会落入法网。这种心态下，面对长宁校区这样一个无人值守的场所，我们固然知道是疏于防范，但从他的角度，又何尝不能理解为警方故布陷阱，等他自投罗网？从这个人缜密的作案风格来看，他是那种谨慎型人格的犯罪分子，犯罪现场出现任何反常的风吹草动，他都会受到惊吓，溜之大吉。"老张苦笑道，"我也实在是没办法，既然知道他不敢冒险，我就冒险用了一次'空城计'。"

"老张，你真的太厉害了！"丰奇发自内心地佩服道，"那么，接下来那个投毒者会怎么做？他还会继续犯案吗？"

一听这个问题，周芸好不容易放下的心又提了起来，她望着老张，目光里充满希冀，虽然明知道他的回答依旧会令人失望。

谁知老张的回答竟是："我有个办法，让他可以不再犯案。"

周芸和丰奇简直不敢相信自己的耳朵，他们先是对视了一眼，然后异口同声地问："什么办法？"

"很简单。群发一条给平州市全体市民的短信，就说位于旧区的平州市儿童医院急诊科因接诊超过最大负荷，暂停接诊两小时，新增患儿请家长和救护车辆一律送往其他医院就诊。"

周芸一听就急了：'这不行！万一有孩子患危重症，不及时送过来会出人命的！'

"而且，就这一条短信，能让投毒者不再作案？"丰奇有点儿不信。

"天平的一头是几乎可以肯定还会出现的新的受害儿童，另一头则是可能存在也可能不存在的患危重症的孩子，看你怎么选择了。"老张没有理会丰奇，对周芸说，"何况，这条短信的有效期只有两个小时，两个小时以后，再群发一条急诊科恢复接诊的短信就是了。"

看周芸还在犹豫不决,老张加重了口吻道:"要快下决心!投毒者的犯罪又一次被挫败,我猜他可能比之前更加怒不可遏。"

周芸咬了咬嘴唇,终于下定了决心,可是仔细一想又摇了摇头:"这种群发给全体市民的短信,必须通过市政府管理的信息平台发布,既然是涉及卫生系统的内容,得提交主管的卫生局副局长审核签字才行,换句话说,蔡衡不点头,谁也发布不了。可是你想想,这条短信一发,不光全体市民,而且全市各大媒体、各级领导都会看到,上级势必会了解详情,假如调查发现并无此事,必将掀起一场大风暴,以蔡衡的胆量和担当,他怎么可能负起这个责任?"

"所以,不能通过你们卫生系统提交。"

"那通过哪个系统提交?"

老张转过身,望着坐在办公桌前的雷磊说:"雷主任,如果我没记错,按照国家网信办去年出台的《关于重大公共卫生事件信息发布管理的相关规定》,当发现地级市以下行政区域出现重大公共卫生事件时,一定级别的警官可以通过全国警务网络系统紧急告知地级市市政府管理的信息发布和管理平台,请他们协助发布警示讯息,我说得对吗?"

雷磊点了点头。

"而你,虽然从警队离职,到平州市挂职,但人事关系和组织档案应该还暂时挂靠在公安系统,至少用你的警员编号还能登陆全国警务网络系统,而且你的级别,也具备请平州市政府管理的信息发布平台协助工作的资质,对吗?"

雷磊又点了点头。

"那么,麻烦你了。"老张说。

雷磊蹭了两下鼠标,唤醒了笔记本电脑的屏幕,银色的光芒照亮了他那张狭长的白色脸孔,他微微眯缝着眼睛,用鼠标点击了几下,然后慢慢地盖上电脑屏幕,嘴角浮起了一抹意味深长的微笑。

"雷主任,你这是干什么?"丰奇惊讶地问。

"不干什么。"雷磊望着老张说,"正如你所言,我已经从警队离职,只想在平州市踏踏实实做我的综治办主任,不想惹是生非。如果用我的警员编号登录全国警务网络系统发布虚假信息,事后我也没有好果子吃,很抱歉,帮不上你的忙。"

丰奇突然明白了什么,拄着拐走到他身边,掀起电脑盖,屏幕上的全国网络系统已经处于"未登录"状态——原来雷磊刚才点击鼠标,是退出了登录。

"你怎么能这样?!"丰奇一下子火了,"身为公安人员,这个时候,你怎么能考虑个人得失?!"

雷磊笑道:"唱高调也请看清楚对象,我现在又不是公安人员。"

"可你还是公职人员,还拿着国家给你的俸禄!"

"这样啊……那你就当我玩忽职守好了。"

望着雷磊那张无耻的嘴脸,丰奇气得想要给他两拳:"拉倒!我用我的警员编号登录也一样,出了事我负责!"

"负责——就凭你?先数数自己肩章上有几颗星几道杠,再考虑能扛多大分量吧!"雷磊吊着眼梢瞟着他,轻蔑地说。

丰奇醒悟过来,以自己的级别,恐怕根本没有"负责"的资格,一时间不知所措。

周芸走上前,对雷磊说:"雷主任,这个晚上,不管咱们之间闹过多少矛盾,生过多少争执,总算是坐在一条船上风雨同舟过。为了挽救遇害的孩子,大家并肩战斗,一次又一次挫败了那个投毒者的阴谋。现在危机还没有解除,每耽误一秒钟,投毒者的下一次犯罪就又迫近了一秒,这个时候,能不能请你顾全大局,联系市政府信息发布平台,把老张说的那条短信尽快发布出去?"

她的口吻是那样的诚恳,甚至有几分谦卑。

"风雨同舟,并肩战斗……"雷磊闭着眼睛咂摸了一会儿,重新睁开眼睛时,望着周芸说,"周主任,就冲你说的这两个词,我无论如何也要卖一个面子。当然,用我的警员编号登录是绝对不可能的,不过如果我没猜错,在咱们这间办公室里,还有一个人,曾经当过警察,我相信以他的能力,应该也升到过相当的级别。不过,因为某些非常特殊的原因,他离开了警队,隐姓埋名,蛰伏在咱们这小小的平州市。如果他还记得自己的警员编号,可以尝试登录全国警务网络系统——假如他发现自己的账号被锁定,没关系,我在挂职前做过人事信息管理中心的领导,说起来职权还不小嘞,可以帮助他解锁,协助他联系市政府信息发布平台,群发那条短信。"

说完,他站起身,让出座位,微笑着冲老张做了个"请"的手势。

丰奇恍然大悟,原来雷磊整晚一直在等待着这样一个时机,逼着老张不得不用自己的警员编号登录全国警务网络系统,这样就可以查到他讳莫如深的真实身份。

简直卑鄙!

这一刻,周芸望向雷磊的目光充满了憎恶。她当然也很想知道老张的真实身份,但她绝不能接受一个人被迫揭发自己的过往。

老张站在原地没有动,好像一棵只要稍微挪动就会连根拔起的大树。很明显他不想暴露自己的身份,但又艰于抉择。

"就像丰警官刚才讲的——"雷磊一边继续保持着"请"的姿势,一边奸笑着说,"身为公安人员,这个时候,你怎么能考虑个人得失?"

老张往前走了一步。

"等一下!"周芸上前伸出手,挡住了他,"我给蔡副局长打电话,好好跟他说说……"

老张轻轻地摇了摇头,那意思分明是在说:来不及了,而且,蔡衡不会同意,甚至可能根本不会接你的电话。

周芸的手无力地垂了下去。

老张从她的身边走过,一直走到办公桌前,在椅子上坐下,凝神想了一想,在全国警务网络系统的登录页面上输入了警员编号和密码。雷磊就站在他身后,笑眯眯地看着。意料之中的,账号显示已经被锁定,雷磊俯下身,点击右上角的解锁键,在跳出的指示框内输入自己的警员编号和密码,解锁成功。接着,老张联系了平州市市政府信息发布平台的人工客服,将需要群发的信息写好传送给对方审核,然后静静地等待着。

很快,周芸、雷磊和丰奇的手机几乎同时响起了短信提示音,他们拿出手机一看,是市政府信息发布平台发来的"特别提示"——

"平州市儿童医院(旧区)急诊科因超过最大负荷,暂停接诊两小时,请家长和救护车辆携患儿前往其他医院就诊。"

4

就这样一条短信,能让投毒者中止他今晚的暴行?

周芸一头雾水,正想向老张问个明白,办公室的门突然被人推开，同样是一脸懵懂的李德洋走了进来问道："主任，我接到短信，说咱们医院超过最大负荷，停止接诊，这是怎么回事？现在急诊高峰期已经过了，我和胡来顺都觉得压力小多了啊，完全不影响继续工作。"

这句话提醒了老张，他对周芸说了一句"我得去布置一下，别穿了帮"，就拉着李德洋往外走，一边走一边跟他小声解释了几句。

他们一直走到分诊台前，老张叮嘱孙菲儿，任何打给值班座机的电话，一律按照短信内容回复，拒绝一切应诊的请求，"要坚定，绝不能流露出一丝犹豫"。

"要是有直接带着孩子来看病的家长怎么办？"孙菲儿问。

"你做好分诊，没有危重症的一律让他们回家，看病也不急在这一时。"

"万一真的有危重症患儿怎么办？"孙菲儿说，"而且，我也怕分诊时看不准，要是本来孩子有急症，我让人家回家，耽误了孩子的病，我可负不起责任。"

李德洋自告奋勇道："诊室那边现在有老胡一个人盯着就行，我干脆到分诊台来，跟你一起分诊，提高对危重症的辨别率，如果发现真的有需要收治的患儿，我就直接带他去治疗。"

孙菲儿绷紧的脸庞一下子就松弛了下来："那可太好了！"

老张也放下心来，拿起台子上的值班座机打给传达室，让王酒糟在医院大门口支起"暂停接诊"的牌子，"如果有家长和孩子硬往里面闯，你也别拦着"。

李德洋打算把自己到分诊台值守的事情跟胡来顺打个招呼，正往诊室走，突然被从柱子后面钻出来的黎炎拦住了。

"李大夫，我收到短信，说咱们医院急诊超负荷运转，停止接诊。"他一脸坏笑地指着空出大半的候诊椅说,"这也叫超过最大负荷?"

"关你什么事?"李德洋说。

"关我什么事?我可是良好市民,不能眼睁睁看着你们这些'白狼'欺骗群众。"黎炎拿出手机来,拍了几张急诊大厅的照片,"我得把真实情况发到我们的微信群里,让所有人转发辟谣,看你们急诊科吃得消吃不消!"

虽然刚才老张并没有把发送这条短信的原因说得太具体,但李德洋清楚,为了保证投毒者不再兴风作浪,这个"谣"眼下是万万不能辟的!他上前就要抢黎炎的手机,奈何黎炎五大三粗的,只一撞,就差点将瘦弱的李德洋撞个跟头!

"就你那小塑料体格,还想跟我来硬的?"黎炎掸了掸军大衣的领子,轻蔑地说,"想不让我发辟谣微信,简单。给我转账十万块,这事儿我帮你们掖俩小时!要是没有现金,就给我打个欠条——"说着掏出纸笔来,摘下那个布满牙痕的笔帽叼在嘴里。

李德洋一把打掉他的笔,两个人扭打在一起,急诊大厅里的患者们远远地围了上来,看发生了什么事。刚刚在分诊台挂断电话的老张赶紧跑了过来,李德洋看到救兵,立刻大喊:"老张,抢他的手机!"老张上前扳着黎炎的肩膀只一拧,疼得他"嗷"的一声,手机就摔在了地上。

老张弯腰捡起手机,就听李德洋又喊了起来:"喂,你怎么了?你怎么了?!"

回头一看,只见黎炎倒在地上,腿脚像被吊死的人一样拼命蹬踹着,双手卡着自己的脖子,嘴巴张成一个"O"字形,脸涨得通红,不停地翻着白眼。

"糟糕！他准是把无孔笔帽①吞到气管里去了！"李德洋从后面把黎炎拽起来，让老张扶着，然后双手抱住黎炎的腰，左手握拳以拇指抵住其腹部，右手握紧左拳狠狠向上冲击了几下，实施"海姆立克急救法"。但黎炎实在是太痛苦了，不停挣扎着，导致身子剧烈地扭动和下滑，李德洋几次冲击都起不到效果，急得满头大汗。

这时，周芸从急诊科办公室冲了出来，一问究竟，立刻让李德洋放下黎炎，使其平躺在地，让老张帮忙摁住，从白大褂的上衣口袋取下瞳孔笔，照了一下黎炎的咽喉。

"怎么样，主任？"李德洋有些慌神。

引起严重后果的呼吸道异物中，绝大多数是植物性异物，比如花生、瓜子、豆类之类的，这些异物用异物钳基本都能顺利夹出，真正让急救医生头疼的是诸如笔帽、钢针、滚珠之类的特殊异物，往往需要特殊器械进行夹取——现在摆在周芸面前的"难题"就是一个特殊异物。她定神想了一想，喊老张推来一台移动治疗床，几个人七手八脚地将黎炎抬了上去，因为治疗床是供儿童使用的，他的个子又太大，小腿以下竟耷拉在床外，一路甩搭着推进抢救室。

周芸问老张："我记得丰奇说，王酒糟在警务室里堆放的东西里有一些自行车配件，你赶紧过去，看看有没有辐条，如果有，马上拿过来！"

老张赶紧往急诊大厅外面跑，一直站在办公室门口的鬣狗马上追了过去。

雷磊望着鬣狗的背影，走进办公室，反手把门关上。

---

①为了防止学生误吞笔帽堵塞气道造成窒息，按照国家对文具生产的相关要求，笔帽体上应打孔或开有通气面积，但事实上很多在市场上销售的产品都达不到这一要求。

丰奇正坐在椅子上把刚刚松解了一分钟的止血带重新绞紧固定，雷磊拖了把椅子在他对面坐了下来，而猩猩则无声无息地站在了丰奇的身后。

丰奇冷冷地看了他一眼："什么事？"

"丰警官，对不起，我想跟你借样东西。"

"什么东西？"

雷磊没有回答，只一笑。

猩猩从后面突然伸出手，猛地捂住了丰奇的口鼻！

丰奇瞬间无法呼吸，他拼命挣扎踢打，却无济于事，只能眼睁睁地看着雷磊把手伸向自己的腰间，摘走了手枪，他的所有嘶吼都被猩猩巨大的手掌阻隔，只能发出一种"呜呜呜"的呜咽声，愤怒而无奈的眼角溢出了泪水，他伸出手，指尖用力向前押着，押着，够向办公桌近在咫尺的座机……

还有一件事，最重要的事，必须完成，他得向田颖预警，得告诉她：千万要提高警惕，千万——

然而缺氧的大脑还是令他昏死了过去。

猩猩把丰奇塞进急诊科办公室墙角的衣柜里，关上柜门。

这时有人敲了两下门，然后走了进来，正是刚才跟踪老张去警务室的鬣狗。

"怎么样？"雷磊问。

"他进了警务室，开了灯，打开墙角一个箱子，拿了根辐条就出来了，全程没有脱离我的视线。"

"有没有什么特殊的情况？"

鬣狗想了想说："他往外走的时候，我站在窗口，怕被他撞个正着，就赶紧往后退，这个时候听到非常非常轻的'啪'一声，好像是什么东西掉在了地上……也有可能是我听错了。"

"无所谓。"雷磊握着手枪,熟练地退下弹匣,看了看满满一匣子弹,然后将它重新装好,"咔嚓"一声上了膛,嘴角绽开毒毒的一笑,"接下来,该办正事了。"

5

老张拿着辐条冲进抢救室,早已做好准备的周芸接过辐条,立刻消毒,并螺纹向外,制成一个螺旋凝固器,然后将硬质支气管镜慢慢地置入已经吸入麻醉剂的黎炎的气管里,利用冷光源窥清异物所在部位后,将加热的螺旋凝固器经支气管镜放入塑料笔帽的底部,像用点烟器点烟一样将它的底端穿透并融化,顺时针旋转数圈,待凝固器的螺纹端渐渐冷却,融化的塑料笔帽已经牢牢地黏附在了上面以后,才连同支气管镜一起退出了气管。

恢复了正常呼吸的黎炎,脸色渐渐恢复了正常,嘴巴一时还说不出话,但望着周芸和李德洋的眼睛里却泛起了泪光。

"你先休息一会儿,等没事了就离开吧。"周芸皱着眉头说,"还有,别再一天到晚叼着个笔帽了,挺大个老爷们儿,就不能有点儿志气,改改这一身的臭毛病吗?"

李德洋到分诊台配合孙菲儿工作去了。

周芸和老张一起往办公室走去,望着已经空了大半的急诊大厅,稀稀拉拉地坐在候诊椅上的几个患儿和家长,听到留观一病房里传来的家长陪护孩子端水接尿时的轻声细语,以及多参数监护仪格外清晰的"嘀-嘀-嘀-嘀"的鸣声,只觉得四周是那样的安静,安静得让人有点儿不适应。

回想起不久前这里激荡过的一幕幕惊涛骇浪,周芸只觉得恍如一梦。

"那个投毒者，真的不会再作案了吗？"她问老张。

老张点了点头。

"为什么？这一次，你又是怎么推断出来的呢？"

"因为他已经不需要再作案了。"

"不需要？什么意思？"

老张没有回答，在办公室门口，他突然站住了脚步，回过头，目光在急诊大厅缓缓扫过，脸上浮现出了伤感的神情。

"怎么了？"周芸问。

"主任，我想问您一个问题。"

"你说。"

"假如，您忽然得知，一个您特别信任和依靠的人，其实是一个犯下重罪的人，您会非常难过和失望吗？"

周芸凝视着他的双眼："会——但我会原谅他。"

老张轻轻地摇了摇头："不，您要先原谅自己。"

说完他把手压在门把手上，拧动并推开了房门。

屋子里面，雷磊正在跟鬣狗和猩猩商量关押在警务室的吕威和砍伤周芸的那个黑脸汉子该怎么处理。见他们进来了，雷磊问道："周主任，那个砍伤您的家长，他的儿子还在留观吗？"

周芸进屋没有看到丰奇，正觉得奇怪，一听这话回答道："那孩子打破伤风针后发生过比较严重的过敏反应，需要在医院观察治疗，我把他安排在留观二病房了。怎么，有什么问题吗？"

"没问题，就是我打算把那两个浑蛋押到附近派出所的拘留室去，已经安排综治办派车过来了，很快就到。"说完，雷磊转过头对老张说，"对了，老张，警务室的钥匙是不是在你身上？"

老张点了点头。

"那你把钥匙给我吧。"

老张从兜里掏出两把系在一起的钥匙递给雷磊。

雷磊伸出手,从他的掌心抓起了钥匙——

说时迟,那时快,雷磊的手上忽然多了一副银晃晃的手铐,"咔咔"两声扣在了老张的手腕上!

突如其来的变故使周芸大吃一惊,她瞪着雷磊说:"你干什么?!"

"他都不慌,您慌什么?"雷磊笑道,然后手持丰奇的那把92式警用手枪,指着老张说。

老张漠然地望着前方,对雷磊的嘲讽、对铐住自己的手铐,对围拢到身边的鬣狗和猩猩,没有流露出任何神情。

"我不管你出于什么理由,立刻打开他的手铐!"周芸真的生气了。

雷磊把背对着他们的笔记本电脑翻转过来,指着上面的页面,页面显示的是全国警务网络系统上被免职警员的个人档案,右上角有老张的照片。

"假如,您忽然得知,一个您特别信任和依靠的人,其实是一个犯下重罪的人,您会非常难过和失望吗?"

"会——但我会原谅他。"

周芸把头一甩:"我不看!我不管他以前怎样,至少今天晚上,他是救了急诊科、救了那么多孩子——包括我女儿在内的大恩人!"

"不看?"雷磊有些惊讶,然后露出诡异的笑容,"既然您不看,那我就念给您听。"

听着雷磊的口中念念有词，周芸的神情从惊讶变成了震惊，从震惊变成了失望，从失望变成了愤怒，又从愤怒变成了茫然，她不相信雷磊念的那些是真的，不相信老张真的犯下了那些残酷血腥、令人发指、害得那么多无辜者家破人亡的罪行……这一定是雷磊找了个别人的档案背给她听，老张怎么可能是他说的那种人？不！她完全不能相信！她狠狠地咬着嘴唇，希望用疼痛把自己唤醒，直到咬出血来才明白，眼前发生的一切绝非梦境。

她呆呆地望着老张，望着他微驼的背脊、低垂的眉宇、花白的胡楂，还有鬓角的白发……渐渐地，终于，这张苍老而和善的脸孔和雷磊所念的那个罪人的形象重合在了一起，于是她歪着头，像个四五岁就被遗弃在街头的小姑娘那样怨恨地看着老张，她恨他欺骗了自己的感情，更恨自己曾经那样的信任他、依赖他，甚至把自己的心声向他倾诉，原来他竟然是这样一个彻头彻尾的坏蛋……

她走到老张面前，盯着他的双眼，想看透他的五脏六腑，然而泪水模糊了她的视线，她狠狠地擦了一下眼睛，把流到嘴里的苦咸的泪水也擦了一把，然后用冰冷而决绝的声音问道："你怎么一句话也不说？你就不想解释一下吗？！"

老张望着她，望着她满脸的泪水，久久地凝视着，好像在说——

"不，您要先原谅自己"。

周芸转过脸去。

雷磊走上前来，站在周芸的身后，用同情的口吻说："抱歉，周主任，破坏了老张在您心里的形象，不过这个世界就是这样的，梦想总会破灭，偶像总要坍塌。我想，面对现实对每一个人都是好事——包括老张自己。"

然后他走到老张面前，笑眯眯地说："按照档案上的记录，你后来虽然戴罪立功，但出狱后应该在北京监视居住，不得离开，可是不知道你走了什么门路，居然跑到平州来过上这优哉游哉的日子。不过，终场的钟声已经敲响，你的好日子到此结束。不仅如此，你还必须交代清楚，到底是哪些人、用了哪些手段帮你潜逃至此、埋声匿迹。我想也许顺藤摸瓜，会牵连出警界一大串赫赫有名的人物。你大概也知道一点儿时势，这是一个除恶务尽的时代，你害惨了他们，也害惨了自己。又或者，警方为了息事宁人，也许会跟我这个离职的员工做一笔交易，恢复原职甚至加官晋爵自然是少不了的，不过我想，那一切恐怕都要由我开价，而且概不还价——你不是说我今晚只有两条路可以走吗？你错了，其实我还有第三条路，而那条路，就是用你本人铺成的。"

说完了这些，他又把嘴唇凑近老张的耳边，用一种阴寒彻骨的声音说："你知道我最讨厌什么吗？就是在我的主场，有人抢我的风头！下一次，如果再遇到这样的事儿，记得老老实实当你的缩头乌龟——如果你这辈子还他妈的能有机会的话！"

说完，他在老张的后背狠狠地揉了一把，将他向门口推去。

就在这时，门开了。陈少玲走了进来，身后还跟着那个从小天鹅舞蹈学校开车把她送回医院的斑秃——他是奉了雷磊的命令，专门留下来监视陈少玲的。

这一阵子，陈少玲一边护理着留观一病房的患儿们，一边照看着依然昏睡不醒的小玲，还不时拿出手机查看张大山有没有给她打电话或回信息，屡屡失望之后，就坐在窗口，身子依偎着冰冷的墙壁，仿佛只有窗缝中流泻而入的寒气，能稍微冷却心中的焦灼。这样不知过了多久，她还是坐不住了，来到急诊科办公室，想打听一下投毒者有没有什么新的动向，谁知推开门，映入眼帘的竟是老张腕子上那一对无情的手铐。

"这是怎么回事?!"她惊诧地问。

"没你的事!"雷磊说。

"今天晚上,好像某些人一直在强调,发生的一切都有我的事,怎么现在突然又没我的事了?"

"这人是个犯人,刚刚被我们查获。"

自从知道老张还有另外一个身份之后,陈少玲就像所有长期生活在社会底层的人们一样,对一切超踰于他们地位的存在都抱有警惕和疏远。但与此同时,她也非常清楚,在这样一个错综复杂、危机四伏的局面下,只有老张才能力挽狂澜,化险为夷,甚至可以说,他是找回或救出张大山的唯一希望。所以,当她发现老张被捕的时候,表现得远比周芸果断和坚定:"他是不是犯人我不知道,你不是警察,随便抓人,就是犯罪!"

这句话算是一锥子扎在根节儿上了,雷磊气急败坏地说:"你最好搞清楚,你现在是泥菩萨过河——自身难保!"说完冲着斑秃扬了扬下巴。

斑秃抓着陈少玲的胳膊就往外拖。

"主任——周主任,你不能让他们抓走老张!"陈少玲冲着周芸嚷道。

然而一直背对着她的周芸,虽然肩膀微微颤抖,却始终没有转身。

陈少玲激愤之下,竟然大喊大叫了起来:"快来人啊!有人行凶啊!有人非法抓人啊!"

安静的急诊大厅被她这么一喊,居然嗡嗡然有了回音,顿时,诊室、药房、检验室、留观病房和其他房间的门都打开了,胡来顺、李德洋、孙菲儿、王喜、赫赫老师……还有很多患儿家长站在门口观望着。雷磊顿觉狼狈不堪，赶紧带着自己那两个手下，裹挟在老张的两侧和身后，押着他一直走出了急诊大厅。其他人都没有动弹，只有王喜一步一步地跟在他们后面，嘴唇翕动着却一直没有出声。直到楼门口，被猩猩回头恶狠狠地瞪了一眼，才止住了脚步。

周芸轻轻地掩上了门。

办公室里陡然安静下来，周芸抬起泪光闪闪的眼睛，看着有序堆放在地上的一个个从犯罪现场提取的证据，办公桌上用于物证检验的酒精灯、显微镜、搪瓷盘，磁性玻璃白板上的平州市警用地图以及旁边勾画的字迹，还有那台屏幕上依然挂着老张档案的华为笔记本电脑……只片刻间，屋子里已经物是人非，一切一切，都宛如遗迹一般褪了色。

忽然，她发现从天花板一直垂到地面的蓝色窗帘表面，有一些条状的凸起，似乎掩盖着什么东西。

走上前掀起一看，竟是丰奇的那副拐杖！

从刚才进办公室开始，她就觉得不对劲，以丰奇受伤的腿脚，不可能轻易离开办公室，而现在，居然在窗帘后面发现了他的拐杖，这说明他的消失肯定是"被动"的……周芸立刻走到门口，问站在分诊台的孙菲儿，刚才有没有看到有人带着丰奇离开办公室，孙菲儿说没有。周芸立刻退回来，在屋子里仔细搜寻起来。

很快，她就发现了在衣柜里蜷着手脚，昏迷不醒的丰奇。

这个发现让她大吃一惊，她使劲拍打着丰奇的面颊和肩膀，呼唤他的名字，然而丰奇却毫无反应。周芸不由得坐倒在地，心头宛如被冰水浇了一般，浑身发冷。直到这时她才意识到，随着老张的被捕和丰奇的昏迷，自己和整个急诊科其实是卸去了前胸和后背的护甲，陷入完全孤立无援的境地。

怎么办？

等一下，袭警是重罪，雷磊他们为什么要这样做？

眼下这个局面，就相当于是一个发生了合并感染的危重症患儿，根据"一元诊"的临床诊断思维常规，理应用一种疾病合理地解释患者的所有症状和体征，所以，我必须冷静下来，仔细思考真正的病因和治疗方案是什么。

难道说——

突然间，她明白了什么，站起身，走到办公桌前，拿起座机，拨通了六层备用病房的电话。

"田颖吗？是我，周芸。"

"周主任？怎么，出什么事了？"

"没什么事，出了一点儿小状况。"周芸竭尽全力，使自己的声音不带一丝慌乱，"你听我说，现在，你马上走到门禁那里，把门禁面板拆下，然后不管用什么方法，刀子剪子改锥扳手，有什么用什么，把里面的电线彻底绞断。"

如果没记错，去年电工师傅来PICU检修时曾经提示，不要让住院的孩子随便触碰门禁的电路板，一旦把里面的电路搞坏，就会造成门禁通信线路的短路，锁舌与锁扣会自动卡死，就算有人拿着通刷卡去刷，或者让总控室对门禁系统进行初始化，也开不了锁，非得有专业维修人员，耗费相当长的时间，才能将锁舌重新打开——备用病房和PICU是同一时间装修的，用的应该是同一套门禁系统。

"啊？为什么？"田颖不解。

"不要问为什么！"周芸的口吻严峻，"照办就是！"

电话里沉默了片刻，传来田颖坚定的声音："好的，周主任，我按照你说的办！"

挂断电话，周芸从自己的兜里拿出两张通刷卡，一张是自己的，一张是从卓童那里没收的，把它们一起掰断。

6

用钥匙打开厚重的不锈钢防盗门，雷磊推着老张走进了警务室，鬣狗他们两个也簇拥进来。

掸了掸肩膀上的雪花，借着天花板上那盏蒙了厚厚一层污垢的灯泡发出的昏黄光芒，雷磊把警务室细细地查看了一遍。这里分成里外两间，外间原本是安保人员的休息室，现在空空荡荡的，只在北墙的墙角堆了几个用黑油毡蒙着的纸箱子，里面装的就是王酒糟的那些"宝贝"，雷磊挪开纸箱子看了看，只看见墙的底部有一个直径不到五厘米的外接电源用的孔洞。在北墙上方，开着一扇外面带铁栏杆的狭长玻璃窗，雷磊打开窗户，使劲掰了掰那几根拇指粗的栏杆，纹丝不动，望望窗外，西配楼后面的空场上一片白雪茫茫。南墙上也开着两扇窗户，正对着停车场，窗户外面挂着不锈钢防盗窗，用膨胀螺丝牢牢地固定在外墙上，十分结实。西墙没有开窗，打伤周芸的黑脸汉子和吕威现在正倚墙坐着，东墙上则开着一扇通往里间的黑色铁门，门框和门板上装有加厚的贴合式锁扣，锁扣上挂着一把大号不锈钢挂锁。雷磊用另一把钥匙打开了挂锁，推开门，里间就是四白落地的拘押室。

雷磊仍旧不放心，自己先进去把四面墙都敲了敲，听到的是填实了水泥的"铿铿"声，才放下心来，亲手在老张的身上仔细搜寻了一番，把钥匙、硬币、公交卡之类的东西统统收走，直到一根儿铁丝都没有发现，这才将他推了进去，关上门，把挂锁重新挂在锁扣上,锁好,钥匙塞进兜里。

"这两个浑蛋怎么办?"猩猩指了指黑脸汉子和吕威。

雷磊不耐烦地甩了甩手。

黑脸汉子知道那意思是把他们俩放了,赶紧用后背顶着墙,吭哧吭哧站了起来,转过身,支棱起后腰上的两只手:"俺这儿还戴着铐子呢,您能给俺打开吗?"

猩猩拿出从丰奇身上搜来的手铐钥匙,给他打开,照屁股就是一脚:"带上你这个狱友,给我滚!"

"那个……您知道俺家娃还在医院吗?"

猩猩想耍他一耍:"医生找到孩子他妈,把孩子接走了。"

黑脸汉子千恩万谢了好一阵子,才搀扶着几乎丧失了行走能力的吕威出了警务室。

望着他们俩一瘸一拐的背影,猩猩裂开肥厚的嘴唇,龇着上下两排都向外凸出的龅牙,嘿嘿嘿地笑了起来,然后转身问雷磊:"主任,接下来怎么办?"

"把那些纸箱子都给我扔出去!"

猩猩和鬣狗赶紧动手,一通忙活之后,警务室的外间也干净得像用刮胡刀刮过似的。

"齐活儿!"猩猩乐呵呵地就要往外走。

"站住。"雷磊冷冷地看着他,伸出一只手,掌心向上。

"啊?"

"把你的手机、钥匙之类的东西都交出来。"

猩猩蒙了:"主任,您这是啥意思啊?"

"没什么,里面关着的这位——"雷磊指了指拘押室,"能耐实在太大,我还是不放心,你就留在外间给我守着他吧。"

猩猩一下子呆立在原地,说不出话来。

"怎么，你怕了？"

"不是不是……"猩猩赶紧说，"那个，您至少给我留个手机吧，万一出了什么事，我也好给您打电话求援啊。"

"看你说的，能出什么事儿，老虎再凶，关进笼子就是个观赏动物。"雷磊眯起眼睛，笑着对他说，"而且，万一七转八转的，有什么平日里八竿子打不着的老关系打你的手机，找你说情，开出高价让你行个方便啥的……不是我信不过你，而是里面关着的这个人，与我的前程关系太大，一点儿意外都不能出，还请你多多担待。放心，只要我能飞黄腾达，绝不会忘记你们几个在平州市陪着我吃苦落难的好兄弟。"

猩猩没办法，把衣服兜里东西都交了出来，饶是如此，雷磊还是在他身上搜了一遍，才放了心。

临出门前，他又拍了拍猩猩的肩膀："等我跟警方做成了这笔交易，很快就来接你。"说完跟鬣狗一起走了出去，关上防盗门，用钥匙哗啦哗啦转动了几下，锁得严严实实，确认从里面无法打开，又弯下腰，从散落在地的纸箱子里找到一把夹钳，"咔嚓"一声把钥匙夹断在锁孔里。

"现在，就是天王老子也休想从这里逃出去了。"雷磊冷笑着对鬣狗说，"咱们总算可以放开手脚，大干一场了！"

7

回到急诊科办公室，雷磊扩了扩胸，扭了扭肩，又活动了几下脖颈，直到把全身都舒展开了，才注视着眼前这个终于回到他手里的王国，虽然显得空落落的，但丝毫不影响他的志得意满。他把手撑在办公桌的两边，摆出一副睥睨天下的姿势，让鬣狗把斑秃叫过来："顺便把陈少玲也带过来。"

陈少玲被斑秃推搡进了屋，不停地揉着被抓疼的胳膊，冷冷地看着办公室里的另外几个人——包括周芸在内。

"交出手机。"雷磊对她说。

陈少玲知道，眼下的情势，反抗无用，只好交出手机。

雷磊把来电记录、微信、短信翻查了半天，也没发现小天鹅舞蹈学校事件发生后，张大山有联系过陈少玲的迹象，而此前的相关信息也表明，陈少玲并没有说谎话，张大山整晚的确只给她发过两张照片，一张是海马儿童游泳馆的，一张是老年活动中心的，时间分别在这两处地点发生罪案前。

雷磊斜仄着眼，把陈少玲看了又看，实在是找不到一点儿可疑之处。

鬣狗上前低声道："主任，跟她较个什么劲？"

"你懂什么！"雷磊说，"从案发到现在，我一直在不停地向市里有关领导汇报案件的进展，领导虽然在忙着新区落成庆典的事情，希望把这一案件控制在有限程度和有限范围之内，绝不能影响庆典的顺利举办，与此同时，也指示要积极防控、抓紧侦办，尽快将犯罪者捉拿归案。所以，咱们必须得在明天早晨的太阳升起之前把张大山逮住，功劳簿上才能记它个功德圆满！"

鬣狗小心翼翼地说："目前，并没有可靠的证据证明这一连串的案子是张大山干的，更何况——"

"你想说什么？"雷磊把眼一瞪。

鬣狗本来想说"更何况连老张都没能抓到那个投毒者"，又一想这句话说出去，非被雷磊骂个狗血淋头不可，于是换了口风道："更何况咱们对张大山接下来的行动一无所知。"

"我再说一遍，张大山没有犯罪，整晚都是那个投毒者假扮成他的样子,想要把一切栽赃到他的头上!"陈少玲愤怒地说。

雷磊走到陈少玲面前,皮笑肉不笑地说:"别再自欺欺人了,张大山到底是不是真凶,咱们心里都清楚得很,只是我不怕做坏人,戳破了这层窗户纸,不像你刚才拼死拼活地维护的那个保洁员,他当着你的面一口一个'投毒者',背后有好几次可是脱口而出管其叫'张大山',还利用全国警务网络系统检索过张大山的犯罪记录呢。"

"你胡扯!我不信!"

"信不信由你。"雷磊转过头对鬣狗说:"你说咱们对张大山接下来的行动一无所知,你错了,我非常清楚他接下来会在哪里出现,而且已经布置好了抓捕他的天罗地网。"

这句话让屋子里的所有人都吃了一惊。

"我不否认,老张这个人还是有些本事的,只是他把全副精力都盯在案子上,却忘了螳螂捕蝉,黄雀在后的道理。"雷磊笑道,"当他在分析张大山的时候,我却一直在分析他。我发现,老张推断张大山每一次的行动轨迹时,基本上是物证、心证双管齐下——这里的心证,指的是通过犯罪心理学或行为科学分析犯罪者的犯罪动机、行为规律和性格特征,也许在外行人看来,这不算什么,但在我的眼里就很不简单了,因为我国大部分刑警对物证很重视,对心证却嗤之以鼻。而对物证和心证的综合运用,正是老张能好几次精确地判明张大山动向的根本原因。

"不过,所谓强中更有强中手。老张跟我见面后,很快就道出了我的个人信息和境况,这说明他查询了我的相关资料和履历——这很可能是因为急诊大厅新来了一个像是警员的陌生面孔,他怕我是来找他的麻烦,所以采取了预防性措施——但他绝不知道,我在中国警官大学上学时就选修过犯罪心理学,并且还有不俗的造诣。所以在他认为可以独擅胜场的领域，我并不是外行，只是装得无知罢了。"雷磊笑道，"于是我注意到，老张在应接不暇地面对张大山发起的一次次挑战中，由于局势紧迫，间不容发，所以采用心证分析时，必须将关注点放在分析张大山的行为规律和性格特征上，以求迅速化解危机，反而对他的犯罪动机有所疏忽。既然他缺失，那我就一直在暗中填补喽。"

鬣狗的眼睛一亮："原来主任您让我一直在医院里秘密调查的竟然是——"

雷磊点了点头："现在，你可以把调查结果，跟大家说说了。"

鬣狗用钦佩的目光看了雷磊一眼，清了清嗓子说："据我向急诊科的医生、护士和其他工作人员了解到的情况，张大山由于家庭生活贫困，一直怀有比较强的反社会情绪，特别是在女儿张小玲的问题上，表现得极其偏执。他曾经多次表示，别人家的孩子能上早教班，小玲连幼儿园都上不起；别人家的孩子能上游泳课，小玲洗个澡还得来医院的公用澡堂；别人家的孩子能去学跳舞，小玲连张练功垫都买不起……一说起这些就愤愤不平。在小玲生病以后，他就更加觉得社会不公，牢骚满腹，各种抱怨，送餐遭顾客差评被扣钱、节假日加班没有加班费、住的出租房被强行清退、给孩子看病借了高利贷还不上，有时候气急了他就给市长热线打电话，每次挂上电话都骂骂咧咧的，扬言早晚要向市政府讨个公道。"

"早教班、游泳课、练功垫。"雷磊一边数一边点着头，"对了，陈少玲，我记得你和大楠查验老年活动中心消防梯下面的练功垫时，还亲口跟大楠说什么来着，说小玲没生病的时候，特别喜欢跟着电视里的少儿节目学跳舞，但你们两口子租的是地下室，洋灰地，地面特别硬，孩子摔倒了磕得青一块紫一块的，把张大山心疼得不行——"

陈少玲想辩解，却一时被气噎得说不出话来。

旁边的周芸说话了："雷主任，就凭一个人说了几句怪话就给他定罪，怕不合适吧。目前社会上的戾气越来越重，很难说有几个人能保持心态平和。不要说张大山了，就我接诊的那些患儿的家长：没医保的恨有医保的，有医保的恨公费医疗的；挂不上号的恨挂得上号的，挂得上号的恨挂得起专家号的；没床位的恨有床位的，有床位的恨住进VIP病房的；还有用国产药的恨用进口药的，孩子病重的恨孩子病轻的，有闺女的恨有儿子的……那抱怨的话说出来，一个个都咬牙切齿，恨不得同归于尽的，拿这个去套的话，岂不是满街都是犯罪分子了吗！"

"可其他人都没有出现在我们的视野中啊！"雷磊不耐烦地说，"正是因为仇富和对自己境遇的极度不满，张大山产生了强烈的犯罪动机，制造了今晚的一起起伤童案件……老张以为自己在长宁校区唱的那一出《空城计》，把张大山吓跑了，再群发一条急诊关门的短信，就使他不会再继续犯罪了，简直莫名其妙！没有足够强大的外力，所有的犯罪都不可能真正得到遏止，牛顿第一运动定律在犯罪中同样适用。说张大山会就此收手，笑话——"

说着，他大步走到磁性玻璃白板前，指着平州市警用地图上的一处地方说："他不但不会收手，还会制造更凶残、更恐怖的罪行！"

那处地方，越过了大凌河大桥。

是今晚新区落成庆典活动的主场地——平州大剧院。

屋子里的所有人都惊呆了，因为此时此刻，那里不仅有平州市的几乎全部市领导,还有参加庆典表演的上千个孩子!

"这不可能,这不可能……"陈少玲吓得口中喃喃,说不出一句完整话来。

"你们——包括老张在内——都以为张大山在小天鹅舞蹈学校纵火和劫走中巴车,只是单纯为了给伤童大戏接上第三季和第四季?大错特错!其真正的目的埋伏得极深极深。"雷磊的声音也在一瞬间变得低沉,"推理小说中有一句老话:寻找罪行的受益者。这句话说白了,就是循着犯罪动机倒推出真凶的身份。从整个投毒案发生开始,我就在思考每一起罪行的受益者。思乐培训长宁校区出了事对谁有益?表面上看是利好平州市的另外一家培训机构,但是,且不说每个教育品牌采取的教学模式差异很大,何况长宁校区只是思乐培训的加盟机构之一,从这个角度上说,它出了事更利好的恐怕是附近思乐培训的其他分校,所以'受益人'并不明确。海马儿童游泳馆出了事对谁有益?它已经是附近街区最后一家游泳馆了,就算是倒闭了也无可替代,根本没有受益者可言。直到小天鹅舞蹈学校纵火事件,我才发现了'靶向'明确的受益人。"

屋子里的其他人还不明白什么意思,周芸却睁大了眼睛:"你是说——B组?"

雷磊点了点头说:"今晚的新区落成庆典十分重要,这个级别的舞台演出,通常都要安排替补团队,我了解到小天鹅舞蹈学校今晚演出的曲目是民族舞《闹花灯》,而B组则由白孔雀舞蹈学校的学员们担任,她们今晚也在做演出准备。A组出事后,消息暂时没有传开,加上大凌河大桥封锁的缘故,电视台综艺演出中心那边也没做她们还能正常到场演出的打算,所以并没有启动B组,直到不久前那个姓冯的主任跟赫赫老师联系,才知道了这一情况，想必会马上启动B组，也是派车去接她们到大凌河大桥桥头等候，等到十一点整允许参加庆典演出的车辆通行后，再前往平州大剧院——而张大山的目的也就在于此！他今晚设定的袭击目标中，最后一个也是最重要的一个，就是平州大剧院，毕竟他此前多次扬言要向市政府讨个公道，没有什么比破坏市政府心心念念的新区落成庆典更能解他心头之恨的了。但是以他的身份，根本混不进安保严密的平州大剧院，可是假如躲藏进运载小演员的车辆中——尤其B组往往是紧急情况下启用，救场如救火，安检必然疏松——那自然就可以畅通无阻地混进去了。所以他在小天鹅舞蹈中心纵火的目的，固然有报复社会的成分，但从根本上讲，就是为了逼有关方面'启用'B组！"

周芸不大明白："我有两个问题。第一，他怎么知道十一点整大凌河大桥恢复部分车辆通行这件事的？第二，纵火后他只要马上去白孔雀舞蹈学校，找到运送B组的中巴车就可以了，为什么又要劫持接A组的中巴车重返长宁校区撞学生呢？"

"两个问题的答案都很简单。"雷磊说，"大凌河大桥出事被封后，我相信对张大山的打击一定很大，因为小演员们——无论A组还是B组都过不了桥，参加不了演出，他那个浑水摸鱼的计划根本就无法实施。恰在这时，为了便于逃跑而劫持的接A组的中巴车反而帮了他大忙，他必定是从被他绑架的司机口中，得知了十一点整大凌河大桥恢复部分车辆通行的消息，所以原计划照常进行。但是，他并不知道中巴车被劫持的消息不久前才被我们获知，站在他的角度，只会推测警方一旦发现接庆典演出演员的中巴车被劫持，担心歹徒开着它混过大凌河大桥，反而会在桥头加强对通过车辆的安检，所以他干脆袭击思乐培训长宁校区，并弃车逃跑，以转移警方的视线，放松桥头安检的戒备程度。"

久久的,办公室里鸦雀无声。

陈少玲神情木然地伫立在原地,两只无神的眼睛眨也不眨一下,仿佛从内到外都焚成了枯槁。

周芸心有不忍,抓住她的手,拉着她往外走,一边走一边低声说:"少玲,你先看看小玲去。"

然而到了门口时,陈少玲还是走不动了。

"我不信大山会做出那样的事。"她把身子靠在门上,轻轻地推了周芸一把,直视着对方的眼睛说,"我跟你不一样,我不信……"

周芸的鼻子一阵发酸。

雷磊指了指墙上的挂钟,用戏谑的口吻对陈少玲说:"马上就要十一点整了,我把综治办最精锐的力量组成了一支二十人的小分队,埋伏在大凌河大桥的桥头,只等运送 B 组的车辆一到,就上车拿人,到那时,不管你信还是不信,一切自然就会见分晓。无论怎样,我还是很有信心帮你们夫妻团圆的。"

鬣狗和斑秃都笑出了声。

就在这时,雷磊的手机响了,他看了一眼来电号码,眉梢向上一挑,春风满面地接通,放在耳边:"喂,情况怎么样?"

刹那间,他像被人从后背猛地推下悬崖一般,面如死灰。

"你仔细搜查了没有?一个一个座位地搜,储物箱、行李架,每个角落都不能放过,不光车厢里面,车身外面也要搜!车顶,底盘,都没有?怎么可能……有没有检查跟队老师?那个司机呢?你说哪个司机,还有他妈的哪个司机,开车的那个!什么?也不是?"

雷磊颓然地一屁股坐在椅子上,从抓捕老张以后一直笔挺的身躯,突然委顿得像脱水蔬菜。

反倒是站在门口的陈少玲,眼睛里重新焕发出了光彩。

雷磊的头脑好像一锅煮开了的稀粥,随着大大小小无数个泡沫在翻滚中乍起乍破,沸腾而出的热气令他如坠大雾。他完全搞不懂自己到底错在哪里,他承认自己长期担任文职,一线刑侦工作的经验并不丰富,也承认自己的推断并不缜密,有很多臆测的成分,但他已经养成了"方向正确就一切正确"的思维定式——对"张大山就是真凶"这一点,不仅仅从一开始就笃定不疑,而且在后来的工作中还得到了老张点到为止的确认,所以在逻辑上应该是能够自圆其说的⋯⋯

难道说,老张是在有意误导我?

雷磊那热得发涨的头脑顿时清醒下来:老张长年跟陈少玲一起工作,无形中对张大山的言行举止肯定有来自方方面面的了解,比我在几个小时里单纯靠鼍狗调查得来的信息要准确和全面得多,那他为什么在运用犯罪心理学或行为科学分析张大山时,只分析张大山的行为规律和性格特征,反而对他的犯罪动机有所疏忽?

也许,那根本就不是什么疏忽——

而是故意给我挖好,等着我"暗中填补"时不知不觉深陷其中的大坑!

雷磊只觉得五脏六腑都寒彻了!"螳螂捕蝉黄雀在后,强中更有强中手",想起刚才自己说的那些话,他恨不得找个地缝钻进去,可是身上却连站起来的力气都没有了。

他的余光一扫,瞥见笔记本电脑的屏幕上还开着全国警务网络系统的网页,上面挂着老张的个人档案,右上角那张照片神情安详,但越是这样,越是让雷磊心生一种被嘲讽的感觉,这种感觉令他气急败坏，伸手正要将电脑屏幕盖上，心里突然冒起一个毛骨悚然的念头——

我有几次窥见老张在全国警务网络系统上搜寻张大山的犯罪记录，假如那是他在故意误导我，那么长的时间，他坐在电脑前，还做了些什么？

雷磊用颤抖的手指点击鼠标，打开了网页上的浏览记录，向下滑动时，突然发现，"自己"在今晚曾经有过一次对警员个人档案的修订记录。

什么？！

他的眼睛几乎冒出火来！作为前人事信息管理中心主管，他有调取和修订全国警务网络系统的人事档案的权限，虽然挂职平州，但由于走得匆忙，还没有办完离职手续，所以这项权力还没有被免去。老张一定是借着用自己的账号登录的机会，偷偷修订了他本人的个人档案！

也就是说他并不像那份档案里写的，是因为什么包庇黑社会贩毒、杀人和买卖枪支被调查，后因检举和揭发有功得到减刑，刑满释放后在京监视居住。

混账，该死透顶！

雷磊咬牙切齿地想，可是转念一想又觉得不可能，因为全国警务网络系统对人事档案的修订，有着严格到几近苛刻的要求：只能修订在职警员的档案，且由其主管领导提前至少一个月提交修订申请，修订时还要输入与其警员编号配伍的身份证号和配枪枪号，并从其主管领导那里得到一个临时生成并由系统发送的十二位数密码，才能开启修订模式——而对于已经离职或被免职的警员，档案是无法修订的。

老张不可能是在职警员，所以他修订的不可能是他自己的档案。

那么他只能是找了个其他在职警员的档案，修改了登录密码，换上自己的照片，胡编了一通看上去煞有其事的履历，最后还没忘了改成遭免职后账号被锁定的状态，等着我去"解锁"……可是，就算他知道该警员的身份证号和配枪枪号，又怎么可能提前一个月就知道其主管领导提交了档案修订申请？又有哪个主管领导敢冒天下之大不韪，在收到一个根本不需要修订档案的部下的修订密码之后，将密码擅自告诉别人？

他他妈的修订的到底是谁的档案？！

雷磊越想越头疼，档案的修订模式一旦生效，就把原档案内容覆盖，暂时无法用其他方式检索到这组陌生警员编号的"原主"，想知道真相，就只能去问老张本人了。

从另一个角度讲，老张如此费尽心机地掩盖自己的真实身份，岂不更加证明他是一条远比想象中更大的"大鱼"吗？

失之东隅，收之桑榆。这么一想，他暂时不去计较没有在大凌河大桥抓到张大山的事儿了，撑着桌子站起身，准备往办公室外面走，却突然停住了脚步，狭长的眼睛眯缝着，盯住了窗边的一个地方。

顺着他的视线望去，周芸打了个寒战。

刚才在窗帘后面发现了那副拐杖，又在衣柜里找到了昏迷不醒的丰奇，她抓紧打电话给田颖示警，又掰断了通刷卡，因为丰奇昏迷不醒，临时找不到把他藏起来的地方，思来想去，觉得还不如让他暂时在衣柜里待着，假装什么都没发生，对自己和他都更加安全，所以又把他塞回了衣柜。就在这时，雷磊他们回来了——而那副拐杖，因为来不及复原，一直就赤裸裸地露在窗帘外面。

她突然向门口跑去！

"抓住她！"雷磊厉声喝道。

斑秃一把抓住周芸的胳膊，一个反拧，疼得周芸"哎哟"一声跪倒在地上。

陈少玲上前撕打斑秃，扇他的耳光，掰他的手指，掐他的胳膊，被斑秃不耐烦地一推，往后跟跄了几步，坐倒在地。

雷磊走到周芸面前，狞笑道："这么说，你全都发现了？"

周芸喘着粗气，一言不发。

"放开她，对我们这位急诊科主任，还是尊重点儿的好。"雷磊朝斑秃点了点头，"再说了，她和睡在柜子里的那位警员一样，都已经碍不了咱们的事儿了。"

斑秃这才松开了周芸。

周芸慢慢地从地上爬了起来，一边揉着那只几乎脱了白的胳膊，一边整理着皱皱巴巴的白大褂，用无比愤恨的目光盯住雷磊说："别得意得太早，今天晚上，你不可能是赢家！"

雷磊眨了几下眼睛，狐狸样的瘦脸上浮现出一个彬彬有礼的微笑："请您相信，胜利永远属于我这样的人。"

说完，他让斑秃留下，看住屋子里的其他人，自己则带着鼹狗，匆匆地走出了办公室。

8

风势渐强，雪势不减，雷磊和鼹狗一边走一边像拨开挂帘一般，拨开层层叠叠扑面而来的飞雪，一直走到警务室门口。

雷磊突然一怔，刹住了脚步，跟在身后的鼹狗"哐"地撞在他的后背上，俩人一起打了个趔趄，差点儿都摔倒在地。

"主任，对不起，对不起！"鬣狗吓得一连串地道歉。

"我刚刚想起，刚才出来以后，我用夹钳把钥匙夹断在锁孔里了，现在倒好，谁也别想进去了。"雷磊苦笑道。

"明早找个锁匠再开吧，反正保洁员跑不了，有啥问题，到时候再问他也来得及。"鬣狗缩着脖子，一边跺脚一边说。

"也只能这样了。"雷磊透过不锈钢防盗窗往警务室里面望了望，黑咕隆咚的十分安静。

于是他和鬣狗转身往回走，没走出三步，他又一个急停！

警务室里面——怎么没有人？

猩猩去哪儿了？！

他从腰间拔出手枪，冲到防盗窗旁边，对着里面大喊猩猩的名字，让他立刻打开窗户，没有得到任何回应。鬣狗甩开甩棍，把胳膊塞进防盗窗的护栏里面，用甩棍头猛击窗户，噼里啪啦地打碎了玻璃，可是警务室里面依然像洞开的墓穴一般，一片死寂。

外面风雪交迫，里面阴气森森，雷磊不禁毛骨悚然。正当他不知所措的时候，突然看见屋子里闪过一道人影，吓得他头发都竖了起来，接着灯开了，昏黄的灯光映出了鬣狗那张仓皇失措的脸孔。

"主任，您快进来，那防盗门我一拉就拉开了！"鬣狗站在窗前大声喊道。

防盗门怎么可能一拉就拉开？我不是上了锁吗？我不是用夹钳把钥匙夹断了吗？！

眼下不是琢磨这些的时候！雷磊冲进了警务室的外间，用眼睛扫视了一圈，不过十几平方米的空间，猩猩居然像空气一样消失得无影无踪！

站在北墙下面，雷磊望着那扇外带铁栏杆的狭长玻璃窗，百思不得其解，不要说铁栏杆现在完好无损，就算是被拆除，那么狭窄的一扇窗户，一个大活人也绝钻不出去……这么说来，猩猩只能是打开防盗门离开了，但那扇防盗门，除了锁匠，就算是外面的人用钥匙也打不开，更别说猩猩身处室内了。

这到底是怎么回事？

正在这时，他猛地想起，猩猩的失踪大可以回头再说，关键是里间关着的那个人，不能出一点儿事情。

他赶紧跑到拘押室门口，从门框上的瞭望眼往里面望去，有个人正背朝门的方向，抵墙而坐——

不对！

一种异样的感觉像子弹一般击中了他的胸腔。他从兜里掏出钥匙，一把攥住贴合式锁扣上挂着的那把大号不锈钢挂锁，用钥匙捅了好几下才捅进锁眼。打开以后，刚要把门推开，冷不丁想起什么，对鬣狗说："你，进去！"

鬣狗犹犹豫豫地不敢上前。

"快他妈进去！"雷磊的枪口对准了他的脑袋。

看着雷磊那双在黑暗中灼灼发红、充血欲裂的眼睛，鬣狗知道自己再敢拖延，没准儿真会挨上一枪，只好硬着头皮推开门，"啊"地怪叫一声，冲了进去！

没有遭受到预想中的伏击，密闭的空间像空无一物的盲盒，虽然完好，却愈加反常。

听鬣狗报了一声安全，雷磊才一手拿手电照着侧身倚墙而坐的那个人，一手举枪对准电筒光芒在他后背划出的黄色靶心，一步一步走上前去。

这么长的时间，这么大的动静，他居然纹丝不动——而且，他身上穿的不是那件灰色的保洁服，而是一件黑色加厚款飞行夹克！

走到近前，雷磊厉声命令道："我数1、2、3，你马上给我站起来！马上！"

他的手指紧紧地扣在扳机上。

"1——2——3！"

三个数数完，那个人还是一动不动。

雷磊又尴尬又气恼，照着他的后腰狠狠踹了一脚！

那个人像装满草料的编织袋一样软塌塌地倒在了地上。

手电筒的光芒照在那张布满横肉却双眼紧闭的脸孔上——是昏死过去的猩猩，手上还戴着老张戴过的那副手铐。

有那么几秒钟，雷磊的精神陷入了某种热射病样的错乱状态，靠着墙，瘫立在黑暗的斗室里，半张着嘴巴，眼神发直。他无论如何也想不明白，老张到底是怎么从门锁完好的拘押室逃到了外间，更想不明白他又是怎么打开锁孔被堵的防盗门逃到了外面……

终于，他像是从噩梦中惊醒一般，浑身抽搐了一下，冲着跪在地上查看猩猩情况的鬣狗吼道："还他妈愣着干什么？赶紧把人给我抓回来！"

鬣狗带着哭腔说："主任，现在就我一个人……"

"什么就你一个！咱们综治办那么多人呢？都给我调过来！"雷磊发了狂一样挥舞着手枪大喊道。

"来不及啊，主任，咱们的人按照你的指示，都撒到存在风险的地方驻守去了，那个最能打的机动小组，现在还在大凌河大桥桥头呢，等他们赶到，估计那老家伙都跑出平州地界了……"

雷磊愣了一下，亢奋的眼神突然变得晦暗，重重地垂下了头颅。

他喘了几口粗气，发出了一阵惨笑："我明白了，我全都明白了，我终于明白他为什么支持我那个'全面布防'的计划了，我终于明白他为什么误导我相信张大山还会继续作案了，他就是要我把所有能调动的力量全部分散开，撒得越远越好，把整座医院变成一座兵力空虚的空城，等我想要对付他的时候，连个可用的人都找不到……"

鬣狗大气也不敢出地站在他旁边。

雷磊又惨笑了几声，看到手中那把92式警用手枪的一瞬，目光重新变得阴冷。他知道自己袭警并夺枪是犯了重罪，而当初冒着风险这样做的目的，就是希望通过抓住老张与警方达成交易，并夺取办案的控制权，活捉张大山立功。现在，这两件事都是竹篮打水一场空，如果就此认输，那可就全完了……

想到这里，他把牙狠狠一咬，抬起头来对鬣狗说，"走，回急诊大厅去，只要能扳回最后一局，赢家，就依然是我！"

第六章　空城

你不要胡思乱想心不定，
你来来来，请上城来听我抚琴。

1

没有足迹。

也就是说，里面无人设伏。

投毒者站在巷子口，把手揣在黑色风衣的兜里，面无表情地往巷子深处望去：一高一矮的铁青楼体，兀立在巷道的左右两侧，仿佛用刀削过一般，不见一丝棱角，道路上积着厚厚一层雪，犹如被它们挤压出的乳白色脂肪，上面平平整整，没有丝毫痕迹，让他感到踏实，又有些反胃。风小了许多，十分寂静，竖起耳朵也听不到任何声息，雪也小了许多，从箭镞变成了颗粒，在纷纷扬扬的飘拂中，把眼前的景致擦拭得清晰了一些，逼仄的空间延伸出的逼仄视野中，一切都冻得硬邦邦的，泛着凛凛的寒光。

偶尔有一阵旋风，迷了路似的在巷道里打着呼哨兜来转去，兜起一团团雪尘，又消失得无影无踪……

进去吗？

再等等。

想起不久前，思乐培训长宁校区的教学楼乍亮的一刻，他还是心有余悸。

本来他就已经受过一次惊吓了。按照事先的规划，今晚的行动应该好像坐在游乐场的水滑梯上往下滑行，一路畅通无阻，并在结尾激起惊世骇俗的水花，根本没有人可以阻挡他——这绝非他小看警方的能力，而是出于对"敌手"的了解和对整个计划的自信。一来他太了解组织庆典的那帮人了，就本质而言，他们如同那些妄想借着洞房来冲喜的人一样，疯狂、魔怔而又怯懦和自私，全不管新郎是否病入膏肓，更不管场外是否遍地狼烟，只要能确保庆典顺利进行，他们可以无底线地不断放弃外围，把警力压缩和集中在自己的周围以策万全；二来没有人能猜中他的目的，就算猜中了，也不可能勘破他为达到目的而使用的手法，那个手法是如此的胆大妄为、奇想天构——

一次为了向死的求生，一场为了杀人的救人。

所以，在小天鹅舞蹈学校的消防梯上挨了媛媛一"奖杯"，令他十分恼火，好像方向盘在手里打了一下滑，但比这严重一万倍的，是他正在楼门口砸玻璃的时候，胡来顺和那个嘴脸像猩猩一样的家伙突然冒出来，并差一点儿抓到他！他怎么也想不明白，自己刚刚给陈少玲的手机发出提示地点的微信，他们怎么能这么快就赶到，活像是从医院直接穿越过来似的！

整个晚上，他第一次感受到了惶恐和不安。他隐隐约约地预感到，有一股也许是他完全没有意识到的力量，介入这个事件中来。这里面一定有一个人，觉察并洞悉了他全部——或者部分的谋划，并展开了相应的对策。但那张面孔实在太模糊了，他根本就看不清，可他总觉得那个人是真实存在的，并用一双无比冷峻的眼睛在虚空里凝视着他的一举一动，这让他不寒而栗。他绞尽脑汁把自己了解到的平州市警方想了个遍，从局长、政委、刑警队长到派出所的户籍警，怎么也想不出这么一号人物……或者一切只是一场巧合，胡来顺他们不过是途经此地刚好撞上了而已——

对，这样一想，心里就好过多了。

不过，这个"巧合"也激发了他的斗志，或者干脆坦白一点儿：他被惹毛了！就像目睹着自己精心构筑的多米诺骨牌半路倒塌一样愤怒，他打算在下一次行动中加大"力度"，让对手尝尝焦头烂额、无力还击的滋味。但当他正要开车冲向长宁校区大门的一瞬间，教学楼突然射出万丈光芒，照彻了天宇。他好像是一只被从洞穴中揪出并抛掷在骄阳下的鼹鼠，尽管坐在中巴车的驾驶室里，还是惊恐万状地遮住了眼睛，隔着这么远依然能感受到光线的灼热。

他终于知道，不是什么巧合，而是真的有人比他棋高一招！

还好没有冲过去，否则必中埋伏！

他本想倒车逃走，但接连两次受挫，使他担心警方已经开始纠集力量，展开对他的全城大搜捕，届时这辆中巴车反而会成为清晰的目标，考虑到这一带他在此前踩点时趟熟了几条小路，所以干脆弃车逃走。

他摸着黑，在曲折的胡同间疾走狂奔，满腔的怒火正如他眼下的处境，在五脏六腑间狼奔豕突，就是找不到发泄的出口。他咬牙切齿地暗下决心，下一次的行动绝不再像前几次那样手下留情，而是要制造一起真正血腥的大案……

就在这时，他的手机响起了短信提示音——

"平州市儿童医院（旧区）急诊科因超过最大负荷，暂停接诊两小时,请家长和救护车辆携患儿前往其他医院就诊。"

他愣住了。

这么说,是没必要再实施下一步行动,可以拖着进度条掠过中间的剧情,直接拖到结尾了?

他原地站住,思索了两分钟,本来他还是咽不下这口气,想要报复那个隐形的对手,但是冷静下来的头脑又叫停了这一企图。

时间紧迫,必须在两个小时内完成最终的任务,不可横生枝节,就像以前在战术教科书上看到过的那样——"终极目的,才是唯一的目的"。

是的,为了那个终极目的,他忍辱负重,潜心谋划,克服了一个又一个难以想象的困难,终于将它付诸实施,一直推进到现在。此时此刻,无论警方,还是那个隐形的对手,都应该被今晚连续发生的数起伤童事件搞得晕头转向,把全部精力集中在对他下一个犯罪现场选择在哪里的推测和分析中。饶是他们聪明绝顶,也绝不会想到他已经暗度陈仓,即将在一个他们死也猜不到的舞台上,展开一场完全是他们咎由自取的杀戮!

想到这里,他又望了一眼那条黑暗的、冰冷的、死寂的、铁青的、积了厚厚一层雪的道路上毫无痕迹的巷道。

确认安全了吗?

确认。

那么好,走进去,把那个东西对准目标,按一下按钮,一秒,甚至半秒,一切就都结束了。

终极目的,才是唯一的目的。

他摸了摸衣兜里那个硬硬的东西,迈着沉重的步子,向巷道里面走去。

2

一座城。

一座覆满白雪的城。

隆起一人多高的厚实城基、披挂了檩条般一列列凸起的城墙、粗犷的城垛、坚硬的城梯、拱形的城门,还有越过城墙可以看到的那座水晶宫一般洁白的宫殿……在深邃的黑夜中,通体放射出幽幽的、稍微带一点蓝色的银光。夜风呼啸,声若怒潮,那座城,和那座城自身放射出的一层光晕,仿佛在随风轻摇,犹如漂浮在大海之上。

他怔怔地站在巷道的出口,被眼前这座城震撼得目眩神迷,他本以为自己实现终极目的终极手法已经是神来之笔,却完全没有想到,居然有比之更加玄幻的、瑰奇的、壮观的、不可思议的一幕,生生地呈现在他的面前。

这怎么可能?!

这里什么时候盖了一座城?

一时间,困惑、茫然、烦躁、恐慌,伴随着那座城在视网膜上的投射,像乱炖的食材一般,一起浸入他拂乱的脑海。他丧失了理性,方寸大乱,无法思考。那座城,无论矗立、飘摇还是本身所散发的气场,都充满了超自然的神秘气质,这种气质迷离得他精神恍惚,只觉得浑身上下像被悬吊在了半空,从肉体到意识都彻底失重。

沙沙沙,沙沙沙……

身后,有什么声响。

他一个激灵,猛地回过头,却听"喵"的一声,一只黑色的野猫从身后跑了过去,在雪地上留下了数行梅花样的脚印。

不好，原本过来之前仔仔细细确认过好几遍的巷道那里，突然出现了两行足迹！

有人追了过来！

可是，并没有看到任何人出现啊。

难道是见了鬼不成？

他使劲揉了揉昏花的眼睛，再认真看看，那两行脚印一直延伸，延伸……延伸到了自己的脚下。

嘻！原来那是我自己的脚印。

虚惊一场。

他抚摩了几下心口，狠狠地闭上酸麻的眼皮，像为了重启的关机一般，几秒钟后再睁开，头脑清醒了几分。望着眼前巍然矗立的这座城池，他终于想明白了这是怎么一回事，却更加诧异起来：不对呀，今天下午，我可是亲眼看到……

算了，不去计较那些了，今晚发生的一切都太诡异了，赶紧办完事离开吧！

他从兜里拿出了那个硬硬的东西，却突然发现了一件荒诞可笑的事情：实现终极目的的装置，必须对准目标直射才能起到作用，可是由于城基和城墙摞起来约有两层楼那么高，他站在平地上，把手举得再高，手中的装置也完全被城墙遮挡，他绕来绕去试了半天，终于发现，只有登上城梯走进城门，在城里面才能找到适合装置直射目标的角度。

可是——

他迟疑了。

他凝视着拱形的城门。

无人、无痕、无迹、无息，无论从任何迹象来分析，这都是一座空城，但是它出现得太过惊悚和离奇，简直像一张等待着活人走进去就闭合、咀嚼、吞咽，连骨头渣也不吐出来的嘴巴。

他竖起耳朵，认真地听着，除了风声，什么也没有听到，但空洞的风声本身就蕴含着那么多叵测的东西。

抬起头，望望布满了风雪的擦痕、宛如毛玻璃一般模模糊糊的夜空，仿佛又看到了那双眼睛，那双无比冷峻的、在虚空里凝视着他一举一动的眼睛。

不！

我不能冒险进去，谁知道这座城里是不是埋伏着千军万马？！

撤，马上撤，不然恐怕会有更意想不到的危险！

于是他转过身，沿着来时的道路退出了巷道，然后向巷道西边那座旧楼走去。

3

他一步一步地登上了消防梯，每一层台阶上都落了厚厚一层雪，因此脚下发出咯吱咯吱的声响。从落雪完好的情况看，今晚并没有人走上去过，这让他放心了许多。

这栋楼外挂的消防梯比小天鹅舞蹈学校的那座更老旧一些，也更狭窄一些，说难听点儿，这么多年，每每看到它，都觉得像个耷拉在楼外面的金属麻花。走到三层以上的时候，金属麻花开始发出充满金属质感的吱扭声，声音在深夜里格外刺耳。起初他心惊胆战，驻足不前，可转念又一想，这未尝不是件好事，假如身后真的有追踪者，他可以在第一时间听到"警报"，于是继续上行。

到了六层，在通往楼层内的铁门旁边，有一道直上直下的铁梯子，他攀缘上去，来到了楼顶。

也许是空间陡然开阔的缘故，空气也似乎变得清冷了许多。放眼望去，除了一个长方形立柱的砖砌烟道，楼顶上白皑皑一片，什么都没有。

这里离天空近了一些，不知道是不是错觉，就连纷飞的雪花也比在地面上飘得轻盈，剪影一般起伏在夜幕上的大凌山，仿佛近在咫尺，伸手就能摸到它那雄伟而苍凉的兽脊。

他往东，一直走到楼的边沿，望着终极目标，又看了看下面那座城池，嘴角咧开了一抹冷笑。

现在，任谁也不能阻挡我的行动了。

他从兜里再一次把装置拿出，对准终极目标，右手拇指已经按在了按钮上，只要往下轻轻一压——

咯噔咯噔咯噔咯噔！

耳畔突然传来了一阵脚步声，伴随着金属质感的吱扭声，很显然是有个人沿着消防梯爬了上来，那脚步声十分急促，毫不掩饰。

是谁？

他到这儿来干什么？

投毒者把装置塞回了口袋，将身子一闪，躲在了砖砌烟道的后面，窥视着通往楼顶的那个直上直下的铁梯子的方向。

有个人扒着铁梯子攀上了楼顶，他爬楼的速度虽然很快，但上来之后并没有呼哧带喘的，先是往砖砌烟道的方向看了看，然后走到东边的楼边沿，把什么东西放在了上面。

虽然雪还在下，但雪势已经减弱，加上楼顶的空气清新，把夜景的分辨率提高了很多，所以投毒者一下子就认出了那个身影——

是急诊科负责打扫卫生的老张。

那个从来都小心翼翼、寡言少语，只会埋头干活的保洁老头儿。

他怎么跑到这儿来了？

也许这老头儿只是到楼顶找找有没有可以捡拾的废品，发现空无一物就会走掉吧，那最好了，不然万一成了我行动的目击者，那就必须将他除掉，虽然这不是什么费劲的事，但还是那句话：今晚，我真的不想再横生枝节。

投毒者心里默默地祈祷着老张能尽快走掉，然而老张却慢慢地走到了距离砖砌烟道十米远的地方，站定了，一动不动，直视着他躲藏的方向。

炯炯的两道目光，穿透黑夜，洞彻一切般明亮。

投毒者知道继续躲藏下去没有意义，于是从砖砌烟道后面站直了身子……也许是第六感起了作用，他预感到了某些非常危险的因素在逼近，所以并没有往前走，借助靠近楼沿的半人高的砖砌烟道，形成了某种意义上的掩护。

视角的改变，使他发现了自己是怎样暴露的：从铁梯子那里，两行一直延伸到砖砌烟道的足迹，在雪地上清晰可见。

"老张，你跑到这儿来做什么？"投毒者尴尬地笑着说。

老张一笑。

笑容一如既往地平和，但随着笑容而眯缝起的双眼中，放射出两道无比冷峻的光芒。

那双眼睛，那双在虚空里凝视着他一举一动的眼睛。

难道是他？！

他就是那个今晚介入整个事件，一直在跟自己暗战不休的对手？

这怎么可能？他不就是个医院里普通得不能再普通的保洁员吗？一天到晚到处洗洗擦擦，并不比他清扫的那些灰尘更加起眼……

投毒者心里一颤，但迅速恢复了镇定："老张，问你呢，你怎么不说话？你跑这儿来做什么？"

老张又是一笑："今晚这场游戏，大家都累了，到此为止吧！"

他的口吻平静，像拆开了一份无所谓的快递似的。

醍醐灌顶一般，投毒者猛醒过来！他远远地望着老张，发现这老头儿完全不是昔日那个佝偻着身子畏畏缩缩的样子，此时此刻，虽然身上依然穿着医院发的灰色保洁员制式衣裤，脚上依然套着洗脱色的劳动鞋，但腰板笔挺，目光如炬，从容不迫的神色中流露出一股不怒自威的气势。也许是飘落在老张头上和脸上的雪花宛如滤镜一般，虚化了须发的斑白，那相貌简直跟声音一样，看上去和听上去都只有三十岁甚至更年轻的样子。

巨大的震惊使投毒者把身子又往砖砌烟道后面缩了缩，故意装出一副满不在乎的样子："老张，别闹了，跟你实话说吧，我到这儿来纯粹是为了工作，领导布置的活儿，必须完成，不过，这里面涉及我们行业内部的技术问题，一句话两句话跟你解释不清楚，再者说了——这关你什么事？"

老张点了点头："这的确关我的事。"

七个字，吐得异常清晰和坚定。

投毒者的脸上立刻浮现出了杀气，因为他知道，今天夜里，在这个楼顶，眼前的老头不会退让半步，他和老张之间必将展开一场你死我活的较量。他把右手慢慢地伸到后腰，握住了别在皮带上的武器……

但他没有动弹。

不知道为什么,他觉得老张看出了他意欲何为,却没有露出丝毫的畏惧,嘴角甚至浮现出了一抹嘲讽的微笑。这个保洁老头表现出与此前两年巨大的人设反差,实在是诡异至极,使他不敢轻举妄动:"你到底是什么人?"

"我是刑警。"老张说,"退休之前。"

"我说呢……"投毒者龇出了白色的牙齿,冷笑道:"两年时间,你藏得好深啊。今晚怎么着,耐不住寂寞,重出江湖了?"

"不是的,其实是因为今天医院里突发事故,有个流氓在留观一病房持枪袭击一名警察,我不可能眼睁睁看着同袍遇害,又怕子弹误伤到病床上的小玲,所以出手教训了一下那个流氓,然后正赶上你不断地制造伤童事件。我反正已经暴露身份,干脆继续开展工作,有句俗话怎么说的来着——"老张想了想,终于想了起来,"对了:一只羊也是赶,两只羊也是放。"

老张的口吻是那样的质朴和坦诚,但也正因为这质朴和坦诚,听上去更显得阴损。投毒者气得七窍生烟,他万万没想到自己折腾了半天,在老张那里仅仅是第二只羊。他咽了口唾沫,压低了声音说:"我再说一遍,我今晚到楼顶上来纯粹是为了工作,不知道你说的伤童事件是什么玩意儿!"

老张皱起了眉头。曾经在很多年的时间里,他跟呼延云一起并肩办案,那个家伙中古典推理小说的毒太深,每次到罪案的最后,总喜欢用长篇大论的逻辑推理逼真凶自动现身或投案自首,好像没有这么个高光时刻就显不出他能耐似的,但自己可没这个毛病。自己本来说话就少,尤其近几年,更是惜字如金,今晚为了说服周芸他们配合办案,已经费了不少口舌,没兴趣再跟投毒者碎嘴唠叨。但眼前的情势,他仔细评估过,对手离自己有一段距离，又站在砖砌烟道的后面，右手一直握住后腰上的什么东西，因为遮挡的缘故，搞不清是刀还是枪，插在裤兜的左手里估计就攥着那个启动杀人道具的装置，如果自己突然扑过去，并无百分之百制止其启动装置的把握，所以最好还是让对手自动缴械投降的好。

谁知投毒者误会了，以为老张真的是信口胡诌，不禁冷笑道："老张，天儿怪冷的，又风雪交加的，咱们俩也别跟这儿干耗着了，你看这样好不好：你要是能把我怎么制造了那个什么伤童事件，一五一十地说清楚，并拿出让我心服口服的证据，我就自动认输，否则，你走你的阳关道，我过我的独木桥，谁也别妨碍谁，成不？"

话音刚落，他就有点儿后悔。

因为他突然意识到，能一路追踪到这个楼顶，本身就说明老张是有备而来的……

望着十米外的老张紧皱的眉宇渐渐舒朗，投毒者的心里油然生出一种不祥的预感，仿佛他正躺在铺着蓝色床单的扫描床上，缓缓进入螺旋CT机的深处。

4

"今天晚上，在平州市旧区，不到六个小时的时间里，接连发生了四起以儿童为犯罪目标的案件，依照时间顺序，我分别将它们命名为：思乐培训长宁校区案件，海马儿童游泳馆案件，小天鹅舞蹈学校案件和长宁校区后续案件。这四起案件的作案环境、犯罪手法虽然存在着种种不同，但受害人均以儿童为主体，且根据目击者的描述和犯罪现场提取的证物，基本可以认定为同一凶手所为，因此，这是一起典型的连环犯罪。

"连环犯罪与单一的或在一段时间内陆续发生的犯罪，存在着三点不同：第一，后者在作案时间上没有规律可循，而前者往往集中在某一段时间连续发生，形成了一定的犯罪节奏，因而更容易造成社会恐慌；第二，后者的犯罪动机一般来说无非是为情、图财或复仇，而前者的犯罪动机非常隐晦，难以捕捉，尤其是连环变态杀人，其犯罪动机往往纯粹是兽性或病态使然，这就导致通过寻找动机锁定凶手的刑侦手段，大多失灵；第三，正如刚才所说的，由于犯罪动机的差别，所以后者往往有既定的受害人，而前者的犯罪目标存在着随机性、偶然性和不确定性，大多只是一个概念群体，比如儿童、老人、拾荒者、性工作者……因为范围实在太大，难以做到面面俱到的防控，正因为如此，也就极大地增加了刑侦工作的难度。

"综上所述，警方对连环犯罪的处理手段，与对普通犯罪也存在着明显的区别，即'对事不对人'。通俗地说，就是对普通犯罪，以抓捕凶手为首要工作，而对连环犯罪——特别是对'正在进行时'的连环犯罪，抓捕凶手是次要的，首要任务是遏制犯罪的进一步恶化或升级。这也正是我介入今晚的连环犯罪之后，采取的应对措施。具体来说，就是暂时忽略犯罪嫌疑人的真实身份和面目，根据他对犯罪地点的选择、遗留在犯罪现场的证据、具体采取的犯罪手法等要素，分析他的犯罪模式，找出他在一系列连环案件中表现出的最具体、最直接、最核心的共同点，从而锁定他的行为规律，进一步预测出他可能实施犯罪的下一个场所，进行紧急的布控或设伏，将他驱赶或抓捕。"

老张见投毒者听得目瞪口呆，突然意识到自己并不是站在中国警官大学的讲台上，自失地一笑："抱歉一下子说了这么多术语,既然你要我一五一十地分析清楚,我就只能从头说起。"

"接下来我先谈谈第一起案件,即思乐培训长宁校区案件。"老张说道,"这个案件是在我介入之前发生的。由于事起突然,无论校方还是警方,一开始都无法判断究竟纯属意外还是恶性投毒,因此在运输受害者和相关物证的过程中,对有价值的证据无形中造成了大量破坏,导致这一具有重要起始意义的案件,在后续的刑侦工作中反而成了最为贫乏和无力的链条。在有限的条件下,只能形成以下几点概念或结论:案发时间为当晚六点半,四个学生吃了由'满口福'餐饮公司送来的盒饭后中毒;对剩饭和呕吐物的化验结果表明,有人往食品中添加了过量的亚硝酸盐,但不能判定这种添加是无意的还是有意的;盒饭系'满口福'餐饮公司的配餐点统一制作,其他送餐员送出的餐都没有发生问题,所以编号为PZ31173的送餐员张大山有重大犯罪嫌疑。但校区前台监控系统提供的截图并不清晰,加之送餐员戴着头盔,茶色防风镜片没有提起,看不清面目,送餐全程又戴着手套,没有在物证表面留下任何指纹,所以无法判定送餐员的真实身份;唯一值得庆幸的是,受害的四个孩子服毒剂量都不大,中毒症状较为轻微,没有生命危险。

"接下来是第二起案件:海马儿童游泳馆案件。在刑事侦查中,一向有两种截然对立的主张:一种认为,要关注犯罪现场中那些反常的东西,因为反常预示着犯罪行为遇到了突发状况,脱离了预先设定的轨道,最容易暴露真相;另一种则认为,要关注犯罪现场中那些正常的东西,因为真正的犯罪行为往往是疯狂、荒诞和无逻辑的,那些看似正常的东西反而是凶手刻意掩饰的结果。但这两种主张想要表达的观点其实是一样的:要关注那些不和谐的因素。无论犯罪的具体实施过程怎样,但在行为逻辑上往往保持着某种程度的连贯性和统一性:理性就一直理性,疯狂就一直疯狂,假如在这一过程中出现了严重失序或违和的现象,那么只能说明,凶手在作伪或另有所图。

"表面上看,海马儿童游泳馆的犯罪现场并没有什么反常的地方:与第一起案件在穿着打扮上高度相似的犯罪嫌疑人,闯入游泳馆的池水循环设备间,把一瓶次氯酸钠消毒液倒进酸性中和剂桶里,产生大量致命性氯气和氯化氢,造成正在游泳馆内训练的六个学生和一名教练中毒——但也正是从这一案起,诸多不和谐的因素开始一点点地暴露出来。

"首先,凶手不仅穿戴着张大山的衣服、鞋子、头盔和护目镜,把本该由张大山送的快餐遗留在池水循环设备间的地上,还用张大山的手机给陈少玲发微信,这一切简直就像是指着自己的鼻子告诉所有人:'我就是张大山!'但与此同时,在犯罪现场提取到的任何证物上,都没有发现凶手的指纹,说明他作案全程都戴了手套,避免暴露自己的真实身份,哪怕绑铁丝这类精细动作,也没有摘下,这不是一件非常矛盾的事情吗——不过,前面说过,对连环犯罪而言,识别凶手的身份并不是首要任务,更重要的是通过分析他的犯罪行为,搞清他的犯罪模式和行为规律,于是,一件远比前面所说的矛盾得多的事情,出现在了我的视野之中——那就是凶手离开时,为什么没有关闭换气扇?"

从老张开始分析案情到现在,投毒者一直面无表情,但就在"换气扇"三个字吐出的一刻,他脸上的肌肉一紧,向老张投去了惊惧的一瞥。

"陈少玲清晰地记得,当她步入游泳馆休息区,找到墙上的电源开关时,其中只有一个是打开的,其他都是关闭的——而那个打开的就是换气扇的开关。换气扇是做什么用的?是通过风叶旋转驱动气流，排出室内污浊气体的同时吸入室外新鲜空气，对一个充满毒气的空间而言，换气扇可以减少有毒气体的含量，达到降低室内毒性的作用，这不是与凶手以释放毒气为犯罪手段完全相反的举措吗？"老张顿了一顿，接着说，"当然我也考虑到，凶手可能是在关闭电源时，不小心顺手一抹，指尖没够到换气扇的开关造成的，这之后他急于逃走，也就没来得及'弥补'，可是那组电源开关位于游泳馆大门的左侧墙上，而换气扇的开关在一排开关中位于最右边，这样一来，从游泳馆里面走出来的人，用右手顺手一抹的话，换气扇的开关恰好位于掌根的地方，属于必然被关闭的位置，完全没有错过的可能。所以，换气扇的开关保持打开状态，绝不是凶手的无心之失，而是刻意所为。

"等陈少玲把从游泳馆提取到的证物拿到我的面前时，我再一次注意到了某个证物上表现出的不和谐感，那就是绑住游泳馆门把手的粗铁丝。按照少玲在犯罪现场向我描述的情形，那道铁丝是紧紧绑住门把手的，她费了好大力气才解开。但等我实际看到证物的时候，通过铁丝的折痕和门把手上的擦痕，我发现铁丝并没有做太复杂的缠绕，这一点在少玲那里得到了确认：因为急于把门打开，她曾经拽着铁丝乱扯一气，搞得越缠越紧，后来才发现，铁丝在门把手上仅仅做了简单的缠绕，虽然在末端打了个结儿，也只是确保门从里面推不开就行了……这时我再次产生了疑问：凶手绑缚铁丝，目的是阻止里面的人出来和外面的人施救，怎么能松松垮垮就那么随便一勒呢，难道他就没有考虑过：陈少玲赶到以后，很容易就可以把门打开吗？"

望着神情阴郁的投毒者，老张继续说道："不过，不管怎么样，海马儿童游泳馆案件总算是有惊无险，七名受害者中，除了一个发生气道梗阻并被及时抢救过来以外，其他人并没有生命危险。如果不是那个打开的换气扇，如果不是陈少玲及时赶到，后果简直不堪设想。

"接下来是第三起案件，小天鹅舞蹈学校案件。这起案件发生的全过程非常凶险，舞蹈学校的孩子们在很短的时间里连续闯过了三道鬼门关，第一关是楼道里的大火，第二关是楼梯上的追杀，第三关是楼门口的攻防。三关之中，任何一道闯不过去，所有的孩子以及老师都有可能命丧黄泉。但不幸中的万幸，除了一个摔下楼梯崴了脚的和一个突发心脏病被成功救回的，她们全都逃出生天，简直就是创造了奇迹！"老张望着嘴角浮起一抹冷笑的投毒者，慢慢地说，"奇迹，奇迹，一个又一个的奇迹……嗯，这时我终于注意到了这起连环凶杀案中最最核心的特征，那就是'奇迹'，凶手布局缜密、手法狠辣，饶是如此，在连续三起案件中，所有的孩子以及陪伴孩子的人，排除掉突发的疾病和个别稍显严重的症状外，都奇迹般地'全员生还'，这是怎么搞的？是孩子们运气实在太好，还是凶手的运气实在太差，抑或是——"

老张的话戛然而止。

雪无声地落下，仿佛是弥漫了天地的大雾正在一点点地沉淀。

"真相犹如乌贼，没有什么比惊惶和恐惧更能让它喷射出自我遮蔽的墨汁，不过随着时间的推移，它总会廓清氛浊，露出端倪。"老张说，"在对第三起案件的犯罪现场勘查之后，更多的疑点被找了出来。先说那场火灾，看似猛烈的大火，没等消防队赶到就自动熄灭了。因为凶手只把汽油泼在了门板上，所以燃烧的范围就被限制在门框及附近一圈墙沿，当火舌缭绕到墙面没有燃烧剂的地方，由于墙体本身的阻燃作用，就停止了蔓延，凶手点火的目的，只是逼着舞蹈教室里的孩子们朝着消防门的方向出逃。再看楼梯上的追杀，在狭窄的楼梯上，一个戴着头盔、手持铁棍的凶徒,一边敲击着栏杆,一边逐级而下,想必会成为孩子们一生的噩梦,而这样的恐吓,无疑是为了令孩子们因惊恐而在狭窄楼梯上奔逃时出现拥挤和踩踏,尤其是跌出围栏,会造成惨重的伤亡——如果没有那厚厚一摞练功垫保护的话。

"也许是海马儿童游泳馆案件中,那扇打开的换气扇和那根绑缚不紧的铁丝,已经在我心中形成了某个模模糊糊的判断吧,当听说有个孩子从楼梯上跌落,'正好'掉在练功垫上的时候,我竟然毫不惊异——但也正是那摞练功垫,把凶手最真实的心态暴露无遗。"老张用手指在胸前轻轻一划,"楼梯一层附近地面像套了个救生圈似的铺满了垫子,我让少玲摸摸每摞最下面一张的底部,看看是干的还是湿的,结果不出所料,全都是湿的。想想看,最近平州市一直没有降雪,地面应该是干的,假如那一摞摞垫子是案发前很久就堆放在那里,最下面一张的底部无一例外都应该是干的,而它们居然是湿的,那么就只有一种可能,说明在把它们堆放在楼梯附近时,地面已经湿了,再准确一点说——那些垫子是在下雪之后,有人才把它们摞在楼梯附近的。今晚的雪直到小天鹅舞蹈学校案件发生前不久才开始下,那么短的时间,能做这件事的,恐怕只有凶手本人,换言之——是凶手亲自在楼梯下面布置了防护措施,他从一开始就根本不希望自己的行动造成舞蹈学校的孩子们发生太严重的伤亡!

"还有,看上去是凶手遭受了媛媛的反击,延迟了追击的速度,才使孩子们安全地撤入老年活动中心的一层,但我依然认为这是凶手有意的放水。不过,如果就此不再追击,似乎又显得太'大度'了,反而会引起怀疑,所以凶手不得不上演了第三幕:用铁棍砸开楼门上的玻璃花窗,造成想攻进去斩尽杀绝的迹象。然而在勘查那两扇被砸碎的花窗时,我发现实在是砸得太'全面'了，本来应该只砸下半部，然后从豁口中伸进手去，拧开里面的旋钮，就能打开大门，结果凶手不仅把花窗从上到下砸了个稀碎，而且即便掏了那么大的两个窟窿，甚至把手伸进来打开了门锁，也没有破门而入。这就更加坚定了我的判断：凶手根本无意杀人！"

投毒者的喉咙里发出"咕噜"一声，脸部肌肉抽搐了两下。

"于是，一个更大的问题接踵而来：既然如此，那么凶手接二连三地制造针对孩子们的恐怖袭击，目的到底是什么？没理由认为这只是他精心设计的恶作剧。善难免偃旗息鼓，恶总是推波助澜，凶手做这一切一定有着不可告人的目的，他想用一次又一次的作案，在所有人的心里造成一波接一波的恐惧，使人们在疲于奔命的应对中，忽视掉他最重要也是最终极的目标，而我要做的，就是在与他不停周旋的同时，找出那个目标。

"坦白地说，这个任务的难度很大，今晚我要面对的压力和挑战来自方方面面……"老张的双眼划过一丝怅惘，旋即恢复了对投毒者的正视，"不过还好，因为一个电话，我幸运地寻获了那个目标。"

"一个电话？"投毒者惊讶地问道。

"对，一个电话。"老张说，"不过如果想把这件事说清楚，必须先回顾一下一个月前发生在急诊科二层的李河清护士被杀案件。"

怎么？难道那件事也被他看穿了？投毒者错愕得张开了嘴巴。

"今天晚上，在周芸办公室的茶几上，我们发现了一个遗留在那里的小手包，里面装有一张 SD 卡，存储着李河清案件发生当天上午拍摄的视频片段，在将那段视频与警方勘查犯罪现场时拍摄的视频比对后，我发现了一件事：医生休息室里的那块移动写字板在案发后被人调转过。任何凶手，在作案后没有立刻逃离现场，一般来说只有两种原因：一种是还有没抢完或偷完的财物，一种是掩盖或销毁可能会暴露他身份的证据，此案明显是因为后者。在写字板的背面，我发现最下面有一大块强酸造成的黑色烧痕——根据写字板上方几处泼洒强酸时溅上的腐蚀性斑点，可以推断出黑色烧痕的形成时间是在案发以后——而且隐约看出，上面原本写了或画了什么。我推想，内容可能对凶手十分不利，所以得知李河清看到之后，他担心泄露出去，只好将她杀掉灭口，然后试图将字迹或画迹擦掉。但那种材质的写字板，如果是用油性记号笔在上面写字画画，干了以后非常不好擦，凶手当时又没有带涂改液之类的东西，而李河清的尸体一旦被发现，警方肯定会立刻赶到，到那时，虽然医生休息室与凶案现场有一定距离，但凶手依然担心，警方或其他人经过楼道时，会透过玻璃隔断窗看到写字板上的内容。情急之下，他只好将固定在支架上的写字板整体调转过来，将有字迹的那一面朝向室内。事后再找个时间，溜进医生休息室，用强酸腐蚀掉了那些对他不利的字迹。

"这里面出现了两个问题。第一，写字板上的字迹到底是谁写的？第二，调转写字板的人究竟是谁？这两个问题的答案一旦得出，谁杀死了李河清，自然就水落石出了。"老张说，"第一个问题很好解答，只要看过《福尔摩斯探案集》的人就知道，人拿笔在墙上写字的时候，视线与字迹大体是平行的。写字板的底端距离地面有大约一百一十厘米的高度，而黑色烧痕位于写字板底端往上十厘米左右的区域，据此不难推测出写字的人身高在一百二十到一百三十厘米之间，再加上随身携带记号笔、喜欢在白色的地方乱写乱画这些特征，我可以肯定那行惹祸的字迹一定是住在PICU里的苗小芹写的。据我所知，在李河清遇害前一段时间，只有护士袁水茹在PICU门口值守，她是个生性散漫的人，偶尔会开小差，里面的孩子们就趁机溜出来，在二楼楼道里放风，也许就是那时，苗小芹看到了什么，觉得好玩，便写在了写字板上。"

从投毒者越来越难看的神色，老张知道自己说对了："接下来是第二个问题。这个问题的解答，可以由两方面获得。首先，我和周芸都注意到一个事实，那就是玻璃隔断窗是在距离地面一百三十厘米高度的墙上开辟的，也就是说：放置在其内侧的写字板从底端往上二十厘米的高度是被墙体遮住的，如果角度和光线不合适，就算贴着玻璃隔断窗走过，那被遮蔽的二十厘米依然是视觉的盲区，根本看不到苗小芹写的那行字迹。案发当天，如果不是遵照蔡衡的指示，打扫医生休息室时挪动了写字板，矮墩墩的李河清是不可能发现那行字迹的。而凶手的担心，是因为他无形中将自己的身高所能获得的视野，代入为大多数人的身高所能获得的视野——他是一个身材高大的人。

"其次，就是我在写字板铝合金边沿的下角，发现了一个凹陷变形的撞痕。撞痕还很新，甚至能看见剐蹭的油漆，我在医生休息室的门板上找到一处划痕，从碰撞的角度、划痕的形态、脱落油漆的颜色，都可以和那个撞痕做同一认定。而我将案件当天上午拍摄的视频和警方勘查犯罪现场时拍摄的视频放大后比对确认，门上的划痕是在案发后才出现的，所以肯定是凶手在将写字板往楼道拖拉的时候，边沿下角磕在门板上造成的。"讲到这里，老张突然加重了语气，"偏巧的是，当我要勘验那块写字板的时候，想将它在医生休息室里面调转个个儿，奈何写字板过长，屋子里又堆了太多杂物挤占了空间，所以半天也调转不过来，于是我做了一个和凶手相同的动作——将写字板往门口拖,打算将它先退到楼道里再行调转。然而就在这时,周芸拦住了我,她把门关上让我再试试,我再一试,果然就调转过来了,因为门是往里开的,当门打开时,门吸和门把手占了十几厘米的空间,使写字板无法在室内调转,而一旦把门关上,反而可以调转成功了。"

"接下来,周芸说了一句话:'急诊科的所有人都知道这个办法,就你和王喜上来的少,不知道。'对她而言,这只是随随便便的一句话,但后来我却悟出这句话对于李河清案件的意义,它简直就像暗夜中的一束手电光柱,直直地照射在了那个杀人凶手的身上!"

也许是老张的目光灼灼逼人,投毒者把头往竖起的风衣领子里缩了缩。

"直到悟出这句话的意义之前,我一直将凶手的范围划定在急诊科的内部——无论苗小芹看到并在写字板上写下的是什么,之所以能够对他形成威胁,一定因为他是一个和急诊科关系非常密切的人。此外,犯罪现场的种种迹象表明,凶手知道院内监控设备已经关闭,因此作案时肆无忌惮;李河清遇害时,对凶手毫无防备,案发后他还能在值守刑警的眼皮底下,进入医生休息室里泼强酸,而没有引起阻拦和怀疑,这些统统说明,凶手不仅对医院情况十分熟悉,而且拥有一个在里面任意出入而无可置疑的身份,他的身份还不能太显眼,不能是高副院长那种一举一动都会引人瞩目的高级领导;至于王喜,小伙子那阵子回老家给他爸奔丧,根本不在医院,也可以排除在嫌疑人之外。联系到李河清给周芸打电话时说过的那句'白纸黑字的特大奸情',最大的疑点当然就落在了已婚的陈光烈和巩绒的身上,当然科里其他未婚青年倘若跟他们俩之一搞到一起,也很可疑。但周芸那句话则来了一个精准定位：凶手除了得满足上述那些条件之外，还必须符合一个极其特殊的、唯一无二的条件，那就是——他不是急诊科的人！

"这个时候，我已经知道杀死李河清的凶手是谁了，考虑到这个人已经殒命于大凌河大桥下，加上当务之急是应对连环伤童案，我想干脆就让这个秘密永远地沉入大凌河底吧，但刚才我提到的那个电话，却犹如穿越时空的织梭，瞬间让我将这两起案件串联到了一起！

"今天晚上，连环伤童案的持续发生，导致一拨又一拨受害的孩子被送到急诊科，无论是食物中毒、氯气中毒还是挤压踩踏，由于都存在严重继发性后遗症的风险，按照急诊科的操作规范，必须院内卧床留观二十四小时，加上冬季本身就是各种儿童肠胃病和呼吸道疾病的高发期，相当一部分症状严重的患儿也需要留观，逐渐导致留观床位出现了严重不足。为了救治的便捷性，周芸不得不将原本住在PICU里面的一部分特殊的小患者转移到医院六层的备用病房去——由于医院搬迁工作基本结束，整个医院除了急诊科以外，能够供周芸使用的，也只剩下这么一间病房了。就在她们入住备用病房不久，驻守在里面保护那些特殊小患者的警员，接到了一个打给护士站的电话，自称是住在对面宿舍楼的医院家属，看见备用病房配备的综合药房里面隐隐约约有闪亮，怕是混进了小偷。警员立刻展开搜捕，随即抓到了一个正在综合药房里盗取贵重药品的小偷，排除了威胁备用病房安全的隐患。

"事情发展到这里，一切都顺理成章，然而当我们带着小偷下楼，经过分诊台的时候，我听到孙菲儿随口提了一句：从小偷行窃到被捕，分诊台的值班座机没有接到过任何一个电话……我十分震惊,特地拨了回放功能键,还向总控室核实有无删改过电话录音,答案统统为否。一切调查都表明:确确实实,分诊台的值班座机在那段时间里根本就没有响过!"

听到这里,投毒者落满雪花的眉毛皱成了两个白疙瘩,他搞不懂老张的话里到底藏着什么玄机。

"你还不明白吗?"老张举起两只手,仿佛给差劲的学生讲解一道十分简单的习题,"好吧,我们不妨来问这样一个问题,假如真有一个家住宿舍楼的医院家属,因为看见住院楼六层的综合药房里发出诡异的光亮,怀疑进了小偷,于是拨打了报警电话,那么他应该把电话打到哪里?

"由于只是怀疑进去了小偷,所以他不可能上来就拨打一一〇,最合理的逻辑是拨打急诊大厅分诊台的值班电话,因为那个电话对于已经人去楼空、仅剩急诊科的医院而言,是院内家属最熟悉、最直接的联系方式,甚至如果他忘了院内电话的号码,在网上搜索,网上提供的号码也是打到值班座机上的。当然,如果这个家属跟急诊科比较熟悉,他还可能打给急诊科办公室或急诊科主任办公室。但那段时间,急诊科办公室里有警员坐镇,我和周芸刚好又在科主任办公室,两个房间的办公桌上的座机都没有响过。为了确保严谨,我还问过科里其他医护人员有无接到过打给他们手机的报警电话,结果也是没有——那么问题来了:那个'医院家属'怎么知道备用病房里面有人的?!"

刹那间,投毒者的眼睛里迸射出醒悟而又窘迫的光芒。

"备用病房弃用已久,整个医院众所周知,而把PICU的孩子们转移到那里,又是十分机密的事情,只有周芸、我、大楠和两个警员知道,所以根本不可能有人直接打那里的护士站电话报警。"老张缓缓地说,"我之所以一开始没有想到这一点,是误以为那个家属是先拨打了分诊台的值班座机,向孙菲儿要了备用病房护士站的电话——结果完全没这码事!

"当排除了所有的不可能之后,剩下的无论多么难以置信,它也一定是真相……打电话的根本就不是什么住在对面宿舍楼的医院家属,报警也绝非见义勇为之举,但电话却准确地说出了光亮和小偷这两个事实,所以不可能是巧合。唯一合理的解释,就是备用病房里面的某个人,发现综合药房有其他人在偷偷活动时,担心整个计划遭到破坏,于是向外面的同伙告密。由于他不知道分诊台的值班座机,只能把偶然听周芸念过几遍的护士站电话号码,告诉了同伙。情急之下,同伙也没有别的选择,结果,就是整个医院最不该响起的一部座机,在夜深人静的时分,突然铃声大作。

"至于备用病房里通风报信的那个人是谁,答案显而易见。"老张没有理会投毒者的脸上浮现出一缕苦笑,继续说道,"由于备用病房使用了屏蔽材料,进入里面之后,手机信号全无,唯一能向同伙发送消息的方法,就是想办法走出病房。据我所知,当晚有四个人曾经离开过病房,那个警员自不必说,大楠是实习生,对分诊台值班座机号码熟记于心,且她的行动一直在警员视线之内,剩下两个女孩子,一个是只有六岁的苗小芹,另一个年龄较大,身上有一部手机,她也是住在备用病房的小患者中,唯一一个有手机的人。

"当所有的疑点都转向这个未成年的女孩时,李河清案件的疑点与之出现了重合。李河清极有可能是看到了苗小芹在写字板上的涂写后,给周芸打电话,被凶手知道了,所以才对她痛下杀手。苗小芹写的具体是什么,我们无从知晓,但李河清对周芸说的那句'白纸黑字的特大奸情'却耐人寻味。所谓奸情,一般而言是指男女一方或双方出轨，所以急诊科里已婚的陈光烈和巩绒的疑点最大，但问题不在这里，而是——李河清为什么要给周芸打电话汇报？以李河清的为人和性格，如果她真的发现了什么男女私情，会在第一时间散播得满天飞，但奇怪的是，据最后一位见过李河清的胡来顺也说，她当时很明显是憋着什么秘密，'憋得嘴唇都干裂了'，可愣就一个字都没讲，这是非常反常的。而事实上，周芸和李河清的私人关系很差，两个人平时除了工作，很少有什么沟通和交流。案发前，李河清还因为替袁水茹代班一事，对周芸恶毒谩骂，这个时候，她却给周芸打电话汇报，让周芸马上去PICU，报告什么'特大奸情'，难道不是流露出一股专门针对周芸的幸灾乐祸的味道吗？"

老张望着投毒者说："由此我想到，李河清要汇报的所谓奸情，恐怕其中一个涉及者A与周芸有着密切的关系，一旦揭发就会让她很受伤，这样的人在急诊科的内外关系中，只有你和袁水茹相符。而另一个涉及者B，联想到苗小芹住在PICU的那段时间，除了袁水茹，并没有见过其他医护人员，但两个涉及者不可能同时是袁水茹，假如B是袁水茹，那么A就是你，但你和袁水茹就算被人撞上，也是周芸撮合的正常恋爱，完全谈不上'特大奸情'，所以此人只可能是住在PICU里面的患者之一。这样一来，由于袁水茹毫无同性恋倾向，所以A也不可能是袁水茹，那么这个人就只能是你，而你的身份也完全符合杀害李河清的凶手'不是急诊科的人'这一条件。"

雪依然在落。

老张仰起头。不知什么时候，头顶悬如山岳的铅云，随着雪花的剥脱而支离破碎，露出一块块深蓝色的夜空。

他淡淡一笑，继续说道："今天晚上，我一直集中精力应对连环伤童案,好像盯着水面上不时乍起的一轮轮涟漪,就算不是头昏眼花,也称得上是满眼茫然。但当我得知备用病房里有人向同伙发出消息时,眼前宛如拨云退翳一般,看到了被重重遮蔽的真相:发消息的人极有可能就是李河清案件的涉及者B,而那个涉及者A不仅身材与张大山高度相似,而且如果他并没有殒命于大凌河大桥下,那么凭借对急诊科的熟悉与了解,他足以设计出这一系列连环犯罪……假如发生的一切真的是这两个人联手所为,那他们在实施犯罪的过程中为什么突然报警?因为综合药房里的那个小偷妨碍了他们的计划;他们的计划是什么?当然与备用病房有关,而备用病房里住着包括涉及者B在内的六个爱心慈善基金会案件的重要证人,时刻面临着被灭口的风险!

"那一瞬间,真称得上是百年暗室,一灯破之!我原以为挤进来,其实是调出去;我原以为无差别杀人,其实是精确制导攻击;我原以为你连续伤童只是为了消耗警方力量、转移警方视线,为打击更大的目标厘清障碍,不,不对,不是这样的!假如这样想才真的中了你的圈套,因为你的诡计跟以往所有连环犯罪完全不同!以往的连环犯罪是屠宰一只只羔羊,而你是用一只只受伤的羔羊填满羊圈,逼得另外一群受伤的羔羊自己走进预定的屠宰场!"

投毒者在方正的宽脸上抹了一把,不知是雪是水,只觉得手掌一片湿漉漉的冰凉,他垂下手,用砖砌烟道挡住颤抖的指尖,脸上故意做出一副无辜的表情,但强挤出来的笑容,怎么看都显得狰狞:"天太冷,冻得指头疼,我就不给你鼓掌了,虽然听起来头头是道,但我还是不明白你到底在说什么。"

"你当然知道我在说什么。"老张说,"备用病房里的六个孩子,是爱心慈善基金会欲除之而后快的目标,但怎样才能突破警方的防备,将她们一举铲除,恐怕是基金会一直头疼的问题,毕竟他们眼下被严密监控,不敢轻举妄动,而潜伏在孩子们当中的那个卧底,因为年龄太小,不可能一个人完成这个任务,何况她自己也是被铲除的目标。虽然我不知道你和那个卧底是怎样的关系,但有一点是肯定的,那就是你们的关系绝对是可以让爱心慈善基金会任意操纵而不会断掉的风筝线。在他们的要求下,你设计了一个堪称史无前例的诡计,如果说既往的一切连环犯罪,究其本质,只是不断制造新的受害者,而你则是通过'连环犯罪受害者的内卷',完成终极目标!

"长年在儿童医院采访,使你对急诊制度有着非同寻常的了解。你知道按照急诊科的操作规范,涉及儿童人身伤害的事故,患儿必须院内卧床留观二十四小时,而作为旧院区仅存的急诊大厅,除了医护力量和药械设备存在短缺外,留观床位也严重不足。任何一个学会百以内加减法的人,都能精准地计算出急诊大厅最多能留观多少孩子——我相信你就做过这样的计算:留观一病房有病床十二张,其中四张属于'蓝房子',必须刨除,只能按照八张计算;留观二病房只有座位,没有床位,而且里间有大量做雾化治疗的呼吸道疾病患儿,为了防止交叉感染,不可能留观其他病因——特别是氯气中毒之类的呼吸道受损患儿;抢救室里有四张床位,特殊情况也可以占用,这样加在一起是十二张床位。一般来说,急诊高峰期的晚上,本身就会有一定就诊患儿卧床留观,但你必须按照最特殊的情况——即没有任何患儿卧床留观来考虑,这样一来,无论制造多少起事故,只要能送来十二个受害的孩子,就能让急诊大厅的留观床位爆满。

"当然,作为一位资深的记者,你不仅熟悉医疗制度和医院情况,更深刻洞察患儿家长的心理。你知道阶层固化的压力永远是向下的，遇到床位不足这样的事情，他们只会逼着更加贫弱的患儿和家长退让，所以极端情况下，'蓝房子'那四张病床也会让出，因此十二个孩子还不够，受害者得超过十六个，急诊大厅才能百分之百地面临留观床位上的严重缺口。到那时，陆续赶到医院的受害患儿家长，不可能容忍自己的孩子'医疗条件'不如其他孩子，肯定会大吵大闹。长年在医患纠纷中处于下风的医生们，遇到这种患者内卷的现象，不敢过多干预，只能采取割肉补疮的方法，启用新的医疗资源——哪怕这个资源本来不应该启用，考虑到观察和急救上的便利，唯一的方法就是辟出二层的PICU，以容纳新增的受害患儿。

"在录制跟市政府相关的新闻节目时，你与官方多有接触，你知道他们把新区落成庆典看成天大的事情。虽然国家对任何涉及儿童伤害的事故都严格要求按照'第一时间、首要事务'的原则来处理，但底下个别颟顸无能的官员一向是阳奉阴违。且按照刑事案件分级处理的'潜规则'，一向是'百伤不如一亡'，只要你把伤害控制在'伤'而不是'亡'的情况下，在他们眼中就不会威胁头顶的乌纱帽，就不会从新区落成庆典上抽出警力应对，而宁可让挂职官员领衔的综治办拖得一时是一时：无事则罢，有事也可以将责任推到那个挂职的'外人'身上。所以你一边不停地制造伤童事件，一边又小心翼翼地确保不会出人命，给少玲发提示位置的微信，也是为了让她及时赶到，将受害的孩子源源不断地送到医院……痛苦不堪的呕吐、咝咝释放的毒气、挥舞铁棍的恶魔、疾驰而来的车轮，固然是在伤害幼小的孩子，也是为了让儿科医生们在重压之下彻底丧失警惕性。你深知这是一群怎样的人，无论平时他们有多少辛酸、委屈、伤痛和牢骚，无论他们遭遇过怎样的殴打、辱骂、诽谤和伤害，无论他们将那颗伤痕累累的医者仁心埋藏得有多深，在目睹那么多受伤孩子的时候，他们依然会满血复活，像疯了一样拼死抢救，不吃、不喝、不眠、不休，他们根本不会去细想凶手到底意欲何为，只会想着多救一个，再多救一个……"

说到这里，老张的声音明显有些低沉，他清了清嗓子，用严正的目光直视着投毒者说："于是，正如你所预料的那样，越来越多的受害者挤满了急诊大厅，家长们因为留观床位的严重不足而向医生施压，医生们则想方设法给小患者们开辟新的收治空间：留观一病房满了，就去占用留观二病房，留观二病房不可用，就去占用抢救室，急诊大厅全部满了，就只有占用二层的PICU，而原本住在PICU里面的孩子，就会被转移到你早已预留给她们的坟场——"

老张把右手抬起，戳风破雪，直直地指向对面住院楼六层那间漆黑一片的备用病房："我说得对吗，杨兵记者？"

5

有些撑不下去了。

杨兵望着十米之外的老张，想把这个如草芥一般在急诊科打扫了两年卫生的保洁员看个清清楚楚，视线里却一片模糊。

啊，我终究还是老了，眼睛都花了。他的内心泛起一阵悲凉，与悲凉的情愫一起涌动的还有巨大的挫败感和无力感，那种感觉与普天下所有年过四十却一事无成的中年男人没有什么不同。这一回又病倒了，这一回又没钱了，这一回又尿湿了鞋子，这一回又输了个精光……整整一夜顶风冒雪的奔波、忙碌和费尽心机，丝毫不能改变岁月加诸身体和心灵的创痕：粗大的颈纹、弯曲的背脊、浑浊的瞳孔、鬓角的白发，还有那些没完没了的放弃和背叛。

就连往日引以为豪的高大身材也成了不堪的重负，只有将腰偷偷顶在砖砌烟道上，才不至于跌倒。

也许是因为自怜和自哀到极处，心中油然升出一股奇异的滑稽感，他忍不住笑了起来。

难道不值得一笑吗？从小到大，他在亲戚、同学、师长、领导的眼里都是个"迂"到有些傻气的家伙，其实他知道自己并不傻，只是不愿意想得太多、活得太累。小学二年级时，那位嘴唇薄得能用来削铅笔的数学老师，每次拿着把黄色的木质三角尺在黑板上画直线的时候，总是感慨"人这辈子走直路才是捷径啊"。这句话比那些定理和公式给他留下的印象更为深刻——虽然后来他才知道，这个因为乱搞男女关系而把婚姻的殿堂当成长坂坡一样杀了个几进几出的老师，一辈子走得一点也不直溜。但他还是相信那句话，相信最好的人生之路就是用直尺比着画出来的：直接、简单、无曲折、无烦恼。于是他严格按照身边一切比他辈分高、地位高、职务高的人的要求为人处世，因为那些人翻来覆去的所有教诲汇总到一起，其核心和实质用两只手就能数完，而且大多是些跟定理和公式一样的东西：只要功夫深铁杵磨成针、善有善报恶有恶报、听话加服从等于必胜……

几十年的内锤外炼，把他变成了一个异常骨鲠的人，工作上他一丝不苟尽职尽责，生活上他严于律己恪守正道，甚至在健身房里锻炼出的胸肌和腹肌都刻板到没有悬念。至于爱情，在他的心中与其说是美好的情感，毋宁说是一种对执着信念的考验：爱一个人就爱到底，只要等待，终会花开。

然而，在曲折的山路上坚定不移地做直线运动，结果永远是摔个粉身碎骨。他也不能例外,而且个体越是强硬,在与现实的碰撞中越容易血肉横飞。工作上他拒绝收红包、拒绝拿回扣、拒绝拍虚假新闻,上级领导一边拍着肩膀表扬他的坚持党性坚持原则,号召电视台的所有同事向他学习,一边永远地堵塞了他的晋升之路;生活上他厌恶那些在三线城市没完没了的应酬、随礼、走亲戚和拉关系,最后竟极端化到断绝了和亲朋好友的一切往来,挺大个子走在街上,连条野狗都不愿意靠近他;至于爱情,说来更是一片凄怆,他爱那个女人爱了二十年,一直等到她死了丈夫,对方也没有对他表示出一点儿兴趣,而且还把自己的表妹介绍给他,或许她是好意,不愿意他再单身下去,但在他看来,这不仅是对他的彻底拒绝,而且是对他始终不渝的爱恋的莫大侮辱……

几个月前,他到 A 省采访爱心慈善基金会时,对方盛情款待,不停地劝酒。他喝多了,醺醺然想起自己的坎坷境遇,不由得涕泗横流,踉踉跄跄地回到宾馆的房间里,发现床上躺着一个性感而漂亮的女孩……事后他才知道那个女孩还未成年,却已悔之不及。

回到平州市的那个晚上,他来到大凌河边,坐在散发着潮湿腥气的河滩上,望着在夜色中莽莽流动的河水,想起自己四十多年来几乎是比着尺子画出来的曲折人生,想起那些蹉跎了岁月却一事无成的坚守和执着,想起了那个未成年的女孩,忽然发觉自己的满腹愤怨反倒像是个被破了身的处女,越想越觉得好笑。突然,他朝着波涛滚滚的大凌河喊了一声"大傻杨",过去他非常讨厌这个外号,现在喊起来却感到很痛快、很舒服。于是他站起身,又喊了一声,觉得身上沉重而坚硬的鳞甲被卸去了一片,顿时轻松了一点儿,他不禁笑了起来,再喊一声,鳞甲又卸去了一片,又轻松了一点儿,又笑了起来……等到喊碎了身上所有鳞甲的时候,他像脱胎换骨一样乐不可支,乐得满脸都是泪水。

他知道自己不再是大傻杨了。

一个多月前,爱心慈善基金会突然找上门来,让他借工作之便到平州市儿童医院旧院区二层的PICU,与和他发生过关系的那个未成年女孩接头。虽然没有说明意图,但他觉察到他们居心不良,便一口回绝,但当他们拿出他在酒店里和那个女孩赤身裸体抱在一起的视频时,他顿时目瞪口呆,才知道基金会这一招"广结善缘",现如今收割到了自己的头上。万般无奈之下,他只好借采访之名溜到PICU门外,和那个女孩再一次接头时,没有忍住她妖娆的诱惑,在医生休息室里又和她亲热,结果被苗小芹发现了……

所幸——也可能是不幸,他被周芸撮合着,在医院附近的小饭馆里跟袁水茹一起吃饭时,周芸突然接到李河清打来的电话,放下电话后,周芸哭笑不得地说,李河清号称自己发现了一个"白纸黑字的特大奸情",让她马上去PICU。他本能地预感到跟自己有关,在周芸走后,以接工作电话为名,起身走出小饭馆,回到了医院,溜到二层。本来准备跪在周芸面前祈求她的原谅,谁知周芸被巩绒拉去抢救患者去了,根本没来,只有李河清一个人在PICU门口的值班台前坐着,一见到他就诡异地笑个不停,笑他老牛吃嫩草。他装出一副不明就里的样子,李河清果然被激得发了火,让他去看看医生休息室里的那块写字板上写了什么,他走过去看了一眼,浑身的血都涌到了头顶——

韩双江和大傻羊亲亲!

后来他才知道,是苗小芹撞破他俩的事情后,缠着韩霜降问那个人是谁,韩霜降没办法,只把他的外号告诉了她,谁知苗小芹居然写在了写字板上，虽然两个人的名字和绰号都有错别字，但谁都能看出说的到底是什么。

与未成年人发生关系，丢掉工作都是轻的，搞不好还要吃牢饭。自己这大半辈子，已经活得如土委地，总不能颓入烂泥啊！想想李河清那张大嘴巴，他咬咬牙，走到药械室，戴了手套和鞋套，挑了一把最锋利的手术刀……

杀死李河清之后，他想擦掉写字板上的那行字，但字是用油性记号笔写的，干掉之后怎么都擦不干净。为了防止路过玻璃隔断窗的人看见，万般无奈之下，他只好将写字板调转，就像老张说的那样，由于写字板太长，在室内转不过来，只能将它拖到楼道里调转后再推进去，铝合金边沿的下角与门板的剐蹭，大约就是那时在慌乱中造成的。

然后他飞快地跑回小饭馆，和袁水茹继续把饭吃完，因为他表现得太镇定了，竟丝毫没有引起袁水茹的怀疑，而警方在后来的调查中也未免粗枝大叶，根本没有将当时"不在医院"的他列为怀疑对象。加上韩霜降听了他的话，严厉警告苗小芹不许把他们俩的事再往外说，所以也没有人将这起凶杀案和PICU里的孩子们联系到一起。

尽管如此，之后那几天，他还是过得有如惊弓之鸟，每天晚上都做被警察戴上手铐的噩梦，家门口来个送快递的敲门，他都想往楼底下跳……直到事情渐渐平息，他才冒险来到急诊科二层，跟留守在PICU门口的那个刑警打了个招呼，溜进医生休息室，用强酸腐蚀了那行害得他双手沾血的字迹。

爱心慈善基金会猜到了李河清遇害的真相，于是加紧了对他的催逼，因为事件发生后，警方在PICU里面派驻了人手，更不方便下手了。爱心慈善基金会把一切责任都推给他，扬言如果他不肯帮忙除掉那六个孩子，就把他杀人、与未成年人发生关系等罪行公之于众。

现在想来，人生真是奇怪，往往跃出悬崖才想起勒马，早一步都不肯。当爱心慈善基金会最初找到他，以他跟韩霜降发生关系的视频相威胁时，还可以自首；在写字板上看到苗小芹写的那行字的时候，咬咬牙认了罪，顶多闹个身败名裂；但杀了李河清之后，就已经退无可退了……

既然上了贼船，干脆就划得离岸再远一点吧！

他横下一条心，策划了整个犯罪计划。正如老张说的那样，由于在儿童医院多年采访，他对急诊大厅的医疗资源和工作流程了如指掌，对新区落成庆典期间市政府遇到突发状况时的警力部署和应急方式更是了然于心，所以对自己的方案充满信心。

为了计划能够顺利实施，他还把纲要用特地购置的装了"太空卡"的手机，短信发给韩霜降，让她配合行动，遇到特殊情况即时报告——当然，整个诡计的最后一步，是绝对不能让她知道的……

谁知势如破竹的半路上，竟冒出来了这么一个保洁老头儿！

他恶狠狠地瞪着老张，眼前这个活得还不如自己体面的蝼蚁，竟三番五次扰乱他的计划、破坏他的方案，真是可恶至极！比这一切加在一起更令他切齿痛恨的，是老张在刚才的大段论述中，居然准确说中了他的每一重诡计、每一步行动和每一点意念，简直就像是整个晚上一直默默跟在他身后，看着他一举一动的鬼魂，而自己竟毫无察觉！

看了看老张的脚下，银白色的雪地上，有脚印，也有虽然清浅但并不模糊的影子。

这么说来，他是人，不是鬼——可他到底是怎么做到把如此纷纭复杂的巨案，在这么短的时间里，条分缕析得如此清晰，并洞彻了自己的五脏六腑的？！

老张突然说话了："杨兵，我已经把今晚你制造连环犯罪的前因后果、前后经过说了个明明白白，希望你说话算话，认罪服输。"

杨兵笑了，因为绝望的缘故，笑得有些阴惨："说话算话，当然可以……不过，你好像还缺少一点没有做到。"

"什么？"

"证据。"杨兵用铁锤般粗重的声音，把这两个字砸得格外清晰，"一开始我就说了，你还要拿出让我心服口服的证据！"

相距十米，其间只有飞舞如绒的雪花，却没有一点儿声息，整个世界变得异常安静。

老张望着杨兵，目光里闪烁着非常复杂的东西，说不上是无奈还是无从。

杨兵刹那间恍然大悟，自从见到老张以来一直绷得紧紧的宽脸膛，骤然松弛了下来，露出了狞笑："这么说，你根本没有证据？"

老张依然没有说话。

杨兵的神色顿时变得凶恶："扯了半天，原来是碗没油没盐的清汤面！我也是吃饱了撑的，居然听你胡咧咧了这么老半天，赶紧滚回医院打扫卫生去吧！"

老张又摇了摇头。

"怎么着？你还跟我较上劲儿了是不是？"

"不是。"

"那你还待在这儿干吗？"

"只要我不走，就是证据。"

轻描淡写的一句话，入耳竟如惊雷一般，震得杨兵目瞪口呆！

没错，只有他走了，我才能启动那个杀人装置，否则，他就会亲眼见证我的罪行。

而且刚才和此人大费口舌，已经耽误了不少时间，再耽搁下去，不知道事情还会发生什么样的变化，他不走，没事，我可拖不起啊！

这么说来，他连我为实现终极目标而布置的杀人方式，也已经猜到了？

纷纷扰扰的雪花，将眼前遮蔽得好像调不出频道的电视机屏幕，只剩下满屏的黑白噪点在跳跃，积了一层薄雪的头顶变得又沉又重，压得他的双膝弯曲得几欲跪下，好不容易撑直了脖颈，却见对面那个保洁员的脸上，一双明亮的眼睛安详地注视着他，仔细看时，目光的深处约略有一点儿伤感，仿佛在告诉他：等了这么久，你绞尽脑汁后的落子，依然在我的预料之中，丝毫没有带来什么惊喜……所以，你还是认输吧！

于是，随着嘴角浮现出一缕苦笑，杨兵的双肩释去所有力量地一颓，低声说："这么说来，让我放弃了驾车冲向校门的那一下灯火通明，也是你的主意喽？"

6

此言一出，即为缴械。

老张点了点头。

杨兵嘿嘿一笑："其实，我有点儿不明白，既然你已经猜到我是要用十六个受害儿童挤走PICU里面的孩子，那么小天鹅舞蹈学校的孩子送到医院的时候，受害儿童加在一起已经超过十六人，怎么你还能想到我会继续制造事故呢？"

"因为打草惊蛇了。"老张说，"在综合药房里抓到那个窃贼之后，备用病房里的警官提出要把孩子们转移回PICU，而周芸回到急诊大厅，确实考虑过这个建议。所以，当识破了你的计划之后，我马上想到，假如你接到了韩霜降发出的消息，固然通过报警'清除'了那个隐患，但也会想到警方出于安全，可能会把孩子们调离备用病房，保险起见，必须制造更多、伤情也更严重的受害儿童，不仅使PICU彻底饱和，也使医生们更加手忙脚乱，抽不出精力考虑其他事，只有这样，才能把备用病房里的孩子们'留下'。"

杨兵用一种小心翼翼的口吻试探道："那么，当时长宁校区附近——"

"没有伏兵。"

杨兵怔了片刻，叹了口气："如此说来，后来我手机上收到的那个群发短信……"

老张点点头："一旦接到那个短信，以你对急诊科的了解，自然会做出如下一番推测：当时已经过了急诊的高峰期，所谓'超过最大负荷'，不可能是医护力量的不足，而必然是受害儿童加上其他疾病的留观患儿，造成的留观位置的饱和。于是你得出结论：PICU的床位肯定已经被占满，不可能再空出来重新接收备用病房里的孩子，所以你的终极目标只能继续待在原地，这样一来，你就没有必要再在医院外实施更多的犯罪了——当然，还有一点，就是那条短信包含了一条外人都不会懂，但你一定会注意到的讯息。"

杨兵苦笑道："是'暂停接诊两小时'吗？"

"对,那实际上是给你限定了一个时间段。两个小时内,你必须赶回这里实施最后的犯罪计划,否则两个小时一过,重新开诊的急诊也许会解除那些症状较轻的患儿的留观,空出床位,给备用病房里的孩子回到PICU创造条件。到那时,一切就又不在你的控制之内了。"

望着对面的老张,杨兵蓦地产生了一种幻觉,自己仿佛是一条鱼,嘴唇被鱼钩钩住后,左挣右扎却丝毫不能摆脱,只能从水底望着岸上那个气定神闲的钓鱼人,这种幻觉痛苦而恍惚。

他惨惨一笑,指着楼下空场上那座覆满白雪的城池:"恐怕不止给我限定了时间吧,就连我来到这个楼顶,也是你早已安排好的,对不对?"

"这么说,也未尝不可。"

杨兵一下子被激怒了,他喷了两下鼻子,好像颅腔里着了火一样,从鼻孔冒出两道白烟,用挑衅的口吻道:"你就不怕我真的登上那座城?那样的话,我可就用不着到这楼顶上来了。"

风雪长天,老张仰头一笑:"我料你不敢登城!"

一瞬间,杨兵想起了自己站在那座空城前的恐惧和战栗:城门内空荡荡似伏千军万马,风声里呼啦啦如同大厦将倾,天地间雪纷纷掩了叵测前程……就差一步,即可大功告成,却就是不敢迈出这一步,好一番犹疑不定,进退两难之后,他选择了后撤和逃离……现在他明白了,真正让他望而生畏的,并不是城门、风声和弥漫天地的大雪,而是第六感所觉察到的不祥。这座陡然矗立的空城,就像是在铁一样的现实中插入了一场荒诞不经的梦境,它绝不可能是正常的存在,一定是某个鬼神莫测的心机所设。自己无论怎样绞尽脑汁、机关算尽,都注定是一场入人彀中、任其摆布、枉费心血、毫无胜算的败局!

杨兵抬起头，长叹一声："既然这样，我也没什么好说的了，愿赌服输，我可以放弃原来的计划——不过，我有个条件。"

"你说。"

"我得回家一趟，把有些事情安排一下，然后，我会自己去公安局自首的。"

老张笑了笑："老杨，何苦再添一条人命呢？"

杨兵一愣："什么意思？"

"你是想把拘禁在家里的张大山杀掉灭口吧！这样一来，你固然是功亏一篑，但也再没有任何能够指证你是今晚连环犯罪真凶的有力证据，就算是韩霜降，她身上只有一个发出过报警短信的手机，接收方还是个太空号。而且为了避免你被抓捕后闹个鱼死网破，爱心慈善基金会也会想办法让她闭嘴的。"

杨兵望着老张的目光竟有些发直，好像被暴晒在阳光下中了暑的一条狗。

"不用这样看着我，是你自己暴露出来的。"老张淡淡地说，"小天鹅舞蹈学校案件中，你为了逃脱追捕，将身上那件快递员的衣服脱了下来扔掉，由于衣服袖子上沾有一块牛奶的污渍，使我们确认那是张大山的衣服。问题在于，我把那件衣服的所有兜袋打开，翻了又翻，找了又找，却什么都没有发现。"

"你……你在找什么？"

"在刑侦工作中，寻找证据固然重要，但有些时候，寻找那些本该存在却没有存在的证据，更加重要——我清楚地记得，今天下午陈光烈要赶走'蓝房子'里面的小患者时，陈少玲差点儿把她闺女住院期间的收费单扔了。后来巩绒说争取给她报销了，她才把单据交给张大山保存，张大山将它们塞进外套上面带拉锁的兜里，还特意把拉锁拉好。而我在你丢弃的那件快递员衣服里没有找到。照理说，那些单据只要多报销一张，就可以多给女儿争取一份救命钱，张大山不可能把它们扔掉，而凶手为了伪造张大山的身份，恐怕有那些单据在兜里才是求之不得的事情，更不会把它们掏出来丢弃，所以，把单据拿出来的人，一定是张大山自己。既然他是主动将兜里的重要物品掏出另行保存，所以我怀疑他和真凶是达成了某种协议，交换了衣物，扮成对方。后来推测出你的整个计划后，我更倾向于你是编了个理由，比如要扮成送餐员暗访之类的，请张大山配合工作，并以给小玲筹钱治病为条件，哄骗他交出自己的手机，扮成你的模样，拿着你的工作卡去新区参加庆典。你属于媒体人员，走专用的媒体通道，安检只管刷卡上的二维码，不会仔细核验照片，这样一来在刷卡记录里就有了你到场的信息，事实上成了你在旧区连环犯罪发生时的不在场证明，加上庆典期间，市里对旧区连环犯罪的消息会实施管控，你也不担心张大山会看到。而你在旧区作案时则刻意留下指向他的线索和痕迹，等到事情结束后，你再想办法让他'彻底消失'，这样整个案件就有了替你背黑锅且永远不能洗白的人。

"但人算不如天算。从时间上推算，你一定是跟急诊科的医护人员坐上车，刚出了医院不久，就以把装有SD卡的小手包丢在医院为借口下了车，步行回到不远处的住所，和已经取好餐并等候在那里的张大山交换了衣服……就在这时，车子坠落在大凌河大桥下的消息传来，你立刻蒙了。桥被封锁，张大山不能再去新区参加庆典，而你也不能马上露面，否则一车人都死了，就你一个人独存，会立刻引起警方的怀疑，把你控制起来，整个计划就会泡汤。最好的办法是拘禁张大山，而你继续冒充他作案，事后照样杀掉他灭口。等到明天早晨，你再回到电视台，随便找个借口解释你的'起死回生'，比如半路下车想回医院拿小手包，半路遇到车祸，被好心人送回了家——反正就是雇人拿电动车在腿上怼一下，再找交通队开个验伤证明的事儿。"

杨兵目瞪口呆，好半天才发出一问："那你又怎么知道我还没有杀死张大山呢？"

"因为我在那件快递员衣服上，没有检测到暴力撕扯的痕迹和血迹。"老张说，"我想，你在住所内一定提前准备了事后杀死张大山的工具，考虑到你和他体型相仿，直接动手，胜负难料，所以你应该是计划先让他喝下掺有麻醉药的饮料，等他不省人事后再行杀害。但车子坠落大凌河大桥下的消息突然传来，这时已经快到给学校送餐的时间，必须当机立断，放倒张大山——而只要你采用暴力手段，不论用哪种工具，不管那件快递员服当时穿在谁的身上，结果都不会那么干净，所以你多半是先哄张大山喝下麻药。这之后的时间更加紧迫，对于张大山那样健壮的体格，无论勒杀、溺杀或闷杀，都需要相当长的时间才能彻底夺去他的生命，稍有闪失，就存在你走后他醒转过来的可能，而'效率'最高的刺杀，跟前面同理，不管快递员服当时穿在谁的身上，都很难不沾上一点儿血迹，所以我觉得最大的可能性是：你给他下的药性比较强，麻翻后用手铐铐上，嘴巴一堵，往洗手间里一扔，等回头再做处理……"

楼顶上一片死寂。

风，忽然又大了起来，呼啸着将天空上的落雪撕扯成白色的裂帛，又将楼顶上的积雪翻卷成白色的席子。就在这帛席交织、混同一体的茫茫间，突然响起了一阵无限悲苦的大笑。

杨兵用一只手撑着砖砌烟道，笑得巨大的身躯像触了电一样不停地颤抖。

老张依旧站在十米开外，静静地望着他。

久久地,笑声方歇。杨兵弓着身子,从深深的肩窝里探出硕大的脑壳,用嘶哑的声音问老张:"你他妈的到底是什么人?!"

"我是刑警。"老张说,"退休之前。"

"刑警我认识的多了,市里的,省里的,可是他们……算了,以你的本事,怎么会沦落到在儿童医院当保洁员。"

"命运使然。"

"命运……"杨兵听到这两个字,目光和身子都僵住了,许久,他慢慢地说,"是啊,每个人都有自己的命运……假如画直线的人生走得弯曲坎坷,而画曲线的人生又笔直坠落,那么我的命运到底算个什么?!"

说到这里,他的脸上露出了异常凄恻的一笑,笑容收敛的一瞬,神情变得决绝!

一直放在后腰上的右手,猛地拔出了插在皮带上的武器!

说时迟那时快!老张脚下一蹬,弯曲的身体如短道速滑运动员一般,做了个压地转弯的动作,在雪地上画出了一道漂亮的弧线,腾起一团银色的雪雾!

看得杨兵一愣。

视线滑动间,流转如箭矢,老张看清了杨兵手里的武器——

不是手枪,而是一把D80军刀!

手在雪地上只一拂,疾驰的身体绕过砖砌烟道,从侧面袭向杨兵!

然而太迟了。

在杨兵的脸上,绽开得逞的狞笑。

老张的闪避为他争取了两秒钟的时间!

两秒!

足够了!

他的左手从口袋里掏出了那个装置,对准住院楼六层综合药房的窗户,拇指使劲压下了按钮。

7

轰!

巨大而沉闷的声响,震醒了趴在护士站桌子上睡觉的大楠,她抬起头,揉了揉眼睛,望着已经站在门口的田颖问:"怎么了?"

田颖歪着脑袋,仔细听了听门外的动静,只听得一阵呼呼的声响,还夹杂着噼里啪啦的爆炸声,仿佛是有人在暴风雪里放鞭炮似的。

到底出了什么事?

田颖掏出手枪,慢慢地拉开了里间门。

先是看到楼道的墙上蠕动着一团巨大的、红色蛞蝓似的影子,然后就听见"啪啦啦"的爆裂声,随着声音,一道长长的火舌从综合药房门上的破窗里猛地蹿出,在一秒甚至半秒的时间里,膨胀成硕大无朋的红色魔鬼,一边舔舐着墙体,一边在楼道的地板上岩浆似的蔓延开来!

田颖一把关上里间门,冲着大楠喊:"起火了!警铃在哪儿?"

大楠吓蒙了:"我不知道啊,我也是第一次来这儿……"

凭着记忆,田颖找到墙上的电灯开关,想打开灯再找火警警铃,谁知怎么按动开关,天花板上的灯也不亮!

气得她把手攥成拳头,在墙上狠狠一锤!

这时,所有的孩子都已经醒了过来,不知发生了什么事情的她们，一张张小脸上神色惊惶，却又不敢说话，紧紧地闭着嘴巴。

直到苗小芹的一声咳嗽，像打响了发令枪一般，所有的孩子都此起彼伏地咳嗽起来。

田颖这才注意到，汩汩的浓烟已经从里间门的门缝无声地渗了进来，她知道在火灾中，绝大部分伤亡并不是火焰烧灼造成的，而是被烟尘熏呛导致的窒息。

就在这时：丁零零零零零！刺耳的铃声突然响彻了整座医院。

原来是装在备用病房内的烟雾报警器感应到浓烟，自动报警了！

可是有用吗？

从里间门宛如镶了一层黑金色的边沿来看，这道装有阻燃材料的门也撑不了太久，火舌很快就会突破它的防线，侵入到病房里面。

孩子们的呛咳声不绝于耳，就连大楠和自己也咳嗽起来。

怎么办？

就在这时，护士站桌子上的电话响了。

刚刚拿起话筒，就传来了周芸嘶哑的吼声："田颖，总控室说备用病房的烟雾报警器响了，怎么回事？！"

"综合药房着火了，不知道起火原因，但往备用病房这边烧过来了，火势很大。"

"你们坚持住，我马上报警，我马上上去救你们，你们一定要坚持住啊！"周芸显然已经乱了方寸。

放下电话，田颖知道，最严峻的时刻到来了。

指望消防队赶到，恐怕那时病房里的所有人都烧成灰了。

周芸他们，能把急诊大厅里的患者成功疏散就不错了，再说了，医生可以救生，岂能救火？

只能自救。

怎么自救？

病房只有一道门，已经被火封住。

跳窗逃生，这里是六层，落地即成肉泥。

不知哪个孩子先哭了起来，其他的孩子很快也哭成一片，大楠一边哄她们一边也忍不住哭泣。

不知是焦急，还是门外不断升腾的火焰将整座病房变成了烤箱，田颖觉得闷热异常，额头上冒出了豆大的一粒粒汗珠，嘴巴里也干渴得不行……

冷静，我必须冷静下来，我的职责是保护这群孩子，绝不能眼睁睁看着她们葬身火海……

一边给自己打气，一边寻找着逃生的办法。

视线一瞥，突然注意到了一张移动病床的床头侧面，挂着一枚正方形的卡片。

她蹲下身，打开手机灯，照了过去，原来是一枚写有"抬高床头，防止误吸反流"字样的提示卡。

旁边还有一个用尼龙搭扣绑在护栏上的遥控器，上面有八个按键两竖列排开，分别标示着可以将床头和床尾放平、抬起或变成不同形态。

看看整张床的长度。

再看一下两扇对开的里间门的宽度。

田颖把遥控器摘了下来，试着按下同时抬起床头和床尾的按键。

床头和床尾像做提膝卷腹的仰卧起坐一般，缓缓抬起，最终变成了一个"凹"字形。

再目测一下床体的长度，比较一下里间门的宽度……

"大楠,我有办法了!"田颖激动得声音发颤,她一边拆掉床中段的两侧护栏,一边对大楠说,"你再拖两张床过来,拆掉中段护栏,按动遥控器,抬高床头和床尾,让它们也都变成这样的'凹'字形,然后跟这张床侧面并排在一起,快!"

大楠赶紧按照她说的办了。

抬高了床头和床尾之后,床体的宽度比里间门的宽度稍微窄一点儿,三张床的侧面紧紧贴在一起,中间那个凹槽,变成了一条没有顶的甬道。

田颖对大楠喊道:"等会儿我把里间门拉开,火肯定会一下子涌进来,我会跳进那个凹槽里躺下,你要用力把三张床一起往通道的那一头推!"

"啊?"大楠没太懂。

"通道有一定长度,如果运气好,火还没有蔓延到外间门那里的话,我就有机会打开外间门,再把这三张床推回来,你就照这样,让所有的孩子一个一个地躺在凹槽里,往外面推,我在那一头接应她们,如果床起火了就换一张床,最后我一定会让孩子们把我推回来,我再推你出去的……"

大楠一下子哭了出来:"不行啊,如果火已经蔓延到通道那头,那我不是把你给推进火海里了吗?而且最后你回来推我出去,你自己可怎么办啊?"

孩子们一听,也都大哭起来,抓着田颖的衣角,不让她走。

田颖抓着大楠的肩膀,使劲摇了两摇,直视着她的泪眼,用坚定而温柔的口吻说:"大楠,你不要哭,时间紧迫,火马上就要烧进来了,现在只有这个办法,你不要替我担心,我是人民警察,我必须得把你们救出去,我就是干这个的!"

说完,她掰开那一双双牵着她衣角的小手,从护士台上拿了三块毛巾，打开洗手池的水龙头，用水将它们湿透，然后走到门边，望着大楠。

大楠擦了一下泪水，推着那三张拼在一起的病床，来到门口。

门外，火焰的声音像饿鬼用尖利的牙齿啃着门板，嘶啦啦，嘶啦啦……

"我数一二三！"田颖说着，盯住大楠的眼睛。

大楠又擦了一下眼睛，点了点头，两条胳膊撑住病床的边沿。

一——

二——

三！

"三"字出口的一瞬间，田颖用两条湿毛巾抓住里间门两个滚烫的金属把手，"呼"的一下子拉开！火焰像溃了坝的怒潮一样扑面而来的刹那，她把第三块湿毛巾往头上一裹，身子一个侧翻，准准地落在了三张病床组成的凹槽里。

大楠咬紧牙关，拼尽全力，将三张病床使劲往火海的最深处推去！

病床组成的"列车"冲进火海的一刻，躺在凹槽里的田颖感觉全身犹如投进了沸水之中，从头到脚滚烫得几乎要熔化，耳朵里一片嗡鸣……

强撑起眼皮，透过湿毛巾的间隙，只看到一片血水样淋漓的赤红。

三张病床冲过火海，其实只有几秒，但漫长得像穿越了整条川藏线……

终于停了下来。

她睁眼一看——

万幸！

头顶的天花板上怪影幢幢、纷乱一片,但那只是火影,并没有火。

通道的另一头果然还没被火吞没,但同样弥漫着浓烟。

她跳出凹槽,一边拍打着落在身上的火星,一边对着备用病房的方向大喊:"大楠,我没事,我马上开门!"

然后将手朝门禁压去。

她呆住了。

怎么回事,门禁怎么露出个大窟窿,里面一堆绞断的电线?

混沌的头脑想明白的一刻,她双腿一软,后腰靠在病床上,才没有坐倒在地。

是周芸打电话,让她破坏了门禁系统。

现在,外间门的锁舌与锁扣已经卡死,除非专业维修人员,否则绝无打开的可能……

难道——她的脑海里闪现出一个可怕的念头,这场纵火是周芸的诡计,她让自己弄坏门禁系统,就是扼断了备用病房里的人逃生的可能……

正在这时,从备用病房传来了大楠的呼唤:"田颖,外间门打开了吗?你把病床推回来,我把孩子们推过去啊!"

田颖跳回凹槽,双手抓紧最里面那张床的头尾,双腿在外间门上使劲一蹬,三张病床呼啦啦地穿越火海,又回到了备用病房里,她从凹槽里跳出来的时候,大楠吃了一惊:"你怎么回来了?"

田颖扑打着几根燃烧起来的头发,等它们熄灭了,才咳嗽着喊道:"门禁系统坏了,大门打不开了……"

肆虐的烈火发了狂一样奔涌着,引燃了一切它能引燃的东西,张牙舞爪地向备用病房的深处侵蚀:护士站、病床、多参数监护仪,都被席卷着的火舌吞没,发出咯吱咯吱的咀嚼声,夹着海绵的壁纸成了火焰的帮凶,助它们攻城略地,烧得墙上像活剥人皮一般血肉模糊。黑色的浓烟滚滚升腾,溢满了整座病房,随着喀啦啦一声巨响,天花板上的三通管道轰然坠落,逼得所有人跌跌撞撞地掩着口鼻,往窗边闪避。

只有韩霜降,坐在地上,望着汹涌而来的红色巨浪,脸上浮现出诡异而绝望的笑容。

8

杨兵趴在地上。

几乎被折断的四肢动弹不得,五脏六腑像碎了一样剧痛,本以为凭借高大健壮的身躯,能和老张搏斗一番,谁知……

但是,我终究还是赢了。

他用尽力气,昂起了脑壳,望着对面住院楼里烈火熊熊的备用病房,依稀听到那些女孩子的鬼哭狼嚎,然后偏过头,看着蹲在他身边的老张,咧嘴一笑,仿佛在邀请他欣赏自己亲手绘制的艺术品。

他多么希望能在老张的脸上看到哪怕一丝失魂落魄啊。

然而……

老张的神色平静,望向他的目光不带任何感情,甚至连轻蔑都没有。

我倒要看看你怎么救那些孩子!

杨兵想。

老张站起身,走到楼的边沿,提起一开始上来时放在那里的一个东西,摁下了上面的红色按键。

9

"大楠,你看,那是什么?!"

田颖拽着坐在地上的大楠,指着把头一扇窗户的方向大喊。

已经被浓烟和绝望搞得陷入半昏迷状态的大楠撑起眼皮,朝着田颖手指的方向看了一眼:为了防止被疾病折磨得痛不欲生的孩子寻短见,整个备用病房朝西一排窗户大都是锁死且在外面装了一道护栏的,只有把头一扇能向外推开一半,且没有装护栏,现在,遮挡住了那扇窗户的窗帘上,一道巨大的圆形光斑正在不停闪烁着,仿佛是有人在用攻城锤一下一下撞击着玻璃似的。

大楠把眼睛重新闭上,要离开这个世界了,她不想再思考什么。

田颖跳了起来,一把拉开了厚厚的窗帘!

圆形光斑像巨蟒一样猛灌了进来,它停止了闪烁,在黑烟、迷雾和火海组成的阿鼻地狱里,戳出了一道宛如铜浇铁铸般的耀眼光柱。

田颖四下探查,看到墙角有一个输液架,她抓起来,倒转个个儿,用它沉重的底座向那扇窗户狠狠砸去!

"啪啦啦!"

玻璃被砸了个粉碎!

田颖又用底座把残存在窗框上的玻璃碴敲干净。

现在,彻底摆脱了一切障碍的光柱,变得更加明亮。田颖顺着它来的方向望去,似乎是从对面的宿舍楼楼顶放射出来的,但由于光线太刺眼了,视线里一片白花花的,什么都看不清。

扒着那扇仅剩窗框的窗户往下望去,也只能见到一片凹凸不平的银色。

"田颖，你要干什么？"这时，被她的一连串动作惊醒的大楠问。

田颖指着打碎的窗户大喊道："大楠，我先跳，如果我下去没事，你再带着孩子们往下跳！"

"你疯了？！"

"我没疯！我没疯！"田颖声嘶力竭地喊着，"还记得吗？'Turning face only towards the sun'——朝着唯一有光的方向！这是有人在告诉我们，他开辟了一条逃生的路！"

大楠目瞪口呆。

"听我说！"田颖转身望着孩子们，用前所未有的严峻口吻说道，"火势越来越大，这么下去咱们很快都会没命，我要从这个窗口跳出去，如果我没事，我会在下面喊你们，你们要一个一个地往下跳，绝不能犹豫，绝不能害怕，我会在下面接应你们，记住，是所有人，都跳出去，一个也不能少！"

说完她一把将大楠拽到面前，双手抓住她的双肩，凝视着她的眼睛，想说什么，却没有说，然后登上窗台，朝着唯一有光的方向，纵身一跃——

坠落，坠落，疾速坠落，失重的躯体、飘舞的头发、寒凛的皮肤、空白的大脑，在呼啸的风声里呼啸，等待着最后那一刹那间的粉身碎骨、血肉横飞！

终于——

狠狠地撞在了雪地上！

然而，竟没有丝毫的痛感！

只觉得身体好像砸进了一个刚出炉的大面包里，暄暄乎乎地往下一陷，旋即弹跳起来，无数面粉似的雪屑也一起腾起，又萦绕着她重新落下。

10

"不……这不可能……"

杨兵望着死里逃生的田颖,红红的双眼溢满了绝望的泪水。

老张把滚落在地上的那个杀人装置拿了起来:一支经过改装的大功率激光笔。

"综合药房里的那个盗窃犯被捕后,抓他的警员告诉我,那个家伙曾经'张着两只青晃晃的爪子'扑向她,而他被捕前做的最后一件事,就是打开窗户寻找手机信号。我注意到:如果想开窗,必须先掀起一面遮住窗把手的挂帘,所以他的手上应该是在挂帘朝向室外的那一面沾到了什么,才会在黑暗中发出青光。等我推测出连环犯罪的真相以后,联想到你前几天曾经应高副院长之邀,到住院楼六层拍过视频,加上窗户下面那几个装有医用乙醚和医用乙醇的塑料桶,就知道你把孩子们逼进备用病房后的终极诡计了。到时候,只要用个遥控点火器远距离点燃涂了白磷的挂帘,着火的挂帘掉落在装有助燃剂的塑料桶上,再加上综合药房里那么多易燃的药物,足以烧起一场把备用病房化成灰烬的大火。"

杨兵挣扎着说:"这么说,你搭起淘气堡,并不光是为了阻止我找到适合发射激光的角度?"

"当然。因为搞不清医院里还有没有其他要伤害这些孩子的人,加上我当时也将陷入某个小小的困境,所以不能向任何人求助,只能自己想办法解决这个问题。既要在我受困期间,阻止你在空场上纵火,还要在那之后把你逼到这个楼顶上来,更重要的是,万一你丧心病狂不听劝告,真的点起火来,我得给孩子们谋一条生路。于是我想起了一件事情:据窃贼供述,他们的计划是把所偷药品装进纸箱子后扔到楼下,由同伙——即采购科主任赵跃利——接应运走,我查看过那几箱子贵重药品,其中有不少是注射用药,要知道注射用药绝大多数是玻璃瓶装的,从六层扔下,包装得再好也会摔个粉碎吧,所以赵跃利一定是提前在综合药房窗口的正下方垫了什么足以承接高空落物的东西——"

"不对!"杨兵打断他说,"我记得很清楚,下午的时候,赵跃利已经把淘气堡放气卷起,装进卡车里运走了啊?"

"那只是他的瞒天过海之计,让所有人都以为他把空场腾空了,事实上他开车在外面兜了一圈,天黑后又回来,把车倒进西侧楼和宿舍楼之间的消防通道里,将车上的东西重新取下……晚上周芸找他借车,准备把海马儿童游泳馆中毒的孩子们运回医院时,发现他后腰上和裤子上有一片新蹭的彩色粉笔灰。我听说后就在想,全院只有西配楼的北墙下面绘满了五颜六色的粉笔画,他大概是撅着屁股在地上铺开什么很宽大的东西,才会蹭成那个样子吧,后来得知他是窃取贵重药品的同谋,我马上想到他是把淘气堡重新铺在空场上了。"

杨兵犹有不甘地抬着脸孔:"照你的说法,抓到那个窃贼的时间应该是小天鹅舞蹈学校那件事以后吧,那时已经大雪纷飞,听说他往楼下扔箱子给同伙,你们竟没有人探出头看看空场?如果看到淘气堡重新竖立起来,不会生疑吗——"

"你是想说,假如我们发现楼下重新竖起了淘气堡,一定会议论纷纷,而为什么一直在偷听我们对话的韩霜降,没有把这个重要的信息告诉你吧?"老张慢慢地说,"因为直到那时,淘气堡还没有充气,只是平摊在地上的一大块,再盖上一层雪,从楼上往下看,跟平地没有什么区别。"

杨兵呆住了,半响才反应过来:"你的意思是——"

"嗯。"老张一个字一个字地说,"淘气堡是在那之后才充的气。"

杨兵简直不敢相信自己的耳朵："我往空场上走之前，怕里面有埋伏，特地站在消防通道的入口处看了半天，通道的积雪上一点儿足迹都没有，淘气堡是怎么充气的呢？"

老张没有回答。

杨兵的下巴沉重地落在了地上，磕破了唇舌，满嘴的鲜血把白色的牙齿染得异常狞厉，他对一切都感到不解：风雪、命运、空城，还有眼前这个神鬼莫测的保洁员……他因不解而绝望，又因绝望而喷着粗气，发出一种像哭又像笑的犬吠声，每喷一下，嘴里就往外喷出一口血沫，把嘴角边的一小块积雪染得更红。

11

田颖睁开眼，惊讶地发现自己正坐在一个白色的充气玩具城堡里，房屋、亭台、小桥、池塘一应俱全，历历在目，只是看上去都有些臃肿和丑陋。

来不及细想到底是怎么回事了。

她站起身，往后退了几步，脚下软绵绵的，一不留神又摔倒了，好不容易才爬起来，重新站稳，对着楼上大喊："大楠，我没事儿，让孩子们赶紧跳！"

楼上的大楠战战兢兢地探出头来，看着下面的田颖，简直不敢相信自己的眼睛。

"快点儿啊，你还等什么呢！"田颖着急地呼唤着。

火势犹如涨潮一般，已经蔓延到了距离身后不到三米远的地方，翻滚的热浪将每个人的衣服烤得嘶嘶作响，空气中散发着头发被燎焦时特有的臭气……

不能再等了。

大楠逼着孩子们接连往下跳，至于死活都不敢跳的苗小芹，她不管她震耳欲聋的哭叫，抱着小家伙扔出了窗户！

轮到自己了。

大楠登上窗台，看了看下面，这么高，手脚都有些发软。

苗小芹在下面不停地喊着什么，似乎是在催促她快跳，这个家伙难道忘了她自己是怎么下去的了？！

仔细一听，不是在喊自己，而是在喊——

"小韩姐姐"？！

大楠回过头，瞪圆了眼睛往火海中望去，才发现韩霜降瘫坐在墙角，披散着头发，闭着眼睛，她的身边已经围起了一道杀气腾腾的火墙。

大楠从窗台上一跃而下，正好跃过了火墙，落在韩霜降的身边！

"快走！"大楠拽着她的衣领把她往起拉。

然而韩霜降软塌塌的身体直往下坠，一边摇头，一边嘴里喃喃着："别管我……"

也不知道哪儿来的力气，大楠一咬牙，一转身，一弯腰，将韩霜降背了起来，大吼一声，硬生生闯出了火墙，顾不得火苗燎着了她的裤腿，一直跑到窗户边，把韩霜降抛了出去！

看韩霜降落下后，田颖冲过去把她拖到远离落点的地方，大楠才跃出了窗口，身后的火海像被激怒的狂龙一般，喷涌而出，在她的后背擦过一抹赤红的烈焰！

12

老张站在楼顶上，把目光投向空场，望着烈焰滔滔的窗口下面，所有的孩子都从淘气堡的拱门里跳出，在田颖和大楠的引导下，沿着消防通道成功撤退，仿佛看到扫鼠岭上的孩子们从熊熊燃烧的隧道风亭底部逃出了生天。

风雪凄迷，消防车的声音由远及近，越来越近……

尾声

1

警铃响起的一刻，人影渐稀的急诊大厅宛如被突然惊醒一般，不安地骚动起来：诊室、病房、药房和检验室的门几乎在同一时间被推开，露出了一双双困惑而惊惶的脸孔，每张脸孔上的目光都齐刷刷地望向站在分诊台后面的孙菲儿。当他们发现孙菲儿也同样是满脸茫然的时候，又彼此相隔老远地打听起来，却谁也不知道出了什么事，谁也不知道应该怎么办……

正在急诊科办公室里的周芸猛地站了起来，往外就走，正在打电话的雷磊上前拦住了她："你想去哪儿？"

"你耳朵聋了？"周芸一把拨开他，继续往门外走。

雷磊使了个眼色，让鬣狗尾随在她的后面。

在连绵不绝且听上去音量越来越大的警铃声中，周芸快步来到分诊台问孙菲儿："怎么回事？"

"我也不知道啊……"

周芸拿起台面上的座机，打给了总控室："老包吗？医院的警铃怎么响了？"

老包的回答让她倒吸了一口冷气："系统显示，是六层备用病房的烟雾报警器响了，可能是着火了。"

已经被这个跌宕起伏的夜晚搞得有些神经质的周芸,手里的话筒差点儿掉了,一片混乱的大脑竟想不出接下来该做什么,老半天才意识到应该先报警,但到底该打一一〇还是一一九又想了半天,等报了火警后,她又想起应该赶紧打电话给备用病房了解情况,可电话号码是多少来着……正在冥思苦想,胡来顺、李德洋和陈少玲聚到她的身边,不约而同地问:"主任,出啥事了?"

望着这几个跟自己风雨同舟了整整一个晚上的部下,周芸知道,现在面临的也许是靠岸前的最后一次惊涛骇浪,值此关头,自己绝不能慌乱,否则这条大船便有触礁倾覆的风险,于是定了定神说:"六层的备用病房起火了,还不清楚火势有多大,但必须马上疏散急诊大厅内的所有患儿和家长,这样,小胡你跟少玲疏散留观一病房;德洋跟菲儿疏散留观二病房,药房、检验室和挂号室的医生也一起撤……看看还有什么需要疏散的没有?"

此言一出,大家便知道一向精敏干练的周芸是真的乱了方寸,孙菲儿忍不住说:"主任,二楼还有PICU呢。"

"留观二病房的患儿少,你一个人去疏散那里,我到PICU帮蔡文欣疏散。"李德洋对孙菲儿说。

连媛媛所在的PICU都忘了,周芸已经累到僵硬的脸上挤出了一缕苦笑。

大家各自散开以后,周芸稍微清醒了一些,想起了备用病房的座机号码,赶紧打了过去,听田颖说火势很大,加上话筒里传来孩子们此起彼伏的呛咳声,令她焦灼得语无伦次,自己都不知道自己说了些什么,放下电话后就往电梯那里跑……

电梯门打开,她冲了进去,电梯门关闭后,梯柜纹丝不动。

她才想起上行需要刷卡,一摸衣兜才记起,自己的通刷卡和没收的赵跃利那张通刷卡,都被自己掰断了,不仅如此——

我还让田颖破坏了门禁系统，关闭了她们唯一的求生通道。

她双腿一软，靠着电梯冰冷的背板，慢慢地瘫坐在了地上……

想大哭一场，可是流不出一滴眼泪，心像泵干了水却犹在电机轰鸣的枯井，抽搐得只剩痛苦，痛苦得失去了知觉……

停滞的电梯重新打开了门：眼前的急诊大厅，已经重新切换回了喧哗模式：打着哈欠的孩子们披着白色的被单、蓬头垢面的家长们拿着书包或举着输液架，在医生和护士的指挥下，像逃难似的蜂拥着往医疗综合楼门口奔去，一路走一路噼里啪啦地掉落着各种东西，却顾不上捡拾；游泳教练和赫赫老师帮王竹的父母推着治疗床一起往外走；跟在他们后面的陈少玲，导引着"蓝房子"里的患儿和家长撤离，她一只手抱着身上裹着羽绒服的小玲，另一只手里拿着几件衣服，一边跑一边给几个穿得少的孩子披上；王喜拉着手捂伤口的卓童，跟跟跄跄地跟在队伍的最后面……

周芸双手撑地，用尽全部力气才站了起来，一个急诊医生，就连绝望的时间都必须比普通人短暂，否则，就会有更多的绝望接踵而来。

她走出电梯，木然地穿过疏散的人流，径直往急诊科办公室走去。

一进门，发现屋子里只有鬣狗一个人，半张着嘴巴正在愣神。

"雷磊呢？"周芸问。

"他……他出去了。"

刚才鬣狗听周芸说医院起火了，赶紧回来告诉了雷磊，雷磊一听，对他说了一句"你留下"，就带着斑秃匆匆走了出去。正当全体疏散的关头，却让自己一个人留在这间办公室里，鬣狗觉得自己变成了被抛弃的野狗。

周芸走到衣柜边,伸手要拉柜门,鬣狗一步跨过来拦住:"您要干吗?"

"雷磊都跑了,你还不赶紧给自己找条后路?"周芸说,"袭警、夺枪,样样可都是重罪,到时候追究起来,雷磊有背景有靠山,你呢?你猜他是会保你,还是会拿你当丢卒保帅的那个卒子?"

鬣狗愣了一下,然后抢先一步拉开了柜门,把还在昏迷的丰奇拖了出来,跟周芸一起连拍脸带掐人中,总算把他唤醒了。

"出什么事了?"丰奇听见外面刺耳的警铃声,迷迷糊糊地问。

周芸不忍心告诉他备用病房着火的事,只说需要紧急疏散,然后把拐杖拿来,让他拄着,和鬣狗一起带着他往急诊大厅外面走去。

出了医疗综合楼的大门,只见被疏散的人们在门廊里挤成一团,有些被挤到头顶毫无遮挡的台阶上,将积了一层雪的台阶踩成了一片泥塘。披靡的飞雪冻得每个人都瑟瑟发抖,哭声、喊声、骂声和吵闹声汇聚在一起,几乎盖过了呼啸的风声。

大家都在等周芸拿主意,可周芸一时间心乱如麻,无计可施。倒是胡来顺反应快:"有家长开车来的,把自己家孩子带进车里,家长没开车的或没有家长来接的,先在这儿等着,我去把那辆带篷的轻卡开过来,让孩子们进去避避雪。"

正在这时,从急诊大厅里又传来一连串嘈杂的脚步声,是蔡文欣带着媛媛、杜噜嘟嘟等小天鹅舞蹈学校的孩子跑了出来,媛媛一看见周芸,扑过去紧紧地抱住她。

女儿温暖的身体使周芸结了冰的心腔稍稍有了些暖意。她数了一下孩子的数量,觉得不大对劲,问蔡文欣:"那个脚崴了的孩子呢?"

"王雨馨吗？李德洋背着她在最后面……咦，他们怎么还没跟上来啊？"

李德洋趴在步行梯拐角处冰凉的地板上。

刚才下台阶时，因为没有光线，看不清楚，一不留神脚踩空了，本来他可以侧转身体不要正面着地摔得那么结实的，但担心背上的王雨馨会滚落，所以干脆就像一块切菜板似的直挺挺地硬砸在了地面上。

"叔叔，你还好不，你还好不？"王雨馨惊恐地问。

"没事……"李德洋龇牙咧嘴地说，"你怎么样，摔到你没有？"

"我一点儿事都没有。"

"那咱们得赶紧出去。"李德洋用胳膊肘撑着想要站起，但脚趾在地上支起的一瞬间，一阵钻心样的疼痛从踝骨那里闪电般传来，疼得他"哎哟"一声又重重地倒在了地上。

"叔叔你到底怎么了？"王雨馨带着哭腔问。

"没啥，就是得适应适应。"李德洋一边安慰她，一边又试了一次，依然不行，脚已经疼得失去知觉了，看来自己比王雨馨摔伤得还要严重。

怎么办……

正在这时，从步行梯的一层，传来了拾级而上的脚步声。

一下，一下，又一下。

脚步声异常沉重，每一步都离他们越来越近，李德洋感到不安：是谁？来做什么？他听见王雨馨也紧张地屏住了呼吸，连忙安慰她："不要怕，是有人来救咱们了。"

心里想的却是：如果发生万一，自己连站都站不起来，可怎么应付……

脚步声在他们面前停住了，李德洋使劲昂起脑袋，但来人身材高大，他怎么都看不清他的面目。

正在这时，身子突然离开了地面。

那人将他和王雨馨一边一个挟在腋下，就这么毫不费力地往楼下走去，一直走出黑暗的楼梯间，走过明晃晃空荡荡的急诊大厅，走出医疗综合楼的楼门，正好撞上胡来顺，才将他们放下，看着胡来顺扶着他们靠墙坐下，便默默地转身离开了。

"叔叔，那个人是谁啊？"王雨馨问。

望着在风雪中渐去渐远的那个穿绿色军大衣的背影，李德洋没有说话，一股暖流冲上心头，湿润了眼眶。

2

丰奇拄着拐杖，在雪地上一撑一撑的，疯了一样向西配楼后面的空场冲去。周芸和鬣狗在旁边寸步不离地跟着他，半路上有好几次在他差点儿滑倒的时候扶住他，他稍微站定，就狠狠地甩开他们，继续向前。

听说备用病房着火，而门禁系统被毁坏，门无法打开的时候，他掉头就要回医疗综合楼，被大家拦了下来。他气得又打又骂，却无论如何也破不开阻拦他的那道人网。想了一下备用病房的窗户所处的位置，他拄着拐杖往西配楼冲……他想好了，如果到了空场，发现田颖被大火困在窗户那里下不来，他就宁可用身体做肉盾，让她跳下来的时候接住她，虽然从六层跳下的冲击力足以把他砸死，死就死吧，这辈子总算能碰上一个值得豁出性命的姑娘了!

快到消防通道那里的时候,突然从黑黢黢的拐角处闪出一队人马,差点儿把他撞翻在地。还没等他看清楚来者何人,就听一声大叫,迎面扑上一人紧紧抱住了他,定睛一看,他的眼泪唰地流了下来:虽然那人的脸上蒙了一层烟灰,跟演完包青天没卸妆似的,但那双漂亮的眼睛、尖翘的鼻头和绽开时格外俏丽的笑容,正是他要舍命相救的田颖!

大楠看见周芸,也不禁喜极而泣,周芸搂住了她。大楠一边哭一边说:"主任……孩子们都没事,一个都没少!"

周芸激动得说不出话来,不停抚摩着她的后背,看到那六个小女孩虽然也个个"满面尘灰烟火色",但并没有受伤,顿时感到莫大的欣慰。

田颖走了过来,周芸用满怀歉意的目光望着她,喃喃地说:"对不起,小田,对不起……"

一句"对不起",足以释开心头的一切疑惑,田颖笑着上前一步,握住她的手说:"没关系,周主任,没关系的!"

就在这时,一辆体型硕大的昂科雷从医院大门口风驰电掣地冲了过来,在他们面前刹住。车门拉开,跳下了几个穿便衣的小伙子,田颖一见,立刻把孩子们挡在身后。

昂科雷副驾的车门打开了,从上面跳下来了一个穿浅灰色羽绒服、身材高挑的女子。

丰奇大吃一惊,喊了一声:"刘处,您怎么来了?"然后对田颖说:"这位就是北京市公安局刑事技术处处长刘思缈。"

田颖赶紧对着刘思缈敬了个礼。

"专案组收到你们的讯息,正好我在省城出差,省厅马上调了几个人跟我一起过来了。"刘思缈的话音未落,就听见身后又传来一阵轰鸣声,几辆闪烁着红色和蓝色警灯的警车开进医院,好几辆停在医疗综合楼门前,下来的大批警员冲进了急诊大厅,有一辆则一直开到他们面前,下来了几个刑警,为首一个厉声喝道:"你们是干什么的?"

这等事,不需刘思缈吩咐,跟她一起来的几个便衣就上前亮明身份。为首那个一听,顿时矮了半截,跑过来说,他们是平州市公安局的,本来负责在今晚的新区落成庆典上维持治安,但不久前综治办的雷磊主任越级向新任市委书记报告,说旧区发生连续伤童案件,虽然他一直在跟犯罪分子斗智斗勇,并对受伤的儿童展开积极救治,目前没有造成太严重的伤害,但亟待市里调配警力给予支援。市委书记接到报告,立刻派他们赶了过来,另外,平州市儿童医院新区派遣的医疗队跟在后面,很快就会到达。至于他们这辆警车直接开到这里,是因为——○接到报警,说今晚一系列案件的主谋就在宿舍楼的楼顶上。

刘思缈顺着他手指的方向,往宿舍楼的楼顶望了望——

镶嵌着一道银色雪痕的楼顶上,只有深邃无垠的夜空。

她怔了一下,朝那几个便衣使了个眼色,便衣们立刻往宿舍楼的消防梯跑去。

3

两辆一路鸣笛的红色消防车开进了医院,却被停车场上的车辆堵住了道路,周芸赶紧跑过去,好一阵忙碌,才疏通了车辆。消防车顺着消防通道开进了空场,一大群消防员跳下车,朝着火势汹汹的六层备用病房喷射水龙,在两条白色水柱的扑压下,挣扎了很久很久的火焰终于不甘而又无奈地嗤嗤化成了滚滚的黑烟,朝着下尽了飞雪、露出深蓝色的夜空飘去。

办完了移交手续,刘思绵让孩子们上了昂科雷,亲自护送她们往省城去,跟着她的那几个便衣则押着杨兵,坐上腾出来的一辆警车跟在后面。上车前,刘思绵问丰奇要不要跟他们一起走,丰奇看了看正在泪眼婆娑地跟孩子们告别的田颖,摇了摇头。

目送载着孩子们的车辆渐渐远去,田颖轻声问丰奇:"你怎么没跟他们一起走啊?"

"我哪儿都不去。"丰奇说。

他们两个相视一笑,往警务室走去——听田颖讲完了从备用病房逃生的经历,又从杨兵那里获知了他被捕的大致经过,他们愈加对老张究竟是如何从警务室逃出去的感到惊诧不解。然而在灯光昏暗的警务室里一番查看之后,但见门窗无损、四壁无痕,心头的迷雾反而更浓了。

"我脑袋里现在一团糊涂。"丰奇皱着眉头说,"第一,老张是怎么逃出拘押室的;第二,他又是怎么逃出外间的;第三,他到底是什么时候给淘气堡充气的?"

"不妨先从最后一个问题开始解答。"田颖踢了踢从北墙底部的外接电源孔洞里露出的插头,那个插头是他们刚刚才从电源上拔下来的,另一头接在墙外给淘气堡充气的鼓风机上。

这时,刚刚把猩猩背到急救车那里的鬣狗回来了,这家伙很会看形势,忙不迭地巴结道:"我记得,我们刚刚把老张押进来,查看外间的时候,虽然看到这个孔洞,但没记得伸进这么个插头来。"

田颖想了想说:"结合卓童和杨兵的供述,我大约总结出这么一条思路,你们听听对不对:今天傍晚,为了接住卓童从综合药房扔下的贵重药物,开着轻卡回到医院的赵跃利把淘气堡铺在了空场上，插上锚固，并从北墙外面将鼓风机的插头伸进了孔洞里面，正准备溜进警务室，把插头接上电源的时候，突然发生了什么事情，打断了他的计划——"

"是什么事呢？"丰奇问道。

田颖回答不出。这时丰奇透过南窗，远远看到正在停车场上迎接新区医疗队的周芸，看到她额头上的纱布，突然眼睛一亮："我知道了，是周主任遇袭！"

田颖没听明白。

"你忘了，我跟你说过，有个黑脸汉子，因为他的儿子皮试过敏，就持刀行凶，砍了周主任一刀。"

"记得啊，可是，这跟赵跃利的计划有什么关系？"

"因为我将黑脸汉子逮捕后，关进了警务室，还把门锁上了——医院搬迁后，警务室派不上用场，所以平时是不锁门的，而铺好淘气堡的赵跃利从空场绕到警务室门口的时候，无论如何也进不去了。"丰奇说，"而且我想明白了一件事：卓童说带着一群小流氓来闹事，是为了掩护他趁机坐进电梯，上到六层，但再怎么闹事也不至于开枪伤人吧，现在我懂了，因为吕威奉了卓童或赵跃利的命令，必须马上采取某个手段扩大事态，而他当时想到的办法，就是开枪伤人。"

"开枪伤人能达成什么目的？"

"当然是使自己被关进警务室啊！"

田颖恍然大悟。

"吕威一定早就注意到雷磊那帮人了，想着一旦开枪，在今晚旧区各个派出所都警力一空的情况下，肯定会先把他关进警务室，等明天一早再做处理——周主任说那个鼓风机是劣质品，机身没有开关，纯靠插拔插头来接电和断电，所以只要把已经伸进

481

孔洞的插头插进电源，鼓风机就能往淘气堡里充气了。"说到这里，丰奇不禁一笑。

"你笑什么？"

"我笑赵跃利他们千算万算，却没算到半路杀出个老张来，他把吕威打得太重了，基本上处于瘫痪状态，被扔进警务室以后，连把插头插进电源都做不到，也许他曾找黑脸汉子帮忙，可是黑脸汉子一直被背铐着，也帮不上他。"

"这就是我们从综合药房里往下看的时候，只看到积了雪的空场上一片平整的原因，直到那时，淘气堡还没有充起气来。"田颖说，"而老张在下楼后听到孙菲儿说没有电话打进值班热线，瞬间想通了整个案件之后，大概就开始策划给淘气堡充气这件事了……"

"是啊，但那时雷磊一直监视着他的一举一动，他又无法确认雷磊对备用病房里的孩子们到底有无威胁，所以只能另想办法，伪造档案大概就是其中的一环——他早就觉察到雷磊一直在窥探他的真实身份，一旦发现有可以利用之处，就会把他抓捕，跟警方做交易，但条件没有谈妥之前，雷磊不会把他交给警方，而是找一个可靠的地方秘密拘押。以雷磊那种技术官僚的职业眼光，整个儿童医院，这样的地方就只有一处——所以老张才在档案中'投其所好'，使自己'成功地'被关进了警务室。"

"我打断一下二位。"鬣狗忍不住说，"你们说老张伪造档案，他到底是怎么伪造的？这事儿，雷主任也一直没想明白。他说就算用他的账号修改在职警员的档案，也有好多条件要满足：首先得知道该警员的身份证号和配枪枪号，而且这个警员的主管领导必须提前提交档案修订申请，还得在修订时提供系统临时生成并发送的十二位数密码……"

丰奇搔了半天后脑勺，摇了摇头。

田颖也想不出答案："算了，咱们还是先想想他是怎么逃出拘押室的吧！"

鬣狗上前一边拍打着拘押室的铁门，一边嘀咕道："门是铁的，我们来的时候，挂锁锁得好好的，雷主任用钥匙捅了半天才捅开，人是不可能逃出来的啊，这不活见鬼了吗……"

田颖进了拘押室，在四面墙上摸了又摸，没有发现任何异样，又看了看铁门上的贴合式锁扣和依旧钩在上面的不锈钢大号挂锁。

当她把目光投向门框的时候，不禁"咦"了一声。

"怎么了？"丰奇问。

田颖拿出手机，打开手电筒功能，用一道刺眼的白色光芒照着铁门上的贴合式锁扣："我知道他是怎么从这里逃出去的了！"

丰奇和鬣狗马上围了过来。

田颖指着锁扣说："你觉不觉得这个锁扣特别厚？再看门框上的锁扣是不是不见了，他是把两片锁扣粘在一起了！"

丰奇这才发现，贴合式锁扣本来应该门框上一片，门板侧面一片，关好门，两个锁眼对上以后，挂锁的锁钩从中穿过落锁，但现在，两片锁扣居然都在门板侧面，用金属焊接胶紧紧地粘在一起。

"我的妈呀，这门，落锁不等于跟没锁一样吗？"鬣狗张大了嘴巴，"他是什么时候把门框上的锁扣卸下来粘在门板这边儿的？"

田颖看了一下门框上原来用于固定锁扣、现在只剩空洞的螺丝孔，边沿一圈的色泽很新，用指尖一摸还有很强的毛刺感："应该是今晚卸下来的。"

"今晚？"鬣狗想了想说，"今晚老张被拘押之前，来过两次警务室，第二次他拿了个辐条就走了，我在外面看得清清楚楚！"

"那就是他第一次来时动的手。"田颖摸了摸门框锁扣的另一面，发现也有些黏手，"卸下门框锁扣以后，他在两面都涂上胶，只是朝向门框一边涂的是普通的黏合胶，而朝向门板的一边涂的是金属焊接胶，然后依旧把这片锁扣粘在门框上，关上门，把挂锁锁好，所以后来雷磊开锁时，没有发现任何异常。但你们推他进拘押室的时候，由于门是往里推的，他利用过门时身体挡住你们视线的一瞬间，飞快地把门框上的锁扣掰下，顺势粘在了门板的锁扣上，因为室内光线十分昏暗，加上心理盲区，雷磊完全没有注意到这时两片锁扣已经比翼齐飞，关上门以后，门板和门框的贴合度极高，看上去两片锁扣依然各在其位，且锁眼'正对'，任何人把挂锁的锁钩穿过时，都不会起疑心——这样就形成了一个看似上锁，其实从里面一拉即开的'密室'。"

"第一次……就是那个流氓开枪打伤丰警官以后？"丰奇惊诧地说，"难道那个时候老张就做好了要被关进这里的逃生准备了？"

"嗯，因为雷磊的面目始终模糊不清，所以，老张从出手救你的那一刻起，就开始给自己的脱逃布局了。"田颖慢慢地说，"包括伪造档案那件事，刚才咱们说他是从想通了整个案件以后开始的，现在看来，他谋划的时间很可能要更早。"

很可能要更早……

丰奇的脑海闪回过一帧帧画面，宛如整晚的时光在逆流，追溯着一切的源头：拿着A4纸核实上面的一个个儿童机构是否安全，把孩子们转移出PICU前和田颖依依惜别，跟老张一起面对投毒者发起的一次次挑战，磁性玻璃白板上的警用地图，办公桌上的酒精灯、显微镜、搪瓷盘、铺在地上的一块块白色无菌纱布，上面摆放着从犯罪现场提取回来的一袋袋证物……不，这些都不是，还要再往前，再往前是雷磊逼着自己交出配枪，说起枪，自己遇袭后也曾经让田颖想方设法把吕威那把枪从老张手里夺回来，当时田颖说什么来着——

"老张已经把那支枪送上来交给我了啊！"

如梦初醒！

"那把手枪呢？"丰奇问田颖。

"你的手枪？我不是通过刘处长，从雷磊那儿给你要回来了吗？"

"不是，我说的是吕威那把六四式。"

"那把啊，火灾的时候，我连同自己的手枪一起'紧急处置'了[①]。"田颖望着丰奇问，"怎么了？"

"我记起来了，老张在给我包扎完伤口，拖着吕威离开病房前，顺手从手推式清洁车最下面一层的抽屉里拿走了一张砂纸。我那时不知道他要干什么，现在明白了，他是要用抛光显影的方法查出那把六四式手枪的枪号！"丰奇说着，拔步冲到警务室外面，在散落一地的纸箱子里翻检了一番，拿着一个棕色玻璃瓶走了进来，"呶，就用这个，浓硝酸溶液。很多犯罪分子以为磨去枪号，警方就不能找到枪支来源了，其实金属表面的冲压字迹，即便是被磨损，在深层部位依然保存着冲压所致的凹凸差异，只要用砂纸抛光，再用浓盐酸或浓硝酸溶液进行化学显现，就能让字迹重现——根据重现后的枪号，就可以在全国警务网络系统中

[①] 刑警配枪作业时，如果发现自己处于极度混乱的局面，配枪可能落到敌人手里或枪内子弹发生燃烧爆炸，警员可将枪支就地销毁或掩埋。

找到持枪警员的个人信息。按照相关规定，警员丢失配枪是非常严重的过失，无论枪支是否找回，都必须记入人事档案，那把枪保养得比较好，丢失不会太久，老张拖吕威去警务室的路上，肯定问出了他买枪的大致时间，如果是在一个月以上，那么丢枪警员的主管领导必定已经提交了修订申请。因此，老张只要发现修订申请还在'待审核状态'，从系统中找到该警员的主管领导的电话，然后启动修订模式，并与该领导联系，以人事信息管理中心的名义索要密码——就可以在那个警员的人事档案上移花接木了！"

鬣狗听得目瞪口呆。

田颖揉着太阳穴说："我真的很想知道，老张本人的人事档案上到底记载了些什么……"

丰奇让鬣狗在拘押室的地上摸索了一会儿，找到了一根铁丝："这大概是他卸锁扣的时候扔进来的，用来开手铐——他再一次利用了你们的心理盲区：搜查警务室时，你们对堆满杂物的外间搜得比较仔细，而对于门上落锁、空无一物的拘押室，不会太细致。出了拘押室后，他应该不费吹灰之力就放倒了外间的那个看守，并把孔洞外面的鼓风机插头拽了进来……想必第二次进警务室时，他已经猜到了杨兵的终极计划，但你一直在门口监视，所以他不但不能把插头插入电源给鼓风机充气，反而在拿辐条时，将箱子后面的插头推到孔洞外面，以防万一自己被关进警务室时，外间会遭到严密的搜索——"

说到这里，他突然停了下来。

"怎么了？"田颖问。

丰奇说："就剩下最后也是最难的一个问题了，他是怎么打开外间的不锈钢防盗门，溜之大吉的？"

田颖沉思了片刻说:"我的感觉是:今天晚上老张不仅在和不同的对手同时对弈,而且棋无虚招,招招领先,所以——"

丰奇和鬣狗都望着她,等了很久,她才幽幽地把这句话说完:"所以他第二次进警务室,很可能也是有预谋的行动。"

"你的意思是说,黎炎发生气管异物,是老张借着他喜欢叨笔帽的习惯,刻意为之?"丰奇觉得身上一阵发冷,夹紧了拐杖,"我想起来了,我把黑脸汉子关进警务室以后,跟周芸汇报时,那个长着酒糟鼻的传达室人员多疑,主动说警务室里面堆的东西不全是他的,还拉老张来做证明,当时就提到了自行车配件。后来陈少玲在游泳馆救一个气道梗阻的孩子,做环甲膜切开术之前,周芸提醒过她,上衣口袋里不能有硬塑料之类的东西,不然掉进患者气管,身边没有辐条就无法取出……"

"这就更加证明,黎炎发生气管异物绝非巧合,老张就是要让周芸主动派他去警务室,这样才不会引起雷磊的疑心……"

"可是——"鬣狗又插话了,"当时我看得清清楚楚,他进来后,只弯腰在箱子那儿摸索了一会儿,拿了根辐条就出来了。"

"你敢保证他一刻都没有脱离你的视线?"丰奇问道。

"我敢——"鬣狗刚刚梗起的脖子又缩了半寸,"就是他往外走的时候,我怕被他撞见,赶紧后退,听到特别轻微的'啪'一声,好像什么东西掉在了地上。"

田颖在警务室里间和外间的地面上好一通搜索,却一无所获。

"老张一定是抛掷了什么东西,屋里既然没有,那么可能在屋外。"田颖对鬣狗说,"可是南墙的窗外有你在监视,所以那样东西八成是从北墙的窗口丢了出去。"

说着,她打开北墙上方狭长的玻璃窗,扒着铁栏杆往外望去:空场上乱糟糟的,消防队员们还在抱着高压水龙朝备用病房喷水,已经关掉鼓风机的淘气堡瘪了大半截,犹如一个曝光了汁液的柿子皮摊在地上。

突然,她转身跑出了屋子,过一会儿又气喘吁吁地跑了回来:"虽然还不知道他是怎么逃出去的,但是我有一个发现。"

说着她用手机电筒照向窗外,指着贴近窗根的一处瘪了的淘气堡"城墙",对丰奇说:"看见那块长方形的白斑了吗?"

丰奇用拐杖撑直身体,探头望去,由于淘气堡的"城墙"涂饰成青灰色,所以那块巴掌大的白斑虽然不太明显,但边缘尚算清晰。

"那是什么啊?"

"一块防水双面胶。"田颖说,"我试了试,如果淘气堡充起气来,它恰好位于把手从铁栏杆里伸出就能摸到的位置,而且因为地上插了锚固,就算风大也不会吹偏移多少。我想,老张一定是估算了高度、看准了方位,把什么东西粘在双面胶上抛出,正好落在那里,这样等他从拘押室里逃出,给淘气堡充气之后,伸手就能把那样东西拿进屋子里面来。"

"难不成是防盗门的钥匙?"鬣狗眨巴着眼睛说,"那也没用啊,这扇防盗门从里面无法用钥匙打开——别说里面了,外面都没戏,雷主任和我出来时,他特地用夹钳把原来那把钥匙夹断在锁孔里了。"

三个人在屋子里又待了一会儿,只觉得头脑愈发混沌,便一起走到外面。

雪后的空气湿润而清爽。医疗综合楼前、停车场上,此时此刻簇拥着大量的人群和车辆,密密麻麻地交织在一起,犹如被踩得稀烂的雪泥一般不分彼此。除了警车和儿童医院新区派来的三辆救护车以外,平州市电视台的转播车也来了,从上面跳下一个拿着话筒的女主持人和几个摄像记者,四处寻找着直播的位置;两辆市政府的小轿车随后开进了医院,几位领导模样的人下车就朝着患儿最多的地方走了过去,热情慰问,那几位记者自然就将直播区设在了他们附近。

看不见周芸在哪里,倒是王酒糟坐在不远处的花坛边,一脸落寞地望着人潮人海。

"啪!"

丰奇用手掌狠狠拍了一下脑门,一双眼睛里放射出欣喜若狂的光芒!

"你怎么了,一惊一乍的?"田颖嗔怪道。

"我解开最后最难的那道谜题啦!天啊,答案居然如此简单!"丰奇激动得声音发颤。

他不知道王酒糟的名字,只能朝他"哎,哎"地招呼了几声,王酒糟一看终于有人理他了,屁颠屁颠地跑了过来。

王酒糟刚一到近前,丰奇就大声问:"你老实说,不久前你是不是接到过老张打的一个电话?"

也许是他的目光太灼灼逼人了,王酒糟吓得一时间说不出话来。

田颖拽了丰奇一把,丰奇才回过神来,赶紧换了一副温和的口吻:"你别怕,我就是想问你,不久前,老张是不是打过你的手机——说自己被锁在警务室了,让你给他打开大门?"

旁边的田颖,震惊得瞪圆了双眼!

王酒糟吭哧了两声,才点点头道:"我们是老伙计、好朋友嘛,他说有人恶作剧,把他锁在警务室了,还用夹钳把钥匙剪断了,让我给他开门,我的开锁技术,那不是吹的,啥样的锁难得住我啊,三两下的事儿……"

田颖望着丰奇:"也就是说,那块双面胶粘的是一个手机。"

丰奇点了点头。

"一个普普通通的淘气堡,延迟了凶手在空场上点火的时间,逼得凶手登上了楼顶,救下了备用病房里的我们,还救出了他自己……"田颖喃喃不已,如痴如醉。

一瞬间,丰奇忽然想起了什么,投向夜空的目光无限怅惘:多年以前,仁济医院,小白楼,难道是那个人?难道他消失多年,一直隐姓埋名在这里?岁月荏苒,改变了他的模样,又或者,其实他根本没有改变,只是为了迁就岁月,荏苒了自己……

田颖没有注意到他的神逸天外,问王酒糟道:"你知道老张去哪儿了吗?"

王酒糟一下子难过起来:"我哪儿知道啊!打开门放他出来以后,他告诉我说,他要走啦。我问他去哪儿,他说他还没想好,我问他还回来不,他摇了摇头,我就特别伤心。他劝我不要难过,我说我哪儿能不难过啊,我这一辈子就喜欢跟人下棋,可是臭棋篓子一个,跟谁下都输,就跟你下经常赢,你走了之后我可跟谁下去啊?他一愣,哈哈大笑起来,然后紧紧地拥抱了我一下,说'再见啦,我的朋友,我们还会再见的啊',然后就走了,头也不回地走了……"

4

跌跌撞撞。

一路跌跌撞撞地穿过人潮人海。

或许是四十多个小时没有睡眠的大脑精神恍惚,或许是七个小时的高强度工作导致身体渐近虚脱,周芸的眼前一片虚影,跌跌撞撞间只见到万头攒动，只听得人声鼎沸，却感到一切都是缥缈的、虚幻的、迷离的，连她自己在内，只是一个存在的失去、具体的虚无……十几年来，无数个夜以继日的辛苦劳顿，无数次生死一线的惊险抢救，却没有哪个晚上像今晚这样跌宕起伏、惊心动魄。现在，一切终于结束了，结束了，可她却还不能给自己画上休止符，任凭脚步是何等的踉踉跄跄，任凭身躯是怎样的摇摇欲坠，但她不能歇息，就像冲过终点线的长跑运动员不能骤然停下脚步……

穿梭不定间，她看到胡来顺、孙菲儿和大楠跟新区医疗队的队员们抱在一起欢呼雀跃，看到包括"蓝房子"的孩子们在内的所有患儿被收进刚刚搭起的临时帐篷里，看到随医疗队一起赶来的血液科黄主任正在为张小玲诊治，看到陈少玲扑向被救出并带到医院来的张大山，看到坐在担架上的李德洋擦拭着眼角的泪水，朦胧间她还看到了巩绒、霍青、袁水茹、陈光烈以及殉难在大凌河桥下的所有同事，在他们当中，还依稀见到了老宋和朱爷爷的身影……可她还是要奔走，还是要寻觅，她想找到他，她得找到他，就像穿越了惊涛骇浪终于抵达彼岸的水手要找寻船长，不然，她就永远无法原谅自己……

"不，您要先原谅自己。"

直到得知凶手的真实身份以后，她才明白了老张那句话的意思，原来他说的那个"您特别信任和依靠的人，其实是一个犯下重罪的人"并不是指他自己，而是指杨兵。

杨兵被押到她面前的时候，低头说了一句"对不起"，望见他一下子苍老了许多许多的面容，她的心里没有仇恨，只有无限的感伤。这种感伤并不仅仅是因为失去了一个特别信任和依靠的朋友，并不仅仅是因为再没有大凌山上的花环，更是因为她再一次亲眼见证了命运的残酷,以及在残酷的命运面前,人是何等的卑微、脆弱和动摇……

"你呢,你是怎么做到的?"
"嗯?"
"我是说,你是怎么做到,在命运的困境中泰然自若,不以为意的?"
"您听说过南朝诗人鲍照的《拟行路难》吗?"
"没有……"
"不,您肯定听说过,只是不知道这首诗的名字罢了——

泻水置平地,各自东西南北流。
人生亦有命,安能行叹复坐愁……"

她从兜里拿出手机,哆哆嗦嗦的手指在屏幕上划拉了好久,才找到并拨打了老张的电话号码,放到耳边,久久无人接听,直到自动挂断,再次拨打,放到耳边,还是久久无人接听,直到自动挂断……耳畔的人潮越来越汹涌,不断地撞击着她,推搡着她,潮水般的喧哗声也越来越大,她瞪圆了眼睛,耳朵紧贴着话筒,生怕错过一丝一毫细微的声响……

终于,在似真似幻之时、若有若无之间,话筒里仿佛传来了接通的"咔嗒"声,她忍不住喊了起来:"老张,是我,是我啊,你不要挂断,你听我说,你一定要回来,一定要回来……"

然后,就再也说不下去了,满脸的泪水让一切话语都变成了含混的呜咽。

身后不远处,响起了拿着话筒的电视台女主持人铿锵有力的声音——

"平州市电视台,平州市电视台,我们现在正在平州市儿童医院旧区为您现场直播。今晚,平州市旧城区发生了一系列以少年儿童为目标的伤害事件,在市政府的统一领导和严密部署下,以综合治安办公室主任雷磊同志为首的专案组发扬不怕牺牲、艰苦奋斗的斗争精神,连续挫败了犯罪分子的阴谋,并最终将他捉拿归案,被解救的受害儿童无一重伤或死亡,确保了新区落成庆典的顺利举行。省政府发来贺电,通令嘉奖以下单位、集体和个人,他们是:平州市应急指挥处理办公室、平州市综合治安办公室、平州市民政局、平州市消防局……"

然而她的声音很快就被更加浩大的欢呼声盖住了,随着一阵阵刺耳的尖鸣,从新区点燃的礼花如无数狂舞的金蛇一般腾起在夜空之上,一团团、一簇簇地纵情绽放,它们流光溢彩,璀璨夺目,在光与影、明与暗、燃与熄、梦与幻的交织间灼耀天地,将苍穹之下的山河万物掩映得金碧辉煌,无比灿烂!

整座城市沉浸在了欢乐的海洋之中。

> 我正在城楼观山景,耳听得城外乱纷纷。
> 旌旗招展空翻影,却原来是司马发来的兵。
> 我也曾差人去打听,打听得司马你领兵就往西行。
> 一来是马谡无谋少才能,二来是将帅不和失街亭。
> 你连得我三城多侥幸,贪而无厌又夺我西城。
> 诸葛亮在敌楼把驾等,等候你到此谈呢、谈谈心。
> 西城的街道打扫净,预备着司马好屯兵。
> 诸葛亮无有别的敬,早预备下羊羔美酒犒赏你的三军。
> 既到此就该把城进,为什么犹疑不定进退两难,为的

是何情？

　　我只有琴童人两个，我是又无有埋伏又无有兵。

　　你不要胡思乱想心不定，你来来来，请上城来听我抚琴。

图书在版编目（CIP）数据

空城计 / 呼延云著. -- 北京：新星出版社，2022.5（2022.11 重印）
ISBN 978-7-5133-4757-0

Ⅰ.①空… Ⅱ.①呼… Ⅲ.①长篇小说－中国－当代 Ⅳ.①I247.5

中国版本图书馆 CIP 数据核字（2022）第 008381 号

午夜文库
谢刚 主持

空城计

呼延云 著

责任编辑：王　萌
责任校对：刘　义
责任印制：李珊珊
装帧设计：人马艺术设计·储平

出版发行：新星出版社
出 版 人：马汝军
社　　址：北京市西城区车公庄大街丙3号楼　　100044
网　　址：www.newstarpress.com
电　　话：010-88310888
传　　真：010-65270449
法律顾问：北京市岳成律师事务所

读者服务：010-88310811　service@newstarpress.com
邮购地址：北京市西城区车公庄大街丙3号楼　　100044

印　　刷：北京天恒嘉业印刷有限公司
开　　本：910mm×1230mm　　1/32
印　　张：15.75
字　　数：291千字
版　　次：2022年5月第一版　　2022年11月第三次印刷
书　　号：ISBN 978-7-5133-4757-0
定　　价：59.00元

版权专有，侵权必究；如有质量问题，请与印刷厂联系调换。